El hombre de cristal

Biografía

Anders de la Motte (Suecia, 1971) trabajó varios años como policía antes de convertirse en responsable de seguridad de la empresa tecnológica Dell, puesto al que finalmente renunció para dedicarse plenamente a la escritura. Su debut en la narrativa, *Game* (2010), le valió el premio a Mejor Primera Novela de la Academia Sueca de Escritores de Novela Negra. Es uno de los autores de mayor éxito comercial, con más de 3.000.000 de ejemplares vendidos en todo el mundo. La serie protagonizada por Leonore Asker y su Unidad de Casos Perdidos, que se iniciaba en *El asesino de la montaña* y continúa ahora en *El hombre de cristal*, ha sido un fenómeno editorial y se publica con gran éxito en más de veinte países. Además, ha quedado finalista del premio a Mejor Novela Negra por la Academia Sueca, del Glasskniven noruego y del Storytel Award, votado por los lectores escandinavos. El tercer caso de Leo Asker se publicará próximamente en Editorial Planeta.

Anders de la Motte

El hombre de cristal

Unidad de casos perdidos, 2

Traducción de Pontus Sánchez

Planeta

PEFC Certificado

Este libro procede de bosques gestionados de forma sostenible

PEFC

PEFC/14-38-00305 www.pefc.es

Título original: *Glasmannen*

Esta es una obra de ficción inspirada en sitios, acontecimientos y fenómenos reales.

Adaptación de la cubierta: Booket / Área Editorial Grupo Planeta
Primera edición en Colección Booket: febrero de 2026

Depósito legal: B. 255-2026
ISBN: 978-84-08-31545-2
Impreso en España

INVIERNO DE 2019

—¿Qué coño ha sido eso?

Algo rasca el casco de la barca como un mal augurio y Elis empieza a salpicar con los remos.

Nick y él llevan casi media hora remando en una oscuridad prácticamente absoluta, y el repentino ruido lo asusta.

—¡Mierda! ¿Está entrando agua? —dice, jadeando, en cuanto consigue hacer retroceder la barca un par de metros sobre las aguas negras del lago. El aire forma velos de vaho delante de su boca cuando respira, hasta que el frío de la noche se los traga.

—No —contesta Nick, que va sentado en la proa—. Es muy difícil hundir una barca de fibra de vidrio como esta.

Vuelve a alzar los prismáticos y otea la oscuridad que tienen delante.

Elis no está demasiado contento con la respuesta.

—Ya te he dicho que teníamos que coger chalecos —espeta—. Es pleno invierno, el agua está helada. Es imposible que podamos volver a nado.

Hace un gesto por encima del hombro. Al fondo de la oscuridad, en la lejana playa, se sigue viendo la lámpara del refugio donde han robado la barca. Es uno de los escasos puntos de luz que hay en las pendientes cubiertas de bosque que rodean el lago.

—¿Por qué no damos la vuelta? ¿Y probamos a la luz del día?

En cuanto Elis termina la frase, el manto de nubes se abre por la mitad. La luna llena asoma la cara y transforma el agua negra del lago en hielo flotante.

—Mira —dice Nick, emocionado—. Casi hemos llegado. Ya se pueden ver la torre de extracción y el observatorio.

Señala la isla, que se eleva un poco por delante de la proa. Un banco de niebla flota sobre la orilla, pero a la tenue luz de la luna, por encima de las copas de los árboles, asoma una torre con la silueta de una cúpula en la parte más alta.

Elis tirita de pies a cabeza. Debe de ser por el frío de la noche y la humedad del ambiente, pero no está del todo seguro. Una sensación desagradable lleva acompañándolo desde que han empujado la barca al agua en el embarcadero del refugio.

Vuelve a echar un vistazo a tierra firme.

Están muy lejos. Demasiado.

Se sube un poco el gorro y se seca la frente con la manga de la chaqueta. Los dos van vestidos de negro y llevan guantes, botas y gorro militar de lana calado hasta las cejas.

Ellos lo llaman «el uniforme *urbex*».

Nick baja los prismáticos y mira la hora.

—Pronto será medianoche. Gira a la izquierda y rema bordeando la isla, yo vigilaré que no haya más rocas —ordena—. El muelle tendría que estar en la cara sur.

Elis empieza a remar otra vez, a regañadientes. El chirrido de los escálamos se mezcla con el chapaleo del agua.

A medida que resiguen la isla, nuevos detalles van aflorando en la niebla. Los abetos enanos de la orilla hacen equilibrios sobre una capa de piedras afiladas que se adentran un buen trecho en el lago, donde los bloques de piedra más grandes asoman amenazantes del agua como dientes de depredador, a tan solo unos metros del casco de plástico de la barca.

Elis rema con cuidado, solo aparta los ojos de los bloques de piedra de vez en cuando para lanzar una mirada a la lámpara del refugio.

Nick parece entender que el ambiente está algo tenso.

—¿Crees que los flipados esos de los ovnis que nos han dado el mapa ven porno alienígena en esa casa pareada en la que viven? —dice hacia atrás—. Igual se disfrazan de extraterrestres y hacen juegos de rol.

Elis no puede evitar sonreír un poco.

—Seguro que sí —dice—. Sigo sin entender cómo has conseguido que nos ayuden.

—Pues muy fácil —se ríe Nick—. Los he convencido de que yo también me creo todo el rollo ese de Gunnar Irving, el platillo volante y el extraterrestre. Y luego les di el libro de Martin Hill y les puse «La verdad está ahí fuera» en la dedicatoria. Un poco más y se mean encima de la emoción.

Elis se ríe de nuevo, nota que se relaja un poco.

—Ahí está el muelle —anuncia Nick, señalando con el dedo.

En la niebla aparece un muelle de hormigón agrietado. En la punta, un cartel abollado y torcido. De no ser por la luz de la luna, no se podría leer lo que pone.

—«Riesgo de desprendimiento. ¡Acceso restringido!» —lee Nick—. Pues ya hemos llegado al sitio correcto.

Amarran la barca a una escalera oxidada, se echan las mochilas a la espalda y suben al muelle. Elis se vuelve hacia tierra firme.

La cara sur del lago también está cubierta en su mayoría de bosque y completamente a oscuras. Pero en un pequeño cabo, justo en la orilla de enfrente, hay un edificio que parece un castillo, con una suave iluminación exterior.

—¿Cuánto crees que hay de aquí a Stjärneholm? —pregunta Elis.

—Quinientos o seiscientos metros, quizá —responde Nick—. Está mucho más cerca que el refugio, eso seguro. Pero no tienes por qué preocuparte, la familia Irving no mira en esta dirección. Están demasiado ocupados buscando platillos volantes.

Hace un gesto exagerado hacia el cielo, y luego da media vuelta y empieza a caminar hacia tierra firme.

Elis se demora unos segundos. Vuelve a tiritar, o a sentir un escalofrío. No consigue desprenderse del malestar.

En el punto en el que el embarcadero conecta con tierra hay una choza destartalada a la que le falta la puerta. Nick hace un alto, despliega un mapa dibujado a mano e intenta orientarse en la niebla y la tenue luz.

—¡Por aquí! —exclama, y camina diez metros más, siguiendo la linde del bosque—. ¡Aquí está el antiguo camino de la mina!

Dos roderas prácticamente ocultadas por la maleza se abren paso entre los troncos. Elis y Nick esperan a encender los frontales hasta que ya no se los pueda ver desde el agua.

En el bosque, la niebla es más densa, los haces de luz se vuelven lechosos.

El suelo está cubierto de musgo y helechos. De vez en cuando, el camino se ve interrumpido por algún árbol caído o agujeros originados por pequeños hundimientos del terreno. Hay dientes de roca torcidos asomando por todas partes, igual que en el agua.

—Escalofriante —murmura Elis entre dientes, sin tener muy claro por qué. No suele darle miedo la oscuridad, pero tanto la isla como el bosque tienen algo que le genera picores.

Nick parece totalmente impasible. Se detiene y enfoca hacia un gran bloque de piedra que hay junto al camino. La piedra es clara y de grano fino, brilla un poco.

—Riolita —dice, satisfecho, y la toca—. La isla de Blockön es uno de los pocos lugares de toda Escandinavia en los que se puede encontrar este tipo de roca. ¡Y mira eso!

Nick señala un grabado en la piedra.

—AUG 2009 —lee Elis.

—Asociación de Ufología de Göinge —dice Nick con una

sonrisita—. Incluso el nombre es ridículo. Pero ahora por lo menos sabemos que estaban diciendo la verdad.

Nick saca una multiherramienta y elige un cincel afilado.

URBX 2019, graba.

—Ya está, ahora ya hemos dejado claro que hemos llegado, como mínimo, igual de lejos que ellos.

Continúan avanzando, siguiendo las roderas del camino. Las ramas de los laterales se extienden tanto que en varias ocasiones se ven obligados a apartarlas para poder pasar.

En un punto, el camino se ha hundido en un hoyo de casi un metro de profundidad.

—Un derrumbamiento —dice Nick—. Toda la isla es como un queso gruyer. Las galerías están llenas de agua y pueden colapsar en cualquier momento. Podríamos ahogarnos como aquellos pobres desgraciados en 1965.

Se ríe, pero a Elis no le hace ninguna gracia. La idea de tener esas aguas negras justo por debajo de los pies lo incomoda.

Doscientos metros más adelante, algo grande asoma en la tangente de sus haces de luz. Una verja alta y oxidada con líquenes grises colgando en los recuadros de la malla metálica de simple torsión, como si fueran enormes telarañas.

Por encima de la verja hay un arco metálico con letras oxidadas.

STJÄRNGRUVAN, la Mina de las Estrellas.

Más abajo, a ambos lados de la gruesa cadena que mantiene la verja cerrada, hay dos carteles. El primero es idéntico al que han visto en el muelle.

RIESGO DE DESPRENDIMIENTO. ¡ACCESO RESTRINGIDO!

El otro cartel solo tiene una palabra: ¡PELIGRO!

Nick ya se ha acercado y comprueba la cadena.

—Está tensa como la roca —constata—. Y no sé tú, pero a mí no me apetece demasiado pillar el tétanos.

Apunta hacia arriba con la luz del frontal. La verja y la valla deben de medir cuatro metros de altura. En la parte superior hay una extensión en forma de Y llena de alambre de púas oxidado.

—Pero, gracias a nuestros amigos amantes de los ovnis, sabemos que hay una entrada trasera.

Nick vuelve a mirar el mapa y empieza a reseguir la valla hacia la izquierda.

Elis se queda donde está, con la mirada todavía fija en la verja. Ha visto infinidad de carteles de aviso y nunca se ha molestado en hacerles caso. Aun así, este de aquí tiene algo que lo inquieta.

El óxido, el tipo de letra, el color amarillo descolorido. O quizá sea por la escueta advertencia: ¡PELIGRO!

Traga saliva por acto reflejo.

—¿A qué esperas? —susurra Nick por encima del hombro—. ¡Vamos, joder!

Elis aparta reacio la mirada del cartel y empieza a seguir a Nick.

Este no tarda en detenerse detrás de unos arbustos enormes que han crecido a través de la valla. Echa un último vistazo al mapa, se agacha y se mete justo por el centro de los arbustos.

—¡Está aquí! —Aparta unas cuantas ramas y destapa un agujero escarbado por algún animal que pasa por debajo de la valla.

—Joder —suspira Nick cuando salen de entre los arbustos al otro lado y se limpian la tierra y hojas muertas de los pantalones.

—Me sorprende que esos dos flipados de los ovnis pudieran pasar, con lo gordos que están. Aunque también hace diez años de aquello, a lo mejor en esa época estaban en forma.

Elis no lo escucha. Está demasiado ocupado haciendo barridos en todas direcciones con el haz del frontal. A pesar de la emoción, sigue sintiendo un desasosiego que se resiste a desaparecer. El interior del recinto vallado tiene otra vegetación. Aquí no hay bosque de coníferas, sino abedules cuyos troncos titilan fantasmagóricamente pálidos. En la niebla que se extiende por detrás de ellos, los antiguos edificios de la mina se intuyen como enormes sombras apretujadas.

—Por fin —dice Nick, fascinado—. ¿Estás listo para viajar a 1965?

Elis no responde.

A medida que se acercan a los edificios, la hierba del suelo se ve cada vez más sustituida por manchas de hormigón y piedra triturada, hasta que el paisaje se abre del todo en un gran patio entre dos edificios lúgubres.

El de la derecha es el doble de grande que el otro. La cubierta a dos aguas y las paredes están hechas de chapa corrugada y oxidada. En la parte más alta, por debajo del alero, hay una hilera de ventanas de fábrica.

Nick apunta hacia ellas con el frontal.

—Mira, las ventanas están enteras. Y tampoco hay pintadas ni grafitis.

Elis sabe que eso son buenas noticias, porque significa que pocas personas, o ninguna, han estado aquí en mucho tiempo. Aun así, le está costando alcanzar el nivel adecuado de entusiasmo. Están en mitad de una isla desierta, que se encuentra en mitad de un lago helado y oscuro, sin que nadie lo sepa. Además, toda la isla está minada de galerías inundadas que pueden colapsar sin previo aviso.

Mira el teléfono móvil. Solo tiene una mísera rayita, lo cual no lo pone de mejor humor.

—Mala cobertura, ¿no? —dice Nick—. Los flipados de los ovnis tenían la teoría de que es porque los extraterrestres afectan a las ondas de radio. Les brillaban los ojos solo de hablar del tema. Pero lo estuve mirando con un colega que trabaja en Telia y, según él, la cosa es tan simple como que el lago se encuentra en el fondo de un cráter y que a las señales de móvil les cuesta llegar hasta aquí. Chúpate esa, *Expediente X*.

Empieza a caminar resiguiendo la pared de la fábrica. Elis se guarda el teléfono y lo imita.

La luna vuelve a asomar, y en la niebla y la oscuridad del lado opuesto de la explanada ve erguirse una tétrica torre de hormigón.

Debe de tener unos quince metros de altura. Los laterales están abiertos, así que se puede ver a través de las tres plantas.

—La torre de extracción —dice Nick mientras barre el edificio lúgubre con el haz de luz—. Es por donde sacaban los carros de la mina. Y allí arriba, en el tejado...

En la cubierta plana de la torre, junto a la gran rueda giratoria del brazo elevador, se puede intuir la cúpula oscura que habían divisado desde el agua.

—El observatorio de Bernhard Irving —murmura Elis. Por fin nota cómo le surge la mezcla correcta de nervios y emoción, llevándose por delante toda la preocupación que había sentido hasta ahora.

—Exacto —dice Nick, sonriendo—. El lugar donde aterrizó el gigante de los ojos rojos.

Sus pasos crujen cuando se acerca, y al enfocar al suelo con el frontal Elis descubre que las piedras están mezcladas con esquirlas de un mineral negro y brillante.

Nick se mete en la torre de extracción y la explora más de cerca.

—Qué pasada —dice mientras ilumina las seis columnas de hormigón que sostienen la torre—. Esto aguantará cien años más.

Se detiene junto a una gran trampilla cubierta de musgo que hay en el suelo.

—Y aquí debajo está el acceso a la mina. La tapa que lleva al inframundo.

—Mmm —murmura Elis.

Está demasiado ocupado buscando una manera de subirse a la torre. Debe de haber siete u ocho metros desde el suelo hasta el primer rellano. En el lado izquierdo de la torre hay una escalera de acero que sube haciendo zigzag, pero la sección que baja hasta el suelo ha desaparecido.

—Han cortado la escalera —dice—. Tal como dijeron los flipados.

—Menos mal que una escalera cortada no nos puede detener. —Nick le da un golpecito a la mochila de Elis—. Pero antes de sacar la cuerda se me ocurre otra idea. ¡Mira!

Señala con el haz de luz. En el rellano central de la torre de extracción hay una pasarela inclinada que cruza hasta la nave de la fábrica, donde termina junto a una claraboya que tiene una trampilla de madera.

—Seguro que los carros de la mina entraban por ahí después de subir con el montacargas. Allí dentro debe de estar la trituradora, y a lo mejor hay una escalera que no está cortada. Bastante más fácil que subir por una cuerda, ¿no crees?

Elis está completamente de acuerdo. Pesará unos quince kilos más que Nick, así que prefiere evitar la cuerda en la medida de lo posible.

El portón de entrada a la fábrica está cerrado a cal y canto. Pero cuando Elis tira de la manilla, se oye un crujido considerable en el marco. Intercambian una mirada.

Nick se quita la mochila y saca una palanca. Va en contra de las reglas, los dos lo saben. Los exploradores urbanos no pueden entrar por la fuerza en los sitios. Pero esto es un caso especial. Solo será una vez en la vida.

La puerta cede casi al instante. Se abre con un leve golpe en cuanto Nick hace un poco de fuerza con la palanca.

Al otro lado los recibe una gran nave industrial oscura que huele a polvo de piedra, aceite y mierda de paloma.

En el centro de la nave hay una trituradora enorme que llega casi hasta el techo. Justo al lado, una estrecha escalera baja hasta otra puerta cerrada. En una situación normal, habrían empezado por ahí. Habrían intentado bajar todo lo posible en el edificio para, después, ir ascendiendo de forma metódica.

Pero esta noche no se rigen por las reglas de siempre.

Apuntan al techo con los frontales. Allí arriba, levantada sobre pilares de madera, está la pasarela que han visto desde fuera.

—¡Bingo!

Nick ilumina una escalera de madera que hay justo debajo de la trampilla.

Un ruido repentino los hace dar un respingo. Algo vivo sale disparado desde la parte alta de la escalera, bate las alas y se aleja por la nave industrial hasta que desaparece en la oscuridad.

—Palomas —dice Elis, soltando un suspiro de alivio—. Siempre nos pegan el mismo susto de muerte.

—Al menos a uno de los dos —repone Nick con una sonrisita burlona—. Esta noche te veo bastante asustado. ¿Te dan miedo los extraterrestres de ojos brillantes o qué?

—Vete a la mierda —murmura Elis.

Nick coge la avanzadilla y empieza a subir la escalera entre crujidos.

La trampilla de la claraboya resulta fácil de abrir. La pasarela que lleva hasta la torre de extracción mide unos cinco metros de largo y, en realidad, es un pequeño tramo de raíles que se inclina de forma bastante pronunciada hacia el edificio de la fábrica.

Nick apoya un pie en el primer travesaño, probando, y después se agacha hacia delante, se sujeta con las manos en sendos raíles y comienza a subir. Elis observa con envidia sus movimientos ágiles.

—¡Está chupado! —constata Nick cuando llega a la torre—. ¡Te toca!

Elis copia la técnica de Nick. Intenta evitar mirar abajo. No es que tenga miedo a las alturas, pero la idea de trepar por una estructura de metal de más de sesenta años ya es lo bastante desagradable sin necesidad de saber de cuántos metros sería la caída. Sobre todo teniendo en cuenta que el suelo de debajo está lleno de piedras y minerales triturados. Justo cuando alcanza la torre de extracción, el metal emite un fuerte estruendo que resuena entre los edificios y hace que su corazón se salte varios latidos.

Elis se seca el sudor que se ha abierto paso a pesar del frío. Se encuentran en el rellano segundo y central de la torre. Tal y como habían intuido, los raíles continúan hasta el gran orificio que hay en el suelo, por donde subía el montacargas con los carros llenos.

Nick ya ha rodeado el agujero y ha llegado hasta la escalera exterior. Elis le sigue los pasos. Ahora ya están bastante arriba, debe de haber por lo menos diez metros hasta el suelo.

Por encima de sus cabezas, la escalera sigue subiendo en zigzag hasta el techo. Los pasos excitados de Nick por los peldaños de acero la hacen vibrar. Elis corre a hacerle compañía.

Llegan hasta el borde, salen y se plantan en el centro del tejado. A la derecha ven la antigua rueda de elevación colgando; a la izquierda, la cúpula negra se yergue en la oscuridad.

—El observatorio de Bernhard. —El tono de Nick suena casi solemne.

—Es fácil entender por qué lo construyó aquí arriba —dice Elis, señalando por encima de las copas de los árboles—. Se ve todo el lago.

El banco de niebla, que se ha extendido sobre las aguas oscuras, queda debajo de ellos. Al otro lado del lago se ven las cuestas cubiertas de bosque, igual de altas y empinadas en todas direcciones.

—Es como estar en mitad de un embudo. Y mira allí arriba. ¡Flipa!

En el manto de nubes se abren grietas por las que pueden atisbarse la luna llena y el cielo estrellado. Los cuerpos celestes parecen más claros, más intensos.

—Los bordes del cráter tapan toda la luz exterior —dice Nick—. Incluso Stjärneholm queda difuminada.

Elis se gira y sigue la mirada de Nick. La finca en la otra orilla del agua se ve con claridad, pero la iluminación exterior es llamativamente exigua para un edificio de semejante tamaño. Después, vuelve a contemplar el observatorio.

—Joder, vaya sitio.

—Ya te dije que merecía la pena. —Nick le da un golpe en la espalda—. Venga, vamos a ver qué hay ahí dentro.

La parte inferior del observatorio es de hormigón, la cúpula está revestida con piezas de chapa llenas de manchas de óxido.

Nick mete la punta de la palanca en la ranura de la puerta, lo más cerca que puede de la cerradura. La puerta cruje, pero no cede. Se apoya con el pie en la pared y prueba por segunda vez, pero con el mismo resultado.

—Espera, déjame probar a mí —dice Elis. Apoya el pie en la pared igual que acaba de hacer Nick y tira de la palanca con todo su peso corporal. La puerta se abre de un bandazo y da un golpe sordo. Elis cae de espaldas.

Para cuando se pone en pie, Nick ya se ha metido en el observatorio.

—¡Hostia puta! —grita—. ¡Ven a ver esto!

El interior de la cúpula es de madera pintada de negro. En el suelo hay una plataforma que delata la ubicación que ocupó el telescopio en su momento.

Pero allí dentro hay otra cosa que ha captado la atención de Nick. A lo largo de casi todo el perímetro interior de la cúpula hay una estantería repleta de objetos variopintos. Libros, revistas amarillentas, unas tazas de café desparejas, contenedores de cristal oscuros con un contenido turbio.

En una sección bastante más espeluznante de la estantería hay una serie de cabezas de plástico de diferentes tamaños colocadas en fila. Muñecas, muñecos de acción, incluso una cabeza de maniquí. Las cuencas de los ojos están vacías. Miran ciegamente a la estancia oscura y hacen que Elis sienta un estremecimiento por la nuca.

—¡Mira esto!

Nick alumbra el techo.

Hasta ahora Elis no se había dado cuenta de que en la cara interna de la cúpula hay objetos fijados.

Azules, marrones, grandes, pequeños.

De papel, de plástico, de cristal. Recortados de periódicos y revistas, sacados de juguetes y cabezas de muñeca.

El estremecimiento se convierte en un escalofrío.

El techo está repleto de ojos.

Cientos de ojos.

—¿Qué cojones es esto...? —dice Nick.

Elis no responde. Una nueva sensación ha brotado en su interior. Se hace más intensa a cada respiración que da y se ve reforzada por todos los ojos que los observan desde arriba.

—Mira ese de ahí.

Nick ilumina un alienígena verde de juguete con un par de muelles por antenas. Le da un golpecito con el dedo índice y las antenas se ponen a bailar.

—¿Se lo llevamos a los flipados de los ovnis para darles las gracias por la ayuda?

—No lo toques —ordena Elis.

Nick se ríe.

—¿Por qué no?

Elis no tiene una buena respuesta. La sensación va en aumento.

Nick saca la cámara de la mochila y empieza a tomar fotos sin parar, una detrás de otra.

La luz del intenso flash rebota en la cúpula. Se refleja en el cristal, el metal y el plástico que hay en la gran estancia. En los ojos del techo.

Flash.

Oscuridad.

Flash.

Oscuridad.

Como si los ojos de ahí arriba parpadearan.

Como si se movieran.

Como si los observaran.

Elis se queda de piedra.

De pronto, la creciente sensación pasa a ser un convencimiento.

No están en un sitio olvidado. No es una ruina abandonada.

Alguien es dueño de este lugar. Alguien que ha reunido objetos importantes y los ha ordenado con esmero. Alguien que se ha montado un pequeño santuario dentro de la cúpula, cuyo significado Elis no logra entender. Pero de una cosa está seguro.

Ahora mismo, en este sitio, Nick y él no son exploradores urbanos.

Son intrusos.

Le viene otra vez a la mente el cartel de la verja. ¡PELIGRO!

Después, la alta valla con el alambre de púas que apuntaba tanto hacia fuera como hacia dentro.

Es evidente que está ahí para mantener alejadas a las personas ajenas. Pero quizá también para evitar que alguien salga del recinto.

—Tenemos que irnos —murmura.

—Primero quiero terminar de sacar fotos.

Nick sigue lanzando flashes. Está tan emocionado que al moverse choca con el estante, uno de los tarros oscuros de cristal se tambalea y cae con un estruendo al suelo, donde se rompe en mil pedazos.

El contenido, un líquido que huele intenso a alcohol, se esparce por el suelo. En el líquido hay algo que parecen bolitas blancas.

Elis retrocede, asustado.

Ojos de distintos tamaños ruedan por los tablones de madera.

No son de muñecas ni de juguetes. Esos son ojos de criaturas que en algún momento estuvieron vivas.

Elis y Nick se quedan unos segundos enfocando al suelo con los frontales.

—Joooder... —suelta Nick—. ¿Tú crees que son ojos de animales?

Ya no hay ni rastro de emoción en su voz. Se ha visto sustituida por otra cosa. Duda, miedo.

—Tenemos que irnos de aquí —dice Elis—. Ahora mismo.

Esta vez, Nick sí le hace caso.

Fuera, el cielo estrellado se ha cubierto casi del todo de nubes y la luz de la luna es cada vez más débil. Corretean hasta la escalera.

A medio camino oyen un sonido en la oscuridad que les es de lo más familiar.

Alas batiendo, cuyos azotes resuenan en la nave de la fábrica.

—Las palomas —dice Nick—. Algo las debe de haber asustado.

Corren hasta el borde de la torre de extracción. Desde allí pueden mirar por la trampilla abierta.

Abajo, en la fábrica, ven un resplandor rojo. Se mueve rápidamente en dirección a ellos, desaparece de su campo de visión y se ve sustituido por los crujidos de la escalera de madera.

—Viene alguien —sisea Nick.

Apagan los frontales y corren hacia la escalera metálica.

—La cuerda —dice Elis—. Podemos descolgarnos desde el primer rellano.

Sin esperar a obtener respuesta, empieza a bajar a toda prisa al mismo tiempo que se quita la mochila para sacar la cuerda y el arpeo.

La luz de la luna desaparece del todo y la escalera queda sumidad en la oscuridad. Elis casi se pasa de largo en el último escalón. Se agarra a la barandilla en el último momento, evitando así caer al vacío.

Hace parar a Nick, quien lo sigue de cerca, y le hace una señal para que no haga ruido.

El sonido metálico se oye claramente por encima de sus respiraciones. Estruendos de hierro que rebotan entre los edificios.

Alguien está subiendo por la pasarela. Alguien bastante más grande y pesado que ellos dos.

—Date prisa —espeta Nick.

Entre los dos, sujetan el arpeo a la barandilla y luego dejan caer las mochilas. Elis se agarra a la cuerda con las dos manos, se descuelga de espaldas desde el último escalón y baja a oscuras. Por encima de su cabeza puede ver los pies de Nick a través de la reja que conforma el último escalón.

—¡Vamos! —dice, pero Nick no se mueve—. Venga, Nick —repite Elis al mismo tiempo que se desliza otro tramo.

Nota un movimiento en la cuerda. Una vibración que se hace cada vez más patente. Pasos pesados que bajan por la escalera.

—¡Nick! —grita, pero su amigo parece haberse convertido en hielo. Está mirando hacia la escalera, por donde los pasos se acercan cada vez más.

Elis se desliza un poco más.

—¡Nick!

Se queda callado. A través de la rejilla del escalón ve una silueta gigantesca que se acerca lentamente. Alrededor de la cabeza tiene un halo resplandeciente de color rojo.

A Elis se le dispara el corazón. Un ente enorme de color negro y con los ojos rojos, tal y como contaba la leyenda del extraterrestre. Se queda sin aire.

Los pasos continúan.

Bum.

Bum.

Bum.

El grito es tan inesperado que Elis está a punto de mearse encima, pero al mismo tiempo sirve para que su corazón se reactive.

Es Nick quien grita, quien está chillando de puro terror.

Y quien sigue desgañitándose aunque sus pulmones ya deberían haberse quedado sin aire.

Hasta que el grito cesa de golpe y se ve sustituido por un desagradable y largo crujido.

Elis puede ver como los pies de Nick se levantan del peldaño. Las puntas de sus zapatos se agitan a medio palmo del suelo, como si aquel ser lo hubiese alzado en volandas.

Algo líquido y caliente gotea por la rejilla de la escalera, le cae a Elis en la cara y lo obliga a pestañear.

Sangre.

La sangre de Nick.

Cuando Elis abre los ojos, ve el cuerpo de Nick salir despedido a tan solo unos palmos de distancia. Al instante siguiente, choca contra el suelo con un ruido sordo.

Elis vuelve a mirar hacia arriba.

El ente lo está observando fijamente a través de la rejilla de la escalera. Su rostro queda oculto en la oscuridad. Donde debería tener los ojos solo hay dos esferas grandes y rojas.

Elis está paralizado por el pánico.

La criatura coge el arpeo y desengancha la cuerda, aparentemente sin esfuerzo alguno. Mantiene a Elis flotando en el aire durante unos segundos, sin quitarle los ojos rojos de encima en ningún momento.

Después, suelta la cuerda.

Lo deja caer al vacío.

El aterrizaje es duro. Elis se golpea el tórax contra una piedra. Se queda sin aire, le parece oír el crujido de unas costillas que se parten. Pero por lo menos no ha caído entre las esquirlas de mineral afilado.

Nick yace un par de metros más allá. Elis se arrastra hasta allí y enciende el frontal. Antes de tocar el cuerpo blando de su amigo ya comprende que está muerto.

Nick tiene la cara completamente blanca, los ojos un poco salidos, la lengua colgando medio mordida entre las mandíbulas apretadas y el mentón cubierto de sangre.

A Elis se le revuelve el estómago, pero no tiene tiempo para vomitar.

No si lo que pretende es sobrevivir.

Ya puede oír pasos allí arriba. La criatura está volviendo a grandes zancadas a la pasarela para cruzar de nuevo a la fábrica. Con la intención de encontrar a Elis y terminar el trabajo.

Elis se pone en pie con dificultad y obliga a sus pies a moverse. Le duelen los tobillos, pero, para su sorpresa, lo sostienen.

El tórax lo tiene peor. Cada respiración le araña los pulmones. Sin embargo, su corazón late desbocado y reparte adrenalina por todo su cuerpo, haciendo que este responda a pesar del dolor.

El haz de luz del frontal azota la oscuridad mientras Elis corre de vuelta a la valla metálica. Oye el golpe del portón de la fábrica al abrirse de un bandazo. Después, pasos en la gravilla.

Elis no mira atrás. Corre lo más rápido que puede en dirección a los arbustos. Se precipita dentro de ellos, camina a cuatro patas hasta el hoyo al pie de la valla. Unas púas afiladas le raspan la cara, se le clavan en las rodillas y en los codos.

El frontal encuentra el agujero. Pega la barriga al suelo y empieza a reptar por debajo de la valla.

A su espalda oye el ruido de ramas que se parten, y por encima de eso un gruñido apagado, como de un animal. Elis avanza lo más deprisa que puede.

El agujero es demasiado estrecho para la criatura, así que podrá conseguirlo.

Cuando ya está casi al otro lado, un cabo suelto de alambre de la valla se le engancha en los pantalones.

Elis gira para tumbarse bocarriba y tirar de su propia pierna con ayuda de las manos. El afilado alambre atraviesa la tela del pantalón y se le clava en la piel.

El gruñido se acerca hasta convertirse en una gigantesca silueta de ojos rojos justo al otro lado de la valla.

El corazón de Elis se acelera aún más. Pega un último tirón a la pierna. El alambre le desgarra un trocito de carne y piel antes de ceder, pero Elis apenas lo nota. Ha conseguido cruzar, el ente sigue al otro lado.

Elis se gira otra vez para ponerse bocabajo con intención de levantarse.

Un pie encuentra apoyo en el suelo.

Pero, justo cuando va a echar a correr, algo lo agarra del tobillo.

Lo echa al suelo de un tirón tan fuerte que el frontal se desprende de su cabeza y cae.

Elis hunde desesperadamente los dedos en la tierra esponjosa para oponer resistencia, intenta golpear al monstruo con el pie que tiene libre.

Grita tan fuerte que le duelen los pulmones.

Pero es en vano.

La criatura tira de él por debajo de la valla.

Lo aleja de la luz del frontal.

Lo vuelve a sumir en la oscuridad.

EL HOMBRE DE CRISTAL

Se despierta sin quererlo. Lucha hasta el último minuto para quedarse en las profundidades.

En la oscuridad cerrada a la que pertenece.

Pero resistirse no le sirve de nada, como de costumbre.

Ya llevaba un rato intuyendo que se iba a despertar. Había percibido las pequeñas señales que habían empezado a filtrarse. Voces lejanas, el sonido de distintos aparatos. Después, la ingravidez ha comenzado a ceder, a medida que lo llamaban desde la superficie.

Obligándolo a volver a su cuerpo.

Odia esa sensación. Más que nada en el mundo.

Las implicaciones que tiene.

Malestar, tormento, dolor.

Abre los ojos poco a poco. La estancia está fría y oscura, la única luz que se ve proviene de los pequeños leds que hay alrededor de su cama.

Aun así, rozan el límite de lo que sus ojos pueden soportar.

Es el precio que paga para poder viajar entre los dos mundos.

Al menos eso es lo que los Sirvientes se dicen unos a otros cuando se piensan que él no los oye.

Pronto estarán aquí. Seguro que una o varias de esas máquinas ya se han chivado de que ha vuelto.

De que pronto tendrán que empezar de nuevo el trabajo.

Igual que lo harán sus tormentos.

Vuelve a cerrar los ojos y tirita. Tiene el cuerpo débil, y el frío lo ha calado tanto que tardará bastante en abandonarlo. Pero cuando lo haga, cuando recupere sus fuerzas, irá a buscarla. A la que siempre está presente en sus pensamientos.

La observará desde la distancia, como suele hacer, escondido entre las sombras.

Algún día le contará lo que ha visto allí abajo, en las profundidades del abismo.

Le hablará de muerte y putrefacción, de insectos, lombrices y seres ciegos sin nombre que se arrastran, reptan y serpentean.

Y de la sensación de sumirse en la oscuridad eterna y gélida de la que nadie vuelve jamás.

Nadie, excepto él.

Lunes

ASKER

—Hola, Leo. Soy papá.

La inspectora Leonore Asker se pega el teléfono de sobremesa a la oreja. La cicatriz en el brazo empieza a picarle como nunca, el pulso le retumba en los tímpanos. Su pequeño despacho del sótano menos uno, los compañeros tarados de su Unidad de Casos Perdidos, Jonas Hellman (que le robó el caso), Martin Hill, Smilla Holst, Julia, el Reemplazador y su terrible montaña. Todo se ha reducido a un mero zumbido radiofónico en la tangente de su conciencia.

Lo único que su cerebro capta con claridad es la voz grave y ronca al otro lado de la línea. La voz que llevaba quince años sin oír, pero que aun así la deja helada.

—Leo —dice su padre—. Tengo entendido que te has convertido en una pequeña policía muy aplicada. Una leal lacaya del poder. Una simple funcionaria. Tu madre debe de estar casi igual de decepcionada que yo.

Asker aprieta la mandíbula.

—¿Q-qué quieres? —consigue pronunciar.

El tartamudeo la pone de mal humor. Igual que el tono. Suena como una adolescente asustada.

Per se da cuenta, naturalmente. Disfruta de su inseguridad. De su miedo.

—¿Eso me preguntas, después de todo lo que he hecho por ti? —dice él—. Y después de todo lo que tú hiciste por mí. Conseguiste que me encerraran entre locos, atiborrado de medicamentos como un tullido baboso y demente. Nunca he tenido la oportunidad de darte las gracias como Dios manda por la experiencia.

Su tono de voz hace que la niebla en el cerebro de Asker se disipe un poco. Es Per quien está llevando las riendas de la conversación, quien está intentando joderla, quien cree saber quién es ella.

Asker se recompone, llena los pulmones de aire, cierra los ojos y exhala lentamente por la nariz. Su pulso se relaja, la Leo adolescente se retira de nuevo al subconsciente.

—¿Qué quieres, Per? —dice con su voz de adulta.

Se hace un breve silencio.

—Me van a considerar sospechoso de asesinato —dice él—. Ha aparecido un cuerpo en los terrenos colindantes de La Granja. Dentro de un par de días vendrá la policía para detenerme.

Asker da un respingo. La conversación, que ya le parecía cuando menos surrealista, acaba de perder por completo todo contacto con la realidad.

—¿Por qué? —Su voz suena asombrosamente serena.

—Porque alguien está intentando jugármela —dice Per—. Y el Estado solo ha estado esperando la oportunidad de encerrarme para siempre.

Per hace una nueva pausa, pero esta vez Asker elige callar.

Per Asker, el padre con el que lleva quince años sin hablar y sin mantener contacto alguno desde que él intentó hacerlos volar por los aires a los dos, la llama de pronto un día para contarle que van a considerarlo sospechoso de asesinato. ¿Por qué?

—Supongo que ya entiendes que he tenido tiempo de darle unas cuantas vueltas a la situación —continúa él—. Sopesar mis opciones.

El tono se vuelve ácido otra vez, y en ese preciso instante Asker ya sabe la respuesta a su pregunta.

—Resulta, Leo, que mi mejor opción eres tú. Eres la única con capacidad suficiente para aclarar la situación.

Asker cierra los ojos y hace un ejercicio de respiración.

—¿Y por qué iba a hacerlo? —dice lo más tranquila que puede.

—¿Me estás diciendo que el amor paterno no es motivo suficiente?

Asker se muerde el labio, espera a que siga.

—Vale, Leo, iré directo al grano —continúa Per, distante—. Si no aceptas ayudarme, yo no me entregaré de forma voluntaria. Y tú sabes mejor que nadie de lo que soy capaz, todo lo que me he preparado a lo largo de los años. Quien venga a La Granja a buscarme por la fuerza, se arrepentirá amargamente de ello.

Per hace una clara pausa para que sus palabras terminen de asentarse.

—A lo mejor a ti no te importa tu padre —prosigue—. Pero ¿podrás vivir con las manos manchadas de la sangre de tus compañeros? ¿Sabiendo que podrías haberlo evitado todo? ¿Y qué crees que pasará con tu carrera policial después de un acontecimiento como ese?

Una nueva pausa, y por un segundo Asker se pregunta si Per ha colgado. Pero sigue sintiendo su presencia a través del teléfono.

—Date prisa en tomar una decisión antes de que sea demasiado tarde, querida hija —dice él con voz profunda.

Se oye un leve ruido y, entonces, la llamada se corta.

HILL

El taxi se detiene justo delante de un edificio de cristal en el centro del distrito tecnológico que ha ido creciendo en la zona este de Lund, y Martin Hill se baja del vehículo con cierta dificultad. Se queda un momento de pie en la acera y apoya la muleta que le han dejado llevarse del hospital.

Obviamente, debería haberse quedado ingresado unos días más. Tendría que haber permitido que el personal médico se asegurara —y le asegurara— de que la herida de bala en el muslo se está curando como debe. Que no surgirá ninguna complicación.

Pero a lo largo de su vida ha pasado demasiados días encerrado en un hospital. Detesta los olores, los sonidos y, quizá, el hecho de pensar en su propia mortalidad.

Al menos eso es lo que sugería Sofie.

Ella ha vuelto junto a su marido, en Bruselas. Con el tiempo, el hombre ha empezado a sospechar que los viajes de Sofie a Suecia no solo eran por motivo de trabajo. Ha comenzado a intuir que había alguien más.

En una situación normal, a Hill no le habría importado demasiado que esa proyección terminara materializándose. Sofie le gusta, podía imaginarse perfectamente un futuro con ella.

Pero eso era antes de que Leo Asker volviera a aparecer.

Antes de que ella lo salvara de la montaña del Reemplazador. Antes de que ella le revelara su secreto mientras él se debatía entre la vida y la muerte. Que su padre intentó matarlos a los dos, pero que ella fue más lista que él y consiguió salvarse y, así, conquistar su libertad.

Hill ha pensado mucho en el relato de Asker durante la semana que ha estado ingresado. Ha pensado mucho en ella.

Por no decir demasiado.

Pero esta inesperada invitación le ha permitido ocupar la mente en otra cosa.

Hill endereza la espalda. El aire es húmedo, está cargado de la fina neblina de llovizna típica de finales de otoño y de invierno en la provincia de Skåne, pero a él no le importa lo más mínimo.

INDUSTRIAS ALFACENT, SEDE CORPORATIVA, pone en el gran rótulo iluminado que hay al lado de la entrada. Hill desliza la mirada desde el cartel hasta lo más alto de la fachada. El edificio es realmente de lo que no hay. Cristal negro mate en muchas plantas, donde todas las superficies y ángulos apuntan al ciclo. La estructura es mucho más ancha en la base que en la punta, lo cual, junto con la arquitectura futurista, hace que todo el conjunto recuerde a una nave espacial. Lo cual no es del todo sorprendente, teniendo en cuenta la historia de la empresa, o de la familia propietaria, los Irving. Y Hill la conoce. Mejor que la mayoría de la gente.

A un lado hay una rampa, pero Hill decide subir por la escalera. En cuanto el dolor de la herida de bala en el muslo se hace sentir entiende que ha sido una mala idea.

Se detiene, pone una mueca.

La puerta de entrada se abre y un hombre sale a su encuentro. Tiene poco menos de cincuenta años, lleva un traje negro que le queda como un guante y un polo que le marca los anchos hombros y el torso musculoso. En el pelo, igual que en la barba, se le ven algunas canas. Su mirada es firme.

—Bienvenido, doctor Hill —dice—. Deje que le ayude.

Al instante siguiente, el hombre ha terminado de ayudarlo a subir la escalera y lo acompaña al vestíbulo, sin ninguna señal de esfuerzo.

—Mi nombre es Samuel —continúa—. Soy el responsable de seguridad aquí en Alfacent. La recepción está ahí delante.

Hill asiente con la cabeza a modo de agradecimiento antes de echar un vistazo a su alrededor lleno de curiosidad. El vestíbulo impresiona igual que el exterior del edificio. Suelo cerámico de color claro, paredes blancas, techos de diez metros de altura.

En el centro del lobby hay una estatua de un hombre a escala más o menos doble de la natural. El hombre parece protegerse los ojos del sol con una mano, mientras que la otra señala al cielo. O quizá al techo, cuyas lámparas titilan en lo alto como si fueran estrellas. Hill se acerca cojeando.

La estatua es negra como el carbón, y aunque los rasgos faciales solo puedan intuirse levemente, el hombre parece estar mirando las estrellas artificiales lleno de emoción.

Hill solo había visto fotos de la estatua, pero hasta ahora, que está a apenas unos centímetros de ella, no se había dado cuenta de que no está hecha ni de piedra ni de cerámica, sino de cristal negro.

—Gunnar Irving de joven. —Samuel se ha plantado a su lado sin hacer ruido—. El fundador de Alfacent.

—Mmm —murmura Hill.

Espera a que el hombre diga algo más, o por lo menos que haga algún gesto que dé a entender que la solemnidad en su tono de voz no es auténtica. Pero Samuel se limita a asentir con la cabeza, como para exhortar a Hill a seguir adentrándose en el vestíbulo.

Apoyado en la muleta, Hill se acerca a trompicones a la recepción. La mujer sentada al otro lado del mostrador lleva la misma ropa negra que Samuel. Parece más una modelo que una recepcionista.

—Doctor Hill, bienvenido —dice, con una sonrisa un poco demasiado exagerada—. Nova Irving llega unos minutos tarde, le pedimos disculpas por ello. Adelante, siéntese mientras tanto. Vendré a buscarlo en cuanto la señorita Irving haya terminado. ¿Puedo ofrecerle algo de beber? ¿Un expreso, un capuchino, agua mineral?

—Estoy bien, gracias.

Le parece todo muy chapado a la antigua, o quizá más bien muy norteamericano. Que lo traten de usted y que se dirijan a él por el título.

Cojea hasta los muebles de espera cromados y en cuero, se deja caer en una butaca y saca el teléfono móvil.

En lugar de navegar sin rumbo, su mirada se queda clavada en la gran escultura. Los matices del cristal por efecto del reflejo de la luz hacen que la expresión facial del vago rostro cambie constantemente. Va oscilando entre la fascinación, el anhelo y la determinación.

Y algo más, algo un tanto inquietante.

Hill le saca una foto a la cstatua con la cámara del móvil, pero se ve interrumpido por un mensaje de Leo.

¿Puedes hablar un momento?

Hill mira a la recepcionista. La mujer ha abandonado su puesto y se le está acercando con otra de sus sonrisas exageradas. Le responde a regañadientes:

Ahora mismo no.

Vale, hablamos luego. Ha pasado algo, necesito hablar contigo.

—Disculpe la espera, doctor Hill —dice la recepcionista cuando llega hasta él—. Nova Irving ya puede recibirle.

Lo guía por unas puertas de cristal y van hasta un ascensor. La mujer acerca una tarjeta a un lector y pulsa el botón superior del ascensor antes de despedirse con una nueva sonrisa.

El ascensor se mueve con suavidad, pero tan rápido que a Hill se le taponan los oídos.

Toda la situación le parece un poco surrealista, aunque también emocionante.

Apenas han pasado dos horas desde que ha recibido la llamada de una mujer que se ha presentado como la asistenta de Nova Irving. Le ha preguntado sin rodeos si tenía tiempo para reunirse con ella, a ser posible hoy mismo. No ha querido contarle nada más. Y dado que Hill ha estado intentando comunicarse con Alfacent o con la familia Irving desde hace años, la única opción que tenía era decir que sí.

El ascensor frena y las puertas se abren casi sin hacer ruido. Fuera lo está esperando una mujer que ronda la misma edad que él. También va vestida de negro, pero, a diferencia del personal del vestíbulo, ella lleva camisa debajo de la americana, en lugar de un polo. Un colgante de plata le adorna el cuello.

—Bienvenido, doctor Hill. Yo soy Nova Irving, directora ejecutiva de Industrias Alfacent. Gracias por venir con tan poco margen de aviso.

Su voz es sorprendentemente grave; el estrechón de manos, firme. Nova Irving tiene el pelo rojizo y lo lleva recogido en una coleta. Tez bronceada, pintalabios rojo, ojos azules tan claros que casi parecen de mentira.

—Llámame Martin —dice Hill—. Y debo reconocer que siento mucha curiosidad por saber de qué se trata. Tu asistenta ha sido muy críptica al teléfono.

Ella hace un gesto con la mano para invitarlo a pasar a una sala de conferencias con paredes de cristal.

—Enseguida te lo explico. Nos sentaremos aquí dentro.

Hill la sigue, apoyándose en la muleta.

La mesa en la sala de conferencias es ovalada y tiene cinco sillas en cada lado. Por las ventanas se ve todo el norte de Lund.

En la pared corta de la sala, al lado de la puerta, hay un busto. También es de cristal negro. Es más detallado que la estatua del lobby y representa a un hombre mayor con pómulos angulosos, calva incipiente y mirada fija. Hill lo reconoce al instante.

—Gunnar Irving. Mi padre. —La voz de Nova ha adquirido el mismo tono que Hill ha percibido en Samuel en el vestíbulo. Respeto, por no decir pura adoración.

Nova hace un gesto para que Hill se acomode. Ella se sienta enfrente y pone una tableta encima de la mesa.

Hill se deja caer en la silla con pesadez y apoya la muleta en la mesa.

Él espera que Nova le explique por qué lo ha invitado a venir, pero en lugar de eso le hace una pregunta.

—Te pusiste en contacto con nosotros hace unos años, ¿verdad, Martin? Tanto con Alfacent como con la familia.

—Así es —asiente Hill—. Fue con relación a un capítulo que escribí sobre Stjärnholm y Gunnar Irving en mi libro *Lugares olvidados y sus historias*. Pero, lamentablemente, nadie quiso participar en mi entrevista, ni dejarme ir hasta la isla de Blockön.

—No, en aquella época la directora ejecutiva era mi hermana Maud. Tenía otra postura ante las cosas. Era más moderada, se podría decir. Mi liderazgo es más transparente.

La sonrisa de Nova es atractiva y contagiosa.

—¿Y bien? ¿Qué sabes de Alfacent, Martin?

Hill se aclara la garganta.

—Pues... sé que os dedicáis a la tecnología biomédica. Instrumentos quirúrgicos, robots de quirófano y todo eso. Entre otras cosas, fuisteis de los primeros en hacer análisis de ADN.

—En efecto —dice Nova—. Pero también desarrollamos cosas que terminan dentro de las personas. Marcapasos, implantes, válvulas cardiacas artificiales.

Una de sus cejas se enarca medio centímetro, como si esperara que él diga algo. Hill está desconcertado. ¿Acaso Nova está al tanto de la válvula de titanio que lleva en el pecho? Y si es así, ¿qué tiene que ver con su visita?

—Ha sido Eric Holst quien ha mencionado tu nombre —continúa Nova—. Eric es nuestro presidente. Nos ha contado que arriesgaste tu propia vida para salvar a su nieta Smilla de un secuestrador. Y sin correr a la prensa para presumir de lo que has hecho. Eric no es un hombre fácil de impresionar, así que se me despertó la curiosidad y mandé hacer una pequeña investigación sobre ti.

Sin esperar a la respuesta de Hill, da unos toquecitos sobre la tableta.

—Martin Hill —lee en voz alta—. Treinta y un años, criado en distintas localidades de Suecia, pero actualmente catedrático de la Universidad de Lund, donde impartes la asignatura de Arquitectura decadente. Muy apreciado por el alumnado y, además, autor de un libro bestseller que se ha convertido en la biblia de las personas a las que les interesa la exploración urbana, es decir, la visita de edificios y lugares abandonados.

Nova vuelve a enarcar la ceja. Hill sigue sin saber qué decir. La situación es rara a la vez que emocionante. El secretismo, el edificio de oficinas futurista, los ayudantes demasiado amables. Y, por supuesto, la propia Nova Irving. Es guapa, inteligente, carismática. El tipo de persona que en cuestión de segundos puede ocupar todo el espacio de la sala. El contraste con la cama de hospital en la que estaba hace unas horas, o con los espeluznantes recuerdos de la montaña del Reemplazador, no podría ser mayor.

—Y llevas una válvula cardiaca de titanio —continúa—. Una de las nuestras, de hecho, lo cual significa que eres miembro de la familia Alfacent, por así decirlo.

—Ah —dice Hill, finalmente, a falta de algo mejor.

Está claro que debería preguntarle cómo ha conseguido echar

mano de información médica confidencial, pero está demasiado ocupado tratando de dilucidar por dónde irán los tiros de la conversación.

—¿Qué más sabes de la empresa, Martin?

Hay algo en la mirada de Nova y esa pequeña sonrisa que asoma todo el rato en la comisura de su boca que sugiere que lo está poniendo a prueba. Que no piensa poner todas las cartas sobre la mesa hasta que Martin haya recibido el aprobado.

—Alfacent fue fundado por tu abuelo, Bernhard Irving —empieza—. Por aquel entonces la empresa se llamaba All-Konserver y se dedicaba a la industria alimentaria. Bernhard amasó una fortuna durante y después de la guerra, pero hacia finales de los años cincuenta la empresa comenzó a tener problemas.

Se aclara la garganta, se salta las razones que generaron aquella situación.

—En la década de los sesenta, tu padre, Gunnar, tomó las riendas. Cambió el nombre de la empresa por el de Alfacent, redirigió la actividad empresarial hacia el sector de la tecnología biomédica y presentó varios inventos pioneros que hicieron remontar a la empresa a una velocidad récord.

Se detiene ahí, por pura cortesía. Pero Nova no se contenta con eso.

—Y... —Un destello en su mirada, como si lo siguiente fuera decisivo.

Hill elige bien sus palabras. Pero si los investigadores de Nova han podido acceder a la información acerca de su válvula cardiaca, lo más probable es que Nova ya sea conocedora de todo lo que Martin ha escrito sobre la familia Irving en su libro.

—Gunnar, tu padre... —continúa, señalando el busto de cristal con un ligero movimiento de cabeza—, sostiene que sus ideas surgieron a raíz de un encuentro con extraterrestres que tuvo de joven, en el observatorio Bernhard, en la isla de Blockön. El extraterrestre habría llegado de Alfa Centauri, motivo por el cual Gunnar, con el beneplácito de su padre, rebautizó la empresa como Alfacent. Su relato ha dado pie a un montón de leyendas urbanas acerca de Stjärneholm, vuestra finca familiar. Uno de los mitos cuenta que Bernhard yace enterrado en una cámara funeraria subterránea debajo de la propiedad; otro, que hay una red de galerías mineras que cruzan por debajo del lago Miresjön hasta la isla de Blockön.

Nova Irving observa a Hill detenidamente durante varios segundos sin decir nada.

Después, sin previo aviso, la incipiente sonrisa se amplía de lado a lado. Tiene los dientes blancos y rectos, contrastan mucho con su pintalabios rojo carmín.

—¡Buen resumen, Martin! —Aparta la tableta—. Sobre todo lo de los mitos. A lo largo de los años, ha habido montones de habladurías acerca de la empresa y de mi familia. Y lo cierto es que esa es la razón por la que te he pedido que vengas.

Hill se endereza.

—Dentro de poco, Alfacent cumplirá cien años, al mismo tiempo que Gunnar cumple ochenta —continúa Nova—. Con motivo de estas celebraciones, la directiva y yo pensamos que sería oportuno sacar un libro sobre nuestra... —hace una pausa, parece buscar las palabras correctas— pintoresca historia. Alejarnos de las leyendas urbanas y poner el foco en nuestra contribución a la humanidad. ¿Y quién mejor para hacerlo que un escritor que ha sido éxito de ventas y que lleva una de las válvulas cardiacas diseñadas por Alfacent en el pecho? Alguien que ya está familiarizado tanto con la empresa como con la familia, que tiene una alta credibilidad y que, además, es una persona discreta.

Aumenta algún grado más la calidez de su sonrisa.

—Queremos contratarte, Martin. Simple y llanamente.

—Vale... —A Martin se le bloquea el cerebro por unos segundos.

—Por supuesto, pagaremos unos honorarios generosos —continúa Nova—. Tendrás acceso total y absoluto al archivo de la empresa y al archivo familiar en Stjärneholm. Incluso te proveeremos de alojamiento en la finca, para que puedas escribir con total tranquilidad.

—Espera un segundo. —El raciocinio de Hill ha conseguido retomar sus funciones—. A ver... En primer lugar, ya tengo un trabajo.

Nova pone cara de diversión.

—Por lo que tengo entendido, estás de baja. Como mínimo, hasta el próximo curso. Hemos hablado con tu director y él no tiene ningún inconveniente en que te dediques a escribir mientras tanto.

—Ya... —El raciocinio de Hill obvia el hecho de que Nova ya se haya puesto en contacto con su jefe, y salta directamente a la siguiente réplica—. Pero, como puedes comprobar, estoy de baja por un motivo. Tengo la movilidad reducida y he de hacer visitas médicas de forma regular.

Levanta la muleta para reforzar su argumento.

—Stjärneholm cuenta con su propia consulta médica de última generación —dice ella—. Podemos ofrecerte atención médica constante y rehabilitación con los métodos más avanzados que hay.

—Eh... —Hill se agarra la nuca.

La oferta es sugerente, desde luego. Además, existe otro factor en la ecuación que Nova Irving no conoce del todo. Algo que hace que le resulte tremendamente difícil atender a las objeciones de su superyó.

Nova se inclina hacia delante. El colgante roza el tablero de la mesa. Representa una rana, ve Hill ahora. También le da tiempo de vislumbrar su escote, antes de apartar la mirada.

—Además, también podrás conocer a Gunnar en persona, claro —dice ella en voz más baja—. Y visitar el viejo observatorio de Blockön, tal y como siempre has deseado. Prácticamente nadie ha puesto un pie allí desde los años sesenta. Todo sigue intacto. Debería ser un sueño hecho realidad para cualquier explorador urbano. ¿Verdad que tú estuviste viviendo por aquella zona, de adolescente?

Su mirada azul claro vuelve a titilar.

Hill coge una bocanada de aire mientras espera que su superyó le venga con otra protesta. Pero por fin su capacidad de razonar se da por vencida.

Se ha visto sustituida por una vocecilla que le susurra zalamera.

«Visitar el viejo observatorio de Blockön... Lo que siempre habías deseado.»

DIECISIETE AÑOS ANTES

Tiene catorce años. Hace un par de meses su familia volvió a mudarse, esta vez a los bosques de la frontera entre las provincias de Småland y Skåne. Aquí no conoce a nadie, pero, como siempre, hace todo lo posible por encajar. Intenta ser sociable y divertido. Intenta encontrar amigos y hacer como que no se entera de que algunos lo llaman Martin el Negro.

Algunos días son mejores que otros.

Pronto conocerá a alguien igual de divertido y listo que él. Al menos eso es lo que le dice su madre. Y como él no quiere que se ponga triste, no se lo rebate.

Se ha fijado en una chica que tiene su taquilla al lado de la suya. Es alta y ancha de hombros, y la mayoría de los alumnos parece tenerle un poco de miedo.

Leo Asker tiene algo que lo atrae, y Martin ha empezado a pensar en alguna manera de atreverse a acercarse un poco a ella.

Pero esta noche no piensa en nada de eso.

Está de pie en la orilla de la playa. Delante de él se extiende el círculo casi perfecto del lago Miresjön, y mucho más allá se ve el contorno espinoso de la isla de Blockön.

Ha tenido que hacer un largo viaje en autobús, con dos transbordos, para llegar hasta aquí. Después, un paseo exigente a pie hasta el refugio, que está ubicado en el único lugar de la orilla del lago Miresjön, aparte de Stjärneholm, donde la cuesta es lo bastante llana como para poder llegar hasta el agua.

Ha encontrado este lugar en un chat de exploración urbana, donde ha quedado fascinado por Bernhard Irving y su hijo Gunnar el Abducido. Desde que se cruzó con la historia de la familia por primera vez, ha pasado unas cuantas horas en la biblioteca, leyendo todo lo que ha encontrado sobre Stjärneholm, Blockön, la mina Stjärngruvan y el observatorio.

En el chat hay varias personas que han hecho el mismo trayecto que él. Que han bajado hasta la playa de la cabaña solo para constatar que no te puedes acercar más. No hay ningún barco en el lago, y la isla de Blockön queda a casi un kilómetro de la playa. Además, el lago Miresjön tiene casi treinta metros de profundidad, por lo que el agua está helada incluso en pleno verano, lo cual hace que resulte muy difícil nadar en él.

Y, aunque lograras nadar hasta allí, la playa de la isla está repleta de pedruscos y rocas afiladas, así que no podrías subir a tierra sin llenarte de cortes en los pies y las rodillas.

Él ya sabe todo eso, sabe que no podrá alcanzar la isla.

Pero estar allí en la orilla de la playa, mirar por los prismáticos y poder intuir la cúpula del observatorio de Bernhard asomando justo por encima de los árboles ha hecho que el viaje merezca la pena. Poder ver el sitio donde Gunnar Irving asegura que un día llegó el ovni y aterrizó.

Donde la criatura de los ojos brillantes de color rojo se bajó para hablar con él.

Lleva más de dos horas aquí en la orilla. Solo se ha parado para comerse lo que ha traído y descansar un poco los brazos, de tanto sostener los prismáticos. No se ha querido perder ni un segundo, a pesar de que los únicos movimientos que ha visto sean las copas de los árboles moviéndose con el viento y algún que otro pájaro solitario.

Hace un momento ha comenzado a caer la tarde. La penum-

bra se acerca sigilosamente por el lago y hace que las estrellas afloren en el cielo.

Un último vistazo, después tendrá que irse, si quiere llegar a tiempo a coger el autobús.

Alza los prismáticos, enfoca la silueta oscura del observatorio.

Despacio, desliza los prismáticos por la isla y el agua en dirección a Stjärneholm. Según el foro del chat, debería haber un túnel secreto que une la isla con tierra firme, pero nadie lo ha encontrado nunca. Quizá hasta haya todo un sistema de túneles por explorar, y una tumba subterránea. Incluso después de dos horas vigilando, solo de pensar en ello se le acelera el corazón.

Un búho ulula en la distancia. El siniestro sonido cruza el lago, hasta que se hace silencio otra vez. Él barre de nuevo la isla con los prismáticos y vuelve a centrar la vista en el observatorio. Lo contempla durante algo más de un minuto, a modo de despedida.

Y entonces, justo cuando está a punto de bajarlos, le parece ver algo.

Algo que lo deja de piedra y paralizado durante tanto rato que acaba perdiendo el autobús.

Durante los años siguientes, empezará a inclinarse por la idea de que fue su imaginación la que aquella noche le jugó una mala pasada. Que vio algo que deseaba ver, puesto que en aquel momento era lo único que tenía.

Y puede que fuera así. Por pura lógica, sería la explicación más acertada. Pero una pequeña parte de su persona se aferra a lo que le pareció ver en la isla de Blockön, en lo alto del cielo, justo por encima del observatorio, durante apenas unos segundos.

Un intenso resplandor blanco, que titila un instante y luego desaparece.

ASKER

El aire de su pequeño despacho le parece denso y cargado. Delante, en el escritorio, está su teléfono móvil, con el mensaje de respuesta de Martin aún visible. Su cerebro va a mil revoluciones, pero lo único en lo que consigue pensar es en que quiere hablar con Martin Hill. Él conoce su infancia, fue él quien le puso el apodo a su padre.

Per el Paranoias.

Su padre, el loco que construye búnkeres y reúne armas, material explosivo y artículos de primera necesidad mientras se prepara para el día del Juicio Final. El hombre con el que, hasta hace apenas unos segundos, creía que jamás volvería a tener contacto. Y de repente él intenta volver por la fuerza a su vida.

Asker se arremanga lentamente la camisa. La cicatriz todavía le pica y la acaricia con la yema de los dedos. Resigue las letras tatuadas que la cubren.

Once letras.

«Resiliencia.»

Al cabo de un rato, el ritual consigue acabar con la picazón y reducir el nivel de estrés de Asker. Vuelve a bajarse la manga.

¿Es cierto lo que Per le ha dicho?

Enciende el ordenador. En realidad, lo que se suele llamar el banco de datos de la policía está compuesto por varios sistemas, de los cuales algunos son antiguos y otros un poco más modernos, y todos tienen en común que no colaboran demasiado, ni entre ellos ni con el usuario.

Aun así, después de teclear un rato, Asker consigue obtener un índice de denuncias policiales recientes. Las ojea por encima. No pone nada sobre un cuerpo hallado en los entornos de La Granja.

Suspira de alivio.

¿Acaso la llamada solo era una manera de tocarle las narices, un intento de manipularla? Asker somete la teoría a su proceso de costumbre.

Hipótesis: Per le ha contado una mentira.

Pregunta: ¿Por qué?

Respuesta: Para joderla.

Pregunta: ¿Por qué?

Respuesta: Porque cree que, jodiéndola, tiene algo que ganar.

Pregunta: ¿Por qué?

¿Qué podría ganar Per poniéndose en contacto con ella, después de quince años de silencio, solo para joderla? ¿Por qué intentaría colarle algo tan fácil de comprobar? ¿Y por qué ahora, precisamente?

Asker vuelve a coger el teléfono de sobremesa y marca el número del centro de control.

—Aquí Asker, de Delitos Violentos —dice en cuanto un operador le responde—. ¿Habéis mandado alguna patrulla a hacer una inspección en los bosques de Göinge? ¿En relación con una persona muerta?

Asker cruza los dedos para que el compañero del otro lado no esté enterado de que ella ya no trabaja en la sexta planta, sino que ahora es jefa de la Unidad de Casos Perdidos, en el sótano.

—Un momento...

Oye el sonido del teclado.

—Sí, es correcto —continúa el operador—. Es muy reciente,

hace apenas una hora. La patrulla sigue allí. Puedo conectarte directamente, si quieres.

—Fantástico, gracias.

Asker pone una mueca. Entonces, Per le ha dicho la verdad acerca del cuerpo. Pero ¿cómo puede saber que ya lo han encontrado? ¿Y cómo puede saber que el hallazgo lo convertirá en sospechoso?

El agente de policía in situ responde tan pronto que Asker deduce que tenía el móvil en la mano.

—Aquí Asker, de Delitos Violentos —se presenta—. Tengo entendido que habéis encontrado un cadáver.

—Sí, así es. —El hombre suena un poco desconcertado—. Pero ya he hablado con tu compañero. Me ha dicho que estáis de camino.

—Supongo que nos hemos cruzado las llamadas. ¿Serías tan amable de ponerme al día otra vez? ¿Dónde dices que estáis?

—Justo al norte de la frontera con Småland. Un sitio que se llama Hultet. Nos han llamado dos chicos del municipio. Estaban vaciando un viejo vertedero de poda y restos vegetales y han encontrado un cuerpo.

Asker puede visualizar el lugar. Ha pasado por allí con la bici cientos de veces. Queda junto a un camino secundario a tan solo quinientos metros de las verjas de La Granja.

—Como acabo de contarle a tu compañero, la víctima es un hombre adulto —continúa el agente de policía—. A juzgar por las apariencias, de unos cincuenta años. Está bocabajo, con la cara en la tierra. No se puede ver nada más y no queremos tocar el cuerpo. Los técnicos forenses ya vienen para aquí.

—¿Cuánto rato crees que lleva ahí? —pregunta Asker.

—Difícil de decir. Según los del ayuntamiento, aquí se dejaron de depositar restos de poda hacer más de quince años, porque la superficie ya estaba llena. Por eso, después de la última descarga se cortó el camino de acceso con una barrera. Pero ahora tienen que hacer pasar un tendido eléctrico por la zona, así que han decidido abrirse paso por los deshechos. La víctima estaba debajo del primer montón en el que han metido la pala de la excavadora. El que queda más cerca de la barrera.

—¿Te refieres a que el último montón de restos vegetales había sido volcado encima del cuerpo?

—Sí, eso mismo. Me cuesta un poco imaginar cómo lo habrán hecho, si no. Es una montaña de restos vegetales más que considerable, como mínimo dos camiones enteros, y el cuerpo estaba casi exactamente en el centro, debajo del todo.

—Entonces, ¿el muerto lleva quince años, o más, ahí dentro?

—Probablemente —responde el policía—. Pero está muy bien conservado. Aún tiene pelo, la ropa está entera.

—¿Puedes mandarme fotos?

—¿Es necesario? El compañero con el que acabo de hablar me ha dicho que en breve tendréis a alguien aquí...

—Sería genial si me pudieras mandar algunas fotos ahora mismo —lo interrumpe ella.

Le da su número de teléfono y Asker se queda esperando con los ojos clavados en el móvil.

Quince años atrás, ella aún vivía en La Granja con el Paranoias. Recuerda tanto la barrera como las enormes pilas de maleza al otro lado, pasaba por allí al ir y al volver del colegio. Por lo que parece, para entonces el muerto ya estaba allí.

Un minuto más tarde, el teléfono empieza a vibrar.

En la primera imagen se ve una excavadora al lado de un hoyo de medio metro de profundidad. Alrededor de este y junto a la máquina se ven pilas enormes de restos de poda parcialmente descompuestos. Ramas y ramitas mezcladas con tierra, gravilla y piedras. Al fondo se ve una barrera levantada.

La siguiente foto es más de cerca. El muerto va vestido de pies a cabeza. Yace bocabajo con los brazos estirados en los costados, aún medio enterrado en el suelo pantanoso.

Sobre la espalda ancha lleva una chaqueta azul de tejido

Beaver Nylon. Del cuello asoma una camisa de felpa a cuadros, y por encima de esta se ve un cogote con mechones de pelo pegajosos.

Asker amplía y aleja la imagen unas cuantas veces. Se centra en la parte más visible de las palmas de las manos. La piel está sucia, pero no tiene señales de descomposición.

El agente de policía tiene razón: al primer vistazo el cuerpo parece demasiado bien conservado como para llevar quince años o más debajo del montón. Pero, teniendo en cuenta dónde ha sido hallado, tampoco sería tan raro. Las tierras bajas al este de La Granja están compuestas, básicamente, por turberas encharcadas. Y las turberas son pobres en oxígeno, lo cual interrumpe la cadena de descomposición tanto de tejidos vivos como de fibras vegetales. Es decir, el cuerpo podría tener perfectamente los años que dice el policía.

Pero hay algo en las fotos que le rechina, algo que no termina de ver con claridad.

Se levanta inquieta de la silla y se va al *office* para ponerse una taza de café. Virgilsson, Rosita y Zafer están sentados a una de las mesas, ocupados con lo que parece ser una discusión alegre, pero callan de golpe en cuanto ella entra.

—Acabo de darles la gran noticia —dice Virgilsson con una de sus sonrisas de sapo. El chaleco de lana que lleva por encima de la camisa es de cuadros de colores y hace que parezca una imagen de prueba de televisión—. Que de aquí en adelante eres la jefa permanente del Departamento de Recursos.

—Qué bien —asiente Rosita con un jadeo con el que parece más despavorida que contenta.

Zafer, en cambio, habla cinco decibelios más alto de lo necesario, como de costumbre.

—Felicidades —dice, y se recoloca las gafas, que llevan un audífono incorporado al final de cada patilla.

—Gracias —contesta ella—. ¿Atila no está?

—No... —Virgilsson intercambia una mirada con los demás—. Kent está enfermo. En esta época del año siempre suele ponerse de baja.

—Exacto —afirma Rosita en una inspiración. Añade una sonrisita triste.

Asker se sirve un café. Debería preguntar algo más sobre Atila, pero ahora mismo le cuesta pensar en el bienestar de sus empleados.

—¿Cómo lo veis? ¿Vamos al lío?

Virgilsson se levanta y consigue llevarse a los otros dos, casi como si temieran que Asker fuera a sentarse con ellos a la mesa, cosa que no tenía ninguna intención de hacer.

—Oye, Rosita —dice Asker justo cuando la mujercita está a punto de salir del *office*—. Necesito ayuda con una cosa.

Rosita, cuyo nombre real es Gunilla Rosén, se toquetea nerviosa la manga de la rebeca mientras sigue a Asker hasta el despacho.

Asker ve que Virgilsson se ha detenido delante del casillero, fingiendo que está hurgando entre unos papeles al mismo tiempo que va lanzando miraditas hacia ellas dos. En cuanto Rosita se mete en el despacho, Asker procura cerrar debidamente la puerta.

—Necesito que me busques una cosa en los registros.

—Vale —dice Rosita, y vuelve a respirar.

—Un hombre de unos cincuenta o sesenta años, desaparecido hace quince. De complexión relativamente ancha, pelo medio largo de color castaño y que llevaba ropa de trabajo en el momento de su desaparición. Podría tener algún vínculo con la zona fronteriza entre las provincias de Skåne y Småland.

—Vale —vuelve a decir Rosita—. No son muchos datos.

—No, lo sé —dice Asker—. Pero también sé que tú eres una máquina gestionando los sistemas informáticos. De hecho, nunca he conocido a nadie ni la mitad de bueno.

—Vaya. —Rosita se toquetea ruborizada un botón de la rebeca. Es obvio que no está acostumbrada a los halagos.

—Y que quede entre nosotras, por favor. Nadie, ni aquí en la casa ni fuera de ella, tiene ninguna necesidad de saber de esto. Ni siquiera Virgilsson, ¿estamos de acuerdo?

Asker le aguanta la mirada.

—Por supuesto —murmura la mujercita.

—Gracias. Con un poco de suerte, quizá consigamos algo de interés para tu amigo el periodista del *Sydsvenskan*.

A Asker no le gusta filtrarle información a la prensa, pero el hecho de que Rosita esté enamorada de un reportero claramente gay del *Sydsvenskan* es uno de los pocos comodines que tiene para jugar.

A Rosita se le ilumina la cara.

—Me pongo ahora mismo a ello.

En cuanto Rosita sale por la puerta, Asker vuelve a abrir las imágenes. Amplía las secciones de una en una y va ajustando el contraste y los colores, en un intento de encontrar alguna otra pista de quién podría ser el muerto o qué es eso que le está generando la sensación de que hay algo que se le escapa.

Entre las rodillas del hombre hay algo anguloso que sobresale del suelo. Amplía todo lo que el zoom le permite y pasa la foto a blanco y negro. Forzando la mirada, le parece intuir una esquina de algo que podría estar hecho de cuero.

Vuelve a llamar al agente de policía ubicado en el lugar del hallazgo.

—Aquí Asker otra vez, de Delitos Violentos —dice en cuanto él se lo coge—. En la foto parece que hay algo enterrado en el suelo entre las rodillas de la víctima. Podría tratarse de una cartera. ¿Podéis echar un vistazo?

—Espera un momento.

Su voz suena más incomodada que antes. Asker oye un murmullo de voces, ruido telefónico y algunos pitidos. Cuando comprende que el agente la ha conectado con otra línea, ya es demasiado tarde.

—Hola, Leo —dice Jonas Hellman al otro lado. Asker reprime un juramento—. Que yo sepa, te trasladaron de Delitos Violentos hace un par de semanas. —Su tono es de regocijo, como si disfrutara de la situación, cosa que seguro que hace—. Y, además, hace nada has renunciado a la oferta de volver al departamento —continúa—. Como comprenderás, me sorprende un poco enterarme de que vas por ahí llamando y diciendo que aún trabajas para nosotros.

Asker coge aire. Sopesa la posibilidad de colgar directamente.

—Haremos lo siguiente —prosigue Hellman—. Consideraré este pequeño tropiezo como un descuido en el trabajo. Eres una buena policía, Leo, siempre me lo has parecido. Y lo has hecho bien en el caso Smilla Holst.

Su voz cambia, se vuelve más cortante.

—Pero también has sido lo bastante tonta como para despreciar mi generosa oferta. Has elegido quedarte allí abajo con el personal perdido y los casos sin sentido del Departamento de Recursos antes que trabajar para mí. Me cuesta no tomarme un rechazo así como algo personal, sobre todo después de...

Hace un alto y deja el resto de la frase en el aire, pero Asker puede oírla de todos modos.

«... después de lo nuestro.»

—Así que, de aquí en adelante, Leo... —dice Hellman, exageradamente sereno—. De aquí en adelante procurarás mantenerte bien alejadita de mi departamento y de nuestros casos. ¿Te queda claro?

Asker abre la boca para decir algo, cualquier cosa para que él no sea el último en hablar. Pero Hellman ya ha colgado.

EL HOMBRE DE CRISTAL

Las primeras semanas tras el despertar son tremendamente tormentosas.

Su cuerpo debe vaciarse de algunos líquidos, llenarse de otros.

Medirse, pesarse, punzarse, entrenarse para recuperar las fuerzas.

Alimento, medicación, entrenamiento, análisis, consultas médicas.

Un ciclo eterno y doloroso que tiene que sufrir antes de recuperar su libertad.

Antes de que Padre esté contento con él.

Así que procura controlarse. Obedecer, esperar su momento.

Echa de menos volver a la oscuridad y el inframundo.

A la humedad y el frío. A las cámaras secretas a las que nunca llega la luz.

A medida que su fuerza va aumentando, también empieza a crecer otra cosa en su interior. Una sensación familiar de preocupación.

Y de hambre.

HILL

Lo primero que Hill hace en cuanto llega a su piso es buscar un ejemplar de *Lugares olvidados*.

Durante una época estuvo muy interesado por la historia de la familia Irving y tenía intención de escribir un libro solo de ella. Tal vez incluso encontrar una explicación a ese resplandor que le había parecido ver de adolescente.

Ha jugado con la idea de si pudo haberse tratado de un meteorito, un globo meteorológico o quizá algo tan simple como una luz de avión que su imaginación había transformado en otra cosa. Fuera como fuera, estuvo obsesionado con visitar la isla de Blockön y el observatorio, intentar investigar si había algo de cierto en todos los rumores.

Pero, al no tener acceso a los lugares ni conseguir ninguna oportunidad de entrevistar a los miembros de la familia, todo el proyecto hizo aguas. A pesar de tener un ordenador lleno de pesquisas y rumores no confirmados, se vio obligado a reducirlo todo a un simple capítulo en *Lugares olvidados*, que desde entonces se ha abstenido de leer por pura frustración.

Tras la reunión que acaba de tener, necesita recordar qué fue lo que escribió en su momento. Se acomoda con dificultad en el sofá y busca el capítulo titulado «La mina Stjärngruvan y el observatorio de la isla de Blockön».

El lago Miresjön es único en su especie. Se encuentra justo en la frontera entre las provincias de Skåne, Blekinge y Småland, es un círculo casi perfecto y muy profundo. En el centro del lago está la isla de Blockön, también única, puesto que el terreno está principalmente compuesto por una singular roca llamada «riolita», que solo se forma a temperaturas muy elevadas. Por ello, los geólogos están de acuerdo en que el lago es un cráter originado por una gran erupción volcánica hace aproximadamente cincuenta millones de años.

El texto se ve cortado por una foto aérea tomada con un dron en la que se observa un lago oscuro y redondo, rodeado de cuestas empinadas cubiertas de abetos. En el centro del lago se ve un punto verde, una isla llana que también está cubierta de bosque.

Pero también hay otra teoría, más local.

Se dice que el cráter, el lago y la isla son el resultado de la caída de un meteorito. Bernhard Irving, el fabricante de productos alimentarios, se obsesionó con dicha teoría, lo cual estuvo a punto de arruinarlo.

Una nueva imagen, esta vez en blanco y negro, de un hombre de unos cincuenta años y pelo ralo, perilla y gafas oscuras. La mirada apunta a la derecha del objetivo, hacia arriba, lo cual le otorga una expresión soñadora.

Bernhard Irving había oído la historia del meteorito desde que era pequeño. Le fascinaba la idea de que una roca espacial hubiese viajado durante millones de años, a través del frío y la oscuridad, para terminar su recorrido justo en estos bosques. Con ayuda de la fortuna que Bernhard Irving había amasado en la industria de la alimentación, comenzó a destinar cada vez más tiempo a tratar de demostrar que la leyenda era cierta.

Compró la isla de Blockön y grandes áreas de terreno alrededor del lago y abrió una mina en la isla. La bautizó con el nombre de *Stjärngruvan*, la Mina de las Estrellas.

Además, en el tejado de la torre de extracción ordenó construir un observatorio. La zona apenas está poblada y el cráter está formado de tal manera que no hay ninguna fuente de luz artificial que moleste, lo cual hace que el lugar sea idóneo para la observación de las estrellas.

Bernhard Irving empleó la riolita extraída de la mina para construir Stjärneholm, la finca familiar ubicada en la orilla sur del lago. Pero el propósito real de la mina era encontrar restos del meteorito, que, según Bernhard, habrían quedado enterrados en algún lugar muy por debajo del lago. Con un descubrimiento así se volvería inmortal.

La siguiente imagen es en blanco y negro. Una foto grupal de una decena de hombres, la mayoría en monos de trabajo y casco de minero, delante de una fachada de chapa.

En el centro de la foto está Bernhard Irving. Sonríe de oreja a oreja, y tiene un brazo pasado por los hombros del ingeniero de minas, un hombre más bajito con gafas redondas que lleva camisa y corbata por debajo del mono y que sostiene un sujetapapeles en una mano. Al fondo se ven los pilares de la torre de hormigón que conforman la torre de extracción y el montacargas.

«Personal de Stjärngruvan, 1956», dice el pie de foto.

Hill pasa la hoja y sigue leyendo.

Tanto geólogos como astrónomos rechazaron por completo la teoría de Bernhard Irving. Además, comenzaron a correr los rumores de que se había encontrado obsidiana en la mina. La obsidiana, también conocida como «vidrio volcánico», se forma, precisamente, en erupciones volcánicas, y los supuestos hallazgos eran una clara señal de que la teoría del meteorito de Bernhard

Irving era errónea y que estaba derrochando el dinero en un proyecto condenado al fracaso.

Bernhard Irving no hizo caso de las advertencias. Su fijación por el espacio exterior creció hasta convertirse en una obsesión que acabó teniendo trágicas consecuencias.

Tras un desprendimiento en la Mina de las Estrellas en 1965 que se cobró la vida de tres personas, se vio obligado a cerrar las instalaciones. Al mismo tiempo, tanto la empresa como la familia Irving estaban al borde de la quiebra. En un giro inesperado, Gunnar, el hijo de Bernhard, convenció a su padre para que se retirara de su puesto como director ejecutivo, tras lo cual él mismo, con tan solo veintidós años, cogió el mando del timón de la empresa familiar.

Otra foto, esta vez en color, en la que se ve a un joven Gunnar Irving. Rasgos marcados, mirada penetrante. El texto sigue con un párrafo más breve acerca de cómo Gunnar redirigió la empresa al sector de la tecnología biomédica.

La primera patente de Gunnar fue la de un bisturí hecho, precisamente, de obsidiana. Como por caprichos del destino, la misma roca que había estado a punto de arruinar a Bernhard se convirtió también en la salvación de la empresa y la familia.

Gunnar afirmaba que había tenido esta y otras ideas pioneras a partir de un encuentro con un extraterrestre en el observatorio de Blockön. Una criatura enorme y negra con ojos rojos refulgentes.

Hill se había muerto de ganas de interrogar a Gunnar acerca del encuentro, pero eso también había caído en saco roto. Gunnar Irving lleva muchos años sin conceder entrevistas.

El último fragmento del capítulo trata de la finca, Stjärneholm, y va acompañado de la imagen de un edificio lúgubre de una arquitectura peculiar, ubicado en un gran parque.

La finca Stjärneholm sigue siendo propiedad de la familia. Su singular estilo arquitectónico se describe como una mezcla de gótico y futurista.

Bernhard Irving, que falleció en 1996, está enterrado en la propiedad. Corren rumores de que descansa en una cámara funeraria diseñada por él mismo, pero son datos que nunca se han podido probar. Lo mismo ocurre con un supuesto sistema de túneles que conectarían Blockön con Stjärneholm.

A temporadas, el relato de Gunnar sobre su encuentro con el extraterrestre ha generado pequeñas olas de turismo ufológico en la zona.

La última tuvo lugar en 2001, el mismo año que Bernhard Irving habría cumplido cien años. Un fenómeno luminoso se percibió en el cielo, seguido de una fuerte detonación, lo cual generó mucho revuelo en los alrededores. El fenómeno resultó ser un bólido, un meteorito que desprende una luz inusualmente intensa, que entró en la atmósfera justo por encima del lago.

El capítulo se cierra con una nueva foto aérea, esta vez sobre la isla de Blockön. En el centro de esta, en un claro en mitad de la densa vegetación, se ven dos tejados oxidados de chapa corrugada, y al lado de estos una enorme torre de extracción de hormigón con laterales abiertos. Recuerda vagamente a una torre vigía del medievo. Una cúpula oscura se perfila en lo alto de la torre.

En la isla de Blockön siguen en pie los edificios de la mina y el observatorio de Bernhard. Las condiciones naturales hacen que la isla sea de difícil acceso. Además, está prohibido desembarcar, por el riesgo de desprendimientos y hundimientos a causa de las antiguas galerías mineras que hay bajo la isla.

A Hill le cuesta apartar la mirada de la foto. Nova Irving tenía toda la razón. Martin lleva pensando en Blockön desde que era adolescente. Las promesas de poder visitar la isla, hospedarse en Stjärneholm y, además, entrevistar al esquivo Gunnar Irving en persona habrían sido más que suficientes para aceptar el trabajo sin pensárselo dos veces.

Otra razón por la que ha aceptado de inmediato es porque necesita algo en lo que concentrarse. Algo que haga que no tenga que pensar en la terrible montaña del Reemplazador ni en lo cerca que ha estado de morir.

Investigar los secretos de la familia Irving es justo la medicina que necesita.

Hill cierra el libro y lo deja en la mesita de centro. De pronto se acuerda de que le ha prometido a Leo que la llamaría en cuanto pudiera, por lo que coge el teléfono.

Ella responde al primer tono.

—¿Puedo pasarme a tomar un café? —dice sin siquiera saludar—. Ha ocurrido una cosa.

ASKER

—O sea, ¿el Paranoias aparece de la nada y te pide que lo ayudes para que no lo metan en el trullo por asesinato?

—Eso mismo.

Está sentada en la cocina de Martin, a una rígida mesa de diseño que no encaja en absoluto con el resto del mobiliario de su piso. Ella se ha encargado de preparar el café y unos bollitos y él ya le ha explicado que tampoco está tan lisiado como parece, lo cual es mentira. Pero es un alivio verlo en pie otra vez, y no en la cama del hospital. Además, parece estar de buen humor, al menos hasta que Asker le ha contado lo de la llamada de su padre.

—Hostia, Leo —dice él con un suspiro—. Y yo que pensaba que había tenido un día cargado de emociones. Felicidades, ganas por goleada.

—¡Gracias!

Pese a la gravedad del asunto, Asker no puede evitar esbozar una sonrisa. Es la primera vez que está en casa de Martin. Otro paso discreto en su relación de adultos. En la adolescencia eran mejores amigos. Después, muchos años cada uno a su aire sin mantener ningún contacto en absoluto. De no haber sido por el caso Holst, quizá nunca se habrían reencontrado. Pero Asker se alegra muchísimo de haberlo hecho.

Fue gracias a Martin que Asker hizo acopio suficiente de valor para romper con Per el Paranoias y ser libre. Con ello, Martin también le salvó la vida, y puede que Asker se lo cuente algún día. Pero hoy no. Esta tarde se contenta con el pequeño paso que supone haber conocido su casa.

Aparte de la rígida mesa de diseño, el piso de Martin es acogedor. Librerías a rebosar, sofás de Ikea muy usados, un tocadiscos de los años ochenta. En las paredes hay pósteres de películas antiguas que parecen originales. Asker ha buscado rastros de Sofie, la novia de Martin, pero no ha encontrado ninguno. Por otro lado, tampoco ha entrado ni en el dormitorio ni en el cuarto de baño. Ni debería hacerlo, se dice a sí misma.

—¿Y bien? ¿Qué piensas hacer?

—La verdad es que no lo sé. Per sabe quién es el muerto, pero no quiere decirlo. Y me ha llamado desde un número oculto, así que no puedo localizarlo, a menos que me apetezca subir a La Granja.

—¡Ni se te ocurra, no me jodas! —exclama Martin.

—No, tranquilo, no tengo ninguna intención.

Asker esconde rápidamente la cara detrás de la taza de café. Martin se preocupa por ella, lo cual le resulta bastante atractivo.

—Está claro que no pienso poner un pie en La Granja —continúa—. Per me está probando, igual que hacía cuando era pequeña. Y si quiero evitar una masacre, tengo que seguirle el juego. El problema es que estoy dando palos de ciego, y puedo dar por seguro que Hellman ha dado órdenes a toda la casa de mantenerme bien alejada de todo.

—¿Y el hombrecillo ese de tu departamento que te ayudó la última vez? El que te llevó a escondidas adonde la científica. ¿Puede volver a hacerlo?

—¿Virgilsson? Me vendió a Hellman en cuanto tuvo la oportunidad. Gracias a él, Hellman se presentó en los bosques de allí arriba para llevarse todo el honor de haber capturado al Reemplazador y convertirse en un héroe nacional.

—Lo cual no dejó de ser una gran suerte —replica Martin—, porque si Hellman no llega a aparecer, Smilla Holst no habría sobrevivido.

Asker niega con la cabeza. Sabe que Martin tiene razón, pero prefiere no reconocerlo.

—Hellman es el niño bonito de la cúpula policial —continúa—. Por eso, a ojos de Virgilsson, Hellman es un socio potencial mucho mejor que yo, así que no puedo fiarme de él. Y menos aún pedirle favores.

—Entiendo...

Se quedan callados unos segundos mientras toman un poco más de café.

—¿Y qué va a pasar ahora? —pregunta Martin—. Con el caso, me refiero.

—Los técnicos forenses están acabando de examinar el lugar del hallazgo en el bosque. Esta tarde llevarán el cuerpo al Instituto Forense para hacerle la autopsia. Compararán las huellas dactilares, los registros dentales o el ADN para identificar a la víctima. Intentarán determinar la causa de la muerte, si es que se puede, después de tantos años.

—¿El Instituto Forense aquí en Lund?

—Eso es.

Martin parece pensar algo.

—A ver, yo tengo un viejo colega de exploración urbana que trabajaba en el Instituto Forense en el turno de noche. ¿Te serviría de algo poder echar un vistazo al cadáver?

Asker da un respingo.

—Sería genial.

—Perfecto, pues lo llamo ahora mismo y le pregunto si aún trabaja allí.

Empieza a buscar su teléfono con la mirada por la cocina.

—Espera un segundo —dice Asker—. Desde que he llegado solo hemos hablado de mí. Antes has dicho que has tenido un día cargado de emociones.

—Sí, la verdad es que sí. —El tono de Martin se vuelve jovial—. Me han pedido que escriba un libro. Sobre Gunnar Irving.

—¿Gunnar el Abducido? ¿El de Stjärneholm?

—¿Lo conoces?

—Pues claro. Todos los que vivíamos en el bosque lo conocemos. De Stjärneholm a La Granja no puede haber más de cincuenta kilómetros. Recuerdo que por allí cerca había una cafetería cutre con un platillo volante en el tejado.

—Me ha contratado la hija de Gunnar, una tal Nova —dice Martin—. Es directora ejecutiva de Alfacent, la empresa familiar. Me han prometido una entrevista en exclusiva con Gunnar, además de poder hospedarme en la finca.

—Guau. Entonces, ¿vas a llegar al fondo de la historia esa del ovni?

Martin asiente con frenesí.

—A ver, el encargo no consiste del todo en eso, pero yo he estado prácticamente obsesionado con Stjärneholm, la isla de Blockön y Gunnar el Abducido desde que empezó a interesarme la exploración urbana, al principio de la adolescencia. Corren rumores de que hay túneles entre Blockön y tierra firme, incluso se habla de una cámara funeraria secreta debajo de la finca. Durante una temporada quise escribir un libro acerca de todo eso, pero me quedé atascado. Al final tuve que reducirlo todo a un solo capítulo de *Lugares olvidados*.

Le brillan los ojos. A Asker le gusta cuando le pasa.

—Ah, ya lo entiendo —dice—. O sea que ahora vas a escribir un libro por encargo sobre Alfacent y, al mismo tiempo y en secreto, recopilar el material que necesitas para terminar tu propio libro.

—¡Joder, deberías hacerte policía! —repone Martin con una sonrisita—. Pero sí, algo así estaba pensando. Obviamente, he tenido que firmar un contrato de confidencialidad, pero por lo que he podido leer eso solo me impide revelar datos que no estén aprobados para salir publicados en el libro que me encargan, o cosas que no sean ya de dominio público. Cuanto más amplíe el relato sobre Alfacent, más libertad tendré yo más adelante. La historia de la empresa está íntimamente ligada a la de la familia Irving, y es de lo más fascinante. La familia ha sufrido toda una serie de tragedias. Bernhard Irving, el padre de Gunnar, se volvió loco y estuvo a punto de llevarlos a todos a la ruina. Su proyecto minero en Blockön sufrió un desprendimiento y murieron tres personas. Y Viggo, el hijo mayor de Gunnar, se salió del camino con el coche y cayó directo al lago Miresjön. Su futuro cuñado, que iba con él en el coche, falleció.

—Ya —asiente Asker—. Leyendas de ovnis, túneles y secretos de familia. No me extraña que estés interesado.

Le gusta ver a Martin así de entusiasmado, le recuerda al Martin que conoció de pequeña. El Martin al que tanto ha echado de menos.

—¿Y cuándo empiezas?

—Me mandan un coche mañana mismo —responde él—. Aun así, no puedo trabajar en la uni hasta el próximo curso, y en casa no aguantaré más de tres o cuatro días sin subirme por las paredes. Un cambio de ambiente sería perfecto, y esto es un proyecto de ensueño. —Martin hace una pausa, mira a Asker largo y tendido—. Por cierto, no me has echado la bronca por haber cogido el alta demasiado pronto, como todos los demás.

Asker está a punto de preguntar si con eso de «todos los demás» se refiere a Sofie, pero se controla.

—He pensado que tendrás tus razones —se decanta por decir—. Además, ya eres un hombre adulto, puedes tomar decisiones estúpidas por ti mismo.

—¡Eso es! —conviene Martin, riendo—. Soy experto en asumir las consecuencias de mis estupideces.

Se toquetea el muslo a la altura de la herida de bala.

—Y, hablando de estupideces, no te he dado las gracias por lo que hiciste en la montaña. Y después en el helicóptero. Me mantuviste con vida...

Asker intenta mirarlo a los ojos, pero le resulta inesperadamente difícil.

—No hay de qué —murmura con la mirada perdida en la taza—. Seguro que tú habrías hecho lo mismo por mí.

La frase le sale sola, y ya se está arrepintiendo de haberla dicho. Martin sigue mirándola unos segundos antes de asentir despacio con la cabeza.

—¿Más café? —propone entonces, como si se percatara de que el ambiente se ha cargado un poco.

Se levanta con dificultad, rechaza con un aspaviento el intento de Asker de echarle una mano.

—Tengo que mantenerme activo —continúa él—. Sobre todo si quiero aguantar una visita a Blockön.

Martin sirve más café para los dos.

—Pero, antes de nada, intentaré colarte en el Instituto Forense para que puedas echarle un vistazo a la momia del pantano. Está claro que ser amigo tuyo puede ser cualquier cosa menos aburrido.

En el camino de vuelta al coche, Asker nota que está de mejor humor.

No está acostumbrada a tener a alguien con quien hablar. Además, Martin se ofrece a ayudarla, a pesar de estar ocupado con un proyecto con el que llevaba años soñando.

Es casi como si hubiesen retomado su amistad desde el punto donde la dejaron. Como si la pausa de dieciséis años no hubiese tenido mayor relevancia. Martin sigue siendo su aliado, su contrapeso contra Per el Paranoias.

A Asker le gusta la idea.

Pero, en paralelo, hay otra idea que le ocupa la mente. Una bastante más preocupante.

Jonas Hellman sabe que Asker está interesada en el cadáver, y no es tan tonto como para no acabar descubriendo por qué. Ella nunca le ha hablado de su padre, ni siquiera durante la época tan intensa que pasaron juntos, varios años atrás, cuando la relación era de lo más prohibida y emocionante.

Durante quince años, Asker ha mantenido a Per el Paranoias encerrado en su cabeza. Era su fantasma. A veces, también su salvador, por muy raro que pueda sonar.

Y, al mismo tiempo, su punto débil.

Basta con que alguien busque los nombres de los propietarios de las tierras de alrededor del lugar donde han encontrado el cadáver para que Hellman entienda por qué Asker está metiendo las narices en el asunto.

Jonas es consciente de que, a pesar de su apariencia de niño aplicado y de todos los recursos de los que dispone en Delitos Violentos, llevó el caso Holst en la dirección equivocada. Vive con la vergüenza de saber que en realidad fue ella, con ayuda de Martin Hill y algunas balas perdidas de la Unidad de Casos Perdidos, los que liberaron a Smilla Holst y le pararon los pies al Reemplazador. Y que, para más inri, Asker había dejado que Hellman se llevara todo el reconocimiento.

Para un macho alfa como Jonas Hellman cuesta imaginarse una humillación peor. Pero está claro que condenar al padre de Asker por asesinato lo ayudaría a recuperar parte de su honor.

Por eso ahora Asker tiene que ayudar a Per el Paranoias —un hombre que en su día intentó matarla— a que no lo metan entre rejas por homicidio, al mismo tiempo que tiene a Hellman y todo su departamento pisándole los talones.

Asker se aprieta el tabique con los dedos.

Martin tiene razón.

Su día gana al de Martin por goleada.

Y, aun así, lo más probable es que esto solo sea el principio.

EL HOMBRE DE CRISTAL

Siempre ha sabido que él era especial, ya desde que nació.

Incluso antes.

Su madre estaba embarazada de gemelos. Cástor y Pólux, igual que en la constelación. Pero su hermano salió deforme; una criaturita sorda y ciega que no sobrevivió al parto.

Él, en cambio, era todo lo contrario. Fuerte, vigoroso y dinámico. Todas las cadenas de ADN sanas unidas en un mismo cuerpo. El Príncipe Pólux, así lo llamaba su padre. El gemelo fuerte. El inmortal.

Cuán cierta llegaría a ser la predicción.

Su madre lo adoraba, le dejaba tener todo lo que señalaba con el dedo. Lo seguía allá adonde fuera, le halagaba hasta el menor de los progresos. Se encargó de que el mundo en el que él vivía fuera liso y estuviera desprovisto de cualquier obstáculo.

Libre de contrariedades y decepciones.

Él era el príncipe, el heredero, el elegido.

Pero no era el amor asfixiante de su madre lo que él anhelaba.

Su padre trabajaba mucho. Tenía tareas IMPORTANTES de las que apenas se podía hablar en la casa. Y menos aún se lo podía molestar.

Padre era un hombre brillante. Un hombre grandioso.

Un ojo omnisciente que no se cerraba nunca.

Todo el mundo lo sabía. Él mismo, su madre, el personal del servicio.

Aun así, Padre se tomaba su tiempo casi cada noche para pasar a verlo a su dormitorio. Se sentaba en el borde de su cama y le acariciaba la cabeza.

—Príncipe Pólux —solía decirle—. Tú y yo cambiaremos el mundo.

Aquellas palabras le henchían el pecho, sentía que todo era posible. Que él jamás sufriría ningún accidente.

Una vez, después de uno de sus largos viajes de negocios, Padre llegó a casa con un regalo. Un recipiente de cristal sellado lleno de un líquido transparente. Dentro, flotando casi ingrávido, había un anfibio.

—Una rana de cristal —dijo Padre—. Se la llama así porque el abdomen es transparente. ¡Mira, ya verás!

Al inclinarse para ver el recipiente más de cerca, descubrió que Padre tenía razón. A través de la piel del abdomen de la rana se podía ver todo su interior. Podían distinguirse los huevos, el estómago, el corazón inmóvil.

—¿Está viva? —preguntó él en tono solemne.

Padre soltó una risita gutural ante esa pregunta tan tonta.

—Esta no. Pero hay ranas de otra especie que pueden volver de entre los muertos.

—¿Cómo?

—Las ranas pasan el invierno hibernando, igual que los osos y los erizos. Pero esta especie de rana que te digo, la *Rana sylvatica*, va mucho más allá. Es capaz de congelarse del todo. Hasta que su corazón se detiene y su vida se interrumpe. Puede permanecer así durante doscientos días, un invierno entero. Igual de muerta que esta pequeñaja de aquí.

Padre repicó suavemente en el recipiente de cristal.

—Pero, después, cuando llegan la primavera y el calor, la

Rana sylvatica se descongela. Su corazón empieza a latir y la rana cobra vida otra vez. Como por obra de un milagro. En realidad, es ciencia pura y dura. Un proceso químico que ningún otro ser vivo ha conseguido emular. ¿Verdad que es fantástico?

Guardó el recipiente en su estantería. Durante muchos años, justo antes de irse a dormir, solía acercarse para mirarla. Se ponía tan cerca que su aliento se pegaba al cristal, picaba con los nudillos y casi se esperaba que el pequeño corazoncito de la rana fuera a ponerse a latir otra vez y su cuerpo comenzara a moverse, lleno de vida.

Pero la rana se mantenía quieta, con los párpados caídos.

Con los ojos cerrados como si estuviera durmiendo.

Como si estuviera esperando la llegada de la primavera y del calor.

Él siempre se preguntaba qué estaría soñando allí abajo, sumida en la eterna oscuridad.

Ahora ya lo sabe.

ASKER

El Instituto Forense se encuentra justo a las afueras del centro de Lund. Un edificio de ladrillos de los años sesenta que se apretuja a la sombra del enorme complejo hospitalario que tiene al lado. Se encoge aún más con la oscuridad de la noche y las sombras que proyectan las farolas.

Asker pasa un par de veces con el coche por delante de la dirección y aparca a cierta distancia. Se queda un rato sentada al volante estudiando el entorno para asegurarse de que Hellman no ha puesto a nadie a vigilar el edificio.

Tras comprobar que no hay indicios de que Jonas haya sido tan previsor, se baja del coche. Al mismo tiempo que se levanta, por acto reflejo se palpa la cadera para cerciorarse de que la funda del arma de servicio está bien colocada. Pero su pistola está pasando el examen forense tras el caso Holst. Se la quedarán por lo menos una semana más, según le han informado. Es un protocolo estándar que se aplica cuando abres fuego en acto de servicio, pero no deja de ser un incordio. La ausencia del arma en el costado hace que se sienta desnuda.

Son las dos menos tres minutos de la madrugada, las farolas iluminan suavemente la calle. La temperatura está algo por encima de cero, pero la neblina de llovizna y el viento de noviembre hacen que la sensación térmica sea más fría.

Asker camina a paso tranquilo en dirección al edificio. A medida que se acerca, intenta parecer una paseante nocturna como cualquier otra.

Llama con los nudillos a una de las persianas de garaje del acceso, tal como le han indicado. Echa un último vistazo por encima del hombro mientras espera a que le respondan.

La persiana metálica sube lentamente haciendo ruido. Al otro lado hay un hombre en bata blanca, rondará los treinta y cinco o cuarenta años. Es bajito, pálido y está chupado como un palillo. Un flequillo solitario le oscila en la frente como un vivaracho islote de pelo en un mar de calvicie. La bata blanca tiene varias manchas de algo que Asker espera que sea mostaza. De uno de los bolsillos asoma un iPad.

—¿Eres la amiga de Martin Hill? —pregunta el hombre al mismo tiempo que mastica un Snickers.

El riesgo de que otra persona llamara al portón del garaje en plena madrugada y a la hora acordada es prácticamente inexistente, pero en lugar de señalar esto Asker se limita a asentir con la cabeza.

—Sven —se presenta el hombre—. ¡Sígueme!

Con un gesto, la invita a pasar dentro y después cierra la persiana. Acto seguido, Sven coge la delantera, cruza el garaje y utiliza un pase para abrir una puerta doble de metal.

En cuanto la puerta se abre, Asker nota el olor. Un olor rancio y jabonoso que está presente en todas las morgues. Y no deja de ser uno de los olores más afables de la muerte.

La sala del otro lado es grande y está fría, y en el techo solo están encendidos la mitad de los fluorescentes. Las paredes y el suelo están alicatados. En el centro hay dos camillas y, entre ellas, una mesa de ruedas con distintas herramientas quirúrgicas. El suelo sigue húmedo, como si alguien acabara de pasar la manguera.

Asker ya ha estado varias veces en el Instituto Forense, cuando trabajaba en Delitos Violentos. Esas visitas tuvieron lugar a la luz del día y con las lámparas encendidas. Lo de esta noche no tiene nada que ver.

El olor a muerte no parece importunar a Sven, quien le da los últimos mordiscos a su chocolatina y se mete el envoltorio arrugado en uno de los bolsillos. Se lame unos trocitos de chocolate de las comisuras mientras se acerca a las puertas de las cámaras frigoríficas del fondo.

Se detiene en la de la derecha con la mano en la manilla.

—El cadáver ha entrado sobre las siete —dice—. Yo soy quien recibe y hace el registro de los cuerpos fuera del horario de oficina. He llamado a Martin en cuanto el transporte se ha ido.

—Eso me ha dicho. —Espera a que Sven abra la puerta, pero parece que este tiene más cosas que decir.

—¿Sois muy amigos, Martin y tú? —pregunta.

Asker no tiene ningunas ganas de que la interroguen, pero intuye que Sven no abrirá hasta que le haya respondido.

—Somos amigos de la infancia.

—¿Ah, sí? —Sven chasquea la lengua—. Nunca me ha hablado de ti.

—Vaya.

—Martin y yo hemos hecho algunas cosillas de *urbex* juntos —continúa Sven aunque Asker no le haya preguntado nada—. Pero ahora hace bastante desde la última vez...

En su voz ha aparecido un matiz de lamento. Sigue sin hacer ademán de abrir la puerta.

—Martin está muy ocupado —dice ella—. Creo que ha tenido que reducir las exploraciones.

El tono de Sven se vuelve curioso.

—¿Está liado con un libro nuevo?

Asker piensa en el proyecto literario doble de Gunnar el Abducido y la familia Irving.

—Puede ser —dice. Añade un guiño conspiratorio.

A Sven se le ilumina la cara y le devuelve un guiño tan forzado que casi parece que tiene un tic nervioso.

—Entiendo, entiendo. Soy una tumba. —Por si acaso, refuerza la promesa de discreción simulando que se cierra una cremallera imaginaria entre los labios—. Vamos a ver.

Por fin abre la gran puerta de la cámara frigorífica y pulsa un botón que hace tintinear los fluorescentes del techo hasta que se encienden.

En esta sala hace mucho más frío. El aire se nota denso y grasoso. Tiene tantos matices de descomposición que Asker empieza a respirar por la boca de forma automática.

—Aquí lo tenemos.

Sven se acerca a uno de los compartimentos de la cámara frigorífica que cubre una de las paredes. Abre una compuerta de acero inoxidable y tira de una palanca. La camilla de dentro sale deslizándose hacia la sala con un leve chirrido.

El cuerpo está metido en una bolsa para cadáveres que está cerrada con una cremallera.

—¿Tenía alguna identificación?

Sven saca el iPad y activa la pantalla.

—¡Sí! Walter Konrad Kurtz.

Asker resopla. Estaba preocupada porque la pandilla de Hellman ya hubiese identificado al muerto con ayuda de algún carné en la cartera. Que fueran un paso por delante de ella.

Pero ya le va bien que pierdan el tiempo con ese nombre falso.

—¿Tenía pertenencias personales?

Sven niega con la cabeza.

—No, solo la ropa que lleva puesta.

Asker no se esperaba otra cosa. La cartera con el carné de identidad falso y otros posibles objetos deberían estar en la unidad forense, adonde ella no tiene acceso. Pero esto tampoco está nada mal.

—¿Le echamos un vistazo? —Sven baja la cremallera.

A diferencia de las fotografías, ahora el muerto yace bocarriba. Tal y como Asker ya había constatado, el cuerpo está sorprendentemente bien conservado.

El hombre es de mediana edad y de una complexión relativamente fuerte. La camisa de felpa, la chaqueta y los pantalones de trabajo que ya había visto en las fotos están enteros, pero sucios y desteñidos por efecto de todos los años metidos en la tierra. Uno de los pliegues de la camisa cuelga por fuera del pantalón.

El rostro está cubierto de barba, en cuyo centro la boca cuelga negra y entreabierta. Los ojos están cerrados, la nariz y las mejillas se han deformado un poco debido a la presión del suelo.

Asker se pone unos guantes de látex, se inclina hacia él y examina los bolsillos del hombre. Están todos vacíos, tal y como ya se esperaba. Las prendas de ropa carecen de etiqueta y de cualquier otra pista. Las manos son fuertes y callosas, no hay anillo de compromiso.

Al dedo meñique de la mano derecha le falta la primera falange, y a juzgar por el aspecto todo apunta a que es una herida que el hombre se hizo mucho antes de morir.

La mirada de Asker se demora unos segundos en el pequeño muñón. Hay algo en él que le resulta familiar, algo que refuerza esa irritante sensación que ha experimentado nada más ver las fotos.

Le habría gustado retirarle toda la ropa al hombre e inspeccionar el cuerpo más al detalle. Pero en la estrecha camilla del compartimento frigorífico no se puede hacer.

—¿Podemos moverlo de sitio?

Sven hace una mueca de disculpa.

—Es demasiado arriesgado. Con esto ya me estoy saltando un montón de normas.

—Vale, lo entiendo.

Asker vuelve a examinar el torso del muerto lo mejor que puede sin quitarle la ropa. No hay marcas en el cuello que puedan sugerir estrangulamiento, y ni los brazos ni las piernas parecen estar rotos. El hombre tiene heridas en los labios, y cuando Asker le fuerza un poco la boca para mirar dentro ve que está llena de sangre coagulada. Además, los incisivos están destrozados.

—Parece que le dieron una buena paliza —dice Sven.

Asker no está tan segura. Tira un poco del labio inferior del muerto.

Los incisivos rotos están inclinados hacia fuera, como si se los hubiesen destrozado desde dentro.

—¡Ayúdame a darle la vuelta! —dice Asker.

Sven titubea.

—Vamos, tira de él hacia ti. Quiero verle el cogote.

Sven obedece a regañadientes y, tras un poco de esfuerzo, consigue levantar el cuerpo de lado.

El pelo medio largo del muerto está pringado de suciedad. Asker busca un punto justo entre la nuca y la base del cráneo que corresponda más o menos a la boca en altura. Ahí hay algo, tal y como sospechaba. La piel se ha hinchado un poco, pero cuando la tensa hacia los lados puede verlo con claridad. Un agujero circular del diámetro de un meñique.

—¿Qué es eso? —pregunta Sven con curiosidad.

—Un orificio de bala. —Asker se endereza—. Alguien le ha disparado en la nuca. La bala ha salido por la boca y se ha llevado los dientes incisivos por delante. Ya puedes recostarlo otra vez.

Sven hace lo que le dice y Asker se quita los guantes de plástico.

Un obrero soltero con identidad falsa al que mataron de un tiro en la nuca. Por ahora, eso es todo lo que sabe. Y al que le falta una falange.

Da un paso atrás y vuelve a mirar al muerto, y en ese preciso instante algo hace clic en su cabeza. La sensación irritante acaba cediendo, por fin.

—Mierda —murmura entre dientes—. El señor Tord.

DIECISÉIS AÑOS ANTES

El calor del verano por fin ha llegado, hace que los tejados de chapa de los cobertizos de La Granja parezcan vibrar. Alrededor de la pista de obstáculos y del campo de tiro, la hierba ya llega por las rodillas.

—Leo, este es el señor Tord. Vendrá a visitarnos de vez en cuando.

El hombre que le presenta su padre es algunos años mayor que él. Tiene algunas canas en la barba y se le ve más fuerte que a Per el Paranoias.

—¡Hola! —dice ella, fuerza una sonrisa de cordialidad y, como Per la atraviesa con la mirada, incluso tiende una mano para saludar.

Cuando el invitado se haya ido, Per la interrogará meticulosamente. «Dime cinco cosas sobre...» es uno de sus ejercicios preferidos, y si Leo consigue hacerlo bien, él suele ponerse de buen humor. Si lo borda, a lo mejor Per accede a que se vaya de acampada con Martin el fin de semana.

A Per no le gusta que se haya hecho amiga de Martin Hill, no le gusta que tenga su propia vida. Pero si le prohibiera que se vieran, estaría reconociendo que Martin supone algún tipo de amenaza. Que ese adolescente flacucho es tan peligroso que Per Asker no es capaz de lidiar con la situación sin imponer prohibiciones.

Eso le brinda a Leo cierto margen de maniobra.

Cinco cosas sobre el señor Tord, vaya.

Asker lo recorre de arriba abajo con la mirada. Para empezar, tiene las manos fuertes y callosas, lo cual significa que las usa en su trabajo. Al dedo meñique de la mano derecha le falta la primera falange, así que alguna vez ha tenido mala suerte o demasiada prisa.

No lleva anillo de compromiso, ni siquiera una protuberancia que sugiera que lo ha llevado alguna vez, ni tampoco lleva ningún anillo en una cadenita al cuello, así que el señor Tord no está casado o está divorciado desde hace mucho tiempo.

Viste chaqueta, pantalones de trabajo, camisa de felpa y botas. Tiene el aspecto de un obrero como cualquier otro. Pero Per no lo habría invitado si no hubiese algo más.

—Encantado de saludarte, Leo.

Tord habla con acento del norte. De muy al norte. Su mirada es despierta, alegre. Se ha fijado en los ojos de dos colores de Asker.

Ella le suelta la mano.

Obrero soltero, del norte, le falta un trozo de dedo.

Con eso no basta para irse de acampada.

—Ven por aquí, Tord, que te enseño.

Per y el invitado se alejan en dirección a uno de los cobertizos. Leo observa sus espaldas. El señor Tord se mueve con suavidad y agilidad. Mira con interés a su alrededor, pero no con curiosidad, sino más bien de forma metódica. Como si estuviera analizando las cosas por partes, mapeando toda La Granja en su cabeza.

Justo antes de desaparecer tras la vuelta de la esquina, el señor Tord echa un vistazo atrás y se cruza con la mirada de Asker. Alza un poco la barbilla, como si quisiera decir que sabe que ella lo está observando.

¿Qué obrero haría algo así?

En cuanto los pierde de vista, Asker va adonde están los vehículos.

La camioneta del señor Tord está aparcada al lado de la de su padre. Los han dejado igual, metidos de culo y con el morro hacia fuera. «Listo para marcharse», como dice Per el Paranoias. Él siempre resopla ante todos los bobos que no entienden que lo último que quieres hacer en una situación de emergencia es ponerte a dar marcha atrás.

El vehículo de Tord tiene cuatro puertas y una caja cerrada de carga en la parte trasera, en lugar de plataforma abierta. La camioneta tiene sus años, por lo menos diez o quince, y una de las puertas de pasajeros es de otro color que el resto de la chapa. La caja está cerrada con un candado robusto, y el ventanuco tiene una rejilla por dentro.

Asker apoya las manos en el cristal tintado e intenta ver algo dentro de la caja de carga.

En la parte más cercana hay varios trípodes plegados que no le dicen gran cosa. Un poco más adentro ve unos enrollacables, lámparas de trabajo y varias cajas grandes de herramientas. Todo tiene marcas de desgaste y parece haber sido muy usado.

Asker rodea el vehículo y mira dentro de la cabina. Está sin limpiar, hay polvo en el salpicadero y tanto los asientos delanteros como los traseros están muy ajados. En el suelo hay latas de refresco vacías y cajas de comida rápida.

Por tanto, el señor Tord es un obrero al que le gusta la comida basura. Esa información tampoco impresionará a Per.

Aun así, Asker tiene la sensación de que la furgoneta, igual que la indumentaria de trabajo del señor Tord, son algún tipo de disfraz. Un camuflaje para esconder su ocupación real.

Una lona mal doblada en el suelo del asiento de atrás capta su atención. ¿Por qué está dentro de la cabina y no en la caja de carga, como el resto de los trastos?

Se desplaza para ver mejor.

Parece que debajo de la lona hay algo.

Asker tantea las puertas. Están cerradas con llave, lo cual podría parecer algo evidente. Pero ¿quién cierra el coche en mi-

tad de la nada, dentro de un recinto delimitado por una valla con doble alambre de espino y cámaras de vigilancia por todas partes?

Hay varias respuestas posibles a la pregunta:

a. Alguien que está acostumbrado a cerrar siempre el vehículo, independientemente de dónde lo aparque.
b. Alguien que es muy precavido.
c. Alguien que guarda algo especialmente delicado en la camioneta.

O bien, como Asker ya ha empezado a sospechar:

d. Alguien que encaja con todas las opciones anteriores.

Asker echa un vistazo por encima del techo de la camioneta. No ve a Tord ni a su padre. Pero si quiere encontrar algo más, algo que satisfaga al Paranoias, tiene que ser rápida.

Dobla la esquina y se mete dentro de su caravana. Coge la regla de acero en la que Per ha hecho una pequeña muesca en uno de los cantos.

Vuelve al lado de la camioneta, se pone delante de la puerta trasera, cerca de la lona, echa otro vistazo de seguridad y después introduce la regla por la ranura inferior de la ventanilla. La desliza en lateral resiguiendo la puerta del vehículo hasta que topa con el cable que va desde la manilla interior hasta la cerradura.

Per la ha obligado a practicar con todos y cada uno de los coches de desguace que hay en La Granja. Ha dedicado mil horas a instruirla. Una tarde incluso la llevó al aparcamiento que hay delante del hipermercado para que Asker practicara en lo que él llama «circunstancias cercanas a la realidad».

Con la muesca de la regla acierta el tensor sin dificultad y tira hacia arriba.

El cable se estira, lo cual hace que la puerta de la camioneta se abra con un leve clic.

Asker la abre un poco más, se pone de cuclillas y levanta la lona.

Debajo hay un petate de color negro.

Está lleno de rollos de billetes. Billetes de cien enrollados y apretados con gomas de pollo. Asker mete la mano un poco más y, justo cuando va a sacar uno de los rollos, sus dedos topan con otra cosa. Algo frío y que le resulta familiar. Metal con una gruesa película de aceite.

Un revólver.

Lo saca del petate. Un treinta y ocho de cañón corto con seis balas en el cargador. Lo sopesa en la mano. Le falta el número de serie, pero el señor Tord no lo ha intentado borrar a base de limarlo, como haría un principiante, sino que ha empleado ácido para asegurarse de que las cifras queden ilegibles. El Paranoias le habría puesto un sobresaliente a ese método.

Asker está tan concentrada en el arma que al principio no reacciona a los sonidos. Voces que se acercan, pies raspando la gravilla. Su padre y el señor Tord están volviendo.

Mete de nuevo el revólver en la bolsa, la cierra y la tapa con la lona. Cierra la puerta de la camioneta haciendo el menor ruido posible y se prepara para escabullirse. Pero es demasiado tarde.

Per y Tord ya han llegado a los vehículos. Oye a su padre decirle adiós y algo de que le va a abrir la verja. El ruido de pasos otra vez cuando se despiden.

Leo pega la espalda a la puerta de la camioneta. Detrás de ella, tanto a la derecha como a la izquierda, solo hay patio abierto. Está en el lateral del conductor, y de un momento a otro Tord doblará la esquina y la descubrirá. Solo hay una forma de evitar que la pille.

Se tumba en el suelo y rueda para meterse debajo del vehículo. Hay poco espacio, uno de sus brazos toca los bajos, pero consigue meterse del todo justo cuando los pies de Tord y el resto de su cuerpo terminan de rodear la esquina del coche.

Asker se queda tendida bocarriba con la regla de acero pegada al pecho. Los pies de Tord no están a más de medio metro de su cara. Botas militares de color negro, iguales que las que usa Per el Paranoias, un detalle en el que debería haberse fijado antes.

Contiene la respiración, espera a que Tord se siente al volante para seguir rodando hasta meterse debajo de la camioneta de Per.

Pero Tord se queda de pie delante de la puerta del conductor. ¿Se ha dado cuenta de que hay algo raro? ¿Asker se ha olvidado de bajar el seguro de la puerta?

El pulso le retumba en los tímpanos. Todo su cuerpo le grita que se meta ya debajo del vehículo de Per y salga por el otro lado. Pero reina el silencio. El señor Tord oirá cualquier movimiento que haga, por pequeño que sea.

Algo tintinea en la gravilla a menos de un metro de la cara de Asker. Una llave de coche.

Ve que Tord se agacha. Su torso se inclina hacia delante. Asker intenta apretujarse todo lo que puede en las sombras de debajo del coche. Le ve la cabeza, la cara.

Basta con que Tord desplace la mirada medio palmo para descubrirla allí metida como un conejo asustado.

Un teléfono móvil empieza a sonar. Tord hurga en el bolsillo de su chaqueta al mismo tiempo que recoge la llave y endereza la espalda.

—Sí, voy de camino —oye que dice—. No te preocupes, en una hora estoy ahí.

Leo coge aire. El corazón le late tan fuerte que teme que Tord vaya a oírlo.

La puerta del coche se abre, los amortiguadores oscilan un poco cuando se sienta al volante. Y entonces el motor se pone en marcha con un rugido. Leo se obliga a permanecer quieta. Si se da demasiada prisa, corre el riesgo de que Tord perciba el movimiento por el retrovisor derecho. Por otro lado, si se queda demasiado rato y la camioneta se va, la verá por los dos retrovisores.

Tensa el cuerpo, se prepara.

En el mismo instante en que oye el chirrido del embrague, empuja con los pies y los codos.

Rueda dos vueltas a toda prisa. Puede notar, más que ver, como las ruedas de la camioneta le pasan justo por al lado de la cabeza.

Y acto seguido ya está debajo del vehículo de Per. Se queda allí tumbada, esperando un chirrido de frenos. Que el señor Tord vuelva corriendo para comprobar qué es eso que le ha parecido ver en el suelo a través del retrovisor.

Pero lo único que se oye es un motor que se aleja hasta desaparecer.

—¿Cuántos rollos de billetes había en el petate? —le pregunta su padre apenas unos minutos más tarde, cuando Asker le explica lo que ha descubierto.

A Per le brilla la mirada, llena de interés.

—Por lo menos veinticinco —dice ella—. Y un treinta y ocho de cañón corto. Cargado.

—Veinticinco fajos de cien. —Se frota la barbilla, como si tratara de hacer un cálculo aproximado de la cantidad total—. ¿Y no has oído nada que pueda dar información de con quién hablaba por teléfono?

—No —contesta Leo—. Pero ha dicho que llegaría dentro de una hora. Con esa tartana de coche y por estas carreteras, eso da un radio de, como mucho, ochenta kilómetros. Probablemente menos.

Per asiente despacio con la cabeza.

—Excelente —dice con una mirada de satisfacción que hace que el corazón de Asker dé un brinco de felicidad—. ¡Buen trabajo, Leo!

HILL

Lleva teniendo problemas para dormir desde las primeras noches ingresado en el hospital. Ha tenido pesadillas, le venían imágenes de oscuridad y sangre, acompañadas de una sensación de peligro de muerte.

Pero esta noche sus problemas para conciliar el sueño se deben a otra cosa, una razón más positiva.

La idea de poder investigar la isla de Blockön y la mina Stjärngruvan es tan sugerente que su cerebro no consigue relajarse. Y a eso se le suma el hecho de que se va a hospedar en Stjärneholm y va a conocer a Gunnar el Abducido en persona.

Sobre las dos de la madrugada tira la toalla, se levanta de la cama con engorro, se prepara una infusión de tila y se sienta en el sofá. Resiste el impulso de ponerse una serie cualquiera. Mira el móvil, pero Leo no le ha dicho nada de cómo ha ido en el Instituto Forense.

Toda esa historia de su padre le preocupa. Per el Paranoias es tan narcisista que tiene la desfachatez de pedirle a Leo que lo ayude a pesar de que un día intentó matarla.

Y a ella no le queda otra que acceder a la petición.

Hill siente remordimientos por no estar aún más implicado, pero es que Stjärneholm, Alfacent y la familia Irving han pasado a ocupar la mayor parte de su espacio mental. Se consuela con que, como mínimo, ha podido ayudar a Leo a echar un vistazo al cadáver. Y mientras esté fuera piensa mantener el contacto con ella por teléfono.

Mañana mismo vienen a buscarlo. Ha sido propuesta suya, porque tampoco tiene nada mejor que hacer. Nova Irving sonaba contenta con su entusiasmo y le ha prometido enviarle un coche a las diez. Desde entonces, Martin no ha parado. La maleta está hecha, ha regado las plantas y ha vaciado la nevera.

Toma un sorbo de la infusión. En realidad, la tila no le gusta. Es Sofie quien quiere que tenga en casa. Pero, si lo ayuda a dormir, está dispuesto a tomarse una palangana entera. Mañana tiene que estar despierto y descansado.

Listo para abordar la tarea cargado de energía.

Mientras espera a que la infusión haga efecto, se mete en la página web de Alfacent. Han pasado cinco años desde que escribió su libro, su conocimiento de la empresa no está actualizado, así que le parece una buena manera de aprovechar el tiempo. Encuentra algunas entrevistas a Nova Irving sobre las últimas apuestas de la empresa, entre otras, una colaboración con la NASA, cosa que un chistoso periodista de economía compara con «ser llamado a la nave nodriza».

Después, Hill busca Miresjön y Blockön, y topa con un resultado inesperadamente dramático. «Hallan a un hombre muerto en Miresjön.» El artículo tiene poco más de tres años de antigüedad y fue publicado en uno de los periódicos grandes del país.

El cuerpo de un ciudadano de Malmö de veintisiete años, cuya desaparición fue denunciada en invierno, fue encontrado ayer en la orilla del lago Miresjön.

En febrero de este año, la policía descubrió un coche que estaba aparcado detrás del refugio ubicado en el lado este del lago.

El coche resultaba tener conexión con dos hombres de Malmö que llevaban dos semanas desaparecidos. También se constató que faltaba la barca de remos del refugio.

Dado que el hombre tenía un denotado interés por la exploración urbana, es decir, la visita a lugares y edificios abandonados, la policía concluyó que habían robado la barca en un intento de cruzar hasta la isla de Blockön para investigar la mina abandonada que hay allí.

Durante las comprobaciones efectuadas en Blockön no se encontraron rastros ni de los hombres ni de la barca de remos, por lo que se especuló con que podrían haber naufragado en el lago, una conclusión que se ha visto reforzada tras el hallazgo de ayer.

Los servicios policiales y de salvamento han retomado las labores de dragado en busca del segundo hombre, pero es una tarea difícil, dada la profundidad del lago y las condiciones de su fondo.

Hill sigue buscando datos sobre el suceso, pero solo encuentra variantes de la misma información.

Dos exploradores urbanos que intentaron llegar a Blockön y se ahogaron. ¿Por qué no ha oído nada hasta ahora?

Quizá porque Hill ha dejado de entrar en los chats de los foros más habituales. Aparte de las salidas con Sofie para buscar a su hermano pequeño desaparecido, hace mucho tiempo que no sale con nadie del mundo de la exploración urbana.

Se mete en uno de los foros a los que solía acceder cuando estaba más activo. Parece que lo han cerrado, así que prueba en otro. Tarda un rato en conseguir acordarse de su nombre de usuario y contraseña.

¿Alguien sabe algo de los tipos que se ahogaron en el lago Miresjön hace tres años?, escribe, y manda la pregunta al ciberespacio.

Un leve ruido hace que Hill alce la vista de la pantalla del móvil.

El bocacartas del buzón de la puerta suena en el recibidor, luego se queda en silencio. No son ni las tres de la mañana, así que el repartidor de periódicos parece haber madrugado más de lo habitual.

Se levanta con engorro y se va a recoger el ejemplar del día, solo para descubrir que no se trata de un diario. En la alfombrilla del recibidor hay un sobre alargado de color blanco.

«Para Martin Hill», pone.

Martin abre el sobre. Solo contiene una hoja, doblada meticulosamente en tres. El papel es grueso y caro, la letra es redonda y está escrita con rotulador.

Stjärneholm está embrujado. Es un lugar peligroso.

Quien vaya allí en busca de los secretos de la familia Irving debe ir con mucho cuidado.

Atentamente,

Alguien que quiere ayudarte

Martes

HELLMAN

Como de costumbre, es el primero en llegar al trabajo, un hábito que cogió ya en los comienzos de su carrera policial. Que el jefe sea el primero en llegar manda una señal a los demás, pone el listón de lo que se espera.

Se encarga de que todas las luces de la sexta planta estén encendidas y de que las cortinas de lamas que recubren la pared de cristal de su despacho estén descorridas. Después, enciende el ordenador, lidia con los correos electrónicos y echa un vistazo a las noticias para estar al día.

A las siete y media en punto se prepara un expreso doble en la carísima cafetera que hay en el *office*, y luego se da una vuelta por la oficina.

Saluda a sus compañeros de trabajo al mismo tiempo que toma nota de quién está en su sitio y trabajando y quiénes han elegido no presentarse hasta poco antes del *briefing*, que se hace cada mañana a las ocho.

Apenas unos días atrás, cuando lo nombraron oficialmente jefe de unidad, este segundo grupo era el mayoritario, y con diferencia. Gracias a las rutinas mañaneras de Hellman, la proporción está cambiando deprisa. La unidad necesita aumentar mucho la productividad. Los tiroteos entre bandas están copando demasiados recursos y hay muchos otros casos que hay que investigar antes de que las pistas se enfríen demasiado.

Dentro de tres meses cuenta con tener el control absoluto: para entonces habrá retirado a los vejestorios y los habrá sustituido con compañeros nuevos, hambrientos. Habrá hecho de la unidad un sitio más profesional, más rápido y más efectivo.

Tras la ronda, vuelve a su escritorio.

En tres minutos, Eskil llamará a su puerta para ponerlo al día antes del *briefing*. Ha ascendido a Eskil a jefe de grupo, le ha asignado el antiguo puesto y despacho de Leo Asker. Al mismo tiempo, de forma extraoficial lo ha nombrado su mano derecha.

Después de que le volaran una oreja durante la persecución final en el caso del secuestro de Smilla Holst, no cabe duda de que Eskil se ha ganado con creces dicha posición.

Aun así, Hellman no puede evitar ponerse de los nervios con él.

Su manera de vestir vanidosa y como sacada de una revista juvenil, el Tinder en los ratos muertos y su modo de empecinarse en contar una y otra vez la historia de su herida de bala a cualquiera que esté dispuesto a escuchar. La forma en que lleva la venda sobre la oreja dañada, como si fuera una prenda accesoria.

Aunque lo cierto es que no es Eskil en sí lo que le irrita. Por mucho que el caso Holst sea la jugada que lo ha colocado en el puesto de jefe de departamento, hay algo en todo aquello que le sabe amargo.

Algo que hace que prefiera que nadie le recuerde todo lo que ha ocurrido.

Lo que realmente ha ocurrido.

Lo cual lo lleva a pensar en Leo Asker.

Desde que le ha cantado las cuarenta por teléfono, Hellman le ha estado dando vueltas a qué puede ser lo que Asker se trae entre manos. ¿Por qué ha intentado sacar información de un caso sin resolver en mitad de la nada?

A lo mejor lo único que quiere es joderle. A lo mejor quiere intervenir en el caso y resolverlo en las narices tanto de él como del que fuera su propio departamento hasta hace cuatro días, igual que con el caso Holst.

Pero si solo quisiera hacer bandera de lo lista que es, podría haber elegido entre un puñado de casos actuales. En cambio, ha elegido un caso que, en una situación normal, habría pasado totalmente desapercibido. Por tanto, el caso en cuestión debe de tener algo que sea importante, al menos para ella.

Algo que Hellman todavía desconoce. Es solo una de las muchas cosas que le irritan de Leo Asker: que siempre parece ir un paso por delante. Su habilidad para ver detalles y conexiones que él tiene que esforzarse hasta el extremo para descubrir.

A veces sueña con ella. Con ellos dos juntos.

La atracción, la tensión.

Sus cuerpos abrazados, los movimientos de Asker siguiendo los suyos en un crescendo progresivo hasta el clímax que el sueño siempre le cuela a traición.

Él se despierta en mitad de la noche, duro como una piedra, mientras su mujer continúa durmiendo a su lado. En ocasiones, Hellman tiene que meterse a hurtadillas en el lavabo y sacar a Leo Asker manualmente del sistema. Al menos de manera temporal.

Quizá eso sea lo que más lo provoca. Que siga teniendo poder sobre él. Que, por mucho que se esfuerce, nunca consiga librarse del todo de ella.

Eskil llama a la puerta de cristal y Hellman le hace un gesto para que entre.

Lleva una carpeta bajo el brazo derecho. Un día más, va vestido como si fuera a aparecer en un anuncio de Hugo Boss y huele a loción de afeitado y crema hidratante cara. Al menos la venda sobre la oreja se ha visto reducida una talla, algo es algo.

—Las tareas del día... —empieza Eskil en cuanto se sienta en la silla, pero Hellman alza una mano para detenerlo.

—El cadáver que encontraron ayer en las afueras, ¿qué sabemos, por ahora?

Eskil se muestra sorprendido, pero enseguida se recompone.

—Bueno, el muerto está en el Instituto Forense de Lund. No se irá a ninguna parte, por así decirlo...

Por la cara que pone, parece tener intenciones de continuar con la broma.

—¿Qué sabemos de él? —lo corta Hellman.

Eskil se endereza en la silla, se pone más serio.

—Hemos encontrado un carné de conducir en su cartera, así que tenemos una identidad preliminar. La autopsia tardará una semana o así, lo mismo con los registros dentales y los análisis de ADN. Pensaba sugerir que traslademos todo el caso a otra unidad de investigación. Tenemos cosas más importantes que hacer que pensar en un caso como este.

Hace una pausa, como si esperara una confirmación.

—¿Cómo se llama el muerto?

—Ehm... —Eskil hojea en la carpeta—. Kurtz. Walter Konrad Kurtz.

Hellman enarca las cejas.

—¿Has dicho Walter *Konrad* Kurtz?

Eskil asiente con la cabeza.

—Al menos ese es el nombre que pone en el carné de conducir. Puedo pedirle a alguien que haga algunas búsquedas en los registros, si quieres. No le hemos dedicado tiempo, había pensado que ya lo harían en la unidad que fuera a ocuparse del caso...

Hellman niega con la cabeza.

—No merece la pena. El carné de conducir es falso.

—¿Cómo lo sabes?

Hellman suelta un suspiro. Debería haber elegido otra mano derecha. Algún cuchillo un poco más afilado del cajón.

—Porque Walter Kurtz es el personaje de Marlon Brando en *Apocalypse Now* —responde.

Eskil se encoge de hombros.

—¿Y qué? Puede llamarse igual, ¿no?

Hellman vuelve a negar en silencio.

—Resulta que la peli está basada en un libro escrito por Joseph Conrad. Walter *Konrad* Kurtz.

—Ah.

Eskil parece pillarlo, al fin.

Hellman se queda pensando. Un hombre asesinado con un carné falso y por el que Leo Asker se interesa.

No puede ignorarlo así como así.

—Vale, haremos lo siguiente —dice—. Nos quedamos el caso. Dile al Instituto Forense que le den prioridad a la autopsia. Registro dental, ADN, toda la pesca. Quiero que identifiquen el cadáver y que determinen la causa de la muerte hoy mismo. Y envía gente a hacer un puerta a puerta entre los vecinos de la zona.

Eskil parece tener intención de protestar, pero Hellman lo interrumpe antes de que pueda abrir la boca.

—¿A qué coño esperas? ¡Date prisa!

ASKER

Se presenta en el trabajo mucho antes de que amanezca. Hace un rato, desde su ventana sucia que da al suelo del patio de luces, ha visto que en Delitos Violentos se encendían las luces.

Allí arriba está Jonas Hellman, en el despacho de la sexta planta que debería ser de ella. Probablemente, a estas alturas ya se ha dado cuenta de que la identidad del muerto es falsa, habrá conectado dicha información al interés que Asker ha mostrado por el caso y le habrá dado prioridad a la investigación.

Eso significa que la pequeña ventaja que les sacaba se ha visto reducida.

Ha pasado mala noche, se ha levantado de madrugada y ha sacado la mochila del armario.

La misma mochila que el Paranoias le enseñó a preparar con todo lo que se necesita para poder desaparecer rápidamente cuando haga falta. Después de todos estos años, Asker la sigue teniendo preparada, a mano, lista para salir corriendo.

Deshacerla y volverla a hacer siempre suele brindarle cierta paz mental. Pero esta noche no.

Después de contarle a Martin lo que realmente le pasó cuando era adolescente, aquella vez en que su padre intentó matarlos a los dos con un explosivo casero, experimentó unos pocos días maravillosos de libertad total y absoluta. Como si se hubiese quitado una enorme carga de encima.

Y de pronto Per el Paranoias vuelve a aparecer en su vida, tras quince años de silencio sepulcral, casi como si supiera que Asker estaba a punto de deshacerse de los últimos restos de la influencia que había tenido sobre ella.

Sale al pasillo para ver si ya ha llegado Rosita, pero aún es demasiado temprano, obviamente.

Así que llama al ayuntamiento del municipio de su casa de la infancia, habla con una mujer que parece tener buenas mañanas y la convence para que baje al archivo y busque la licencia de obras para la instalación de la barrera en el camino.

En cuanto consigue la información, Asker toma papel y boli y empieza a apuntar todos los datos que conoce. El cuerpo del señor Tord estaba bajo la última pila de vegetación que se vertió antes de que el vertedero de poda se cerrara con una barrera. Gracias a la señora del ayuntamiento, ahora también sabe que eso tuvo lugar el 9 de septiembre de 2006, es decir, hace más de dieciséis años, poco después de las semanas de verano en que Asker vio por última vez al señor Tord en La Granja. Eso le da un intervalo de tiempo para el asesinato.

Y una conclusión evidente: su padre es un sospechoso más que potencial, sin lugar a dudas.

En La Granja, el dinero siempre era un recurso escaso, y el petate del señor Tord lleno de fajos enrollados era del interés de Per. Además, tenía formación, armamento y frialdad suficiente para cometer el crimen. No cuesta imaginarlo pegándole un tiro en la nuca al señor Tord.

Pero si Per asesinó al señor Tord, ¿por qué se habría deshecho del cuerpo en la puerta de su propia casa? Es demasiado listo para hacer algo así.

Por otro lado, Tord estaba enterrado a apenas medio metro de profundidad, justo al comienzo del área del vertedero. En una situación normal, lo más probable es que el cuerpo hubiese sido encontrado enseguida. Los carroñeros lo habrían desenterrado, los pájaros habrían llamado la atención de algún buscador de setas. Pero aparecieron los jardineros del ayuntamiento y echaron una montaña enorme de ramas y tierra justo encima del cadáver. Después instalaron una barrera y cerraron la zona, y de repente era prácticamente imposible descubrir el cuerpo. ¿De verdad el autor del crimen había contado con ello?

Le parece poco probable. Si pretendían evitar que alguien encontrara el cuerpo, ¿por qué no enterrarlo a más profundidad y en un sitio por donde pasaba menos gente que un vertedero de poda público?

Su padre conoce un montón de lugares que servirían.

No, Asker tiene la sensación de que fuera quien fuera la persona que se deshizo del cuerpo, más bien pretendía que alguien lo encontrara, pero tuvo mala suerte.

Hace un esfuerzo por recuperar más imágenes del señor Tord, pero no le resulta fácil. Los últimos catorce años los ha dedicado a intentar olvidar activamente todo lo posible tanto de su padre como de La Granja. Esconder lo que queda lo más al fondo de su conciencia posible. Cierra los ojos, se aprieta el tabique nasal en el entrecejo.

Aquel verano, el señor Tord se fue presentando de vez en cuando en La Granja. A veces se quedaba a dormir, le parece recordar.

Pero, por mucho que se esfuerce, para su gran frustración no encuentra ningún recuerdo de él que le sirva para seguir avanzando, ni siquiera algo tan mísero como su apellido.

Y, en la sexta planta, Hellman está a punto de adelantarla.

Cuando son casi las nueve, Asker se levanta de la silla y sale al pasillo por enésima vez esa misma mañana para ver si Rosita ya ha llegado, pero la mujercita sigue sin dar señales de vida.

Sin embargo, Virgilsson parece haber notado su interés.

—¿Hay algo en lo que pueda ayudar a la jefa? —dice por la puerta abierta de su despacho.

Asker niega con la cabeza.

—¿Seguro? Te veo preocupada.

La mira por encima de la montura de sus gafas de leer.

—Impaciente, más bien —dice ella—. ¿Sabes dónde se ha metido Rosita?

—No, lo siento. —Se sube las gafas a la frente mientras la observa detenidamente—. Solo estamos Zafer, tú y yo. Atila estará de baja, como mínimo, toda la semana. Esta semana le tocaba a él ir a ver a Madame Rind, qué casualidad.

Virgilsson enarca las cejas. Asker tarda unos segundos en comprender qué busca. Madame Rind es la adivina en Skurup que la unidad se turna para visitar de manera regular, para así evitar que colapse la centralita de la policía con pistas benevolentes y premoniciones. Asker no tiene ni tiempo ni ganas de dedicarse a ese tipo de bobadas, y justo cuando está a punto de comunicárselo a Virgilsson se oye la campanilla del ascensor y Rosita sale por la puerta. Aunque solo estén a noviembre, ya lleva el anorak de invierno, una bufanda enrollada tres vueltas al cuello y un gorro de lana tan calado que apenas se le ven los ojos.

—¿Dónde estabas? —le espeta Asker.

—En el dentista...

Rosita pasa rápidamente por su lado y se mete en su despacho. Asker la sigue, cierra la puerta y espera a que Rosita se haya quitado toda la ropa de calle.

—Las búsquedas que te pedí... —empieza diciendo, sin demasiadas esperanzas. Pero Rosita la sorprende.

—Sí, ya están hechas. Como sabía que hoy iba a llegar más tarde, ayer me quedé un rato. Lo malo es que han salido bastantes nombres, así que monté una pequeña base de datos.

Se sienta al escritorio y pone en marcha el ordenador.

—¿Tienes a alguien que se llame Tord de nombre de pila?

—pregunta Asker—. ¿Y que sea de la provincia de Norrland y lleve desaparecido dieciséis años?

Rosita teclea concentrada.

—Tengo a un Tord Olof Korpi, de cuarenta y nueve años y oriundo de Kiruna —dice—. En 2006 se le declaró desaparecido. ¿Podría ser él?

Asker intenta disimular su frenesí.

—Es posible. ¿Hay datos de algún vehículo? —pregunta, pensando en la camioneta oscura del señor Tord.

Rosita vuelve a pulsar teclas. Sus dedos vuelan sobre el teclado.

—Ninguno a su nombre. Está sorprendentemente limpio en casi todos los registros, excepto en el de deudas con Hacienda. Ningún coche, ningún pasaporte en vigor, ningún antecedente. Ni tampoco ningún contrato, bien inmueble ni empadronamiento, solo un apartado de correos.

—Pero ¿tenía carné de conducir?

—Sí, desde luego, voy a ver si encuentro una foto. —Empieza a teclear otra vez.

Asker rodea la mesa, se pone de pie detrás de Rosita y observa su pantalla doble. La mujercita trabaja a una velocidad de vértigo. Tiene por lo menos diez registros abiertos al mismo tiempo. El de la policía, obviamente, pero también varios de otras instituciones, además de un par de registros de actores privados.

Rosita va rebotando información de una pantalla a otra casi como si estuviera jugando al ping-pong. Coge un dato de un sitio, lo comprueba en otro, obtiene información nueva que luego sigue contrastando en otro registro. Al mismo tiempo, todo lo que encuentra lo va copiando en su propia base de datos en Excel.

Es imposible no dejarse impresionar.

—Has dicho algo de deudas con Hacienda —comenta Asker.

—Sí. —Rosita no aparta la mirada de las pantallas—. Una deuda de impuestos más que considerable, y una empresa en quiebra. Por lo visto, Korpi se quedó completamente sin recursos, y antes de su desaparición llevaba varios años sin tener ingresos.

Sus dedos siguen volando de aquí para allá. La energía nerviosa que Rosita suele tener parece haberse esfumado para verse sustituida por pura seguridad en sí misma.

—Ya está —dice con un crescendo final con el teclado—. He encontrado tanto la denuncia original como la foto del carné de conducir de Korpi.

Señala la pantalla derecha. El hombre de la foto no lleva barba y es más joven de lo que Asker recordaba, pero no hay duda. Se trata del señor Tord.

—¡Es él! —exclama—. ¿Qué más sabemos?

Rosita lee en voz alta en la pantalla.

—La exmujer, Gertrud Korpi, denunció su desaparición en diciembre de 2006. Dijo que llevaba dos meses sin saber nada de él y que había dejado de pagar el alquiler. La denuncia quedó archivada al cabo de una semana, porque no había ningún indicio de delito.

—¿Hay algún interrogatorio de la exmujer?

—Seguro que sí, pero en aquella época no se digitalizaba todo el proceso, así que el original debe de estar en los archivos de la policía de Kiruna.

Rosita parece captar el descontento de Asker, porque enseguida abre una nueva ventana y se pone a teclear.

—Pero puedes llamar directamente a la exmujer —dice, y señala el resultado—. Gertrud Korpi continúa viviendo en la misma dirección. Te saco su número de móvil junto con el resto de los documentos. Puedes pasar a recogerlos en la impresora.

Asker se dirige a la puerta. En ese mismo momento es como si Rosita se hundiera unos centímetros. Vuelve a ser la de siempre y a toquetearse nerviosa una manga de la rebeca.

Asker se detiene con la mano en la manilla.

—Buen trabajo, Rosita —dice—. Eres todo un puntal en el departamento.

La mujercita se ruboriza y aparta la mirada, pero recupera parte de la postura erguida que tenía hace un momento.

Cuando Asker se acerca al cuarto de la impresora, ve la espalda del chaleco de lana de Virgilsson. El pequeño sapo curioso está hojeando los documentos que se acaban de imprimir.

—Eso es mío —dice ella tajante.

Él se da la vuelta, por un segundo parece genuinamente sorprendido. Pero se recompone en un abrir y cerrar de ojos.

—Por supuesto. Yo también estaba imprimiendo unas cosas, por lo visto se han mezclado. ¡Toma!

Le entrega unos papeles. Asker los mira por encima. Denuncia por desaparición, carné de conducir de Tord Korpi, dirección postal y teléfono de la exmujer, está todo ahí.

—Debe de ser un caso importante. —Virgilsson esboza una de sus sonrisitas crípticas—. Quiero decir, como le has pedido ayuda a Rosita...

—No te creas —repone ella.

Asker coge los papeles y se dirige a su despacho con la mirada de Virgilsson quemándole en la nuca. Se ocupa de que la puerta quede completamente cerrada antes de sentarse en su chirriante silla de oficina.

Ahora ya sabe quién es el muerto. Solo es cuestión de tiempo antes de que Hellman también lo sepa.

Pero es imposible que Hellman descubra que Korpi era un invitado asiduo en La Granja.

Aparte del hecho de que su cuerpo fue hallado al otro lado de las verjas, no hay absolutamente nada que vincule a Korpi con Per el Paranoias.

No hay ningún peligro latente.

Al menos por ahora.

EL HOMBRE DE CRISTAL

Ya ha dejado atrás los peores momentos después de despertarse. Los dolores han remitido, y el frío, que le había calado hasta lo más hondo de la médula, ha terminado por desvanecerse.

Sus músculos han crecido notablemente, ha recuperado casi del todo la motricidad fina y tiene fotosensibilidad en los ojos. Los ejercicios diarios van cada vez mejor.

Dentro de poco estará listo para salir, para moverse libremente otra vez.

Pasa gran parte de su tiempo delante del espejo. Estudia su rostro en la penumbra. Siempre se alarga mucho en los ojos.

Son tan diferentes de como los recordaba.

A veces le preocupa.

Los ojos son algo que siempre le ha fascinado. «Con los ojos puedes viajar entre distintos mundos, Príncipe Pólux», solía decir su padre.

Vigilia y sueño.

Luz y oscuridad.

Vida y muerte.

Los ojos son la brújula del alma. Tan poderosos y, al mismo tiempo, tan frágiles... Cada uno de sus componentes es tan delicado que ya se nota en sus nombres.

Retina, córnea, pupila.

Y su palabra preferida.

Cristalino.

Una frágil lente que flota ingrávida en la cavidad ocular, igual que la rana que una vez le regaló su padre.

En ocasiones piensa en la rana de cristal. Se pregunta adónde fue a parar. Si todavía estrará esperando el calor de la primavera, la vida que nunca volverá. Cuando piensa en ella, se pone triste.

Se toca la cara con cuidado. Ha cambiado tanto que apenas la reconoce. Se ha vuelto más ancha, más angulosa, como si ya no fuera suya.

Sus ojos también han crecido. Cada vez que se despierta están más oscuros.

Su padre dice que es un efecto secundario del tratamiento. Que no es peligroso. Normalmente, él se contenta con la respuesta. Con la idea de que el ojo omnisciente de su padre lo vigila y cuida de él.

Pero, a veces, como le pasa ahora, una vocecilla se cuela en su cabeza.

Le susurra que está perdiendo lo poco que le queda de él mismo.

Y que no hay vuelta atrás.

ASKER

Gertrud Korpi contesta a los dos tonos. Asker se presenta y le explica el caso ciñéndose bastante a la verdad.

—¿Y estáis seguros de que es él?

La exmujer del señor Tord suena más cansada que triste al formular la pregunta.

—Desgraciadamente, sí —responde Asker—. Lo lamento.

Gertrud suspira.

—Bueno, supongo que ya me esperaba que este día llegaría. Dieciséis años es mucho tiempo. Lo siento, pero ¿dónde dices que lo habéis encontrado?

—En la frontera entre las provincias de Skåne y Småland.

Se oye el chasquido de un mechero, seguido de una larga inhalación y un leve crepitar de papel de liar.

—¿Sabes si Tord conocía a alguien de la zona?

Asker intenta mantener un tono neutral. La mujer del otro lado de la línea suelta el humo con lo que suena como un largo suspiro.

—Ni idea. Cuando desapareció ya llevábamos cinco años divorciados.

—Pero manteníais el contacto, ¿verdad? —pregunta Asker—. Como fuiste tú quien denunció la desaparición, quiero decir.

—Tord vivía en una cabaña que le alquilaba mi hermano, así que se pasaba por casa de vez en cuando para pagar el alquiler. Se tomaba un café y hablábamos un rato. No estábamos enfadados. Cuando dejó de venir, yo empecé a sospechar. Mi hermano miró en la cabaña, y las cuatro cosas que Tord tenía seguían allí. Así que llamé a la policía.

—Tord pagaba el alquiler en metálico, ¿verdad?

—Sí, así es...

—El motivo por el que te lo pregunto es porque Tord no parece haber tenido ningún contrato laboral, no declaraba ingresos, no recibía ayudas. Pero, si podía pagar el alquiler, supongo que estaría trabajando en negro. ¿Crees que es una conclusión razonable?

Un nuevo suspiro de humo.

—Es lo más probable. Pero yo no me metía en sus asuntos. Y como te decía, de eso ya han pasado dieciséis años.

—O sea, que no sabes para quién trabajaba, o con quién.

—No, ni idea.

La respuesta tranquiliza a Asker. No puede preguntarle directamente sobre Per el Paranoias, sobre todo teniendo a Hellman pisándole los talones, pero esto se le acerca bastante. Aun así, debe continuar investigando, intentar descubrir si hay alguna otra cosa que conecte a Tord con La Granja.

—¿Cómo os conocisteis? —pregunta.

—En un bar del centro. Tord acababa de regresar para trabajar de capataz o algo así en la mina. Él era de aquí, pero había vivido un montón de años en el extranjero.

—¿Sabes dónde?

—No, no lo tengo claro. En varios sitios, creo. Tord era bastante reservado con su pasado. Seguro que se había visto involucrado en asuntos turbios, pero a mí me parecía emocionante. En aquella época tenía dinero, me invitaba a cenar y de viaje.

—¿Y cuánto tiempo estuvo trabajando en la mina?

—No mucho. Poco después de casarnos montó su propia

empresa. Siguió trabajando para la mina, pero como asesor. Durante un par de años le fue bien. Nos compramos una casa, viajamos bastante.

—¿Y qué sucedió luego?

—Tord tuvo problemas. Hacienda descubrió que había vendido una empresa extranjera y que no había declarado impuestos por las ganancias. Él recurrió el asunto y tal, pero no sirvió de nada. A esas alturas ya estaba sin blanca.

—Entonces, se declaró insolvente.

—Al final sí. Pero nos divorciamos mucho antes de que pasara. Ya hacía un tiempo que la relación no funcionaba. Tord era diez años mayor que yo y no era fácil vivir con él. Pero en el divorcio fue muy generoso, me dejó la casa y los coches.

Gertrud hace una pausa y da una nueva calada. Asker constata que no tiene ningún problema para hablar. A lo mejor solo está aliviada de saber por fin lo que le ocurrió a su exmarido y ahora quiere ayudar en todo lo que pueda. O tal vez está contenta de que alguien le haga caso.

La quiebra le afectó mucho —continúa Gertrud—. Se sentía perseguido por las autoridades. Decía que le estaban vigilando las cuentas, las extracciones con la tarjeta de crédito, incluso el teléfono móvil. Así que hacía cuanto podía para pasar desapercibido. La verdad es que no sé a qué se dedicaba.

—Pero ¿si tuvieras que decir algo? —insiste Asker.

La mujer tose unas cuantas veces.

—Bueno, parto de la base de que sería algún trabajo en la construcción. Las pocas veces que nos vimos iba vestido con ropa de obrero y llevaba una camioneta destartalada llena de herramientas. Obviamente, no la tenía a su nombre.

—¿De qué color era, te acuerdas?

—Solo que era oscura y que una de las puertas era de otro color.

Asker asiente para sí. Tiene que ser el mismo vehículo que forzó de pequeña en La Granja.

Le viene a la cabeza algo que la mujer ha comentado al principio de la conversación.

—Tu hermano era el propietario de la cabaña en la que Tord vivía de alquiler. Y has dicho algo de que se había pasado un día y había visto que las cosas de Tord seguían allí.

—Sí, así es.

—¿Encontrasteis algún ordenador o algún teléfono móvil?

La mujer suelta una risotada.

—No, a Tord le daba pánico que lo rastrearan. No tenía ordenador y solo usaba teléfonos de prepago que iba cambiando cada dos por tres. Lo único que había en la cabaña era ropa y algunas pertenencias.

—¿No las habrás guardado, por casualidad?

—La ropa no. La doné a Myrorna, la cadena de tiendas de segunda mano, pero sí que tengo una caja en el trastero llena de cositas varias. Debería haberlas tirado, pero durante mucho tiempo tuve la esperanza de que Tord daría señales de vida. Que se habría largado al extranjero o algo así. Y al final la caja se quedó ahí. Os la podéis llevar, si queréis.

Asker está tentada, pero no puede pedirle a Gertrud que le mande las cosas por mensajería. Si Hellman se entera, podría acusarla de ocultación de pruebas.

En cambio, echar un vistazo no supone ningún delito.

—Basta con que me pases algunas fotos de las cosas que hay —dice—. Al menos, por ahora. Y a ser posible, hoy mismo, si tienes tiempo.

—Claro. —Silencio, lo cual significa que la mujer ha caído en la cuenta de algo al otro lado de la línea—. Entonces... ¿creéis que lo asesinaron?

—Estamos esperando los resultados de la autopsia, pero, por desgracia, todo apunta a ello —responde Asker.

La mujer suelta un suspiro que perfectamente podría ser un sollozo.

Asker le da unos segundos.

—Iría muy bien si me pudieras enviar las fotos de sus pertenencias cuanto antes —dice con toda la suavidad posible.

Gertrud coge una bocanada de aire temblorosa. Parece recomponerse.

—Vale —contesta—. Dame unos minutos.

Mientras sigue sentada a su escritorio, esperando a que la exmujer de Tord le mande las fotos, Asker se percata de que, de momento, no ha dado con nada rastreable que conecte a Tord con Per.

A lo mejor los dos chalados eran lo bastante paranoicos como para no dejar rastro de cómo se cruzaron sus caminos. En tal caso, Asker podría respirar tranquila. Podría dar un paso atrás y dejar que el caso muriera por sí solo en un estante de casos sin resolver en el despacho de Hellman.

El teléfono tintinea.

Ojea las fotos. En una caja de cartón abierta en un suelo de garaje hay un par de novelas de bolsillo, una bola antiestrés con el logo de una empresa, una vieja fotografía enmarcada, un libro grueso divulgativo sobre construcciones subterráneas y, por último, una placa por algún tipo de premio.

Pasa las fotos al ordenador y las amplía. La foto es lo primero que analiza. Los colores se han desteñido con los años. Cinco hombres en mono de trabajo y con cascos de minero, fotografiados en algún punto mucho más próximo al ecuador. En el centro se ve la versión ochentera de Tord Korpi. Asker amplía e inspecciona detenidamente los rostros de los hombres, uno por uno. Sin embargo, ninguna cara le resulta familiar.

Al fondo se ve la lona de un camión. Hay algo escrito en un lateral. Hace más zoom hasta que consigue distinguir las letras: «*The bunker rats*».

O sea, que Tord Korpi trabajaba construyendo búnkeres.

Eso explica por qué Per el Paranoias lo invitó a La Granja. Pero eso no es ninguna prueba consistente de que los dos hombres se conocieran.

Asker sigue mirando las fotos de los demás objetos. Los libros no son de ningún interés, el logo de la bola antiestrés es de la empresa fallida de Korpi que, según Google, se dedicaba a «servicios de consultoría en la industria minera».

Queda la placa del premio. Tiene algo que le resulta familiar.

Asker amplía la imagen; se queda de piedra.

No es una placa de un premio, es un escudo de armas. Un paracaídas amarillo sobre un fondo rojo y tres palabras grabadas justo debajo.

Aunque el texto no se pueda leer, Asker ya sabe lo que pone.

Y sabe quién tiene uno igual.

VEINTICUATRO AÑOS ANTES

Es de madrugada, tiene seis años y viven todos juntos en un piso enorme y majestuoso en el centro de Malmö. No hay una persona en el mundo a la que admire más que a su padre.

Pero en los últimos tiempos ha notado que está preocupado, que se pasa las noches despierto. Escribe enfadado con el teclado del ordenador, habla en voz muy alta por teléfono, discute acaloradamente con su madre.

Camille, su hermana, solo tiene cuatro años, es demasiado pequeña para entender, pero Leo comprende que está pasando algo. Algo que no le gusta. Igual por eso le está costando dormir.

Se levanta de la cama, asoma la cabeza al pasillo y ve que la lámpara del despacho de su padre sigue encendida.

Así que va hasta allí a hurtadillas, espía por la ranura de la puerta.

Su padre está sentado en su sillón preferido, con la cabeza reclinada en el respaldo. Tiene los ojos cerrados y a lo mejor está durmiendo, pero Leo lo duda. Nunca ha visto dormir a su padre, al menos no de verdad.

Aun así, se mete en el despacho.

Delante de su padre, en el escritorio, hay pilas de documentos. Planos, mapas. En algunos hay anotaciones iracundas hechas con bolígrafo rojo.

Leo sabe que no puede estar aquí dentro sin permiso. Este es el sitio sagrado de su padre, al que las niñas tienen el acceso prohibido.

Pero esta noche su padre parece tan solo, allí postrado en el sillón... Tan cansado...

Leo se sube a la silla que tiene enfrente sin hacer ruido.

Se queda en completo silencio observando su rostro.

Tiene la frente arrugada y su mandíbula se mueve levemente, como si estuviera teniendo un sueño desagradable.

Hasta ahora no se da cuenta de que su padre sostiene algo entre las manos.

El escudo de armas que suele estar colgado en la pared detrás del escritorio.

Mucho tiempo después comprenderá por qué lo ha descolgado. Que su padre añoraba un tiempo pasado, más fácil. Que intentaba resistirse a la semilla de Per el Paranoias que ha comenzado a germinar en su cerebro.

Pero en aquel momento Leo no tiene ni idea de lo que está por venir ni en qué se llegará a convertir esa semilla venenosa.

Esta noche no es más que una niña de seis años que le hace compañía a su padre en plena madrugada, porque lo ve tremendamente solo.

—¿Qué haces despierta a estas horas, Leo? —dice él sin previo aviso, y Leo da un respingo, asustada.

Él no se ha movido ni un milímetro, solo ha entornado los ojos.

Tal y como Leo sospechaba. Su padre nunca duerme. Siempre está presente, siempre alerta, siempre preparado.

Leo se levanta a toda prisa, espera la reprimenda y que la envíe inmediatamente de vuelta a la cama.

Pero en lugar de eso ocurre algo inesperado.

—Quédate un rato —dice él en tono afable.

Su padre cambia de postura y deja el escudo sobre la mesa.

Los ojos de Leo lo siguen.

Un paracaídas amarillo sobre un fondo rojo.

Tres palabras grabadas que ella sabe que son muy importantes para él. Tres palabras que Leo ha querido aprenderse de memoria.

Voluntad, valor, perseverancia.

HILL

Hill sale por el portal de su edificio con margen de sobra para que lo pasen a buscar. El aire de noviembre es muy frío, un manto de niebla flota sobre los tejados y las copas de los árboles. Hill tirita, se abrocha el abrigo hasta arriba y se apoya en la muleta.

Un gran Mercedes de color negro se apea en la acera. Al volante va Samuel, el hombre atlético con algunas canas que ayer lo recibió en la escalera y que se le presentó como el responsable de seguridad. El hombre carga la maleta de Hill y le aguanta la puerta mientras él se mete como puede con la muleta en el espacioso asiento trasero. Nota que la herida de bala le duele más que ayer.

—Pues nos vamos a Stjärneholm —dice Samuel cuando el coche empieza a rodar—. Aprovecha para descansar un poco, si quieres. Tenemos para un buen rato.

Pero Hill está demasiado emocionado como para dormir. El encargo acaba de comenzar y, por fin, tiene la oportunidad no solo de hacer preguntas, sino también de obtener respuestas. Respuestas reales, no rumores ni leyendas urbanas.

—¿Cuánto hace que trabajas para la familia Irving? —pregunta.

—Dentro de poco ya hará veinte años.

—Guau, no está nada mal. Debe de gustarte el trabajo.

Samuel asiente con la cabeza.

—Es un honor poder trabajar para Gunnar Irving.

Hill busca de nuevo algo para equilibrar un poco la respuesta tan solemne, pero no lo encuentra.

—¿Y qué hacías antes? —dice para probar.

—Estaba en el sector de la seguridad privada. Y, antes de eso, el ejército.

Samuel habla un sueco perfecto, pero aun así Hill percibe un leve acento.

—¿Estadounidense? —pregunta.

—Israelí, en realidad, pero he pasado mucho tiempo en Estados Unidos.

Samuel se regala con una breve sonrisa.

—Vaya, estás muy lejos de casa.

—Mi hogar es Stjärneholm.

Otra respuesta sorprendente. Hill pierde el hilo.

—Tu herida —dice Samuel justo cuando Hill empieza a aceptar que el resto del viaje transcurrirá en silencio—. Me han dicho que te han disparado. ¿Un asesino en serie?

Hill asiente con la cabeza.

—Debiste de tener mucha suerte para salir vivo.

—Mmm.

Hill prefiere no pensar en el Reemplazador, pero a Samuel parece interesarle el tema.

—Si lo he entendido bien, el asesino está muerto, ¿no es así? Me han dicho que una policía lo mató.

—Correcto. —Hill se da cuenta de que han intercambiado los papeles. Ahora es Samuel quien lo está interrogando a él.

—La inspectora Leo Asker, ¿verdad que se llama así? —Samuel lo mira por el retrovisor.

—Mmm.

—¿Os conocíais de antes?

—Somos viejos amigos, se podría decir.

El interrogatorio está incomodando a Hill, por lo que aparta la cara en un gesto intencionado. Samuel pilla la indirecta.

—Stjärneholm cuenta con un médico excelente —dice como para destensar el ambiente—. El doctor Schiller lleva trabajando para Gunnar más tiempo que yo. Tiene acceso a los tratamientos más modernos. Pronto estarás mejor.

Un leve timbre de teléfono se oye en la cabina del coche. Samuel se mete un auricular *bluetooth* en la oreja.

—Estamos de camino —le dice a la persona al otro lado de la línea—. Hay niebla, así que tardaremos un poco más. Calculo llegar a las doce menos diez.

Dice algo más, pero Hill ha dejado de escuchar. Agradece la interrupción. Samuel está bien informado, igual es él quien ha hecho toda la investigación sobre su persona para Nova Irving. Sea como sea, no le apetece nada hablar de Leo con él.

Hill se reclina en el asiento. Es la primera vez que se sienta en un coche de lujo como aquel. Los asientos traseros son ajustables y cómodos, el hueco para las piernas es enorme.

Más o menos al mismo tiempo que llegan a la autovía E22, a Hill empiezan a pesarle los párpados. El misterioso mensaje ha tenido su cerebro ocupado la mayor parte de la noche, pero aun así no ha avanzado demasiado en sus cavilaciones.

¿Quién ha tenido tiempo de enterarse de que le han propuesto escribir un libro sobre Alfacent? ¿Y por qué el remitente secreto se muestra tan afanoso de hacerle llegar la advertencia que le han dejado en su domicilio en mitad de la noche mediante una carta escrita a mano, en lugar de un email o mensaje de texto anónimos?

¿Y qué pretende la advertencia, realmente?

La interpretación más probable es que la nota busca conseguir que Hill se mantenga alejado de Stjärneholm. Pero, después de leer el texto varias veces, piensa que el remitente secreto tiene otro propósito: no quiere evitar que Martin vaya a la finca, sino solo avisarlo.

«Quien vaya allí en busca de los secretos de la familia Irving debe ir con mucho cuidado.»

Le viene a la cabeza la tragedia de los dos exploradores urbanos. Fueron en busca de los secretos de la familia Irving y se ahogaron en las frías aguas del lago Miresjön.

Y ahora él parte en una búsqueda similar. ¿Debería echarse atrás? Una pregunta estúpida, no hay carta de advertencia posible en el mundo que pueda hacerle renunciar a esta oportunidad.

Además, cuenta con el apoyo absoluto de la familia Irving y no necesita salir al lago en mitad de la noche. Cuando intenta darle otra vuelta al asunto, sus párpados terminan cerrándose.

Hill se despierta porque el coche cruza un badén al lado de unas obras en la carretera. Se estira, intenta dilucidar si ha babeado, roncado o adoptado alguna otra postura poco agraciada mientras dormía.

Se arregla rápidamente la americana y la camisa, como para recuperar la dignidad. Son casi las doce menos cuarto, así que ya deben de estar cerca. El bosque se ha abierto, dejando al descubierto parcelas de cultivo, pastos de ganado y cercados de piedra.

La niebla se acumula en la linde del bosque, ayudada por las nubes bajas.

Cruzan una localidad que Hill recuerda de cuando estuvo haciendo pesquisas para su capítulo del libro. Tejados de uralita, fachadas de madera, piscinas cubiertas de algas. Algunas casas más antiguas construidas en tiempos de bonanza. El centro gira en torno a una plaza. Floristería, colmado, peluquería, una pequeña biblioteca y, cómo no, un restaurante cochambroso con el cartel de rigor en la acera ofertando pizza-ensalada-kebab.

Después del centro, pasan por delante de un edificio de poca altura cuya época dorada quedó atrás hace tiempo. En el tejado tiene un gran platillo volante de color rojo en fibra de vidrio que tiene toda la pinta de estar hecho a mano. Al lado, un rótulo en el que pone CAFETERÍA OVNI.

La última vez que Hill pasó por aquí el local estaba cerrado, pero ahora hay un coche aparcado fuera y las lámparas parecen estar encendidas. Quizá más adelante debería hacer un nuevo intento de visitar la cafetería. Para ver cuánto poso queda de aquella histeria que hubo en su momento con los ovnis.

Llegan al final del pueblo y los campos de cultivo vuelven a verse sustituidos por bosque, aunque ahora hay más árboles de hoja caduca que de coníferas. Copas peladas que extienden sus ramificaciones hacia el cielo.

El coche avanza por una larga alameda hasta que Samuel se detiene delante de una verja de metal grande y elegante. A ambos lados de la verja se yergue un contundente muro de ladrillo de por lo menos cinco metros de altura. Se prolonga en ambos sentidos hasta que la niebla se lo traga. En las columnas de la verja hay dos cámaras de vigilancia. Debajo de estas, carteles idénticos que dejan muy claro que esto es propiedad privada.

—A la familia Irving le gusta la privacidad —explica Samuel mientras las verjas comienzan a abrirse—. El parque tiene casi cuatro kilómetros cuadrados.

—¿Cuántas personas viven en la propiedad? —pregunta Hill.

Samuel titubea un segundo, como si sopesara la respuesta.

—Unas diez —termina diciendo.

—¿La mayoría, miembros de la familia?

—Así es.

Cruzan la verja a paso de tortuga. Justo al otro lado, a mano derecha, hay una construcción cúbica de hormigón con ventanas de cristal de espejo. Detrás de esta, un aparcamiento con un par de coches estacionados.

—La centralita de vigilancia —dice Samuel—. Hay alguien las veinticuatro horas del día.

El camino es ligeramente combado y serpentea por un bosque de copas deshojadas. La niebla flota sobre el suelo como un humo gris.

Unos cien metros más adelante pasan por un repecho. El bosque se retira y al frente aparece un parque ajardinado con grandes parcelas de césped. A ambos lados hay caminos secundarios que llevan a unos edificios que se esconden en la linde del bosque.

—Eso son las casas para invitados —dice Samuel—. Tú te hospedarás en una de ellas, pero primero bajaremos a la mansión, para que tengas una visión general de la finca.

El camino se convierte en un puente bajo que cruza un estanque lleno de nenúfares. En el extremo opuesto, una mansión de arquitectura muy singular se alza en la niebla. A Hill se le acelera el corazón.

—Esto es Stjärneholm —dice Samuel al mismo tiempo que bordean lentamente una fuente.

Hill pega la cara a la luna lateral. Ya ha visto fotos de Stjärneholm, pero nunca tomadas desde tan cerca. El edificio tiene dos plantas, debe de medir setenta metros de ancho y quizá la mitad de fondo. Sin duda, el estilo es peculiar, cuando menos. Ventanas abovedadas y lúgubres que contrastan fuertemente con las rígidas columnas. El techo está repleto de almenas, salientes y ángulos abruptos que generan la misma impresión ambiciosa que las oficinas de Alfacent. El material de construcción es una especie de piedra clara que Hill no había visto nunca en persona.

—Riolita —murmura—. De la mina Stjärngruvan, que está en Blockön.

Por fuera, Stjärneholm ya es fascinante. No puede imaginarse cómo debe de ser por dentro. De joven, Hill solía tener un sexto sentido para husmear y encontrar los secretos ocultos de los edificios.

Se muere de ganas de ponerse a ello, pero Samuel ya ha terminado de dar toda la vuelta a la fuente y ha empezado a retroceder por donde venían.

Hasta ahora Hill no se da cuenta de que en el centro de la fuente hay una escultura idéntica a la que vio en el vestíbulo de Alfacent.

Un joven Gunnar Irving de cristal, mirando las estrellas.

Vuelven a atravesar el puente y pasan de nuevo entre los desvíos a las casas de invitados. En el último camino que cruza, Samuel gira. Sigue el camino hasta la linde del bosque y se detiene delante de una casa que también está hecha de riolita y con la misma arquitectura contradictoria que la mansión.

La casa tiene dos plantas y tejado verde de cobre. Debajo del alero hay una figura grotesca de piedra que asoma la cara.

—Casa Arturo —dice Samuel—. Aquí es donde te vas a hospedar.

EL HOMBRE DE CRISTAL

Durante muchos años, la luz de su padre lo iluminó, lo ensalzó, lo llenó de gloria. Le hizo brillar.

Él era el hijo, el heredero.

El Príncipe Pólux, para el que nada ni nadie era lo suficientemente bueno.

Sus años académicos fueron una marcha triunfal ininterrumpida.

Era alto, rubio y musculoso, sacaba las mejores notas en todas las asignaturas, era capitán tanto del equipo de fútbol como del de balonmano.

Los amigos se agolpaban a su alrededor. Competían por ver quién era el más íntimo.

Como si esperaran que sus cualidades únicas fueran a contagiarse.

Todos querían ser como él, incluso los profesores y los líderes lo admiraban. Era la estrella alrededor de la cual giraba todo.

Tenía el futuro esperando a sus pies. El mundo era suyo.

Hasta que, de repente, se lo arrebataron.

Lo recuerda a la perfección. Fue un sábado de mayo, él tenía quince años y estaban jugando un partido de fútbol en el municipio vecino. Un chico mayor, Bure, que recordaba levemente a un gorila, le hizo una entrada contundente justo por dentro de la línea del área.

Se puso en pie, se limpió el césped de la ropa y las rodillas y se preparó para chutar el penalti, pero entonces Bure se le plantó delante y dijo algo humillante sobre su familia, sobre su padre, en un tono de claro desprecio.

Muy alto, para que todo el mundo lo oyera, tanto sus compañeros de equipo como todo el equipo contrario.

Apenas recuerda las palabras que le dijo. No se trataba de eso, sino del hecho en sí. De que alguien se atreviera a hablarle de aquella manera.

No había pasado nunca.

Bure había cruzado una línea y él podía notar los ojos de sus compañeros clavados en él. Como si se esperaran que hiciera algo. Pero Bure era más grande que él, tenía una mirada malévola que le dejaba claro que una pelea en mitad del campo sería una mala idea.

Así que cogió el balón y lo colocó en el punto de penalti. Intentó hacer caso omiso de las risitas de Bure y sus amigos.

Mientras tomaba distancia del balón, sintió que se le calentaba la cara.

En una situación normal, habría actuado con frialdad absoluta. Habría marcado el penalti sin pestañear. Se habría dado la vuelta con seguridad en sí mismo para recibir las ovaciones de su equipo.

Pero ese día no.

Chutó y el balón salió disparado muy por encima del larguero. Perdieron el partido.

Debería haber entendido que era una señal.

Un mal augurio.

Aquella tarde, cuando llegó a casa, todo había cambiado. Sin previo aviso, habían sacado sus pertenencias de la mansión y las habían trasladado hasta la Casa Canopus. De pronto, la casa que hasta ese día había sido su hogar, fue declarada terreno prohibido.

—Padre necesita estar a solas —dijo su madre para justificar el cambio—. Necesita tranquilidad para su IMPORTANTE trabajo.

Pero él sabía que estaba mintiendo. Podía verlo en su labio tiritando y sus ojos enrojecidos por el llanto.

Aun así, no dijo nada. Hizo cuanto pudo para colaborar y mostrarse fuerte. Esperaba que el destierro no se le aplicara a él. O que, en su caso, al menos fuera temporal.

Al fin y al cabo, era el Príncipe Pólux, el hijo, el heredero, sobre quien el sol siempre brillaba.

Tardó tres semanas en volver a ver a su padre.

Una cena tensa en familia celebrada en el gran comedor y en la que Padre no miró a nadie a los ojos. Se limitó a explicar brevemente que su trabajo se había vuelto tan importante que ahora le ocuparía los días enteros y que no se le podía molestar bajo ningún concepto.

Él intentó captar la atención de Padre. Encontrar la menor señal de que él era la excepción a la regla. Pero Padre se limitó a levantarse de la mesa y dejarlos ahí sentados, mientras su madre trataba de contener los sollozos.

Una parte de él sentía que era todo culpa suya, que era él quien le había fallado a Padre, provocando así el destierro.

Por primera vez en la vida, se sintió débil.

Impotente.

Pero también furioso.

Ahora que sabe dónde debe buscar, apenas tarda una hora en tener clara la relación entre Per el Paranoias y Tord Korpi. Le basta con un par de llamadas telefónicas y un registro de una matrícula de socio.

Necesita aire, y justo cuando está a punto de levantarse de la silla empieza a sonarle el móvil.

Número oculto, con lo que solo puede ser una persona.

—¿Sí? —dice al descolgar.

La cicatriz en el brazo izquierdo ya le está picando otra vez.

—¿Y bien? ¿Cómo nos va? —pregunta el Paranoias.

Asker no sabe qué le molesta más, si que su padre parta de la idea de que hay un «nosotros» o el hecho de que, después de todos esos años, la esté obligando a jugar al «Dime cinco cosas sobre...».

Coge aire.

—El muerto es Tord Korpi. Era experto en construcción de túneles y búnkeres, motivo por el cual venía a La Granja. Os conocisteis a través de la Hermandad de Paracaidistas, de la que ambos erais socios. Korpi odiaba la autoridad y trataba de pasar desapercibido. Un ermitaño paranoico, igual que tú. Y si yo he podido encontrar esa conexión entre vosotros dos, tarde o temprano mis compañeros también lo harán.

Un breve silencio al teléfono.

—No está mal —dice él después—. Conque no eres una auténtica inútil.

Asker no muerde el anzuelo. Además, percibe algo detrás del tono brusco que podría ser un matiz de admiración, cosa que él jamás reconocería. Per la ha estado probando, como antaño. Y ella ha superado sus expectativas, lo cual le molesta. Igual que a ella le molesta lo importante que le resulta ganar el juego, ser una chica aplicada. Sus dedos buscan el antebrazo sin que se dé cuenta.

—¿Y tú cómo sabías que el cadáver era Korpi? —pregunta Asker—. Si no fuiste tú quien lo tiró allí, vaya.

La pregunta irrita a Per, tal y como ella esperaba.

—Tengo mis contactos —contesta él con un resoplido—. Gente que me llama si ocurre algo inusual en las cercanías de La Granja.

—¿Como, por ejemplo, un operario municipal que desentierra un cadáver? ¿Y que le saca unas fotos con su móvil, tal vez?

Él no responde, lo cual debe de significar que Asker ha dado en el blanco.

—Ahora que sabes cómo está todo conectado, Leo, ya va siendo hora de que descubras quién mató a Tord Korpi —dice el Paranoias—. No tienes mucho tiempo.

—¿Por? —pregunta ella.

—Porque en este momento hay dos agentes de policía uniformados llamando al timbre de la verja. Yo no les voy a abrir, y dentro de un rato se irán. Pero algo me dice que tus colegas no tardarán en volver, y la próxima vez no se molestarán en llamar al timbre. Y los dos sabemos cómo terminará eso.

—¡Ese no era el trato! —protesta ella—. Si yo te ayudaba, tú te ibas a entregar de forma voluntaria. Y, como habrás podido comprobar, me estoy esforzando.

Él vuelve a resoplar.

—¿De verdad te crees que tengo esa confianza en tus habilidades? ¿Que me basta con tu palabra?

Asker se arremanga la camisa, intenta leer una por una las letras de su tatuaje. Pero la voz de Per no se lo permite.

—No me iré a ninguna parte hasta que hayas encontrado a un sospechoso principal mejor, Leo.

Asker se obliga a cerrar el puño derecho para dejar de toquetearse la cicatriz.

—¿Por qué no te largas y punto? —pregunta—. Tienes una mochila preparada, con dinero en metálico y pasaporte falso. En un cuarto de hora podrías desaparecer sin dejar rastro.

—Porque nadie me va a echar de mi propia casa —le espeta él—. Nadie me va a acusar de cosas que no he hecho, nadie se va a meter aquí por la fuerza para quitarme lo que es mío.

Justo cuando su tono de voz se vuelve más cáustico hace una pausa.

—Además, para un hombre al que le falta una mano y un ojo no es tan fácil esconderse —continúa, un poco más tranquilo—. Dos discapacidades bastante relevantes que debo agradecerte a ti, querida hija. Así que ahora corre a resolver el caso, antes de que más gente salga herida.

La llamada se corta.

Asker guarda el teléfono y tiene que hacer un arduo esfuerzo para reprimir el impulso de clavarse las uñas en la cicatriz y abrirse profundas heridas en la carne.

HILL

Justo cuando Hill cierra la puerta del coche, una bandada de grajillas alza el vuelo desde los árboles de alrededor y, entre graznidos, traza un vuelo circular por encima de las copas peladas. Cuando Hill baja la mirada descubre a una mujer en la puerta de la Casa Arturo. Tendrá unos setenta años, es bajita y elegante y lleva la misma ropa negra que el resto del personal de Alfacent.

—Bienvenido, doctor Hill. Soy la señora Schiller —lo saluda la mujer en tono afable mientras se estrechan la mano.

Hay algo tanto en su postura como en su aspecto que le hace pensar en una azafata de vuelo jubilada.

—Llámame Martin —dice él, y esboza su sonrisa más encantadora—. Es muy emocionante estar aquí.

—La señora Schiller es el ama de llaves aquí en Stjärneholm —explica Samuel.

—Y nos alegramos mucho de tenerle aquí, doctor Hill —señala la mujer, quien no parece haber tomado nota de que él le ha pedido que lo tutee—. Si necesita usted alguna cosa, solo tiene que ponerse en contacto conmigo. En cualquier momento, las veinticuatro horas del día. Sin dudar.

La mujer hace un gesto hacia la puerta.

—¿Entramos?

Abre la pesada puerta de la casa. En el centro de la hoja hay una aldaba con forma de cabeza de oso. Hill casi se espera que las bisagras rechinen ominosamente, pero la puerta se desliza en silencio. La señora Schiller entra y Hill la sigue cojeando, con Samuel pisándole los talones.

Ella le enseña el recibidor y lo invita a adentrarse en la casa. La decoración es anticuada: revestimiento de madera oscura hasta la mitad de la pared, alfombras gruesas, cortinas pesadas. De las paredes cuelgan dibujos y pequeños cuadros de figuras extrañas, algunas con cuerpo humano y cabeza de animal. En el salón hay dos sillones con orejeras delante de un hogar. Uno está bastante más gastado que el otro.

En la repisa de la chimenea ve un dibujo a lápiz enmarcado que representa a un hombre anciano con perilla y gafas oscuras. Debe de tener por lo menos treinta años más que en las fotografías del libro de Hill, pero este lo reconoce igualmente.

—Bernhard Irving —constata.

La señora Schiller asiente con la cabeza.

—Cuando Gunnar y su familia se fueron a vivir a la mansión, Bernhard se retiró aquí, a la Casa Arturo. Como quizá ya sabrá, Bernhard era un artista destacado. De hecho, todos los dibujos y las pinturas de la casa son de Bernhard. Y ahí tiene usted lo que fue su escritorio.

La señora Schiller hace un gesto casi solemne con la cabeza para señalar un mueble de madera oscura y maciza que hay al lado de la ventana de la pared larga del salón.

—Como tantos otros detalles en Stjärneholm, la mesa también la diseñó el propio Bernhard. Antiguamente, el escritorio estaba en la mansión, pero Gunnar lo mandó traer hasta aquí para que su padre pudiera continuar con su importante trabajo.

Hace una pausa, le brinda a Hill una nueva sonrisa.

—Por supuesto, tiene usted todo el permiso para utilizar el escritorio, si lo necesita —prosigue—. También le hemos preparado un sitio para trabajar en la biblioteca, pero ya se lo enseñaremos más tarde.

Continúan la visita pasando por la cocina, el cuarto de baño y una habitación de invitados. Después, una puerta que conduce a un sótano.

—Ahí abajo hay un lavadero —dice la señora Schiller—. Pero si necesita usted hacer la colada, basta con que nos llame y nos ocuparemos de todo. La idea es que usted pueda centrarse en el trabajo.

El dormitorio se encuentra al fondo de la casa y tiene unas ventanas altas que dan al bosque de detrás. En el centro de la habitación hay una cama grande con dosel alto y tallado a mano. El techo abovedado es de color negro azulado y está lleno de estrellas pintadas a mano.

—¿También lo ha pintado Bernhard? —pregunta Hill.

—Así es —asiente la señora Schiller—. Son las vistas que hay desde el observatorio de Blockön.

Hill se queda contemplando la pintura. Es hermosa y está hecha con mucha ambición. No son simples puntitos blancos sobre un fondo oscuro, sino que cada estrella tiene su propio matiz de color y luminosidad.

Además, junto a cada constelación se puede leer su nombre escrito en latín y en caligrafía esmerada.

Ursa Major.

Cassiopeia.

Leo.

A Hill le entran los remordimientos. Debería llamar a Leo, preguntarle qué tal le va con la investigación. Asegurarse de que no se está viendo arrastrada al mundo desquiciado de Per el Paranoias.

Pero la fascinación por el sitio en el que se encuentra no tarda en reconquistar su espacio mental. Lleva desde la adolescencia fantaseando con este lugar, y por el momento Stjärneholm supera con creces sus expectativas.

Vuelven al pasillo y se detienen a sendos lados de la ancha escalera que sube al primer piso.

—Arriba no hay mucho que ver —dice la señora Schiller, que debe de haber percibido el titubeo de Hill—. Solo es un gran desván que Bernhard usaba como estudio. Mesa de dibujo, trípode, algunos proyectos inacabados... Creo que será mejor que espere a haber recuperado un poco la movilidad antes de subir. —Señala la muleta de Hill con la barbilla.

—Hablando de eso —aprovecha para comentar Samuel, que lleva un buen rato callado—. Al doctor Schiller le gustaría mucho echarle un vistazo a la herida lo antes posible. ¿Te parece bien a las dos?

—Claro —responde Hill.

—Perfecto. La señora Schiller se encargará de que alguien venga a buscarte.

Se vuelve hacia la mujer, quien asiente de inmediato con la cabeza.

—Pues ya estaríamos —concluye la señora Schiller mientras regresan a la cocina—. Las llaves de la casa están colgadas en el gancho que hay al lado de la puerta. Hay ropa de cama y toallas en el armario. La nevera y la despensa están llenas, hay un plato preparado con embutidos, si tiene usted hambre. Si precisa de alguna otra cosa, solo tiene que avisarnos, doctor Hill.

—Hablando de comunicación —añade Samuel—. En Stjärneholm utilizamos una app. Ahí encontrarás la información para descargártela. —Señala un código QR plastificado que hay encima de la mesa de la cocina—. Notarás que aquí fuera la cobertura es bastante mala. Pero a través de la app tienes acceso a la red wifi que cubre la mayor parte de la propiedad. En la app también verás una pestaña con información sobre la finca, te recomiendo encarecidamente que la leas. Sobre todo, la sección referida a seguridad y normas.

Samuel le aguanta la mirada unos segundos.

—Por supuesto —dice Hill—. Por cierto, ¿cuándo creéis que podré conocer a Gunnar?

Samuel y la señora Schiller intercambian una mirada.

—No podemos saberlo, por desgracia —responde la señora Schiller.

—Pero ¿está aquí? O sea, ¿en la finca?

—Claro —contesta Samuel—. Pero está muy ocupado. Podrás conocer a Gunnar cuando él considere que es el momento oportuno.

—Casi todo lo que necesite saber está en la app —señala la señora Schiller—. Ahora, siéntase como en casa, y a las dos pasarán a recogerlo.

En cuanto la pareja se marcha en el Mercedes de Samuel, Hill mira el móvil. En efecto, apenas tiene un palito de cobertura, así que escanea el código QR que hay en la mesa de la cocina. Mientras la app se descarga, trastabilla de vuelta al salón y se sienta en el sillón ajado de Bernhard.

Todo le resulta irreal y, al mismo tiempo, de lo más emocionante.

Al cabo de un minuto la app ya está instalada. Hill escribe su nombre y elige una contraseña de acceso. El símbolo de wifi se activa en la pantalla del móvil y, de pronto, ya tiene cobertura total.

Bienvenido a Stjärneholm, lo saluda la app, tras lo cual le muestra tres pestañas:

Contacto.

Seguridad y normas internas.

Mapa.

La primera pestaña contiene los datos de contacto de la señora Schiller, su marido y Samuel, así como de la consulta médica y del vigilante. Aparte de los números de teléfono, también existe la posibilidad de comunicarse mediante la propia app.

Hill vuelve a pensar en Leo y le manda un mensaje rápido.

Ya estoy en Stjärneholm. Un lugar
impresionante, cuando menos.
¿Tú cómo vas?

Por un breve instante sopesa la opción de terminar con «un abrazo», pero enseguida lo descarta y opta por una barra inclinada y una M, a modo de despedida no demasiado informal.

Se toma unos segundos, esperando obtener respuesta, pero no ocurre nada. Seguramente estará muy liada. Hill vuelve a la app de Stjärneholm y abre la pestaña de Seguridad y normas internas.

Stjärneholm y sus jardines fueron creados por Bernhard Irving como un lugar de reflexión y concentración. Un lugar apacible en el que cada uno puede pensar con libertad sin interrupciones y abrir los sentidos a nuevos *inputs* más allá de los habituales. Por ello, es importante que nuestros invitados respeten el singular espíritu de aislamiento y contemplación que aquí prevalece.

Nadie puede ponerse en contacto con otros invitados o huéspedes del recinto sin haber obtenido antes permiso.

La mansión solo puede visitarse con motivo de algún asunto previamente acordado.

Nota: la parte de atrás de la mansión, así como el parque que se extiende entre esta y el lago, son zonas totalmente restringidas y no pueden visitarse bajo ningún concepto sin una autorización especial. Lo mismo se aplica a la isla de Blockön.

Un sonido hace que Hill alce la cabeza. Un repiqueteo metálico que debe de provenir de la pesada aldaba. Se levanta y cojea hasta la puerta.

Fuera hay una niña en sus primeros años de adolescencia, acompañada de un perro negro con arnés.

—Hola —dice—. Me llamo Elsa, y este es Orión.

La niña lleva un gorro y unas gafas de sol que le cubren los ojos enteros, lo cual es un poco raro, teniendo en cuenta la niebla y la débil luz del día. Hasta que Hill no ve el bastón blanco que la niña lleva en la mano no se percata de que es ciega.

—Tú debes de ser el nuevo Boyero —dice.

ASKER

Asker camina a paso ligero al lado del canal mientras intenta poner orden en su cabeza. El viento gélido que entra del Báltico le atraviesa la ropa, pero ella apenas lo nota.

En algún momento del otoño de 2006, a Tord Korpi le pegan un tiro en la nuca y lo dejan tirado a unos pocos centenares de metros de la verja de entrada de La Granja. Su coche está desaparecido y Asker ni siquiera puede buscar en el desguace, porque no tiene el número de bastidor. Que ella sepa, en el lugar del hallazgo tampoco ha aparecido ningún arma ni ningún petate lleno de dinero. Ni ninguna otra pista.

Luego está lo del revólver de Korpi. Ha tenido tiempo para pensar en él. Un treinta y ocho de cañón corto. Inservible en distancias superiores a ocho metros, pero fácil de desenfundar y efectivo en distancias cortas. Una típica arma de defensa.

¿El revólver solo era una medida de seguridad, teniendo en cuenta todo el dinero en metálico con el que Korpi se paseaba? ¿Porque era igual de paranoico que Per el Paranoias? ¿O llevaba el arma por alguna amenaza en concreto?

Llama a Rosita.

—Necesito más ayuda con los registros —dice en cuanto ella descuelga—. Busca cualquier tipo de denuncia o algo del estilo que la policía recibiera sobre 2006, en la zona donde han encontrado el cuerpo de Tord Korpi. Todo lo que entrara, por pequeño que fuera. Incluso multas de tráfico y denuncias por excesos de velocidad.

Asker sabe que es un tiro a ciegas, pero ahora mismo está buscando una aguja en un pajar.

—Va-vale —responde Rosita—. Parto de la base de que hay prisa.

—Correcto. Estaría bien que le dieras prioridad. Y ni una palabra a nadie.

—Por supuesto. Te aviso en cuanto termine.

Asker corta la llamada. Ve un mensaje de Martin y, justo cuando piensa si pegarle un telefonazo o no, el móvil empieza a sonar.

—Hola —dice, pensándose que es Rosita que la llama por algo.

Pero al otro lado de la línea suena un timbre de voz muy conocido. Una mezcla de monarca británica y tiburón blanco.

—¿Leonore? —pregunta su madre.

—Sí.

—Bien. ¿Serías tan amable de pasarte por el bufete? Hay algo de lo que me gustaría hablar contigo. Corre prisa.

Cuelga antes de que Asker tenga siquiera tiempo de contestar.

El tono de su madre era tajante y frío, como de costumbre. Pero a Asker le parece haber captado un matiz añadido en su voz.

Una gravedad fatídica que no había oído nunca en su madre y que la deja bastante intranquila.

HILL

—No soy ciega, por si te lo estás preguntando —dice Elsa mientras le da un trago a un refresco que Hill ha ido a buscar a la nevera.

Se ha desabrochado la chaqueta y se ha sentado a la mesa, como si fuera la cosa más natural del mundo. El perro negro se ha tumbado al lado de su silla y mira a Hill con suspicacia. Él no tiene mucha idea de perros, pero cree que puede ser un labrador.

—Puedo captar cambios de luz —continúa Elsa—. Así que es más correcto llamarlo discapacidad visual que ceguera.

Hill sigue sin saber quién es la niña ni qué está haciendo en su cocina. Al mismo tiempo, siente curiosidad tanto por ella como por Stjärneholm.

—Has dicho algo del Boyero —dice.

—Sí, así es. Esta casa en la que vas a vivir se llama Arturo. Es una estrella de la constelación de Bootes o del Boyero, *Alfa Bootis.*

—Ah —contesta Hill, asintiendo con la cabeza—. Eso explica por qué la aldaba tiene forma de cabeza de oso.

—Exacto —dice la niña, moviendo la cabeza con gesto algo sabiondo—. Aquí todas las casas están bautizadas con nombres de estrellas. Mi madre y yo vivimos en Canopus. —Señala por encima del hombro—. *Canopus* significa «quilla», así que nuestra aldaba...

Hace una pausa, hace un gesto asertivo con la barbilla en dirección a Hill.

—Tiene forma de barco —completa él.

—Exacto. No eres tan tonto, para ser un boyero.

Le da otro trago al refresco.

—Fue Bernhard Irving quien bautizó todas las casas. Él ha diseñado casi todo lo que hay en la finca. Desde la mansión hasta las aldabas. ¿Sabías que los últimos años estuvo viviendo aquí, en la Casa Arturo?

—Eso me han dicho —responde Hill—. Acaban de hacerme un tour completo hace un momento.

—La señora Schiller, seguro. Le encanta hablar de Bernhard. O *Berrnarrd*, como dice ella, ¿te has dado cuenta? Habla de él como si fuera un santo. Y Gunnar vendría a ser un dios.

Hill suelta una carcajada.

—Sí, ha sido la señora Schiller quien me ha hecho la visita. Por cierto, me llamo Martin Hill.

—Elsa —vuelve a decir ella, y alarga una mano para que Hill pueda estrechársela—. Elsa Irving.

La niña parece darse cuenta de que Hill se queda cortado, o quizá solo lo supone.

—Mi madre se llama Maud Irving, hija de Karin, que fue la primera esposa de Gunnar. Gunnar es mi abuelo, así que Bernhard es mi bisabuelo.

—Ah, vaya.

—Es lo que suele decir la gente.

—¿Y tú vives aquí con tu madre?

—Solo de manera temporal. Orión y yo vamos a un internado y mi madre tiene un piso en Malmö. Ahora lleva un tiempo viviendo aquí en Canopus con la abuela.

Elsa deja la frase colgando en el aire mientras da otro trago de refresco.

—¿Hay alguien más hospedado en las casas de invitados? —pregunta Hill.

—Uy, sí. Nova, mi medio tía, vive en Sirio cuando viene. Aunque no lo hace muy a menudo. En realidad, allí deberíamos estar nosotras, teniendo en cuenta a Orión.

El perro alza un poco la cabeza al oír su nombre.

—Sirio es la estrella del Perro —explica Elsa—. Pero mi madre dice que ya va bien que sea Nova quien viva allí, porque ella es «el pez gordo de la familia».

Sonríe de oreja a oreja.

—Nova es quien me ha contratado —contesta Hill—. Voy a escribir un libro sobre Alfacent.

—Ya lo sé. ¿Lo sacarán en braille?

—Eh... —murmura Hill.

—Te estoy tomando el pelo, hombre —se ríe la niña—. Por cierto, no me dejan tomar refresco entre semana. Es una norma estúpida, en mi opinión. Pero todo Stjärneholm está lleno de reglas estúpidas. En realidad, ni siquiera puedo venir y llamar a tu puerta. Pero me libro de todo porque solo tengo trece años. Y, además, les doy lástima porque no puedo ver. Es la maldición irvingniana, ¿sabes?

Elsa se termina la lata y suelta un eructo.

—Ahora tengo que irme, antes de que mi madre empiece a preguntarse dónde me he metido. Pero podrías pasarte algún día a saludar. Creo que mi madre agradecería un poco de compañía adulta. Mi abuela es un poco particular...

Hace un gesto con la cabeza y se pone en pie. El perro se levanta al instante, la guía por la cocina hasta la puerta principal mientras Elsa desliza con soltura el bastón por el suelo.

—¿Hay algún otro habitante de Stjärneholm al que debería conocer? —pregunta Hill mientras la acompaña por el pasillo.

—El doctor y la señora Schiller viven en Proción, que queda más cerca de los edificios de la mansión. Después hay algunos empleados que van y vienen. Personal de cocina, de limpieza, guardias de seguridad. Junto a la Casa Proción hay un anexo de pisos pequeños donde a veces la gente se queda a pasar la noche. Como Samuel, por ejemplo.

Hill intenta retener toda la información sobre los distintos edificios.

—Ay, sí, me estoy dejando a Willy el de mantenimiento —dice Elsa, sonriendo.

—¿Quién?

—Willy, el chico para todo. Yo suelo llamarlo Willy el de mantenimiento, como el de *Los Simpson*. Willy vive en el edificio anexo de forma permanente. Es bastante borde, solo para que lo sepas.

—Vale —dice Hill—. ¿Y Gunnar, tu abuelo? ¿Él dónde vive?

Elsa se encoge de hombros.

—Vive en la mansión, en el ala oeste. Pero casi nunca coincidimos. Gunnar trabaja mucho y no le gusta relacionarse con la gente. Además, creo que mi madre y él no se hablan.

Hill le abre la puerta.

—Por cierto, ¿a qué te referías con la maldición irvingniana? —pregunta justo cuando Elsa cruza el umbral.

—¿No lo sabes? —Elsa baja la voz—. Pues resulta que una maldición pesa sobre nosotros. Stjärngruvan, la mina que colapsó; el bisabuelo Bernhard, que estuvo a punto de arruinarnos; el accidente de coche de mi tío; mi abuela, que está medio loca, y luego yo. La única nieta, y voy y nazco con discapacidad visual.

Se toca las gafas oscuras.

—Espero que no le tengas miedo a la oscuridad, Martin —añade con fingida gravedad—. Porque muchos dicen que Stjärneholm está embrujado, lleno tanto de extraterrestres como de fantasmas.

La niña se vuelve a reír y empieza a andar por el caminito de acceso a la casa con el perro en una mano y el bastón en la otra.

A pesar de todo, se mueve con mucha más soltura que Martin con la muleta.

Hasta que no se ha alejado un trozo, Hill no cae en la cuenta de lo que la niña acaba de decir.

«Stjärneholm está embrujado.»

Exactamente las mismas palabras que en la misteriosa carta.

ASKER

Las oficinas del despacho de abogados Lissander & Partners en el centro de Malmö están tan impecables y bien decoradas como siempre, constata Asker en cuanto sale del ascensor.

—Bienvenida —dice la recepcionista, una mujer de pelo corto de unos cuarenta años que Asker no recuerda haber visto nunca.

Normalmente, las recepcionistas del bufete son personas jóvenes con pinganillos inalámbricos y actitud ambivalente para con el marcado acento de Skåne. Esta mujer es una excepción más que bienvenida.

—Tú debes de ser Leo —dice—. Puedes entrar directamente. Isabel te está esperando.

Asker asiente con la cabeza a modo de gracias y sigue el pasillo hasta el despacho de su madre. La puerta de Camille está entornada y, por un momento, se plantea asomar la cabeza para saludar a su hermana pequeña. No es que le apetezca demasiado hablar, pero le gustaría mucho saber cómo están sus sobrinas. Pero entonces oye la voz de Fredric dentro y decide pasar de largo.

Su cuñado carece tanto de personalidad que las puertas automáticas del supermercado apenas se percatan de su presencia. Que Asker saliera con él durante un breve periodo de tiempo a los veinte años, hasta que cortaron y él la cambió por Camille, es un error que ha pagado con gran incomodidad en cada evento familiar que se ha celebrado desde entonces. Además, de alguna manera, Asker ha conseguido ser ella la mala en aquel drama bochornoso.

ISABEL LISSANDER, ABOGADA Y SOCIA SÉNIOR, pone en la placa de latón que hay junto a la puerta del despacho de su madre. Asker llama con los nudillos.

—¡Adelante!

Su madre está sentada detrás del escritorio, que a pesar de su tamaño no consigue hacer que a ella se la vea pequeña. Unas gafas de leer se balancean en la punta de su nariz. Ropa, pelo, uñas y maquillaje perfectos, como siempre.

—Hola, mamá.

—Siéntate, Leonore, enseguida acabo.

Su madre hace un gesto hacia los sillones de visita y vuelve a dirigir la atención a la pantalla de su ordenador.

Asker se sienta, cruza las piernas. Tiene la sensación de que la han llamado al despacho de la directora para una charla seria.

Su madre teclea deprisa.

Es un juego de poder, obviamente, para mostrar que tiene cosas más importantes que hacer.

Mientras tanto, Asker saca su teléfono móvil. No ha recibido más mensajes de Martin, después de que le haya confirmado que ha llegado a la finca. Entiende que esté emocionado, que esté ocupado con investigar Stjärneholm. Pero, al mismo tiempo, le irrita un poco el hecho de que se haya largado así, sin más, por mucho que Asker sepa que no tiene ningún derecho a exigirle nada.

—Ya está —dice al fin su madre—. Qué bien que hayas podido venir. ¿Cómo estás?

Su tono es asombrosamente dulce, lo cual intensifica el estado de alerta de Asker.

—Bien, gracias —contesta—. Junot y tú también, espero.

Pero estoy aquí en horario laboral, así que mejor vamos al grano. ¿De qué me quieres hablar que no podamos comentar por teléfono?

Isabel guarda silencio un par de segundos. Lo alarga para convertirlo en una de esas pausas de ataque en las que es experta. Su rostro es una máscara de hielo que no revela la menor pista sobre la naturaleza de la conversación.

—Hace un rato he recibido la llamada del comisario Jonas Hellman —dice luego—. Me ha hecho algunas preguntas sobre ti y tu padre.

—Ah...

Asker intenta hacer ver que el tema no le inquieta lo más mínimo, lo cual es mentira. Ya debería haber previsto esta jugada por parte de Hellman.

—¿Y qué le has dicho?

—La verdad, por supuesto —responde su madre—. No tengo por costumbre mentirle a la policía.

De nuevo, la máscara de hielo, combinada con una mirada de reproche.

Asker respira hondo.

—Le has contado lo de papá a Jonas Hellman. El accidente...

—Sí, lo he hecho. Le he contado que tu padre es tan poco de fiar que estuvo a punto de mataros a los dos por pura negligencia.

Asker empieza a tener dificultades para conservar la calma.

—Hellman es un buen policía —continúa Isabel—. Salvó a Smilla Holst, cosa que tanto yo como la familia le agradecemos. Además, es lo bastante inteligente como para llamarme antes de actuar, lo cual significa que quiere seguir construyendo alianzas de cara al futuro.

Asker se muerde el labio. Oír a su propia madre alabando a Jonas Hellman por un caso que resolvieron Martin Hill y ella roza el límite de lo que puede aguantar sin que le estalle la cabeza.

—Hellman me ha contado que tu padre está implicado en un caso de homicidio de hace dieciséis años —dice su madre—.

Han encontrado un cadáver justo a las afueras de La Granja. Un tal Tord Korpi, le pegaron un tiro en la nuca. Solo es cuestión de tiempo antes de que la policía pueda relacionar a la víctima con tu padre, imagino que eso ya lo sabes.

Enarca las cejas, como si esperara que Asker diga algo.

Pero ella no lo hace.

O sea que Hellman y su pandilla ya han identificado a Korpi y han confirmado la causa de la muerte. Eso quiere decir que le debe de haber metido prisa al forense y que ha destinado más recursos al caso. La única explicación razonable es que Hellman quiere ir a por Asker a través de su padre, tal y como ella misma había temido.

—En realidad, no me sorprende que Per pueda ser culpable de algo así —continúa su madre—. Pero sí que me parece bastante más preocupante que tú estés metiendo las narices en el caso.

Su madre se inclina hacia delante, tan solo unos centímetros. Aun así, con ese movimiento, sumado a un leve cambio en la voz, consigue que el ambiente entre ellas dos cambie y que la conversación se convierta en un interrogatorio.

—Leonore, ¿es tu padre el que te ha metido en esto?

Asker sigue sin contestar. Hellman ha vuelto a elegir aprovechar a Isabel como pieza de juego en su contra, y, una vez más, su madre se ha puesto de parte de él sin pestañear.

Isabel ladea un poco la cabeza.

—Tú ya sabes que Per es extremadamente manipulador. No te puedes fiar de nada de lo que dice. Lleva mucho tiempo viviendo de prestado, y al final el pasado se le está echando encima. Así que ¿por qué ibas a ayudarlo? ¿Tú, precisamente, con lo que has vivido? De verdad, es algo que supera mi capacidad de comprensión.

Asker trata de controlarse.

—Porque Per es muy peligroso —dice, serena—. Si la policía va a La Granja para intentar detenerlo, habrá un baño de sangre.

—Le he explicado a Jonas Hellman que Per puede suponer una amenaza —continúa Isabel—. Lo mejor que puedes hacer es ponerte en contacto directo con Hellman y contarle lo que sabes de tu padre y de La Granja, todos los recuerdos que guardas de Korpi y cuál es la manera más fácil de detener a Per sin correr riesgos innecesarios.

—Te refieres a que deje que Hellman y su panda cojan a papá, independientemente de si es culpable o no. Una postura bastante extraña, viniendo de una abogada.

Isabel se desplaza otro centímetro hacia delante, lo cual hace que la estancia entera empiece a inclinarse sobre Asker, por raro que parezca. Su voz se vuelve aún más dulce.

—Ahora mismo no soy abogada, Leonore, sino tu madre.

Es imposible no sentir admiración. La réplica es tan perfecta, tan clínica, que no hay forma de defenderse contra ella.

Asker lo sabe, y su madre también.

Lo mejor que puede hacer ahora es levantarse e irse. Cerrar el puño dentro del bolsillo y tragarse la rabia de que Hellman haya conseguido que su propia madre la anime —no, la obligue— a colaborar con él y luego apartarse mientras él mete a su padre en la cárcel.

Pero entonces Asker cae en la cuenta de que hay algo que le rechina. Un detalle en toda aquella pantomima que no acaba de encajar. Tarda unos segundos en identificarlo.

—Todos los recuerdos que guardas de Korpi... —dice despacio.

—¿Eh?

—Has dicho «todos los recuerdos que guardas de Korpi».

Su madre hace un aspaviento irritado con la mano.

—¿Adónde quieres llegar, Leonore?

—Hellman aún no ha relacionado a Tord Korpi con Per —dice Asker—. Tú misma lo has dicho hace un momento. Por tanto, Hellman no puede saber que yo lo conocí.

Su madre enarca las cejas, como si no tuviera ni idea de por dónde quiere llevar la conversación.

Asker sostiene el contacto visual.

Puede observar el pequeño temblor en la mirada de Isabel. Una fisura microscópica en la máscara que le revela todo lo que necesita saber.

Coge aire, se inclina hacia delante, solo un poco, igual que ha hecho su madre hace un momento.

Las paredes de la habitación vuelven a enderezarse, hasta que empiezan a inclinarse levemente hacia fuera.

—Solo hay otra persona más que sabe que conocí a Tord Korpi —dice—. Así que, dime, ¿cuándo hablaste con él por última vez? Con papá.

Una tarde, pocas semanas después del destierro, estaba esperando delante del local del club del equipo contrario. Había recortado unos orificios en un gorro de lana y llevaba consigo un grueso mango de hacha que había encontrado en el taller. Había ido hasta allí en bici con las cosas escondidas.

No tenía muy claro por qué, solo estaba siguiendo una especie de instinto.

Una necesidad de saciar el sentimiento de humillación e impotencia que lo estaba carcomiendo por dentro.

Cuando Bure salió con la bolsa de entreno al hombro, él estaba escondido detrás de unos árboles. Esperó con el corazón al galope hasta que el joven con aspecto de gorila fuera a buscar su bici, aparcada en una zona oscura del aparcamiento.

Si Bure hubiese ido acompañado, probablemente no habría pasado nada, pero resultó que estaba solo. ¿Podría tratarse de una señal?

Se acercó de puntillas empuñando el hacha y con el pulso retumbándole en los tímpanos. De alguna manera, tenía la sensación de que su padre lo estaba observando con su ojo omnisciente. De que lo estaba evaluando, para ver si todavía era digno o no.

La idea le quitaba fuerzas de los brazos.

El primer golpe se lo dio en la espalda. No fue ni con mucha decisión ni con la suficiente puntería como para que resultara decisivo. Bure giró sobre sí mismo con un rugido. Después, se le echó encima con todas sus fuerzas.

Hasta ese momento, él solo se había imaginado que le daría a Bure una somanta de palos. Que restablecería su honor y el de su familia.

Pero ¿qué ocurriría si pasaba al revés? ¿Si su padre se enteraba de que había vuelto a verse humillado por alguien de fuera del seno? ¿De que era débil? ¿Irremediable? ¿Indigno?

El miedo se apoderó de él. Le llenó los brazos de fuerza virulenta y transformó el mango del hacha en una maza.

El segundo golpe acertó a Bure justo en la sien, con un sonido que le recordó a una rama al partirse. Sin decir ni una palabra, el gigantón se desinfló y cayó al suelo como un saco.

Se quedó tirado en el asfalto mientras una mancha de color rojo se extendía por debajo de su cabeza.

Su primer impulso fue salir corriendo de allí. Correr presa del pánico, alejarse lo máximo posible.

Pero permaneció al lado del moribundo como petrificado.

Un impulso extraño se apoderó de su cuerpo y le hizo sentarse de cuclillas junto a Bure, tomar su mano y mirarlo a los ojos.

Estudiarlo de la misma manera en que contemplaba la rana de cristal.

Observar cómo la mirada estropeada se iba apagando poco a poco. Cómo daba comienzo su viaje entre los mundos.

Y cómo al final se quedaba inmóvil.

En ese instante, fue como si él se transformara.

Como si creciera.

Como si se convirtiera en otra persona, más grande, más fuerte, mejor.

Como si dejara de ser un joven inseguro para devenir una criatura fornida, llena de poder.

Poder auténtico.

El único que realmente tenía algún sentido.

El poder sobre la vida y la muerte.

HILL

A las dos menos cinco, Hill sale por la puerta de la Casa Arturo, listo para su visita con el doctor Schiller. En ese mismo instante, ve algo que parece un carrito de golf que se le acerca por el camino que lleva a la casa. Al volante va un hombre de unos cuarenta años, vestido con ropa de trabajo.

Frena en seco delante de Hill y usa unos de los postes del techo para salir del vehículo. El movimiento, junto con sus brazos largos y su postura ligeramente encorvada hacia delante, le recuerda a Hill a un chimpancé. La impresión se ve reforzada por las patillas del hombre, que le llegan hasta las mandíbulas.

—¿Hill? —dice el hombre con un gruñido.

—Correcto. Tú debes de ser Willy.

Al hombre se le estrechan los ojos.

—Me llamo Ville. Ville Knudsen.

—Disculpa, Ville.

Hill carraspea, abochornado. Está seguro de que no lo ha oído mal cuando Elsa le ha hablado del chico para todo de la finca. Debía de estar tomándole el pelo.

—¿Necesitas ayuda? —Ville señala la muleta con la barbilla.

—No, gracias, me las arreglo.

Hill se sube al asiento del acompañante y Willy, que en realidad se llama Ville, vuelve a sentarse al volante con un balanceo. Mete una marcha y da la vuelta con un derrape tan rápido que Hill tiene que sujetarse a una barra para no caer fuera.

—¿A qué te dedicas aquí en Stjärneholm? —pregunta, tanteando.

—Un poco de todo. Lo que haga falta —responde Ville.

—¿Cuánto llevas trabajando aquí?

El hombre lo mira de reojo.

—Toda la vida —murmura—. Le cogí el relevo a mi padre.

—¿Estás a gusto?

—Sí.

Hill hace una pausa. Al menos, Elsa estaba en lo cierto cuando ha dicho que Ville era arisco.

El aire que corre por el vehículo mientras avanzan es gélido y húmedo, Hill tiene que meter las manos en los bolsillos para no morirse de frío en el cochecito de cabina abierta.

La niebla sigue siendo densa, pero Ville no aminora la velocidad. Aun así, consigue evitar cada hoyo y pegote de escarcha en el camino con la precisión de un conductor de rally.

Cruzan el estanque y siguen hasta la fuente.

Hill nota que su chófer se queda mirando la escultura de cristal del joven Gunnar dos segundos más de lo necesario.

—¿Es Bernhard quien la ha diseñado? —pregunta, en un último intento de entablar algo que recuerde a una conversación—. La escultura, me refiero.

—Sí —murmura Ville.

—Parece especial —continúa Hill—. ¿Sabes si tiene algún nombre?

Sin respuesta.

Se acercan a la mansión, pero en lugar de dirigirse a la gran escalinata de la entrada, Ville dobla a la derecha y bordea la fachada. Dobla la esquina derecha de la casa, avanza cuarenta metros y se detiene delante de una puerta ordinaria a pie de calle.

Más arriba, en la fachada, la semiesfera de una cámara de vigilancia mira fijamente a Hill.

—Hemos llegado —anuncia Ville.

Hill se baja del vehículo con cierta dificultad.

—Gracias por traerme —dice—. Eres todo un profesional al volante. Se nota que te conoces todo esto.

Ville asiente con la cabeza, estira una comisura de la boca en un gesto que sugiere que no está acostumbrado a que le den las gracias, y aún menos a que lo alaben.

—La escultura por la que preguntabas —dice justo cuando Hill va a darse la vuelta—. Se llama el Intérprete de las Estrellas. Pero aquí en la finca todos la llamamos el Hombre de Cristal.

ASKER

Asker decide volver a pie a comisaría desde las oficinas de Lissander & Partners, pero más que nada porque necesita enfriarse un poco. Le hierve la cabeza, no sabe qué le irrita más: que Hellman use a su madre para manipularla, que Per el Paranoias haya llamado también a Isabel para pedir ayuda o que los dos hayan intentado mantener su contacto en secreto. ¿O acaso hay una alternativa más? Una en la que Asker prefiere no pensar, pues sería la locura definitiva.

Que lo que más le molesta es que la primera opción de Per haya sido Isabel y no ella.

Las dos veces que Per la ha llamado lo ha hecho desde un número oculto y no le ha dejado ningún dato de contacto. «Yo puedo comunicarme contigo, pero tú conmigo no», un juego mental típico de él.

Pero, por lo visto, a Isabel, en cambio, sí que le ha dado un número. Y no al teléfono de usar y tirar que utiliza normalmente, sino a un teléfono satelital. Un recurso caro que Per cuida con esmero. Al parecer, considera que Isabel se lo merece.

Y, aun así, Isabel no quiere más que sacrificar a Per. Dejar que Hellman entre en La Granja con las fuerzas especiales y las armas en ristre, y que haya un baño de sangre.

Asker sabe perfectamente a qué se está dedicando la gente de Delitos Violentos. Cómo van ciñendo la red alrededor de

Per el Paranoias. Cómo lo van mapeando. Se creen que tienen controlado quién es. Que van a poder lidiar con él.

En realidad, no tienen ni la menor idea. Per no es un macarra de poca monta.

Con excepción de una estancia en el psiquiátrico, lleva veinte años preparándose para un ataque como este. Ha proyectado todos los escenarios imaginables, ha ido acumulando armas y equipamiento, ha construido búnkeres, túneles y defensas. Ha convertido La Granja en una trampa mortal para todo aquel que intente entrar por la fuerza.

Además, sabe que están a punto de llegar. No se dejará pillar por sorpresa en el aparcamiento de unas grandes superficies vestido con Crocs y pantalón de chándal.

Estará escondido dentro de La Granja. Esperándolos.

Un viejo lobo astuto metido en su guarida.

Al mismo tiempo, Asker no ha avanzado nada en sus pesquisas sobre quién podría haber matado a Korpi.

Se detiene, nota que ha caminado demasiado deprisa y que está empapada de sudor, a pesar del frío, la humedad y el viento.

Asker se desabrocha el abrigo, deja escapar el calor corporal y respira hondo un par de veces. Debe tranquilizarse, poner orden en su cabeza.

Encontrar un camino que le permita avanzar.

Un movimiento le hace girar el cuello.

Se ha parado delante de las ventanas de un gimnasio. Al otro lado, unos pobres desgraciados están lidiando con la cinta de correr. A su lado, una chica joven trata de hacer press de banca mientras su novio está de pie en el extremo de la cabeza, ayudándola a subir la barra los últimos diez centímetros.

Toda la escena —la chica joven, el banco, la barra, el hombre que la ayuda a levantarla— hace que se abra una pequeña trampilla en su memoria.

Y de pronto recuerda algo más sobre Tord Korpi.

Un detalle menor, pero quizá también relevante.

DIECISÉIS AÑOS ANTES

Está en el gimnasio de La Granja. Un barracón hecho de bloques de termoarcilla y chapa corrugada. Algunas de las máquinas, Per el Paranoias las ha conseguido en subastas concursales, pero la mayoría las han construido ellos mismos. Han pasado cables por bloques y poleas, han soldado estructuras, asas y pesas a partir de chatarra. Han colgado un saco de boxeo, han montado espejos en las paredes y han puesto suelo de goma. «No es bonito, pero funciona», como suele decir su padre.

Justo cuando está a punto de terminar la sesión, el señor Tord entra. La saluda cordialmente con la cabeza y va hasta la plataforma de halterofilia que hay en el rincón.

Apenas han intercambiado más de dos palabras desde que se volvió a presentar en La Granja, y aunque esté instalado en una de las cabañas para visitantes Asker no ha podido obtener ninguna otra información de él, aparte de que le gusta la cerveza y el tabaco.

Pero a su padre le interesa, por lo que Asker se empeña en descubrir más detalles. Quiere estar preparada para la próxima vez que vayan a jugar al «Dime cinco cosas...».

Estudia al señor Tord en secreto a través de los espejos.

Lleva un cinturón lumbar, con la hebilla metida en el primer agujero, por encima de los pantalones cortos y la sudadera. Va resoplando y jadeando, pega tirones de las correas y maneja las pesas de una manera que deja claro que sabe lo que hace.

Por su parte, Asker acaba de hacer tantas dominadas que le arden los brazos y la espalda. En realidad, le queda un set.

Pero se le ha ocurrido algo.

El press de banca está justo al lado de la plataforma de halterofilia. Se traslada allí, pone un par de discos pesados en la barra antes de acomodarse en el banco.

Cierra bien el puño alrededor de la barra, hace varias respiraciones rápidas, como si se preparara para algo especialmente difícil. Levanta la barra, la separa del soporte y la baja con cuidado hasta el pecho al mismo tiempo que coge aire.

Los brazos se le tambalean un poco durante la subida, pero consigue enderezarlos. Mira al señor Tord con el rabillo del ojo para asegurarse de que la está viendo. Después, vuelve a bajar la barra lentamente.

En cuanto le toca el pecho, empieza a empujar otra vez. Pero ya no le dan las fuerzas. La barra se detiene a medio recorrido y comienza a descender de vuelta al esternón. Leo jadea de esfuerzo.

—¡Vamos, empuja!

El señor Tord se ha colocado junto al cabezal del banco. Coge la barra entre las manos de Leo y la ayuda a subirla centímetro a centímetro hasta que consigue llegar arriba y colocarla en el soporte.

—¡Gracias! —jadea ella mientras se incorpora—. Me he pasado un poco con el peso.

—No hay de qué.

—¿Entrenas a menudo? —le pregunta antes de que a él le dé tiempo de volver al peso muerto.

Él se encoge de hombros.

—Cuando tengo tiempo. Pero estoy un poco en baja forma. Como demasiada comida basura y viajo demasiado.

—¿Adónde?

Leo ve en la mirada del señor Tord que se ha precipitado. Que no debería haber comenzado a hacerle preguntas hasta que él estuviese más relajado.

—Un poco a todas partes —responde. Después, se gira y empieza a cambiar pesas.

Leo piensa que la conversación se ha terminado, y maldice en silencio para sus adentros por haber sucumbido a las prisas. Pero entonces él se da la vuelta.

—Tu padre... Es bastante duro contigo, ¿no?

En lugar de responder, Leo se limita a hacer un gesto con la mano que no es ni un «sí» ni un «no».

—Ayer os vi hacer combate cuerpo a cuerpo, y el campo de tiro está muy usado. ¿Conduces, también?

—A veces.

—¿Y qué tienes? ¿Quince? ¿Y vives aquí a solas con tu padre?

—Mmm...

—¿Qué dice tu madre? ¿Y tus amigas?

De pronto, es ella la que está siendo interrogada, cosa que no le habría gustado nada a Per. A él no le gusta que nadie haga preguntas sobre él ni sobre La Granja.

—Creo que tengo que irme. —Leo se levanta del banco.

Por un breve instante, se quedan uno enfrente del otro. Tiene la sensación de que el señor Tord quiere preguntarle algo más, pero ella se aleja en dirección a la puerta antes de que le dé tiempo a abrir la boca.

Justo cuando está a punto de salir del barracón, Leo echa la vista atrás y mira de nuevo al señor Tord a hurtadillas a través de uno de los espejos en la pared. Acaba de agarrar la barra, saca el pecho para empezar a empujar con las piernas.

A pesar de estar girado por efecto del reflejo, Leo puede leer claramente el texto de su sudadera.

«Freedom Gym, Hörby.»

HILL

Cuando Hill entra por la puerta de la mansión, una enfermera lo está esperando para acompañarlo. Nova Irving no estaba exagerando cuando le describió la consulta médica.

Es hipermoderna, con paredes blancas, buena iluminación, carteles metálicos que revelan que los locales disponen tanto de rayos X como de laboratorio. El aire es fresco y huele a hotelito cuco, más que a hospital.

La enfermera lo guía hasta una consulta sin ventanas. En una de las paredes hay una gran pantalla de proyección; en las otras, distintos dibujos enmarcados, y en un rincón, una máquina con el logotipo de Alfacent.

—Adelante, póngase cómodo.

La enfermera señala la camilla, que recuerda a un diván y que está cubierta con una sábana blanca, en lugar de papel áspero de protección.

Tras apenas un minuto, entra un hombre bajito y robusto con bata blanca. Ronda los setenta años y tiene una herradura de pelo cano separándole el pliegue de la nuca y la calva de la cabeza. En la nariz lleva unas gafas redondas; en las manos, un iPad.

—Soy el doctor Schiller —se presenta—. Bienvenido a Stjärneholm. Hace un rato has conocido a mi esposa.

Parece hombre de pocas palabras, y su estrechón de manos es flácido, igual que su mirada. Contrasta mucho con la calidez y afabilidad de su mujer.

—Vamos a ver. —El médico va bajando por la pantalla del iPad—. Una herida de bala en el muslo, ¿verdad que era eso? De hace apenas una semana.

—Así es.

Si bien es cierto que ayer, tras aceptar el encargo, Hill estuvo marcando opciones con crucecitas en toda una serie de documentos digitales, no deja de sorprenderle que el médico ya tenga acceso a su expediente.

—Antes que nada, me gustaría echar un vistazo a la herida —continúa el doctor Schiller—. Después, haremos algunas pruebas para asegurarnos de que no tienes ninguna infección.

Sigue bajando por la tableta.

—Y luego propongo que probemos un tratamiento que hemos desarrollado hace poco. Consiste en combinar aplicación de frío y de láser para acelerar el proceso de curación. ¿Todavía tomas medicación anticoagulante, por la válvula cardiaca?

—No —responde Hill—. El médico me dijo que hiciera una pausa mientras me esté tomando los antibióticos por el disparo.

—Un buen consejo —asiente el doctor Schiller—. Bien, si eres tan amable de bajarte los pantalones...

Hill obedece. Tal y como ya ha notado al mediodía, la herida le duele más de lo habitual, así que procura evitar grandes movimientos.

El doctor Schiller se sienta en un taburete giratorio. Saca un frontal y unos guantes de látex de un cajón, y luego le hace un gesto a Hill para que se acerque a él. Con movimientos seguros, retira el vendaje que Hill lleva alrededor de la parte alta del muslo.

—Ajá —dice para sí mismo. Enciende el frontal y se inclina hacia delante. Acaricia con cuidado la superficie de la herida con una mano.

Hill no sabe adónde mirar, pero tras titubear un poco se decanta por uno de los dibujos a lápiz que hay en la pared. Representa un lago redondo con una isla en el centro. Y en mitad de esta se pueden intuir unos edificios oscuros y algo que parece una torre con una cúpula encima.

—Eso es la isla de Blockön, ¿verdad?

El doctor Schiller parece demasiado ocupado con la exploración como para responder.

—Con la mina Stjärngruvan en el centro —continúa Hill—. Y el observatorio de Bernhard.

—Mmm —murmura el médico mientras sigue inspeccionando la herida.

—¿Cuándo cree usted que podré ir allí?

El doctor Schiller retrocede cosa de un metro con el taburete y apaga el frontal.

—No sabría responderte a eso. Pero, en cualquier caso, yo me esperaría hasta que la herida estuviese un poco mejor. Aún está caliente y los bordes están rojos, así que sospecho que el antibiótico que te han recetado no acaba de funcionar del todo.

Se levanta y va a buscar una venda nueva para taparle la herida.

—También te tomaré unas muestras de sangre, después ya habremos terminado. Puedes ponerte los pantalones, mientras tanto.

Mientras Hill se viste, el doctor Schiller prepara una bandeja de acero inoxidable con tubos de laboratorio, una jeringuilla y algunas cosas más que necesita.

—Siéntate en la cama y arremángate.

Hill hace lo que le dice. Está acostumbrado a que le saquen sangre, se lo deben de haber hecho cien veces a lo largo de los años, pero eso no significa que le guste.

El doctor Schiller es rápido y efectivo. Tarda apenas un minuto en llenar cuatro tubos de laboratorio, después retira la aguja y tapa la punzada con una tirita.

—Pues ya estamos. Pero estaría bien que bebieras un poco de líquido y comieras algo antes de levantarte.

El doctor señala un botellín de agua mineral y un platito con galletas de avena que hay en una mesita al lado de la camilla.

—Mañana mismo tendremos los resultados, así que sugiero que nos veamos a la misma hora para continuar.

—Vale —asiente Hill.

Se mete una galleta en la boca, mastica y traga con ayuda de un poco de agua. Está helada, deben de haberla sacado justo antes de que entrara en la consulta. Es una asistencia sanitaria muy diferente a la que él está acostumbrado.

—Quédate descansando unos minutos —continúa el doctor Schiller—. Mi esposa llegará de un momento a otro para enseñarte la biblioteca. Nosotros nos vemos mañana. Adiós. Y si pasa algo, mi teléfono está en la app. Puedes llamarme las veinticuatro horas del día.

Después de que el médico se retire, Hill se queda sentado comiendo galletas. A pesar de la primera impresión fría, no puede negar que el doctor Schiller irradia competencia y experiencia. Está claro que está en muy buenas manos, tal y como Nova Irving le había prometido.

Su mirada vuelve a posarse sobre los dibujos de Blockön. Otra de las promesas de Nova que Hill espera impaciente a ver cumplida.

Saca el móvil y entra en el chat del foro. Pero aún no hay nadie que haya contestado a su pregunta sobre los dos exploradores urbanos que se ahogaron en el lago.

Tras dos o tres minutos, llaman a la puerta y la señora Schiller asoma la cabeza.

—¿Ha ido todo bien? —pregunta—. ¿Le ha atendido bien el doctor?

—Sí, gracias —responde Hill.

—Bien. Pues si es usted tan amable de acompañarme, le enseñaré la biblioteca.

Salen de la habitación y cruzan el resto de la clínica, pasan por delante de varias puertas que dan a otras consultas.

La señora Schiller lo lleva hasta un ascensor situado en el otro extremo de la clínica. Tiene dos cámaras esféricas en el techo, y el panel de mandos está provisto de un lector de tarjetas. La señora Schiller acerca su tarjeta al lector y luego pulsa el botón superior.

Mientras el ascensor se pone en movimiento y empieza a subir, Hill echa un vistazo a la cabina. Tiene cuatro botones. La clínica está situada en la planta baja y, por lo que parece, la biblioteca a la que se dirigen se encuentra en la primera.

Pero por debajo del nivel del suelo hay no solo un tercer botón, sino también un cuarto, lo cual significa que Stjärneholm continúa dos plantas bajo tierra.

¿Un sótano y un garaje, quizá?

¿O una cámara funeraria subterránea en la que descansa Bernhard Irving? ¿Un complejo de túneles que conducen hasta Blockön?

La idea hace que se le acelere un poco el corazón.

El ascensor se detiene en la última planta. La señora Schiller utiliza su tarjeta en un nuevo lector y abre una puerta.

—Aquí está la biblioteca de Stjärneholm —dice con orgullo en la voz.

Hill entiende por qué.

La diferencia respecto a la clínica moderna y espartana de abajo es abismal. La sala en la que han entrado debe de medir treinta metros de largo por diez de ancho. En el suelo, una alfombra gruesa llena de símbolos misteriosos que se repiten en algunos revestimientos de pared y cortinas.

En las paredes y en el centro de la estancia hay hileras de librerías grandes y oscuras con decoraciones talladas a mano. Los estantes están hasta arriba de libros, carpetas y hatillos de documentos.

A juzgar por la decoración, a Bernhard Irving la astrología

le interesaba tanto como la astronomía. La bóveda del techo que se curva por encima de las grandes ventanas góticas está cubierta de pinturas que representan constelaciones y cuerpos celestes. Una especie de versión macro del techo del dormitorio en la Casa Arturo.

—Aquí dentro se encuentran los libros tanto de Bernhard como de Gunnar —anuncia la señora Schiller con solemnidad—. Una colección considerable, como puede usted comprobar.

Acompaña a Hill por las estanterías repletas de libros. La gruesa alfombra absorbe por completo el sonido de sus pasos y el leve chasquido de la muleta de Hill.

—Y aquí delante... —dice la señora Schiller cuando llegan al extremo opuesto de la biblioteca— hay una sección sobre la historia de la empresa. Le hemos preparado un lugar de trabajo y hemos sacado los documentos más importantes. Están clasificados por orden cronológico.

Señala una gran mesa que dispone de lámpara de lectura e impresora y en la que esperan tres pilas de carpetas y libros.

—La impresora cuenta con escáner, así que si necesita usted llevarse algo a Arturo solo tiene que escanearlo o copiarlo —continúa—. Pero los originales deben quedarse aquí. Tiene usted acceso a la biblioteca cada día de nueve a ocho. A las diez servimos café, a la una la comida y a las tres el café de la tarde. No hay inconveniente en que coma usted en su lugar de trabajo. Déjelo todo en la bandeja y alguien vendrá a retirarlo. El lavabo y la salida los tiene allí.

Señala una puerta que está tan bien escondida en el revestimiento de madera de la pared que apenas se puede ver.

—La puerta se cierra de forma automática, así que puede usted salir por su propia cuenta.

La cabeza de Hill está llena de impresiones. Probablemente, debería preguntar algo, pero no se le ocurre nada.

—La manera más fácil de reservar transporte es enviándome un mensaje a mí a través de la app. O llamando —continúa la señora Schiller—. Ya se ha descargado la app, ¿verdad?

Hill dice que sí con la cabeza.

—¡Excelente! —Asiente con gesto afable—. Familiarícese sin prisa con todo lo que hay aquí dentro, y no dude en avisar si necesita algo. Y solo una cosa más...

Hace una pausa, como para asegurarse de que cuenta con toda la atención de Hill.

—Como ya debe de haber observado, Stjärneholm es un lugar muy privado —dice con seriedad—. No deja de ser el hogar de Gunnar, en primera instancia, lo cual es algo que debemos respetar. Siempre que se encuentre usted en la mansión, ha de llevar el teléfono silenciado, y debo pedirle que no salga usted a merodear. Sería sumamente inapropiado.

Le aguanta la mirada a Hill unos segundos, como esperando una respuesta.

—Claro —responde este—. No hay problema.

—Bien. —El rostro de la señora Schiller vuelve a suavizarse—. Pues le deseo mucha suerte con su trabajo, doctor Hill.

ASKER

Para cuando llega a Hörby ya son más de las cinco y ha oscurecido. La niebla ha cambiado de forma, se ha convertido en una lluvia amarga, tan fina e irregular que los limpiaparabrisas automáticos tienen serias dificultades para dar con la velocidad adecuada.

Durante el trayecto, ha intentado llamar a Martin, pero le ha saltado el buzón de voz. En otro momento, Asker habría colgado, no le gusta dejar mensajes, pero esta vez ha hecho una excepción y le ha resumido brevemente a Martin las cosas que ha descubierto.

El Freedom Gym está ubicado en una vieja y destartalada nave industrial a las afueras de la localidad. Fachada de chapa desconchada, asfalto agrietado, una valla de tablones encorvados con más agujeros que un campo de golf. Las luces del local están encendidas, y en el aparcamiento mal iluminado hay algunos coches.

Asker deja el suyo a cierta distancia y saca la bolsa de deporte del maletero.

Obviamente, podría haber entrado a saco, blandiendo el carné de policía en la mano, y exigir ver al encargado. Intentar sonsacarle si recuerda a Tord Korpi. Pero después de haber investigado un poco el sitio ha decidido hacer otro tipo de aproximación.

Según el registro, el dueño del gimnasio se llama Rune Andersson, un nombre que adoptó hace cinco años. De hecho, es la cuarta vez que se lo cambia en los casi treinta y cinco años que lleva viviendo en Suecia.

A través del foro Flashback, Asker ha conseguido descubrir que el hombre, independientemente de lo que ponga en su carné de identidad, suele hacerse llamar Lalo y que es oriundo de alguna parte del Mediterráneo oriental. Según los registros de la policía, a lo largo de los años sus diferentes alias han sido condenados por algunos delitos menores, lo cual debe de significar que el tipo es lo bastante listo como para salir indemne de los mayores.

Por eso Asker sospecha que entrar con la placa entre los dientes no va a funcionar. La opción que le queda es visitar el gimnasio y hacer ver que está entrenando, y después intentar dar con una vía de entrada.

No es un plan sin fisuras, que se diga, pero ahora mismo no tiene uno mejor.

En cuanto abre la puerta la recibe una música *house* a todo volumen. En el mostrador de recepción no hay nadie, así que se mete directamente en el vestuario para mujeres y se pone unos pantalones de correr y una sudadera con la capucha gastada. Antes de subirse al coche ya se ha soltado el pelo y se ha quitado el poco maquillaje que llevaba. También ha resistido el impulso de ponerse una gorra, porque no hay una prenda en el mundo que delate más a un poli de paisano.

El local de entrenamiento cuenta con algunas máquinas cuya época dorada hace tiempo que quedó atrás, así como una zona de pesas sueltas sobredimensionada. En los press de banca ve a varios hombres barbudos con pinta de moteros. Parecen más interesados en hablar que en entrenar. En la cinta de correr hay una mujer de mediana edad dando pasos cortos mientras mira fijamente la pantalla del móvil.

Asker se mueve por el local e intenta parecer una principiante, al mismo tiempo que busca a alguien que tenga pinta de ser el dueño.

Los moteros parecen haber terminado la sesión de entrenamiento.

—Solo voy a bajar un momento a ver a Lalo —oye que dice uno.

Asker lo sigue con el rabillo del ojo y lo ve ir hasta una escalera que baja a un sótano y desaparecer por allí. Dos minutos más tarde, el hombre vuelve a subir con una bolsa de papel en la mano y se marcha del local junto con sus colegas.

A pesar de la música, Asker puede oír voces y golpeteos irregulares que vienen del sótano. Baja la escalera. El aire húmedo que la recibe a medio camino está cargado con matices de cincuenta sudores distintos.

El sótano es un espacio grande que tiene el suelo cubierto con un tatami azul de lucha grecorromana y en el que hay una decena de personas practicando algún deporte de combate. El extremo más alejado de la sala tiene una puerta y algunas ventanas que sugieren la existencia de un despacho. Pero unas persianas impiden la vista, y lo único que se puede ver es que las luces están encendidas.

Asker se queda unos segundos quieta mientras sopesa el siguiente movimiento.

Entonces se percata de que los movimientos en el tatami se interrumpen.

—¿Has venido por el curso? —dice alguien.

—¿Qué?

—¿Estás aquí por el curso de defensa personal? Qué bien, así somos pares.

El hombre que le ha hablado tiene su misma edad. Lleva coleta y barba y una camiseta en la que pone COMBAT. Sus musculosos brazos y piernas están tan llenos de símbolos vikingos que podrían pasar por una piedra rúnica.

—Siéntate.

El hombre de las runas señala el tatami en el que los participantes del curso se han sentado de rodillas con las piernas separadas. Asker hace lo mismo. Son once participantes más ella: siete hombres y cuatro mujeres. La mayoría de entre veinticinco y cuarenta años.

—Vale, *let's go* —dice el de las runas—. Me llamo Tyr y soy instructor de *close combat*. En la *society* actual la gente se ha olvidado de lo más básico. Saber defenderse.

Pasea una mirada lúgubre por los participantes hasta que unos cuantos asienten con la cabeza.

—En la naturaleza, los animales que no saben defenderse no sobreviven —continúa—. Pero en nuestra sociedad moderna y *comfy*, hemos dejado las reglas de la naturaleza fuera de juego. Aprender a defenderse es volver al estado natural, a la ley de la naturaleza.

Tyr continúa su rollo pseudofilosófico en *swenglish* sobre la importancia de saber pelear por tu supervivencia, que los hombres tienen que ser hombres, pero que las mujeres también tienen que ser guerreras y resistir en el muro de escudos.

Asker solo atiende con media oreja. Está ocupada intentando captar lo que ocurre dentro del despacho. De vez en cuando puede ver movimientos que deduce provienen de dos personas.

—¡Clase, *come on*! Vamos a hacer un poco de sparring —dice Tyr—. Tenéis guantes y manoplas en el baúl de allí. Yo me iré paseando para enseñaros algunas técnicas.

Asker sigue a los demás. Encuentra un par de guantes de boxeo de su talla que no apestan demasiado.

La ponen de pareja con un hombre delgaducho y encorvado que parece tener cuarenta tacos, pero que debe de ser bastante más joven. Apenas se atreve a mirar a Asker a los ojos. Ella se pega la manopla al esternón mientras él le da empujoncitos torpes, siguiendo las indicaciones de Tyr.

El instructor va saltando de una pareja a otra, les echa la

bronca a los chicos y flirtea con las chicas de forma cada vez más descarada. En algunas ocasiones, él mismo lanza un par de puñetazos o patadas fuertes contra la manopla mientras grita órdenes en inglés.

Cuando les llega el turno a Asker y a su compañero de recibir la atención de Tyr, justo acaban de intercambiar los puestos. El flaco sujeta la manopla casi como si temiera quemarse con ella.

Asker lanza un par de golpes benévolos de principiante, pero, aun conteniéndose, su pareja está a punto de perder el equilibrio.

—¡Vamos! *Fight!* —grita Tyr, que ya está totalmente metido en el papel.

Asker lanza otro par de golpes, se aparta el pelo y se esfuerza en parecer que no tiene ni idea de lo que está haciendo.

—¿Cómo te llamas? —pregunta Tyr.

—Leo —responde ella, porque no se le ocurre ningún buen nombre falso ni ninguna razón por la que debería necesitar uno.

—Vale, Cleo, tiene que hacerse así —dice Tyr—. ¡Fíjate bien!

La sustituye y lanza una combinación de derecha-izquierda contra la manopla que el flaco tiene pegada al pecho. La potencia de los golpes hace que el hombre retroceda.

—*Again* —ordena Tyr. El flaco parece muerto de miedo, pero se vuelve a colocar, a regañadientes—. ¿Lo ves, Cleo?

Asker asiente con la cabeza, pero sigue teniendo la atención puesta en el despacho, cuya puerta acaba de abrirse.

—¡Mira! —Tyr lanza una nueva combinación y termina con una patada frontal que hace que el hombre caiga de espaldas—. ¡No estabas *ready*! —le grita Tyr al hombre en el suelo al mismo tiempo que esboza una sonrisita mirando a Asker—. Siempre hay que estar preparado. *Are you ready, Cleo?*

Ella asiente, abstraída.

—Vamos, ¡arriba los puños!

Asker levanta los guantes, pero sigue desconcentrada.

Dos hombretones salen por la puerta. El que tiene más forma de peonza ronda los sesenta años y lleva pantalón de chándal, zuecos y una camiseta del Freedom Gym. El hombre se pasea como si fuera el dueño del lugar, lo cual da pie a pensar que él es Lalo. Además, hay algo en él que a Asker le resulta familiar. A lo mejor ya han coincidido alguna vez en algún otro contexto, cosa perfectamente posible, teniendo en cuenta la conexión que Korpi tiene tanto con La Granja como con el gimnasio.

Antes de que pueda seguir pensando, Tyr lanza un *jab* contra la guardia descuidada de Asker, haciendo que se golpee la cara con sus propios guantes.

Asker da un respingo, fruto de la sorpresa.

—Vamos, Cleo —dice él con una sonrisita burlona—. Un golpe lo tienes que poder aguantar. *Your turn!*

Asker vuelve su atención al instructor tatuado. Tyr tiene la guardia alta, apoya el peso en la pierna de atrás, y la otra la tiene por delante del centro de gravedad. Va levantando la rodilla y rebotando con los dedos de los pies en el tatami, como si quisiera demostrar lo peligroso que es.

—Vamos, Cleo, *hit me with your best shot!* —vocifera con una sonrisita de oreja a oreja.

El grito del instructor hace que el dueño del gimnasio lance una mirada hacia allí. Es la mejor oportunidad a la que Asker puede aspirar. Tiene que aprovecharla.

En un abrir y cerrar de ojos, Asker da la vuelta sobre su propio eje y extiende la pierna izquierda todo lo que puede a la altura del suelo al tiempo que se agacha sobre la rodilla derecha. La maniobra genera un intenso y amplio movimiento circular sobre el tatami que se lleva por delante la pierna de apoyo de Tyr a la altura del tobillo, con lo que el instructor sale volando.

Cae de espaldas con tanta fuerza que se puede oír claramente como el aire se escapa de golpe de sus pulmones.

Asker se endereza. El dueño del gimnasio se ha quedado quieto y la está mirando con asombro. De hecho, no es el único. Todo el grupo ha interrumpido los ejercicios y están contemplando a Asker y a Tyr como en shock.

El instructor se levanta de un salto. Se ha puesto rojo como un tomate.

Le toca tomar una decisión.

O bien se traga la humillación, suelta una risa forzada y la alaba por un barrido excelente, pidiéndole quizá que le enseñe al resto del grupo cómo lo ha hecho.

O bien intenta reparar su orgullo herido a base de cometer una estupidez.

Obviamente, elige lo segundo.

Tyr se acerca con la guardia en alto. Tiene la mirada oscura, la boca es una raya enfurecida. Lanza un *jab* que Asker esquiva sin problemas.

El instructor sigue con dos, tres *jabs* iguales, antes de pasar a combinaciones más potentes. Por lo visto, ha aprendido que eso de aguantarse sobre una sola pierna es mala idea, por lo que elige confiar en los puños.

Asker retrocede, levanta los guantes de boxeo y se esconde detrás de la guardia al mismo tiempo que desplaza el cuerpo en lateral. Para los pocos golpes que no consigue esquivar. A estas alturas, el de los tatuajes ya debería haber entendido que Asker no es ninguna principiante. Que lo mejor sería relajarse un poco y dejarlo correr.

Pero, en lugar de eso, la efectiva defensa de Asker parece irritarlo aún más.

El tatami está a punto de terminarse y pronto Asker tendrá la espalda pegada a la pared. Sus posibilidades de evitar el bombardeo del instructor se verán reducidas.

—¡Ya basta! —dice—. Tú ganas.

Pero Tyr hace como que no la oye. Está demasiado ocupado intentando demostrarse a sí mismo y a todos los presentes en el sótano que aquí el caudillo vikingo es él.

Asker suspira para sus adentros. Baja la guardia del lado izquierdo unos diez centímetros y levanta la barbilla.

Tyr muerde el anzuelo al instante. Una breve mirada de triunfo cuando descubre la abertura, seguida de una contracción en la articulación del hombro. Su mano derecha sale disparada en dirección a la cara de Asker en un amplio swing. Ella espera, finge no haberse dado cuenta.

Y entonces, justo en el momento preciso, dobla las rodillas do lo que puede y da un paso a la izquierda.

Nota la corriente de aire generada por el puño de Tyr al asarle a unos pocos centímetros por encima de la cabeza. El uñetazo al aire hace que el instructor pierda el equilibrio. Asker se endereza a toda velocidad, recoge el codo y lanza un gancho de izquierda corto y durísimo contra las dos costillas flotantes inferiores en el desprotegido costado derecho del instructor.

La onda expansiva del golpe se propaga por las costillas y azota los sensibles nervios del hígado. En tan solo un milisegundo, el órgano expulsa una gran cantidad de sangre y toxinas al circuito sanguíneo, lo cual hace que la tensión arterial se desplome y que el centro del dolor del cuerpo se vuelva loco. O tal y como solía decir su padre cuando practicaban ese golpe, precisamente: «Da igual quién seas, Leo. Un directo en el hígado y te darán las buenas noches».

Tyr no es ninguna excepción. Su cuerpo se apaga, las piernas se vuelven de gelatina y todo su ser cae como un charco —más que desplomarse como un saco— sobre el tatami.

Se hace un silencio absoluto en el local durante por lo menos diez segundos. Tyr apenas se mueve, la única señal de vida que da es un leve gimoteo.

El resto del grupo se reúne a su alrededor con los ojos como platos y las bocas entreabiertas. La primera vez que Per le dio un puñetazo en el hígado, Asker vomitó. Y la segunda también. Tyr por lo menos parece salvarse de esa humillación.

Asker baja los puños y dirige la mirada al dueño del gimnasio. Los ojos del hombre se estrechan mientras se chupa los dientes incisivos.

Y de pronto le hace un gesto señalando el despacho con el pulgar. Da media vuelta y se mete por la puerta.

Asker se quita los guantes apestosos y los deja caer en el tatami al lado de Tyr mientras pone rumbo al despacho.

—Clase cancelada —dice por encima del hombro, más que nada porque no puede resistirse.

EL HOMBRE DE CRISTAL

Oye el chasquido de la cerradura. Su docilidad ha surtido efecto y por fin le va a ser recompensada.

Libertad.

Al menos, hasta donde Padre le concede.

En los interiores de la barrera que delimita la finca. Dentro del control de los Sirvientes.

—Por tu propia seguridad —suele decir Padre—. Porque nos preocupamos por ti. Mucho. Porque eres único.

Como de costumbre, él explora hacia abajo. Las profundidades y la oscuridad densa y total que siempre encuentra allí.

A estas alturas se la conoce como la palma de la mano. Cada galería, cada cueva. Conoce todas y cada una de las alimañas que viven allí abajo.

Criaturas ciegas que nadan y se arrastran por el agua y el lodo.

Otras que aletean en la oscuridad con alas finas.

Todas igual de hambrientas que él. Chupan la vida en cuanto se les brinda la oportunidad.

Depredadores, sanguijuelas, carroñeros.

Todas lo temen. Su fuerza. Su poder.

Aquí, en las profundidades, por debajo de las viviendas de

los humanos, él vuelve a ser un príncipe, aunque solo sea por unas horas.

El príncipe del inframundo.

Pero a la isla de Blockön ya no llega. La verja está cerrada con candado. Su reino es limitado.

Él ya sabe que es por él. Por lo que les hizo a aquellos dos jóvenes.

Debería haberlos dejado correr. Debería haberse contentado con observarlos desde la distancia. Pero se colaron en el observatorio. Su sitio secreto, el lugar adonde solían ir cuando él era pequeño y aún lo llamaban Príncipe Pólux.

Había decorado el observatorio entero. Lo había llenado de tesoros que había encontrado en túneles, cuevas, bosques y ruinas. Cosas que provenían de seres tanto vivos como muertos.

Los dos hombres allanaron su morada. Forzaron la puerta, mancillaron el más sagrado de sus lugares con risas y flashes de cámara.

Rompieron sus tesoros.

Así que él decidió castigar a los intrusos de la forma más dura posible.

Y por ello le han prohibido ir a la isla, es la manera de castigarlo por su infracción.

Porque el ojo todopoderoso de Padre no descansa nunca.

Apoya las manos en la verja cerrada, la sacude unas pocas veces.

Pero ni siquiera su fuerza logra afectar el frío metal.

Eso lo enfada.

HILL

Tal y como la señora Schiller le ha prometido, el café de la tarde aparece a las tres en punto. Hasta esa hora, Hill ha dedicado el tiempo a hacerse una idea general de todo el material que le han preparado.

Las pilas de documentos contienen, principalmente, cuentas anuales, informes, catálogos y copias de solicitudes de patente en un puñado de idiomas diferentes.

Aparte de eso, hay también un buen número de libros de recortes con artículos sobre la empresa.

No es que sea una mina de oro literaria, precisamente.

Es cierto que Nova Irving quiere que el libro sobre Alfacent vaya más allá del mito y la leyenda y se centre en el éxito del proyecto, pero, por otro lado, tampoco habría contratado a Hill si lo único que quisiera fuera un insípido y aburrido libro conmemorativo al uso.

Por tanto, ¿qué pretende que Hill escriba?

Guste o no, el encuentro de Gunnar con el ovni en Blockön en 1965 no deja de ser el origen de toda la empresa, así que es imposible pasarlo por alto. Además, ese es el ángulo que más le interesa a él, el hilo del que quiere seguir tirando cuando ya se haya publicado el libro sobre la empresa.

Necesita un marco de algún tipo, una columna vertebral sobre la que apoyar el relato, algo que le pueda dar vía libre más adelante, pero aún no lo tiene.

Hill decide aparcar el encargo por un momento, se toma el café y después examina la enorme y fascinante sala.

Las ventanas góticas dan o bien al patio de la entrada o bien a un lateral del edificio. El extremo de la sala que da a la parte de atrás también tiene ventanas, pero son más pequeñas y están tan arriba que Hill no puede mirar por ellas, lo cual lo irrita. Había tenido la esperanza de poder atisbar Blockön.

La mayor parte de la colección de la biblioteca son libros de ciencia. Astronomía, geología, arquitectura y, evidentemente, medicina. También hay algunas colecciones menos científicas de libros de astrología, desde la antigüedad hasta la época actual.

En un rincón apartado al fondo de la biblioteca, Hill encuentra incluso una sección impresionante de literatura de ciencia ficción. Contiene los nombres más reconocidos del género, pero en los estantes de madera tallada hay también un buen puñado de títulos de quiosco norteamericanos de los años cincuenta y sesenta. Hill saca algunos y los hojea.

Las portadas son de colores vivos y muy espectaculares, con planetas misteriosos, platillos volantes y extrañas criaturas humanoides de cabeza grande. En muchos de los libros, Bernhard Irving ha escrito su nombre en el interior de la portada, con la misma caligrafía elaborada que en el techo del dormitorio en la Casa Arturo.

Hill vuelve a pensar en los botones del ascensor. ¿Puede ser que una de esas plantas subterráneas albergue la cámara funeraria de Bernhard?

Deja aparcada la idea, regresa a la mesa de trabajo y se pone a hojear los libros con recortes de prensa. Gran parte de los artículos ya los ha leído antes, durante su investigación previa sobre la familia Irving, pero también hay algunos que son nuevos para él.

Hill saca papel y boli para empezar a elaborar un eje cronológico sobre la historia de la empresa que va contrastando con los recortes.

Las referencias a la empresa comienzan a finales de los años sesenta, con unas pocas noticias de tres líneas que cuentan que el joven Gunnar se hace con las riendas como director general y que su padre, Bernhard, da un paso al lado.

En aquella época, el joven Gunnar Irving acepta de buen grado las entrevistas. Habla sin reservas de sus nuevos planes de redirigir la actividad de la empresa, pero sin recibir demasiada atención. Hasta que no empieza a comentar su encuentro con el ovni, los periodistas no parecen despertar.

A esas alturas, Gunnar ya había lanzado sus primeros inventos en el sector de la ingeniería biomédica, como por ejemplo el bisturí de obsidiana.

«¡Gunnar el Abducido sacó las ideas del espacio!», dice uno de los titulares.

«Encuentro extraterrestre dio de sí una patente estrella», dice otro. Al principio, los artículos eran delirantes, más que otra cosa, pero el tono jocoso se fue apagando a medida que la empresa se volvía exitosa.

A mediados de los años setenta, las entrevistas siguen sin dejar de lado el tema del ovni y los extraterrestres, pero ahora la atención está más puesta en el porcentaje de crecimiento anual y las cuotas de mercado. Gunnar el Abducido pasa de ser un joven prometedor pero peculiar a ser un inventor y empresario de éxito. Cuando cumple cincuenta años, a comienzos de los noventa, se publican largos artículos llenos de alabanzas sobre Gunnar, y su encuentro con el ovni pasa a considerarse más una excentricidad y una anécdota emocionante.

A partir del cambio de siglo, Gunnar reduce considerablemente tanto las entrevistas que concede como sus apariciones en público. La última entrevista que Hill encuentra entre los recortes tiene más de diez años. El artículo lleva por título «La clave de la vida eterna» y habla de distintas tecnologías de criogenización.

«De joven, me hablaron de una rana arborícola que para hibernar se congela completamente», dice Gunnar en un pasaje que termina con un largo razonamiento:

> Las funciones fisiológicas de la rana se interrumpen durante cientos de días, hasta que el calor hace que recobre la vida. Es una idea que me ha fascinado toda la vida. Imaginad las posibilidades, si pudiéramos hacer lo mismo con las personas. Podríamos hacer que los astronautas viajaran durante años por el espacio exterior congelados en un sueño profundo, sin envejecer ni verse afectados física ni psíquicamente por el largo viaje, y después despertarlos poco antes de llegar a su destino. O si pudiéramos congelar el tiempo para las personas que padecen una enfermedad mortal, podríamos despertarlas de nuevo en un futuro cuando sus dolencias ya tuvieran tratamiento. Un viaje en el tiempo hacia delante.

El tono de la entrevista es respetuoso, no se hace ninguna pregunta sobre ovnis ni extraterrestres, ni siquiera cuando el propio Gunnar menciona los viajes espaciales. Aunque el redactor del artículo ha incluido un recuadro sobre la empresa en el que se menciona el avistamiento en Blockön, y el apodo de Gunnar «el Abducido» sigue presente.

Hill deja el bolígrafo en la mesa. El paso de Gunnar de jovencito lleno de imaginación a visionario excéntrico le resulta interesante.

Aun así, no consigue quitarse los botones del ascensor de la cabeza. El vago indicio de la existencia de dos plantas subterráneas que podrían contener casi cualquier cosa.

Hill alza la vista y contempla la elaborada decoración del techo. Sin duda, Bernhard Irving era lo bastante excéntrico como para haber proyectado su propia cámara funeraria. O para mandar construir una conexión secreta a la isla de Blockön.

Al mismo tiempo: antes, la señora Schiller ha sido muy afable cuando le ha enseñado la biblioteca, pero ¿acaso no había algo en sus palabras que parecía decirle a Hill que se anduviera con ojo de ir husmeando por la casa?

Piensa en la carta de advertencia.

«Quien vaya allí en busca de los secretos de la familia Irving debe ir con mucho cuidado.»

Coge el teléfono y vuelve a entrar en el foro de exploración urbana, en su pregunta sobre los dos jóvenes que se ahogaron en el lago Miresjön.

Esta vez sí que tiene una respuesta. Alguien que firma como DeepGoat.

> ¿Te refieres a Nick y Elis? Sí, yo los conocía. Nick estaba obsesionado con Blockön. Es a él a quien encontraron en el agua a comienzos de la primavera. En la prensa ponía que se había ahogado, pero he oído que había movidas raras. Y a Elis no lo encontraron nunca. Hay muchas cosas extrañas en este caso.

¿Qué movidas raras?, escribe Hill. Espera impaciente unos minutos, pero parece que DeepGoat ya no está conectado.

Se levanta y se da otra vuelta por la biblioteca. El edificio está en silencio absoluto y al otro lado de la ventana ya ha oscurecido, lo cual, combinado con la tenue iluminación, hace que la gran sala resulte un tanto espeluznante. Piensa de nuevo en la carta de advertencia.

«Stjärneholm está embrujado.»

Eso es lo que ha dicho Elsa Irving, literalmente. Pero una adolescente invidente no puede haberle dejado la carta en el buzón en mitad de la noche.

Entonces, ¿quién ha sido?

Hill empieza a sentirse cansado, así que decide volver a la Casa Arturo. Manda un mensaje a la señora Schiller a través de la app diciendo que necesita que alguien lo lleve de vuelta, y después se pone a recoger el material que tiene en la mesa de trabajo. Dos de las páginas del libro de recortes se han pegado entre sí, y al separarlas descubre una larga entrevista a Gunnar en una revista que cerró hace años en la que habló detalladamente sobre su encuentro con el ovni.

Hill ya ha leído muchos otros artículos sobre el suceso, pero con este en concreto no se había topado nunca. A juzgar por la fecha, incluso podría ser uno de los primeros que se escribieron.

Hace una fotocopia del artículo para llevárselo como lectura para antes de dormir.

Mientras la máquina va escupiendo las copias, se acerca a una de las ventanas altas que dan al patio para ver si ya ha llegado su transporte.

La iluminación exterior está encendida, pero también es muy tenue. El Hombre de Cristal está a apenas veinte metros de distancia de las ventanas. A pesar de que la escultura está iluminada, apenas se la puede distinguir en la oscuridad y la niebla que se ciernen sobre la finca.

Mientras está allí de pie, Hill percibe un movimiento en el patio. Abajo y en diagonal desde donde está él, una mujer se aleja despacio pedaleando en una vieja bicicleta. Lleva un abrigo y un sombrero de ala ancha. En el portapaquetes de la bici hay una cesta con un gato de pelo largo dentro. La imagen es tan peculiar que Hill tiene que contener el impulso de frotarse los ojos.

La mujer del gato se aleja lentamente de la casa. Se adentra en la niebla por detrás del Hombre de Cristal.

El halo rojo de su linterna trasera se sigue percibiendo unos segundos, hasta que también desaparece.

ASKER

El despacho del sótano de Freedom Gym es más grande de lo que se esperaba. Aparte de un escritorio, hay también un televisor de tubo y un sofá de cuero sintético agrietado. En las paredes hay estantes de tablero aglomerado llenos de carpetas y copas, y por encima se apretujan diplomas llenos de polvo, banderines y certificados de artes marciales.

El dueño gordo que se hace llamar Lalo se ha sentado detrás de su escritorio sobrecargado de cosas y examina a Asker de arriba abajo con las manos entrelazadas en la barriga. Tiene poco pelo y unos dientes un poco demasiado grandes y simétricos como para ser reales.

—Dime, ¿quién eres y qué coño haces en mi gimnasio? —gruñe—. Porque está claro que no necesitas ninguna clase de defensa personal.

Asker respira hondo. Tiene un puñado de opciones distintas para empezar la conversación, pero se decanta por la más directa.

—Tengo algunas preguntas sobre Tord Korpi —dice.

—¿Quién?

—El tío de la provincia de Norrland, cincuenta años, barba, bastante cachas. Estuvo aquí un verano hace muchos años, ayudándote a construir algo bajo tierra. ¿Este sótano, quizá?

Al sugerir que el señor Tord estuvo aquí para hacer un encargo, Asker solo está probando suerte, pero le parece una hipótesis bastante buena. Le cuesta imaginárselo conduciendo las dos horas de trayecto que hay entre La Granja y Hörby solo para entrenar un rato.

Lalo se chupa los dientes y continúa estudiando a Asker con detenimiento.

Ella le aguanta la mirada con firmeza. Definitivamente, el dueño del local tiene algo que le resulta familiar, pero sigue sin poder ubicarlo.

Entonces Lalo muestra toda su prótesis dental en una amplia sonrisa zorruna.

—Tú eres la hija de Per Asker, ¿verdad?

Asker se queda atónita.

—Sí, claro que lo eres —dice él con una risa ronca mientras agita un dedo índice rechoncho—. Nunca me olvidaré de esos ojos tan raros. En aquella época estaba bastante más delgado, así que a lo mejor no te acuerdas de mí.

Asker intenta mantener la cara de póker, pero le cuesta.

—Tendrías unos diez o doce años —continúa él—. Tu padre me había invitado a La Granja para discutir algunas cosas.

Asker no puede contenerse. Él ya sabe quién es, así que no merece la pena.

—¿Qué cosas?

Lalo se abre de brazos. El movimiento hace que una lorza peluda asome entre el pantalón y el jersey.

—No sé, un poco de todo. Se podría decir que teníamos bastantes intereses en común. La defensa personal, por ejemplo. Tu padre era la hostia en krav magá. El puñetazo en el hígado que le acabas de soltar a Tyr parecía sacado del manual de Per. El tonto del culo de ahí fuera ya puede estar contento de no haberse cagado encima, ¿a que sí?

El dueño del gimnasio vuelve a enseñar la dentadura postiza.

—Por cierto, ¿está vivo tu padre? ¿Sigue metido en el bosque esperando el apocalipsis?

—Sí —contesta Asker.

Lalo niega con la cabeza, riendo.

—La hija de Per Asker, hay que joderse. Me acuerdo de lo duro que era contigo. Te entrenaba como si fueras a convertirte en una luchadora de élite. Medalla olímpica en supervivencia por catástrofe.

Se ríe de su propia broma.

—Tord Korpi —insiste Asker—. ¿Qué me puedes decir de él?

—Fue Per quien lo envió aquí. Korpi nos ayudó a construir el sótano, tal y como tú has dicho.

—¿Y cuándo fue eso?

Lalo se reclina un poco en el respaldo de la silla, mira al techo con semblante pensativo. La ranura entre el jersey y el pantalón se expande un poco más, como si su barriga peluda estuviera buscando la luz.

—Estoy bastante seguro de que fue el verano de 2006. Primero se pasó por aquí el día del solsticio de verano para tomar medidas y tal. Me acuerdo porque se presentó en pleno día de Midsommar, cuando toda Suecia está de resaca. Después volvió un par de semanas más tarde. Entonces se trajo un grupo de extranjeros e hicieron todo el trabajo. Unos tipos rápidos y eficientes.

—¿Recuerdas algo más?

—Solo que trabajaban de noche y los fines de semana. Por lo que me pareció entender, de día tenían otro curro, lo nuestro lo hacían como algo extra. Vete a saber cuándo cojones dormían, pero eso no era asunto mío.

—¿Y le pagaste en metálico?

El dueño del gimnasio asiente con la cabeza.

—Correcto.

—¿Con fajos de billetes enrollados?

—¿Fajos enrollados? —Lalo frunce la frente—. No, ¿por qué iba a tomarme esa molestia?

—¿Cuánto dinero fue?

Lalo se encoge de hombros otra vez.

—Cien mil coronas, diría yo. La mitad de antemano; el resto, después del trabajo. Un buen precio.

Asker se queda pensando un momento. Está claro que Korpi podría haber hecho los rollos él mismo, aunque le parece poco probable. Pero la suma total tampoco coincide. En la bolsa de Korpi había bastante más de cincuenta o cien mil coronas.

—¿Sabes para quién trabajaban Korpi y sus hombres durante el día? —pregunta—. ¿O dónde estaba el sitio?

Lalo niega con la cabeza.

—No. Se presentaban a media tarde con unas furgonetas hechas mierda, cavaban y perforaban el terreno a toda leche y después de medianoche se largaban. Nada que me llamara la atención.

Una microexpresión involuntaria en su rostro justo al terminar la frase hace reaccionar a Asker.

—Pero ocurrió algo más —le dice.

—¿Por qué preguntas todo esto? —repone él, esquivo—. Ha pasado mucho tiempo, tú apenas eras una adolescente.

Asker no le contesta, se limita a clavarle su mirada heterocroma.

Lalo cambia de postura y se tira del jersey, como si de pronto hubiese caído en la cuenta de que tiene la lorza al descubierto. El movimiento hace que la silla se lamente con un crujido quejumbroso bajo su peso. Asker le da tiempo.

—Vale, sí, después pasó una cosa —dice con una mueca—. Unos chavales jóvenes que entrenaban en el gimnasio se enteraron de que Korpi tenía pasta en metálico. Decidieron intentar robarle una noche. No me sé los detalles, pero, por lo que me contaron, Korpi sacó un revólver y le pegó un tiro en la pierna a uno de ellos.

Asker se inclina hacia delante con interés.

—¿Y qué sucedió luego?

—La verdad es que no tengo ni idea. Pero la poli no se vio implicada, eso sí te lo puedo decir, y a mí Korpi nunca me dijo nada. Poco después, terminaron el trabajo, Korpi se largó de aquí y nunca más supe nada de él.

—¿Te acuerdas de cómo se llamaban?

—Uno de ellos, sí —contesta, asintiendo con la cabeza—. Linus Palm. Los otros dos eran colegas suyos, pero no recuerdo los nombres. Ahora el Palm este es concejal. Ha reconducido considerablemente su vida. Y si piensas ir a hablar con él, yo no te he dicho nada de todo esto.

—Por supuesto que no.

Lalo se reclina en la silla, vuelve a entrelazar los dedos sobre la barriga.

—¿Y bien? ¿Vas a contarme de qué va todo esto?

Ella le guiña un ojo.

—¿De verdad quieres saberlo?

Lalo suelta una carcajada.

—No cabe duda de que eres la hija de Per Asker. Hacía años que no pensaba en él. Muchos años...

Se pone serio.

—Tu padre y yo nos enemistamos poco después de construir el sótano —dice—. En una ocasión estuvimos a punto de liarnos a hostias. En aquella época yo era más joven y estaba en buena forma. Nunca me echaba atrás frente a una pelea. Pero con Per sí que lo hice. No digo que me asustara, pero...

Pone una cara difícil de interpretar.

—Digamos que me alegré mucho de que nuestros caminos se separaran, no sé si me entiendes. Per me habría matado sin pestañear.

Sin decir nada, Asker se da la vuelta y se marcha de allí.

HILL

Hill vuelve a estar en la Casa Arturo. Ha cenado, se ha tomado una taza de té y ha tenido tiempo de poner un poco de orden en su cabeza. Aún le cuesta asimilar dónde se encuentra. No solo en Stjärneholm, sino en la vivienda del propio Bernhard Irving. Pero, por el momento, quien más le interesa es Gunnar Irving. Gunnar el Abducido, quien construyó un imperio empresarial a partir de un encuentro con extraterrestres en la isla de Blockön.

Sale cojeando al salón, se sienta al enorme escritorio de Bernhard y saca el artículo de revista que ha fotocopiado. Es de finales de la década de los sesenta, y el periodista ha reproducido el relato de Gunnar de forma tan literal que casi se puede oír su voz.

> Era a comienzos del invierno en el que cumplí veintitrés años. Mi padre, Bernhard, a quien siempre le ha interesado mucho la astronomía, había construido un observatorio en Blockön, en mitad del lago Miresjön.
>
> La noche en cuestión la íbamos a pasar juntos allí fuera para mirar las estrellas. Pero mi padre se puso enfermo, así que fui yo solo. Ya era más de medianoche cuando, de repente, descubrí una luz que se movía por el cielo.

Al principio pensé que se trataba de un avión, pero el movimiento era demasiado irregular. Y entonces la luz se intensificó y comenzó a acercarse a Blockön.

Al final tuve que protegerme los ojos para que no me cegara.

Me asusté, lo reconozco. Estaba completamente solo en la isla. Pero entonces fue como si alguien me hablara, dentro de mi cabeza. Me dijo que no tenía nada que temer, que venían en son de paz. Así que me quedé donde estaba.

El resplandor flotaba en el aire por encima de mí, podía ver los contornos de una nave espacial. La superficie estaba hecha de un material oscuro y brillante que me recordó al cristal. Entonces se abrió una puerta y apareció un ser. Era grande, debía de medir dos o tres metros, y tenía un contorno humanoide. De alguna manera, bajó hasta donde estaba yo. La criatura parecía estar hecha del mismo material que la nave. Apenas pude distinguir ningún rasgo en su cara, excepto los ojos, que brillaban de color rojo.

La criatura me hablaba por telepatía. Me contó que venía de Alfa Centauri y que había viajado desde muy lejos para ayudar a la humanidad. Entonces alargó una mano y me tocó la cabeza. Después de eso ya no recuerdo nada, hasta que me desperté por la mañana. A pesar de ser invierno y de haber pasado toda la noche fuera, estaba caliente y lleno de fuerza y energía.

Además, mi mente no paraba de pensar cosas que nunca se me habían ocurrido antes. Ideas de inventos que podrían ayudar a la humanidad.

Aturdido, volví a casa, a Stjärneholm, y se lo conté todo a mi padre. Él era la única persona en el mundo que me creería.

Y lo hizo. Mi padre entendía lo que hacía falta. Bernhard me confió toda la empresa familiar. Me dejó llevar a cabo las ideas que el extraterrestre había compartido conmigo.

Le estaré eternamente agradecido por ello.

Hill se reclina en la silla. Ha leído distintas versiones del encuentro con el ovni, pero esta es la primera vez que lee el relato de Gunnar en un texto coherente y con sus propias palabras, lo cual le acelera un poco el pulso.

Gira media vuelta sobre sí mismo y mira por la ventana. El jardín de detrás de la Casa Arturo consiste en diez metros de césped que luego se convierten en bosque caducifolio. La tenue luz de las lámparas de la fachada solo llega hasta los primeros árboles.

Gunnar describió un halo de luz blanca en el cielo. Hill vio lo mismo con los prismáticos, muchos años atrás. Al menos eso es lo que él cree, o lo que creyó entonces.

Pero fue la continuación de la historia de Gunnar lo que más lo impresionó ya entonces, cuando oyó hablar de todo aquello de adolescente. La descripción de una criatura enorme y oscura con unos ojos rojos que brillaban. Se le ponen los pelos de punta.

Durante muchos años antes, pero, sobre todo, después de la noche en que bajó a la orilla del lago Miresjön, tuvo pesadillas con aquella criatura. Aun así, su anhelo de visitar Blockön no hizo más que intensificarse. Quería investigar el sitio, encontrar algo que confirmara lo que él mismo creía haber visto. Ahora, por fin, se le presenta la oportunidad. O al menos eso es lo que le han prometido.

Su teléfono empieza a sonar y Hill ve el nombre de Nova Irving en la pantalla.

—Solo llamaba para saber si has llegado bien y te has podido instalar —dice—. ¿La señora Schiller te ha dado todo lo que necesitas?

Por teléfono, la voz de Nova suena aún más grave. Hill se pregunta si es su voz natural o si, por algún motivo, la fuerza para sonar así.

—Gracias, me han recibido muy bien —responde Hill.

—Excelente —dice ella—. Pero entre tú y yo: no fue del todo fácil convencer a Gunnar de la importancia de este libro. Es una persona muy privada. Pero tu afán de venir cuanto antes para empezar el trabajo lo ha impresionado.

—Qué bien... —Hill piensa un momento en cómo continuar la conversación—. He estado pensando un poco en el planteamiento del libro. Si lo entendí bien, queréis presentar a Alfacent más allá de la leyenda. ¿A qué te referías con eso, exactamente?

—Que queremos que el libro se centre en lo que la empresa ha conseguido. Lo que Gunnar ha conseguido. Su aportación a la humanidad.

Hill piensa en la entrevista que acaba de leer sobre Gunnar.

—Estoy completamente de acuerdo, desde luego —dice—. Al mismo tiempo, el peligro de un libro de empresa es que sea demasiado seco y objetivo. De ser así, nadie lo leerá. La inversión será tirar el dinero, por decirlo de alguna manera.

Hace una breve pausa, sopesa meticulosamente sus palabras.

—Si queremos captar la atención del público lector, si de verdad queremos que la gente entienda qué es lo que ha conseguido Gunnar, también tenemos que explicar qué es lo que hace que él, la familia Irving y Alfacent sean tan únicos. Hay que atrapar a los lectores con la historia.

La frase se queda unos segundos en el aire.

—Y con eso no quiero decir que debamos centrarnos en el pasado —se apresura a añadir—. Pero pienso que podemos partir de ahí e ir avanzando. Gunnar lleva muchos años sin conceder entrevistas. Está claro que hay muchísima gente interesada en oír su relato de lo que ocurrió en Blockön. Oír sus propias palabras en lugar de las leyendas urbanas. Saber cómo le afectó el suceso, cómo lo convirtió en la persona que es hoy.

Hill se ha ido calentando. Se pregunta si no debería aprovechar para plantear la visita a Blockön, ya puestos, pero concluye que es demasiado pronto.

—Me parecen unas reflexiones interesantes, Martin —dice Nova—. Me alegro de que estés tan implicado. Démosle unas vueltas cada uno por su cuenta y volvemos a hablar dentro de unos días. Mientras tanto, creo que estaría bien que aprovecharas para acomodarte.

—Vale —responde Hill, porque no se le ocurre nada mejor que decir.

—Excelente. De nuevo, bienvenido a Stjärneholm, y no dudes en llamarme si necesitas algo. Buenas noches.

Nova cuelga y Hill se queda con el teléfono en la mano.

Siempre ha tenido el superpoder de caerle bien a la gente, y Nova Irving no le ha dicho que no de buenas a primeras a la propuesta, lo cual ya es algo.

Vuelve a abrir el foro de exploración urbana.

DeepGoat le ha dejado un nuevo mensaje en el hilo sobre los dos ahogados.

> Oí que el cuerpo de Nick tenía heridas muy raras. Le faltaban los ojos. Tenía las cuencas completamente vacías. Y a Elis no lo encontraron nunca, a pesar de dragar todo el lago. A saber qué fue lo que ocurrió en la isla, pero no fue ningún accidente.

Hill se plantea preguntar más cosas, pero, en el fondo, DeepGoat parece basar su información en rumores. Tiene que existir una investigación policial que le pueda brindar datos concretos sobre lo ocurrido, cosa que lo lleva inevitablemente a pensar en Leo.

Hasta ahora no se da cuenta de que ella le ha dejado un mensaje en el buzón de voz. Debe de ser por la mala cobertura. Hill escucha el mensaje, en el que ella le explica que ha descubierto quién es el muerto que han encontrado al lado de La Granja y que incluso llegó a conocerlo, y que ha ido a hacer una visita a un gimnasio de Hörby.

Hill la llama y Asker lo coge al primer tono. A juzgar por el sonido, debe de estar en el coche. Como siempre, oír su voz lo pone de buen humor.

—Hola —saluda Martin—. He escuchado tu mensaje, así que estoy más o menos al día. ¿Ha pasado algo más?

—Ya te digo.

Asker le hace un resumen de cómo ha ido su visita al Freedom Gym.

—Vale —dice él, se toma unos segundos antes de continuar—. Entonces, ¿mañana irás a hablar con el concejal, o qué vas a hacer?

—Me inclino por ello, sí.

—¿Y no te has planteado... —titubea, pero se obliga a continuar— la posibilidad de que Per esté intentando manipularte?

Asker responde un poco demasiado rápido.

—¿Por qué iba Per a hacer eso?

—Quizá porque quiere que lo ayudes a librarse de un homicidio que puede que cometiera él —dice Hill—. O porque está loco, porque quiere vengarse, porque sigue sin ser capaz de dejarte marchar... ¿Hace falta que continúe?

—Vale, sí, claro. No se puede descartar, tratándose de Per —reconoce ella—. Pero no tengo más opciones.

Se ha puesto a la defensiva, observa Hill. Igual que cuando eran adolescentes y hablaban de Per. Como si Leo, a pesar de todo, no quisiera aceptar por completo lo loco que está su padre y lo intentara defender.

Al mismo tiempo, Hill sabe que no sirve de nada presionarla.

—Ve con cuidado, solo eso —dice al final, lo cual es igual de estúpido que innecesario.

Pero Leo parece tomárselo bien.

—Te lo prometo —dice, con una breve risa atenuada.

El ambiente se vuelve a relajar un poco.

—¿Y tú? ¿A ti cómo te ha ido? —pregunta ella—. ¿Stjärneholm es tal y como habías soñado?

—De momento, la respuesta es sí.

Le explica cómo le ha ido el día: la Casa Arturo, Samuel, el matrimonio Schiller, el encuentro con Elsa Irving, la visita a la mansión, la conversación con Nova y la mujer en bici con el gato.

—Roza lo inverosímil —dice ella—. Te lo debes de estar pasando en grande.

Ahora le toca reírse a Hill.

—Tienes toda la razón. Por cierto, quería pedirte un favor. Hace tres años, dos exploradores urbanos se ahogaron en el lago Miresjön cuando iban a visitar Blockön. Me han sugerido que hubo algunas cosas raras en todo el suceso. A uno de los dos no lo encontraron nunca, y el otro parece haber presentado heridas extrañas en el cuerpo. Me gustaría poder ver el informe policial sobre el caso.

—¿Y eso para qué proyecto literario es? —pregunta ella en tono chinchón—. ¿Es para el que te paga la familia Irving o es para uno de tus nuevos bestsellers? ¿*Los secretos de la isla de Blockön*, o cómo lo vas a llamar?

—Ni idea —responde él con una risotada—. Para los dos quizá.

—Vale, mañana te consigo el expediente.

—¡Genial, gracias!

Se hace silencio unos segundos, como si ninguno de los dos quisiera terminar la llamada. Aun así, al final él toma la iniciativa para hacerlo.

—Buenas noches, Leo.

—Buenas noches, Martin.

Por un breve instante, sus voces se quedan flotando en la línea, hasta que cuelgan.

Hill se prepara para acostarse, se mete en la cama y apaga la lamparilla de noche. En el techo, poco a poco empiezan a surgir las constelaciones. Se van intensificando a medida que los ojos de Hill se acostumbran a la oscuridad.

Deben de estar pintadas con algún tipo de pintura fluorescente.

Al cabo de un rato incluso se puede leer la elaborada caligrafía de Bernhard Irving.

Ursa Major.

Cassiopeia.

Leo.

Hill vuelve a pensar en Leo. Lo acompaña revoloteando hasta que se queda dormido.

ASKER

Cuando llega a la gran casa que no es suya, enseguida procura quitarse el olor a sudor de Freedom Gym en la ducha de vapor que hay en el cuarto de baño más grande. La sensación de normalidad que le ha brindado la conversación con Martin ya ha desaparecido, y al poco rato apaga las lujosas funciones especiales de la ducha y se queda de pie bajo un chorro potente de agua que le da en la cabeza, en un intento de despejar la mente.

La pandilla de Hellman ha tenido toda la tarde para ahondar en Per el Paranoias. Según lo que ha dicho su madre, ya han identificado a Tord Korpi, y si han puesto a alguno de los compañeros más sagaces a trabajar en el caso, quizá incluso ya hayan encontrado la conexión militar entre Per y él. Eso debería implicar que, de un momento a otro, Hellman y su banda comenzarán a planificar el intento de detener a su padre.

Asker tiene que encontrar un asesino alternativo antes de que eso ocurra.

Las conexiones de Tord Korpi con el sur de Suecia parecen haber sido por motivos de trabajo.

Búnkeres para Per el Paranoias, un sótano para el Freedom Gym y un tercer trabajo para un empleador que, por ahora, sigue siendo desconocido.

¿Podría tener Lalo algo que ver con la muerte de Korpi? Él

conocía a Per el Paranoias y le caía mal, por lo que podría haber tenido buenos motivos para dejar el cuerpo cerca de La Granja.

Pero Asker duda bastante de que haya sido él.

Desde luego, el dueño del gimnasio tiene pinta de poco fiar, pero en su registro de antecedentes penales no hay nada que sugiera su implicación en ningún delito violento. Y, por si fuera poco, él mismo ha reconocido que conocía a Korpi, un hecho que debería haberse callado si realmente intentaba endosarle su muerte a Per el Paranoias.

Por tanto, quedarían dos posibilidades: el robo del que Lalo le ha hablado, el que se torció y acabó con que Korpi le pegó un tiro en la pierna a alguien; y el empleador desconocido para el que Korpi y su equipo trabajaban de día.

En el primer caso, Asker por lo menos tiene algo por donde empezar: el nombre de uno de los implicados. Linus Palm, actualmente, concejal.

En el segundo, de momento solo tiene algunos datos imprecisos.

El testimonio de Lalo, los rollos de billetes en el petate, la conversación telefónica que ella misma oyó de pequeña. Y son datos que ni siquiera tienen por qué estar conectados.

Korpi podría haber hecho los rollos él mismo, la llamada podría haber sido de alguien que no tiene nada que ver.

Per el Paranoias siempre daba la murga con el tema de la administración de los recursos. Agua, comida, combustible, medicamentos, munición. Nada podía malgastarse de forma gratuita, sobre todo cuando se trataba de un recurso limitado. Todas las decisiones que afecten a la gestión de recursos deben tomarse desde la lógica y el cálculo de probabilidades.

«Sin un plan, tu plan es el fracaso», acostumbraba decir.

Y, en principio, el único recurso del que Asker dispone es ella misma y el poco tiempo que tiene antes de que Hellman intente invadir La Granja y toda la unidad de fuerzas especiales acabe volando por los aires. De haber seguido trabajando en

Delitos Violentos, Asker habría puesto un equipo a trabajar con cada una de las pistas. Habría trabajado en paralelo hasta llegar al fondo con cada una de ellas. Pero ahora no puede.

Si Per hubiese estado aquí, le habría dicho que destinara su tiempo a la opción que pudiera dar los mayores resultados. Es decir, el robo que salió mal. Ahí tiene un nombre, un arma, un grave delito con violencia.

Aun así, su intuición protesta ligeramente. No sabe por qué, tiene demasiados pocos datos como para poder achacarlo a algo en particular. ¿Es solo porque preferiría que la muerte del señor Tord estuviera vinculada a las observaciones que ella misma ha hecho? ¿Podría estar poniendo las emociones por delante de la lógica? Per la habría castigado por semejante arrogancia. Para empezar, no permitiéndole olvidarlo.

La cicatriz vuelve a moverse.

Asker baja radicalmente la temperatura del agua. El shock sensorial la hace jadear y respira hondo unas cuantas veces para recuperar el control.

El picor remite, al menos de momento.

Cierra el grifo y se endereza. Su cuerpo tirita un poco, hasta que se acostumbra a las nuevas circunstancias.

Se adapta, como siempre.

Tord Korpi, Lalo, el gimnasio: todo forma parte del mundo de Per.

En su país de las sombras hay que dejar de lado los sentimientos.

Si quieres sobrevivir, tienes que hacer las cosas a su manera.

Y Per habría destinado sus recursos al robo que salió mal.

Asker se seca, se pone un albornoz y se come un plato precocinado de pie junto a la gran isla de cocina mientras busca a Linus Palm en internet.

Tal y como Lalo le ha dicho, es concejal, ya ha cumplido los treinta y seis años, lo cual implica que tenía diecinueve cuando Korpi fue asesinado. Dado que Palm es superactivo en las redes sociales, como todos los políticos, no faltan fotos suyas en varios contextos más o menos forzados.

Asker amplía algunas de las fotos y las estudia detenidamente. Linus Palm tiene el pelo rubio y se peina con la raya al lado. Ojos azules, y cuando quiere parecer serio se pone unas gafas que, seguramente, no necesita. Suele vestirse con camisa, americana y vaqueros oscuros, lo cual le da un aire campechano. Además, es lo bastante listo como para no posar en chaqueta encerada carísima y botas de caza, como hacen los políticos de gran ciudad en cuanto tienen que poner un pie en un camino de tierra o visitar un proyecto de cultivo de fresas ecológicas. Cuando sale de su entorno habitual, en lo que todo está calculado al milímetro, se pone jersey de lana y botines.

En una entrevista, Linus Palm sugiere que es un auténtico hombre de campo, igual que la mayoría de sus electores. Que se desvive por las cuestiones municipales y que no tiene ningún afán de saltar a la gran ciudad, a pesar de los rumores de que hay fuerzas que pretenden atraerlo a la política nacional.

Con todo, la impresión que da Linus Palm es la de un hombre que es muy meticuloso con su marca personal. Pocas veces habla de su pasado, más que para remarcar lo normal que es, pero Asker encuentra una entrevista en la que comenta que, al final de la adolescencia, tuvo una época «complicada». Acto seguido, dice que nunca fue sospechoso de ningún delito y que ha aprendido de las tonterías que pudo hacer.

Por lo que Asker puede comprobar, los registros policiales se muestran de acuerdo con él.

¿Cuántas ganas tendrá Linus Palm de hablar con Asker de un robo que tuvo lugar hace dieciséis años? ¿O de un hombre ejecutado con un tiro en la nuca?

Una parte de ella querría ir ahora mismo a su casa para salir de dudas. Pero está claro que presentarse en casa de Palm en mitad de la noche y empezar a presionarlo delante de su familia para que le dé respuestas es una mala idea.

Al mismo tiempo, está demasiado inquieta como para irse a dormir.

Cambia de aplicación, manda un mensaje.

¿Estás en casa? ¿Quieres compañía?

En cuanto recibe la respuesta, coge la chaqueta, cierra con llave, activa la alarma y baja la escalera hasta el garaje.

HILL

Hill está de pie en el tejado al lado del observatorio de Bernhard. Por encima de su cabeza, el cielo está repleto de estrellas. Puntitos fluorescentes que parpadean débilmente en el infinito.

A su lado hay una niña ciega que, pese a no poder ver, le va señalando las constelaciones.

—El Boyero, Carina, Can Mayor.

Una luz blanca se enciende por encima del lago, tan intensa que las estrellas se desvanecen.

La luz empieza a moverse en dirección a ellos, se convierte en una nave extraterrestre brillante que recuerda al platillo volante de la portada de una novela de quiosco.

Elsa continúa nombrando constelaciones.

—Can Menor, Sagitario, Casiopea, Leo...

La nave extraterrestre se queda flotando en el aire por encima de ellos.

Una puerta se abre y un ser enorme con ojos rojos brillantes aparece en el umbral. El largo de sus brazos es antinatural, y terminan en garras afiladas.

—El Hombre de Cristal —dice Elsa con un sollozo—. Es el causante de todo.

Al instante siguiente, Hill se encuentra en un ascensor. Delante de este, un largo pasillo. Solo hay dos botones, él pulsa el inferior. El ascensor no se mueve.

Un ruido le hace alzar la cabeza. El extraterrestre se le acerca por el pasillo con las garras en alto.

Sus grandes ojos refulgen de color rojo, las pupilas son como dos orificios negros.

Hill pulsa el botón, lo golpea una y otra vez para que las puertas se cierren.

La criatura acelera los pasos, abre una boca llena de dientes de vidrio de color negro y suelta un rugido.

Por fin las puertas empiezan a moverse. Se cierran justo en el instante antes de que la criatura llegue al ascensor. La cabina desciende a tal velocidad que los pies de Hill se despegan del suelo. Justo cuando piensa que se va a estrellar, el ascensor frena con suma suavidad.

—Atención —dice una voz electrónica que suena igual que la de Samuel—. Nadie puede acceder a esta zona sin una invitación previa.

Las puertas se abren lentamente.

Al otro lado se cierne la oscuridad más densa que Hill haya visto jamás. Como una pared en la que cualquier atisbo de luz se desvanece. ¿O quizá un agujero negro?

Alarga con cuidado una mano, y esta desaparece de golpe. Al retirarla, presa del pánico, Hill descubre que se le ha convertido en cristal negro, que va subiendo por su brazo como un ser vivo, se extiende por todo su cuerpo y engulle la luz hasta que solo queda oscuridad.

Hill se despierta empapado de sudor y con ganas de hacer pis. La luna le ilumina la cara a través de una ranura entre las cortinas. La herida en la pierna le palpita, y Hill sospecha que le ha subido la fiebre. Con cierta dificultad, consigue llegar al cuarto de baño.

Llevaba sin soñar con el extraterrestre desde que era adolescente. Pensaba que con la edad había dejado atrás esas tonterías, pero parece que no. Debe de ser el relato de Gunnar el Abducido lo que lo ha reactivado todo.

Se toma un ibuprofeno, orina y pone el pijama mojado a secar. Busca una camiseta limpia en la maleta.

De camino de vuelta a la cama se acerca a la ventana para correr mejor la cortina.

Fuera, el césped titila por la humedad y la luz de la luna. Más allá, el bosque se yergue cerrado y oscuro.

Las sombras entre los troncos en la linde se tragan la tenue luz. Justo cuando Hill tira de las cortinas le parece atisbar algo que se mueve entre los árboles. Aparta rápidamente la cortina otra vez, solo para constatar que no hay nada, por supuesto.

Imaginaciones suyas, claro. Los resquicios de una pesadilla febril de adolescente.

Pero por un breve instante, en la densa oscuridad del bosque, le ha parecido ver un resplandor rojo.

Miércoles

ASKER

Se levanta de la cama sin hacer ruido y recoge su ropa sin despertar al hombre que duerme desnudo a su lado. Se llama Viktor, tiene algunos años menos que ella y van quedando de vez en cuando, más que nada para acostarse. Viktor suele viajar por trabajo y no tiene ni novia estable ni un pasado criminal. Asker no sabe mucho más de él, aparte de que es guapo y bueno en la cama, con lo que tiene más que suficiente.

Se viste en el cuarto de baño, intenta hacer el menor ruido posible y después sale a hurtadillas del piso elegante y decorado con buen gusto que Viktor tiene en Limhamn.

El viento frío le tira de la chaqueta, todavía no ha salido el sol.

El tráfico en dirección al centro de Malmö es fluido pero perezoso.

Si pudiera elegir, Asker iría directamente al ayuntamiento de Hörby para hablar con Linus Palm. Pero, según su secretario, el concejal no tiene tiempo para hablar con ella hasta el mediodía. Además, Asker tiene que pasar por su departamento a echar un vistazo.

Cuando llega a comisaría, baja al sótano y pasa por el despacho de Rosita para pedirle que busque el expediente del accidente de los dos ahogados en Miresjön que quiere Martin.

Obviamente, sabe que es incumplir un puñado de normas diferentes, pero una de las ventajas de trabajar en la Unidad de Casos Perdidos es que nadie vigila ese tipo de pormenores. Además, se alegra de poder devolverle a Martin el favor que él le ha hecho de conseguir que pudiera entrar en el Instituto Forense.

—Vale —murmura Rosita tras recibir las instrucciones—. A ver qué encuentro. Aquí tienes los datos que me pediste ayer sobre los alrededores de donde apareció la momia del pantano esa. Denuncias, informes de incidencias, multas de aparcamiento, todo lo que se introdujo en las bases de la policía durante el periodo que me dijiste.

Rosita le pasa una carpeta, se la ve satisfecha y concentrada al mismo tiempo, como si a la pequeña mujercita comenzara a gustarle llevar a cabo tareas de verdad.

—Maravilloso —dice Asker, que no contaba con que Rosita ya hubiese terminado—. ¡Buen trabajo!

Hace un alto.

—Por cierto, ¿cómo está tu hija en Australia? ¿Hace tiempo que no habláis?

—Hablamos por FaceTime una vez a la semana —contesta Rosita en tono esquivo—. Pero cuesta un poco, por la diferencia horaria.

—A lo mejor podrías pegarle un telefonazo —dice Asker, señalando el teléfono de la casa con la barbilla—. Ahora, antes de que se metan en la cama en aquellas latitudes.

A Rosita se le ilumina la cara. Antes de que Asker cierre la puerta al salir ya está marcando el número.

Virgilsson la intercepta a medio camino de su propio despacho.

—Tengo un par de papeles que necesitarían tu firma.

—Vale. —Asker le hace un gesto para que la acompañe al despacho del fondo del pasillo.

—Bueno, ¿y qué tenemos en marcha, jefa? —pregunta después de que Asker haya escrito su nombre en las líneas indicadas—. ¿Algún caso emocionante entre manos?

—¿Casos emocionantes, aquí abajo? —dice ella, impasible.

El hombre con aspecto de sapo esboza una sonrisita.

—Bueno, quizá *emocionante* no sea la palabra correcta. ¿Trabajas con algo interesante?

Asker sabe perfectamente qué es lo que está haciendo Virgilsson. Ha salido de pesca y tiene la esperanza de conseguir algo con lo que poder subir corriendo a ver a Hellman para hacer algún intercambio.

—Aún estoy haciendo limpieza de lo que me ha dejado mi predecesor —dice—. Hay un montón de cosas que se han quedado en el olvido.

Virgilsson ladea la cabeza.

—Ya. Por desgracia, Bengt Sandgren no era especialmente organizado. Avisa si necesitas ayuda con algo, cualquier cosa.

—Por supuesto —contesta ella.

—Ah, por cierto, solo para que lo sepas —dice él al llegar al umbral—. Kent sigue de baja. No cuentes con él durante una semana, por lo menos.

Asker endereza la espalda. Ha llegado el momento de enterarse de qué le pasa a Atila.

—¿Por qué no? —dice.

Virgilsson pone cara de pena.

—¿Nadie te ha comentado nada? Pensaba que a lo mejor Rosita te habría dicho algo. Como trabajáis bastante juntas...

Asker hace caso omiso a su chismosa insinuación.

Virgilsson cierra la puerta del despacho y se sienta en la silla de visitas sin que Asker se lo ofrezca.

—Es una historia muy triste.

Asker espera pacientemente a que continúe.

—Kent nunca ha estado casado. Pero tenía una sobrina, Ella, de quien era el padrino. Ella tenía algunos problemas. Un alma inquieta, se podría decir. Drogas, malas compañías.

Murió hace algo menos de diez años, demasiado joven. Sobredosis.

Ladea la cabeza.

—Por lo visto, su novio era quien le conseguía la droga. Arrastró a Ella de vuelta al hoyo cada vez que los padres lograban reflotarla. Al día siguiente del funeral, el novio desapareció.

—¿Desapareció? ¿Te refieres a que se largó? —dice Asker.

Virgilsson niega con la cabeza.

—Desapareció. Nadie volvió a verlo. No ha dado señales de vida desde entonces. A estas alturas, podrían haberlo declarado muerto perfectamente.

Asker hace una mueca.

—¿Y se cree que Atila está implicado?

—Los de Asuntos Internos lo interrogaron varias veces —dice Virgilsson, asintiendo con la cabeza—. Pero Kent no se mostró demasiado colaborativo. Incluso hicieron un registro domiciliario en su casa, pero no encontraron nada. Después de un año investigando, al final decidieron trasladarlo.

—Aquí, al Departamento de Recursos —rellena ella—. Para que se cansara y renunciara al puesto, o para que se muriera de asco hasta jubilarse, fuera de la vista de la gente.

—Exacto. Normalmente, Kent procura pasar desapercibido, pero cuando se acerca el aniversario de la muerte de Ella... —Virgilsson se abre de brazos en gesto de resignación— coge la baja, se encierra en su casa y se tira una semana bebiendo sin consuelo. Después, vuelve al trabajo como si no hubiese ocurrido nada.

—¿Alguien ha intentado ayudarlo? —pregunta Asker.

—Sí, desde luego. Sandgren lo intentó. Fue a verlo y le ofreció su apoyo, pero Kent lo mandó a paseo. Después de aquello, no volvieron a dirigirse la palabra. Mi consejo es dejarlo todo como está, no tocar nada. Pronto Kent habrá vuelto, y entonces todo seguirá como de costumbre.

Asker asiente con gesto ausente. No tiene ninguna intención de tratar de salvar a Atila. Es un hombre mayorcito, y si quiere pasarse lo poco que le queda de carrera laboral ahogando sus penas en alcohol es problema suyo.

Ella tiene cosas bastante más importantes que resolver.

—Al mediodía estaré fuera haciendo una visita de servicio —dice ella.

—¿Dónde, si se puede saber?

Virgilsson sonríe de una manera que da pie a pensar que la información que acaba de compartir sobre Atila formaba parte de una transacción, por la cual espera recibir algo a cambio.

—¿Por qué quieres saberlo? —dice ella, cortante.

—Ah, por nada en especial —responde él—. Pura cortesía. —Virgilsson enarca las cejas, como si todavía esperara obtener una respuesta.

—¿Querías algo más? —pregunta Asker.

La sonrisa de Virgilsson se convierte en una raya de descontento.

—No, no, te dejo trabajar tranquila.

Se da la vuelta, pero se detiene de nuevo en la puerta.

—Ah, por cierto. Ya que vas a salir, a lo mejor podrías pasarte a ver a Madame Rind. En realidad le toca a Kent, pero alguien tiene que sustituirlo.

—No puedo —lo corta ella—. Habrá que enviar a otro.

—Vaya, qué lástima. Es que Rosita no tiene carné de conducir, y a Zafer no lo podemos enviar, por razones obvias. —Virgilsson se señala la oreja—. No oye lo que Madame Rind dice. Así que Kent, Sandgren y yo nos hemos repartido la tarea. Pero como Kent está de baja...

—Ya, pues entonces tendrás que ir tú. Ya te he dicho que tengo una visita de servicio.

—Me encantaría, pero acabo de cambiar de medicación y no puedo coger el coche durante una semana. Y si no vamos a verla, Madame Rind empezará a llamar. Normalmente, comienza por el jefe de policía y va bajando por toda la cadena de mando. La última vez que nos saltamos la visita, Sandgren se llevó una buena bronca. Al jefe de policía no le gustó nada que una adivina cabezota le hiciera terrorismo telefónico...

Virgilsson pone cara de lamento y divertimento a partes iguales. Asker aprieta los labios. El astuto sapo con chaleco de lana la ha puesto contra las cuerdas, y lo sabe. Asker no tiene tiempo para bobadas como Madame Rind. Por otro lado, no quiere bajo ningún concepto que el jefe de policía la llame por teléfono, por el riesgo que eso supondría de que le preguntara en qué está trabajando que no le deja tiempo para hacer la visita rutinaria a la adivina.

—Vale —dice Asker, conteniéndose—. Luego me paso a verla.

—Excelente. Es un bonito gesto para con el departamento. Una muestra de que a la jefa no le da miedo arremangarse y trabajar duro, si es necesario.

Asker se limita a asentir con la cabeza.

—Bueno, pues... ¡suerte con eso que tienes entre manos, jefa! —dice Virgilsson, y sale por la puerta.

Asker tiene que reprimir un impulso de tirarle a la nuca el objeto más pesado que encuentre.

HILL

Ville, el de mantenimiento, pasa a buscarlo poco antes de las nueve. La niebla se ha despejado un poco, pero el aire sigue siendo muy frío. Hill ha pasado mala noche y no se encuentra demasiado bien. La herida le duele más que ayer, y durante el trayecto en el carrito de golf siente que le pica todo el cuerpo.

Aun así, una vez que llega a la biblioteca consigue entusiasmarse de nuevo y empieza a clasificar mejor el material del que dispone y a conectarlo con las cosas que ya sabía.

Trabaja en dos frentes. Por un lado, intenta mapear la historia empresarial de Alfacent y Gunnar; por otro, trata de recopilar información relacionada con Blockön o leyendas sobre la cámara funeraria subterránea. De vez en cuando se levanta y busca por las librerías.

Después de dos o tres horas, encuentra un plano de Stjärneholm en una carpeta metida entre dos libros más gruesos. Incluso tiene notas escritas con la caligrafía de Bernhard. Pero, para decepción suya, al desplegar el mapa sobre la mesa, descubre que la única planta subterránea que aparece dibujada es un sótano que no parece tener nada de especial, lo cual le hace venirse abajo.

Aún se siente un poco tocado por la fiebre y ya no tiene fuerzas para seguir trabajando, así que decide darse otra vuelta por la estantería de los libros de ciencia ficción. En este rincón, las decoraciones talladas en las librerías son aún más abundantes, y cuando Hill las recorre con la mirada se da cuenta de que arriba del todo hay varias figuras. Cuerpos humanos musculosos, algunos de ellos con cabeza de animal. Una cabra, un macho cabrío, un león, un toro.

Las criaturas le recuerdan a las que están dibujadas en los pequeños cuadros a lápiz en la Casa Arturo. Y ahora Hill entiende qué es lo que representan. Las figuras son constelaciones, pero con apariencia humana. Capricornio, Aries, Leo, Tauro. Un poco más allá, Virgo, Géminis y Sagitario.

Hill se lleva algunas de las ediciones de quiosco más coloridas de vuelta a la mesa y se sienta para hojearlas.

Muchos de los libros tienen ilustraciones, la estética es la típica de los años cincuenta. La bomba atómica y el turborreactor son la punta de lanza de los avances científicos, y las representaciones tanto del futuro como del espacio exterior son, cuando menos, imaginativas. A grandes rasgos, todas las naves espaciales tienen forma de platillo volante, y los extraterrestres que viajan en ellos tienen la cabeza desproporcionadamente grande, ojos brillantes y brazos largos.

Al ver los dibujos, Hill vuelve a pensar en la criatura que aparecía en su pesadilla.

Reprime un escalofrío, se recuerda a sí mismo que es un hombre adulto que se ha cruzado con el mal de verdad. Una criatura en un sueño no debería afectarlo tanto.

Su lectura se ve interrumpida por la puerta del ascensor al abrirse. Una mujer con delantal blanco sale con un carrito de servicio. Le traen la comida. La mujer ni siquiera mira a Hill, y desaparece antes de que él tenga tiempo de darle las gracias.

Hill toquetea distraído la comida mientras mira el móvil. Sin noticias de Leo. Decide mandarle un mensaje rápido.

¿Cómo va todo?

Ve que ella lee el mensaje, después los puntos suspensivos mientras escribe una respuesta.

Regular. Luego te llamo.

Hill le manda un «OK» de lo más impersonal, pero tras vacilar un momento le añade una cara sonriente. Puede ver los puntos suspensivos otra vez y espera a leer la respuesta, pero de pronto desaparecen.

Por alguna razón, aquello lo desanima un poco.

Después de comer, la señora Schiller pasa a buscarlo y lo escolta hasta la clínica. Repiten el mismo camino de la última vez. En el ascensor, Hill vuelve a quedarse mirando los dos botones que hay debajo del más grande de todos, que es el de la planta baja. Si uno es para bajar al sótano que acaba de ver en el plano de Bernhard, ¿adónde lleva el otro?

En la consulta, el doctor Schiller le examina otra vez la herida.

—Los análisis muestran que la infección no se ha frenado del todo —dice—. Te recetaré un antibiótico mejor. Y también unas vitaminas para darle un empujón a tu sistema inmunitario.

Abre una nevera y saca dos jeringuillas llenas.

—Si eres tan amable de arremangarte.

Hill mira para otro lado mientras el médico le administra las inyecciones.

—¡Ya está!

El médico le pone una tirita en el pliegue del codo y guarda las jeringuillas. Después, acerca la máquina sobre ruedas que tiene el logo de Alfacent y que estaba en el rincón.

—Este es uno de nuestros métodos de tratamiento más nuevos —explica—. Los tratamientos criogénicos han demostrado ser mucho más efectivos para la recuperación del cuerpo. De entrada, la máquina enfriará la herida considerablemente. Puede resultar un poco molesto. Cuando hayamos alcanzado la temperatura correcta, trataré la herida con láser. Por un lado, el frío combinado con el calor es antibacteriano, y por otro, estimula el proceso de curación. Túmbate en la camilla y relájate.

Hill obedece. Sin dilación, el médico coloca una especie de almohadilla encima de la herida y después la conecta a la máquina.

—Vamos allá. Voy a dejarte un momento a solas mientras se completa el proceso de enfriamiento. —Pulsa un botón antes de abandonar la estancia y la máquina empieza a emitir un leve zumbido.

A medida que va trabajando, la piel bajo la almohadilla comienza a notarse más fría. El frío va penetrando poco a poco, y al cabo de un rato Hill tiene la sensación de que se le ha congelado toda la pierna.

Para que el tiempo pase más rápido, abre el chat del foro de exploración urbana. No hay más mensajes de DeepGoat, pero un usuario nuevo ha escrito en el hilo.

> En Miresjön pasan un montón de cosas misteriosas. Desde hace años. Tengo un colega que jura haber visto un ovni encima del lago.
>
> Y si miras la página web de Alfacent, pone que han colaborado con la NASA, tal cual. ¡Lo reconocen abiertamente!
>
> La movida aquella del resplandor de 2001 que las autoridades dijeron que era un meteorito no es más que una cortina de humo. En realidad fue un ovni que aterrizó en la isla. ¡Mira en la web de la Asociación de Ufología de Göinge! Ahí encontrarás todo lo que necesitas saber.

Hill abre una nueva ventana y busca la página web de la asociación de ufología. Ya se ha cruzado alguna vez con ella mientras investigaba. Si no lo recuerda mal, la llevan las mismas personas que llevan, o al menos llevaban, la alicaída cafetería Ovni por la que pasó con Samuel de camino a Stjärneholm.

Efectivamente, la foto de la página web muestra el platillo volante de fibra de vidrio que hay en el tejado de la cafetería. La web de la Asociación de Ufología de Göinge no es muy amigable en lo referido a la experiencia del usuario: el texto es pequeño y la escala de colores hace daño a la vista. Encabezando la lista de los artículos más leídos encuentra uno que lleva por título «El aterrizaje encubierto del ovni en la isla de Blockön el 7 de enero de 2001».

El del segundo artículo es aún más atractivo: «¿Ahogamiento accidental o cortina de humo? Nosotros sabemos qué les pasó a los dos exploradores urbanos que murieron».

Hill hace clic en el enlace. No ocurre nada.

Prueba con el siguiente; después, otro.

Mismo resultado.

Todos los enlaces están inactivos.

EL HOMBRE DE CRISTAL

A pesar del destierro a la Casa Canopus, continuó comportándose de manera ejemplar. Siguió cosechando éxitos, superando todas las expectativas.

Con paciencia, fue abriéndose un camino impecable hacia delante, con la esperanza de que Padre fuera a aceptarlo de vuelta. Llevarlo de nuevo a la luz, elevar de nuevo a su príncipe heredero.

Pero cuanto más tardaba Padre, más se le intensificaban los recuerdos de la tarde delante del club de fútbol. La sensación que lo había inundado en el momento de ver cómo Bure se precipitaba en la oscuridad.

Con el tiempo, el recuerdo se convirtió en nostalgia. Después, en necesidad.

Y, por último, en hambre.

Ansiaba volver a experimentar la sensación que le había brindado la muerte de Bure.

La sensación de control.

De poder absoluto.

Tras un año de destierro, su padre se volvió a casar, lo cual terminó de romper a su madre. Y lo más cruel de todo fue que tuvieron que contemplarlo todo desde la distancia. Impotentes, vieron cómo el padre metió a otra mujer en la mansión, cómo formó una nueva familia, mientras la suya iba implosionando poco a poco.

Fue entonces cuando se decidió.

Tenía que saciar el hambre que lo estaba atormentando.

Pero ¿cómo?

Un día, estaba paseando por el parque cuando una rama gruesa de un árbol se partió y le cayó justo al lado. Alguien le gritó algo, y cuando él alzó la mirada vio al jardinero de Stjärneholm y a algunos hombres más que estaban podando los árboles.

—¿Estás ciego o qué? ¿No has visto el cartel? —le gritó el señor, señalando un cartel junto al que él acababa de pasar—. No te ha abierto el cabezón ese que tienes de puro milagro.

Por un breve instante, pensó que el jardinero no lo había reconocido. Que no había entendido con quién estaba hablando. Pero entonces vio que todos los trabajadores esbozaban sonrisitas e intercambiaban miraditas. Como si supieran que había sido desterrado. Que ya no tenían motivos ni para temerlo ni para respetarlo.

La idea lo encolerizó, pero también lo ayudó a decidirse.

Las semanas siguientes estuvo estudiando al jardinero con unos prismáticos siempre que este se movía por el parque.

A veces, el señor iba acompañado del tonto de su hijo. Le enseñaba las tareas que había que hacer, parecía tener paciencia con los errores que cometía.

Por algún motivo, aquello alimentó más su rabia.

Después de muchas semanas, ya sabía casi todo lo que podía saber del viejo. Había descubierto que, de vez en cuando, hacía algunos trabajos extra fuera de los muros de Stjärneholm, cosa que Padre, seguramente, desconocía.

Quizá ese descaro fue lo que terminó de inclinar la balanza.

Esta vez se había preparado mejor. Había conseguido ropa oscura, guantes. Había sustituido el mango del hacha por un bate de béisbol, que se le hacía más cómodo.

Curiosamente, ni siquiera estaba nervioso. Solo decidido. Excitado.

Listo.

El viejo estaba trabajando con una motosierra y no lo oyó acercarse.

Se le aproximó a hurtadillas, apuntó al cogote, donde se reúnen todos los nervios del cuerpo. Blandió el bate de béisbol con amplitud y lo golpeó con todas sus fuerzas.

El jardinero se desplomó sin hacer ruido. Sus piernas torcidas sufrieron un par de espasmos, después se quedaron quietas.

Se sentó de cuclillas al lado de su víctima y giró la cara del viejo para mirarla.

Esta vez, la experiencia fue aún más potente.

Una ola de intenso placer lo recorrió entero y fue en aumento al ritmo en que veía apagarse la chispa de vida en los ojos del hombre, a medida que iba cayendo lentamente en el abismo, hasta que se vio engullido por la eterna oscuridad de la que nadie regresa jamás.

O al menos eso era lo que él creía por aquel entonces.

ASKER

El ayuntamiento de Hörby queda frente a la iglesia, casi en el centro del pueblo. Un edificio grande y moderno de hormigón junto a una comisaría de policía municipal con horarios bastante limitados.

Linus Palm la espera en la recepción. Se le ve igual que en las fotos. Raya a un lado, americana, vaqueros y calzado cómodo. Le pide a Asker que se identifique y comprueba detenidamente su carné de policía antes de estrecharle la mano.

—Hoy en día nunca se es lo bastante prudente —dice—. Son tiempos inseguros. Acompáñame.

Le ofrece café, pero ella lo rechaza. Palm sí que se sirve una taza y después la invita a pasar a su despacho.

—Bueno..., ¿en qué puedo ayudarte?

Asker ha estado todo el trayecto en coche dándole vueltas a cómo plantear la conversación. Ha concertado la cita alegando que necesita hacerle algunas preguntas sobre un caso policial, lo cual no deja de ser cierto.

Pero es evidente que Palm no es tonto. Tiene cierto poder y, seguramente, cuenta con un buen puñado de contactos, lo cual implica que Asker debe ir con cuidado.

—Estoy investigando un antiguo caso abierto —explica—. Un hombre muerto que ha aparecido en el bosque justo al otro lado de la frontera con Småland.

—Vale —dice Palm un poco desconcertado.

—El muerto se llama Tord Korpi. —Asker hace una breve pausa. Busca pequeñas microexpresiones que revelen que Palm sabe perfectamente a quién se refiere.

Pero Palm hace una mueca exagerada. Mira al techo, tamborilea con los dedos.

—¿Tord Korpi? ¿Tord Korpi?

Es una táctica inteligente, le hace ganar algo de tiempo y, de paso, disimula cualquier gesto delator que se le pudiera escapar. Probablemente ha recibido clases de cómo esquivar preguntas incómodas.

—Lo siento, no me suena —contesta, negando con la cabeza.

Asker asiente en silencio. El truco cuando interrogas a alguien que se ha entrenado para salir en los medios de comunicación es atender a lo que no dicen.

Palm no dice que no haya conocido a Korpi, solo que el nombre no le suena. Una diferencia pequeña, si bien importante.

—¿Creéis que este tal Tord Korpi tiene alguna relación con Hörby? —pregunta, como sacado de un manual de cómo lidiar con los medios: conseguir que la contraparte responda a preguntas en lugar de formularlas.

Asker replica a base de ignorar por completo la pregunta y ceñirse a su guion.

—¿Lo conocías? —insiste.

Palm se retuerce un poco.

—Como te decía, no me suena.

—Entonces, ¿no habéis coincidido nunca? —se empecina ella—. Korpi era un tipo grande con barba. Tenía acento de Norrland. Es fácil de recordar. Solía ir al Freedom Gym. ¿Verdad que tú también entrenaste allí, hace tiempo?

—Eh...

Asker puede ver el cerebro de Palm repasando febrilmente el manual.

—Sí, así es. Durante una época estuve entrenando en el

Freedom. Pero de eso hace muchos años. Ahora voy a Friskis & Svettis, ya sabes. Aunque menos de lo que me convendría. —Se toca la barriga, prueba suerte con una sonrisa.

Asker no se amilana.

—¿Conociste a Tord Korpi? Estuvo haciendo unas obras en el gimnasio.

—A ver... —Vuelve a demorarse con la respuesta—. Llevo sin entrenar en el Freedom por lo menos diez o doce años. ¿Cuándo fue eso, dices?

—En 2006.

—Vaya. —Echa cuentas—. Hace dieciséis años. No tengo tan buena memoria. Mi mujer dice que apenas me acuerdo de lo que hice la semana pasada.

Una nueva sonrisa. Carismática, personal, desarmadora. Asker se inclina hacia delante.

—Todavía no has contestado a mi pregunta —dice en voz baja—. ¿Conociste a Tord Korpi? ¿Sí o no?

Palm se retuerce, incomodado. No tiene demasiadas opciones.

O bien puede mentir y arriesgarse a que ella sepa algo que él no sabe, con lo que podría delatarlo, o bien puede optar por decir la verdad y arriesgarse a verse metido en algo que preferiría evitar a toda costa. Y, por último, una tercera opción: el contraataque.

—¿Por qué me preguntas todo esto? —repone en tono serio—. ¿Soy sospechoso de algo? ¿Tengo que llamar a mi abogado?

Enarca las cejas, como si esperara que la palabra *abogado* fuera a poner punto final a la conversación.

Asker se encoge de hombros.

—Pues no lo sé. ¿Has hecho algo que requiera de un abogado?

La pregunta pilla a Palm con el pie cambiado. El concejal busca un nuevo punto de apoyo, una manera de tomar la iniciativa.

—¿En serio? ¿De verdad sospechas que tengo algo que ver con la muerte de ese tal Korpi? Que sepas que el jefe de policía en Malmö y yo somos buenos amigos...

Un error, el propio Palm se da cuenta de ello en cuanto termina de decirlo. Recurrir a la amenaza es indicio de culpabilidad, o por lo menos de que tienes algo que ocultar.

Asker se inclina un poquito más hacia delante, clava su mirada heterocroma en Palm. Este no logra sostenérsela.

—No es del todo imposible —admite—. Conocí a un montón de gente en el Freedom Gym. En aquella época yo era un poco cabra loca. Me junté con las personas equivocadas y tomé malas decisiones.

Adopta una actitud más afable.

—Pero tuve suerte, conocí a una chica, conseguí un trabajo y puse orden en mi vida. Mi pasado ha quedado muy atrás.

Hace una pausa, mira a Asker con ojos suplicantes.

—Y preferiría que continuara siendo así. Sea lo que sea lo que le haya pasado al tal Korpi, yo no tuve nada que ver con ello. Nada en absoluto, te lo puedo asegurar.

—Entonces, ¿tú y un par de colegas tuyos no intentasteis robarle? ¿Ni él sacó un revólver y le pegó un tiro en la pierna a uno de vosotros?

Palm se ha quedado blanco como la tiza. Aprieta los labios.

—Creo... —Su voz se entrecorta y tiene que tragar saliva, se aclara la garganta.

En cuestión de segundos comprenderá que el único camino que le queda para salir del entuerto es cerrar el pico y llamar a su abogado.

Así que Asker le tira un salvavidas antes de que Palm llegue a dar el paso. Saca un boli y una libreta del bolsillo de su chaqueta y busca una página. La mira como si estuviera leyendo en silencio.

—Según tengo entendido, tú no eras la cabeza pensante del robo, sino más bien un testigo —dice—. Los activos eran los otros dos. Tú intentaste ponerle freno a todo, ¿no es así?

Lalo no le ha dicho nada por el estilo, pero técnicamente hablando la afirmación no es ninguna mentira. Las palabras «según tengo entendido» la eximen mágicamente de cualquier responsabilidad.

Palm muerde el anzuelo.

—Sí, exacto, así fue —se apresura a decir—. Yo intenté que no lo hicieran.

—¿Y tú fuiste quien se encargó de que tu amigo recibiera atención médica, después de que Korpi le disparara en la pierna? —añade ella, al mismo tiempo que repiquetea con el boli en la libreta.

Palm asiente con fervor.

—Le puse una primera venda a Jon y me senté con él en el asiento de atrás hasta Urgencias.

Asker apunta el nombre de «Jon» en su libreta.

—Pero el coche no era tuyo —dice, como si ya lo supiera de antes. En realidad, se basa en que, de ser así, Palm se habría sentado al volante.

—No, era el de Erik —confirma él.

«Erik», añade.

—¿Y en Urgencias? ¿Cómo lo hicisteis Erik y tú para que el personal sanitario no llamara a la policía?

—La bala le atravesó la pierna, así que dijimos que Jon se había clavado una barra de acero corrugado. Los sanitarios se lo tragaron.

—Mmm... —murmura Asker, y dibuja un garabato en la libreta, como si estuviera completando un poco la información que ya tenía.

—Fue todo una auténtica gilipollez —continúa él—. Yo no debería haber participado ya desde un buen comienzo. Jon estuvo a punto de morir desangrado.

—Entiendo —dice ella.

Palm parece relajarse un poco. Para que se tranquilice todavía más, Asker añade:

—De hecho, la persona a la que estamos investigando es a vuestra presunta víctima de robo. Tord Korpi. ¿Tuvisteis, tú o alguno de los otros dos, algún otro contacto con él después de aquel suceso?

Palm niega con la cabeza.

—Yo no. Aquello fue un punto de inflexión para mí. Me fui a vivir con un pariente en Norrköping durante una temporada. Dejé de relacionarme con Jon y Erik, conocí a una chica, como te he dicho antes, y senté cabeza.

Suena sincero, Asker ha conseguido despojarlo de su entrenamiento para medios de comunicación y no está observando ninguna señal de que esté mintiendo.

—¿Y los otros? —pregunta.

—Ni idea.

El cerebro de Palm parece recomponerse.

—¿Y qué creéis que ha hecho el tal Korpi?

Asker hace un gesto de disculpa.

—No puedo comentarlo. Pero vuestra aventurita ha prescrito, así que no tienes por qué preocuparte de nada.

Los hombros de Palm se relajan, la tensión se desvanece de su rostro.

—Jon y Erik —dice Asker—. ¿Podrías confirmarme sus apellidos? Es que tenemos diferentes referencias.

—Jon Danielsson y Erik Sundin —contesta Palm—. Pero no tengo ni idea de a qué se dedican hoy en día.

Hace un esfuerzo por esbozar una sonrisa que está fuera de lugar y que le deja claro a Asker que esta última afirmación sí que es mentira.

HILL

El doctor Schiller regresa después de que Hill haya pasado media hora tumbado en la camilla de la consulta. Retira la almohadilla de frío y empieza a trabajar sobre la herida con una especie de pistola láser. El calor vuelve a descongelar los tejidos, y en cuanto terminan el tratamiento Hill tiene la sensación de que la herida está mejor. Le duele menos y se puede mover más.

Los avances, o quizá la inyección de vitaminas, ponen a Hill de buen humor. De vuelta en la biblioteca, se pone a la labor con energías renovadas. En cuanto se encuentre todavía un poco mejor hará una visita a la cafetería Ovni para enterarse mejor de las teorías del matrimonio de ufólogos y por qué ya no se pueden leer los artículos que tenían en la página web. Mientras tanto, piensa concentrarse en la información sobre la isla de Blockön. A pesar de todo, es allí donde está el origen tanto de la historia de Alfacent como de las leyendas urbanas. El punto donde confluyen los dos proyectos literarios.

Va a la zona de la biblioteca destinada a libros sobre la empresa, con la intención de buscar los que hablen de Blockön. Esta vez trabaja de forma más metódica que ayer. Va inspeccionando las baldas de una en una, hojea todo lo que sea del menor interés y saca libros y archivadores para mirar detrás.

Después de media hora, más o menos, tiene premio.

En una sección con informes trimestrales topa con una carpeta de archivo de cartón cuyos separadores están llenos de hojas amarillentas.

Las hojea y se da cuenta, con creciente emoción, de que ha encontrado lo que estaba buscando.

La carpeta está repleta de documentos relacionados con Blockön. Inspecciones geológicas, contratos de compra, órdenes laborales, listas de asalariados, facturas, memorandos internos de distinta índole.

Hill se lleva el hallazgo a la mesa de trabajo y rellena con frenesí su eje cronológico con los nuevos datos que va sacando de los documentos.

Según el contrato, Bernhard Irving compra los terrenos de la playa sur del lago Miresjön en 1944 y, de paso, se lleva la isla de Blockön. Ya entonces parece haber estado al corriente de que la isla contiene un tipo de roca extremadamente rara en Escandinavia —la riolita—, que se forma o bien por efecto de una actividad volcánica o bien por la caída de un meteorito. Bernhard decide extraer la riolita y emplearla para la construcción de Stjärneholm.

Contratan a Artur Nilsson de capataz, un ingeniero de minas experimentado. En el documento de contratación se menciona incluso que Nilsson y su esposa se mudan a una de las casas de invitados en Stjärneholm.

Bernhard ordena construir una torre de extracción especialmente grande en la mina, y en el tejado de esta añade un observatorio. Para su gran asombro, en uno de los separadores Hill encuentra incluso la factura del telescopio, lo cual hace que empiecen a sudarle un poco las manos.

Lee los distintos documentos que regulan la producción y los horarios de trabajo. Al principio, la mina era de pequeña escala y solo estaba pensada para proveer las obras de Stjärneholm de material de construcción.

A comienzos de la década de los sesenta, eso cambia.

Bernhard se ha visto absorbido por una teoría de que el lago Miresjön no se ha formado como consecuencia de una erupción volcánica, como afirman la mayoría de los geólogos, sino por el impacto de un meteorito. Según los documentos, Bernhard le ordena a Artur Nilsson que contrate a más personal y excave más hondo por debajo de Blockön para hallar restos del meteorito que Bernhard está convencido de que se esconde allí abajo. Pero lo único que consigue extraer es obsidiana.

El mineral es una clara señal de actividad volcánica y, por ende, de que la teoría de Bernhard es errónea.

A juzgar por los documentos, el ingeniero de minas Artur Nilsson duda cada vez más del proyecto. Hill encuentra un memorando en el que Nilsson expresa tanto sus dudas acerca de la teoría del meteorito como sus temores de excavar demasiado hondo, puesto que han aparecido grietas y hundimientos en el suelo de la isla y le da miedo que el agua vaya a filtrarse e inundar la mina.

El descubrimiento conmociona a Hill. O sea, que Bernhard conocía bien los riesgos de la mina Stjärngruvan y, aun así, dejó que las labores continuaran.

Es un dato con el que nunca se había topado.

Bernhard estaba tan obsesionado con Blockön que pasó por alto todas las advertencias. Hill también está obsesionado con el lugar, sueña con él por las noches, no puede pensar en otra cosa que no sea en ir a visitarlo. Incluso ahora que sabe que el relato es más siniestro de lo que había creído.

En la primavera de 1965 se desata la catástrofe. La mina colapsa, tal y como Artur Nilsson había temido. Tres personas mueren, una de ellas el propio Nilsson. La mina se cierra y se llevan a cabo varias investigaciones que abordan diferentes infracciones, pero ninguna sale adelante.

Bernhard se encierra en Stjärneholm y, al mismo tiempo, la empresa All-Konserver está al borde del precipicio. La familia Irving parece haberlo perdido todo.

Pero entonces, al invierno siguiente, una noche el joven Gunnar Irving se va a la isla de Blockön y el observatorio para mirar las estrellas. Regresa con un relato fantástico y un montón de ideas nuevas que dice haber obtenido de un ser extraterrestre.

En un gesto de suma generosidad, Bernhard le cede la empresa a Gunnar y le da vía libre.

Nace Alfacent.

Y el resto es historia, tal y como lo ha expresado alguna vez el propio Gunnar.

Hill se reclina en la silla, entrelaza los dedos detrás de la nuca y estira la espalda, observa el firmamento de Bernhard dibujado en el techo. Un científico amateur chalado cuya obsesión provoca la muerte a tres personas, una finca misteriosa, una empresa que se ve salvada por un ovni.

Es el tipo de leyendas que Nova no quiere incluir en el libro sobre Alfacent. Pero ¿cómo va a poder Hill obviarlas, sobre todo teniendo en cuenta lo que acaba de descubrir? ¿Se lo tiene que saltar todo y empezar por cuando Gunnar coge el timón? En el peor de los casos, sí, tendrá que hacerlo.

Vuelve al eje cronológico.

Sea como fuere, los sucesivos éxitos de la empresa son fáciles de seguir tanto en los informes parciales como en las distintas notas de prensa.

Aparte de diferentes instrumentos quirúrgicos, enseguida se suben al carro de las herramientas y los métodos de análisis de ADN, un campo en el que siguen siendo líderes mundiales. En breve Hill tendrá que ahondar en ello, pero por el momento le interesa más la historia personal de Gunnar. Continúa hojeando los libros de recortes y se centra en los de la prensa y revistas del corazón. Cuando escribió *Lugares olvidados y sus historias*, Hill no tenía demasiado interés por Gunnar y su vida privada, así que varios de los artículos son nuevos para él.

En 1971, cinco años después de heredar la empresa, y cuando ya ha cumplido los veinte, Gunnar se casa con Karin Nilsson, de diecinueve, hija del capataz fallecido Artur Nilsson. La joven y su madre han podido seguir viviendo en la finca tras la muerte del padre y marido, así que Gunnar y ella se conocen bien. En 1976, Karin da a luz a Viggo y, apenas dos años más tarde, a Maud.

Tras veinte años de matrimonio, Gunnar y Karin se divorcian de forma inesperada. Al cabo de solo un año, en 1992, Gunnar se vuelve a casar con Yvette Marchand, que trabaja en la sucursal de la empresa ubicada en Luxemburgo. Casi diez meses clavados después de la boda nace Nova, la tercera hija de Gunnar. Algo más tarde, Gunnar Irving cumple cincuenta años. Lo celebra con una gran fiesta a la que asisten la mayoría de los peces gordos de la esfera económica.

La prensa y las revistas del corazón están llenas de fotos de Gunnar junto con su nueva esposa y su hija recién nacida.

Hill hace una fotocopia de un gran artículo en *Kvällsposten* titulado: «¡Gunnar el Abducido cumple cincuenta!».

En el artículo encuentra una foto en la que Gunnar aparece con dos adolescentes vestidos de fiesta a un lado. Al otro, su nueva esposa, con la versión bebé de Nova Irving en el regazo.

Hill observa detenidamente la foto de resolución comedida. Gunnar está en el centro. Alto, atlético y dominante. Es el epicentro tanto de la fiesta como de la foto.

Yvette debe de ser considerablemente más joven que él y parece encontrarse tan bien que resulta casi irreal, con esa sonrisa deslumbrante. En los brazos sostiene a Nova, cuyo rostro solo se puede intuir.

El adolescente pegado a la derecha de Gunnar es Viggo, el primogénito, según revela el pie de foto. El chico tiene unos quince años, es rubio cobrizo, de ojos azules y muy alto para su edad. Se parece ligeramente a su padre. A su lado, en el extremo derecho de la foto, está su hermana Maud, unos años más joven que él. Es casi clavada a su hija Elsa, con excepción de las gafas oscuras.

Hay algo en la composición de la foto que le rechina, pero Hill no sabe decir el qué.

Sigue hojeando los artículos, pero solo confirma cosas que ya sabe. En 1996, Bernhard fallece a los noventa y cinco años y Gunnar se convierte oficialmente en el patriarca de los Irving. Según los pocos datos que ha podido encontrar, tanto hace unos años como en los documentos que ahora tiene delante, el entierro tuvo lugar a puerta cerrada en Stjärneholm. Obviamente, esta es una de las razones por las que se empieza a especular sobre la existencia de una cámara funeraria.

Gunnar sigue dirigiendo Alfacent hasta 2013, año en el que, ya cumplidos los setenta, se retira de su puesto de director general para que lo sustituya Maud. Gunnar continúa como presidente durante unos años, hasta que da otro paso al lado. Ocho años más tarde, Nova sustituye a su hermanastra como directora general. Sin duda, sería interesante oír las dos versiones de las hermanas respecto al cambio.

Aun así, el miembro de la familia que ha despertado el interés de Hill es otro.

Vuelve a buscar la foto del cincuenta cumpleaños de Gunnar.

Esta vez sí que cae en la cuenta de lo que se le hace raro de la imagen.

Gunnar está pasando el brazo derecho por los hombros de su esposa y su última hija y tiene el hombro izquierdo algo echado hacia delante, lo cual hace que les dé un poco la espalda a sus otros dos hijos. Viggo y Maud también están muy pegados entre sí, se han girado ligeramente el uno hacia la otra, casi como generando un contrapeso a la postura del padre, lo cual crea un hueco vacío entre Gunnar y su único hijo varón.

Hill saca el portátil. Lo único que sabe de Viggo es que sufrió un accidente de coche en el lago Miresjön en enero de 2001, en el que murió el prometido de Maud. Después de eso, Viggo no aparece en ningún artículo ni en ningún documento.

Hill no había reparado antes en ello porque su investigación ha girado más en torno a Blockön y la finca Stjärneholm, pero ahora le llama mucho la atención.

Uno de los hijos de Gunnar parece haber desaparecido de la faz de la tierra, otra parece haber caído en desgracia, mientras que la tercera es la nueva estrella de la empresa, tal y como sugiere su nombre.

Nova. «El pez gordo», como dijo Elsa.

Pero hay otro detalle que le rechina, y Hill tarda un rato hasta que su cerebro consigue dar con él.

«Enero de 2001.»

Mira las anotaciones que ha hecho acerca de Viggo.

Tiene apuntado que el accidente tuvo lugar la noche del sábado al domingo, es decir, el 7 de enero de 2001.

Hill acaba de ver esa fecha hace un rato.

Vuelve a abrir la página web del club de ufología y busca el enlace que hace un momento no ha podido abrir. Aun así, le basta con el título del post para que su corazón empiece a latir un poco más fuerte.

«El aterrizaje encubierto del ovni en la isla de Blockön el 7 de enero de 2001.»

Hill revisa su antigua investigación para comprobar por partida doble que no haya pasado nada por alto. En efecto, no lo ha hecho.

El 7 de enero de 2001, un meteorito inusualmente luminoso, también llamado «bólido», pasa por encima del lago Miresjön. Por lo menos eso es lo que dice la ciencia oficial. Otros, como el club de ufología, aseguran que en realidad se trató de un ovni que aterrizó en Blockön.

Y esa misma noche, Viggo Irving, el heredero al trono, se

estrella con su coche en el lago, su futuro cuñado muere y a él lo borran de la historia familiar.

Hill aparta la silla y se frota los ojos.

Una vez más, el destino de la familia Irving se cruza con el lago Miresjön, la isla de Blockön, muertes misteriosas y fenómenos celestes extraños.

Y Hill se encuentra en el epicentro de todo.

EL HOMBRE DE CRISTAL

De vez en cuando, la niña ciega aparece en sus pensamientos. Es uno de los pocos habitantes de la finca que le interesan. Se ha preguntado muchas veces si su discapacidad puede ser una suerte de castigo. Una represalia por los pecados de su madre. ¿O acaso su ceguera está relacionada con la mirada omnisciente de Padre?

Le gustaría tanto poder ver los ojos de la niña para descubrirlo... Pero el perro la protege, vela por ella día y noche. Además, ha descubierto algo nuevo. Algo que le interesa todavía más.

O, mejor dicho, a alguien.

Los Sirvientes han comenzado a susurrar algo sobre un extraño.

Alguien importante.

Él lo ha visto de lejos. Un hombre con el pelo negro y tez oscura que camina con ayuda de una muleta.

El Extraño se ha instalado en la Casa Arturo y pasa los días en la biblioteca haciendo algún tipo de trabajo. Padre debe de haberlo invitado.

Es algo inusual. Nuevo.

Despierta su curiosidad.

Tiene que enterarse de más. Quién es el Extraño, en qué está trabajando, con quién se está viendo.

Si supone una amenaza o, quizá, más bien una oportunidad.

ASKER

Por fin empieza a haber movimiento en la investigación. Asker tiene dos sospechosos del asesinato de Tord Korpi: Jon Danielsson y Erik Sundin. Su viejo amigo Linus Palm sabe a qué se han dedicado estos últimos años, pero prefiere distanciarse de ello, lo cual da pie a pensar que han estado desarrollando sus carreras delictivas.

Debería estar contenta. La lógica de Per ha dado resultados.

¿Puede ser eso lo que la carcome?

Hay algo que no termina de dejarla tranquila.

Llama a Rosita para pedirle ayuda con los dos sospechosos, pero la mujer no contesta. Seguramente, a estas horas tanto ella como Virgilsson ya se habrán escapado del despacho.

Asker preferiría ir directamente a comisaría y ponerse a buscar ella misma en las bases de datos más obvias de la policía, pero antes le toca resolver otro asunto. La visita a Madame Rind que Virgilsson le ha endosado.

Conduce a toda prisa y reduce el trayecto a menos de cuarenta minutos.

La vieja *skånelänga*, la típica vivienda rural de una sola planta y tejado de paja, sigue más o menos igual que la última vez que Asker estuvo aquí. Los atrapasueños y los carillones que se mecen en el voladizo cuentan ahora con la compañía de una escultura tallada con motosierra que está apoyada en una pared y que parece representar un tótem.

En el patio hay otro coche aparcado, un Fiat 500 de color rojo recién lavado que Asker sospecha con bastante certeza que no es propiedad de Madame Rind.

La puerta de la casa se abre y la adivina sale al porche.

Pelo negro, tez pálida y joyas hechas a mano, igual que la última vez, pero a diferencia de entonces, hoy no hay ningún carlino pequeño y ciego que se acerque a Asker medio cojeando, puesto que hace poco partió en su viaje eterno a las praderas celestiales.

—Vaya, ¿vienes tú, Leo? —dice Madame Rind.

—¿Acaso no lo sabías ya? —pregunta Asker.

Madame Rind le lanza una mirada mosqueada.

—Pensábamos que le tocaba venir a Kent. Hoy es su día.

—Kent está de baja, así que tendrás que contentarte conmigo.

La adivina la invita a pasar al salón, donde ya ha preparado una bandeja con café. En el sofá hay una mujer que rondará los sesenta años.

—Soy Siw —se presenta—. Vivo a un par de kilómetros de aquí.

Tiene un aspecto llamativamente normal, para estar sentada en la extraña casa de Madame Rind. Pelo de monaguillo, blusa y vaqueros, gafas de montura oscura.

—Siw es una de mis clientas —aclara la adivina—. Tiene un asunto policial que Kent le prometió investigar. ¿Cómo se encuentra, por cierto? ¿Está muy enfermo?

Asker niega con la cabeza.

—No, creo que volverá al trabajo la semana que viene.

—Me alegra oírlo —dice Siw—. Tengo un regalo para él.

Le pasa un paquete envuelto a Asker.

—Es una manopla de cocina. La he hecho yo.

La mujer parece expectante y Asker no sabe muy bien qué esperan que diga.

—Vale, me encargaré de hacérsela llegar. ¿Con qué problema te tenía que ayudar?

—Alguien me roba la correspondencia.

—Vaya. ¿Se lo has comentado a los de Correos?

—Sí, varias veces. Pero no ha cambiado nada.

—¿Y estás segura de que falta correspondencia? ¿No puede ser que pase mucho tiempo entre un reparto y otro, simplemente?

La mujer dice que no con la cabeza.

—Kent me preguntó lo mismo. Me propuso que hiciera una prueba y me enviara unas cuantas cartas a mí misma. He hecho lo que me dijo y la semana pasada me mandé cinco cartas. Solo llegaron dos. Las demás siguen desaparecidas.

—Entiendo...

Asker saca su libretita y apunta el nombre y la dirección de Siw.

—¿Y conoces a alguien que pueda guardarte rencor por algo? ¿Algún vecino enfadado o algo parecido?

—No, no. No que yo sepa. Y Madame Rind ha probado a buscar pistas tanto con las cartas del tarot como con cristales.

—El mundo de los espíritus no tenía nada que contar —señala Madame Rind—. El problema es terrenal, con toda probabilidad. Por eso implicamos a Kent. Se ha mostrado muy comprensivo.

Las dos mujeres intercambian una mirada y Asker se da cuenta de que Siw se sonroja. Echa un vistazo al reloj.

Por cada hora que pasa, Hellman y su banda están un poco más cerca, y mientras tanto ella está aquí sentada con una pitonisa hablando del correo desaparecido de su amiga enamorada.

—Veré qué puedo hacer —murmura.

Da un trago de café de la taza que Rind le ha dejado delante.

—¿Algo más?

Asker espera toda una retahíla de pistas variadas, igual que cuando vino con Virgilsson, pero esta vez Madame Rind niega con la cabeza.

—No, el mundo de los espíritus ha estado inusualmente callado esta semana. Es una mala señal.

Pone cara de pena.

—Están pasando cosas otra vez. Los espíritus están nerviosos.

Asker ahoga un suspiro. O sea, que se ha tragado todo el camino hasta aquí para evitar que Madame Rind se ponga a llamar para dejar sus pistas solo para descubrir que no tiene ninguna.

Apura la taza.

—Pues entonces ya me voy —dice.

—Ah, sí, por cierto, sí que hay una cosa —señala Madame Rind—. Me preguntaba si te sirvió de ayuda la información que te dio Garm.

—¿Te refieres a tu perro muerto?

—¡Sí!

Asker no responde, pero por un breve instante vuelve a estar en el taller del Reemplazador. Ve el tarro con la mariposa mecánica. Un papillón, tal y como dijo Madame Rind —o a lo mejor fue el perro—, la había advertido del peligro.

Abajo, en el corazón de su montaña, el Reemplazador tenía cientos de mariposas de verdad encerradas en tarros de cristal. Atrapadas bajo tierra hasta que sus alas habían dejado de moverse y se habían secado como momias de papel.

Asker siente un escalofrío. El Reemplazador está muerto. Fuera lo que fuera lo que ocurrió en su taller, ya es agua pasada.

—Hay algo que te preocupa. —Madame Rind frunce la frente—. Algo importante en lo que no puedes dejar de pensar, ¿verdad que sí?

Asker no contesta. Sabe qué es lo que está haciendo Madame Rind. Lo cierto es que la técnica le recuerda bastante a la que ella misma acaba de emplear con Linus Palm.

Primero, una afirmación que suena específica y personal, pero que en realidad es bastante universal. Si el interlocutor lo confirma, no hay más que seguir ahondando. Ir soltando sugerencias hasta que das con algo que es realmente único y personal y haces que parezca que sabes leerle la mente a la otra persona.

La adivina la mira con intensidad.

—Se trata de alguien muy cercano. Alguien de tu familia.

Otra conjetura, una apuesta con elevadas probabilidades de acertar.

Asker niega débilmente con la cabeza.

Madame Rind reacciona tal y como ella se esperaba: se lleva las manos a las sienes y cierra los ojos.

—No, no. No de la familia. Pero alguien que te importa.

Asker mira de reojo a Siw. La mujer parece completamente hechizada.

Ella, en cambio, no está ni por asomo igual de impresionada. El noventa y nueve por ciento de las personas tiene alguna preocupación que está relacionada con ellas mismas o con alguien que les importa. Lo único que está haciendo Madame Rind es jugar con esas probabilidades.

—Estás dudando —dice Madame Rind.

Una conclusión bastante evidente, teniendo en cuenta las caras que pone Asker.

—Es normal en algunas personas —continúa la adivina—. Pero no pasa nada. El mundo de los espíritus no se lo toma a mal. Esperarán hasta que estés preparada.

—Me alegro —dice Asker.

Mira descaradamente la hora.

—Si no hay nada más, tendría que irme ya. Prometo investigar eso del correo.

—Y dale el regalo a Kent —añade Siw.

—Por supuesto.

Madame Rind se levanta.

—Te acompaño afuera.

Ya ha empezado a oscurecer. El viento azota las copas deshojadas de los árboles y hace que los carillones toquen melodías tétricas.

La adivina se detiene junto al coche de Asker.

—A lo mejor no crees en mis métodos —dice—. Pero lo cierto es que mi trabajo brinda alivio a las personas. Hay un consuelo en la idea de que existe algo más ahí fuera. Algo que no vemos ni podemos entender del todo. Fuerzas que nos guían, o una vida después de esta. Y no soy ninguna estafadora. No vendo los números de lotería que van a ser premiados, gotas milagrosas ni pociones de amor. Lo único que hago es intentar guiar a la gente.

Asker no tiene ni tiempo ni ganas de entablar este debate.

—Tengo que irme —dice—. La semana que viene vendrán Kent o Virgilsson.

La adivina asiente con la cabeza.

—Gracias por venir, Leo. Y gracias por tu amabilidad con Siw. Tienes una mirada clarividente, ¿lo sabes?

Asker suelta una risotada.

—Desde pequeña me han dicho muchas cosas de mis ojos. Pero «clarividente» es la primera vez. Suena bastante bien.

Se sube al coche y da marcha atrás.

Justo cuando está a punto de emprender la marcha, Madame Rind le hace una señal para que baje la ventanilla.

—La solución está más cerca de lo que crees —dice con una seriedad sepulcral—. Los espíritus quieren que lo sepas. Solo tienes que atreverte a confiar.

—Gracias —contesta Asker lo más afable que puede.

Sube la ventanilla y se marcha de allí.

HILL

Trabaja en la biblioteca hasta pasadas las cinco, después le envía un mensaje a la señora Schiller pidiéndole que lo lleven de vuelta a la Casa Arturo.

Al cabo de un rato se levanta y va al saledizo que da a la parte delantera del edificio para ver si ya llega su transporte. Pero en lugar del carrito de golf ve el Mercedes de Samuel, que se acerca lentamente y se detiene delante de la entrada principal.

Samuel se baja, abre una de las puertas traseras y deja salir a un hombre mayor y larguirucho que lleva un sombrero de ala ancha. La iluminación exterior es tan tenue que Hill no puede verle los rasgos.

Antes de que el hombre termine de subir la escalera, la puerta de cobre se abre con suavidad y lo deja entrar. Después, vuelve a cerrarse con la misma parsimonia.

Hill se descubre a sí mismo cogiendo una bocanada de aire.

Es cierto que solo ha podido ver al hombre por detrás y en diagonal, pero aun así está del todo seguro. Tiene que ser Gunnar Irving, Gunnar el Abducido, en persona.

Hill se queda de pie en el saledizo, mirando fijamente la escalinata, pero cuando ve que el Mercedes se retira entiende que Gunnar no va a volver a salir.

La app tintinea. Su transporte lo está esperando.

Ville lo saluda con un escueto gesto con la cabeza, emprende la marcha en cuanto Hill se sienta en el sitio del acompañante.

—Acabo de ver a Gunnar llegar a casa —dice Hill en un nuevo intento de entablar conversación.

Ville gruñe algo que Hill no consigue oír.

—Lo he visto muy espabilado, para tener casi ochenta años.

Sin respuesta.

Cuando pasan junto al Hombre de Cristal, Hill se da cuenta de que está mirando fijamente la escultura, casi igual que Ville.

Tiene algo que embelesa, como le ha pasado con el Gunnar Irving de carne y hueso hace un momento.

Algo fascinante, algo seductor y, al mismo tiempo...

Algo inquietante.

Al llegar a la casa, Hill aún se siente acelerado. Fuera cual fuera el contenido de las inyecciones del doctor Schiller, han hecho un efecto tremendo. Además, todavía se siente un poco alterado por los descubrimientos sobre la familia Irving: que a Bernhard lo hubiesen advertido del riesgo de desprendimiento en la mina y que el accidente de Viggo tuviera lugar en la misma fecha en que cayó el bólido sobre el lago Miresjön.

Nota que tiene la pierna muchísimo mejor, así que decide inspeccionar el piso de arriba de la casa. Sube con cuidado los peldaños de la empinada escalera, uno a uno.

El primer piso tiene las vigas al descubierto y está conformado por una sola estancia grande. A un lado hay una mesa de dibujo enorme y una cajonera para planos. En el otro, un par de caballetes y algunos estantes con pinceles y colores.

En el centro de la sala hay un gran telescopio. Está totalmente fuera de lugar, tanto por su tamaño como por el hecho de que allí arriba no hay ninguna claraboya, con lo cual no se puede apuntar con él al firmamento estrellado.

Al acercarse, Hill se da cuenta de que hay más cosas que

llaman la atención. Ese tipo de telescopios lleva un motor incorporado para manejarlos, necesitan electricidad para poder cambiar el ángulo y ajustar el enfoque. El modelo es antiguo, tiene placas protectoras de color verde y tiradores y botones robustos. En un lateral lleva una placa que revela el número de modelo y el año de fabricación: 1947.

De golpe, Hill cae en la cuenta de lo que tiene delante. Es el telescopio del observatorio de Blockön.

El descubridor adolescente que Hill lleva dentro está dando brincos de emoción. Su versión adulta y racional está más bien perpleja.

¿Por qué está el telescopio aquí arriba, donde no se puede utilizar? Por mucho que cerraran la isla, no habría sido muy difícil encontrar otro local en la finca donde poder seguir utilizando el telescopio.

Se acerca a la mesa de dibujo. Es más o menos del mismo modelo que las que se usan en la facultad de Arquitectura: bien iluminada, inclinable y con paralex ajustable en vertical y en horizontal. Hay un plano colocado en las sujeciones.

Representa una torre de hormigón con seis patas de apoyo y tres plantas de altura. En el tejado hay una gran cúpula. Debe de ser la torre de extracción y el observatorio de la isla de Blockön. Hill nota que se le vuelve a acelerar el pulso.

Cuando estuvo escribiendo el capítulo de su libro, tanto él como su editor estuvieron buscando febrilmente un plano de la torre de extracción, pero no encontraron ninguno. Incluso tuvieron problemas para obtener una foto con un dron.

Y ahora tiene el plano del proyecto justo delante, y con la firma de Bernhard Irving debajo. Saca el teléfono y toma un par de fotos.

Hill no puede evitar tocar el papel. No es del todo liso, como él se había esperado. Con los dedos puede notar pequeñas arrugas en la hoja.

«Eso significa que el plano ha debido de tener otra hoja encima», piensa. Una en la que alguien ha escrito con tanta fuerza que ha dejado relieve en el plano de debajo.

Enciende el flexo. Las estrías son tan débiles que apenas se pueden percibir.

Hill inclina la mesa de trabajo, de manera que la iluminación quede en paralelo a la superficie, en lugar de caer desde arriba. Juega con el ángulo hasta que la luz proyecta una sombra débil que conforma una palabra que surge en el plano.

Tres sílabas, repasadas tantas veces que las letras han quedado afiladas y despuntadas: PELIGRO.

Un ruido le hace dar un respingo. Permanece quieto unos segundos. Por un breve instante se pregunta si han sido imaginaciones suyas.

Pero entonces lo vuelve a oír. Y ahora lo reconoce.

Alguien está llamando a la puerta de la casa.

Baja con cuidado la escalera.

—¡Hola! —dice Elsa Irving en cuanto Hill abre.

El perro negro está sentado a su lado, sigue fulminando a Hill con una mirada de suspicacia.

—Quería preguntarte si te apetecería cenar con nosotras en la Casa Canopus. A mi madre le gustaría invitarte en persona, pero es demasiado tímida. ¡Di que sí!

Obviamente, Hill no puede desaprovechar la oportunidad de conocer a Maud Irving.

—Gracias, me encantaría.

—Bien. Ven dentro de una hora. Solo tienes que cruzar el camino. ¡Nos vemos!

—Eh... —Hill no sabe muy bien qué decir.

—Eso último era una broma —dice Elsa con una sonrisita burlona.

—Claro. —Hill consigue soltar una risa incómoda.

Elsa gira sobre sus talones. El perro se le pega a la rodilla izquierda y la guía de vuelta por el caminito de acceso a la casa.

Hill se queda un rato mirándola mientras se aleja. En cuanto la niña desaparece en la oscuridad, vuelve a venirle a la mente la palabra que se esconde en el plano de Bernhard Irving.

PELIGRO.

Por alguna razón, le hace pensar en Leo.

Y en su padre, Per el Paranoias.

DIECISÉIS AÑOS ANTES

Están a principios de verano y a Martin se le ha salido la cadena de la bicicleta, con lo cual se ha quedado tirado en un estrecho sendero del bosque en mitad de la nada. A su alrededor solo hay coníferas y cunetas de una frondosidad exuberante.

Si Leo hubiese estado con él, habría arreglado la cadena en un momento, se le habría ocurrido algo para ponerla de nuevo en su sitio. Pero hoy está solo, y a pesar de todo el empeño que le ha puesto solo ha conseguido pringarse las manos y sudar la camiseta. Además, el viento ha virado y ha llenado el horizonte de nubes negras de tormenta.

Se abrocha la fina chaqueta de verano que lleva puesta y comienza a caminar de vuelta a casa con la bici al lado.

La cadena suelta va restallando suavemente.

Tiene por lo menos una hora a pie, quizá más.

Las primeras gotas caen antes de lo que había calculado, enseguida se intensifican. Justo cuando está a punto de abandonar la bici y meterse en el bosque para buscar un abeto denso bajo el cual resguardarse hasta que pase la tormenta, ve unos faros de coche que se acercan.

Apoya la bici contra su cuerpo, agita los dos brazos para captar la atención del conductor. El agua rezuma por sus muñecas y se convierte en hilos gélidos que se prolongan por debajo de la chaqueta hasta llegar a las axilas. Hill tirita de frío.

El coche se acerca bajo la lluvia. Una camioneta destartalada con la chapa descolorida por el sol.

De pronto, Hill reconoce el vehículo y baja los brazos.

El coche aminora la marcha, se desliza lentamente por su lado.

Al volante va el padre de Leo. Escruta a Martin por la ventanilla como si sopesara seguir la marcha sin detenerse.

Pero entonces se apea y hace un gesto con el pulgar por encima del hombro, señalando la plataforma de carga.

Martin titubea unos segundos. Nunca ha estado a solas con Per el Paranoias, y la idea de ir en coche con él no es especialmente atractiva. Pero la lluvia está a punto de tornarse torrencial, así que no puede rechazar el ofrecimiento.

Coge la bici y la sube con dificultad a la plataforma de la camioneta. Las ruedas chocan con un bulto, algo alargado que está envuelto en una lona.

La lluvia lo azota en la cara, así que Martin se apresura a subirse al asiento del copiloto. Las lunas se cubren de vaho por la humedad que emana de su ropa. En la cabina huele a algo siniestro que no consigue identificar.

—Gracias. —Se seca la lluvia de la frente.

Per reemprende la marcha sin contestar. Parece igual de huraño y serio que siempre.

Martin no puede evitar el impulso de decir algo, cualquier cosa, para relajar un poco el ambiente.

—Menudo cambio de tiempo —dice con alegría forzosa—. Ha empezado a llover como de la nada.

Sin respuesta.

Per activa el ventilador para deshacerse del vaho. Tiene la mano nervuda y fuerte, el reverso está manchado de algo marrón.

Martin traga saliva. Avanzan en silencio un par de minutos.

—¿Qué estabas haciendo ahí fuera? —pregunta Per de pronto. Su voz es seca, casi acusadora.

—Nada. —Martin vuelve a tragar saliva, intenta no sonar nervioso—. Solo quería ver adónde llevaba el camino.

—¿No sabes leer un mapa? —gruñe Per.

—Sí —dice Martin, asintiendo con la cabeza—. Pero no es tan emocionante.

Per resopla.

—Un mapa te habría ahorrado acabar empapado y muerto de frío. Te habría salvado de plantarte en la cuneta como un gato mojado pidiendo auxilio. Aquí fuera no hay más que bosque.

A Martin le gustaría decir que a veces hay que seguir la intuición si quieres aprender cosas nuevas, pero no se atreve. Además, duda mucho que Per el Paranoias fuera a entenderlo.

El olor en la cabina le escuece en la nariz.

—¿Leo está bien?

Se arrepiente en cuanto las palabras terminan de salir de su boca.

Per le lanza una mirada larga.

—Leo está ocupado —contesta, escueto.

—Sí, eso me ha dicho. —Martin se aclara la garganta.

—¿Qué más te ha dicho?

—Nada...

—¿Nada?

Martin traga saliva, niega con la cabeza. La lluvia repica contra el techo, los limpiaparabrisas bregan febrilmente para mantener el cristal libre de agua, pero Per no reduce la velocidad. Parece saberse el camino de memoria.

Por cierto, ¿qué estaba haciendo ÉL aquí fuera? ¿Qué es ese bulto que lleva en la plataforma de carga? Martin mira fijamente las manchas marrones en la mano derecha de Per, ve que continúan por debajo del puño de la camisa.

Respira por la nariz. El intenso olor que ha notado nada más subirse al coche. Podría ser sangre.

Pasea la mirada con discreción por la cabina.

La camioneta solo tiene dos asientos, pero en el espacio entre los respaldos y la pared de atrás hay una funda de rifle de camuflaje.

¿Podría ser el bulto un ciervo o un corzo cazado de manera furtiva?

Al mismo tiempo, en su cabeza resuena algo que Leo le dijo una vez: «Per es peligroso. Muy peligroso».

Los latidos de su corazón se descompasan. Martin se retuerce, intenta no mirar hacia la plataforma por encima el hombro.

Pero le cuesta. Puede intuir el bulto a través del espejo retrovisor lateral. ¿No es demasiado grande para ser un corzo?

De pronto, la camioneta comienza a reducir la velocidad, sin que Per haga ademán de explicar por qué. Detiene el vehículo en el arcén, tira del freno de mano y se vuelve hacia el asiento del acompañante.

—Leo y tú sois buenos amigos —dice Per.

Sus ojos son fríos, pero la mirada quema. Es como si le penetrara a Martin en la cabeza.

Martin asiente en silencio.

—Los amigos se cuentan las cosas. Confían el uno en el otro, ¿verdad?

Martin empieza a asentir otra vez con la cabeza, pero se interrumpe.

—¿Y qué te ha dicho Leo de mí? ¿De La Granja?

Martin nota que se encoge, se derrite bajo la mirada láser de Per. Como si esos ojos le abrieran el cerebro de par en par.

Tiene la boca seca como la arena, no consigue decir nada.

Per se inclina hacia él. El olor a sangre en la cabina se intensifica todavía más, resulta casi asfixiante.

—¿Y qué te ha dicho Leo de mí? —repite en voz baja.

Martin vuelve a tragar saliva.

—Nada —responde casi susurrando—. No habla de ti.

Mentira. Una mentira barata que la mirada de Per atraviesa sin problema.

Una de sus comisuras se retrae en una sonrisita burlona y desagradable.

—No habláis de mí. En absoluto.

—N-no —gime Martin.

Per el Paranoias lo sigue fulminando unos segundos con la mirada. Después, aparta la vista, suelta el freno de mano, mete una marcha y acelera.

—¡Muy bien! —dice, casi alegre—. Así me gusta. Ya va siendo hora de que te llevemos a casita con papá y mamá, ¿no te parece?

Martin hipa unas cuantas veces para coger aire, pero no consigue responder nada.

Se vuelve hacia la ventanilla, se frota la nariz sin lograr reprimir un sonido que es una clara mezcla de sollozo y ruido de sorberse los mocos.

Las mejillas se le calientan fruto de la humillación.

Odia al padre de Leo.

Lo odia más que a nada en el mundo.

ASKER

Vuelve a comisaría y, como ya son más de las seis, la Unidad de Casos Perdidos está en silencio y a oscuras, tal y como se había esperado.

En cambio, arriba, en Delitos Violentos, las luces siguen encendidas y, de vez en cuando, Asker puede ver movimiento en las ventanas a través de los prismáticos. Se pregunta cuánto se habrán acercado.

Se sienta al ordenador e introduce los nombres que ha obtenido de Linus Palm. En cuestión de registros no es ni la mitad de buena que Rosita, pero después de unos minutos buscando encuentra a los dos hombres. Jon Danielsson está empadronado en Hörby. Su registro de antecedentes sigue el itinerario de siempre. Primero, delitos menores, pequeños hurtos, vandalismo, conducción sin carné. Después ha pasado a delitos de narcóticos y ha estado un par de años en la cárcel por tráfico.

Según el sistema, ya está en la calle otra vez, pero continúa empadronado en el piso de su madre, que solo tiene un dormitorio. Asker duda mucho que viva realmente allí.

El historial de Erik Sundin empieza más o menos igual que el de Danielsson, pero en los últimos años ha tenido tiempo de ser condenado por allanamiento de morada, robo y agresión.

Un criminal, vaya, lo cual lo pone aún más en el foco de

posible sospechoso de asesinato. No tiene dirección fiscal, al menos no aparece ninguna en los registros de la policía, y Asker no tiene acceso al resto de los registros oficiales. Necesita la ayuda de Rosita.

Asker prueba de llamarla otra vez al móvil, pero sigue apagado. Suelta un jadeo, se frota la frente un par de veces con frustración.

Tiene que localizar a Sundin y a Danielsson.

Si consigue presionarlos lo suficiente, alguno terminará por romperse. Puede que no sea un gran plan, pero ahora mismo no tiene ninguno mejor.

Debería irse a casa y tratar de descansar un poco. Recuperar fuerzas para mañana.

Su teléfono empieza a vibrar y Asker cruza los dedos para que sea Rosita. Pero es un mensaje de un número oculto.

El mensaje contiene un breve vídeo de tan solo ocho segundos, grabado desde lo que Asker supone es una cámara de caza escondida en un árbol. Según la fecha y la hora, es de hace tan solo treinta minutos. En el vídeo se ve a tres hombres que avanzan agazapados entre unos matorrales. Dos van vestidos con el uniforme de las fuerzas especiales.

Al tercero lo reconoce al instante.

Eskil.

Por tanto, la pandilla de Hellman no solo ha encontrado la conexión entre Korpi y el padre de Asker, sino que ya están planeando una operación para detenerlo.

Los chicos de las fuerzas especiales no van armados, así que no será esta noche.

Pero pronto, muy pronto. Y su padre los está esperando. Está siguiendo todos y cada uno de sus movimientos, y quiere dejárselo claro a Asker, por eso le ha mandado el vídeo.

Se le está agotando el tiempo.

HILL

Justo una hora después de la visita de Elsa, Hill levanta la aldaba con forma de barco de la Casa Canopus. La casa queda enfrente de la suya, al otro lado del camino asfaltado que cruza todo el parque. Tiene la misma arquitectura híbrida peculiar que la Casa Arturo, pero debe de ser por lo menos tres veces más grande.

Las dos casas están separadas unos doscientos metros, es el tramo más largo que Hill ha caminado por sí solo desde que ha salido del hospital. Pero todavía se siente fuerte y ágil gracias al tratamiento, hasta el punto de que ni siquiera tiene que hacer una pausa para recuperarse un poco.

La mujer que abre la puerta tiene poco más de cuarenta años. Es alta y lleva el pelo teñido de rojo y peinado a lo paje. Vaqueros y una blusa azul claro, lo cual es una auténtica liberación de toda la ropa negra que Hill lleva viendo en los últimos días. Además, es atractiva, constata. Muy atractiva.

—Tú debes de ser Martin —dice—. ¡Adelante!

Maud tiene los ojos azules, pero no tan claros como su hermanastra Nova. Mirada afable, y al mismo tiempo un poco alerta.

—Espero que no te hayas sentido obligado a venir. Ha sido idea de Elsa invitarte. De hecho, no me había dicho nada hasta que le has dicho que sí.

—Uy, espero que no sea una molestia...

Maud alza una mano. Tiene las uñas cortas y pintadas con esmalte transparente.

—En absoluto. Es agradable tener un poco de compañía. Y estoy bastante acostumbrada a las ocurrencias de Elsa.

—Parece una señorita muy autónoma e independiente —dice Hill.

—Ni te lo imaginas —se ríe Maud—. Dame tu chaqueta.

Lo guía por el espacioso pasillo hasta un gran salón en el que hay una mesa de comedor, varias librerías y un conjunto de sofás.

En una pared lateral hay un hogar encendido, y toda la estancia huele a una mezcla agradable de leña de abedul y comida.

—¡Hola, Martin! —Elsa está sentada en uno de los sofás, junto al fuego. Cuando Hill se le acerca, Orión se levanta a los pies de Elsa.

El perro mira fijamente a Hill y alza un poco el labio, enseñando los dientes. De su pecho sale un leve gruñido.

—Calla, Orión —ordena Elsa—. ¡Túmbate!

El perro obedece, pero sin apartar los ojos de Hill mientras este se sienta en una butaca.

En la mesa de centro que tiene delante hay una bandeja con algunos vasos y un cuenco con patatas fritas.

—Sírvete —dice Maud señalando la bandeja mientras se sienta en el sillón de al lado de Hill—. Elsa, tienes un vaso de agua delante de ti, a la una, y un bol de patatas fritas a las tres.

La niña mueve las manos siguiendo las indicaciones y coge su vaso sin derramar ni una gota.

—¡Salud y bienvenido, Martin! —dice Maud—. Elsa y yo nos alegramos de que hayas querido venir y hacernos compañía.

—Gracias por la invitación —responde él, y coge su copa de vino—. ¿Karin también vendrá?

Maud dice que no con la cabeza.

—No, mi madre prefiere ir a lo suyo. Vive en otra zona de la casa, con entrada separada.

Hace un gesto por encima del hombro. Después, levanta la copa y bebe un poco.

—¿Y bien? ¿Qué te parece Stjärneholm? —continúa.

—Es un sitio cautivador —dice Hill—. Nunca había visto nada así.

—*Cautivador* es una buena palabra —dice Maud, riéndose un poco—. Yo creo que habría dicho «peculiar». ¿Tú tienes alguna otra propuesta, Elsa?

—Extraño, *creepy*, inquietante —dice la niña al mismo tiempo que se mete un puñado de patatas fritas en la boca.

Hill piensa en la misteriosa advertencia que ha leído en el plano de la mesa de trabajo. Lo cierto es que Elsa no va del todo equivocada, pero eso no puede decirlo.

—Elsa me ha contado que has conocido al doctor y a la señora Schiller. ¿Alguien más?

—A Ville, el de mantenimiento —dice, y ve que a Elsa se le escapa una risotada—. Y a Nova, claro, hace un par de días, en su despacho.

—Ah, claro. —La sonrisa de Maud se vuelve rígida—. Lo del libro es idea suya. ¿Va a tratar de Alfacent o de la familia Irving?

Toma un trago de vino.

—Sobre todo, de la empresa —responde Hill—. Pero la historia de Alfacent va muy ligada a la de la familia.

No sabe si aprovechar para preguntarle algunas cosas sobre los años que estuvo de directora general, pero decide esperar un poco. Al fin y al cabo, lo han invitado a cenar, no a hablar de trabajo.

—Y te han dejado hospedarte en la antigua casa del abuelo Bernhard —continúa Maud—. Nadie ha vivido allí en casi treinta años.

—Dicen que el fantasma de Bernhard sigue allí —añade Elsa mientras le da algunas patatas a Orión a escondidas.

Maud se aclara la garganta, importunada.

—Si me disculpas un momento, voy a ver la comida. Estoy haciendo un estofado vegano, espero que te parezca bien. Elsa está pasando por una época vegana.

—Te lo he dicho mil veces, mamá. No es una época. *Soy* vegana.

Maud pone los ojos en blanco mirando a Hill y luego se marcha a la cocina.

—Entonces, ¿lo has llamado Willy? —pregunta Elsa sonriendo de oreja a oreja.

—Sí —dice Hill, riéndose—. He caído de lleno en la trampa.

—¿Se mosqueó?

—Un poco.

—Bien. Siempre se está quejando de que Orión se hace caca en el césped. Creo que le dan miedo los perros, se le nota en la voz.

Maud vuelve al salón con una cazuela que deja en el centro de la mesa.

—La cena está lista —dice—. Martin, puedes sentarte a mi lado.

La comida está sorprendentemente rica. En general, Hill no tiene nada en contra de la comida vegana, pero, por si acaso, siempre rebaja las expectativas un par de niveles. Sin embargo, hoy resulta del todo innecesario.

Además, Maud y Elsa son una compañía de lo más agradable. Hablan y bromean entre ellas de una manera tan relajada que a veces Hill se olvida de que son madre e hija.

—Oye, Martin —dice Maud cuando da el primer sorbo de su tercera copa de vino—. Te he buscado en Google y, por lo que parece, eres un hombre muy ocupado. Profesor de universidad, autor de un bestseller. ¿Por qué has aceptado algo tan aburrido como escribir un libro por encargo sobre Alfacent?

Sonríe un poco burlona, como si la pregunta no fuera del todo en serio. Pero Hill está bastante seguro de que sí lo es.

—Bueno, supongo que la respuesta corta es que me pagan bien —dice él en tono jocoso—. Tu hermana puede ser bastante convincente.

—*Hermanastra* —lo corrige Elsa—. Solemos decir que es mi tiastra. Cuando estamos de buenas —añade, sonriendo.

Se hace silencio unos segundos.

—¿Y tú en qué trabajas, Maud? —pregunta Hill.

—Ahora mismo, en nada. —Toma un poco de vino—. Se podría decir que estoy a la espera de mi siguiente trabajo. Supongo que ya sabes que fui directora general de Alfacent durante ocho años.

Deja la frase en el aire, pero es una oportunidad demasiado buena como para que Hill la desperdicie.

—¿Por qué lo dejaste, si te puedo preguntar?

—Mamá no quiere hablar de eso —interrumpe Elsa, tajante.

—Gracias, Elsa, no pasa nada —dice su madre en un tono que sugiere lo contrario—. Lo cierto es que estaba bastante destrozada. Ser directora general de una empresa tan innovadora y expansiva como Alfacent se cobra su precio.

La respuesta de Maud suena ensayada, y de pronto el ambiente se ha vuelto tenso. Hill comprende que no es buen momento para sacarle más información a Maud, pero no tiene muy claro si cambiar de tema o esperar a que lo haga alguna de ellas dos.

Después de un rato de silencio, ya no aguanta la presión.

—De adolescente, yo vivía bastante cerca de aquí —dice—. Cuando era pequeño nos mudamos varias veces. Mis padres trabajaban en la hostelería y eran muy inquietos. Pero cuando yo tenía quince años nos vinimos a vivir a esta zona. Por aquel entonces ya me interesaba la exploración urbana, y cuando oí la historia de la mina clausurada, el observatorio en Blockön y el relato del ovni, me quedé fascinado.

Hace una pausa, intenta leer la situación. Concluye que el ambiente no es peor que antes.

—Así que en una ocasión vine hasta aquí —continúa—. O bueno, más bien al lago Miresjön. Recuerdo lo emocionante que fue. Me planté en la playa que hay debajo del refugio y estuve observando la isla hasta que cayó la noche, con la esperanza de ver algo.

—¿Y lo viste? —pregunta Elsa, y se recoloca las gafas opacas de color negro.

—Solo la silueta del observatorio y alguna que otra ave marina —miente Hill—. Pero me quedé demasiado rato y al final perdí el autobús. Era a comienzos de la década de los 2000, así que no tenía teléfono móvil. Tuve que caminar varios kilómetros hasta que encontré una casa y me dejaron llamar a mi familia.

Se pregunta si debería mencionar que en aquella época tenía problemas de corazón y que cogió mucho frío y quedó exhausto con el paseo. Pero decide prescindir de esa parte del relato, igual que ha hecho con el resplandor.

—Mi padre vino a buscarme —continúa—. Recuerdo estar sentado en el coche, atravesando el bosque, a la espera de que me echara la bronca. Pero estuvimos en silencio un buen rato, y al final él me preguntó: «¿Ha merecido la pena?».

—¿Y tú qué dijiste? —pregunta Elsa. Maud también parece estar escuchando con interés.

—Le dije que sí. Mi padre se limitó a asentir con la cabeza, como si lo entendiera. Y en aquel momento, en el coche, de camino a casa, me prometí a mí mismo que algún día iría a Blockön para verlo todo con mis propios ojos.

Se encoge de hombros.

—Y bueno, ahí tenéis los motivos reales por los que he accedido a escribir el libro. En pocas palabras, soy un tío muy curioso.

Bebe de su copa de vino, mira de soslayo a las otras dos comensales. Maud parece haberse relajado otra vez.

Elsa tiene la cara vuelta hacia Hill y el mentón un poco salido. La niña asiente discretamente con la cabeza, como si alabara a Martin por lo que acaba de hacer.

Hill sabe que solo son imaginaciones suyas, que Elsa no puede verlo, pero aun así no puede quitarse la sensación de que la niña lo está observando con detenimiento.

ASKER

Después de ver el vídeo que le ha enviado Per, Asker ha abandonado la idea de ir a casa a descansar. Se ha quedado en el despacho, repasando durante unas horas inquietas la carpeta que Rosita le ha preparado. En el verano de 2006, la actividad delictiva en los alrededores de La Granja consistió en un glorioso popurrí de accidentes de tráfico, allanamientos de morada, robos de gasóleo, conducciones temerarias e incluso una mujer que decía haber visto un extraterrestre.

Pero tal y como se esperaba, ni rastro de nada que parezca haber podido guardar alguna relación con Tord Korpi ni Per el Paranoias. Aun así, sigue sin poder irse a casa.

La imagen grabada de Eskil caminando agazapado por el bosque que rodea La Granja la desconcentra. Están haciendo reconocimiento sobre el terreno, lo cual implica que la ventana de tiempo que falta para la operación en sí se reduce a unos pocos días. Pero Asker necesita saberlo con toda seguridad. De alguna forma, tiene que descubrir el momento exacto en que Hellman tiene pensado actuar con su equipo.

Son casi las nueve de la noche y la comisaría está medio desierta.

¿Debería intentar colarse en Delitos Violentos y husmear?

Es una empresa arriesgada que podría costarle el trabajo, si la pillan. Hay cámaras por todas partes, y las luces en la sexta planta siguen encendidas, lo cual significa que alguien —una o más personas— está trabajando hasta tarde, quizá toda la noche. El riesgo de ser descubierta es demasiado alto.

Pero, entonces, ¿cómo puede enterarse de lo que tienen pensado?

Sale un momento del despacho para prepararse un café, no porque le apetezca, sino por hacer algo que mitigue un poco su frustración.

Para su sorpresa, en el *office* se encuentra con Enok Zafer.

Asker estaba convencida de que todos sus compañeros de departamento se habían ido a casa, pero lo de Zafer es para volverse loca. Nunca sabes en qué tareas anda metido ni qué horario hace.

Al saludarlo, Zafer da un respingo y se vierte un poco de café en las manos.

—*Saatana perkele!* —maldice en finés. Añade una retahíla de juramentos en otros idiomas, entre los cuales por lo menos uno es árabe y otro persa, quizá.

—Lo siento, no era mi intención asustarte —dice ella—. No sabía que había alguien más. Todas las luces estaban apagadas.

—Estoy preparando un informe importante —contesta él cinco decibelios por encima de lo necesario, como siempre—. Tiene que estar para el lunes.

—¿De qué va?

Zafer la mira con suspicacia.

—¿Tienes el rango de seguridad adecuado para que te comparta ese tipo de información? —pregunta él.

—Soy jefa de departamento —responde ella en tono rotundo—. Clase A2 —añade, porque le parece que suena a código elevado e importante.

Zafer la sigue fulminando con la mirada.

—Vale —dice luego—. Estoy haciendo un análisis de los riesgos que comportan las tecnologías de escucha a través del teléfono móvil. Ha habido muchos avances en ese campo en los últimos años. En el momento oportuno, una app aparentemente inofensiva puede activar tanto el micrófono como la cámara por parte de un tercero. El director técnico está muy interesado en mis conclusiones.

Asker asiente con la cabeza. De pequeña se hartó de escuchar los sermones de Per el Paranoias acerca del peligro de los móviles. Recuerda el armario de plomo que había en La Granja para guardarlos.

—Interesante —dice—. ¿Estás trabajando en algo más?

Zafer endereza la espalda. Es evidente que su peculiar compañero de trabajo no está acostumbrado a que alguien se interese por sus tareas.

—Pues también estoy haciendo un registro del uso de las armas de asalto. Metralletas, fusiles de asalto, rifles de francotirador. Pero es un proyecto a largo plazo que durará cosa de un año.

—Mmm... —Asker se sirve una taza de café.

Se le ocurre una idea.

—Entonces, a lo mejor tú sabes cuándo alguien solicita armas del armero y quién lo hace.

—¿Eh? —Zafer se agarra una oreja.

—¿Sabes cuándo alguien saca armas de asalto? —repite ella, un poco más alto.

—Por supuesto. Tengo acceso al registro del inventario.

—¿Y también puedes ver si alguien ha reservado armas en el futuro?

Zafer asiente con la cabeza.

—Está todo en el registro.

Asker da un trago de café, intenta disimular su entusiasmo.

—¿Podrías enseñarme cómo funciona? —pregunta.

Zafer se la vuelve a quedar mirando, después sonríe de oreja a oreja.

—Claro que sí, acompáñame al despacho.

La invita a pasar a su enorme sala. Igual que la última vez que Asker estuvo aquí, los estantes siguen llenos de cachivaches, aparatos electrónicos y estaciones de carga cuyos usos solo puede conjeturar, en la mayoría de los casos.

Zafer tiene un escritorio ajustable con monitores dobles y modernos.

Contrasta mucho con la silla de oficina desgastada y el ordenador viejo que Asker tiene en el suyo.

—¡Vamos a ver! —Zafer abre su base de datos con arrebato—. Todas las extracciones de armas de asalto de los últimos dos años.

—¡Impresionante!

Su comentario hace que Zafer estire la espalda un poco más.

—¿Verdad que has dicho que podías mirar las reservas futuras? —dice Asker.

—Correcto.

Mueve el ratón por la pantalla y va haciendo clic mientras Asker contiene el aliento.

Si Hellman ha planeado una operación de asalto a La Granja, necesitarán todo tipo de armas de asalto.

Y si ya han marcado una fecha para esta, debería aparecer en la base de datos de Zafer. A menos que la base de datos sea un disparate. Otra tarea *fake* que nadie le ha solicitado. Pero la modernidad de los equipos electrónicos que Zafer tiene en su despacho sugiere que, al menos de vez en cuando, trabaja de verdad.

—Ahí tienes las reservas solicitadas para los próximos seis meses. Prácticas, visitas de Estado y cosas así...

Asker se inclina hacia la pantalla.

Delante tiene un calendario con recuadros de color azul, cuyo tamaño parece variar según el número de armas que han sido reservadas.

El bloque más grande de todo el calendario está justo al principio. Después, hay varias semanas en blanco.

Asker comprueba dos veces la fecha y está a punto de soltar un taco en voz alta.

La operación de asalto a La Granja está planificada para mañana por la noche.

«¡Mierda!»

HILL

La velada en la Casa Canopus se ha tornado mucho más agradable de lo que Hill se había esperado en un primer momento. Su pequeña aventura en la isla de Blockön ha relajado considerablemente el ambiente, y Elsa le ha pedido que les hable de otros lugares abandonados espeluznantes que haya visitado.

Maud también se ha relajado, lo cual puede deberse tanto a su consumo de vino como al encanto desarmador de Hill.

—¿Cuál fue tu primera impresión de la familia Irving? ¿Verdad que somos peculiares?

—Eclipsantes, diría yo —responde Hill—. U originales.

—Buena respuesta —dice ella, riendo—. Recuérdala cuando alguien de fuera te pregunte.

Le aguanta la mirada unos segundos más de lo necesario.

—Yo me crie en la mansión —continúa después Maud—. Pero cuando tenía trece años, Gunnar se divorció de mi madre y nos mudamos aquí, a la Casa Canopus. Una manera muy original de gestionar un divorcio, ¿no te parece?

Hill está lleno de preguntas, pero al mismo tiempo comprende que debe ir con más cuidado que antes.

—Imagino que fue difícil —dice—. Mis padres se estuvieron mudando de un sitio a otro durante toda mi infancia y adolescencia. Cada vez que yo echaba raíces en algún lugar, nos volvíamos a ir. Pero no se separaron.

Maud vacía la copa de vino, ya va por la cuarta, si Hill no ha contado mal.

—Nunca entendimos muy bien qué pasó —cuenta Maud—. Un día estábamos viviendo en la mansión con mi padre, y al día siguiente tuvimos que irnos los tres de allí. Desterrados, sin explicación alguna. Un año más tarde, él se había vuelto a casar.

Niega lentamente con la cabeza. Hill mira de reojo a Elsa, pero el rostro de la niña no revela nada de lo que puede estar pensando.

—¿Los tres? —tantea él—. Tú, tu madre y tu hermano Viggo, ¿verdad? —Hill ha querido abordar este tema toda la velada. Quiere que alguien que conociera bien a Viggo le cuente más cosas.

—La que daba más pena era mi madre —dice Maud—. Que te sustituyan de esa manera... Llevaba enamorada de mi padre desde que era adolescente. Besaba el suelo por donde pisaba. Quedó muy afectada.

—Y la segunda esposa, Yvette. He encontrado muy poca información sobre ella, cuando he intentado mapear la historia de la familia. Solo que, al principio, trabajaba para Gunnar. ¿Están divorciados?

Maud niega con la cabeza.

—No, pero llevan muchos años separados. Yvette vive en España, lleva una vida cómoda que le costea mi padre. A cambio, él ha podido decidir sobre toda la crianza de Nova.

Vuelve a llevarse la copa de vino a la boca, se da cuenta de que está vacía y la deja de nuevo sobre la mesa con demasiada fuerza.

—Está aquí, por cierto —comenta Elsa—. O sea, Nova. Esta tarde me he cruzado con Samuel y con ella cuando estaba paseando con Orión.

—Claro que está aquí —dice Maud con una mueca—. Nova

quiere tenerte un ojo puesto, Martin. El libro sobre Alfacent es idea suya, no se atreve a arriesgarse a que algo se tuerza. Y Samuel siempre está a su lado, hace lo que ella diga.

Hill nota que Elsa se retuerce, y aprovecha la oportunidad para alejar la conversación de Nova. Puede seguirle preguntando a Maud por la relación de las hermanas y el cambio en el puesto de directora general en otra ocasión, cuando Elsa no tenga que oírlo.

—Samuel fue quien me trajo a la finca —dice—. Me parece que Gunnar se toma muy en serio el tema de la seguridad, ¿no?

Maud se encoge de hombros.

—Ahí fuera hay bastante loco suelto. A lo largo de los años hemos tenido varios problemas, sobre todo con gente que ha intentado entrar en la finca para buscar la cámara funeraria de Bernhard o el túnel que creen que hay y que lleva hasta Blockön. Lo cierto es que aportaste tu grano de arena al drama cuando publicaste el libro aquel.

Hill se aclara la garganta. Es consciente de que su libro ha tenido ese tipo de consecuencias, pero esta es la primera vez que se lo echan en cara.

—Pero no solo son buscaovnis chalados los que intentan colarse —continúa Maud—. La tecnología biomédica es un sector delicado. Mucha competencia, muchísimo dinero, así que da pie a una gran industria de espionaje. Samuel lleva ocupándose de la seguridad de Alfacent desde hace muchos años. Es una de las pocas personas en las que Gunnar confía de manera incondicional. Y Nova también. Quizá demasiado incondicional.

Ha vuelto a adoptar el tono áspero.

—¿A qué te refieres?

Maud se queda callada, se levanta y empieza a recoger la mesa. Por lo visto, Samuel es un tema igual de delicado que Nova, observa Hill. Tenía la esperanza de que no fuera así.

—No hagas demasiado caso a mi madre —dice Elsa en voz baja en cuanto Maud se mete en la cocina—. Está enfadada con

Nova porque tuvo que dejar su puesto de directora general por culpa suya. Pero Nova es maja, la verdad. Y Samuel también. Al menos, normalmente.

Hill asiente con un sonido gutural; busca una pregunta adecuada, pero no la encuentra. Permanecen un rato sumidos en un silencio un tanto incómodo, hasta que Maud regresa.

Parece un poco más contenta, como si se hubiese quitado de encima el malestar de hace un momento.

—¿Quieres café, Martin? —le pregunta. Vuelve a aguantarle la mirada unos segundos de más.

Hill mira la hora. De pronto siente todo el cuerpo pesado y piensa que debería volver a casa, ahora que aún le quedan fuerzas para dar el breve paseo por la finca.

—Me encantaría, pero mejor otro día —dice—. Creo que debería regresar a la Casa Arturo antes de que se me haga demasiado tarde.

Cuando se levanta, le parece observar una mueca de decepción tanto en la madre como en la hija.

—Muchísimas gracias por esta noche —añade—. Espero que me dejéis que os invite yo a cenar en mi casa un día de estos.

EL HOMBRE DE CRISTAL

Los ha oído hablar en la Casa Canopus. Ha estado un buen rato de pie en la oscuridad del sótano escuchando los sonidos que atravesaban el suelo y las paredes. Conversación, risas. Ruido de cubiertos, copas y vajilla. El Extraño se ha acomodado. Ha entablado amistades.

Puede oír las risas de la niña ciega y de la que siempre está en sus pensamientos.

El Extraño las pone contentas.

Eso no le gusta. No le gusta nada.

«Los celos son uno de los instintos más bajos del ser humano», solía decir Padre. Llevaba mucho tiempo con la esperanza de haberse librado de ellos.

Pero estaba equivocado.

Ahora mismo los celos lo corroen por dentro, lo enfadan.

Así que regresa a la profunda oscuridad y al silencio. Avanza por el inframundo hasta aquí, hasta la casa del Extraño.

Para aprender más sobre él.

Corta el suministro eléctrico en el armario de fusibles de la Casa Arturo y sube a hurtadillas por la escalera del sótano. Escucha con atención por la ranura de la puerta que da al pasillo.

Al principio le parece oír un ruido y se queda quieto. Pero, al cabo de un rato, cuando sus latidos se relajan, está seguro de que la vivienda está vacía.

La Casa Arturo siempre le ha gustado. Se siente más en casa aquí que en Canopus o en la mansión. Se conoce cada rincón y recoveco, cada superficie, cada olor.

Aun así, ahora todo le parece diferente. Como si la energía del Extraño hubiese alterado el orden incluso aquí dentro.

Empieza por el dormitorio. Abre el armario, desliza la mano por las prendas de ropa del Extraño. Dos camisas y una americana.

La tela es suave y está muy usada, huele bien. Detergente, loción de afeitado y otro olor, que es el olor corporal del Extraño.

Sujeta las prendas delante de sí frente al espejo del dormitorio. La tenue luz de sus gafas protectoras se refleja como dos platitos rojos.

La ropa del Extraño se ve muy pequeña al lado de su enorme cuerpo. Vuelve a colgar las prendas con cuidado y en el mismo orden en el que estaban y continúa por el cuarto de baño. El aire húmedo de allí dentro huele a jabón y loción para después del afeitado.

El Extraño se ha arreglado para la cena. Quería causar una buena impresión.

Sale del baño y va a la gran sala de estar.

Allí encuentra rastros del Extraño por todas partes. Muebles que han cambiado de sitio, papeles dejados aquí y allá, marcas en los cojines de los sillones.

Indicios de que el Extraño se ha acomodado. Ha ocupado el espacio.

Se detiene y olfatea el aire.

Por un breve instante le parece percibir otro olor en la estancia.

Un olor muy familiar, que no procede del Extraño.

¿Ha estado alguien aquí antes que él? ¿Se ha escabullido justo antes de que él abriera la puerta del sótano?

El olor se desvanece antes de que pueda estar seguro.

Regresa al dormitorio y se tumba con cuidado en la cama. Los muelles crujen bajo su peso.

Le gusta tumbarse aquí y observar las estrellas fluorescentes del techo. Imaginarse el universo como una oscuridad infinita y en expansión en la que la luz solo es la excepción. Puntitos luminosos parpadeando, en ocasiones apagados desde hace miles de años antes de que su resplandor alcance la Tierra.

Con el tiempo, todas las estrellas se acabarán apagando. Toda la vida llegará a su fin y la oscuridad reinará por toda la eternidad.

Le gusta la idea.

Dentro de poco, el Extraño volverá cojeando a casa a oscuras.

Solo y vulnerable.

¿Lo va a esperar aquí?

Quizá...

De camino hacia casa conduce demasiado rápido. Pisa el acelerador a fondo en cuanto los semáforos se ponen verde, lo cual provoca que el coche eléctrico salga disparado como un cohete.

Una maniobra bastante inútil, porque enseguida se ve obligada a frenar de cara al siguiente semáforo y a repetir el procedimiento. Pero su conducción agresiva no responde a una necesidad de avanzar, sino de intentar gestionar el estrés que le genera la situación en la que se encuentra.

Hay dos sospechosos del asesinato de Korpi. Ambos tienen móvil, cuadro temporal y capacidad de ejercer violencia. Pero Asker solo cuenta con un día para encontrarlos a los dos, interrogarlos y conseguir que confiesen.

Es una misión imposible, incluso para ella, y en este preciso instante se siente tremendamente sola. Ni Hellman, ni su madre, ni siquiera Martin Hill, parecen comprender la catástrofe que está a punto de desatarse.

Tiempo atrás, su padre estuvo dispuesto a hacerse volar a sí mismo y a Asker por los aires solo porque ella pretendía marcharse de su lado y liberarse de él.

¿Qué no estará dispuesto a hacer si las autoridades a las que lleva por lo menos veinte años odiando con todo su ser se presentan en La Granja e intentan detenerlo por la fuerza? Y, encima, por un crimen que no ha cometido.

Por si no bastara con eso, Asker no puede quitarse la sensación de ir mal encaminada. De que, entre tanta lógica y gestión de recursos, hay algo que ha pasado por alto.

Vuelve a pisar el acelerador, se precipita por los carriles en un nuevo intento infructuoso de escapar de su frustración.

Cuando le faltan apenas cien metros para llegar a la incorporación de la autovía, siente claramente que no le apetece nada volver a la gran casa vacía en la que vive. Que no podrá pegar ojo, haga lo que haga.

Pisa el freno y aparta el coche al arcén de improviso.

Un vehículo plateado que viene detrás tiene que dar un volantazo para no embestirla, pero aun así el conductor prescinde de tocar la bocina y cabrearla todavía más.

Algo es algo.

Detiene el coche y saca el móvil. Por un breve instante valora si llamar a Martin o no, pero él está lejos y muy ocupado con su aventura de chiquillo. Así que busca el número de Viktor.

—¿Estás en casa? —pregunta sin tan solo decir «hola»—. Bien, llego en un cuarto de hora.

En la práctica, el trayecto solo dura doce minutos. En cuanto él abre la puerta, Asker lo mete de nuevo en el piso de un empujón. Lo besa, casi le arranca la ropa, y poco después consigue que él haga lo mismo con la de ella.

El sexo es salvaje, duro. Liberador.

Por lo menos le brinda un consuelo momentáneo.

HILL

El aire húmedo de la noche que envuelve la Casa Canopus hace que el frío le atraviese la ropa. Hill tirita. A dos metros de la puerta ve una vieja bicicleta de paseo aparcada. En el portapaquetes hay un cesto lo bastante grande como para que quepa un gato.

Hill da por hecho que la mujer en bici que vio ayer era Karin Irving, la madre de Maud.

La niebla se ha vuelto a espesar, en cuestión de unos minutos las luces en casa de Maud y Elsa se desvanecen a su espalda. Hill intenta vislumbrar la iluminación exterior de la Casa Arturo, pero a pesar de estar a tan solo unos cientos de metros, no la ve, lo cual le sorprende. Pero mientras no se salga del caminito de gravilla, no hay peligro de que se pierda.

Continúa avanzando con paso cauteloso.

La herida sigue estando en perfectas condiciones, pero las fuerzas han empezado a abandonarlo.

La larga jornada comienza a hacer mella, Hill hace un alto para recuperar un poco el aliento y dejar que sus ojos se acostumbren.

La niebla es tan húmeda que puede notarla en la piel y, combinada con la oscuridad, toda la experiencia le resulta un poco espeluznante. Hill se dice a sí mismo que solo está a doscientos metros de su casa y que ha visitado muchos lugares considerablemente más desagradables que un parque a oscuras. Una mala estrategia, porque eso le hace pensar en la horrible montaña del Reemplazador. Le vienen imágenes de Smilla Holst y él corriendo a oscuras, perseguidos por un asesino en serie.

Echa el freno, obliga a su cerebro a cambiar de rumbo.

El Reemplazador está muerto, él se encuentra en Stjärneholm y no corre ningún peligro en absoluto.

Empieza a caminar a paso tan ligero como puede, pero a los veinte metros la inseguridad se apodera de él. ¿De verdad está yendo en la dirección correcta?

No hay ningún punto de referencia para orientarse y, de alguna manera, a pesar de sus intenciones, ha conseguido despistarse. Se ha salido del camino de gravilla y ahora está en el césped.

Saca el móvil y trata de usar la linterna, pero la luz no hace más que rebotar en la niebla, contribuyendo aún más a su desorientación, así que la apaga.

¿Debería dar media vuelta y volver sobre sus pasos? Pero enseguida se da cuenta de que tampoco está del todo seguro de en qué dirección queda la Casa Canopus.

No dispone de fuerzas ilimitadas, así que es mejor quedarse quieto y recomponerse. Normalmente, Hill tiene buen sentido de la orientación. Casi siempre puede señalar los puntos cardinales en cualquier momento con más o menos exactitud. Por eso ahora le resulta también tan incómodo no saber dónde está. No tiene ni la menor intuición de qué dirección debería tomar.

En alguna ocasión ha leído que es un fenómeno que puede afectar a pilotos de avión en momentos de baja visibilidad. No solo pierden la noción de los puntos cardinales, sino incluso de lo que es arriba y lo que es abajo. Lo que le está pasando a él es casi igual de malo.

Un ruido le hace dar un respingo.

Hill entorna los ojos, intenta identificar de dónde provenía. Un pájaro, o eso cree.

Entonces ve algo en la oscuridad y la niebla.

Una lámpara se ha encendido a cierta distancia. Empieza a caminar hacia la luz.

A los veinte metros vuelve a ubicarse.

Está en el acceso de la Casa Arturo, así que por fin puede suspirar de alivio. La luz que ha visto es la lámpara exterior.

Pero ¿por qué hace un momento estaba apagada?

Estaba encendida cuando él ha salido de casa, de eso está seguro.

Obviamente, podría estar controlada por un temporizador que la apaga cuando cae la noche, pero, entonces, ¿por qué se ha vuelto a encender hace un minuto?

El alivio que acababa de sentir se va apagando a medida que se acerca a la puerta de la casa.

Abre con la llave, se queda en el quicio y aguza el oído.

Todo está quieto y en silencio.

Enciende la luz del pasillo. Le parece muy tenue, como si no terminara de hincarle el diente a la densa oscuridad que reina en el interior de la casa.

—¿Hola? —dice. Carraspea un poco al oír que su voz vacila ligeramente.

Hill se adentra en la casa. La cocina está vacía, igual que el salón.

Bernhard Irving lo mira fijamente desde la repisa de la chimenea.

Continúa en dirección al cuarto de baño, se detiene unos metros antes de llegar.

La puerta del dormitorio está cerrada. No recuerda haberla cerrado. Pero está claro que podría haberlo hecho.

Por alguna razón, se le ha acelerado el pulso. Su cuerpo se ha preparado para huir. ¿Por qué está tan nervioso?

—¿Hola? —vuelve a decir. Todo sigue sumido en el silencio.

Da un paso atrás, de vuelta al salón.

¿Debería salir de aquí, llamar al vigilante y decirle que cree que tiene un intruso en casa? ¿Basándose en qué?

Una lámpara que se ha encendido, una puerta cerrada y un escalofrío en la nuca.

¿Qué habría hecho Leo? Esa pregunta es más fácil de responder.

Pasea la mirada por el salón. Coge un atizador que cuelga al lado del hogar y lo sopesa en la mano un par de veces.

Su pulso sigue disparado, hace que la válvula cardiaca traquetee en su pecho.

Hill se acerca a la puerta del dormitorio, apoya una mano en la manilla y aprieta el atizador con la otra.

Inspira hondo y luego abre la puerta de un bandazo, blandiendo el atizador por encima de la cabeza.

El dormitorio está completamente a oscuras y Hill palpa la pared en busca del interruptor.

Un leve chasquido y la habitación queda bañada en luz.

Hill suelta el aire y baja el atizador.

Está vacía.

Comprueba rápidamente el cuarto de baño y la habitación de invitados del fondo, pero el resultado es el mismo.

Está solo. Ni rastro de ningún invitado no deseado.

Exhausto, vuelve a dejar el atizador en su sitio y se deja caer en el sofá que hay en el centro del salón.

Las fuerzas renovadas que le ha brindado el tratamiento de esta mañana se han agotado, y quizá debería haberse esperado tanto a pasear como a aceptar invitaciones de cena. Pero lo cierto es que ha estado muy a gusto, y Maud Irving le ha parecido divertida y atractiva, quizá también un poco zalamera. Aunque ha sido obvio que había cosas de las que no quería hablar. Como de su hermano Viggo, por ejemplo.

Está claro que Elsa capta mucho más de su entorno de lo que la gente espera. Además, protege a su madre de las preguntas relacionadas con los cambios en el puesto de directora general y con Nova.

Aun así, tanto Elsa como Maud le parecen bastante normales, al menos en comparación con todos los demás raritos con los que se ha cruzado desde que lo invitaron a Stjärneholm.

Se levanta y va al baño.

Se pone el pijama y se cepilla los dientes. Después, se da una vuelta por la casa para cerrar con llave la puerta de la calle y apagar todas las luces antes de meterse en la cama.

Justo cuando está a punto de apagar, vuelve a venirle la sensación. La misma que ha tenido hace un rato, cuando estaba delante de la puerta. Una leve sensación que lo hace retorcerse en la cama.

No sabe explicar por qué, pero está convencido de que alguien ha estado dentro de la casa.

Se levanta de la cama. Comprueba que todas las ventanas estén cerradas y que la puerta tenga el cerrojo echado. Después, va a buscar el atizador y lo deja al lado de la cama.

A pesar de estar agotado, tarda un buen rato en conciliar el sueño.

Jueves

ASKER

Está despierta en mitad de la noche, contemplando la oscuridad con los ojos abiertos. Viktor duerme a su lado. Gran parte de la frustración se ha esfumado, siente que tiene las ideas más claras.

No obstante, el problema sigue existiendo.

En cuestión de veinticuatro horas, las fuerzas especiales se dirigirán a La Granja para detener a Per. Acabará mal.

Pero esta pequeña y bienvenida pausa le da a Asker la oportunidad de elaborar un plan. Una solución inesperada pero que podría funcionar. Aunque implica romper una promesa que se hizo a sí misma.

Se levanta de la cama y recoge su ropa. En la cocina se toma un vaso de agua del grifo antes de salir por la puerta.

Viktor no se despierta, nunca lo hace cuando ella sale a hurtadillas.

Son más de las dos de la madrugada y la calle está desierta. Asker va a su coche, abre la puerta y se sienta al volante.

Pero, en lugar de arrancar, se queda unos minutos sentada mientras intenta valorar las consecuencias de lo que tiene pensado hacer.

Todos los peligros que implicaría.

Justo cuando va a ponerse en marcha, otro coche se desliza

lentamente por la calle. Hasta que no desaparece detrás de la esquina Asker no cae en la cuenta de que le resultaba familiar.

Le recordaba al coche plateado que iba pegado a ella esta misma tarde.

Puede ser pura casualidad, pero Per el Paranoias le ha enseñado a no aceptar nunca la casualidad como explicación.

Arranca el coche y acelera en la misma dirección que ha tomado el coche plateado. En el siguiente cruce le parece ver unas luces traseras, por lo que aumenta la velocidad. Pero, cuando las alcanza, resulta que pertenecen a un Volvo rojo, y el coche plateado ha desaparecido.

Pone rumbo a la autovía mientras intenta dilucidar quién podría tener motivos para seguirla. Hellman podría haber puesto a alguien a vigilarla, pero el coche no tenía pinta de vehículo de incógnito.

Entonces, ¿quién? Es una pregunta que carece de respuesta. Lo cual podría significar que, a pesar de todo, no ha sido más que una casualidad.

Asker intenta recordar todos los detalles posibles del coche que ha visto en la autovía. No ha alcanzado a ver la matrícula, pero sí le parece recordar haber visto solo a una persona en el coche.

Mira por el retrovisor. Fuera quien fuera quien la estaba siguiendo, ya no está, y Asker no puede hacer gran cosa al respecto ahora mismo.

Además, tiene una tarea en la que concentrarse.

Atraviesa la provincia de Skåne en dirección norte. El reloj se acerca a las cuatro de la madrugada, al otro lado de la ventanilla la naturaleza ha cambiado. El bosque se ha vuelto más denso, interrumpido de vez en cuando por rocas negras que asoman del subsuelo.

La roca madre del Escudo Báltico.

Asker conoce este tipo de entorno natural como la palma de

su mano. Puede moverse por él con el sigilo de un fantasma. Una comparación bastante acertada, teniendo en cuenta adónde se dirige.

Al país de las sombras. A encontrarse con su propio fantasma.

Las carreteras que coge se van volviendo más estrechas, el bosque se le echa encima. El cielo baja casi hasta rozar las copas de los árboles. Asker gira por el camino de tierra.

Hubo una vez en que este trayecto se le hacía eterno, ahora lo recorre en apenas un par de minutos.

Pasa por delante de la barrera del viejo vertedero de restos vegetales en el que han encontrado el cuerpo de Tord Korpi. Ya han retirado el cordón policial.

Continúa unos cientos de metros y para el coche. Se queda sentada al volante mientras observa la verja, el alambre de espino y las cámaras, que se ven claramente por el reflejo de los faros. Los carteles amarillos advirtiendo a los visitantes que no se acerquen.

Asker había jurado no volver nunca.

Y, aun así, aquí está.

De nuevo en La Granja.

Todo su cuerpo le grita que dé media vuelta. Que pise el acelerador a fondo y se marche sin mirar atrás.

Todos sus instintos le dicen que todo esto solo puede acabar mal.

Apaga los faros y mira la hora. Las cuatro y media.

Tiene que recomponerse un momento. Prepararse mentalmente para lo que la espera.

No le es fácil. De pronto, la puerta que cerró a cal y canto tiempo atrás, vuelve a estar abierta de par en par. Dejando escapar recuerdos que Asker llevaba años intentando reprimir.

Decide tratar de concentrarse en un recuerdo feliz. Encontrar un pequeño destello de luz al que aferrarse para no tener que asomarse al abismo.

No tiene demasiados de ese tipo, pero por lo menos hay alguno.

Y hay uno que brilla con más intensidad que los demás.

Martin Hill.

Asker entorna los ojos y, por un breve instante, le parece ver dos personas que se acercan en bici por el camino. Dos adolescentes alejándose de La Granja.

Saliendo de allí.

DIECISÉIS AÑOS ANTES

Llevan casi tres horas en la bici. Yendo sola, Leo podría haber hecho el mismo recorrido en dos, pero Martin necesita hacer una pausa cada media hora para recuperarse, y en cualquier subida que tenga más de cinco grados de inclinación debe bajarse de la bici y subir a pie. Y eso a pesar de ser ella quien carga con la tienda de campaña y la mayor parte del equipaje.

—El viaje es parte del objetivo, Leo —dice él riéndose cuando ella pone los ojos en blanco de impaciencia cada vez que tienen que parar otra vez.

Martin ha encontrado el destino de la excursión en un foro de exploración urbana, ha hecho una lista de cosas que necesitaban y ha marcado en un mapa el recorrido que deben hacer.

Asker solo tiene una vaga idea de lo que es un foro de internet.

Obviamente, Per el Paranoias no permite que haya ordenadores ni móviles en La Granja, así que su experiencia con internet se limita a los ordenadores del instituto.

Los últimos kilómetros son por caminos de tala forestal que se adentran en el bosque de coníferas y terminan en un arroyo que pasa junto a una vieja casa de piedra.

—Ahí están el riachuelo y la serrería —dice Martin sin aliento.

A Leo no le entusiasman tanto las casas abandonadas como a él, pero aprovecha cualquier oportunidad para salir de La Granja.

Mientras él examina la parte exterior del edificio decaído, ella monta la tienda de campaña en un sitio que ofrece resguardo y que no quedará inundado si se pone a llover. Después, delimita con piedras una hoguera de proporciones considerables y acumula suficiente leña para pasar la noche entera.

No tiene pinta de que vaya a hacer mal tiempo —el cielo de verano está casi libre de nubes—, pero preparatus supervivet: quien está preparado sobrevive. Es uno de los dogmas básicos de Per el Paranoias que no se pueden romper nunca.

Cuando Martin regresa, apenas se percata de ninguno de los preparativos que ha hecho Leo.

—Sé cómo entrar —dice, simplemente, con una amplia sonrisa—. O por lo menos casi. Necesito tu ayuda.

Las ventanas y las puertas de la vieja serrería están tapiadas con tablones desde hace muchos años. Pero Martin ha encontrado una compuerta de carga.

—Supongo que por aquí es por donde metían los troncos —explica—. A lo mejor había una cinta transportadora o algo por el estilo. La compuerta no está tapiada, pero es muy pesada. Tenemos que pensar en una manera de levantarla.

Leo tarda diez minutos en construir una palanca a partir de una barra de hierro y un bidón de aceite oxidado que ha encontrado en un cobertizo y que les resuelve el problema. Una vez abierta, asegura la compuerta con dos listones antes de colarse dentro.

Como de costumbre, Martin quiere comenzar por el sótano.

—Así es como hacemos los urbex de verdad —explica. Por lo visto, no se acuerda de que ya le ha dicho exactamente lo mismo en alguna otra ocasión—. Empezamos por abajo del todo, en la oscuridad, y vamos subiendo hacia la luz.

Leo le deja hacer.

El sótano está frío y húmedo y solo contiene algunas piezas de maquinaria oxidadas, así como una montaña impresionante de excrementos de rata.

La planta baja es bastante más interesante. Las turbinas las han retirado, pero los mecanismos del sistema de transmisión hasta el sitio donde estuvo la sierra en su día parecen intactos. Martin los explora detenidamente.

—Mira esto —dice apuntando con la linterna los pilares de madera que sostienen el forjado del entresuelo—. Los trabajadores han tallado sus iniciales. JM 1948, AP 1952, FD 1958.

Saca la cámara digital que le han regalado por Navidad y empieza a hacer fotos.

—¿Crees que alguno seguirá vivo? —pregunta.

—Puede ser. Si en el cincuenta y ocho tenían unos treinta, ahora tendrán unos ochenta.

Martin baja la cámara, desliza los dedos por las marcas.

—Y, aun así, sus iniciales tienen el mismo aspecto que cuando las tallaron —dice—. Rastros de instantes desaparecidos. Eso es lo que más me gusta de la exploración urbana.

Una escalera de madera sube al entresuelo. Allí no hay nada, pero Martin saca más fotos. Se le da bien encontrar motivos bonitos. La luz del sol que se cuela entre los listones. Una llave oxidada en el alféizar de una ventana o una telaraña a contraluz.

Por su parte, ella se contenta con su compañía.

—Así que tu padre te ha dejado salir de La Granja —dice Martin por encima del hombro—. ¿El Paranoias se está ablandando o qué?

—¡Ojalá! —se ríe ella—. Pero tiene un amigo nuevo de visita. Hoy están construyendo el búnker y esta noche seguro que se tomarán unas cervezas y practicarán puntería en el campo de tiro.

Podría añadir que Per está satisfecho con ella, que Leo ha sido aplicada y se ha ganado esta excursión a base de espiar al señor Tord.

Pero se lo calla. Martin la escucharía y asentiría con la cabeza. Incluso sabría hacer una broma o decir algunas palabras de ánimo, fingiendo que la anécdota no le preocupa.

Aun así, Martin la cala. Hace un alto, la mira con seriedad.

—Deberíamos tener una palabra de emergencia —dice.

—¿Una qué?

—Una palabra de emergencia. Una señal, por si necesitamos ayuda pero no podemos decirlo abiertamente. Un mayday *secreto, que no suene tan raro pero que haga que el otro lo pille de todos modos.*

El primer impulso de Leo es ningunear la propuesta con una risotada, pero se corta al ver el semblante tan serio de Martin.

—¿Como qué? —dice finalmente.

—Vuelta de escota —propone él, sin titubear. Leo entiende que Martin lleva un rato o un tiempo pensando en ello.

—¿«Vuelta de escota»? ¿El nudo marinero?

—Sí, como, por ejemplo, «esto es tan complicado como hacer una vuelta de escota», o «esta situación se ha enredado como una vuelta de escota». Si uno de los dos lo dice, el otro sabe que está en peligro.

Leo entiende qué está haciendo. Martin intenta hacer ver que la palabra de emergencia es para los dos, cuando en realidad está convencido de que la única que la va a necesitar es ella. Una parte de ella quiere decirle a Martin que no hace falta, que no tiene por qué preocuparse. Otra, más grande, siente una agradable ola de calor por su consideración.

—Vuelta de escota —dice asintiendo con la cabeza—. Vale.

—Bien. —A Martin se le ilumina la cara con esa sonrisa que tanto le gusta a Leo.

Vuelven a la planta baja. Martin se queda de pie en el centro de la estancia, con los ojos entornados.

Leo sabe que está intentando ver si hay algo más por descubrir. Algo que ha pasado por alto durante la primera ronda de inspección del edificio. Martin se acerca a las ventanas tapiadas y examina los marcos.

Mientras tanto, ella vuelve a los pilares de madera.

En cuanto Martin le da la espalda, ella saca la navaja que siempre lleva y talla unas muescas en la vieja madera.

LA + MH 2006.

Sabe que está rompiendo las reglas de la exploración urbana y que Martin se mosquearía si la pillara. Aun así, le parece importante dejar algo aquí dentro, en la máquina del tiempo. Un pequeño rastro de ellos dos que quizá seguirá existiendo hasta mucho después de que ellos hayan desaparecido.

«Vuelta de escota», piensa, y no puede evitar sonreír.

—¡Leo, ven a ver esto! —chilla él, y Leo corre a guardarse la navaja.

Martin ha levantado uno de los listones en la ventana.

En el hueco de atrás hay una botella de alcohol y algunos vasos.

—¿Ves? La mayoría de las casas guardan secretos —dice—. Solo hay que saber dónde buscar.

Toma un par de fotos del escondite y luego vuelve a colocar el listón con cuidado.

Mientras tanto, ella piensa en el secreto que acaba de dejar en el pilar.

En la marca que ha tallado, la prueba de que este momento existió una vez.

Que ellos dos existieron una vez.

Ella y él.

ASKER

Debe de haberse quedado dormida, porque un leve sonido le hace dar un respingo en el asiento. Hay algo delante del coche, en diagonal a la izquierda, una gran silueta que apenas se puede distinguir en la oscuridad.

Un alce. Una cría de un año, con las patas delanteras en la gravilla del camino y las traseras aún en la seguridad del bosque. Su aliento parece una bola de humo alrededor del hocico al chocar con el aire gélido.

El alce rumia con gesto mecánico mientras mira a Asker, como si estuviera intentando valorar si supone algún peligro o no. Pasados unos segundos, da media vuelta y se mete de nuevo entre los árboles.

El corazón de Asker se calma, pero la cicatriz en el brazo ha vuelto a activarse. Se ha percatado de dónde se encuentran, de qué es lo que Asker está a punto de hacer.

Se desabrocha la manga de la camisa para dejar la cicatriz al descubierto.

La cicatriz le arde y se remueve como si fuera una criatura viviente.

Asker resiste la tentación de arañarse la piel. En lugar de eso, resigue las letras del tatuaje con los dedos de la mano derecha. Repite la palabra *resiliencia* una y otra vez.

Pero es como si el ritual ya no surtiese el mismo efecto de siempre.

Asker vuelve a bajarse la manga, abre la puerta del coche y se baja.

Respira un par de bocanadas del aire frío de la mañana antes de dirigirse a la verja.

En el portero automático, pulsa el timbre. La señal hace que se encienda un foco, Asker gira la cara hacia la cámara que hay al lado.

Espera.

Respira.

La cicatriz se mueve con suavidad.

Parece que le esté diciendo que aún no es tarde para marcharse. No es tarde para desaparecer en la oscuridad como acaba de hacer el alce, y así evitar todo el enredo en el que está a punto de verse atrapada.

Pero se queda donde está.

Esperando.

Respirando.

A los dos minutos se oye un motor que se enciende. Después, los faros de un quad que se acerca al otro lado de la verja.

Asker traga saliva para quitarse el nudo de la garganta.

El quad se mete en el cono de luz del foco y el conductor clava la mirada en Asker.

Ahora lleva barba larga y tupida, en la que la nariz aguileña asoma en un ángulo afilado. Además, está más delgado y tiene las cuencas de los ojos más marcadas.

El ojo izquierdo es de color blanco. Una mano es de plástico. Es Asker quien le hizo eso. La que consiguió vencerlo un día.

Aun así, sigue teniéndole miedo.

A Per Asker.

Per el Paranoias.

Su padre.

Él se detiene pegado a la verja y apaga el motor. Repasa a

Leo de pies a cabeza un par de veces con el ojo que le queda, y luego abre la boca.

—Bienvenida a casa, Leo —dice con una fría sonrisa—. ¿Qué te trae por aquí?

Asker vuelve a coger aire. Nota la cicatriz como una serpiente bajo la piel.

—Tengo una propuesta —anuncia ella—. Una propuesta muy lógica, de hecho, pero no te va a gustar.

Se hace silencio durante unos segundos.

—¿Y por qué no?

La observa con una mirada espeluznante que recuerda a la de un espectro. Y en cierto modo, eso es lo que es.

Un espíritu. El fantasma que la acecha.

Asker coge aire lentamente.

Este es el punto más débil del plan. Todo depende de cuánto la odie Per.

La cicatriz se agita con fuerza.

—Porque te verás obligado a confiar en mí —responde con calma—. ¿Estás dispuesto a hacerlo?

HILL

Se prepara el desayuno en la Casa Arturo y se lo come con más apetito que en varias semanas. Pan tostado con queso y mermelada, acompañado de zumo de naranja recién exprimido. La luz del día ha hecho que la desagradable sensación de anoche comience a disiparse, un poco como si hubiese sido un sueño. De hecho, quizá es lo que fue.

Después de desayunar, pone la cafetera y, mientras la máquina trabaja, se va al salón. Se queda un buen rato allí de pie mientras trata de identificar qué pudo haberle generado aquella difusa sospecha de que alguien había entrado en la casa. Justo cuando va a dar media vuelta para ir a buscar el café, llaman a la puerta. Hill da un poco por hecho que será Elsa. Por el momento, es la única persona que ha venido a visitarlo.

Pero la que está fuera es Nova Irving, acompañada de Samuel.

Sus ojos son de un azul aún más intenso de lo que Hill recordaba.

—Buenos días —dice con su voz grave—. Solo queríamos ver cómo te encuentras. Y si tienes todo lo que necesitas.

Antes de que Hill tenga tiempo de responder, Nova ya ha pasado por su lado y se ha metido en la casa. Samuel indica con un pequeño movimiento de cabeza que debería acompañarla.

—¿Queréis café? —les ofrece él—. Está recién hecho.

—Sí, me encantaría —dice Nova. Ya ha llegado al salón y se ha acomodado en uno de los sillones de Bernhard con total familiaridad.

Hill sirve café para todos y, tras vacilar un poco, se sienta en el sillón contiguo al suyo. Samuel, en cambio, se aleja hasta la ventana que da al parque y se queda mirando fuera, atento.

—Me han contado que ya te has puesto en marcha en la biblioteca —constata Nova.

Lleva un traje negro casi igual que el de la última vez. El colgante es el mismo, así como el pintalabios rojo carmín, pero hoy se ha recogido el pelo en un moño francés. Hill la ve incluso más atractiva que en la primera reunión, si es que es posible.

—Y el doctor Schiller dice que ha comenzado el tratamiento de tu herida —prosigue—. Además, tengo entendido que has conocido a mi hermana y a mi sobrina.

—Sí, ayer estuve cenando con ellas —confirma él.

Nova asiente con la cabeza de una manera que da fe de que ya está al corriente de todo.

—Hace un par de años, Maud pasó por un divorcio muy duro. Se podría decir que tocó fondo. Fue una de las razones por las que la obligaron a renunciar al puesto de directora general. Obviamente, no es algo que proclamáramos a los cuatro vientos. Pero Maud me culpa a mí de todo. Se piensa que yo hice que la echaran.

Nova pone una mueca de lamento.

—No podría estar más equivocada. Fue decisión de la junta directiva, yo no tuve nada que ver.

—Entiendo —dice Hill, porque no se le ocurre nada mejor. El aura de Nova es tan intensa y segura de sí misma que le cuesta valorar el nivel de credibilidad de lo que le está contando—. En cualquier caso, pasé un rato muy agradable tanto con Maud como con Elsa —añade—. Se podría decir que ahora ya conozco a la mitad de la familia.

Nova enarca una ceja en gesto interrogante, así que Hill se apresura a continuar.

—Excepto a Karin, a Viggo y a Gunnar, por supuesto.

Nova niega con la cabeza.

—Karin vive un poco en su mundo, desde hace ya varios años. Además, ella nunca ha tenido nada que ver con Alfacent, así que no veo que pueda aportar nada al libro.

—Entiendo —dice Hill, asintiendo con la cabeza. Ha utilizado a Karin, más que nada, para aproximarse al tema del que realmente le gustaría hablar.

—¿Y Viggo, tu hermanastro? Creo que es bastante razonable que él sí tenga por lo menos una mención en el libro. O, a ser posible, que salga entrevistado.

—Uy, el pobre Viggo. —Nova niega tristemente con la cabeza—. Ahí tienes otra tragedia.

Cruza las piernas con elegancia.

—El accidente de coche le produjo daños cerebrales permanentes. —Vuelve a hacer un gesto de negación, esta vez aún más triste—. Precisa de mucha asistencia sanitaria y vive en una residencia especializada en el extranjero, donde recibe el mejor tratamiento posible.

—Qué pena —dice Hill—. Tampoco era tan mayor cuando ocurrió, ¿verdad?

—Veinticinco. Maud tenía veintitrés. Yo solo tenía ocho. El mayor recuerdo que tengo de aquello es lo destrozado que quedó nuestro padre. Viggo era el único hijo varón que tenía. Además, como ya sabrás, en el accidente también murió Pontus, el prometido de Maud. Así que fue una doble tragedia, sobre todo para la pobre Maud.

Toma un trago de café y después cruza las piernas al revés, como para marcar que ya ha terminado con ese tema y que quiere hablar de otra cosa.

—He estado comentando tus reflexiones con Gunnar.

—¿Ah, sí? —Hill se retuerce.

—Tiene algunas ideas que a lo mejor te interesaría incluir.

—Por supuesto —dice Hill.

Nova hace una pausa como para buscar la manera adecuada de formularlo.

—A mi padre no le gusta demasiado que lo llamen «Gunnar el Abducido». Le parece que eso le quita valor a su hazaña. Preferiría que el libro se desmarque de esa historia. Que se centre en el futuro.

—Vale, pero incluso el nombre de la empresa tiene su origen en la experiencia que Gunnar tuvo con el ovni, así que me parece imposible dejarlo fuera —replica Hill.

Nova suelta una risotada.

—Gunnar no pide que prescindas por completo del relato del ovni. Lo que no quiere es que el peso de la historia recaiga en ello. Ya se ha escrito mucho al respecto y le encantaría ver un enfoque nuevo y más centrado en el porvenir, y no tanto en ovnis y extraterrestres misteriosos. No quiere que eso sea su principal legado.

—Claro. Lo tendré en cuenta —confirma Hill a regañadientes, y luego continúa—: Por cierto, ¿cómo está lo de Blockön? Me gustaría mucho ir en cuanto sea posible. Al fin y al cabo, allí es donde comenzó todo.

Nova se ríe.

—Me alegra verte tan motivado, Martin. Gunnar es quien decide todo lo que tiene que ver con Blockön. Podrás ir cuando él considere que estás preparado. Lo mejor que puedes hacer ahora mismo es pensar en un buen enfoque para el libro, y estoy segura de que todo se resolverá. Y, a ser posible, un buen título; sé que eso le gustará mucho a Gunnar.

Le aguanta la mirada unos segundos de más.

—Vale —dice Hill—. Pensaré en todo lo que me has dicho.

—¡Bien! —Nova se levanta—. Pues ya te dejamos trabajar tranquilo. Pero, antes de irnos, Samuel también tiene algo de lo que informarte.

Le hace un gesto con la cabeza al guardaespaldas, quien se aclara la garganta.

—Lamentablemente, hemos vuelto a tener problemas con intrusos en la finca. Cada año pasa lo mismo cuando se acerca la fecha del suceso del ovni. Hemos reforzado la seguridad, así que a lo mejor te cruzas con guardias o drones que patrullan el área. Y si ves algo extraño o alguna persona que no debería estar aquí, te agradeceríamos que nos avisaras mediante la app.

—Vale —contesta Hill.

—Pues ya está, Martin —dice Nova a modo de despedida—. Gunnar y yo tenemos muchas ganas de oír de tus avances.

Hill los acompaña a la puerta, los mira mientras se suben al gran Mercedes. Se fija en que Nova se sienta delante. De copiloto, no en el asiento de atrás, como hicieron tanto él como Gunnar Irving.

¿Podría tener algo que ver con eso que Maud insinuó anoche de que Nova y Samuel eran muy íntimos?

A lo mejor sí, o quizá es tan simple como que Nova se marea con facilidad.

Después de que el coche se haya marchado, Hill vuelve al salón y empieza a recoger las tazas de café mientras va murmurando cosas irritado.

No tiene ni la menor idea de cómo va a encontrar el tipo de enfoque que Nova y Gunnar buscan. El relato del ovni es central tanto para Alfacent como para la familia Irving, por no hablar del libro que espera poder escribir más adelante.

Pero, sin un ángulo así, cada vez ve más claro que no va a poder visitar la isla de Blockön.

Al pasar junto al gran escritorio de Bernhard, frena en seco. Hay algo blanco que asoma por debajo de la esquina del protector.

Levanta la lámina de plástico y encuentra un sobre igual que el que alguien metió por la boca de su buzón la otra noche. Su nombre está escrito con letras redondas en el exterior.

Hill arruga la frente.

Dentro hay una hoja doblada dos veces. Esta vez no es una carta, sino un dibujo.

Un esbozo a lápiz de una figura con cuerpo humano y cabeza de toro.

Hill nota que la válvula cardiaca hace un pequeño redoble.

Tauro.

Sabe dónde ha visto la figura.

En lo más alto de una de las librerías de la biblioteca.

HELLMAN

Hellman está de pie al fondo de la sala de reuniones, repleta de agentes de policía. Una combinación de su propio personal de Delitos Violentos y miembros vestidos de negro que vienen de las fuerzas especiales.

El ambiente está cargado de expectación. Todos saben lo que se traen entre manos.

A Hellman le encanta esta parte del trabajo. Y, por motivos personales, hoy le gusta incluso más. Pero procura dominar su frenesí. Tiene que parecer frío como el hielo, sereno, competente.

Un líder profesional a la cabeza de un equipo profesional.

—Buenos días a todos —dice para que se haga silencio, al mismo tiempo que pone en marcha la presentación en PowerPoint con un mando a distancia. Las palabras «Operación Águila» aparecen poco a poco en el lienzo que tiene a su espalda.

Hace una pausa de unos segundos para asegurarse de que todas las miradas se dirigen a él.

—El sospechoso se llama Per Asker, cincuenta y cinco años. Exjefe de investigación en una gran empresa de material militar, pero ahora vive al margen tanto del trabajo como de la sociedad. Hace más de veinticinco años, tuvo un desacuerdo con su empleador. Asker denunció a la empresa y perdió, lo cual lo dejó, según los datos que tenemos, no solo en la ruina, sino también muy amargado. En la misma época, se divorció y se fue a vivir al bosque a un sitio que se conoce como La Granja.

Pulsa el botón del mando y primero enseña un mapa, después una imagen de un recinto delimitado por una valla doble de alambre de espino. En el interior se pueden ver un par de barracones y viejas caravanas.

—Asker se convirtió en un preparacionista, una de esas personas que dedican todo el tiempo que tienen a prepararse para una posible catástrofe y que prefieren tener el mínimo contacto con el resto de la sociedad. Cuando la unidad de investigación de la que fue jefe fue afectada por un incendio que tuvo como origen una explosión, poco después de que Asker perdiera el último recurso que había presentado, se vio como principal sospechoso de lo ocurrido. Los compañeros de la policía secreta lo estuvieron vigilando durante meses, y se sospechaba que Asker se había convertido en una especie de Ted Kaczynski, cuyo nombre seguro que reconocéis.

—El Unabomber —interrumpe Eskil desde primera fila.

Hellman le lanza una mirada de irritación.

—En cualquier caso —continúa—. A pesar de una larga y costosa investigación, nunca lograron vincular a Asker con el incendio. Nadie dudaba de que él poseía tanto el conocimiento como los motivos necesarios, pero no consiguieron pasar de ahí. En pocas palabras, Asker era demasiado astuto.

Proyecta una nueva imagen, tomada desde lejos y que representa a un hombre alto y delgado que se mueve entre dos caravanas.

—Aquí lo tenéis. Per Asker. Es exoficial de reserva y se formó en la Escuela de Paracaidistas del ejército.

Algunos de los agentes de las fuerzas especiales susurran un poco entre sí, probablemente porque ellos también pasaron por la escuela.

—Asker está extremadamente paranoico —continúa Hellman—. Después de que una bomba casera le estallara en la cara, está ciego de un ojo y lleva una prótesis de mano.

Hellman hace una breve pausa. Ha sopesado mucho si mencionar o no a Leo en este punto. Seguro que el rumor de que su padre es sospechoso de asesinato ya ha empezado a circular por toda la casa. Pero ha concluido que es mejor mantener su nombre al margen, no por consideración, sino por una cuestión meramente práctica. Al jefe de las fuerzas especiales podría darle por implicarla, lo cual es lo último que Hellman quiere. Leo ya se le ha adelantado a hablar con la exmujer de la víctima y no tiene ningunas ganas de oírla subrayar este detalle ni ningún otro que pueda dejarlo a él como el segundo mejor policía de la sala.

—En lo referido a Per Asker, nuestras labores de vigilancia apuntan a que es altamente probable que ya sepa que nos estamos interesando por él —continúa—. Sale muy poco de La Granja, por no decir nunca; para las entregas de mercancía utiliza una compuerta, y está muy atento a su entorno. Es decir, será sumamente difícil pillarlo por sorpresa.

Hellman pasa a la siguiente foto, esta vez es de un viejo carné de conducir.

—La víctima se llama Tord Korpi, también de la Escuela de Paracaidistas. Tanto Korpi como Asker son, o eran, miembros de la Hermandad de Paracaidistas, y lo más seguro es que se conocieran allí. Hace unos días, el cuerpo de Korpi fue hallado a un tiro de piedra de la entrada principal de La Granja. Llevaba dieciséis años enterrado allí, pero está lo bastante bien conservado como para que hayamos podido identificarlo a través de los registros dentales. Según su exmujer, Korpi, que era ingeniero de minas, trabajaba en negro como una especie de director de proyectos de excavación y construcción subterráneos. Sótanos, túneles, etcétera. Nuestra teoría es que le hizo un trabajo a Asker, discreparon y Asker lo ejecutó de un tiro en la nuca.

Abre la siguiente imagen, que contiene fotos de la autopsia del cogote y la cara de Tord Korpi.

—En resumen, Per Asker es un sujeto violento, paranoico, y tiene muchos conocimientos de armas, material explosivo y combate cuerpo a cuerpo. Además, posee licencia para un total de siete armas, y es posible que tenga acceso a otras sin registrar. Tenemos todos los motivos para considerarlo como extremadamente peligroso, y la operación debe efectuarse con mucha contundencia y determinación.

Hace un gesto con la cabeza al jefe de las fuerzas especiales, que está sentado en primera fila. El hombre se levanta al instante, proyecta un mapa detallado de La Granja y empieza a repasar los detalles de la operación, que tendrá lugar a las cuatro de la madrugada.

Justo cuando está explicando que el cuarto grupo de operativos será emplazado en el interior del recinto con la ayuda de un helicóptero, la puerta de la sala de reuniones se abre. Un compañero asoma la cabeza, parece que reclama la atención de Hellman.

Este niega con la cabeza como diciendo que está ocupado, pero el policía de la puerta no se rinde.

—¿Es algo que nos incumba a todos? —pregunta Hellman.

El hombre en la puerta mira a Hellman, luego al jefe de las fuerzas especiales y luego otra vez a Hellman.

—Leo Asker está aquí —anuncia al final—. Dice que tiene información importante relacionada con la operación.

—Bueno, pues dile que entre —responde irritado el jefe de las fuerzas especiales.

—No me parece buena idea —replica Hellman al mismo tiempo que da un paso al frente—. La presencia de Leo Asker supone...

Antes de terminar la frase, Leo ya está en la puerta. Se la ve determinada y Hellman hace un esfuerzo para conservar la calma.

—Estaba comentando, Asker, que tu presencia supone un enorme conflicto de intereses. Quizá de vida y muerte.

—Porque vais a ir a detener a mi padre, claro —repone ella, asintiendo con la cabeza—. Sí, entiendo perfectamente el problema.

—Bien —dice Hellman con brusquedad para interrumpir los cuchicheos que se han levantado en la sala. Nota que el jefe de las fuerzas especiales lo mira, quizá cuestionando la manera en que dirige su departamento—. Pues si fueras tan amable, Asker... —continúa, haciendo un gesto para señalar la puerta.

—Primero tengo una cosa que añadir —lo corta ella—. Acerca de mi padre, vaya. Un detalle menor, pero que he pensado que a lo mejor os gustaría saber antes de poner en marcha todo este circo.

Hellman lucha consigo mismo para mantener la calma. Ahora nota las miradas de toda la sala. Se convierten en una leve vibración que revela que su autoridad se está tambaleando.

Debe mostrarse frío, retomar el control. Dejar claro quién manda.

—¿Y qué es, si se puede saber? —pregunta en tono comedidamente irónico—. ¿Qué es eso que crees poder aportar, Leo?

Asker señala la puerta con el pulgar por encima del hombro.

—Per está esperando abajo, en recepción —contesta ella—. Solo tenéis que bajar a buscarlo. Si os atrevéis, claro.

Después de lo del viejo jardinero se mantuvo tranquilo durante varios años. Se sacó el bachillerato y se mudó a Malmö para continuar los estudios. Comenzó a trabajar a jornada parcial en la empresa. Padre apenas lo veía, estaba demasiado ocupado con otras cosas.

Con otras personas.

Una familia nueva.

Pero, a pesar de ello, consiguió convencerse de que lo que Padre estaba haciendo era un test. Una prueba de su propia fuerza de voluntad, de su dedicación. Durante aquellos años vivió casi como un monje.

Estudiaba, entrenaba, trabajaba. Forjó un cuerpo y una mente dignos de un Irving.

Dignos de un heredero.

De vez en cuando, el hambre se hacía recordar, lo atormentaba con pesadillas con las que lidiaba a base de pastillas para dormir.

Otras veces, con impulsos violentos que él mantenía a raya en el gimnasio. Le exigía tanto al cuerpo que se le nublaba la vista.

El método funcionó. Al menos por un tiempo.

Entonces murió su abuelo y, en el entierro, su madre, su hermana y él pudieron sentarse en la segunda fila, detrás de Padre y su nueva esposa. Veía cómo le dolía a su madre, quien hizo de tripas corazón por él y su hermana. Se tragó la dignidad, la humillación.

Por la tarde fue al gimnasio y entrenó tan duro que sus músculos se estremecían de dolor. Se quedó hasta la hora de cerrar y se vio obligado a marcharse.

Pero esta vez no le sirvió de remedio.

El hambre le ardía por dentro. El ansia de castigar a alguien.

De compensar la humillación.

Tenía claro quién iba a ser: la nueva esposa de su padre, la que los había sustituido.

Comenzó a acercarse cada vez más a ella, a vigilarla, a fantasear con la idea de rodearle el cuello con las manos y seguir su viaje al abismo de oscuridad.

Pero, de alguna manera, Padre debió de comprender lo que estaba planeando.

De un día para otro, lo enviaron al extranjero. Sin previo aviso, de pronto estaba inscrito en una buena universidad de Estados Unidos y lo mandaron al otro lado del Atlántico.

Una oportunidad maravillosa para cualquiera.

Aun así, él se sintió expulsado, una vez más. Apartado de sus seres queridos.

La idea lo carcomía: ¿el ojo omnisciente de Padre alcanzaba a penetrar incluso en su mente? ¿En sus pensamientos más secretos, en sus necesidades más oscuras?

¿O existía otra explicación?

La de que alguien en quien él confiaba —la única persona en el mundo a la que le había contado sus secretos— lo había traicionado.

ASKER

Su padre está sentado en un banco en recepción, con la espalda erguida pero con los ojos cerrados, como si meditara. No los abre hasta que se le acercan.

—Este es el comisario Jonas Hellman —dice ella—. Él y sus colaboradores te van a interrogar. Después, el fiscal decidirá si te retienen o no. Tras una detención cautelar, tienen tres días para solicitar prisión preventiva. Si no, tendrán que soltarte.

—Gracias, sé cómo funciona el ordenamiento jurídico sueco —replica Per, y apunta a Hellman con su mirada fantasmagórica—. Veo que te has traído un séquito, Hellman.

Señala con la cabeza hacia los tres agentes de las fuerzas especiales que lo rodean en postura rígida.

—¡Ponte en pie! —le ordena Hellman tajante.

Per permanece sentado, mira largo y tendido a su hija.

Luego, se levanta con actitud desafiante, se da la vuelta y pone las manos en la espalda.

Hay un momento de desconcierto porque los de las fuerzas especiales no se ponen de acuerdo en quién va a esposarlo.

Después, otro, cuando el agente que finalmente asume la tarea descubre que el padre de Asker tiene una mano de plástico. Tras un poco de lío, consiguen colocarle las esposas.

La primera parte del plan de Asker parece superada. Hay

muchos puntos que le preocupan, como por ejemplo que no logre encontrar a Danielsson y a Sundin. Que no consiga hacerles confesar que asesinaron a Tord Korpi.

Pero lo que más le preocupa es lo fácil que le ha resultado convencer a Per el Paranoias.

Como si él ya hubiese previsto todo el escenario hace tiempo y la hubiese estado esperando sentado.

Esperando a que ella rompiera con todo lo que se había jurado a sí misma.

La idea se le pega como alquitrán, se extiende a medida que ve alejarse la espalda de Per entre los agentes de las fuerzas especiales. ¿No ha sido todo demasiado fácil?

—Gracias por la ayuda, Asker —dice Hellman algo tenso—. Pero, por el bien de todos, déjame recordarte lo importante que es que te mantengas al margen de este caso de aquí en adelante.

Asker asiente en silencio.

—Solo una advertencia. No subestimes a Per. Parte de la base de que os tiene, como mínimo, igual de controlados que vosotros a él. Que ha previsto todos los escenarios y que siempre va dos pasos por delante.

—Gracias por el consejo. Y ahora, si me disculpas, tengo un departamento que dirigir. Tú también, ¿no?

Hace un gesto señalando al suelo antes de dar la vuelta y alejarse en dirección al ascensor.

En la planta menos uno reina una calma soporífera. La puerta de Virgilsson está cerrada, por una vez en la vida, así que Asker puede meterse en el despacho de Rosita sin que él se entere.

—Ayer estuve toda la tarde intentando comunicarme contigo —dice, molesta—. ¿Por qué no lo cogías?

La mujercita le evita la mirada.

—El teléfono me está dando problemas. Creo que debería cambiármelo...

Asker coge aire para decirle a Rosita que es malísima mintiendo y que es su maldito deber el estar siempre localizable, pero en el último momento se muerde la lengua.

—Vale —murmura, resignada.

Le pasa el papel con los datos que consiguió obtener sobre Danielsson y Sundin.

—Necesito ayuda para encontrar a estos dos tíos lo antes posible.

—¡De acuerdo! —La mujercita se sienta al ordenador—. Veré qué puedo hacer.

Accede a su cuenta.

—Por cierto, el otro día me pediste que buscara información sobre el ahogamiento en el lago Miresjön. ¡Aquí la tienes! —Rosita le entrega una carpeta—. Una historia muy trágica. La verdad es que me acuerdo de cuando ocurrió. Uno de los cuerpos sigue desaparecido. Han pasado muchas cosas raras en Miresjön. Ovnis, accidentes mortales, meteoritos y Dios sabe qué más.

—Mmm —dice Asker.

Casi se había olvidado del favor que le había prometido a Martin. De pronto se ve azotada por algo que se asemeja a un remordimiento. Es cierto que ayer Rosita estuvo evitando su llamada por trabajo, pero al mismo tiempo la mujercita ha hecho todo lo que ella le ha pedido. Además, parece que lo ha hecho con un nivel de ambición muy por encima de las expectativas.

Asker se traga los últimos resquicios de irritación.

—Puedes decirle a tu amigo del *Sydsvenskan* que la policía acaba de detener a un hombre sospechoso del asesinato en la frontera con Småland —dice en el tono más afable que puede—. No se lo des todo masticado y haz que te invite a cenar en un sitio bonito.

A Rosita se le ilumina la cara.

—Voy a encontrar a esos hombres, ¡no te preocupes! —dice—. Dame una hora, máximo.

Asker asiente con la cabeza, sale del despacho de Rosita y se dirige al suyo. La puerta de Atila continúa cerrada, y la lucecita de la pared que indica si está dentro o si está ocupado permanece apagada. Es decir, sigue de baja.

Zafer aparece por detrás de la esquina del *office*. Lleva una bata blanca de laboratorio y se le ve agobiado, para variar. Camina dando pasos cortos y espasmódicos. A cada uno que da está a punto de echarse el café por encima.

—No puedo hablar —murmura—. Tengo una cosa urgente.

Al instante siguiente se ha metido en su despacho doble y ya ha cerrado la puerta.

Asker va a buscar un vaso de agua. Se lo lleva al despacho y se deja caer con pesadez en la silla de oficina. Se guarda la carpeta en la mochila, que está al lado de la mesa, y, sin querer, vuelca otro objeto que estaba haciendo equilibrios en lo alto de una pila de documentos y que acaba en el suelo.

Es el paquete con la manopla que le dio Siw, la amiga de Rind a la que le roban el correo, para que Asker se la haga llegar a Atila. Lo recoge, lo lanza a la superficie plana más cercana y se vuelve a hundir en la silla.

El informe de la situación parece ser el siguiente:

Per el Paranoias está a buen recaudo, al menos por ahora, con lo cual Asker ha ganado algo de tiempo extra para intentar absolverlo de asesinato.

El precio que ha pagado por el tiempo que acaba de conseguir es que ahora la puerta hacia su pasado está abierta de par en par y Per el Paranoias ha vuelto a entrar en su vida.

A lo que hay que sumarle que Hellman está cabreado —mejor dicho, aún más cabreado— con ella.

Y por último: las tareas reales de Asker y su departamento comprenden a una adivina y su amiga sin correo que teje manoplas a modo de muestra de amor.

Asker se pellizca la raíz de la nariz. Le duele la cabeza, lo cual no es de extrañar, teniendo en cuenta que esta noche apenas ha dormido un par de horas.

Se reclina en la silla y cierra los ojos.

Se permite unos minutos de microdescanso para recargar las pilas.

Unos toques en la puerta la despiertan. ¿Cuánto lleva durmiendo? Según su reloj de pulsera, media hora.

—¡Adelante! —dice mientras se frota la cara para quitarse el sueño.

Es Rosita.

Asker le indica que cierre la puerta y tome asiento.

—Bueno, creo que he encontrado algo sobre Danielssón y Sundin —anuncia con frenesí—. Para empezar, aquí tienes sus fichas.

Le pone delante dos fotografías ampliadas.

Jon Danielsson es flaco, tiene el pelo largo y grasiento con raya en el medio y los ojos ligeramente enrojecidos. Parece asustadizo.

Erik Sundin da una impresión completamente diferente: va rapado y tiene tatuajes que le suben por el cuello y la nuca. Mira con malicia a la cámara.

—Dos auténticas joyas —resume Rosita—. Tienes razón en que ninguno de los dos vive en la dirección que han dado. Tanto Hacienda como los agentes judiciales han intentado dar con ellos, sin éxito. Y, obviamente, no tienen redes sociales, al menos no con su nombre. Pero aun así me parece que he encontrado algo.

Le pasa una nueva hoja.

—Es una vieja nota de vigilancia que dice que Sundin y Danielsson viajaban en un Volvo que pararon en un control. No había ninguna sospecha de delito, pero el compañero que los hizo parar reconoció a Sundin de otro caso y tomó nota de la situación.

Asker se endereza. Aquello suena interesante.

—He comprobado la matrícula, y el Volvo está registrado a nombre de una mujer que vive en una granja en la parte norte de la región de Göinge.

Asker da un respingo. Si consigue vincular los dos hombres a los alrededores de La Granja y al lugar donde han hallado el cuerpo de Korpi, de pronto su teoría se verá considerablemente reforzada.

—Ella no tiene antecedentes —continúa Rosita—. Pero tiene historial de impagos. He mirado sus redes sociales y en algunas ocasiones ha escrito alguna entrada hablando de su novio E, a quien no le gusta salir en las fotos.

Saca una nueva fotografía ampliada de un primer plano de una mujer de unos treinta años con piercing en la nariz y gafas de sol.

—¡Mira ahí! —Rosita señala las gafas.

En el cristal negro se puede ver el reflejo del fotógrafo. La imagen es pequeña y no es especialmente nítida, pero aun así se puede distinguir una cabeza rapada y lo que parece ser un tatuaje en el cuello.

—Erik Sundin —dice Asker—. ¡Buen trabajo, Rosita!

HILL

Se pasa todo el trayecto en carrito de golf hasta la mansión pensando en el extraño dibujo que se ha encontrado, pero intenta hacer como si nada. En el ascensor evita mirar las cámaras del techo. Curiosamente, hasta ahora no se había fijado demasiado en ellas, pero de pronto se siente observado.

Cuando la señora Schiller le abre la puerta de la biblioteca, su primer impulso es ir directo a la librería de ciencia ficción de Bernhard donde vio las figuras talladas, pero se contiene. Hay una cámara colocada en la pared justo al lado de la entrada. Y a lo mejor hay más, así que Hill tendrá que empezar actuando con normalidad hasta que haya podido comprobarlo.

Por eso comienza la jornada en el escritorio. Deja la muleta a un lado, hojea papeles, escribe un poco en el ordenador. Intenta fingir que es un día de trabajo normal y corriente y piensa que debería plantearse un enfoque para el libro que le permita escribir de lo que él quiere, pero que también contente lo bastante a Gunnar como para que le dé permiso para visitar Blockön.

Sin embargo, le resulta imposible concentrarse. Su mente vuelve todo el rato al dibujo y a quién podría haberlo escondido en su escritorio. La letra y el sobre sugieren que se trata de la misma persona que intentó advertirlo desde un buen comienzo para que no fuera a Stjärneholm.

Hill estuvo sentado al escritorio al mediodía, y está convencido de que entonces el sobre no estaba allí. Por tanto, alguien lo puso allí durante la tarde, por la noche o a primera hora de la mañana.

Sabe de dos personas que han estado en su casa durante ese lapso de tiempo. Esta mañana, tanto Nova Irving como Samuel han estado en el salón y en las proximidades del escritorio. Cualquiera de los dos podría haberse sacado el sobre de un bolsillo interior y haberlo metido debajo del protector de escritorio en un abrir y cerrar de ojos. Pero la idea de que alguno de ellos dos se dedique a dejar mensajes enigmáticos es casi ridícula, así que Hill da por hecho que debe de haber tenido un visitante un poco más discreto.

La señora Schiller tiene llaves de la Casa Arturo. ¿Podría ser ella la que se ha colado mientras él estaba cenando con Maud y Elsa? ¿Podría ser suya la presencia que Hill cree haber percibido? Teóricamente, es posible, pero aun así le cuesta imaginarlo. La señora Schiller le dejó muy claro que Hill no puede salir a merodear por cuenta propia, y la carta parece más bien animarlo a hacerlo. Así que, de momento, la identidad del misterioso autor de las cartas seguirá siendo una incógnita.

Hill siente casi la misma curiosidad por lo que puede significar el dibujo. Eso sí espera poder descubrirlo dentro de un rato.

Para no levantar sospechas, decide esperar a ir a la librería en cuestión hasta después de que le hayan traído el almuerzo. Saca el móvil para que el tiempo pase un poco más rápido y le manda un mensaje a Leo.

Me ha pasado una cosa emocionante.

Espera a que ella lo lea y le conteste, pero no ocurre nada, lo cual no hace sino aumentar su impaciencia.

Por fin aparece la señora con el carrito de servicio, Hill se toma el café y, una vez que la mujer se ha retirado, se queda sentado otros diez tormentosos minutos antes de levantarse.

Toquetea algunos libros en las distintas estanterías mientras se asegura de que no hay más cámaras aparte de la de la puerta de entrada, para luego irse acercando sin prisa alguna al rincón donde está la colección de ciencia ficción de Bernhard.

Se detiene delante de la librería de más adentro y se saca el dibujo del bolsillo interior de la americana. Lo sostiene en alto y lo compara con las figuras de madera que hay en la parte superior del mueble.

Tenía razón. El dibujo encaja perfectamente con la escultura de más a la derecha, la de la cabeza de toro que representa a Tauro.

En el mismo sitio pero a la izquierda hay una figura similar que representaría a Aries.

Los cuerpos de las esculturas y sus posturas son iguales, lo único en lo que se diferencian es en las cabezas de animal.

Hill las observa detenidamente. De hecho, hay una diferencia más. La madera de Tauro es de un color un poco más claro, al menos en la parte inferior. Como si el barniz se hubiese gastado por efecto de un roce repetido.

Deja la muleta apoyada en una de las baldas, se estira y agarra la figura. Su mano cubre por completo la zona de madera más clara.

El corazón de Hill late cada vez con más fuerza mientras tira con cuidado de la figura. Al principio no se mueve, pero después termina por inclinarse hacia delante, como si estuviera sujeta a una bisagra oculta.

Algo chasquea.

Una ranura ha aparecido entre la librería y la pared, y un vaho de aire fresco golpea a Hill. Arrastra consigo un olor muy familiar de polvo, humedad y cemento.

El olor del abandono.

Hill mete los dedos y descubre que toda la librería se puede abrir como una puerta. En la pared de piedra que se esconde detrás hay una estrecha abertura en la que asoma una escalera de caracol que conduce hacia arriba.

Con el corazón a galope, Hill se mete por la abertura, enciende la linterna del móvil y se acerca al primer peldaño de la escalera de caracol.

Está hecha de hierro colado de color negro y se ve muy vieja. A juzgar por la capa de polvo, hace años que nadie la utiliza. Trata de distinguir lo que hay arriba del todo, pero la escalera sube girando sobre sí misma más allá de donde alcanza la luz.

Hill intenta dominar su respiración estresada.

Un hueco de escalera detrás de una puerta secreta. ¿Por qué ha querido alguien darle esta pista? Da unos pasos de prueba cautelosos por la escalera. La estructura se balancea levemente, pero le parece bastante estable. Es tan estrecha que dos personas no pueden cruzarse. La barandilla está fría y áspera por la capa de polvo.

Sube por la espiral con cuidado para no forzar la herida. Una vuelta, dos, tres. No le puede faltar mucho para estar a la altura del tejado de la biblioteca, pero el ascensor no tiene ningún botón de un tercer piso. Entonces, ¿adónde se está dirigiendo?

Tras una vuelta más, la escalera termina en un rellano delante de una puerta de madera.

La puerta está cubierta de grabados que representan a personas con cabeza de animal. Tauro, Capricornio, Aries, Leo, igual que las esculturas de madera de la librería. Pero también Sagitario, Virgo y Géminis.

La manilla de la puerta le recuerda a la aldaba con forma de oso de la Casa Arturo.

Hill la baja y oye un leve chirrido. La puerta se mueve con suavidad, pero luego se bloquea. Hill se inclina hacia delante y apoya un hombro en la hoja.

—¿Hola? ¿Doctor Hill?

Da un respingo.

La voz viene de la biblioteca y sube por el hueco de la escalera.

Le parece que es la señora Schiller. Si lo encuentra aquí, está claro que Hill puede dar por acabadas sus pesquisas secretas.

Apaga la luz de la linterna, se agarra a la barandilla y baja lo más rápido que puede. La herida protesta, hace que ponga muecas de dolor.

—¿Doctor Hill?

La voz suena más cerca.

Hill llega a la puerta secreta y asoma con cuidado la cabeza. No ve a nadie, pero oye un leve frufrú de pasos por la moqueta. Sale por la abertura, apoya el hombro en la librería y empuja. El mueble se cierra con un suave chasquido.

Se endereza, coge un libro cualquiera de un estante y se enjuga el sudor frío de la frente con la otra mano. Entonces descubre que tiene una gran mancha de polvo blanco en el codo de la americana. Apenas tiene tiempo de esconder el brazo tras de sí cuando la señora Schiller aparece por detrás de la esquina con semblante intranquilo.

—Ah, está usted aquí, doctor Hill. ¿No me ha oído llamarlo?

—Lo siento. —Esboza su sonrisa de mayor encanto—. Estaba sumido en mis pensamientos. Bernhard tiene una colección fascinante.

Agita un poco el libro en la mano antes de devolverlo a su sitio en la balda.

Los rasgos de la señora Schiller vuelven a suavizarse.

—¿Verdad que sí? —dice con una leve sonrisa—. La razón por la que le estaba buscando es que al doctor Schiller se le ha abierto un hueco en la agenda. Se pregunta si tendría usted tiempo de pasar ahora mismo a hacerse el tratamiento.

—Por supuesto —responde Hill—. ¡Usted primero!

Extiende una mano con gesto caballeroso. En cuanto ella le da la espalda, Hill aprovecha para quitarse el polvo de la manga de la americana.

HELLMAN

Ha dejado a Per Asker sudando un par de horas en una celda fría, y después lo ha tenido otro rato largo a solas en una salita de interrogatorios. La nariz asoma en su rostro curtido como el pico de un ave rapaz. El ojo muerto es de color blanco, y sumado a la barba hace que Hellman piense en Odín, el dios vikingo. Solo le faltan los dos putos cuervos y un caballo de ocho patas.

Intenta encontrar algún parecido entre Leo y él, pero no termina de conseguirlo. Quizá se deba a que Per Asker mantiene un semblante completamente inmóvil.

De hecho, todo él se mantiene inmóvil.

Durante el cuarto de hora que Hellman lo ha estado observando a través de las cámaras, Per ha permanecido sentado con la espalda recta, los ojos cerrados y los brazos apoyados en la mesa. No se ha desinflado, no ha suspirado ni ha paseado la mirada por la salita.

Hay algo espeluznante en ese nivel de autocontrol.

—Vale —dice al entrar en la salita con Eskil pisándole los talones.

Deja una gruesa carpeta con documentos de la investigación encima de la mesa y se sienta en la silla de enfrente de Per Asker.

El hombre abre los ojos lentamente y se lo queda mirando

mientras Hellman activa el equipo de grabación y lee las formalidades.

Le hace un gesto a Eskil para que se siente en la silla que hay en la pared del fondo, de manera que queda justo fuera del campo de visión de Asker. Un clásico truco para estresar al sospechoso, hacerle sentirse observado.

Per Asker ni siquiera mira en dirección a Eskil.

—A ver, Per, antes de que comencemos me gustaría informarte de que tienes derecho a contar con la presencia de un abogado de cara a este interrogatorio, si lo deseas.

Evita conscientemente formularlo en una pregunta directa. Otro truco que ha cosechado en sus casi veinte años en el cuerpo de policía, que cumple con las exigencias de la ley pero que al mismo tiempo reduce el riesgo de que el sospechoso solicite un representante legal.

—Gracias, creo que nos las apañaremos sin ningún abogado —dice Per—. ¿O tú cómo lo ves, Jonas?

Hellman esboza una sonrisa seca. Asker intenta mostrar que se trata de una conversación entre iguales. Hellman no tardará en quitarle esa idea errónea de la cabeza.

—Como ya sabes, este interrogatorio gira en torno al asesinato de tu viejo amigo Tord Korpi, cuyo cuerpo ha sido hallado justo fuera de tu propiedad. ¿Qué puedes contarme al respecto?

—Nada —dice Per Asker. Sigue sin haber movido la mirada de sitio.

—¿Ah, no? Pero os conocíais.

—Así es. Pero no me has preguntado si nos conocíamos, sino que me has pedido detalles del asesinato de Tord. No conozco ninguno.

Vuelve a quedarse callado.

—De acuerdo.

Hellman cambia de táctica. No está en su primer rodeo, y Per Asker no es ni de lejos el primer sospechoso que ha intentado dárselas de listillo.

—¿Cuánto hacía que conocías a Tord Korpi antes de que muriera?

—No lo sé, porque no sé cuándo murió —sonríe Per.

Hellman pone cara de póker.

Puede que Leo no se parezca físicamente a su padre, pero es bastante obvio que lo de ser molesta como un grano en el culo sí que lo ha heredado de él.

—Explícame cómo conociste a Tord Korpi —dice, sereno.

—Fue en 1998, en un encuentro de compañeros paracaidistas. Comenzamos a hablar, él me contó a qué se dedicaba. Me apunté sus datos. De vez en cuando nos llamábamos. Unos años más tarde le salió algo por mi zona y lo invité a alojarse en mi casa.

Las frases le salen rápido y precisas, suenan ensayadas.

—¿Qué lo trajo a tu zona, aparte de hospedarse en tu casa?

—Ni idea. Yo no le hacía preguntas, y Tord tampoco me habría contestado si se las hubiese hecho.

—¿Era por trabajo, crees?

—Supuse que sí.

—¿Y también te ayudó a ti con algún tipo de construcción?

—No haré ningún comentario acerca de posibles obras en mi propiedad. Eso son asuntos particulares.

—¿Tienes permiso de obras?

Per Asker ladea la cabeza.

—Ahora sí que me decepcionas, Jonas. ¿De verdad investigas delitos contra la ley de urbanismo y edificación?

Hellman intenta mantenerse tranquilo, pero le cuesta más de lo que se esperaba. Nota que Eskil lo mira de reojo, inquieto.

—¿Cuándo viste a Tord Korpi por última vez? —dice para probar.

—El dieciséis de agosto de 2006, al mediodía.

—¿Y lo recuerdas tan claramente?

—No, no me acordaba. Quieras que no, han pasado dieciséis años. Pero llevo un diario, así que me ha sido fácil comprobarlo.

—¿En qué circunstancias?

—Llevaba una temporada viviendo con nosotros y al final continuó su camino.

—¿Adónde fue?

—Ni idea. Como ya te he dicho, Tord no era muy hablador, lo cual es una de las razones por las que me caía bien.

Hellman decide cambiar de tema.

—Por lo que tengo entendido, tienes mucha experiencia en krav magá y en combate cuerpo a cuerpo.

Golpea la gruesa carpeta con los nudillos, como para dejar claro que cuentan con un montón de información. Que saben prácticamente todo lo que hay que saber de Per Asker desde el día que nació. En realidad, Hellman ha metido un puñado de papeles sin relevancia para rellenar la carpeta: otro truco que suele someter al sujeto del interrogatorio a más presión.

Per no parece nada preocupado.

—Así es. De joven me pasé un verano en un campamento de entrenamiento en Israel. Me dieron un diploma muy bonito que espero que hayas incluido en esa carpeta tan rolliza.

Hellman hace caso omiso del tono burlón.

—Y eres paracaidista; por tanto, has recibido instrucción para el uso de distintos tipos de armas.

—Así es.

—¿Eres buen tirador?

Per Asker lo observa detenidamente. El ojo muerto y ciego es desagradable de mirar.

—Ah —dice luego—. Conque al pobre Tord lo mataron con un arma de fuego. Interesante.

La sonrisa provoca a Hellman. De momento, en el interrogatorio solo ha habido preguntas que el hombre que tiene enfrente ya se esperaba, claramente, y para las que se ha preparado de antemano. Hellman tiene que sacudirlo un poco, apoderarse de la iniciativa.

—En 2007, el año siguiente de la desaparición de Korpi, estuviste a punto de mataros a ti y a tu hija en un accidente. Te volaste la mano por los aires y te quedaste ciego de un ojo.

La sonrisa de Per Asker se apaga y Hellman aumenta en el acto la presión.

—¿Qué fue lo que te llevó a cometer semejante error? ¿Un viejo zorro como tú siendo descuidado con material explosivo? Cuesta creerlo.

El ojo bueno de Per se estrecha, pero su boca no dice nada.

—¿Se te echó encima la conciencia? —continúa Hellman—. ¿Viejos pecados que te hicieron perder la concentración? ¿O se trataba de Leo?

Un pequeño espasmo en el labio superior de Per Asker, pero sigue sin decir nada. Hellman no ha planificado nada de esto, ahora está tirando de pura intuición. Leo es el punto débil de Per, y tiene que aprovecharlo.

—Te has construido todo un fuerte, allí en el bosque —continúa antes de que Per Asker tenga tiempo de recomponerse—. Odias a las autoridades y no quieres saber nada de la sociedad. Aun así, te has entregado de buenas a primeras en cuanto Leo se ha presentado en la puerta de tu casa. ¿Confías tan ciegamente en ella?

Per Asker niega con la cabeza.

—No. No confío en nadie. Pero, a diferencia de la mayoría de la gente, ella me interesa. Se podría decir que ella es una copia de mí en muchos sentidos.

—¿Porque la mantuviste prisionera en tu pequeña secta de dos personas? ¿Porque le hiciste creer que tiene que prepararse para un fin del mundo que, curiosamente, no parece llegar nunca?

Per Asker no contesta, pero Hellman sabe por instinto que le ha tocado un nervio.

—¿Te has preguntado por qué se ha jugado el cuello por ti de esta manera? ¿Por qué ha puesto en riesgo lo poco que queda de su carrera laboral?

—Esa pregunta deberías hacérsela a ella.

Hellman niega con la cabeza.

—Creo que los dos sabemos la respuesta, Per. Sabemos por qué Leo quiere tenerte aquí, en esa silla. Porque ella sabe la verdad, o por lo menos la intuye. Ella vivía en La Granja, seguro que conoció a Tord Korpi. Pero, sobre todo, sabe mejor que nadie lo que eres capaz de hacer.

Hellman hace una pausa lo bastante larga como para poder ver una vacilación en el ojo sano de Per Asker.

—Leo sabe cómo funcionas —continúa—. Porque ella, como tú bien dices, es tu copia. Una versión tuya mejorada y más inteligente. Ella te quería en esa silla, y mira dónde estás ahora.

La laringe de Per hace un leve movimiento en su garganta. Hellman ya percibe el rastro. El olor a debilidad.

—Leo lo sabe —dice Hellman en voz baja—. Sabe lo que hiciste. Ella estaba allí, te vio con Korpi. Ha querido darte la oportunidad de que alivies un poco tu corazón.

Clava su mirada policial en el sujeto que tiene al otro lado de la mesa. Tiene la sensación de que Asker se encoge en la silla. Ahora ya está muy cerca, puede sentirlo en todo el cuerpo.

—¿Verdad que sí, Per? —dice casi en un susurro—. Korpi suponía una amenaza contra ti y Leo. Tú solo hiciste lo que estabas obligado a hacer. Proteger lo que era tuyo. Proteger a tu hija.

Se hace un silencio sepulcral en la salita. El ambiente está tan cargado que casi se puede masticar. Eskil se inclina tanto hacia delante que está a punto de caerse de la silla.

Per Asker mira a la mesa. Su chulería se ha esfumado, parece haberse quedado sin aire.

Solo falta la estocada final, el golpe de gracia.

—Tú solo cumpliste con tu deber, ¿verdad, Per? —dice Hellman con suavidad—. ¿Verdad que solo cumpliste con tu deber?

Per Asker junta las manos en el regazo, coge aire lentamente. Su cabeza se mueve en lo que parece un débil asentimiento.

«Ya está», piensa Hellman.

Eskil parece haber dejado de respirar.

Entonces, Per Asker levanta la cabeza y endereza la espalda. Vuelve a recuperar la postura que ha tenido a lo largo de todo el interrogatorio, mientras una sonrisa asoma en sus labios.

—No está mal, Jonas —dice—. Casi como sacado del manual del curso de interrogatorios del FBI. Seguro que por aquí te consideran un genio.

Hace un gesto con la mano sana en dirección a Eskil.

—Pero lo cierto es que solo has hecho lo que te han enseñado a hacer, lo cual te vuelve predecible. No me extraña que Leo se cansara de ti.

Hellman intenta no poner una mueca de desagrado, pero le resulta imposible.

—Tú investigas lo tuyo, yo investigo lo mío. —La sonrisa de Per se engrandece—. La diferencia es que yo no necesito medio palmo de documentos de mentira.

Se inclina hacia delante y golpea la carpeta con el dedo índice.

—Lo sé todo de ti, Jonas. Notas académicas, servicio militar, dónde vives, dónde trabaja tu mujer, cuánto tiempo le fuiste infiel con mi hija y que estuviste acosando a Leo cuando cortó contigo. Hiciste que apartaran a Leo de Delitos Violentos porque le tienes miedo. Te da miedo que ella sea mejor policía que tú.

Agita un dedo en el aire con desdén.

—Y después de este torpe numerito, yo diría que tu miedo está completamente justificado. Leo es todo lo que tú no eres...

Hellman golpea la mesa con el puño. El ruido hace que Eskil dé un brinco, pero Per Asker no se inmuta.

—Te crees muy listo —espeta Hellman. Se le calienta la cara, el pulso le palpita en las sienes—. Y, aun así, estás aquí sentado, como sospechoso de asesinato. Y vamos a poner tu vida entera patas arriba. Como se te haya escapado algo, como te hayas dejado el más mínimo detalle, lo encontraremos y ya puedes despedirte. Cadena perpetua, si tienes suerte. Si no, otra vez el psiquiátrico, pero esta vez de por vida.

Hellman se levanta de la silla, coge la carpeta de la mesa.

—A lo mejor esperas que tu hija vaya a sacarte de esta. En ese caso, ya puedes cruzar todos los dedos, Per —dice, distante—. Al menos los de la mano que te queda. Porque, por mucho que lo intente, no veo qué podría hacer Leo para ayudarte.

ASKER

El trayecto en coche desde Malmö hasta la dirección que Rosita le ha conseguido dura menos de dos horas. La sensación es de haberse pasado las últimas veinticuatro horas metida en el coche, pero la adrenalina la mantiene activada. De vez en cuando mira por el retrovisor en busca del coche plateado de ayer, pero de momento no lo ha visto. Continúa sin tener la menor idea de quién la está siguiendo. Le parece cada vez menos probable que sea alguien de la pandilla de Hellman, ahora que lo ha sorprendido entregándole a Per. Pero, entonces, ¿quién? ¿El Departamento de Asuntos Internos, un periodista que de alguna manera ha conseguido enterarse de su implicación en el caso Holst? ¿Un detective privado?

Ninguna de las respuestas le parece razonable.

La casa en la que espera encontrar a Sundin y Danielsson queda un poco perdida en el campo. Los últimos dos kilómetros hasta llegar son por un camino de tierra dañado por las heladas que serpentea por un denso bosque de abetos.

Según las imágenes satelitales de Google Maps que Rosita le ha preparado, la granja se compone de una vivienda de ladrillo y un granero de madera.

En cuanto llega, Asker cae en la cuenta de que lo que las imágenes no muestran es que ambos edificios están a punto de derrumbarse. El bosque se inclina sobre ellos, la cumbrera del granero está tapada con una lona verde y la vivienda de una sola planta tiene las ventanas tan podridas que apenas se puede saber de qué color fueron en su día. Junto a la chimenea hay una antena de televisión y una parabólica compitiendo por cuál de las dos se caerá primero.

Un gato se pasea al pie de los escalones del porche, pero se retira en cuanto ve acercarse a la visitante.

Asker se toca por acto reflejo el lugar en la cintura donde debería llevar la funda de la pistola. Pero su arma de servicio sigue retenida en inspección, por lo que ha empezado a sospechar que Hellman tiene algo que ver con que la gestión se esté demorando tanto. A Asker no le habría importado tomar prestada el arma de algún compañero o compañera, pero el único de su departamento que está cualificado para llevar una es Atila, y continúa de baja. Por eso la única protección que lleva es una porra telescópica que tiene metida en uno de los bolsillos de la chaqueta.

Asker llama a la puerta. Nadie responde.

Vuelve a probar, esta vez más fuerte, pero con el mismo resultado.

Va hasta la puerta del granero y mira entre las rendijas de los listones de la pared. Dentro hay un coche, el mismo Volvo familiar en el que iban Sundin y Danielsson cuando los pararon hace apenas unos meses.

Regresa a la vivienda, da la vuelta a la esquina y llega a la parte trasera. En un tendedero oxidado hay una camiseta que seguro que no era de color verde grisáceo cuando la tendieron en verano.

Un poco más lejos, cerca de la linde del bosque, hay unos invernaderos que parecen estar en mejores condiciones que el resto de la finca. Al acercarse, Asker ve que las paredes de cristal están tapadas con sacos de tela. A través de estos puede vislumbrar cables y focos de cultivo colgados sobre un manto verde de plantas. Antes de notar el olor ya entiende lo que está viendo. La puerta está abierta de par en par y dentro se oye un sonido leve. Golpes regulares, como si alguien estuviera haciendo algún trabajo.

El olor que la recibe es anestesiante. Una mezcla fuertemente especiada de hachís, azufre y ajo que proviene de los cientos de plantas de cannabis que se apretujan allí dentro.

Sundin tiene cannabis suficiente para que lo encierren por tráfico de drogas, lo cual hace que ahora Asker lo tenga cogido por el cuello. Con un poco de suerte, le bastará con eso para hacerlo hablar.

Solo le falta dar con él.

Hay dos pasillos que cruzan el invernadero en paralelo. Asker elige uno y avanza con cautela. Los golpes continúan.

Las plantas están en bancales de cultivo, lo cual hace que sean tan altas que tapan la vista de un pasillo a otro. Asker se tropieza un poco con una manguera y su zapato rasca la gravilla.

Los golpes cesan de repente.

Asker maldice entre dientes. Aprieta la porra telescópica y sigue avanzando. Vuelve a detenerse al percibir un movimiento a su derecha. Se gira hacia allí, levanta la porra y se dispone a desplegarla en toda su longitud.

Pero, antes de que le dé tiempo de hacerlo, alguien surge de pronto de entre las plantas con un grito.

El atacante le hace un placaje en el pecho y Asker cae de espaldas dentro del bancal de plantas que tiene más cerca. El choque le quita todo el aire de los pulmones, pero enseguida se pone en pie y se tambalea a un lado. Se protege la cabeza mientras trata de recuperar el equilibrio.

En lugar de atacarla otra vez, el agresor sale corriendo. Asker tiene tiempo de atisbar una cabeza rapada y un tatuaje en la nuca.

Es Erik Sundin.

Despliega la porra de un latigazo y echa a correr tras él.

Sundin ha conseguido sacarle diez o quince metros de ventaja. Además, es rápido como una comadreja y sabe perfectamente dónde tiene que poner los pies. Cruza el jardín a toda velocidad mientras Asker intenta recortar distancia.

Sundin dobla la esquina de la vivienda y ella lo pierde de vista.

Asker aminora el paso y se abre mucho para hacer el giro, por si él se hubiese escondido para saltarle por la espalda.

Entonces oye un ruido de motor poniéndose en marcha, por lo que deja de lado todas las precauciones.

En cuanto dobla la esquina ve que el portón del granero está abierto y que el Volvo ha salido por él. Sundin abre la puerta del acompañante de un tirón y salta al asiento del copiloto. El coche acelera y los neumáticos escupen tierra, pero Asker tiene tiempo de ver un momento al conductor. Jon Danielsson.

Corre hasta su coche. Se sienta al volante y pisa el acelerador a fondo.

Ve el Volvo un poco más adelante en el camino de tierra. De vez en cuando lo pierde de vista, cuando pasan por un repecho o una curva, pero la distancia se acorta a pasos agigantados. El Volvo no puede competir con el nervio de su coche eléctrico.

Se acercan a una curva cerrada y Asker ve que las luces de freno del Volvo se encienden un poco demasiado pronto, por lo que pierde velocidad. Ahora tiene la oportunidad de alcanzarlos. Pisa a fondo y se abre todo lo que puede en la curva para poder mantener la velocidad.

De pronto se oye un estallido en el volante y el coche eléctrico gira abruptamente a la izquierda. Asker intenta corregirlo, pero el vehículo no responde.

Al segundo siguiente, el coche se sale del camino.

Por un breve instante, Asker experimenta una sensación de ingravidez.

Y después, un golpe. El airbag se dispara con un petardazo ensordecedor, ya no se sabe qué es arriba y qué es abajo, y Asker va dando bandazos dentro del habitáculo mientras el coche da vueltas de campana en dirección al bosque.

Una vuelta tras otra, hasta que se empotra contra un tronco y todo se queda quieto y en silencio.

HILL

El bosque de coníferas va pasando por las ventanillas tan rápido que se funde en un muro gris verdoso. El coche no es suyo, sino uno que la señora Schiller ha conseguido que le presten de improviso. No se comporta en absoluto como debería hacer un coche, en opinión de Hill. Aun así, conduce más deprisa de lo que se atreve. De vez en cuando maldice en voz alta tanto el coche como todo lo que le impide llegar a su destino con la premura que le gustaría.

Los nervios lo roen por dentro.

Un accidente de coche. Es más o menos todo lo que Leo le ha dicho cuando lo ha llamado pidiéndole ayuda. Pero ha podido oír en su voz que le dolía. Y Leo no es de las que se quejan con facilidad por el dolor.

Tarda menos de media hora, el último tramo lo hace con el móvil en la mano, saltándose toda la legalidad, mientras el GPS lo va guiando hasta la chincheta que marca el final del trayecto.

Lo primero que ve es un canal de vegetación chafada que conduce directamente hasta el bosque. Al final hay un coche bocabajo, más o menos hecho chatarra.

Hill nota que el corazón le baja hasta el estómago.

Leo está sentada en una gran piedra. Hill pisa el freno y se baja corriendo del coche, le da igual dejar el vehículo en mitad del camino.

—¿Cómo estás?

Leo se levanta con dificultad. Lleva el pelo suelto, tiene un arañazo en la frente y va con el brazo izquierdo doblado contra el pecho en un cabestrillo improvisado con una bufanda. Tiene el rostro pálido y semblante compungido.

—He tenido días mejores —reconoce—. Se me ha dislocado el hombro y creo que puedo haber sufrido una conmoción cerebral. Por lo demás, estoy magullada de arriba abajo.

Hill la ayuda a subirse al asiento del acompañante y después da la vuelta hasta el puesto del conductor, sin servirse de la muleta.

Leo lo ha llamado justo cuando Hill salía del tratamiento, y ahora mismo tiene mucha más movilidad que ella.

—Gracias por venir tan rápido —dice ella—. Perdona si te he molestado.

—¿Cómo no voy a venir? Si Stjärneholm está a la vuelta de la esquina.

Leo esboza una tímida sonrisa.

—No sabía qué hacer. Si llamaba a una ambulancia, también habrían enviado un coche de policía, y quiero evitar implicar a mis compañeros.

—Porque estás llevando una investigación por cuenta propia —rellena él.

—Exacto —dice ella, asintiendo con la cabeza—. El coche con el que he tenido el accidente es un vehículo particular que me han dejado, así que más tarde llamaré a una grúa para que lo lleve discretamente al taller sin que la policía tenga que enterarse de nada.

—Claro, pero primero tienes que ir al hospital a que te examinen.

Hill acelera de golpe y la gravilla salpica contra los bajos del coche.

—Por cierto, ¿qué coño ha pasado? —pregunta cuando llegan a la carretera.

—Estaba persiguiendo a dos tíos que podrían tener algo que ver con la muerte de Tord Korpi. Me he topado con una plantación ilegal de marihuana sin esperármelo. Los tíos me han engañado. Uno de ellos ha soltado las tuercas de las llantas de mi coche antes de escapar, y al tomar una curva a toda velocidad..., *¡bum!*

Traza un círculo en el aire con la mano que tiene libre.

—Joder —dice Hill—. Podría haber acabado en tragedia.

—Sí. —Leo hace una mueca y se aprieta la raíz de la nariz.

—¿Te duele mucho?

—He estado en peores.

—No lo dudo.

Silencio, durante el cual los dos deben de estar pensando en lo mismo.

O, mejor dicho, en la misma persona.

—Entonces, ¿estás arriesgando tu vida, literalmente, para salvar a Per el Paranoias? —pregunta Hill sin rodeos.

Leo se retuerce.

—Es complicado.

—¿De verdad lo es? Per te controló durante toda tu infancia y adolescencia, te obligó a vivir aislada en un campo de entrenamiento para el día del Juicio Final, y después intentó asesinarte cuando estabas a punto de liberarte de él. Corrígeme si me equivoco.

Hill suena más enfadado de lo que debería, lo sabe, pero es que tiene razón. Tiene clarísimo que Per no se merece que Leo corra este tipo de riesgos.

Pero ella se vuelve hacia la ventanilla. Hill reconoce el gesto y el lenguaje corporal, sabe que Leo se ha cerrado en banda y que ya no le dará ninguna respuesta.

—Puto Paranoias —murmura entre dientes.

Urgencias está medio lleno y les toca esperar al médico en una sala común.

Mientras tanto, Leo le cuenta en voz baja todo lo que le ha pasado en los últimos días. El sótano que Korpi hizo por encargo para el Freedom Gym, su petate lleno de dinero en metálico y el intento de robo fallido.

Continúa explicando que se ha puesto en contacto con Per el Paranoias y lo ha convencido para que se entregue.

Hill nota que empieza a tener dificultades para respirar.

—¿Has ido a La Granja? —dice—. ¿A pesar de todo lo ocurrido?

—No tenía más opción —responde ella—. Era la única manera de evitar la catástrofe. Pero ahora está encerrado en el calabozo, y allí no puede hacer ningún daño.

Por alguna razón, esto último no acaba de convencer a Hill. De hecho, a Leo tampoco se la ve del todo segura.

Parece que quiere cambiar de tema, y Hill está a punto de concederle el deseo preguntándole si por casualidad ha conseguido encontrar el expediente del caso de los dos exploradores urbanos que se ahogaron. Pero entonces aparece el médico.

Hill elige disculparse mientras visitan a Leo. Se queda en la salita de espera toqueteando el teléfono, intenta redirigir los pensamientos a su descubrimiento en Stjärneholm.

La escalera que sube hasta una puerta misteriosa, en una planta desconocida. ¿Qué hay detrás de esa puerta, qué es lo que está descubriendo y quién le está dejando las pistas?

Hill quiere resolver el misterio más que nada en el mundo.

O casi más que nada en el mundo, porque a efectos prácticos está sentado en Urgencias, en lugar de intentar averiguar lo que se esconde detrás de la puerta al final de la escalera.

Leo tarda un buen rato en volver.

Ahora lleva el brazo en un cabestrillo de verdad y su cara ya no se ve tan dolorida.

—Leve conmoción cerebral —dice—. Y el médico me ha recolocado el brazo. Ya me encuentro mejor.

—¿Morfina?

Leo asiente con la cabeza.

—Cosa fina. Si puedes dejarme en el tren, estaría genial. No quiero molestarte más.

—¡Ni de broma! Debes de llevar todo el día sin comer. Y yo también, por cierto. Además, no puedes subirte a un tren en ese estado, ni estar en casa tú sola. Esta noche te quedas a dormir en mi casa en Stjärneholm. Tengo un cuarto de invitados y podemos comprar algo de comida de camino. Mañana te llevo adonde quieras.

Leo pone cara de ir a protestar. Pero entonces cambia de expresión.

—¿No te estoy interrumpiendo el trabajo?

—Sí —contesta él, sonriendo—. Me estás interrumpiendo de la hostia. Pero es lo que hay.

Leo se lo queda mirando varios segundos.

—Gracias, Martin —dice luego con voz cálida.

HELLMAN

Se ha quedado en el trabajo. No porque tenga que hacerlo, al fin y al cabo es el jefe y puede hacer lo que quiera, sino porque por una vez en la vida le cuesta volver a casa.

Prefiere no reconocerlo, ni siquiera a sí mismo, pero existe la posibilidad de que haya sido manipulado. De que Leo Asker y su padre psicópata lo hayan engañado y hayan conseguido ponerlo contra las cuerdas. De que lo hayan forzado a enseñar su mano mucho antes de lo que debería haber hecho.

El fiscal ha accedido a retener a Per Asker, pero eso también significa que ha empezado la cuenta atrás. Que solo tienen tres días de margen para conseguir pruebas que sirvan para solicitar la prisión preventiva.

Y, citando al propio fiscal, ahora mismo todo parece «un poco inconsistente». Hellman no tiene ni evidencias forenses ni testigos que vinculen a Per Asker al crimen en sí.

Pueden vincular a Per y Tord Korpi con total seguridad, pero dado que el viejo ha sido lo bastante astuto como para reconocer este hecho de buenas a primeras durante el interrogatorio —incluso ha explicado que alguna vez Korpi se hospedó en La Granja—, el dato ya no tiene la misma carga que habría tenido si Asker se hubiese andado con rodeos o hubiese negado conocerlo, que era lo que Hellman se esperaba. Ahora no es más que un indicio sin ningún peso relevante.

Obviamente, que Per Asker tenga un pasado violento y que sepa manejar armas de fuego son dos detalles más que juegan en su contra. A eso hay que sumarle que el lugar del hallazgo está a un tiro de piedra de La Granja, por lo que existe una cadena evidente de indicios. Pero sigue siendo demasiado corta.

Necesitan algo más. Si no, el fiscal levantará el arresto y soltará a Per Asker. Lo dejará ganar. Y seguro que un montón de malas lenguas en la casa pondría en tela de juicio tanto la competencia de Hellman como sus motivos para destinar tantos recursos a un sospechoso en un caso antiguo como este. Quizá incluso insinuarían que estaba intentando cumplir una pequeña venganza contra una mujer que un día lo denunció por acoso.

Una mujer que a lo mejor debería estar ocupando el puesto del que él acaba de apoderarse. Una mujer con la que Hellman continúa teniendo fantasías en secreto.

Es una derrota que no puede permitirse en ninguna circunstancia.

A pesar del fracaso en el interrogatorio, está convencido de que tenía razón en una cosa: el punto débil de Per Asker es su hija, y lo recíproco parece ser aplicable a Leo. Per quiere contar con su ayuda para despejar las sospechas de homicidio. Y Leo está dispuesta a ayudarlo, aunque con ello se juegue lo poco que queda de su carrera policial.

Aun así, salta a la vista que ambos desconfían el uno de la otra. Per Asker ha hablado de su hija como si la admirara y la odiara al mismo tiempo.

En ese atolladero de sentimientos contrariados y extraños lazos de lealtad es donde reside también la oportunidad de Hellman.

Porque hay un tercer elemento en la ecuación. Alguien con quien ni Per ni Leo han contado, porque están demasiado ocupados controlándose entre ellos. Hellman coge el teléfono y marca el número.

HILL

Cuando llegan a la verja de acceso a Stjärneholm, Hill abre la ventanilla para estirarse hacia el interfono, pero, antes de que le dé tiempo de pulsar el botón, la verja comienza a deslizarse con suavidad hacia un lado. Un vigilante uniformado sale a su encuentro, le hace una señal a Hill para que detenga el coche y le ilumina la cara con una linterna. Hasta ese momento Hill no cae en la cuenta de que a lo mejor necesita permiso para poder entrar con una invitada en la finca.

—Buenas noches, doctor Hill —dice el vigilante, y apunta con la linterna hacia el asiento del copiloto.

Hill maldice por dentro, pero el vigilante apaga el foco.

—Disculpe las molestias. Tenemos algunos problemas con gente no autorizada en el recinto —dice.

—No pasa nada —responde Hill aliviado, y reemprende la marcha con el coche.

—¿Gente no autorizada? —pregunta Leo.

—Falta poco para el aniversario del día en que Gunnar se encontró con los extraterrestres —le explica Hill—. Por lo visto, algunos buscadores de ovnis piensan que la fecha tiene un significado especial. Supongo que esperan que haya un nuevo aterrizaje o algo por el estilo.

—Vaya, no me digas. Parece que estás muy entretenido.

—Sí, se podría decir que sí —se ríe él.

—¿Y qué tal te ha ido? Me has mandado un mensaje diciendo que habías encontrado algo emocionante. Perdona que no te haya contestado.

—No pasa nada —dice Hill—. Tú también has estado ocupada.

Mientras aparca el coche prestado al lado de la Casa Arturo, le cuenta lo de la puerta secreta en la biblioteca, la advertencia en relieve en el plano del observatorio y los enigmáticos mensajes que le han dejado.

—¿Y no tienes ni la menor idea de quién puede ser? —resume Leo.

—No, aún no. Pero a lo mejor todo se aclara cuando descubra qué hay al otro lado de la puerta misteriosa.

Leo parece pensativa.

—Sea quien sea, esa persona está intentando ayudarte y advertirte al mismo tiempo. Recuérdalo antes de lanzarte a explorar, ¿vale?

Hill está a punto de recordarle que no es él quien acaba de salir de Urgencias con el brazo en un cabestrillo, pero se muerde la lengua. A pesar de la situación en la que está envuelta, Leo se preocupa por él, lo cual le resulta asombrosamente sugerente.

Leo abre la puerta de la casa.

—¿Entramos? Estoy muerta de hambre. Me encantaría que me siguieras contando mientras cenamos.

Cenan en la gran mesa de la cocina y continúan intercambiando información y reflexiones. Al cabo de un rato, Hill decide compartir con ella lo del resplandor que le pareció ver en la isla de Blockön cuando era adolescente.

—Eso no me lo habías contado nunca —dice ella.

Él se encoge de hombros.

—A lo mejor porque pensaba que te reirías de mí.

—¿Y sigues creyendo en ovnis? —dice ella con una sonrisa—. ¿Ahora de adulto?

—Tanto como creer... —Hill demora la respuesta—. Por lo menos intento tener una mente abierta con el tema.

—¿Y todas las historias? ¿La gente que dice haber sido secuestrada, la que dice que ha visto como su coche se despegaba del suelo, o que dice haber tenido encuentros en persona con extraterrestres, como Gunnar, por ejemplo?

Hill se abre de brazos.

—Suelo pensar que, por lo menos, creo en la experiencia en sí. Que la persona que lo relata ha vivido algo conmovedor y puede que inexplicable, aunque no me crea todos los detalles.

—Te refieres a que crees en la persona.

—Quizá se podría decir así.

Leo vuelve a negar con la cabeza. Hill entiende perfectamente por qué. Leo ha sido educada para arreglárselas por sí sola, para relacionarse con todo y con todos con cierto nivel de suspicacia, para no fiarse de nadie.

Sin ir más lejos, el otro día a Hill le pareció inverosímil tenerla sentada en la cocina de su piso de Lund. El momento actual le resulta aún más surrealista. Están los dos juntos en una casa de invitados en la finca de Gunnar el Abducido, a escasos kilómetros del sitio donde se vieron por primera vez.

—Ay, es verdad —dice Leo—. Tengo algo para ti.

Va a buscar su mochila y le entrega una carpeta.

—El expediente del doble ahogamiento que me pediste.

Hill abre la carpeta. Está llena de documentos distintos.

—¿Me puedes ayudar a diferenciar qué es cada cosa?

—Claro. —Leo acerca la silla. Va señalando con la mano sana—. Ahí tienes la denuncia en sí. Después, los interrogatorios de los testigos, un memorando de que se ha hallado un cuerpo y, por último, el informe forense.

Hill intenta no mirar a Leo todo el rato mientras ella va hojeando los documentos, pero le resulta casi imposible apartar la vista de sus ojos.

—El expediente es bastante conciso —constata ella—. Se

denunció la desaparición de dos hombres, el coche en el que iban se halló junto al refugio, donde también faltaba una barca de remos. Desde Stjärneholm ayudaron a las autoridades a ir a Blockön para buscar allí y en el agua, pero sin resultado. Un par de meses más tarde, el cuerpo de uno de los hombres apareció en el lago. Volvieron a dragar, pero el otro sigue desaparecido.

—¿Cómo se llamaba el hombre que encontraron?

Asker busca entre los papeles.

—Nick Holmsted, veintisiete años, oriundo de Malmö. Al otro tipo, Elis Brorson, no lo encontraron nunca.

—¿Pone algo de cuál fue la causa de la muerte?

—Probable ahogamiento.

—¿Probable? —pregunta Hill.

—Sí, pero no es tan raro. Según el informe forense, después de tres meses en el agua el cuerpo estaba muy descompuesto. Yo misma he visto cadáveres sacados del agua. Siempre es muy difícil determinar la causa de la muerte.

—¿Algo más?

Leo pasa la hoja.

A pesar de lo macabro del tema, Hill nota que puede percibir el aroma del champú de Leo. No puede evitar acercársele un poco.

Ella se da cuenta, lo mira de reojo. Aparta una hoja y, sin querer, le roza un momento la mano. ¿O lo ha hecho adrede?

Un fuerte golpeteo de la aldaba hace que los dos den un respingo.

Hill se pone en pie, se siente extrañamente ruborizado.

Cuando abre la puerta descubre a Maud Irving al otro lado. Parece haberse arreglado, huele a perfume y tiene una botella de vino en la mano.

—¡Hola, Martin! He pensado que a lo mejor te apetecía un poco de compañía.

Antes de que Hill tenga tiempo de responder, Maud ya se ha metido en el recibidor y pone rumbo a la cocina.

En el quicio de la puerta ve a Leo y para en seco.

—Ay —dice, sorprendida—. No sabía que estabas ocupado.

Se hace un silencio incómodo de varios segundos.

—Soy Leo Asker —dice Leo, y la saluda con la mano buena.

—¿Sois...? —Maud pone una cara de insinuación.

—No —dice Hill, un poco demasiado rápido. No sabe por qué. Toda la situación lo pone nervioso. Como si lo hubiesen pillado haciendo algo prohibido.

—Somos viejos amigos —añade Leo—. He tenido un accidente de coche no muy lejos de aquí, por eso llevo el cabestrillo. Martin ha tenido la amabilidad de ayudarme.

—Vaya, qué lástima.

Otro silencio incómodo.

—Bueno, no quiero molestaros —dice Maud—. Encantada de conocerte, Leo.

Hill la acompaña hasta la puerta. Todavía tiene muchas cosas que le gustaría preguntar a Maud, tanto sobre la familia como sobre Alfacent.

—Mañana me encantaría tomar una copa —propone para relajar la situación—. Si tienes tiempo, claro.

—Por supuesto, estaría genial. Nos vemos.

Hill no está del todo seguro, pero le parece percibir cierta decepción en el tono de Maud.

—¡Recuerdos a Elsa! —exclama a su espalda en voz un poco demasiado alta.

Vuelve a la cocina.

—Lo siento —dice Leo con una sonrisa burlona—. No quería joderte la cita.

—No lo has hecho.

—Anda que no. Está claro que sí. Pero ¿tú no estabas con Sofie?

—Eh... Sí... Bueno, es complicado.

Se pregunta si no debería contarle que Sofie está casada, pero duda mucho que eso fuera a mejorar las cosas. Así que se inclina por poner una mueca y encogerse de hombros.

—Guau, Martin. Estás recuperando todo lo que te perdiste cuando eras un friki adolescente —dice ella, riendo.

Hill no tiene una buena respuesta. Leo no está del todo equivocada, pero al mismo tiempo él siente que le gustaría explicarse.

El teléfono de Leo tintinea. Ella lo mira rápidamente, después se lo guarda otra vez.

—¿Todo bien?

—¡Sí, todo bien! —Leo bosteza, de pronto parece muy cansada—. Si te parece bien, me gustaría acostarme.

—Por supuesto. En la cajonera del lavabo hay cepillos de dientes y otras cosas de baño. Si quieres una camiseta o algo para dormir, me lo dices.

—Gracias. Te lo agradezco mucho, de verdad.

—Para eso estamos —responde Hill—. ¿Seguro que va todo bien?

—Sí, sí. Solo estoy un poco molida.

Hill le aguanta la mirada. Ha pensado tanto en esos ojos heterocromos a lo largo de los años... Esa mirada que en cuestión de un milisegundo puede pasar de ser dura a ser dulce.

Leo parece realmente exhausta.

—Es que... —empieza a decir antes de callarse.

—¿Qué?

Hill puede ver como duda. Leo se las ha arreglado sola durante un montón de años. Nunca ha compartido nada con nadie. Le gustaría decirle que ya no está sola. Que puede dejarlo entrar.

Pero Leo no funciona así. Lo mejor que puede hacer es mantener la boca cerrada y esperar a que ella misma llegue a esa conclusión.

Leo se toquetea el cabestrillo con gesto pensativo.

—Sundin y Danielsson tenían un móvil más que claro para asesinar a Korpi, y cierta conexión a la zona donde está La Granja. Y yo misma he podido comprobar a las malas que son capaces de ejercer violencia. Toda la lógica apunta a que son los dos autores del crimen que estoy buscando.

—Pero... —Hill enarca las cejas.

—Pero apenas tenían veinte años cuando Korpi fue asesinado. Aparte de ejecutar el asesinato en sí, también habrían conseguido guardar el secreto durante dieciséis años. Sin contárselo a ningún colega fumeta que luego se lo habría chivado a la policía.

Niega con la cabeza, poco convencida de su teoría.

—¿Crees que no fueron ellos? Entonces, ¿por qué hoy han intentado matarte?

Leo se frota la frente, frustrada.

—Me he presentado en un coche particular y ni siquiera me he identificado. Sundin y Danielsson no podían saber que soy policía, pueden haber pensado que soy de la competencia y que estaba intentando adueñarme del cultivo.

—Linus Palm podría haberlos avisado. A lo mejor les ha contado que estás hurgando en el caso.

—Lo dudo. Palm prefería mantenerse lo más alejado posible de esos dos. Además, si lo hubiese hecho, ¿la reacción de los otros sería intentar cargarse a una policía, en lugar de largarse y ya está?

Hill reconoce que está en lo cierto.

Leo se endereza en la silla, su voz cambia de tono.

—Aun así, debo seguir centrándome en Sundin y Danielsson. No tengo nada más, y he de aprovechar los pocos recursos de los que dispongo.

—Ahora suenas como...

Hill se muerde la lengua antes de que se le escape «Per el Paranoias», pero Leo lo capta igualmente.

Se queda callada unos segundos.

—Tú sabes qué infancia tuve y cómo acabó todo —dice después en voz baja—. Pero por muy loco que suene, en parte tengo que agradecerle a Per el que me haya hecho policía. Todo lo que me enseñó, su lógica...

Extiende la mano sana.

—Muchas de esas cosas me ayudan en el trabajo.

Hill quiere protestar, explicarle que la lógica de Per estuvo a punto de costarle la vida. Pero sabe que sería un error. A Leo no le interesan sus consejos. Ahora mismo solo necesita que la escuche.

—Por lo general, estoy segura de lo que tengo que hacer —continúa ella—. Pero ahora mismo me siento como si hubiese perdido el rumbo. Me siento perdida.

Su voz suena cansada, triste.

Se quedan callados unos segundos.

Durante un breve instante, vuelven a ser dos adolescentes. Intentando gestionar un mundo que no acaban de entender ni pueden controlar.

Hill quiere decírselo. Explicarle que no está sola, que ahora están juntos otra vez.

Antes de que le dé tiempo de abrir la boca, Leo sacude enérgicamente la cabeza.

—Lo siento, Martin, es la morfina y el cansancio. Debería acostarme ya.

Se levanta deprisa, bosteza de forma exagerada.

El instante que Hill tenía para decir algo se ha terminado.

La sigue con la mirada mientras Leo se aleja hacia el cuarto de baño. De alguna manera, su padre ha conseguido volver a meterse en su cabeza.

Aquella vez, mucho tiempo atrás, Hill no hizo lo suficiente.

Estaba sentado a mil kilómetros de distancia, esperando a que Leo lo llamara, a que ella fuera a decirle la palabra de emergencia, tal y como habían quedado.

Pero no lo hizo nunca. Aun así, Hill debería haberse esforzado más.

Mucho más.

Esta vez, piensa hacerlo. Esta vez, piensa ayudarla a deshacerse definitivamente de Per el Paranoias.

Lo que pasa es que no sabe cómo.

ASKER

No saca el teléfono hasta que ha cerrado la puerta de la habitación de invitados y se ha metido en la cama.

El mensaje que le ha llegado hace un momento es de su madre.

> Por favor, llámame en cuanto puedas,
> Leonore, es importante.

Como si fuera una subordinada a la que hay que dar un toque. En este caso, no puede tratarse de otra cosa que no sea Per.

¿Debería contárselo a Martin?

Asker aprecia mucho su apoyo, de verdad que lo hace, pero existe un riesgo considerable de que se muestre de acuerdo con Isabel en que Asker debería retirarse y dejar que Hellman y la gente de Delitos Violentos intenten meter a Per entre rejas.

Igual que cuando eran adolescentes, Asker quiere conservar a Martin como un contrapeso de Per el Paranoias y La Granja. Un antídoto, una cuerda de seguridad que le impida dejarse arrastrar al abismo. Por aquel entonces tampoco se lo contó todo. Nunca le dijo que odiaba y quería a su padre a partes iguales.

Aun así, Martin parecía entenderlo.

¿La comprendería ahora? ¿Acaso se comprende ella misma, siquiera?

¿Es una policía que está ayudando a un hombre inocente a que se haga justicia?

¿O solo es una niña pequeña que aún no es capaz de soltar al padre al que quiso en su día?

Que en el fondo aún piensa que puede salvarlo.

Con esas preguntas rondándole en la cabeza, acaba quedándose dormida.

Se despierta por un ruido. Un leve raspado por fuera de la ventana. Después, algo que suena como dos voces susurrando. Asker se levanta con sigilo de la cama y se acerca al cristal, aparta un poco la cortina. Fuera está casi todo a oscuras, el cielo está encapotado y las nubes engullen la mayor parte de la luz de la luna.

Pero a unos diez metros de distancia ve un haz de luz que proviene de una linterna.

Se desplaza de un lado a otro por el suelo, y entonces se apaga de repente.

Dos sombras se deslizan por la pequeña porción de césped que separa la casa del bosque.

No son guardias de seguridad, no tendrían motivo para disimular de esa manera.

Asker debería dar la alarma, pero para ello tiene que despertar a Martin.

Antes de que le dé tiempo de tomar una decisión, oye un zumbido en el aire. Acto seguido, se enciende un foco potente. Es un dron que está iluminando el sitio donde acaba de ver la linterna.

Asker ve las espaldas de dos personas vestidas con ropa oscura que se meten corriendo entre los árboles. Uno se mueve con torpeza, se resbala y cae de bruces en la linde del bosque. Se pone en pie lo más rápido que puede y corre tras su compañero.

El dron los persigue por encima de las copas de los árboles, pero al cabo de un rato regresa y sobrevuela la zona como si hubiese perdido de vista a la pareja.

Asker se queda un par de minutos en la ventana hasta que el dron desaparece. Fuera lo que fuera el numerito que acaba de presenciar, no es problema suyo.

EL HOMBRE DE CRISTAL

Reina un silencio sepulcral en la Casa Arturo. En el piso que tiene encima, el Extraño duerme plácidamente en su cama, sin tener ni la menor idea de lo que acaba de surgir de la oscuridad.

Por cada día que pasa, el hambre se acrecienta en su interior. Lo devora, abriendo un vacío que tarde o temprano deberá llenar. A lo mejor esa es la razón por la que está aquí.

Para decidir si el Extraño es la persona adecuada para saciarlo. O si el hombre dormido en la habitación de allí arriba tiene otro cometido.

Porque ha empezado a creer que la presencia del Extraño significa algo. Que es señal de algún tipo de cambio.

Por eso debe descubrir más cosas de él.

Sube de puntillas por la escalera del sótano, evita el tercer peldaño porque sabe que cruje.

Abre la puerta, con extremo cuidado. Entorna la hoja apenas unos centímetros para poder olfatear.

El olor del Extraño es obvio, tal y como ya se esperaba. También huele a comida muy especiada.

Pero entonces capta también la presencia de otro rastro, uno desconocido.

Tarda un rato en comprender lo que significa.

El Extraño no está solo.

Hay alguien más en la casa, una persona desconocida cuya presencia lo intranquiliza. Debería entrar a hurtadillas y ver de quién se trata, a quién ha invitado el Extraño.

Pero se queda quieto en el quicio de la puerta mientras sigue analizando el olor. Abre un poco la boca para captarlo con la lengua.

Le parece que proviene de una mujer. A medida que pasan los segundos, se siente cada vez más convencido de que es así.

Pero hay algo más en ese olor, algo que no le gusta.

Algo amenazador y disuasorio que le hace dar media vuelta y cerrar la puerta tras de sí. Que lo empuja a meterse de nuevo en la oscuridad sin hacer ningún ruido.

Tendrá que seguir esperando a que llegue el momento.

Viernes

HILL

Tras despertarse, levantarse de la cama y ponerse la bata y las zapatillas, encuentra a Leo en la cocina. Ella ya se ha vestido y la ve mucho más animada que ayer.

—He puesto una cafetera, espero que no te importe.

—En absoluto —dice Hill, y observa que Leo ya no lleva el cabestrillo—. ¿Cómo tienes el brazo?

—Mejor. ¿Y tú? —Leo le señala la pierna con la cabeza—. Ayer ya vi que has dejado de usar la muleta.

—El médico de Gunnar me está haciendo un tratamiento especial. Supera todas las expectativas. Criogenización, es pura ciencia ficción.

—Hablando del espacio —dice ella—. Creo que anoche vi unos buscadores de ovnis de esos que nos comentó el vigilante.

Le cuenta lo que vio por la ventana de su dormitorio.

—Fue todo bastante cómico. Uno se comió el suelo justo antes de entrar en el bosque. Creo que se pegó una buena hostia. No tenía pinta de adolescente ágil, precisamente. Pero aun así me parece que lograron escapar.

—Joder. Y yo no me enteré de nada. ¿Dónde fue eso?

Leo se da la vuelta y le señala el sitio a través de la puerta del porche que tiene detrás.

—Allí, más o menos junto al roble. Parece que arrancó un trozo de césped, ¿lo ves?

Hill se pone a su lado y mira.

—Por cierto, acabo de hablar con la compañía de seguros —dice Leo—. Me conseguirán un coche de cortesía, así que si me llevas a la estación de tren más cercana ya me las apaño.

—Por supuesto.

Hill aún está observando el césped. O sea, que es cierto que hay buscadores de ovnis merodeando por la finca. ¿Qué esperan encontrar, realmente? ¿Y por qué colarse en la finca pero no en la isla de Blockön?

Vuelve a mirar la mata de césped arrancada y le parece ver algo brillante un poco más allá.

Abre la puerta de la terraza y sale. El aire es gélido, el césped le moja las zapatillas.

En efecto, la mata de césped es el extremo de una considerable marca de resbalón. Un metro más adelante hay un objeto en el suelo, medio metido en la hierba.

Hill se agacha y lo recoge.

Es un manojo de tres llaves y un llavero de un platillo volante. Alrededor de este se pueden leer las letras AUG.

Vuelve a casa con las llaves y se las enseña a Leo.

—Asociación de Ufología de Göinge —dice—. Había pensado hacerles una visita en algún momento, y ahora ya tengo motivos de sobra.

—Me alegro de verte tan animado —comenta Leo, y sonríe. Después mira la hora—. Oye, sale un tren dentro de media hora y me iría muy bien cogerlo. Siento agobiarte, pero tengo algunas cosas de las que ocuparme.

—¿Te refieres a buscar a esos dos que te sabotearon el coche?

—Exacto —responde ella, resuelta. Las reservas de anoche parecen haberse esfumado.

—No pensarás hacerlo tú sola, ¿no? —pregunta Hill.

Leo pone una mueca críptica con la que no está diciendo que no.

Hill ahoga un suspiro.

—Vale, me cambio en un segundo.

Va al dormitorio. Los planes de Leo le preocupan, pero al mismo tiempo sabe que no merece la pena intentar disuadirla.

Justo cuando ha terminado, su teléfono vibra. Un mensaje en la app de Stjärneholm.

> Con motivo de las intrusiones de la pasada noche en el recinto de la finca, la mansión, la biblioteca y la clínica quedan cerradas hasta nuevo aviso. También se refuerzan los controles de entrada y salida en la verja de acceso a la finca.

Hill maldice en voz alta. Había contado con explorar la habitación del final de la escalera durante la mañana. ¿Están cerrando por eso? ¿Lo habrán pillado husmeando?

En cualquier caso, el argumento de los visitantes no deseados suena plausible, así que enseguida descarta su teoría.

Pero, como de momento no lo dejarán entrar en la biblioteca, tendrá que abordar otro flanco del misterio. Se mete las llaves que ha encontrado en el césped en el bolsillo y vuelve a la cocina.

—Vale, ¿nos vamos?

En la verja de acceso hay dos vigilantes uniformados conversando con un tercer hombre que va vestido de civil. En cuanto se acercan, Hill ve que se trata de Samuel.

Uno de los vigilantes agita la mano para que se apeen y luego le pide a Hill que baje la ventanilla.

Él obedece.

—¿Algún problema?

—Solo hemos reforzado el control —dice el vigilante.

Samuel se les acerca.

—Buenos días, Martin —saluda con energía. Se inclina un poco hacia delante y mira a Leo, que va en el asiento del acompañante—. Mi nombre es Samuel —se presenta—. Soy el responsable de seguridad aquí en Stjärneholm. ¿Y tú eres...?

Leo parece irritada, como si la pregunta le hubiese interrumpido las cavilaciones.

—¿Por? —dice.

A Samuel se le endurece la expresión.

—Esta es mi amiga Leo —se apresura a decir Hill—. Ayer tuvo un accidente con el coche y ha pasado la noche en mi casa.

—Ah. —El jefe de seguridad estira una comisura—. Entonces, debes de ser la inspectora Asker. He oído hablar de ti.

Samuel mira intensamente a Leo, quien le devuelve una mirada fulminante.

Ninguno de los dos dice nada, y cuando el silencio se prolonga unos segundos de más Hill entiende que está ocurriendo algo entre ellos. Una especie de evaluación mutua, o una medición de fuerzas que él no logra entender del todo.

—¿Podemos continuar? —pregunta—. Tengo que llevarla al tren, así que vamos un poco justos de tiempo.

El combate ocular prosigue unos segundos más.

—Por supuesto —contesta Samuel. Da un paso atrás y le hace un gesto de confirmación con la cabeza a uno de los vigilantes.

La verja chirría y comienza a deslizarse lentamente hacia un lado.

—Hasta pronto —dice Samuel.

Hill no tiene muy claro si se lo dice a él o a Leo. Sube la ventanilla y sale por la verja. En el retrovisor puede ver que el jefe de seguridad se queda observándolos un rato largo mientras se alejan.

Ni él ni Leo dicen gran cosa durante el trayecto hasta la estación. Ella se pasa la mayor parte del tiempo mirando por la ventanilla.

Su mente ya está en otro sitio, Hill lo nota claramente. Per el Paranoias se ha vuelto a meter en su cabeza, le está echando veneno en los oídos, la está atrayendo de nuevo al país de las sombras. Eso solo puede acabar mal.

Aparca el coche junto a la estación.

—He estado pensando en una cosa —dice antes de que Leo tenga tiempo de asir la manilla de la puerta—. Eso que dijiste ayer de que no estabas del todo convencida de estar siguiendo la pista correcta, refiriéndote a los dos cultivadores de marihuana y el robo.

—Ah. —La mirada de Leo se vuelve presente otra vez.

—Bueno... —Hill se retuerce—. He pensado que a lo mejor se debe a que has abordado el problema tal y como lo habría hecho Per el Paranoias. Desde la lógica y la correcta... —Busca el término correcto.

—Administración de los recursos —completa ella.

—¡Eso! —Hill coge aire. Sabe que, probablemente, lo que está a punto de decir no le sentará demasiado bien—. Quizá podrías pasarte la lógica por el forro y solo confiar en tu intuición —propone—. Lo que te diga el estómago. Menos Per el Paranoias y más Leo, por así decirlo.

La formulación está llena de fisuras, lo sabe, pero necesitaba soltarlo.

Leo se lo queda mirando. Por un breve instante cree que lo mandará a la mierda.

Pero entonces su mirada se suaviza.

—Gracias, Martin —dice, y abre la puerta—. Gracias por todo. Ahora tengo que irme, mi tren está llegando. Hablamos pronto.

Se baja del coche.

—Cuídate —responde él, pero ella ya ha vuelto a cerrar la puerta, así que difícilmente habrá oído lo que le ha dicho.

Hill maldice en voz alta. Su abuela caribeña suele decir que él tiene «el don de la palabra». Que es capaz de conseguir casi cualquier cosa tan solo hablando.

Pero a veces el don le da la espalda cuando más lo necesita.

Hill vuelve con el coche al pequeño pueblo. Cruza el centro, con la biblioteca y las cuatro tiendas, y después llega a la cafetería Ovni. Aparca en el asfalto agrietado que hay delante de la puerta, se baja del vehículo y se queda allí de pie.

Es imposible no quedar fascinado con el platillo volante de fibra de vidrio de color rojo que hay en el tejado, tan parecido a los platillos de las portadas de las novelas de quiosco de Bernhard. Debe de medir dos metros de diámetro y, más que un platillo volante, parece dos platos de sopa puestos uno encima del otro, bocabajo, y ensamblados entre sí. La construcción está provista de tres patas metálicas un poco inestables y una tira de luces de árbol de Navidad que titila de forma espasmódica.

WELCOME VISITORS, pone en un cartel en la puerta, por lo que Hill deduce que hoy sí que está abierto. Encima del cartel hay un pequeño alien de color verde con cabeza gigante, ojos grandes y una mano con un dedo iluminado como el de E.T. a modo de saludo extraterrestre.

Empuja la puerta y lo que se encuentra al otro lado es un local decorado en la misma línea. Una mezcla interesante de objetos de mercadillo, juguetes de plástico y arte kitsch americano. En las paredes hay pósteres de películas de ciencia ficción de las que Hill no ha oído hablar nunca.

En el local no hay prácticamente nadie, pero en una de las mesas ve a una pareja de unos cincuenta años que está jugando al ajedrez. Al oírlo entrar, levantan la cabeza con cara de asombro.

Los dos miembros de la pareja se parecen, tanto en los rasgos como en la ropa que visten, como ocurre a veces con las personas que llevan muchos años casadas. Cuerpos con forma de pera, peinados similares y ropa de deporte a juego.

—Hola —dice Hill—. ¿Sois los dueños?

Al ver que la pareja asiente al mismo tiempo con la cabeza, Hill saca el manojo de llaves y lo sujeta en alto.

—Me parece que esto es vuestro.

La pareja se lo queda mirando fijamente, luego se miran entre ellos y hacen una mueca, como si intentaran ponerse de acuerdo en qué estrategia seguir pero sin hablar.

Hill deja las llaves en la mesa.

—¿Tenéis café? —dice, y retira una silla.

La pareja vuelve a intercambiar una mirada. Después, el hombre se levanta y va a servirle una taza.

—Me llamo Martin Hill —se presenta—. Alfacent me ha contratado para escribir un libro sobre la empresa. Me estoy hospedando en la finca, en la Casa Arturo. Anoche estuvisteis merodeando justo por ahí.

Alza una mano preventiva para frenar las posibles protestas de la pareja.

—No pretendo denunciaros ni nada así —continúa—. Lo que me gustaría saber es qué estabais buscando allí dentro.

Hill toma un trago de café mientras el matrimonio intercambia nuevas miradas.

—Yo mismo vi un resplandor encima del lago cuando era adolescente —dice, en un intento de conseguir que se relajen—. Desde entonces me interesa la isla de Blockön y todo el mito del ovni.

—¡El mito! —resopla la mujer—. No es ningún mito. El lago Miresjön es un sitio importante para los Visitantes.

—¿Visitantes? —pregunta Hill, aunque entiende perfectamente a qué se refiere.

—Extraterrestres —completa el marido—. Visitantes de otra galaxia. El lago y la isla funcionan como una especie de depósito. El cráter protege sus señales para que no sean captadas.

—Ya entiendo —dice Hill, asintiendo con la cabeza.

—No, dudo que lo entiendas —dice el hombre—. Crees que somos unos chiflados. Pero Bernhard Irving fue el que invitó a los Visitantes desde un buen comienzo. Construyó instalaciones secretas en el subsuelo para ellos. Creemos que son talleres para reparar las naves. Lo de la mina no es más que una tapadera. La gente ha muerto al intentar demostrar...

La mujer pone una mano sobre el antebrazo de su marido y el hombre calla de golpe.

—¿Muerto? —pregunta Hill—. ¿Os referís al accidente de hace tres años en el que se ahogaron dos personas? ¿Nick y Elis?

El matrimonio repite la pantomima y, tras unas cuantas muecas, parecen ponerse de acuerdo.

—Hay muchos más casos de muerte, aparte de esos dos —dice la mujer—. Por lo menos cuatro, que nosotros hayamos podido rastrear. Y todavía más si contamos el accidente minero de 1965. La familia Irving está rodeada de muerte.

La drástica sentencia hace que Hill dé un respingo.

—Vale, pero empecemos por el ahogamiento —dice—. Alguien me recomendó que mirara vuestra página web, pero los enlaces a los artículos están caídos.

—Los hemos eliminado —replica la mujer al mismo tiempo que mira por encima del hombro—. Creemos que alguien nos está vigilando, que nos hemos acercado demasiado a la verdad.

Hill está a punto de señalar que, de ser el caso, lo mejor sería eliminar los títulos de los artículos, o incluso cerrar toda la web, pero el matrimonio parece tener su propia lógica de funcionamiento.

—¿Y qué sabéis del accidente en el lago? —decide preguntar.

La pareja se mira un momento. Después miran a Hill.

—¿Cómo has dicho que te llamabas? —inquiere ella.

—Martin Hill.

—¿El escritor?

—Exacto —dice Hill—. Soy el autor del libro *Lugares olvidados y sus historias*. Incluí un capítulo sobre el lago Miresjön y la isla de Blockön.

—Sí, lo sabemos...

La mujer se levanta y va hasta una librería llena de literatura sobre ovnis.

Regresa a la mesa con un ejemplar de *Lugares olvidados* y lo deja delante de Hill.

—Fíjate, si ya lo tenéis —dice Hill.

La pareja vuelve a cruzar una mirada, ahora como si trataran de tomar algún tipo de decisión.

La mujer abre la primera página y señala con el dedo.

El libro está firmado, pero no por Hill.

Para Tom y Krystal, de la Asociación de Ufología de Göinge.
Muchas gracias por la ayuda. ¡La verdad está ahí fuera!
Recuerdos de Nick y Elis

Hill traga saliva.

—Contadme más —pide.

El hombre, que por lo visto se llama Tom, se levanta y llena todas las tazas de café. Al volver aprovecha para echar el cerrojo de la puerta y darle la vuelta al cartel de abierto. Echa un vistazo por la ventana, como si le preocupara que hubiese alguien observando.

—Tu teléfono —dice luego—. ¿Te has descargado la app de Stjärneholm?

—Sí.

Tom emite un sonido de descontento.

—Entonces lo están rastreando —dice mirando a su mujer—. Trae la caja.

Krystal, con i griega, se levanta y vuelve con una caja de metal.

—Apaga el teléfono y mételo aquí dentro —le ordena a Hill.

Por un breve instante, Hill cree que le están gastando una broma, pero no hay nada en los semblantes serios del matrimonio que así lo sugiera. Hace lo que le piden, tras lo cual Krystal cierra la caja y se la lleva.

—Fue en marzo de hace tres años —empieza Tom en cuanto su mujer regresa—. Llevábamos meses chateando y escribiéndonos emails con Nick. Estaba superinteresado en Blockön y el observatorio, tras haber leído sobre ellos en tu libro. No era la primera vez que un explorador urbano se ponía en contacto con nosotros, así que al principio mantuvimos las distancias.

Toquetea la taza de café.

—Pero Nick insistió. Había investigado muchísimo acerca de la familia Irving y la mina, había leído prácticamente todo lo que habíamos escrito en nuestra página web sobre los distintos avistamientos en el lago. Así que nos convenció para que lo ayudáramos...

—Le comió la cabeza a Tom, básicamente —interrumpe Krystal.

Su marido se encoge de hombros en un gesto abatido.

—Krystal y yo habíamos ido a Blockön un verano varios años antes, así que teníamos algunos consejos. Le mandé un croquis y le dije que se podía usar la barca de remos del refugio, la que usan los escoltas para hacer salvamentos. Pero nunca volvieron, como bien sabes.

—Elis está retenido —señala Krystal con gravedad—. Está secuestrado por los Visitantes, por eso no lo han encontrado.

—¿Hablasteis con la policía? —pregunta Hill.

Krystal niega con la cabeza.

—No. Temimos llamar la atención de los Visitantes. O de la familia Irving. Y, de todos modos, la policía solo se habría reído de nuestras teorías.

Hill vuelve a estar a punto de replicar que tienen una página web y una cafetería con un platillo volante en el tejado, por lo que no se puede decir que sean discretos, precisamente. Pero se abstiene.

—Entonces, ¿no creéis que se tratara de un accidente? —pregunta.

El matrimonio niega en silencio, casi al mismo ritmo.

—Creemos... No, sabemos que Nick y Elis descubrieron algo allí fuera, en la isla —dice Tom—. Algo que no tendrían que haber visto. Y ahora están muertos.

—¿Cómo podéis estar tan seguros?

Krystal se inclina hacia delante y baja la voz.

—Porque cuando encontraron el cuerpo de Elis, la policía descubrió que los Visitantes le habían hecho algo. Algo terrible, pero típico de ellos.

—¿El qué?

Krystal hace un gesto con los dedos índice y anular señalándose la cara.

—Le habían sacado los ojos. Se los habían arrancado de las cuencas.

ASKER

Para cuando Asker llega a comisaría, ya ha pasado la hora de comer. El viento de noviembre lanza una llovizna gélida contra la fachada, pero en el lúgubre patio de luces del sótano primero no se ve ni el tiempo que hace ni el mundo exterior, como siempre.

Asker piensa en lo que le ha dicho Martin acerca de que no debería volver a donde Sundin y Danielsson ella sola. Pero tiene que ir. Obviamente, podría darles el chivatazo del cultivo de cannabis a un par de compañeros. Dejar que lleven a cabo el golpe y la incautación a cambio de que le den la oportunidad de interrogar a los sospechosos. Pero ese proceso tardaría varios días, quizá incluso una semana, y ahora mismo no tiene tanto margen de tiempo.

Además, cuanta más gente implicada, mayor riesgo de que algo salga mal.

Lo que necesita es un rato a solas con los dos hombres, sin abogados ni ojos vigilantes.

Está bastante segura de que siguen en la granja. Un cultivo de esas proporciones no se traslada así como así, y si es lo que Asker sospecha —que no saben que ella es policía, sino que parten de la idea de que ayer se presentó allí solo para espiarlos por encargo de un competidor—, no optarán por salir por patas.

Más bien procurarán reforzar la vigilancia y la seguridad hasta que tengan preparado el traslado.

Asker no está del todo repuesta, el hombro le duele bastante, y si quiere mantenerse alerta, no puede tomarse más analgésicos. Por tanto, necesita conseguir una ventaja considerable, para lo cual le harían falta bastantes recursos. Pero lo único que tiene es una porra telescópica.

Necesita más artilugios y, a ser posible, un arma de verdad, todo cuanto antes y sin llamar la atención.

Y el único que tiene ese tipo de contactos en comisaría es el sapito de Virgilsson. Las probabilidades de que suba corriendo a chivarse a Hellman son elevadas, pero es un riesgo que Asker tendrá que asumir.

Al ver que Virgilsson tiene cerrada la puerta de su despacho, Asker continúa hasta el *office*, donde se encuentra a Rosita a solas comiendo el segundo almuerzo directamente de una fiambrera.

—¿Sabes dónde está Virgilsson?

—N-no —dice Rosita, y agita nerviosa la cabeza—. O espera, sí. Hoy es viernes. Los viernes Virgilsson ensaya con el coro.

—¿El coro?

—El coro de policías. Están en el auditorio.

Asker coge el ascensor hasta el piso correcto y busca el auditorio. Abre la puerta con cuidado.

En el escenario hay apenas una veintena de personas, la mayoría mujeres. Asker entra sin hacer ruido y se sienta en la última fila.

Virgilsson está de espaldas a ella. El chaleco de lana de hoy es en blanco y negro y Asker tarda unos segundos en comprender que el patrón representa teclas de piano y claves de sol.

—Atención —dice Virgilsson—. ¡Repetimos desde arriba!

Sopla una nota con algo que suena como una pequeña armónica.

—Y un, dos, tres, cua...

El coro estalla en una dispersa interpretación de *White Christmas* que habría hecho retorcerse a Bing Crosby en su tumba.

En cambio, Virgilsson finge impasible. Dirige con entusiasmo y con pequeñas exclamaciones alegres, y cuando la canción por fin se acaba, está rojo como un tomate y la frente le brilla de sudor, fruto del esfuerzo que ha hecho. Además, está poniendo una cara de felicidad que Asker no le había visto nunca.

—Un gran aplauso para todos y todas. Muy buen trabajo —resume—. ¡Nos vemos la semana que viene!

Asker se queda hasta que los miembros del coro se retiran del todo. Virgilsson está recogiendo las cosas del escenario y no la ve hasta que ella se acerca.

—¿Vienes para apuntarte al coro? —dice él, alegre.

—Necesito tu ayuda.

Virgilsson se sorprende.

—Ah, vale. ¿Y a qué se debe tan repentino cambio, si se puede saber? Hace nada no parecías especialmente interesada en colaborar.

Asker no contesta.

—Bueno, ¿en qué puedo servirle a la jefa? —Esboza una de sus sonrisas de sapo.

—Necesito un arma de servicio, ya mismo. La mía sigue retenida en la unidad forense.

—Hmm... —Virgilsson parece pensativo—. Yo no tengo ningún arma para prestarte. No le veía el sentido a hacer prácticas de tiro abajo en la pista, así que pedí no tener que llevar una. Pero tengo un conocido en el taller de armas. Deja que mire, a ver qué puedo hacer.

—Gracias. También necesito gas lacrimógeno, y bridas de esas gruesas que usamos para hacer detenciones múltiples.

—Vaya, vaya, suena dramático —comenta él con una sonrisita—. ¿Debo preguntar para qué lo quieres, o es más seguro que me abstenga?

Asker no responde, lo cual no hace sino intensificar la expresión sibilina de Virgilsson.

—Entiendo. Entonces sé exactamente con quién tienes que hablar mientras yo me escapo al taller.

HILL

Ya van por la tercera taza de café y Tom ha sacado un plato de trufas Delicato plastificadas que ahora se están comiendo a bocados entre los tres.

—Como te puedes imaginar, ya no nos atrevemos a ir más a Blockön —dice Krystal—. Pero no hemos tirado la toalla en lo referido a la búsqueda de los talleres subterráneos. Debería haber un acceso detrás de la Casa Arturo. Por eso anoche estuvimos allí buscando. Pero los guardias casi nos pillan.

—¿Y por qué soléis buscar justo cuando se acerca el aniversario del encuentro de Gunnar con el ovni? —pregunta Hill mientras se limpia unas virutas de coco de las comisuras.

El matrimonio se lo queda mirando como si fuera bobo.

—Porque fue entonces cuando empezó todo. Gunnar reveló la presencia de los Visitantes a la gente, cosa que no debería haber hecho. Tuvo que pagar muy caro su error.

—Ah.

Hill se esfuerza en sonar neutral, pero no lo consigue. La entrevista no deja de ser desconcertante, cuando menos.

—¿No nos crees? —dice Tom, irritado—. Entonces, ¿cómo explicas todas las muertes relacionadas con Gunnar?

—Sí, habéis mencionado que había más casos —repone Hill—. El único que yo conozco, aparte del colapso de la mina en 1965, es el accidente de coche de Viggo Irving en 2001, la misma noche que pasó el meteorito.

—Meteorito —resopla Krystal—. Eso es lo que ellos quieren que creamos. Fue un saludo para Gunnar de parte de los Visitantes. Un aviso. Hicieron que el coche se precipitara a Miresjön. Viggo Irving estuvo a punto de morir, y el futuro yerno de Gunnar, Pontus Ursvik, falleció. ¡Y también hubo cosas raras con el cuerpo, igual que con Nick!

—¿Qué cosas raras?

Tom echa una mirada furtiva a lado y lado, como si quisiera asegurarse otra vez de que no hay nadie escuchando.

—Tengo un primo que es bombero —dice en voz baja—. Nos contó que encontraron a Viggo en el agua, fuera del coche. Estaba clínicamente muerto, pero en el hospital consiguieron reanimarlo. Pero lo curioso fue que el cuerpo de Pontus estaba en el asiento trasero, y no en el delantero, como debería. Como si una fuerza misteriosa los hubiese movido.

La pareja asiente con la cabeza al mismo tiempo. Parecen dos búhos viejos.

—O bien los dos intentaron salir del coche tras caer al agua —dice Hill—. Viggo lo consiguió, pero Pontus quedó atrapado en el habitáculo y se ahogó.

Tom hace gestos de negación.

—Mi primo dijo que el cuerpo de Pontus estaba completamente destrozado. Casi irreconocible. Y parecía como si alguien hubiese intentado sacarle los ojos. Igual que hicieron los Visitantes con Nick.

—A lo mejor no llevaba el cinturón puesto —replica Hill—. Fue dando bandazos dentro del coche mientras daban vueltas de campana. Podría explicar las heridas.

No sabe muy bien por qué les lleva la contraria, lo más fácil habría sido decir que sí a todo. Pero el libro firmado le ha dejado mal cuerpo. Sea como sea, el matrimonio hace caso omiso de su comentario.

—Y hay más casos de muerte —continúa Krystal—. Björn Knudsen, el viejo jardinero de Stjärneholm. Lo mataron a golpes en los años noventa. Le destrozaron el cráneo mientras estaba haciendo un recado fuera de la finca.

Hill enarca las cejas. ¿No le dijo Ville, el de mantenimiento, que se llamaba Knudsen de apellido? ¿Y que relevó a su padre?

—El crimen de Knudsen sigue sin resolverse, y no hay ningún móvil ni tampoco rastro del asesino —dice Tom.

—Pero a veces Knudsen trabajaba en la isla, talando árboles y cosas así. Y Pontus murió en el lago mismo, así que todo está conectado. Creemos que tanto Knudsen como Pontus, igual que Nick y Elis, tropezaron con algún secreto. Vieron algo que no deberían haber visto, y fueron silenciados por los Visitantes. ¡Investígalo tú mismo y ya verás!

—Vale...

Hill se apunta el nombre del jardinero. Añade una nota sobre las heridas misteriosas que presentaba el cuerpo de Pontus Ursvik.

Mira de reojo a la pareja. No cabe duda de que Tom y Krystal son dos personajes.

Sus teorías tienen más fisuras de las que Hill puede contar, y lo más fácil sería reírse de todo lo que han dicho.

Aun así, el relato le preocupa. A lo mejor es, sobre todo, por la dedicatoria. La nota como un fantasma. Como si Hill tuviera alguna responsabilidad de lo que les pasó a Nick y Elis, fuera lo que fuera lo que les pasó.

Las palabras de la carta de advertencia le vienen de nuevo a la cabeza: «Quien vaya allí en busca de los secretos de la familia Irving debe ir con mucho cuidado».

Un par de minutos después de que Virgilsson y ella se separen, vuelve a estar en la Unidad de Casos Perdidos. Llama a la puerta de Zafer.

Él abre al tercer intento de Asker. Tiene el pelo revuelto, las gafas con audífono incorporado le cuelgan en la punta de la nariz.

—¿Sí? —dice él en tono huraño, como si Asker fuera una pesada que trata de venderle flores, y no su jefa de unidad.

Decide saltarse la cortesía.

—Virgilsson me ha dicho que puedes conseguirme gas lacrimógeno.

—¿Cómo dices? —Se agarra una oreja.

—Gas lacrimógeno. Y algunas cosas más. Bridas para detenciones en masa y tal.

Zafer sigue fulminándola con la mirada. De pronto Asker cae en la cuenta de que Virgilsson podría habérselo inventado todo. Zafer es un gato doméstico, lleva muchos años sin cumplir servicio en la calle, así que ¿por qué iba a tener él ese tipo de cosas?

Pero entonces su rostro se relaja.

—Entra —dice, poniendo cara de pícaro—. Y cierra la puerta.

Guía a Asker entre estanterías hasta un armario metálico que está cerrado con un candado de combinación.

Al abrir las puertas, Asker no puede evitar quedarse sin respiración. El armario está tan lleno de armas de cuerpo a cuerpo que habría impresionado incluso a Per el Paranoias. Porras de distintos tipos y medidas, *nunchakus*, bridas, puños americanos, navajas, una caja entera con botes de espray pimienta y gas lacrimógeno de dudosa legalidad. En el estante superior hay hasta un puesto de carga con varios modelos de pistolas eléctricas.

—Estoy haciendo un informe —explica Zafer—. Calculo las variables de efecto, peligrosidad, contramedidas, etcétera, etcétera...

Agita la mano en el aire para señalar el armario.

—Coge lo que necesites.

Asker empieza a coger algunos objetos que piensa que podrían serle de utilidad. Algunos tarros de espray de defensa, un puñado de bridas gruesas y una de las pistolas táser.

Mientras tanto, le cuesta contener la sonrisa. Aquí, en lo más hondo de las entrañas de la organización policial, hay un armario repleto de armas ilegales. Inevitablemente, le hace pensar en lo que podría haber en los demás armarios del despacho de Zafer.

—¿No tendrás algún arma de fuego? —pregunta, con la esperanza de no tener que deberle un favor a Virgilsson.

Zafer hace un gesto de disculpa.

—Ya no. Hubo un lamentable incidente... —Pone cara de lástima mientras señala al techo, como si eso explicara el resto del suceso—. Me irá muy bien que me digas qué te ha parecido cada cosa. Una prueba de campo siempre queda bien en el informe para el director técnico.

—La semana que viene te haré una reseña por escrito —dice ella.

A Zafer se le ilumina la cara.

—Sería perfecto. ¡Muchas gracias!

Asker regresa a su despacho y constata que Isabel le ha dejado otro mensaje. Decide coger el toro por los cuernos, pero antes de que le dé tiempo de telefonear a su madre, Virgilsson llama a la puerta.

Trae una caja de cartón en la mano.

—He aquí un arma de servicio, según lo solicitado —dice—. Puedes quedártela hasta que recuperes la tuya. También me he tomado la libertad de conseguir un poco de munición. Lo tienes todo en la caja.

—Gracias. —Asker se prepara para lo inevitable—. ¿Qué quieres a cambio?

Virgilsson alza una mano en un gesto de modestia.

—Nada. Podríamos considerarlo un regalo de reconciliación. Un borrón y cuenta nueva.

Asker se lo queda mirando, pero, como de costumbre, el hombrecillo es difícil de leer.

—Pero, ya que lo preguntas... —dice él—. Nos falta un miembro en el coro.

—Yo no sé cantar —lo corta ella, pero se percata al instante de su error.

—Como ya habrás comprobado tú misma en el ensayo, no eres la única. Necesitamos toda la ayuda posible de cara al concierto de Navidad de dentro de un mes.

Virgilsson ladea la cabeza y deja la pregunta —que en verdad no es una pregunta— flotando en el aire.

Asker coge aire lentamente por la nariz. Cantar villancicos en el coro delante de toda la comisaría debe de ser lo más cerca del purgatorio que puede llegar. Pero el muy cabroncete ha conseguido ponerla contra las cuerdas.

—Vale —dice con un suspiro—. Pues quedamos así.

HILL

Vuelve al coche, enciende el teléfono y decide empezar a buscar en Google la información que le ha dado la pareja de ufólogos.

Pero en el último instante cambia de opinión.

Meter el teléfono en una caja de plomo, como le han hecho hacer Krystal y Tom hace un momento, le ha parecido exagerado, por no decir absurdo. Pero, pensándolo bien, no deja de ser cierto que acaba de instalarse una aplicación desconocida sin tener ni idea de hasta dónde pueden llegar sus tentáculos digitales ni qué información puede interceptar. Además, Hill usa a menudo la red privada de Stjärneholm.

Si de verdad piensa investigar teorías de la conspiración alrededor de su propio empleador, a lo mejor es buena idea hacerlo de una forma más anónima, solo por si acaso.

Va con el coche hasta el centro de la pequeña localidad, aparca en la plaza y entra en la filial de la biblioteca.

La bibliotecaria, una mujer de unos sesenta años con el pelo corto y gafas grandes de color rojo, resulta ser de lo más solícita. Le ofrece a Hill una mesa con un ordenador. En cuanto se sienta, busca el nombre de Björn Knudsen.

La huella digital del jardinero se reduce a una lápida en una iglesia cercana. Murió en 1992.

Se levanta y vuelve a donde la bibliotecaria.

—¿Tenéis prensa antigua en microfilm? —le pregunta.

A la mujer se le ilumina la cara.

—Normalmente, solo en la biblioteca central, pero han tenido una avería en una tubería de agua, así que ahora mismo les estamos guardando algunas cosas en el sótano. A lo mejor tienes suerte, pero depende de qué sea lo que buscas.

—Algún periódico del norte de Skåne de los años noventa.

—Bajemos a mirar.

La mujer lo guía por una escalera y bajan a una estancia oscura y grande con estanterías ajadas llenas de libros, carpetas y archivadores.

La bibliotecaria se acerca a un estante repleto de cajas de cartón y empieza a hurgar.

—No, nada concretamente del norte de Skåne —dice al cabo de un rato—. Pero tengo el *Arbetet* de esa época, el periódico sindicalista, ¿te puede servir?

—Puedo probar —dice Hill.

La bibliotecaria se lleva una caja marcada como «Arbetet 1990-2006» y enseña a Hill un rincón en el que hay un lector de microfilm tapado con una funda.

Tras pelearse un rato con la máquina, consigue ponerla en marcha y ayuda a Hill a meter el rollo correcto. Después se queda esperando tras su espalda.

—Gracias, creo que ya me las apaño —dice Hill.

—Claro, por supuesto. —La mujer vuelve al primer piso mientras Hill se pone a buscar entre los números del periódico que se publicaron los días posteriores a la muerte del jardinero.

No tarda demasiado en encontrar un artículo titulado «Hallan a un hombre muerto en el bosque».

> Un hombre de sesenta y cuatro años ha aparecido muerto este martes por la tarde en una arboleda al sudoeste del lago Miresjön.
>
> El fallecido trabajaba de jardinero en la finca de Stjärneholm. Según fuentes confirmadas, se encontraba allí con el propósito de

talar algunos árboles para otro propietario de tierras, y al no regresar a casa su familia dio la alarma.

La policía trata el caso como un posible homicidio y alienta a la ciudadanía a informar de cualquier detalle que haya podido observar relacionado con este caso.

El breve artículo va acompañado de una fotografía de unos árboles y una cinta policial, junto con un pequeño mapa que muestra el lugar donde hallaron el cuerpo. Hill constata que queda a tan solo unos kilómetros de Stjärneholm.

Otro caso de muerte relacionado con la familia Irving.

Hill decide buscar también los artículos del 8 de enero de 2001, el día siguiente del meteorito y el accidente de coche de Viggo Irving.

Casi toda la portada está dedicada al fenómeno luminoso, pero Hill ya ha leído antes la información sobre el bólido, por lo que pasa rápidamente las páginas dedicadas al tema.

Hacia la mitad del periódico encuentra el artículo que estaba buscando: «Un fallecido en un accidente de coche en Miresjön».

Debajo hay una foto de un turismo, un BMW negro, mientras lo están sacando del agua. El texto del artículo explica escuetamente:

La madrugada del domingo, un accidente de coche se cobró la vida de una persona y dejó a otra gravemente herida. Se desconocen las causas del accidente.

No es gran cosa. Hill vuelve a mirar la foto. El terraplén de la orilla es muy empinado, en el primer plano se ve al personal de salvamento trabajando con el remolcador del coche.

Justo cuando va a pulsar el interruptor de la máquina para apagarla, ve algo más en la fotografía.

Al fondo del todo de la imagen hay alguien observando.

Una silueta larga y oscura que no tiene ninguna pinta de pertenecer al equipo de salvamento.

Hill amplía la imagen todo lo que el lector de microfilms le permite. La silueta es de un hombre que parece protegerse los ojos con una mano para ver mejor.

La foto es borrosa, el hombre no es más que un puñado de píxeles, pero aun así Hill lo reconoce prácticamente al instante. La postura, el abrigo, el sombrero.

Es el mismísimo Gunnar Irving.

Un rato más tarde, Hill abandona la biblioteca. Le está dando vueltas a lo que acaba de encontrar. Al llegar al aparcamiento, apenas ha abierto el coche con el mando cuando ve que hay alguien junto al vehículo. Una mujer mayor, de unos setenta años, vestida de negro y con sombrero. Lleva un ramo de flores en la mano. Hill la reconoce en el acto. Es la mujer que vio en bicicleta en Stjärneholm.

—Tú eres el Boyero, ¿verdad? —dice ella cuando él se acerca.

—Eh..., sí.

—Bien, necesito que me lleves de vuelta a Stjärneholm.

Antes de que Hill tenga tiempo de reaccionar, la mujer ya ha abierto la puerta y se ha subido al asiento del acompañante. No tiene más opción que montarse en el coche.

La mujer tiene la mirada fija al frente mientras abraza el paquete con el ramo.

—Tú eres Karin Irving, ¿verdad? —dice él—. La primera esposa de Gunnar, la madre de Viggo y Maud.

Ella frunce la boca en un gesto de confirmación, pero sigue sin decir nada.

—El otro día te vi desde la biblioteca. Llevabas un gato en la bici.

—Perseo —corrobora ella, sin hacer el menor ademán de continuar la conversación.

Hill decide estirar un poco más el hilo del gato.

—Mi abuela tenía gatos —dice, tanteando—. Dos siameses. A mí me daban un poco de miedo. ¿De qué raza es Perseo?

Más silencio.

—Gato de bosque de Noruega —dice ella al cabo de un rato—. Más tranquilos que los siameses.

—¿Y qué tal se lleva con Orión? ¿Verdad que se llama así el perro de Elsa?

—A Perseo le dan igual los perros.

—Ah.

Hill intenta mantener viva la frágil conversación. Karin Irving lleva toda la vida viviendo en Stjärneholm. Debe de conocer al menos parte de los secretos de la finca.

—El otro día estuve cenando con Maud y Elsa.

—Sí, me lo han contado.

Karin se vuelve hacia él y lo mira detenidamente.

—Maud dijo que eras simpático. Hacía mucho tiempo que no la oía decir nada amable de alguien. —Continúa observándolo—. ¿Estás casado?

—No —contesta él, riendo—. ¿Por? ¿Estás coqueteando conmigo?

En el rostro de la señora aparece algo que podría ser una sonrisa. El hielo parece haberse roto, pero Hill sigue poniendo freno a su curiosidad.

—¿Maud lleva mucho tiempo viviendo contigo? —dice, cauteloso.

—Medio año. Necesitaba descansar, así que le iba bien venir a la Casa Canopus. El arca que nos salvó del diluvio universal originado por nuestros pecados.

Se queda callada y vuelve a mirar al frente. Cuando el silencio se alarga un poco, la mente de Hill se traslada a la foto del accidente que ha visto en el periódico. ¿Por qué estaba Gunnar metido en el bosque, presenciando el remolcado del coche de su hijo? Viggo debía de llevar varias horas, o incluso días, en el hospital.

Llegan a la verja de Stjärneholm e, igual que la última vez, la puerta comienza a abrirse sin que Hill tenga que hacer nada.

El vigilante sigue de pie al otro lado, pero solo les hace una señal para que avancen. Al llegar al desvío que lleva a la Casa Canopus, Hill reduce la marcha, pero Karin Irving levanta la mano y señala hacia delante.

—Continúa hasta la mansión —dice ella.

Hill obedece.

—Debes de conocerte Stjärneholm como la palma de la mano —comenta él para dirigir la conversación hacia donde le interesa.

Karin asiente con la cabeza.

—Aquí nací y aquí me crie. De pequeña, vivíamos en una casa que estaba por allí, donde ahora está el anexo. Mi padre murió en el colapso de la mina, como quizá ya sabrás, pero Bernhard dejó que mi madre y yo nos quedáramos. Y después me casé con Gunnar.

Cruzan el puente y pasan junto al Intérprete de las Estrellas.

—Aquí tenemos al mismísimo Hombre de Cristal —dice Hill señalando la escultura.

—Sí —murmura Karin—. Gunnar es eterno. Inmortal.

—Pero no indestructible —dice Hill.

Karin responde con una risotada que él no se espera.

—No, en eso tienes razón.

Hill se acerca a la puerta principal, pero Karin Irving lo exhorta a continuar.

—Sigue —le ordena.

—¿Adónde?

—Vamos a ver a Bernhard.

EL HOMBRE DE CRISTAL

De día, duerme. Un sueño tan ligero que apenas puede considerarse sueño como tal. No como al que él está acostumbrado.

Soñar no sueña a menudo.

Pero a veces le viene a la mente el relato de Castor y Pólux que le contaba Padre. Pólux el inmortal, que repartía su tiempo entre el Olimpo y el Hades —entre el cielo y el infierno— para que su hermano pudiera recobrar la vida.

El relato podría ser el suyo, cosa que Padre también suele señalar.

—Tú y yo seremos inmortales, los dos, Príncipe Pólux —suele decir—. ¡Juntos, conquistaremos el mundo!

Normalmente, él se muestra de acuerdo. Se conforma con esa explicación.

Pero a veces, en algunos momentos oscuros en los que flota entre el sueño y la vigilia, puede verse azotado por la duda.

Puede dudar de que exista un Olimpo, un cielo.

Puede pensar que todos sus sacrificios y tormentos son en vano.

La idea le genera preocupación.

Ira.

Así que la aparta de un plumazo.

Prefiere pensar en cosas más agradables.

En Bure, el jugador de fútbol; en Knudsen, el viejo jardinero; en los dos hombres jóvenes de Blockön cuyos nombres desconoce.

Aunque sí que recuerda lo que hizo con ellos.

Sus viajes al oscuro abismo.

Pero, sobre todo, piensa en el Extraño.

En Martin Hill.

HILL

Dejan el coche en el aparcamiento, al lado de una valla y una verja de hierro forjado, pasada la fachada oeste de la mansión.

Hill intenta no mostrar su entusiasmo. ¿Karin está a punto de enseñarle la cámara funeraria subterránea?

Se baja del coche y abre la puerta del acompañante para ayudar a la señora.

—¿Puedes caminar? —pregunta ella, señalando la pierna de Hill—. El otro día ibas con muleta.

—Si no es mucho rato, sí —dice Hill—. Con el tratamiento del doctor Schiller la herida ha mejorado muchísimo.

Karin suelta un bufido.

—¿Schiller? Ese payaso solo hace lo que le dicen. Es Gunnar quien decide tu tratamiento. Él lo decide todo, aquí en Stjärneholm. ¡Lo ve y lo oye todo!

Hace un gesto en dirección a la oscura casa grande que tienen al lado.

—O casi todo, vaya. ¡Venga, vamos!

Se acerca a la verja de hierro colado, saca una llave del bolso y abre el cerrojo.

—Creo que no tengo permiso para visitar esta parte del parque —dice Hill, aplicado—. En la app ponía que esta zona estaba restringida.

—¡Tonterías! —Karin Irving le hace un gesto para que cruce la verja.

Hill obedece con gusto.

La mujer mayor lo toma del brazo y lo guía por un estrecho caminito que parece llevar hasta el agua. En un cruce, doblan a la izquierda, alejándose de la mansión. Continúan unos cien metros y llegan a un pequeño cabo.

Al final de la empinada orilla, a tan solo un par de metros, empieza el lago Miresjön. El agua titila de color negro, recuerda al material del que está fabricado el Hombre de Cristal. En el centro del lago, a poco más de un kilómetro de donde están, se ve la isla de Blockön. Oscura y quieta.

Hill nunca ha estado tan cerca de la isla, y en una situación normal seguro que se le habría disparado el pulso. Pero su emoción se ve frustrada por una piedra conmemorativa de riolita de gran altura que tiene justo delante, pegada a la orilla.

Cuando se acercan, ve la inscripción: BERNHARD IRVING, 1901-1996.

Karin Irving retira el papel del ramo de flores y deja la ofrenda al pie de la piedra. Después se queda un momento de pie, con la cabeza gacha y las manos juntas en el abdomen.

—Bernhard era un gran hombre —dice—. Un visionario. —Señala una frase en latín que está grabada en la piedra. *«Per aspera, ad astra»*, era su lema.

—Mediante el trabajo, hacia las estrellas —murmura Hill.

Ya se ha topado con esa expresión en algunas ocasiones, pero aquí le parece que encaja especialmente bien, con Blockön a la vista. Si entorna los ojos, incluso puede atisbar el observatorio en el centro de la isla, asomando entre las copas de los árboles.

Pero ahora mismo no es lo que más le interesa.

—¿Esta es la tumba de Bernhard? —pregunta.

Cruza los dedos para que la respuesta sea no. Para obtener una respuesta que, por lo menos, insinúe que la cámara funeraria existe de verdad.

Pero Karin Irving asiente con la cabeza.

—Gunnar mandó incinerarlo y enterrarlo aquí —dice—. Consiguió una especie de autorización, no me preguntes cómo. Gunnar siempre consigue lo que quiere.

Hill se siente decepcionado. Obviamente, podría darse la situación de que la cámara funeraria fuera secreta incluso para la familia más íntima. Pero lo más probable es que esa hipótesis no sean más que ilusiones suyas.

—Gunnar parece adorar a su padre —comenta con cuidado—. Habla muy bien de él en todas las entrevistas.

Karin Irving niega lentamente con la cabeza sin apartar la mirada de la piedra conmemorativa.

—Gunnar odiaba a su padre —dice—. La vergüenza que trajo sobre todos nosotros. —Los ojos se le llenan de lágrimas—. Pero pienso que Bernhard no sabía lo que hacía.

—¿Qué quieres decir?

Sin respuesta.

—¿Qué hizo Bernhard? —dice otra vez, ahora en tono más suave.

Se ven interrumpidos por unos pasos acelerados que se les acercan por detrás. Hill se da la vuelta y ve a Samuel en el caminito, seguido de la señora Schiller.

—¿No has leído las normas internas? —suelta Samuel, irritado—. En esta parte del parque no se permite la entrada de visitantes.

—Ya... —replica Hill—. Pero Karin me ha invitado a acompañarla a la tumba de Bernhard.

—Karin no está bien —le espeta Samuel—. Señora Schiller, ¿puede ocuparse de que Karin regrese de inmediato a su casa? Y Martin, para ti va siendo hora de volver a la Casa Arturo. Por aquí.

Samuel escolta a Hill al aparcamiento.

—En Stjärneholm tenemos algunas reglas —dice cuando están lo bastante lejos de las dos mujeres—. Es importante que dichas reglas se respeten. Por la seguridad de todos. Empezando por la tuya.

El tono de voz es cortés, pero aun así a Hill le parece captar un matiz amenazante. Cuando llegan al coche, Samuel se detiene, se gira hacia Hill y le busca la mirada.

—Y una cosa más. Ayer metiste a una visitante en el recinto sin informarme —dice Samuel.

—¿Leo? Sí, pero fue una emergencia. Y lo cierto es que no sabía que...

—¿Cuánto le has contado del trabajo que estás haciendo?

La pregunta, o quizá el tono acusatorio, deja perplejo a Hill.

—Nada —dice a la defensiva.

—¿Nada? —Samuel le lanza una mirada que parece atravesarle a Hill el cráneo entero.

Hill traga saliva.

—No —responde. Las palabras de Samuel le recuerdan a las de Per el Paranoias, y por un breve instante vuelve a sentirse como aquel adolescente muerto de miedo.

—Bien —dice Samuel, ahora en un tono más afable—. Te recuerdo que has firmado un acuerdo de confidencialidad. Y la próxima vez que te apetezca traer a algún invitado a la finca quiero que primero te pongas en contacto conmigo.

Le da a Hill una palmadita amistosa en el hombro.

—Empieza a oscurecer. Mejor nos vamos a casa, ¿o qué me dices, Martin?

Hill asiente en silencio. Samuel se queda allí de pie mientras él se monta en el coche, y después se despide amablemente con la mano.

ASKER

Ha encontrado un buen puesto de vigía en la linde del bosque, al lado del cultivo de droga. La temperatura hace equilibrios sobre la línea de los cero grados, pero el viento que corre entre los árboles incrementa la sensación de frío. Asker se ha vestido para la ocasión: anorak, mallas térmicas, botas. Incluso se ha tapado la cara con un pasamontañas de esquiar que solo deja hueco para los ojos y la boca.

Sale humo de la chimenea de la granja, y se ve luz en las ventanas. El Volvo está en el patio, pero ahora cuenta con la compañía de un todoterreno.

Por lo que parece, el segundo vehículo pertenece a dos hombres corpulentos con barba de vikingo, que le recuerdan a Asker a los moteros que vio en el Freedom Gym. ¿Podría tratarse de la misma gente? Está demasiado oscuro y Asker está demasiado lejos como para poder confirmarlo a través de los prismáticos.

Lleva tanto rato aquí que ya se ha aprendido el patrón. Cada media hora, uno de los vikingos sale de la vivienda. Se da una vuelta por los demás edificios con una escopeta de caza en una mano y una linterna en la otra. Va hasta los invernaderos para mirar el cultivo y después regresa al calor de la cabaña principal.

Sundin y Danielsson también están aquí, pero ninguno de los dos sale a hacer la ronda de reconocimiento. A lo mejor sus dedos de jardinero son demasiado delicados para las labores de vigilancia.

Asker se come una barrita de proteínas y se la traga con ayuda de unos sorbos de agua. Está acostumbrada a esperar. El Paranoias se encargó de prepararla muy bien para esa tarea.

El truco para sorprender a alguien es esperar al momento oportuno. El momento en el que el adversario baja la guardia. Cuando el cansancio y la comodidad le ganan la batalla a la alerta.

Ella ya está cansada. En los últimos días se ha cruzado la provincia de una punta a otra más veces de las que puede contar. Además, tiene un dolor constante en el hombro herido. Pero la ventaja de eso es que la mantiene despierta y atenta.

Piensa en Martin Hill. Le ha gustado mucho pasar tiempo con él. Por un breve instante, cuando sus manos se rozaron, casi le pareció que volvían a ser adolescentes. Y a la vez, no.

Mientras estaba aquí esperando, ha podido pensar bastante en lo que él le dijo acerca de que debería seguir su intuición. El primer impulso de Asker fue ningunear el comentario con una risotada. Contentarse con que Martin se preocupe por ella, con que la hubiera escuchado. Al fin y al cabo, la labor policial consiste casi exclusivamente en metodología, lógica y uso de recursos.

Pero, a medida que pasan las horas, Asker no puede evitar preguntarse si Martin no podría estar en lo cierto. Desde que Per ha vuelto a aparecer de forma indeseada en su vida, Asker tiene la sensación de haber perdido algo de sí misma. El miedo a equivocarse hace que ya no confíe en sus instintos.

Se sacude para dejar de pensar en ello y dirigir la mente en otra dirección.

También ha tenido tiempo de pensar en algo más.

Samuel, el jefe de seguridad que los ha parado al salir de

Stjärneholm y que sabía quién era ella. Nunca han hablado, pero Asker se ha cruzado con él en otras circunstancias. En campos de tiro, en salas de reuniones y en operaciones. Ha reconocido su lenguaje corporal, el patrón de movimientos, la manera en que la ha observado. La chaqueta abierta y, como mínimo, una mano a la altura del cinturón, para poder alcanzar rápidamente el arma que lleva escondida en la cintura. La seguridad en sí mismo, el convencimiento de ser la persona más peligrosa de la sala.

¿Debería avisar a Martin? ¿Decirle que vaya con cuidado?

No le parece necesario. Martin se dedica a hojear libros e investigar puertas secretas. Lo peor que le puede pasar si muestra demasiada curiosidad es que pierda el encargo y lo echen de la finca. A diferencia de ella, que está arriesgando mucho más que eso...

Espera algo más de una hora antes de empezar a moverse. A estas alturas, la oscuridad es prácticamente absoluta.

Asker baja a hurtadillas hasta los invernaderos con la plantación. La puerta está cerrada con un candado. Al lado hay un cobertizo con la fachada abierta. Se mete dentro y se queda esperando en la oscuridad, entre aperos de labranza y sacos de tierra.

Más o menos a los cinco minutos oye a uno de los vikingos acercarse con pasos pesados. Asker saca la pistola táser que le ha prestado Zafer y se prepara.

El hombre dobla la esquina. Enfoca con la linterna y Asker se retira un poco más a las sombras.

El vikingo se aproxima a la puerta. Tiene la escopeta colgando sobre el hombro derecho, lo cual quiere decir que es diestro y que girará sobre sí mismo hacia la izquierda, si se ve sorprendido. Por tanto, su punto ciego es su omóplato derecho.

Asker sale sin hacer ruido en dirección a ese punto. El viento y las orejeras que el vikingo lleva puestas hacen que no la oiga acercarse.

En el mismo momento en que el hombre estira la mano para comprobar el candado, Asker le baja el cuello de la chaqueta y le hunde los bornes metálicos de la táser en la nuca carnosa, justo donde se encuentran el circuito nervioso del cuerpo y de la cabeza.

La pistola eléctrica emite un chasquido breve y eléctrico. El hombre se sacude con un espasmo como si sufriera un calambre de cuerpo entero y hace un ruido gutural. Después, sus rodillas se doblan y se desploma con pesadez en el suelo.

Asker guarda la táser. Utiliza las bridas gruesas para atarle los tobillos y las muñecas a la espalda. Luego, le mete un trapo en la boca y se la tapa con un trozo de cinta americana, antes de arrastrarlo hasta el cobertizo y dejarlo detrás de un palé de sacos de sustrato universal.

Recoge la escopeta, saca los cartuchos con soltura y desmonta el arma. Tira las piezas a la oscuridad en distintas direcciones y pone rumbo a la cabaña principal.

Un adversario reducido, pero dentro de la casa quedan otros tres, y en cuestión de minutos empezarán a preguntarse dónde se ha metido su colega. Por tanto, corre prisa.

Busca la escalera de pintor que ha visto con los prismáticos y se la carga al hombro bueno.

Al llegar a la casa, la apoya en el voladizo. Sube lo más deprisa que le permite el dolor del hombro y camina a cuatro patas hasta la chimenea de obra haciendo el menor ruido posible.

A esta distancia puede notar el calor incluso a través del pasamontañas. Los tíos de ahí dentro están quemando leña a destajo, lo cual le va perfecto.

Se saca dos puñados de pequeños tarros de gas pimienta y lacrimógeno de los bolsillos. Los deja caer por la chimenea, los oye tintinear antes de aterrizar en la lumbre, y empieza a contar por dentro mientras vuelve por donde ha venido.

Tiene algo más de un minuto de margen, y llega al suelo de sobra. Se agazapa para pasar por debajo de las ventanas, dobla la esquina de la cabaña y coge posición a cierta distancia de la puerta. Desenfunda el arma de servicio con una mano y extiende la porra telescópica con la otra.

Está preparada. Los fuegos artificiales deberían empezar de un momento a otro dentro de la casa.

Justo cuando termina de pensarlo, se oye un fuerte petardazo, luego otro, y después un tercero y un cuarto. Parece el sonido de unas palomitas gigantes.

Los estallidos se mezclan con el bramido de varias voces, seguidas de pasos pesados, hasta que la puerta se abre de par en par de un bandazo.

Por el hueco empieza a salir una nube de humo picante, de la que surgen tres hombres vestidos con ropa de estar por casa y en calcetines. Tosen, escupen y tienen arcadas de forma tan virulenta que se ven obligados a caminar encorvados.

El más corpulento de todos, el otro vikingo, se frota los ojos mientras blande un gran revólver de un lado al otro. Es evidente que no tiene ni idea de dónde se encuentra su enemigo.

Asker da dos pasos rápidos al frente. Le pega un azote con la porra telescópica en la muñeca de la mano que sostiene el revólver, y este sale despedido. En el mismo movimiento, lanza otro golpe en el punto donde el músculo femoral derecho del hombre se encuentra con la rodilla. La confluencia de metal, músculo, nervios y hueso es tremendamente dolorosa, Asker lo sabe por experiencia propia.

Y ahora el vikingo también lo sabe. El hombre se desploma en el suelo con un chillido mientras se agarra la rodilla con la mano buena. Asker vuelve a golpearlo con la porra, esta vez en los riñones, solo para asegurarse de que no podrá ponerse en pie. El vikingo se hace una bola en el suelo.

Sundin y Danielsson han echado a correr en dirección al granero, como si intentaran llegar a su coche.

Asker apunta al cielo con la pistola y dispara una vez.

Los dos hombres se arrojan al suelo.

—¡La cara pegada al suelo! —les ordena ella—. Al que levante la cabeza le vuelo los sesos.

Danielsson y Sundin hacen lo que les dice. Lo único que Asker oye son los tosidos.

Asker enfunda el arma y repliega la porra. Utiliza las bridas para atar al otro vikingo de la misma manera que ha hecho con su clon hace apenas unos minutos.

Después, va hasta Sundin y Danielsson y hace lo mismo con ellos. Por último, arrastra a los tres hombres hasta el interior del granero. Al terminar, tiene la espalda empapada de sudor, igual que el interior del pasamontañas, a pesar del frío que hace, y el hombro está protestando a base de bien.

Se sienta en una vieja bala de paja y descansa un par de minutos mientras estudia a los tres hombres maniatados que tiene delante. El vikingo al que ha golpeado con la porra la fulmina con la mirada, pero la mordaza y la cinta americana le impiden decir nada. Tiene la cara enrojecida de rabia y dolor. Pero a Asker él no le interesa. El hombre berrea y resopla, retuerce el cuerpo y pega sacudidas mientras ella lo ata a un poste que hay dentro de una cuadra.

Los otros dos hombres se muestran mucho más dóciles. Sundin y Danielsson parecen muertos de miedo. Asker los incorpora contra una pared y deja que su imaginación se desboque un poco más mientras ella llena dos cubos de agua en un grifo.

—¿Q-quién eres? —dice Sundin—. ¿Para quién trabajas?

En lugar de responder, Asker le vuelca uno de los cubos de agua encima.

Después, hace lo mismo con Danielsson.

Los dos se ponen a gritar del shock. Insultos y palabrotas.

Asker vuelve a su asiento. Dentro del cobertizo puede que haga cinco grados, el aire es gélido. Guarda silencio mientras observa a los hombres.

Al cabo de un par de minutos, Sundin y Danielsson dejan de soltar tacos y empiezan a castañetear con los dientes. Tienen la ropa empapada.

Asker espera hasta que los labios se les ponen morados.

—Vale —dice sin levantarse—. Quiero que me habléis de Tord Korpi. Quiero saberlo todo, desde el principio.

HILL

Recalienta las sobras de la comida tailandesa que compraron ayer y cena a solas mientras se distrae con el teléfono. Leo no ha pasado más de una noche aquí, y, aun así, la casa está singularmente vacía sin ella.

O bien es porque Hill no está acostumbrado a estar tan aislado. Stjärneholm es emocionante, desde luego, pero también es muy oscuro y silencioso. Ahora mismo, demasiado silencioso. Hill aún se siente incómodo por la conversación con Samuel. El jefe de seguridad lo ha asustado, le ha despertado recuerdos y acontecimientos que tenía la esperanza de no revivir nunca.

Pero lo que más le disgusta es tener que tachar la cámara funeraria subterránea de pura leyenda urbana, después de que Karin le haya enseñado la tumba real de Bernhard. ¿Qué implicaciones tiene eso para el libro que quiere escribir más adelante sobre la isla de Blockön y la familia Irving?

A lo mejor no demasiadas, pensándolo bien. Aparte de los mitos más conocidos, hay otros tantos misterios esperando.

Hojea la carpeta que Leo le trajo sobre los ahogamientos en el lago. Se queda un rato atrapado con el memorando que describe las maniobras del segundo dragado en busca de Elis, después de que el cuerpo de Nick apareciera a comienzos de la primavera. Pero esa vez tampoco hallaron ni el cuerpo ni la barca naufragada.

Lo segundo llama un poco la atención, señala el agente de policía que ha redactado el memorando, porque las barcas de plástico son resistentes y es muy difícil hundirlas hasta el fondo y hacer que se queden allí.

El último documento de la investigación es el informe forense.

En él se constata que el cuerpo de Nick está en muy mal estado por efecto de los tres meses que ha pasado en el agua. Los tejidos se encuentran en distintos estados de descomposición, y el cuerpo presenta varias fracturas, la mayoría de ellas concentradas en el tronco y las extremidades superiores.

Hill descubre que el matrimonio de ufólogos tenía razón en un detalle: a Nick le faltaban los dos ojos.

Sin embargo, el médico forense no muestra mayor sorpresa ante dichas heridas, sino que se limita a constatar que podrían ser consecuencia de haber estado en el agua tanto tiempo, y concluye tímidamente con un «probable ahogamiento», tal y como había sugerido Leo.

Sea como sea, a Hill se le confirma que la información que le han dado los ufólogos es, objetivamente hablando, correcta, tanto acerca de Nick y Elis como acerca del jardinero Björn Knudsen. Súmale el accidente de coche de Viggo, en el que Pontus, el prometido de Maud, perdió la vida y en cuyo escenario, por alguna razón, más tarde Gunnar estuvo presente.

En resumen, cuatro casos de fallecimiento, todos diferentes, pero al mismo tiempo con un elemento en común: una conexión con la familia Irving o con Stjärneholm, Miresjön y Blockön.

Sin duda, puede tratarse de casualidades. Con el tiempo pasan cosas, y cuanto más largos e importantes son los acontecimientos, más coincidencias se pueden encontrar.

Eso es lo que les da vida a las teorías de la conspiración.

En cualquier caso, Hill no puede negar que todo aquello resulta fascinante. Si le suma lo que él mismo ha vivido en Stjärneholm, la sensación de que ha encontrado algo resulta ineludible.

Un secreto, o quizá incluso varios. Un montón de contenido para su libro, que no hace sino espolear todavía más su curiosidad. Es leña que alimenta el fuego de su obsesión por la isla de Blockön.

Pero esta noche ya no puede avanzar más. Tiene que esperar hasta mañana y cruzar los dedos para que vuelvan a abrir la biblioteca y así él pueda explorar la estancia de detrás de la puerta secreta.

Sigue sin tener la menor idea de cómo encaja la puerta en el puzle, pero alguien ha puesto mucho empeño en que él la encontrara.

Sea lo que sea que hay detrás de la puerta, debe de ser algo que, por fuerza, lo acercará más a alguno de los secretos de la familia Irving.

Pero, en paralelo a la emoción, Hill tiene también esa sensación de malestar y desagrado que no hace más que intensificarse desde que Tom y Krystal le han enseñado su ejemplar de *Lugares olvidados* en la cafetería.

Nick y Elis habían leído el libro y se habían inspirado con él. Lo que los empujó a visitar Blockön fue lo que Hill había escrito. Una parte incómoda de su conciencia insiste en que eso lo convierte en cómplice del destino que corrieron.

Hill intenta convencerse de que Nick y Elis eran hombres adultos que tomaban sus propias decisiones. Pero aun así el sentimiento de culpa persiste. Y se aviva con los horrores que acaba de leer en el informe forense.

Necesita entretenerse con algo.

La pareja de ufólogos ha dicho que estaban buscando un acceso a las instalaciones subterráneas en las proximidades de la Casa Arturo. A Hill no le iría mal estirar un poco las piernas, y de paso puede aprovechar para echar un vistazo en el bosque.

Busca una linterna, encuentra una recargable en la pared, junto al armario de interruptores automáticos, al otro lado de la puerta que baja al sótano.

La enciende y enfoca hacia la oscuridad del sótano, desde donde sube un olor peculiar. Humedad, tierra y algo más. Algo vagamente desagradable que Hill no logra identificar del todo, pero que siente que debe explorar. Baja unos pasos por la escalera. Uno de los peldaños cruje ruidosamente.

Una vez abajo, pasea el haz de luz por todo el sótano.

Una lavadora y una secadora, tal y como le dijo la señora Schiller. Algunos estantes con cajas y, al fondo, una puerta de metal que tiene un cartel en el que pone CALEFACCIÓN CENTRALIZADA. Nada que despierte su interés.

Vuelve a subir al recibidor y cierra la puerta del sótano con cuidado.

Fuera hace frío y viento. Se abrocha la chaqueta y se cala el gorro hasta las cejas. Después, dobla la esquina de la casa para meterse en el pequeño jardín que hay al otro lado de la ventana de su dormitorio. Pasa de largo el sitio en el que ha encontrado el llavero y se mete entre los árboles.

La linterna revela la existencia de un pequeño sendero que Hill decide seguir.

El viento silba en las copas mientras él se adentra más en el bosque.

Barre con el haz de luz entre los troncos en busca de una estructura que pudiera responder a algún tipo de pozo de excavación.

Pero lo único que ve son árboles y arbustos.

Tras veinte minutos de búsqueda sin rumbo empieza a tener frío y decide volver a la casa.

Un leve zumbido le hace mirar arriba. Justo por encima de las copas de los árboles hay una pequeña nave oscura flotando inmóvil. Durante tres segundos, el cerebro de Hill cree que está viendo un ovni, pero después entra en razón. Es un dron, tal y como Leo le ha contado esta mañana. Probablemente, forma parte del sistema de seguridad de Stjärneholm. El aparato está del todo quieto, como si lo estuviera observando. Cuando Hill se pone en movimiento, el dron lo sigue.

Hill no puede dejar de pensar en lo que la pareja de ufólogos ha dicho sobre su teléfono móvil. Lo lleva encima, tiene la app instalada y está conectado a la red de Stjärneholm. Vale, el dron podría haber captado la luz de la linterna y haberse movido hasta allí. Pero ¿y si no es el caso? ¿Y si lo han rastreado a través del teléfono?

¿Es así como Samuel ha sabido que estaba en la tumba de Bernhard?

La idea lo incomoda mucho.

Abandona el sendero y se mete entre los árboles en dirección a la Casa Arturo. El dron sigue zumbando por encima de su cabeza, pero, a medida que el bosque se cierra, lo pierde de vista.

Cambia de dirección, se adentra más en el bosque. Entonces se para, se vuelve a oírlo, se está acercando, y acaba por detenerse justo encima de Hill.

De pronto se enciende un foco tan intenso que levanta la mano por acto reflejo para no dejarse cegar.

El dron se queda flotando unos segundos mientras ilumina a Hill.

Después, el foco se apaga de golpe, el motor del dron aumenta de revoluciones y el aparato desaparece por encima de las copas de los árboles.

Hill se queda quieto en la oscuridad.

El dron no lo ha encontrado por casualidad, no cabe duda.

Alguien quiere dejarle claro que le tienen un ojo puesto.

ASKER

Las dentaduras de los hombres castañetean como dos maracas. El sonido rebota en las paredes del viejo granero.

—¿Tord K-Korpi? —espeta Sundin—. ¿Q-quién coño es ese?

Asker no se molesta en contestar. Lo que el idiota de Sundin no ha entendido es que el tiempo está de su lado. Por cada minuto que se demoren en responder, el dolor que sienten no hará más que intensificarse. Ya tienen los labios azules y de un momento a otro darán comienzo los temblores de la hipotermia.

Lo único que debe hacer ella es esperar.

—¿Q-qué coño quieres? —A Danielsson se le atraganta la voz. Es más delgado y débil que Sundin, y tiene mucha más pinta de estar a punto de romperse.

—Tord Korpi —repite Asker—. Hace un montón de años intentasteis robarle. Quiero escuchar toda la historia.

Danielsson suelta un gemido. La grasienta raya en medio le da un aire aún más lastimoso.

—T-tengo mucho frío.

—Entonces te sugiero que espabiles —dice Asker—. Vamos, desde el principio.

Danielsson intercambia una mirada con Sundin.

—Vale —jadea después—. Vimos que Korpi tenía dinero en metálico y decidimos intentar pispárselo.

—¿Vosotros dos y quién más?

—L-Linus Palm —jadea Danielsson. Su escuálido cuerpo ha comenzado a sufrir algún espasmo descontrolado.

Asker sabe que desde fuera se ve peor de lo que es. Los temblores son la reacción del cuerpo para intentar mantener los músculos en marcha. Es desagradable, pero no demasiado peligroso. Cuando los temblores cesan es cuando tienes que empezar a preocuparte.

—Lo estuvimos espiando —añade Sundin. Él también parece haber tirado la toalla—. Esperamos hasta que se marchó del Freedom Gym con su camioneta y lo seguimos. Habíamos conseguido unos pasamontañas de esquiar y un bate de béisbol.

—¡Sigue! —ordena ella—. ¡Quiero detalles!

—Fue un rato hacia el norte, después se metió en el bosque —tartamudea Sundin—. Fue hasta una vieja cantera de grava. Allí había otro coche esperando. Una mujer que se subió a la camioneta de Korpi.

—¿Y luego? —Asker está impaciente. Quiere que vayan al grano.

—Al principio pensábamos que iban a echar un polvo, nos olía todo a lío de faldas, así que estuvimos a punto de mandarlo todo a la mierda. Pero a los pocos minutos la tía se bajó y se largó con su coche. Así que decidimos ir a por Korpi. P-pero la cosa se torció, Korpi sacó una pipa y le pegó un tiro a Jon en la pierna.

Danielsson asiente con la cabeza. Ahora está blanco como la tiza.

—Me apuntó a la cabeza. Empezó a gritarnos que le dijéramos para quién trabajábamos. Estábamos cagados de miedo, le dijimos que solo éramos ladrones. Le rogamos por nuestra vida...

Danielsson solloza y Sundin toma la palabra.

—K-Korpi se largó. Nosotros entramos en pánico, metimos a Jon en mi coche y fuimos a Urgencias. Estaba sangrando como un cerdo.

Danielsson asiente de forma espasmódica.

—Me dolía la hostia... —consigue decir.

—¿Y después? —pregunta de nuevo Asker.

Los dos hombres se miran el uno al otro.

—¿Cómo que después? —dice Sundin—. Korpi desapareció, ya no volvimos a verlo nunca más.

En lugar de contestar, Asker se levanta, va al grifo y empieza a llenar uno de los cubos otra vez.

—¡E-espera! —grita Sundin.

Asker llena el cubo y lo deja a un par de metros de los dos hombres.

—¿Qué pasó luego? —repite.

Los hombres se la quedan mirando.

—Jon tuvo asepsia. E-estuvo ingresado varios meses —dice Sundin, con los dientes repicando.

Danielsson asiente con fervor.

—E-estuve a punto de perder la pierna —confirma.

Asker coge el cubo.

—¿Y quién de los tres asesinó a Korpi?

Los hombres la miran.

—¿A-a-asesinarlo? —tartamudea Sundin—. ¿De qué coño hablas?

Asker levanta el cubo. Danielsson suelta un gemido.

—No, no, no, joder, más no. No lo tocamos, lo juro, lo juro.

Asker mira a Sundin. Él también niega con la cabeza.

—S-solo éramos unos críos —logra decir entre temblores—. Korpi hizo que nos cagáramos de miedo. Jon estuvo a punto de palmarla, joder. Linus se largó a casa de un pariente en el norte.

—¿Y tú? ¿Qué hiciste tú después del robo?

—M-me fui a Dinamarca —tirita Sundin—. Tengo unos primos allí.

—Dilo todo, Erik —jadea Danielsson—. Ya no puedo más...

Casi ha dejado de temblar.

—Me metieron en el trullo por allanamiento de morada —dice Sundin—. Me echaron un año.

—¿En Dinamarca?

Sundin asiente torpemente con la cabeza.

—¿Cuándo fue eso?

—El mismo verano. Como unas tres semanas después del robo.

—O sea que estuviste en la cárcel un año a partir de agosto.

Sundin asiente de nuevo.

Asker piensa un momento en ello. Una pena de prisión en Dinamarca no consta en los registros suecos, lo cual explicaría por qué Rosita no ha encontrado el dato.

Pero es fácil de comprobar, y es razonable pensar que Sundin es consciente de ello. Por tanto, las probabilidades de que esté diciendo la verdad se disparan.

Asker se gira hacia Danielsson.

—¿Y tú estuviste en el hospital? ¿Cuánto tiempo?

El hombre está completamente pálido, pero consigue asentir con la cabeza.

—Hasta octubre. V-volví a casa para mi cumpleaños.

—¿Qué pasó con Linus Palm? —pregunta Asker.

Sundin niega en silencio. Después, habla a trompicones.

—Dejamos de hablar. Conoció a una tía. Ahora es político, no quiere saber nada de nosotros.

Asker deja el cubo en el suelo e intenta digerir lo que acaban de contarle los dos hombres.

A estas alturas, Sundin y Danielsson tienen demasiado frío y están demasiado asustados como para poder mentir de manera convincente.

A Korpi lo asesinaron en algún momento entre mediados de agosto y el 9 de septiembre, el día en que vertieron el último cargamento de poda y montaron la barrera.

Para aquellas fechas, Sundin estaba en una cárcel danesa y Danielsson continuaba ingresado en el hospital. Teóricamente hablando, Linus Palm podría seguir estando implicado, pero Asker lo duda mucho.

Por lo tanto, solo llega a una conclusión. Una de lo más desalentadora.

Palm, Sundin y Danielsson no tienen nada que ver con el asesinato de Tord Korpi. El robo fracasado, por muy lógico que pudiera parecer, no es más que una pista falsa.

Asker ha malgastado sus recursos limitados siguiendo la pista equivocada.

Y ahora la investigación se ha estancado.

«¡Mierda!»

Sábado

HILL

La sensación de malestar de la tarde anterior se hace recordar durante todo el desayuno. Hill se plantea de nuevo si no sería mejor dar las gracias por todo y renunciar al encargo, pero vuelve a llegar a la misma conclusión que antes. Está demasiado fascinado con todo aquello como para dejarse asustar por un tirón de orejas, independientemente de lo desagradable que le haya resultado.

Además, la familia Irving tiene una razón bastante buena para estar alerta, después de los intrusos que se colaron el otro día. Y lo cierto es que fue él quien se saltó las normas al acompañar a Karin hasta la tumba de Bernhard.

La app tintinea. Tiene un mensaje que informa de que vuelven a abrir el acceso a la mansión, con lo cual se esfuman las últimas dudas que pudieran quedarle a Hill.

Solicita un transporte de inmediato para la biblioteca.

Después, apura el café ansiosamente mientras espera a que aparezca Ville.

Pero resulta que quien aparece al volante del carrito de golf es la señora Schiller.

—Buenos días, doctor Hill —lo saluda—. ¿Ha dormido usted bien?

—Buenos días, señora Schiller —dice él en tono exageradamente afable—. Sí, gracias, he dormido muy bien.

Ha decidido intentar reparar su pequeño abuso de ayer. Comportarse de manera ejemplar, para así poder investigar la escalera secreta sin problemas.

—Respecto a lo de ayer —dice ella al cabo de un rato, y esboza su tierna sonrisa—. Creo que Samuel fue un poco brusco con usted, le pido disculpas por ello. Doña Karin no está del todo bien, ¿sabe? Intentamos cuidarla lo mejor que podemos.

—Claro —responde Hill—. Tal y como ya le dije a Samuel, la traje en coche desde la floristería del pueblo. Se podría decir que me insistió en que la acompañara a la tumba de Bernhard, y no quería caerle mal.

—Lo entiendo. ¿Y qué fue a hacer al pueblo?

La pregunta parece inofensiva, pero aun así Hill se pone alerta.

—Fui a llevar a mi amiga a la estación de tren, y después aproveché para pasarme por la biblioteca.

Piensa un momento en si no debería mencionar también la cafetería Ovni, más que nada porque sospecha que lo tienen vigilado. Pero decide callárselo, a pesar de todo.

La señora Schiller guarda silencio unos segundos mientras parece concentrarse en la conducción.

—Lo que le decía: Karin no está del todo bien. A veces puede dar la impresión de que tiene la cabeza muy bien amueblada, y al instante siguiente se pierde en su propio mundo. Cualquier cosa que diga hay que cogerlo un poco con pinzas.

—Comprendo —dice Hill.

—¿Le dijo algo a usted? —pregunta la señora Schiller—. ¿Algo que le sonara un poco extraño?

—No —contesta Hill en el tono más inocente que puede—. Más que nada, me estuvo contando lo mucho que había adorado a Bernhard. Dijo que era un gran hombre.

La señora Schiller asiente con la cabeza.

—Sí, doña Karin y Bernhard eran muy buenos amigos. Ella honra su recuerdo, como hacemos todos.

La señora frena delante de la puerta de la clínica.

—Pues ya hemos llegado.

La mujer se baja y abre la puerta de la consulta con su pase. Escolta a Hill hasta el ascensor y suben a la biblioteca.

Pero, en lugar de dejarlo a solas, como siempre, se acomoda en un sillón y empieza a toquetear un iPad.

Hill tiene que hacer un esfuerzo para no mirar de reojo la librería de la puerta secreta. Mientras la señora Schiller esté aquí, no le quedará más opción que trabajar.

Además, le ha prometido a Nova que le presentará un enfoque para el libro sobre Alfacent, y mientras no presente algo que merezca su aprobación no puede contar con la posibilidad de que le dejen visitar Blockön.

Después de haber visto la tumba de Bernhard y de haber oído a Karin hablando de él, Hill decide repasar los artículos en los que Gunnar habla de su padre.

Tarda más o menos una hora en seleccionar los más interesantes. Casi todos giran alrededor de la experiencia que Gunnar tuvo en Blockön.

> Mi padre entendía lo que hacía falta. Tenía suficiente visión y valentía como para llevarlo a cabo. Bernhard me confió toda la empresa familiar. Me dejó construir las ideas que el extraterrestre me había dado. Le estaré eternamente agradecido por ello.

Ni pizca del odio que Karin ha señalado.

Hill sigue pasando hojas, relee un artículo tras otro. Toma notas y trata de comparar frases y palabras.

Algunas expresiones se repiten; otras, cambian.

Al principio, el relato sobre el ovni es más detallado, pero a medida que avanzan las fechas se va resumiendo y haciendo más escueto. Además, hay algunos detalles distintos. La altura a la que se encontraba el resplandor, el tamaño de la nave y del extraterrestre. En alguna descripción, la criatura es de color negro brillante; en otra, mate. Además, en algunas ocasiones Gunnar describe varios sonidos que en otras versiones del relato deja fuera.

La descripción de Bernhard, en cambio, es sorprendentemente constante durante muchos años.

El padre es un visionario que tiene el valor de actuar y dejar que Gunnar siga su llamada. Se atreve a soltar las riendas de la obra de su vida y a confiar en su hijo.

Pero a comienzos de la década de los noventa ocurre algo incluso con esa parte del relato. En un artículo de 1992, Gunnar emplea por primera vez la frase «cuando yo asumí el mando de la empresa».

A lo mejor no es una gran diferencia, pero por lo que Hill ha estado leyendo, hasta esa fecha Gunnar siempre había usado expresiones como «me cedió», «me dejó» o «me confió» para describir el proceso, señalando en todo momento que había sido Bernhard quien había actuado, no él. Y de pronto, a partir de esa entrevista, empieza a describirse a sí mismo como la parte activa. Fue él quien «asumió», «intervino» y «se encargó».

El cambio en el relato es tan discreto que solo te das cuenta si lo buscas a propósito.

Además, en artículos posteriores, el agradecimiento que Gunnar tantas veces había expresado por el gesto de su padre desaparece por completo.

Hill se balancea en la silla.

¿Qué pasó a comienzos de los años noventa que hizo que Gunnar cambiara de postura hacia su padre? Hill recupera el eje cronológico que elaboró el otro día.

Gunnar se divorció de Karin en 1991, apenas unos meses antes de esa entrevista. Volvió a casarse al año siguiente y tuvo a su segunda hija, Nova.

Más o menos en la misma época, Alfacent sumó nuevos éxitos en la tecnología de ADN. Hill niega con la cabeza, se esfuerza por encontrar alguna relación entre esos acontecimientos y la nueva postura de Gunnar hacia su padre.

La señora Schiller tose, interrumpiendo sus cavilaciones.

Esta vez Hill no puede evitar la tentación de mirar de reojo las estanterías de ciencia ficción. Su espíritu de explorador urbano no quiere hacer otra cosa que ir allí.

Pero, mientras la señora Schiller no lo deje a solas, no tiene más opción que quedarse sentado. Debería olvidarse de todo esto un rato y tratar de encontrar un nuevo enfoque para el libro sobre Alfacent.

Busca una página en blanco en su libreta y luego tamborilea unas cuantas veces con el bolígrafo sobre el papel.

Su mirada se ve atraída una vez más hacia las librerías.

¿Qué hay allí arriba, al otro lado de la puerta?

¿Qué secretos le esperan?

ASKER

Se permite dormir un par de horas extra antes de salir a correr su vuelta diaria desde la gran casa hasta el campo de golf. En el camino de vuelta, lleva el cuerpo más al límite, en un intento de aclarar las ideas.

Per el Paranoias está detenido y los dos sospechosos que Asker tenía resultan ser inocentes. La única información interesante que ha obtenido de todo aquello es el dato de que Korpi se citó con una mujer desconocida, probablemente por un lío de faldas. Pero Sundin y Danielsson no han podido darle más detalles, ni siquiera la marca del coche de la mujer, lo cual hace que sea imposible rastrearla, dieciséis años más tarde.

Aun así, la situación no es del todo desesperante, al menos a nivel puramente jurídico. No basta con que Per y Korpi se conocieran, ni siquiera con que Korpi pasara tiempo en La Granja poco antes del asesinato. El tribunal nunca lo condenará a prisión basándose en esos datos, y menos aún por un crimen cometido hace dieciséis años, eso lo saben tanto el fiscal como Hellman.

Hace falta más: más indicios o pruebas reales, o como mínimo un móvil evidente que haga que Per resulte considerablemente más sospechoso.

A falta de todo eso, Per debería volver a estar en la calle el lunes. Seguirá siendo sospechoso y estará bastante mosqueado con ella, pero no habrá provocado una masacre.

Quizá lo mejor que puede hacer Asker ahora es sentarse en el banquillo y cruzar los dedos para que tanto Hellman como Per se desinflen.

Una idea sugerente.

Al llegar al patio de la casa, ve un deportivo de color verde esperando.

Es el coche de Isabel.

Su madre se baja. Va impecablemente vestida, como de costumbre, a pesar de ser sábado por la mañana. Traje, abrigo, bufanda y un gorro de piel que, junto con su lenguaje corporal, refuerzan el aire de monarca británica, con un matiz de peligrosa superdepredadora.

Asker, en cambio, lleva ropa de deporte sudada y usada tantas veces que ya ha alcanzado ese punto crítico en el que resulta imposible eliminar del todo el olor a sudor.

—¡Buenos días, Leonore! —saluda Isabel exageradamente contenta—. Pensaba invitarte a desayunar. He comprado bollitos.

Asker no sabe qué le preocupa más: que su madre se haya presentado en su casa sin previo aviso, o que intente ser amable.

Se da una ducha rápida mientras trata de comprender qué es lo que Isabel anda buscando, pero no consigue llegar a ninguna conclusión, aparte de que debe de tener algo que ver con Hellman y su padre. Pero con Isabel nunca puede estar segura. De hecho, esa inseguridad es el arma más poderosa con que ella cuenta.

Cuando vuelve a la gran cocina, Isabel ha sacado bollitos, cruasanes y zumo de naranja recién exprimido, lo cual no hace sino aumentar la intranquilidad de Asker.

—He intentado hacer café, pero se ve que para la cafetera

esta hay que tener un carné de algún tipo —dice su madre, todavía en ese tono alegre que Asker no sabe muy bien cómo gestionar.

Saca dos tazas, se sienta a la mesa y le da un bocado a uno de los bollos.

—Bueno, Leonore, ¿cómo estás?

—Bien.

Por lo visto, Isabel pretende charlar un poco antes de ir al grano, así que Asker añade un «mucho trabajo».

—¿No te apetece buscarte un piso en el centro?

Su madre hace un pequeño gesto con la mano para señalar la enorme casa.

—Tu hermana y Fredrik se han comprado una casa en Bellevue, así que dentro de poco su piso quedará libre.

Asker está a puntito de decirle a su madre lo que piensa de la propuesta, pero se muerde la lengua.

—Estoy bastante a gusto aquí —dice—. Es tranquilo y cómodo. En tren son pocos minutos hasta el centro.

—Ya, bueno, puedes hacer lo que quieras, naturalmente. Pero si necesitas nuestra ayuda, solo tienes que llamar, ya lo sabes.

Asker intenta no quedarse sin aire. Se acaba de izar la bandera de alerta número dos. Su madre no solo está amable, sino que además le está ofreciendo ayuda. Sea lo que sea de lo que quiere hablar, debe de ser muy serio.

—¿Junot se encuentra bien? —pregunta Asker.

—Sí, sí. —Isabel agita la mano para restarle importancia a la pregunta—. Está en Mallorca jugando al golf todo el fin de semana.

—¿Y tú?

—Yo estoy bien.

Isabel toma un trago de café, como si se recompusiera. Asker aguarda en tensión. Han estado hablando de nada todo lo que la cortesía les permite.

—Verás, hay una cosa que tengo que contarte —dice su madre.

—Vale... —contesta Asker en un tono que por lo menos intenta ser de sorpresa.

—Se trata de tu padre. Por lo que tengo entendido, has continuado ayudándolo con sus... problemas jurídicos.

Asker suspira por dentro. Sobra decir que el tema no la sorprende, pero ¿por qué venir hasta aquí para hablarlo?

—Jonas Hellman ha vuelto a ponerse en contacto conmigo —prosigue su madre—. Me ha contado que has conseguido que Per se entregue a la policía. Una jugada muy inteligente, Leonore.

Asker no sabe muy bien qué se espera que diga. Los elogios por parte de Isabel son tan escasos que Asker no tiene ninguna respuesta estándar. Al mismo tiempo, no le gusta que Hellman y su madre mantengan el contacto.

—Pero según Hellman, a él y a sus compañeros la maniobra los pilló un poco con el paso cambiado —continúa Isabel—. Habrían necesitado más tiempo para resituarse.

Asker intenta no sonreír. Lo que hace un momento parecía una alabanza no era sino una crítica muy bien decorada. El orden se ha restablecido.

—Qué pena, pobre Hellman —dice con cinismo—. Debe de ser difícil que te entreguen en bandeja a tu principal sospechoso de forma totalmente gratuita, y sin tener que esforzarte.

Su madre hace como que no la oye.

—Hellman también me ha dicho que, seguramente, se verán obligados a soltar a Per al terminar el fin de semana. Que le preocupa lo que eso puede implicar, sobre todo para ti.

Asker aprieta la mandíbula.

—¿Has venido hasta aquí para contarme cuánto se preocupa Jonas Hellman por mí? Recuerdas que le puse una denuncia, ¿verdad?

Isabel hace caso omiso a la pregunta y da un bocado muy cuidadoso a un cruasán.

—Se pueden decir muchas cosas de Jonas Hellman —dice cuando termina de masticar—. Pero tiene visión estratégica. Y un renombre excelente dentro de la institución policial. Un posible candidato al puesto de jefe de policía. O aún más arriba.

Las sienes de Asker han comenzado a palpitar.

—¿Y tú piensas ayudarlo a materializar sus ambiciones? —replica, haciendo un esfuerzo para mantener la calma.

Su madre frunce ligeramente la boca.

—Lo cierto es que, ahora mismo, para mí lo más importante es ayudarte a ti, Leonore. Me preocupa mucho que tu padre haya conseguido colarse en tu vida otra vez con sus tejemanejes.

—¡Que no lo ha hecho! —La protesta le sale por acto reflejo, lo cual nunca es bueno.

—¿Ah, no? —Isabel enarca las cejas perfectamente depiladas—. ¿Y por qué crees que Per aceptó entregarse a la policía, así sin más? Él, que tanto odia a las autoridades, que odia estar encerrado.

Asker ya se ha preguntado lo mismo.

—Porque era la única salida que tenía.

Su madre se ríe.

—Per ha tenido años para planificar y prever posibles escenarios. Es lo único que hace. Planear y prepararse para lo peor. Y de todas esas alternativas, ha elegido entregarse dócilmente. —Isabel niega con la cabeza—. No, Per se trae algo entre manos. Algo relacionado contigo. Y sea lo que sea, no puedo quedarme sentada esperando a que ocurra.

Abre el maletín que ha dejado debajo de la mesa y saca unos papeles.

—Tú no lo sabes, pero después del divorcio estuve una temporada ayudando a Per a poner orden en sus negocios.

Asker arruga la frente.

—¿Por qué? Pensaba que no estabais en buenos términos.

—El divorcio fue inesperadamente civilizado, la verdad. Yo no ganaba nada alargando un proceso que pudiera afectar a Lissander & Partners y, a su vez, Per tenía otras cosas en las que concentrarse. Así que llegamos a un acuerdo. Parte de él consistía en que yo me encargaría de algunos de sus negocios. O quizá sería más correcto decir que yo me ocuparía de finiquitarlos.

Le pasa los papeles por la mesa.

—Entre otras cosas, ayudé a tu padre a pagar una deuda tributaria. Aquí tienes el comprobante del pago.

De pronto Asker comprende adónde quiere ir a parar su madre.

—¿Cuándo fue esto? —pregunta, a pesar de saber ya la respuesta.

Isabel clava un dedo de manicura perfecta sobre el papel.

—Hacienda registró el pago el 25 de septiembre de 2006. Lo recuerdo todo muy bien, porque tu padre se presentó con dinero en metálico para cubrir la cuantía total. Tuve que tirar de muchos hilos para que la agencia tributaria aceptara el dinero.

Asker intenta poner orden en su cabeza, pero se le hace casi imposible.

—¿De dónde dijo que lo había sacado?

—Un préstamo de un conocido. Y yo no le hice más preguntas.

El cerebro de Asker comienza a atar cabos. Su padre consiguió cientos de miles de coronas en metálico de la nada. En la misma época en que Tord Korpi fue asesinado y enterrado cerca de La Granja.

—El dinero... —empieza a decir lo más serena que puede—. ¿Recuerdas en qué formato venía?

Su madre asiente en silencio.

—Desde luego, ya te he dicho que lo recuerdo todo muy bien. Per llevaba consigo un petate oscuro y lo dejó encima de mi escritorio. Estaba lleno de fajos de billetes enrollados.

El resto llega a los oídos de Asker como un sonido enlatado.

—Ayer le envié esta información a Jonas Hellman —dice su madre—. Lo más probable es que dicten prisión preventiva para Per. Lo que yo te aconsejo...

Hace un alto. Su voz se suaviza.

—Lo que te ruego, Leonore, es que te mantengas lo más alejada posible de todo esto.

HELLMAN

Hellman vuelve a estar en la sala de interrogatorios. Per Asker está sentado en la silla de enfrente; Eskil, en la pared del fondo, igual que la última vez.

Pero, al mismo tiempo, ahora todo es diferente.

Acaba de dejar el extracto de la agencia tributaria encima de la mesa y ha visto cómo la sonrisita burlona de superioridad se esfumaba de la cara de Per.

—Hemos hablado con la exmujer de Tord Korpi —dice Hellman—. Nos ha contado que Tord siempre iba cargando con un montón de dinero en metálico. Y las últimas veces que él le dio dinero, fueron rollos de billetes iguales que los que tú le diste a tu exmujer para que saldara tus deudas con Hacienda.

Hace una pausa, está disfrutando el momento.

—Además, la fecha del pago de la deuda coincide a la perfección con el periodo en que murió Korpi, la cual tú mismo has ayudado a confirmar. El veinticinco de septiembre, Tord Korpi estaba enterrado justo al lado de tu propiedad, mientras tú usabas su dinero para pagar tus deudas. Así es como lo vemos el fiscal y yo, y él está convencido de que el tribunal estará de acuerdo. Por tanto, puedes contar con pasar una buena temporada en prisión preventiva, para empezar.

Hellman hace una pausa para darle a Per unos segundos

para asimilar sus palabras. Al mismo tiempo, intercambia una mirada fugaz con Eskil, que parece tan impresionado como Hellman se esperaba.

—Ya has estado encerrado de forma indefinida en otra ocasión, ¿verdad, Per? —continúa Hellman en tono suave—. La prisión provisional es peor que el psiquiátrico. Sin visitas, sin actividades. Solo cuatro paredes y una hora al día en el patio de recreo, mientras nosotros lo revolvemos absolutamente todo en tu finca en el bosque.

Se inclina hacia delante. Esta vez sí que tiene la sartén por el mango.

Él lo sabe, Per Asker lo sabe. Joder, si incluso Eskil lo ha entendido.

A lo mejor a estas alturas incluso Leo sabe cuál es la situación. Quizá ya ha entendido quién de los dos ha salido vencedor en el juego. Que ella ha fracasado.

Que el triunfo es suyo.

Al pensarlo, Hellman siente una extraña excitación. Incluso se le pone un poco dura.

Se sacude la sensación, recupera el rol de profesional.

—Obviamente, puedes acelerar todo el proceso a base de confesar. Pero no piensas hacerlo, ¿verdad que no, Per? —dice en voz baja—. Tú no eres de los que confiesan. Prefieres pasarte meses encerrado en una celda diminuta antes que decir ni pío. ¿Y sabes qué? Por mí, perfecto. Calla todo lo que quieras, porque igualmente estás jodido.

Per Asker se muerde el labio superior. Ya no parece tan vacilón, constata Hellman, satisfecho.

—Así que... ¿hay algo que quieras añadir, Per? —pregunta.

El hombre lo fulmina con el ojo que le queda.

—Quiero... —dice, pensativo—. Quiero consultar con mi representante legal.

—Por supuesto —contesta Hellman—. ¿Quieres un defensor de oficio o ya tienes abogado?

Per Asker niega con la cabeza.

—Un abogado, no. Mi representante legal.

La semántica debería irritar a Hellman, pero puede permitirse ser un poco generoso, dejar que el viejo siga con sus tonterías en un intento de conservar al menos un pequeño porcentaje de dignidad. De todos modos, los dos saben quién ha ganado. Quién es el que dirige todo el espectáculo.

—Por supuesto. Aquí Eskil te ayudará con la comunicación —dice Hellman con amabilidad exagerada—. ¿Cómo se llama tu representante legal?

Cuando Hellman ve la sonrisita que asoma en la bocaza del viejo, de pronto cae en la cuenta de dos cosas. La primera, que Per Asker es la persona que más detesta en el mundo. Y, la segunda, que esta batalla está lejos de haber terminado.

—Leonore Asker —responde Per—. Creo que ya tenéis su número. Decidle que quiero hablar con ella cuanto antes.

HILL

Sigue esperando a que la señora Schiller se vaya, pero, después de llegar tanto la hora del almuerzo como del café del mediodía, le queda claro que la mujer tiene la intención de pasarse toda la jornada laboral vigilándolo. Por lo visto, el paseo que se dio hasta la tumba de Bernhard ha roto la confianza que tenían en él más de lo que Hill esperaba.

Pero si quiere seguir investigando la escalera y la puerta misteriosa, tendrá que quitársela de encima como sea, por lo que la última hora la ha dedicado a elaborar un plan de cómo usar su propio superpoder pero a la inversa.

Se levanta y se acerca a la señora Schiller.

La mujer alza la vista de su iPad al oír sus pasos.

—Tengo algunas preguntas —dice él.

—Ah. —La señora Schiller se quita las gafas.

—El divorcio de Gunnar y Karin. Por lo que he entendido, fue muy repentino.

Tal y como se había esperado, la señora Schiller esboza una sonrisa rígida, como si el tema la incomodara.

—Eso es un asunto privado, no me parece que tenga cabida en un libro conmemorativo sobre la empresa —repone.

—Es una manera de verlo —responde Hill—. Pero la actual directora ejecutiva es la hija de la nueva familia de Gunnar. Sin el divorcio, Nova jamás habría existido. Así que va a ser difícil no entrar en ese tema en el libro.

La señora Schiller mantiene su sonrisa de cartón.

—¿Y cuál era su pregunta, doctor Hill?

—Me preguntaba si Gunnar podría haber vivido alguna especie de crisis a comienzos de los años noventa. Divorcio, nueva familia, esposa joven, otra hija... Todo junto suena bastante a crisis de los cincuenta.

—Yo no lo creo —responde la señora Schiller, esquiva.

—Pero podría ser así —insiste Hill.

La señora Schiller mira para otro lado, como si prefiriera no responder a la pregunta.

Hill casi tiene remordimientos por incomodarla de aquella manera.

—Y después, diez años más tarde, su hijo y heredero Viggo sufre graves secuelas en un accidente de coche, y el novio de Maud pierde la vida —continúa.

—Sí... —La señora Schiller se retuerce en el sitio, tal y como Hill pretendía.

—En ambas ocasiones, Gunnar era tanto el director ejecutivo como el presidente. Y, aun así, tuvo ánimos de continuar.

La mujer carraspea, endereza la espalda, ya erguida, unos pocos grados más hacia la vertical.

—Gunnar nunca se ha dejado detener por nada. Ni siquiera por las tragedias personales. Por supuesto, el accidente de Viggo fue traumático para la familia, y no es un tema del que se quiera hablar. Además, él no ha tenido nada que ver con Alfacent en muchos años, así que no me parece que tenga ninguna importancia para el libro.

—A lo mejor no, pero el accidente debió de afectar a Gunnar, y él sí que es muy importante para el libro.

La señora Schiller hace un esfuerzo cada vez mayor para mantener la sonrisa.

—Aun así, mi consejo es que no dedique más tiempo a nada que tenga que ver con el accidente.

Mira de forma exagerada su reloj de muñeca, por lo que Hill se prepara para la estocada final.

—¿Dónde está Viggo actualmente? —pregunta.

—En el extranjero —responde la señora Schiller—. Recibiendo los mejores cuidados posibles.

Vuelve a mirar la hora y se levanta un poco demasiado rápido.

—Si me disculpa, ahora tengo que dejarlo solo. Utilice la aplicación cuando quiera un transporte de vuelta.

Hill consigue reprimir una sonrisita de satisfacción.

—Igual regreso a pie —dice—. Noto la pierna muchísimo mejor después de los tratamientos. Así que no hace falta que espere a que le escriba.

La señora Schiller se queda de pie unos segundos, observándolo.

—Eso lo decide usted, por supuesto. Pero esta noche habrá niebla, así que no se aparte del camino. Es fácil perderse.

—¡Gracias por el consejo!

Espera pacientemente durante cinco minutos desde que la señora Schiller cierra la puerta antes de meterse en el rincón de la colección de libros de Bernhard y abrir la puerta secreta.

La puerta de madera del final de la escalera de caracol se abre con un leve crujido. Un olor a cerrado recibe a Hill. La buhardilla del otro lado está sumida en la penumbra, pero no totalmente a oscuras, como él se había esperado.

La estancia debe de tener unos veinticinco metros cuadrados, techos inclinados de poca altura y vigas a la vista. En la pared del fondo hay una ventana redonda, de ahí la tenue luz vespertina que se cuela dentro. En los puntos donde los bajos techos lo permiten, hay baldas con objetos decorativos. La mayoría son juguetes de lata que parecen hechos a mano. Cohetes espaciales, aviones y platillos volantes, todos pintados de colores chillones, igual que en las portadas de los libros del piso de abajo.

En el centro de la sala hay una estufa de leña y, al fondo, junto a la ventana, una mesa de dibujo al lado de un archivador de planos. El lugar de trabajo recuerda al del primer piso de la Casa Arturo.

Ilumina la mesa con la linterna. También igual que en la Casa Arturo, hay una hoja de papel extendida y sujeta a la superficie. El papel tiene una película de polvo, está un poco dañado por la humedad y los años le han aportado un color amarillento.

Hill inspecciona el papel un rato para ver si hay algún mensaje de su amigo desconocido. Una nueva advertencia, o alguna pista. Una explicación de por qué lo ha guiado hasta aquí. Pero la hoja está completamente en blanco.

Así que pasa a examinar el archivador de planos.

En los cajones hay un montón de planos y esbozos, tanto de la mansión como de las casas de invitados. Además, hay diseños de detalles de decoración y muebles. Hill encuentra uno de la aldaba de la Casa Canopus. Otro que representa el firmamento de su dormitorio. En conjunto, el contenido de la cajonera es una colección fantástica que se merece un destino mejor que estar aquí arriba, sumida en el olvido, pero a Hill no le queda más remedio que aceptar a regañadientes que eso es algo que no está en sus manos.

En el cajón inferior encuentra lo que a primera vista parece ser un conjunto de planos. Al examinar con cuidado las láminas de papel, cae en la cuenta de que se trata más bien de mapas.

El de arriba del todo parece ser de la isla de Blockön y la mina Stjärngruvan.

Aparece la sección del pozo que perfora la isla. Las galerías de la mina nacen del pozo y se extienden por debajo del lago como radios irregulares o rayos alrededor de una estrella. Uno de los más largos se prolonga en dirección a Stjärneholm, lo cual hace que los leves chasquidos de la válvula cardiaca de Hill comiencen a oírse en la silenciosa sala.

Un primer indicio de que realmente podría existir una conexión subterránea entre la isla y tierra firme.

Hill hojea con cuidado el resto de los mapas.

Al final del todo encuentra uno que está en bastante mal estado. El papel está amarillo y es muy frágil, los pliegues están tan gastados que el material apenas se mantiene unido.

Las líneas son tan tenues que al principio le cuesta interpretar el mapa, pero al cabo de unos segundos entiende que representan las tierras de Stjärneholm.

«Mina antigua», pone en la característica letra de Bernhard.

Aquí las galerías son bastante menos simétricas y planificadas que las de Blockön. Parecen serpentear y cruzarse de forma más o menos aleatoria por debajo de casi toda la finca. Una de las galerías parece adentrarse un poco por debajo del lago.

Hill no puede creer lo que están viendo sus ojos.

¡Sí que hay un sistema de túneles por debajo de toda la finca de Stjärneholm! ¡E incluso puede que lleguen hasta Blockön!

Solo este descubrimiento ya es más que suficiente para una segunda parte de *Lugares olvidados*.

Le tiemblan las manos mientras intenta dominar la cámara del móvil. Respira hondo varias veces para tranquilizarse.

Pero de pronto cae en la cuenta de que a lo mejor no es buena idea sacar fotos.

¿Y si la app de Stjärneholm no solo vigila en secreto sus comunicaciones sino también su galería de imágenes?

Tras pensárselo un momento, al final decide fotografiar los dos mapas. Teóricamente, podría haberlos encontrado en la biblioteca.

En cambio, no saca ninguna foto de la buhardilla ni nada que pueda delatar su existencia.

Cuando termina, cierra los cajones, endereza la espalda y se vuelve hacia la ventana redonda.

Está empotrada en el tejado, escondida entre cubiertas y chimeneas, por lo que debe de resultar muy difícil verla desde el suelo.

Las copas de los árboles tapan la mayor parte del parque de abajo, pero se ven la caseta para barcos y el embarcadero que hay en la zona restringida del parque.

Con buen tiempo, seguro que se puede ver todo el lago Miresjön. Pero los días de noviembre son cada vez más cortos, ya ha empezado a oscurecer y un banco de densa niebla se está formando sobre el agua. Ya ha engullido la isla y poco a poco se va acercando a tierra firme. La señora Schiller parece haber acertado en su pronóstico.

Cuando Hill se inclina para aproximarse al cristal, toca un objeto plano que descansa en la parte inferior del marco curvado de la ventana y que no había visto en la penumbra. Cae al suelo con un leve ruido.

Hill se agacha, enfoca con la linterna.

El objeto resulta ser un pequeño cuaderno de bocetos con cubiertas de cuero gastado.

«Bernhard Irving», pone en la portada, en letras doradas.

Hill hojea el cuaderno de bocetos con curiosidad y descubre que está lleno de principio a fin de dibujos y pequeñas anotaciones con la caligrafía de Bernhard.

«¡Cerrar la mina antigua!», pone en la primera página, con los signos de exclamación remarcados varias veces y seguido de la frase: «Blockön = más posibilidades de encontrar el meteorito».

Después, varios dibujos que deben de ser de la mina Stjärngruvan.

La torre de extracción durante su construcción, algunos hombres que están discutiendo al lado de un carro minero, un primer esbozo del observatorio.

Hill vuelve a notar la ola de emoción mientras presta especial atención a algunos puntos del cuaderno de bocetos. Un dibujo representa una mano de mujer que sostiene trozos de cristal negro. Otro es un esbozo de un hombre joven que se protege los ojos con una mano mientras otea el cielo.

«Gunnar, 1961», pone debajo.

Sin duda, podría ser un primer esbozo de lo que acabaría siendo el Hombre de Cristal.

Hill cierra el cuaderno. Debería volver a dejarlo en la ventana. Al mismo tiempo, se muere de ganas de llevárselo a la Casa Arturo y examinarlo con detenimiento y buena iluminación.

Mientras titubea con el cuaderno en la mano, cae en la cuenta de que todos los objetos de la estancia están cubiertos de polvo, pero el cuaderno de bocetos está completamente limpio. Ni una mota de polvo, y las páginas no están dañadas por la humedad.

Además, estaba haciendo equilibrios en el marco curvado de la ventana: no es un sitio normal donde guardar un objeto plano y rectangular.

Hill ilumina el suelo. Allí tampoco hay polvo, como si alguien acabara de barrer, quizá para ocultar sus huellas.

Alguien ha estado aquí hace muy poco.

Probablemente, la misma persona que lo ha guiado hasta aquí y que ahora le ha dejado una nueva pista hacia los secretos de Stjärneholm.

Hill vuelve a mirar el cuaderno. Después, se lo guarda en el bolsillo de la chaqueta.

Al otro lado de la ventana, el banco de niebla está a punto de alcanzar tierra firme y ha comenzado a difuminar la débil luz de las farolas que hay junto a la caseta para barcos.

Hill da un respingo. Hay alguien allí abajo.

Un hombre alto con sombrero y las manos metidas en los bolsillos del abrigo.

Justo cuando la niebla alcanza el embarcadero, el hombre se da la vuelta y alza la vista, casi como si mirara directamente a Hill.

Al instante siguiente, la niebla lo engulle y el hombre desaparece.

Espera pacientemente al Extraño, más allá de la estatua, donde la oscuridad y la niebla lo ocultan de la tenue iluminación que rodea la mansión.

Le gusta la niebla, le gusta la manera en que ahuyenta la luz y llena el aire de humedad. Arrastra consigo un aroma que le recuerda al inframundo y a la descomposición.

Y hoy, precisamente, lo ayuda a esconderse.

A acercarse más. A pegarse a él.

Todavía no sabe qué es lo que el Extraño se trae entre manos, pero quiere descubrirlo.

Al mismo tiempo, el hambre lo devora por dentro.

Compite con la curiosidad.

¿Cuál de las dos ganará esta noche?

No lo sabe.

Lo único que sabe es que tiene que esperar aquí, entre la oscuridad y la niebla.

Tiene que esperar a Martin Hill.

ASKER

De camino al calabozo, Asker intenta dilucidar por qué narices su padre la ha designado como representante legal en lugar de pedir un buen abogado.

Es cierto que ella está licenciada en Derecho, pero no es una buena representante para defender a nadie de acusaciones de asesinato.

Lo cual, a su vez, significa que Per el Paranoias tiene otros motivos para querer hablar con ella. En una sala que esté libre de micrófonos y cámaras, porque eso le costaría a Hellman el puesto de trabajo tan solo con intentarlo.

Es una jugada tan bien calculada que Asker sospecha que Per se la ha estado guardando todo el rato. Que todo esto ya lo tenía planificado. Hellman y Eskil la están esperando en la entrada.

—No sé qué estás haciendo, Asker —dice Hellman, conteniéndose—. Creo que fui muy claro cuando te dije que te mantuvieras lo más alejada posible del caso, pero no me dejas otra opción. Me veré obligado a informar de todo esto al jefe de policía.

—Hazlo —repone ella—. Pero dudo mucho que haya algo en el reglamento que te sirva para castigarme porque un sospechoso me elija a mí para representarlo.

—Podrías haberte negado —señala Eskil.

—Y es lo que pienso hacer —responde ella—. Dentro de un momento.

—Después de hablar con él —dice Hellman con retintín.

Asker se encoge de hombros.

—Las normas son las normas. Y ya os advertí que no subestimarais a Per, ¿no es cierto?

Camina en dirección a los ascensores. Hellman tiene la sensatez de dejarla pasar, pero Eskil no es tan listo.

Le bloquea el paso y le levanta un dedo delante de la cara.

—Ándate con mucho cuidado —le espeta.

—O, si no, ¿qué? —dice ella—. ¿Piensas coger a un par de colegas y atacarme en el garaje otra vez? Si no lo recuerdo mal, la última vez saliste corriendo con el rabo entre las piernas...

Eskil aparta la mirada y se hace a un lado.

—¡Siempre es un placer hablar con vosotros, chicos! —zanja ella.

No se atreve a quedarse demasiado rato en la habitación secreta, por si la señora Schiller vuelve, así que baja la escalera de caracol y cierra la puerta-estantería. Aguza el oído para comprobar si hay alguien en la biblioteca y asegurarse de que no hay nadie.

Todo está tranquilo y en silencio.

Regresa a su lugar de trabajo y se esfuerza por normalizar el pulso. Tiene el cuello de la camisa sudado, las manos todavía le tiemblan de emoción.

Toquetea el cuaderno de bocetos en el bolsillo con la punta de los dedos, sin atreverse a sacarlo. A medida que se va calmando, empieza a poner orden a todas las piezas. Hay un sistema de túneles tanto por debajo de Stjärneholm como por debajo de Blockön. A lo mejor, incluso están conectados entre sí.

Pero ahora mismo no ve ninguna posibilidad de seguir explorando el descubrimiento desde el lado de tierra firme. El mapa no muestra ninguna entrada, y Hill no puede buscar una sin que el dron lo siga.

Tiene que hallar una manera de ir a la isla.

Los túneles, el encuentro de Gunnar con un ovni, los exploradores urbanos ahogados, incluso su conmocionada intuición de cuando era pequeño..., todas las historias confluyen en Blockön.

Pero para poder ir a la isla tiene que impresionar a Gunnar.

Se frota la cara, se levanta de la silla y se acerca al ventanal que da a la fachada principal.

Igual que el otro día, las luces de la fuente apenas se ven. La escultura del Hombre de Cristal se vislumbra como una silueta en la penumbra y la niebla.

Hill piensa en el esbozo del cuaderno, el que representa al joven Gunnar y que debe de ser la previa de la escultura.

Y de pronto se le ocurre una idea.

Se queda un rato pensando en ella.

Lo cierto es que podría funcionar.

Nova coge el teléfono al segundo tono.

—He estado pensando un poco en el enfoque del libro —dice él.

—Ah, qué bien.

—Creo que deberíamos construir el relato alrededor de Gunnar. Él es la columna vertebral de Alfacent, así que también debería ser la del libro.

—Interesante. —Nova suena como si lo estuviera meditando.

Hill coge aire. Que sea lo que tenga que ser.

—Y también tengo una propuesta de título —dice—. ¿Qué te parece *El Hombre de Cristal*?

Nova calla unos segundos.

—*¿El Hombre de Cristal?*

—Sí, por la escultura que hay tanto aquí, en Stjärneholm, como en las oficinas de Alfacent. O sea, Gunnar cogió la obsidiana, el símbolo del fracaso de su padre, y diseñó un bisturí extremadamente afilado que supuso el punto de inflexión de la compañía dentro del campo de la ingeniería biomédica. Y con ello no solo salvó la empresa, sino que además hizo una gran aportación a la humanidad. Convirtió algo tan inútil como un trozo de piedra en algo fantástico, igual que convirtió All-Konserver en Alfacent. El Hombre de Cristal.

Se hace silencio unos segundos mientras Hill espera la

reacción de Nova. Hill se descubre a sí mismo conteniendo el aliento.

—Es una idea interesante —contesta ella luego—. Se la trasladaré a Gunnar ahora mismo. Gracias por llamar, Martin, que pases una buena noche.

Nova cuelga.

Hill se queda un momento con el móvil en la mano mientras intenta analizar la reacción de Nova a su propuesta.

Casi sonaba como si le pareciera graciosa. Espera que sea buena señal.

Guarda el móvil, vuelve a la mesa de trabajo y recoge sus cosas.

Termina comprobando que el cuaderno de bocetos sigue resguardado en el bolsillo interior de su americana.

Ya es hora de volver a casa y examinar qué más hay escondido entre sus hojas.

Al salir de la mansión, se da cuenta de que la penumbra y la niebla son aún más densas que el otro día, cuando estuvo a punto de perderse al salir de casa de Maud y Elsa.

Por un breve instante se plantea si no debería pedir que pasen a recogerlo, a pesar de todo, pero, por un lado, necesita estirar las piernas, y, por otro, la niebla y la oscuridad tienen algo que lo fascinan.

Además, a diferencia del otro día, ahora lleva la linterna del móvil. La enciende y comienza a caminar siguiendo el camino.

Cuando llega al Hombre de Cristal hace un alto e ilumina la escultura. El cristal negro titila casi como si fuera un tejido vivo. De nuevo, la estatua le parece que tiene un aire espeluznante.

Da la sensación de que la expresión de la cara y el lenguaje corporal varíen dependiendo de cómo les toca la luz. Desde un ángulo, el Hombre de Cristal parece asustado e inseguro; desde otro, se le ve confiado y arrogante.

Hill vuelve a pensar en el cuaderno de bocetos, se pregunta

si Bernhard había previsto el efecto mientras diseñaba la escultura.

¿Veía todas esas cualidades en Gunnar?

Reemprende la marcha en dirección a la Casa Arturo. La niebla es tan densa que el foco de la linterna se refleja en ella, cegando a Hill.

Apunta hacia abajo, lo cual le relaja la vista, pero solo puede ver dos o tres metros por delante. Aunque solo necesita estar atento al desvío que lleva a la Casa Arturo, y aún debe de faltar bastante.

Piensa otra vez en el cuaderno de bocetos.

¿Quién es el amigo secreto que quería que Hill lo encontrara? ¿Quién le está dejando las pequeñas pistas hacia los secretos de la familia Irving?

¿Y por qué?

Las cavilaciones hacen que se esfuerce más de la cuenta físicamente, por lo que se detiene para recuperar el aliento. Tras dos sesiones del criotratamiento de Schiller, nota que el muslo está casi del todo recompuesto, pero a nivel cardiovascular aún no se siente del todo en forma.

Un leve ruido a su espalda hace que se dé la vuelta.

La mansión ha desaparecido hace rato y Hill está rodeado de oscuridad y niebla. ¿Habrá sido un pájaro?

Hill aguza el oído con intención de confirmar su teoría, pero el ruido no se repite.

Sigue andando por el camino, pero a los veinte metros siente un leve escalofrío que le sube por la nuca y que lo hace parar de nuevo y girarse. No puede explicar por qué, pero de pronto se siente observado.

Como si hubiese alguien en la niebla.

Alguien a quien Hill no ve, pero que sí lo ve a él.

ASKER

—A ver, Per —dice en cuanto el funcionario de prisiones termina de cerrar la puerta, dejándolos solos en la salita—. ¿Qué coño hago aquí un sábado por la noche?

—¿De verdad no lo entiendes? —Per enarca una ceja—. Fuiste tú quien me convenció para que me entregara por voluntad propia. Dijiste que estabas a punto de resolver el caso. Que no tenían suficientes pruebas para solicitar la prisión provisional y que, en el peor de los casos, solo tendría que estar encerrado unos días. Y a pesar de ello, ahora resulta que me van a dejar encerrado.

—¿Y se supone que eso es culpa mía? —le espeta ella—. Le diste el dinero de Korpi a mamá para que lo usara para pagar tus deudas. Y no me dijiste ni pío.

—¡Yo no te debo ninguna explicación!

Per el Paranoias la escruta con el ojo que le queda.

Hubo un tiempo en el que Asker se moría de miedo con aquella mirada. Ahora le sigue resultando incómoda, sobre todo en combinación con el tejido blanco e inerte que mira fijamente al vacío.

Que se le clava.

—Es mamá quien te ha vendido —dice a la defensiva—. Yo no tengo nada que ver.

—En eso te equivocas. —Per niega con la cabeza—. Isabel no me traicionaría de esa manera sin una razón de peso. Y solo se me ocurre una. El instinto de una madre de proteger a sus hijas. Isabel quiere que me encierren porque le da miedo que vaya a hacerte daño. Por tanto, tienes todo que ver.

Asker se ha cansado del juego.

—¿Por qué tenías el dinero de Korpi?

Per hace una mueca.

—Fue un préstamo. De hecho, fue Tord quien me lo propuso. Él también había tenido problemas con los buitres de Hacienda.

Asker no muerde el anzuelo. Ha escuchado a Per cagarse en la opresión de las autoridades más veces de las que puede recordar, y no le apetece nada oírlo otra vez, ahora que es adulta.

—¿Y tú no reaccionaste ante el hecho de que Tord no volviera nunca a pedirte que le devolvieras el dinero?

—Claro que sí. Pero no era problema mío.

—Hasta que su cadáver ha aparecido en el quicio de tu puerta —señala ella.

Per estira las comisuras en una mueca de amargura.

—¿Has encontrado algún sospechoso alternativo? —pregunta él.

Asker coge aire y lo suelta poco a poco.

—Aún no.

—Por favor, explícate.

El tono de Per es amargo. Asker vuelve a respirar hondo.

—Todo apuntaba a que el asesinato de Korpi había tenido que ver con un intento de robo fracasado en el Freedom Gym de Hörby. Como mis recursos son limitados, elegí apostar por eso...

Ella misma nota que ha entrado en modo defensivo. Se ha encogido un poco, como si volviera a ser una adolescente asustada que intenta justificar un fracaso. Incluso está empleando las palabras de Per.

—Pero después de encontrar e interrogar a los sospechosos, he comprobado que era una pista falsa —concluye.

—¿Eso es todo? —dice él.

Asker intenta desprenderse de la decepción que Per le proyecta.

—Es bastante, teniendo en cuenta que estamos hablando de un caso de hace dieciséis años al que no tengo acceso y en el que estoy trabajando yo sola.

Per tamborilea en la mesa con su única mano.

—Tenía tantas expectativas contigo, Leo... —dice, distante—. Tu hermana es una buena chica, pero tú eras diferente. Tú compartías mis puntos fuertes. Quizá incluso los superabas, al menos cuando yo no estaba del todo centrado.

Se toquetea la prótesis.

—Pero ahora estás aquí diciéndome que, a pesar de tus promesas, no has llegado a ninguna parte. Que corro el riesgo de pasarme semanas, o probablemente meses, metido en una triste celda. ¿Es así como debo interpretar la situación?

El tono que emplea la llena de rabia. O quizá es una reacción retardada al hecho de haber vuelto a encarnar la persona que Asker fue tiempo atrás.

—Puedes interpretarlo como te dé la gana —le espeta—. La razón por la que te van a encerrar es que usaste el dinero de Korpi para pagar una deuda a Hacienda, lo cual te da un móvil. Y tú no dijiste nada al respecto cuando tuviste la oportunidad, lo cual te deja como un mentiroso.

La mirada de Per se oscurece, pero Asker se niega a doblegarse.

Se quedan callados unos segundos mientras se fulminan el uno a la otra.

—Gracias por venir —dice después él—. Ahora ya sé qué medidas debo tomar.

Se levanta de la silla, se acerca a la puerta y llama al timbre. Le da expresamente la espalda a Asker.

A los diez o quince segundos, el funcionario de prisiones vuelve y se lleva a Per.

Justo antes de cerrar la puerta, Per lanza una mirada furtiva por encima del hombro, y su fría expresión hace que a Asker se le hiele el diafragma.

Ha visto esa expresión muchas veces.

Sabe que es un presagio.

Un augurio de que algo malo va a pasar.

HILL

Vuelve a parar, y esta vez está seguro. Hay alguien ahí, en la niebla. A apenas unos metros de la pared de luz lechosa de la linterna. Alguien que hace que a Hill se le suba el pulso a la garganta.

—¿Hola? —dice. Él mismo nota que suena asustado.

Sigue avanzando por el camino, pero mira atrás una y otra vez.

A derecha e izquierda, ocultos en la niebla y la oscuridad, solo hay césped, árboles y parterres.

Un nuevo ruido, esta vez a su derecha, en diagonal.

—¡Hola! —repite.

La parte lógica de su cerebro empieza a tener problemas para hacerse oír. Se ve superada por otra, más primitiva, que le advierte de la presencia de un peligro.

¿Cuánto queda para la Casa Arturo? No lo sabe, ha vuelto a desorientarse. ¿Puede que se haya saltado el desvío, a pesar de todo? Oye el ruido una vez más, a la derecha, a su altura.

Pasos. Está seguro.

Hay alguien moviéndose ahí fuera.

Hill enfoca hacia el lugar con la linterna, pero la niebla lo ciega.

Así que la apaga.

Y de pronto algo aparece de entre la niebla y la oscuridad.

Dos ojos enormes de color rojo con unas pupilas negras que lo están mirando fijamente.

El pánico le comprime el pecho y le hace jadear al coger aire.

El chute de adrenalina que le sigue es tan potente que Hill está a punto de tropezarse con sus propias piernas.

La parte lógica de su cerebro ha perdido el control, y de pronto es un quinceañero muerto de miedo que corre por su vida.

Sus pies rascan la gravilla, la válvula cardiaca le repica en el pecho. Puede notar el sabor de la adrenalina en la boca.

Hill oye a su perseguidor moverse en la oscuridad. Ve los ojos rojos acercándose con el rabillo del ojo.

Aumenta la velocidad aún más. Se sorprende ante lo rápido que es, a pesar de la herida y de la funda con el portátil que lleva en la mano.

El resplandor desaparece, como si estuviera a punto de dejar atrás a su perseguidor. Por instinto, Hill gira la cabeza, pero en cuanto nota que su pie pisa el aire cae en la cuenta de que ha cometido un error.

El camino ha trazado una curva, mientras que él ha seguido recto.

Se ha metido de lleno en un parterre de rosales.

Tropieza, cae el suelo, se golpea la rodilla, el codo, la cabeza. Los tallos recubiertos de púas se le enganchan a la ropa y le arañan la frente.

Se le cae la funda con el ordenador, la linterna sale rebotando.

Cuando Hill rueda sobre sí mismo para tumbarse de espaldas, su corazón está a punto de detenerse. Es como si alguien hubiese abierto una puerta dentro de su cerebro y hubiese dejado escapar todas sus pesadillas de adolescente.

Una enorme criatura de ojos rojos y refulgentes surge de la niebla y va directa hacia él.

ASKER

Tras la conversación con Per, Asker vuelve a su despacho en el sótano. Llama al fiscal y le explica que no tiene ninguna intención de ser la representante legal de Per el Paranoias y que su padre necesita un abogado defensor de verdad.

El lunes Per entrará en prisión provisional, de eso no cabe duda. La investigación de Hellman va viento en popa y tiene tiempo de sobra para montar un informe sin fisuras contra su padre.

Al menos eso es lo que cree él. La sensación de Asker es que Per tiene otros planes. Es un mal augurio.

La pregunta es qué va a hacer ella ahora.

¿Debería seguir el consejo de su madre, mantenerse al margen y dejar que Hellman y Per terminen de pelearse? Convenciendo a Per para que se entregara, Asker ha ayudado a Hellman, lo cual significa que su carrera laboral no corre peligro inminente. Y estando encerrado en una celda, Per no puede provocar mayores calamidades.

Por tanto, Asker podría sin más quedarse sentada mientras los otros dos se enzarzan en una pelea.

Irónicamente, Per habría estado de acuerdo con ella, de no haberse tratado de él.

Al mismo tiempo, Asker no puede parar de darle vueltas a lo que le dijo Martin. Que debería pensar menos como Per y más como ella misma. Seguir la voz de su instinto. Y su instinto le dice que no puede dejar todo aquello de lado, todavía no. No hasta que sepa qué tiene Per en mente.

Además, no es propio de Asker quedarse sentada en el banquillo.

Así que, una vez descartado el robo fracasado, ¿qué más pistas hay alrededor de Korpi y su violenta muerte? Es imposible rastrear a la misteriosa mujer que Sundin y Danielsson vieron con él sin más información, cosa que Asker no tiene.

Siendo así, lo único que queda es el dato de que, aparte del gimnasio, tenía otro empleador en los alrededores para quienes su equipo y él trabajaban durante el día. Alguien que le pagaba con bolsas llenas de fajos enrollados, lo cual implica que dicha persona o bien tenía mucho dinero negro que blanquear, o bien quería mantener las obras subterráneas en secreto.

El problema es que, aunque la persona con la que Asker oyó a Korpi hablar por teléfono cuando dijo que estaba a una hora de allí fuera el empleador en cuestión, sigue siendo muy poco hilo del que tirar. Asker necesita algo que le apunte en la dirección correcta.

Pero ¿de dónde puede sacar más pistas, después de dieciséis años?

Llaman a la puerta y Virgilsson asoma inesperadamente la cabeza. Por lo visto, está trabajando en fin de semana. O bien, lo cual es bastante más probable, está con algún asunto privado, y del que Asker prefiere no saber nada.

—Me he enterado de lo de tu padre. Qué pena. Avisa si hay algo en lo que te pueda ayudar.

—Gracias.

Asker ya no tiene claro en qué punto se encuentran Virgilsson y ella. Él la ha ayudado a hacerse con un arma de servicio sin pedir nada a cambio, aparte de que se apuntara al coro, pero aún está muy lejos de confiar en él.

—Solo para que lo sepas, he intentado llamar a Atila para

ver cómo está. Me ha dicho que me vaya a la mierda, pero ahora por lo menos sabemos que está vivo.

—Vale... —Asker suspira—. ¿Deberíamos hacer algo? ¿Hablar con Recursos Humanos, conseguir que alguien lo ayude...?

El hombre sapo hace un aspaviento.

—Uy, no, los de Recursos Humanos ni se acercan a Kent. Nadie lo hace, sobre todo después de que tirara a Sandgren por la escalera.

—Vale, tomo nota. Gracias por ponerme al día.

Asker se esfuerza por sonar agradecida. Virgilsson ha enterrado el hacha de guerra, y lo mínimo que puede hacer ella es imitarlo.

—Ningún problema, jefa —dice él, asintiendo con la cabeza.

En cuanto Virgilsson cierra la puerta, Asker sube las piernas al escritorio y se acomoda en la silla. Se masajea el hombro dolorido, mueve un poco los pies y, sin querer, tira al suelo unos cuantos documentos y el paquete con la manopla que ha tejido Siw, la señora sin correo.

Algo hace clic en la cabeza de Asker y la hace levantarse de un salto.

Atila.

¿Por qué cojones no ha pensado antes en él?

Atila solía trabajar en la unidad de vigilancia de la Säpo, la policía secreta. Él mismo le explicó no hace mucho que durante un tiempo la Säpo se había interesado por Per el Paranoias y La Granja. Que a raíz de eso se había pasado un verano entero escondido en el bosque vigilándolos a Per y a ella, mientras lo devoraban los mosquitos.

Podría ser el mismo verano en que Korpi visitó La Granja, lo cual implicaría que tiene que haber documentación: informes de vigilancia, fotografías o alguna otra cosa que podría permitirle avanzar.

Asker coge el abrigo y se mete el paquete de la manopla en el bolsillo.

Es hora de hacerle una visita a Atila.

Presa del pánico, Hill trata de incorporarse y ponerse en pie. Resbala, consigue ponerse de rodillas, tensa el cuerpo. De un instante a otro, la criatura se le echará encima. Le hundirá las garras de cristal en la espalda.

De pronto, dos focos se abren paso en la niebla, convirtiendo de golpe todo el entorno en una atmósfera lechosa de luz cegadora.

Por acto reflejo, Hill se protege los ojos con un brazo y luego empieza a hacer aspavientos. No se atreve a mirar hacia la criatura, emplea todas las fuerzas en intentar acercarse a la luz a trompicones.

Oye el chirrido de los frenos y los neumáticos patinan en la gravilla, hasta que el coche se detiene a apenas un palmo de sus piernas.

Hill apoya los brazos en el capó para recuperar el equilibrio. Le sangra la frente. La puerta del coche se abre y alguien se baja.

—¿Qué ha pasado? ¿Te has perdido en la niebla?

Es la voz de Maud Irving. No suena asustada. Más bien, parece que le hace gracia. No debe de haberse dado cuenta de que hay un monstruo de dos metros yendo hacia ellos.

Hill se da la vuelta.

Pero la criatura ha desaparecido.

—Tienes un corte en la frente, habría que vendarlo —continúa Maud—. Tengo cosas en casa, súbete al coche y te llevo.

Hill protesta exhausto, pero ella insiste y al poco rato lo ha llevado a la Casa Canopus, lo ha colocado en el salón y ha ido a buscar un botiquín más que equipado.

—No tienes por qué preocuparte —dice Maud—. Antes de ser la directora ejecutiva de Alfacent estudié medicina. A lo mejor estoy un poco oxidada, pero creo que estoy lo bastante cualificada como para curarte estas heridas.

Le limpia el corte en la frente y lo sella con adhesivo cutáneo y esparadrapo. Después, hace lo mismo con un corte en la mano derecha del que Hill apenas se había percatado.

—Ya está. Ahora cuéntame cómo has acabado metiéndote en los rosales de Ville —dice mientras le comprueba los ojos—. Parecías un loco, con toda la sangre corriéndote por la frente.

—Yo...

El cerebro de Hill ha conseguido bajar un poco de revoluciones, pero aun así no logra comprender qué es lo que acaba de vivir. Tampoco tiene claro cuánto debería contar.

—Me he desorientado en la niebla —dice, y finge una sonrisa ruborizada. Las manos de Maud son cálidas y suaves, el contacto lo relaja.

—Es fácil que ocurra —dice ella—. Aquí la niebla es algo de otro mundo. Cuando no corre aire, la humedad del lago se queda en el cráter, aunque seguro que eso ya lo sabes.

Saca un tensiómetro electrónico y se lo pone en la muñeca. Pulsa un botón que hace que se hinche.

A esta distancia, Hill puede percibir el olor de su perfume. Su tez es blanca, casi de porcelana, en contraste con los ojos azul intenso.

El tensiómetro pita, le interrumpe los pensamientos.

—No tienes ninguna conmoción cerebral, pero aún tienes el pulso bastante alto, y la presión arterial también.

Hill se pregunta si no debería decirle que cree que lo ha perseguido un monstruo del espacio, como sacado directamente de las pesadillas de su infancia. Que su cuerpo todavía está bombeando adrenalina porque ha estado corriendo por su vida.

—Necesitas una copa de vino —dice ella antes de que Hill llegue a decidirse—. Lo dice la doctora.

Maud se mete en la cocina y vuelve con una botella y dos copas. Se sienta al lado de Hill y sirve el vino.

Hill da un trago largo.

—¿Dónde está Elsa? —pregunta.

—En casa de su padre. Me has pillado volviendo de ir a comprar comida para cenar aquí a solas.

—¿No cenas con Karin?

Maud niega con la cabeza.

—Ahora mismo mi madre está un poco... —Busca la palabra correcta—. Ensimismada, se podría decir.

Hill da otro trago de vino. Su cuerpo empieza a relajarse.

—Ayer la vi delante de la floristería —dice—. La llevé a casa.

Le relata el encuentro y la visita a la tumba de Bernhard. Maud levanta las cejas.

—¡No me jodas! Mi madre adoraba a Bernhard. Si te llevó a su tumba es que le caes realmente bien. Pero tú ya estás acostumbrado a gustar a las mujeres, ¿no, Martin?

Sonríe burlona.

—La alta y ancha de espaldas que vino el otro día es guapa.

—¿Leo? Solo somos amigos.

Hill no sabe por qué puntualiza ese detalle. Es verdad, sin duda, pero hay algo en toda aquella situación: la manera en que Maud lo ha tocado, el vino, las endorfinas, la tensión que va cediendo.

—Lo cierto es que la comida que he comprado da de sobra para dos. ¿Te apetecería quedarte a cenar?

Hill toma otro trago.

—Sí, gracias —contesta—. Si no es demasiada molestia.

—En absoluto. Me alegro de tener compañía —dice—. Aquí fuera la vida puede llegar a ser bastante solitaria.

Hill no puede evitar mirar de reojo hacia la ventana.

La oscuridad y la niebla se aprietan contra el cristal.

Cenan juntos y beben vino. Tal y como Hill ya había constatado, Maud es divertida y tiene una inteligencia de lo más perspicaz.

Elsa sale a colación y Maud le explica los desafíos de tener una hija invidente, pero de forma desenfadada.

—De hecho, Elsa es bastante más autónoma que la mayoría de las chicas de su edad. Ella no ve barreras, solo posibilidades. Es una cualidad maravillosa, se la envidio. Esa y muchas otras cosas.

Gira la copa con la mano.

—Si pudieras rehacer tu vida, pero sabiendo todo lo que sabes hoy, ¿hay algo que habrías hecho diferente?

Hill no se espera la pregunta, pero al mismo tiempo no le sorprende. Ya van por la segunda botella de vino, lo cual suele elevar el listón filosófico.

—Desde luego —dice Hill—. Me habría asegurado de mantener más el contacto con la gente, por ejemplo. —Piensa en Leo. Lleva sin hablar con ella desde ayer. Por otro lado, ella tampoco le ha dicho nada—. ¿Y tú?

—Un montón de cosas. Para empezar, habría tenido una vida propia. Y habría sido más atenta en la relación con mi hermano.

—¿En qué sentido? —pregunta Hill con cuidado, pero Maud responde con una negativa.

—Ese tema lo dejamos para otra noche —dice ella—. Ahora mismo estoy demasiado ocupada pensando en el futuro.

—¿Te vas a quedar en Alfacent?

Maud rellena las copas.

—La verdad es que no lo tengo claro. Alfacent todavía me paga un sueldo, y estoy convencida de que Gunnar no quiere que me vaya con la competencia. Sufre mucho por sus secretos.

Maud le guiña un ojo por encima del canto de la copa. Hill empieza a sentirse algo embriagado.

—¿Y no te has planteado volver a ejercer la medicina? —pregunta.

Maud se ríe.

—Mi carrera médica ha quedado muchos años atrás. La dejé de lado en cuanto Gunnar me llamó. Siempre he sido una buena chica. Siempre he intentado contentar a mi padre. Y aun así...

Vacía la copa de un trago y la llena otra vez.

Después, se acerca un poco a Hill en el sofá.

—¿Te parece bien si hablamos de otra cosa? —dice ella—. Prefiero no tener que pensar en mi familia un rato. ¿Por qué no me cuentas algo de ti, Martin?

Su mirada es dulce y sugerente.

Sus labios, también.

ASKER

El piso de Atila se encuentra en uno de los barrios más grises de Malmö. Arquitectura funcional de los sesenta, que en su momento fue algo hipermoderno pero que ahora se antoja oscura y algo tétrica. Asker pulsa el botón del interfono, pero nadie contesta, tal y como ya se esperaba. Prueba un par de veces más, después se queda aguardando pacientemente en la oscuridad a que aparezca algún otro vecino.

Pasados siete minutos, un hombre con barba y capucha aparece caminando con las bolsas de la compra. Marca el código de la cerradura electrónica y ella lo ayuda con la puerta, esbozando lo que Asker cree que es su sonrisa más encantadora. El hombre parece ruborizarse un poco, pero no le dice nada cuando ve que ella también se mete en el portal.

Atila vive arriba del todo. K. ATTERBOM, pone en la puerta, junto con una pegatina del diario *Skånska Dagbladet.*

Asker entreabre el bocacartas del buzón.

No huele a muerto, lo cual ya es un buen comienzo. La alfombra de la entrada está vacía, lo cual significa que Atila ha estado en casa como muy tarde esta mañana. Si no, el periódico matinal seguiría en el suelo. Asker intenta mirar más adentro, pero todas las lámparas están apagadas. Ningún destello de televisor, ningún sonido, nada.

Llama al timbre y envuelve la mirilla con la mano para poder ver el débil cambio de luz que se puede percibir cuando alguien se mueve al otro lado.

Nada.

Vuelve a intentarlo.

Y otra vez.

Pero todo está en silencio.

O bien Atila está sentado a oscuras sin hacer absolutamente nada, sin tener el menor interés en quién puede estar llamando a su puerta, o bien no está en casa, sin más. Asker maldice entre dientes.

Baja de nuevo a la calle, desliza la mirada de forma rutinaria por los coches aparcados. Ninguno es el Ford negro de Atila.

¿Dónde coño se ha metido? Probablemente, tendrá a alguien con quien pasar el sábado por la tarde. La idea le escuece un poco. Que incluso una persona tan asocial como Atila tenga alguien para quedar un sábado por la tarde, mientras ella no tiene ningún plan.

Abre su coche, piensa que debería llamar a Viktor. Decide mandarle un mensaje, porque esta semana ya lo ha llamado una vez y no quiere parecer necesitada.

Se sienta al volante. Un destello la hace mirar por el retrovisor.

Un coche aparcado unos cincuenta metros más atrás acaba de arrancar el motor, más o menos al mismo tiempo que ella se ha sentado. Como si el conductor la hubiese estado esperando, preparándose para seguirla.

Asker se queda un rato mirando por el pequeño espejo. El coche de atrás continúa quieto. Asker agacha la cabeza y se escurre hasta el asiento de atrás. Se asegura de que la iluminación automática del habitáculo esté desconectada y luego abre con cuidado la puerta trasera derecha, solo lo justo para poder bajarse a la acera.

Se mueve agazapada a resguardo de la oscuridad por detrás de la hilera de coches estacionados.

El otro vehículo sigue sin moverse, aún con los faros encendidos.

Asker va recortando metros, se acerca poco a poco, coche a coche.

Más o menos a medio camino, hace otra pausa y mira con cuidado a través de las lunas de un Volvo.

Justo cuando distingue la silueta del conductor, este se mueve de repente, el motor se revoluciona y las ruedas giran a un lado.

Asker se pone en pie y echa a correr.

El coche sale disparado del hueco con los neumáticos chirriando y hace un cambio de sentido.

Asker cruza la calle. Justo antes de que el coche acelere a fondo y se aleje con el motor rugiendo, le da tiempo de atisbar las primeras letras de la matrícula. CL y un uno, o quizá un siete.

Pero de una cosa está segura.

Es el mismo coche plateado que vio el otro día.

EL HOMBRE DE CRISTAL

Está sentado en la mecedora de su habitación, como tantas otras veces. La observa mientras duerme, mientras tiene sueños ligeros, sin saber que él está ahí. Que la está vigilando, como ha hecho siempre.

La habitación huele diferente a lo habitual.

Olores primitivos, ancestrales, de dos personas.

Endorfinas, sudor, fluidos corporales.

Martin Hill está durmiendo a su lado. Se le ve tranquilo y relajado.

Sus latidos pueden percibirse en el silencio. No como un pulso sonoro, sino como un leve chasquido metálico. Como si su corazón estuviera fabricado de manera diferente al del resto de la gente.

El descubrimiento lo fascina, lo ha llevado a quedarse quieto en la oscuridad escuchando con atención durante casi una hora entera.

Pero Martin Hill sigue siendo un extraño. Alguien que se encuentra en un lugar al que no pertenece. Alguien descarado que se toma libertades con cosas que no son suyas.

Eso lo enfada.

Se balancea lentamente en la mecedora mientras los observa a los dos en la cama.

Con cada minuto que está aquí sentado, notando los olores de la cópula y los latidos de Martin Hill, su rabia crece más y más.

Y con ella, el hambre.

A lo mejor ya ha tomado una decisión.

Quizá ya ha decidido ayudar a Martin Hill a descender a la eterna oscuridad.

Acallar su extraño y ruidoso corazón.

No aquí. No en casa de ella.

Pero pronto.

Domingo

HILL

Se despierta en medio de una inhalación y se incorpora. Los primeros segundos no sabe dónde está, pero poco a poco los contornos de la habitación van aflorando en la oscuridad. La cama doble, el techo abovedado, la mecedora en un rincón. La ropa tirada en el suelo. La de él y la de ella.

Maud Irving está dormida a su lado. Su respiración es profunda y regular. Hill se plantea levantarse de la cama sin hacer ruido, vestirse y regresar a la Casa Arturo. Hacer una retirada poco caballerosa para librarse de la charla obligatoria —y, seguro, incómoda— a la hora del desayuno. Pero despedirse a la francesa no es su estilo, y tampoco es que le apetezca demasiado volver a dar un paseo a oscuras.

Acostarse con Maud no estaba previsto. Piensa achacar la decisión a una peligrosa mezcla de vino y endorfinas de alivio por haber sobrevivido.

¿Sobrevivido a qué?

¿Qué pasó, realmente, anoche? ¿Quién lo ha perseguido? O, mejor dicho, ¿qué lo ha perseguido?

Se levanta de la cama y busca el cuarto de baño.

Le duele un poco el cuerpo, pero ahora en sitios nuevos.

Después de mear, se examina la cara en el espejo.

La herida en la frente está bien vendada.

No sabía que Maud era licenciada en medicina. A lo mejor era una manera de ganarse la aprobación de Gunnar.

«Siempre he sido una buena chica. Siempre he intentado contentar a mi padre. Y aun así...»

Esas tres palabras se le han quedado clavadas.

«Y aun así...»

El viejo Hombre de Cristal no se llevará el premio al padre del año, eso está bastante claro.

Lo cierto es que, cuanto más sabe sobre Gunnar Irving, peor le cae. Son pocas las veces que un genio emprendedor es también una persona encantadora.

De todos modos, esa impresión podría cambiar cuando tenga la oportunidad de conocerlo en persona. Cuando oiga su versión de los hechos.

Hill entreabre la puerta del armario espejo del baño. No sabe muy bien por qué, ni qué espera encontrar ahí. Pero Maud sigue siendo un pequeño misterio para él y no puede evitar husmear, aunque solo sea un poquito.

En el armario encuentra lo que ya se esperaba: cepillos de dientes, perfume, maquillaje.

Pero también medicamentos.

Dos tipos de antidepresivos y un tarrito de pastillas para dormir muy potentes, todo prescrito por el doctor Schiller.

El descubrimiento le hace sentir remordimientos, así que vuelve a dejar los tarros en su sitio y cierra el armarito con cuidado. En el pasillo, de pronto le viene a la cabeza el cuaderno de bocetos de Bernhard.

Lo llevaba en el bolsillo interior. ¿Y si se le ha caído al meterse de bruces en los rosales?

Hill hurga en la americana.

En cuanto descubre que el cuadernito sigue ahí suelta un suspiro de alivio.

Lo abre y hojea las páginas bajo la tenue luz que entra por la ventana del pasillo.

En la plana central encuentra un dibujo que lo hace detenerse. Un esbozo de una mujer que está durmiendo en una cama. Tiene la cabeza medio girada, la espalda y una pierna asoman por debajo de la sábana. El dibujo tiene un aura delicado e íntimo.

«Freddie, 1951», pone en el borde inferior.

Hill busca en la memoria. La esposa de Bernhard y la madre de Gunnar se llamaba Alma y murió en 1947.

Entonces, ¿quién es Freddie? ¿Un amor puntual, una compañera de trabajo, una amante?

Ahí tiene algo para investigar durante la jornada.

Vuelve a guardar el cuaderno en el bolsillo de la chaqueta y regresa al dormitorio. Maud sigue durmiendo.

Hill se queda unos segundos de pie observándola desde el quicio de la puerta. En la penumbra, Maud le recuerda un poco a la mujer del dibujo. La pierna que asoma por debajo de la sábana, la suave curva de la cadera, el pelo que se ha extendido sobre la almohada.

Le resulta casi vertiginosa la idea de que, hace más de setenta años, probablemente no muy lejos de allí, Bernhard Irving sacó papel y lápiz e hizo un esbozo de una mujer que le gustaba. Un instante que significó algo para él y que quiso conservar.

Y aquí está ahora Hill, experimentando casi lo mismo.

Freddie.

Tiene que descubrir quién es.

ASKER

A las cinco ya está en pie y se mete un café entre pecho y espalda antes de ponerse con la primera tarea de la jornada.

Desde que descubrió el coche plateado delante de la casa de Atila ha mantenido los ojos abiertos, pero hasta ayer no había visto el menor indicio de que hubiera alguien siguiéndola.

¿Cómo la ha encontrado? ¿Cómo ha conseguido seguirla hasta casa de Atila sin que ella se percatara de nada?

Es una pregunta que solo tiene una respuesta.

Baja la escalera hasta el garaje subterráneo de la gran casa. Enchufa un foco, se pone un viejo mono de trabajo y una gorra en la cabeza. Se tumba bocarriba, enciende el foco y se mete debajo del coche. Después, empieza a examinar de forma metódica todo el bastidor.

No tarda demasiados minutos en encontrar lo que busca.

Un objeto pequeño y plano sujetado con un imán, no debajo de uno de los guardabarros, como habría hecho un principiante, sino en el eje trasero, donde es mucho más difícil de descubrir.

Asker mira todas las caras del aparato, lo inspecciona detenidamente a la luz del foco de trabajo.

Un rastreador.

Al primer vistazo, parece un modelo de los que se pueden

encargar por internet. Pero los tornillos están un poco desgastados, como si alguien hubiese abierto la carcasa.

Se lleva el rastreador al banco de trabajo que hay junto a una pared y busca un destornillador del tamaño adecuado.

Al retirar la tapa descubre que alguien ha hecho cambios dentro del aparato. Le han resoldado un par de cables y le han puesto una batería más fiable.

Hacía muchos años que no veía algo así, pero igualmente puede reconocer la artesanía y lógica que hay detrás.

La persona que ha hecho los cambios no deja nada al azar. No solo quiere estar segura de que el aparato funciona, sino también de que funciona mejor de lo que le corresponde.

Ella misma ha aprendido a hacer modificaciones de ese tipo. Se ha pasado noches enteras con una lupa en una mano y un soldador en la otra hasta poder hacerlo con los ojos cerrados.

En otros tiempos, en otra vida.

En el taller de La Granja.

HILL

El desayuno con Maud no es en absoluto tan incómodo como Hill se había temido. Los dos parecen estar tácitamente de acuerdo en que lo de ayer fue cosa de una sola noche. Además, de día la Casa Canopus es aún más bonita.

—¿En qué parte de la mansión vivíais antes de mudaros aquí?

—En el ala oeste. Como ya habrás comprobado, la casa es enorme. Gunnar tenía su propia planta arriba del todo, y nosotros vivíamos debajo.

—¿Una planta propia?

Ella asiente con la cabeza.

—Casi nunca nos dejaba subir. Cuando le apetecía una dosis de vida en familia, él bajaba a vernos, lo cual no ocurría muy a menudo. Gunnar es muy reservado.

Maud toma un poco de café y hace un gesto irónico hacia la elegante cocina.

—Mi madre bautizó la mudanza a esta humilde morada como «el gran destierro».

—Y Canopus es el arca que os salvó del diluvio universal —añade Hill.

—Exacto —responde Maud—. Veo que mi madre ya te ha contado esa historia.

—Sí, y la verdad es que he estado pensando un poco en las palabras que utilizó. ¿Qué pecados habíais cometido, que lo desencadenaron todo?

Maud se encoge de hombros.

—Ni idea. Ya te he dicho que mi madre es un poco especial.

Hill piensa en el cuaderno de bocetos.

—¿Y Bernhard? ¿Qué recuerdos tienes de él?

A Maud se le ilumina la cara.

—El abuelo Bernhard era muy bueno. Y mi madre lo adoraba. Lo cuidaba como si fuera su propio padre.

Hill asiente.

—En la tumba, Karin me dijo algo de que Gunnar y Bernhard no se llevaban bien. Que Gunnar incluso odiaba a su padre.

Maud hace una mueca.

—El abuelo Bernhard se puso de nuestro lado, cuando el divorcio. Gunnar y él discutían de vez en cuando. Pero decir que se odiaban me parece exagerado.

Hill se plantea si preguntarle directamente a Maud si sabe quién es Freddie. Pero si lo hace, tendrá que explicar que tiene el cuaderno de bocetos de Bernhard y dónde lo ha encontrado. Tendrá que hablarle del dibujo en el escritorio de la Casa Arturo que lo llevó hasta la habitación secreta.

—He encontrado un apunte en un libro en el que se sugiere que hay galerías mineras por debajo de todo Stjärneholm —dice, finalmente.

—¿Ah, sí? —Maud enarca las cejas en gesto burlón—. Pensaba que estabas buscando una cámara funeraria subterránea en la que el pobre Bernhard descanse metido en una urna de cristal.

Hill casi se atraganta con el café.

—Me he leído tu libro —dice ella con una sonrisita—. No me extraña que te animaras tan rápido a instalarte aquí. Siento decepcionarte, pero nunca he oído hablar de ninguna cámara funeraria secreta. Además, mi madre ya te ha enseñado la lápida de Bernhard, así que el misterio puede considerarse resuelto, ¿no?

Hill se limpia el café de la comisura con el dorso de la mano.

—El único sistema subterráneo que conozco aquí en Stjärneholm es la red de la calefacción centralizada —añade Maud—. Pero no creo que sea eso lo que estás buscando.

—No —dice él con un suspiro exagerado—. Tendré que conformarme con la historia del ovni y punto.

Ella se ríe. Hill también. Le gusta la risa de Maud.

—Ya te conté que es una historia que me ha fascinado desde que era adolescente. Pero ¿tú qué crees? ¿De verdad Gunnar vio un ovni?

Maud niega con la cabeza.

—O sea, cuando mi hermano y yo éramos pequeños, Gunnar solía contarnos la historia. La nave espacial que llegó volando y la criatura de los ojos rojos que le dio un montón de ideas. Nosotros nos creíamos a pies juntillas todo lo que nos contaba.

—¿Y ahora, de mayor?

Maud hace una mueca.

—De adulta he aprendido que lo que Gunnar dice siempre es lo correcto. Aunque no lo sea.

—¿Y eso qué significa?

—Eso significa que a lo mejor deberías pensar menos en las leyendas urbanas y centrarte más en las cosas que hacen que la empresa parezca lo más seria y realista posible. Al fin y al cabo, eso es por lo que te paga Nova. Y a ella no quieres decepcionarla, eso te lo aseguro.

—¿Por?

De pronto Maud se pone seria.

—Nova es la favorita de Gunnar. Le da cualquier cosa que ella le pida... —Hace una pausa, niega con la cabeza—. Nada, olvídalo —murmura—. Solo son cosas de hermanas.

Hill adopta lo que le parece una expresión de empatía.

—Hablando de lo cual... —añade cuando han pasado suficientes segundos—. Tu hermano Viggo también vivía aquí en Canopus, ¿no?

—Sí.

Maud aparta la mirada, como si el tema fuera delicado, pero Hill tiene demasiadas preguntas como para rendirse tan fácilmente.

—Encontré un viejo artículo de periódico que habla del accidente —continúa—. Cayó al lago con el coche la misma noche que pasó el bólido. Y el acompañante...

—Era mi prometido, sí, es correcto —dice ella—. Fue una noche horrible, como comprenderás. Perdí a Pontus y a mi hermano al mismo tiempo.

—Pero Viggo sobrevivió, ¿no?

—Sí, sobrevivió. O una versión de él, mejor dicho. —Niega con la cabeza—. Entiendo que solo estás haciendo tu trabajo, Martin, pero no quiero hablar más de esto. El accidente de Viggo no tiene nada que ver con Alfacent.

Hill asiente en silencio. Pero le queda una última pregunta.

—¿Dónde está Viggo ahora? —dice.

—En el extranjero. —La respuesta es inmediata, casi se la da antes de que él termine de formular la pregunta—. En un sitio donde recibe el mejor tratamiento posible —añade ella al tiempo que se levanta y empieza a recoger la mesa.

Hill ha oído la misma frase casi literal tanto en boca de la señora Schiller como de Nova Irving, y casi en el mismo tono de voz. Por eso se lo ha preguntado. Es como si la respuesta estuviera ensayada. Como si fuera parte del guion.

—Y ahora, si me disculpas, tengo algunas cosas que hacer —dice Maud, señalando la puerta con la cabeza.

—Claro. Y yo tengo un libro que escribir.

Ella lo acompaña a la puerta. Le da un beso en la mejilla.

Al salir, Hill comprueba que el viento y el pálido sol de noviembre han levantado la niebla, al menos por el momento.

Pero, a pesar de la luz del día, no puede evitar sentir un escalofrío. Sigue sin entender qué fue lo que vivió anoche. ¿Puede habérselo imaginado todo?

Empieza a caminar sin prisa en dirección a la Casa Arturo. Al llegar a la cuestecita con los rosales, se detiene. Ve sus huellas en el parterre, incluso un hundimiento donde supone que clavó la rodilla. Los tallos de los rosales son largos y están llenos de espinas. Es un milagro que solo se haya hecho un corte en la frente y en la mano. Podría haber perdido un ojo perfectamente.

Rodea el parterre y examina el mullido suelo. A unos cinco metros de los rosales encuentra una gran huella. Se agacha y la analiza con detenimiento.

La huella es una suela gruesa cuyo dibujo recuerda al de un neumático de tractor. La compara con su propio zapato. La pisada es mucho más grande que el cuarenta y tres que calza él, y demasiado grande como para ser de Ville, el de mantenimiento.

Así que lo que ocurrió ayer no son imaginaciones suyas. Aunque tampoco era una teoría que lo hubiese convencido en ningún momento.

Alguien lo estuvo persiguiendo en la niebla. Un gigante con ojos rojos y resplandecientes y botas gruesas. ¿Qué habría pasado si no llega a aparecer Maud?

Hill vuelve a tiritar, alarga las zancadas todo lo que puede.

De nuevo en la Casa Arturo, se da una ducha y se cambia de ropa. Se avergüenza un poco de haber sometido a Maud a un tercer grado, pero Stjärneholm es un lugar lleno de secretos, y si Hill no hace preguntas, tampoco obtendrá respuestas.

Y ahora mismo las preguntas no hacen más que multiplicarse. Los extraños fallecimientos, Viggo que está desaparecido, los túneles por debajo de Stjärneholm. Por no hablar de la persona misteriosa que lo ha guiado hasta el cuaderno de bocetos.

Cuando termina de ducharse y cambiarse, se sienta en el viejo sillón orejero de Bernhard y saca el cuaderno otra vez.

Pero apenas le ha dado tiempo de abrirlo cuando lo llaman por teléfono. Es el número de Nova Irving.

—Hola, Martin —dice con alegría exagerada—. ¿Estás muy ocupado hoy?

—No, ¿por?

—Habíamos pensado llevarte de excursión a Blockön. Dentro de una hora, ¿te va bien?

—Claro. —Hill suena sorprendido.

—Bien, pues nos vemos dentro de un rato. Abrígate bien, allí fuera suele hacer frío.

Nova cuelga y Hill se queda sentado con el teléfono en la mano.

Una excursión a Blockön.

«¡Por fin!»

HELLMAN

Los críos acaban de comerse las tortitas que él les ha preparado como desayuno de domingo y se han acomodado en el sofá con sendos iPads. Lina, su mujer, sigue en la cama media hora más, porque hoy le toca dormir a ella, y él ha pensado hojear un poco la prensa mientras se toma el café de la mañana.

El teléfono interrumpe sus planes. La centralita de la policía.

—¡Jonas Hellman! —dice al descolgar.

—Hola, soy el jefe de vigilancia de guardia del calabozo. Solo quería informarte de que hace un rato se han llevado a Per Asker al hospital. Tenía bastante mala pinta.

Hellman deja la taza de café en la mesa con un golpe.

—Espera, repítemelo.

—Pues que esta noche Asker se ha puesto malo. Estaba pálido, el pulso acelerado, se quejaba de dolores en el pecho. Hemos llamado al médico de guardia. Ha dicho que parecía un ataque al corazón. Nos ha hecho llamar a la ambulancia.

—Vale. —Hellman pone rumbo al dormitorio a paso ligero—. ¿Y no podría haberlo fingido todo?

Una breve pausa, como si mediante el silencio el hombre al otro lado de la línea intentara constatar lo estúpida que le parece la pregunta.

—No. Es cierto que a veces tenemos a gente que trata de simularlo, pero esto era real. El médico estaba muy preocupado, y cuando ha llegado la ambulancia Asker estaba blanco como un cadáver y semiinconsciente. Pero, como iban a trasladarlo a prisión provisional dentro de poco, he preferido no correr ningún riesgo. He mandado a un supervisor y dos funcionarios para que lo acompañaran.

Hellman ya se ha quitado la bata y la ha tirado sobre la cama.

—¿Cuánto hace de esto? —pregunta.

—Hará una media hora o así. Primero he tenido que pedir personal de apoyo para cubrir los huecos. Pero suponía que querrías saberlo, al ser tú quien llevas el caso y tal...

—Vale, gracias.

Antes de colgar, Hellman le pide al jefe de guardia que le mande el número de teléfono del supervisor que ha acompañado a Asker al hospital. Acto seguido, se quita el pijama de un tirón.

—¿Era del trabajo? —murmura su mujer desde la cama—. ¿No saben que hoy es domingo o qué?

Hellman no contesta, solo se viste lo más rápido que puede. Una incipiente sensación ha comenzado a extenderse desde su abdomen.

La desagradable impresión de que algo malo está pasando.

Algo tremendamente malo.

ASKER

Se pasa todo el trayecto hasta casa de Atila pensando en el rastreador. Asker cogió el coche de alquiler el viernes, lo cual significa que el aparato solo puede llevar, como mucho, un par de días colocado.

Está bastante segura de que se lo han puesto mientras tenía el coche aparcado en los alrededores de la comisaría. Su perseguidor sabía que, tarde o temprano, Asker se presentaría en su puesto de trabajo, y así habría podido identificar el coche nuevo. Y para alguien que sabe lo que hace, colocar un dispositivo de rastreo es cosa de unos pocos segundos. El rastreador es exactamente del mismo tipo que Per solía fabricar en La Granja, así que todo está relacionado con él, de una manera u otra. Pero Per está en el calabozo. Por tanto, debe de contar con un ayudante. Alguien que le tiene un ojo puesto a Asker, que vigila que haga lo que él le ha pedido. Alguien que comprueba que Leo sea una buena chica.

La mera idea la cabrea, y se mete en el hueco de aparcamiento delante de la casa de Atila con un derrape.

Una señora que se pasea con un perrito se asusta tanto con su forma tan agresiva de aparcar que le sujeta la puerta a Asker sin que ella tenga siquiera que pedírselo. Al instante siguiente, clava el dedo en el timbre de Atila. El periódico de hoy tampoco está en la alfombra del recibidor, por lo que Asker sabe que está en casa.

Así que pasa de llamar al timbre a aporrear la puerta, y después se pone a gritar por el bocacartas del buzón.

—¡Soy Leo Asker! ¡Abre la puerta, Atila! ¡Sé que estás ahí!

Sin respuesta.

—¡Si no abres, llamaré a un cerrajero! —grita ella—. Le diré que sospecho que estás muerto ahí dentro y abrirá la cerradura con un taladro. Los vecinos tendrán un poco de espectáculo para echar el domingo.

Se calla, aguza el oído.

Oye algo que podría ser un suspiro profundo, seguido del sonido de pasos.

Asker deja caer la trampilla del buzón y da un paso atrás. La puerta se entreabre, con la cadena de seguridad puesta. Atila lleva una camiseta y unos pantalones medio palmo demasiado subidos. Va descalzo y sin afeitar, tiene los ojos rojos y semblante enfadado.

Muy enfadado.

—¿Qué coño quieres, Asker?

—¡Toma! —Mete el paquete de la manopla por la ranura—. De parte de Siw, la amiga de Madame Rind. Está preocupada por ti.

Él enarca las cejas, titubea unos segundos y coge el paquete. Su expresión se suaviza un poco.

—No necesito ayuda de nadie, ¿vale?

—¡Me alegro! —dice ella encogiéndose de hombros—. Porque no tengo la menor intención de ayudarte. En cambio, me vas a ayudar tú a mí. Abre la puerta y déjame pasar, y te explico de qué se trata.

Atila la fulmina con la mirada, pero Asker no suele perder los juegos de aguantar la mirada, ni con él ni con nadie.

Entonces Atila cierra de un portazo.

Después, se oye el traqueteo de la cadenita y la puerta se vuelve a abrir.

—Entra —refunfuña él.

El piso de Atila es como adentrarse en los años setenta. Muebles oscuros de madera, papel pintado enmohecido, incluso una cortina de cuentas. Ni una mota de polvo en ninguna parte. Un leve olor dulzón a borrachera y resaca flota en las estancias.

En la mesita de centro del salón hay varias botellas de alcohol medio vacías y un vaso solitario. Atila no le ofrece café, solo le señala una de las butacas. Asker se sienta y aprovecha para mirar a su alrededor. Las paredes están llenas de fotografías, la mayoría de un Atila bastante más joven, acompañado o solo, y en casi todas aparece con algún tipo de uniforme.

En la foto más grande está rodeando con el brazo a una mujer mayor que tiene la misma mandíbula marcada que él.

—Tu madre —dice Asker, señalando la foto con la cabeza.

—Mmm —murmura él—. ¿Con qué quieres que te ayude?

Asker vuelve la mirada hacia Atila.

—Me contaste que cuando yo tenía unos catorce años os pasasteis un verano vigilando La Granja. ¿Pudo ser en 2006?

Él la observa fijamente unos segundos, como pensando.

—Sí, creo que es correcto —dice—. ¿Por?

Asker le cuenta todo el asunto de la forma más resumida posible.

Atila atiende sin hacer preguntas.

—Así que lo que quiero que me digas —concluye Asker— es si tú y tus compañeros de la Säpo coincidisteis con Tord Korpi y si visteis algo que pueda ayudarme.

Atila guarda unos segundos de silencio.

—¿Estás totalmente segura de que quieres ayudar a tu padre? —pregunta luego—. ¿No sería mejor dejar que se hunda en su propia ciénaga?

Asker se muerde el labio.

—No puedo hacer eso —responde.

Atila la observa unos pocos segundos más sin decir nada.

Después, asiente con la cabeza.

—Entiendo. Dame un segundo.

Sale del salón y Asker se levanta para echar un vistazo a las fotos más de cerca. Encuentra una en la que Atila no lleva uniforme. Aparece acompañado de una mujer joven con birrete y que lleva un cartel en la mano con una foto de sí misma de pequeña.

Debe de ser la sobrina a la que hizo referencia Virgilsson. La que murió demasiado joven y cuyo novio desapareció misteriosamente. El motivo del festival de la botella que Atila celebra cada año a puerta cerrada.

Este vuelve a la salita cargando con una caja. Parece que ha aprovechado para lavarse la cara con un poco de agua, ya de paso.

Mira a Asker, después la fotografía, pero no dice nada, y Asker regresa en silencio a su sillón.

—Sé que hubo algunas personas que entraron y salieron de La Granja, pero no recuerdo todos los detalles. Ha pasado mucho tiempo. Pero siempre guardo mis anotaciones.

Aparta las botellas de bebida y deja la caja de cartón en la mesa.

La caja está llena de libretas negras clasificadas por años.

Asker levanta las cejas.

—¿No tendrías que haber entregado todo esto cuando terminaste? —pregunta.

Él la mira por encima del borde de las gafas.

—Seguramente, sí. Pero mis jefes tenían tanta prisa por deshacerse de mí que se olvidaron del protocolo. Y yo tampoco vi nunca ningún motivo para recordárselo, lo cual a lo mejor puede ser una suerte para ti.

Se vuelve otra vez hacia la caja.

—Año 2006... —Atila saca dos libretas y empieza a hojearlas—. Sí, es correcto, aquí lo tenemos. Operación de vigilancia de La Granja.

Asker intenta contener su emoción. Esta es la mejor pista que tiene, por no decir la única, y debe obtener algo de ella si quiere avanzar en alguna dirección.

—Y aquí tenemos a Tord Korpi. —Atila deja la libreta en la mesa y desliza el pulgar por las hojas—. La primera vez que lo vimos fue el veintisiete de junio. Tengo apuntado su número de matrícula.

Asker nota que se le acelera el pulso. Una matrícula es un buen comienzo. Algo de lo que tirar.

Atila pasa más páginas mientras va haciendo sonidos guturales.

—Korpi parece entrar y salir. A veces, se quedaba unas noches en vuestra casa, como tú bien has dicho. ¡Mira esto! —Señala una línea en la libreta—. «TK habla con LA en el gimnasio.»

Asker está a punto de preguntarle quién es «LA», pero se detiene.

«Leonore Asker.»

Su yo adolescente, anotado como un apunte en una libreta. Es casi como cruzarse con un fantasma.

Atila sigue hojeando.

—Vale, pues nuestro amigo parece ir y venir. Tengo apuntado algo sobre un gimnasio en Hörby, así que en algún momento yo o algún compañero mío lo seguimos hasta allí.

—El Freedom Gym —confirma Asker—. ¿Hay algo más? ¿Alguien más con quien Korpi se viera?

Atila continúa pasando hojas.

—Aquí hay un apunte de que un tal MH visita La Granja, pero no tengo el nombre completo —dice—. Creo que se trataba de un chico joven.

—Martin Hill —se apresura a señalar Asker—. Él no tiene nada que ver con el caso.

—Vale. —Atila le lanza una mirada antes de continuar—. Korpi no era nuestro principal interés, así que... Espera, aquí hay algo.

Golpetea una página con un nudillo.

—Korpi aparece mencionado de nuevo a mediados de agosto. Por lo visto, decidimos seguir vigilándolo un poco más.

—¿Adónde fue? —pregunta ella, impaciente.

—La verdad es que me parece que me acuerdo de esto... —murmura Atila mientras pasa la página—. Sí, aquí tenemos el nombre. Es correcto, me acuerdo de esto, ahora que veo los apuntes. Es curioso cómo funciona la mente.

—¿Adónde fue? —repite Asker.

—A una finca llamada Stjärneholm, a una hora de distancia, más o menos.

Durante sus años en Estados Unidos logró poner freno a su impulso. Reprimió todos los pensamientos prohibidos, todos los deseos, todas las necesidades. Los encerró a cal y canto tras una puerta en lo más profundo de su cabeza.

Con el tiempo todo se hizo más fácil, quizá porque vivía su propia vida, lejos del ojo vigilante.

Completó sus estudios americanos con ejemplaridad, consiguió un trabajo de prácticas, hizo contactos. Hizo todo lo que su padre había querido, y un poco más. Cumplió con su papel de hijo perfecto.

Un auténtico Irving.

Y, al fin, después de varios años de esfuerzo silencioso y paciente, obtuvo su recompensa. Lo llamaron para que volviera a Stjärneholm.

La cena de la Duodécima Noche. O la segunda Navidad, como solía llamarlo Padre. La fiesta de la Revelación divina y de los Reyes Magos. El simbolismo era evidente. El Príncipe Pólux había regresado de su periplo por el desierto. El hijo perdido había seguido la estrella de vuelta a casa de su padre.

Estaban todos allí. El padre, su nueva esposa y su hija.

Nova. La nueva.

El resto de su propia familia también estaba presente. Su madre, que a esas alturas ya vivía en su burbuja. Su hermana, quien, a diferencia de él, había podido quedarse en el extrarradio del sistema solar de Padre.

La que, a lo mejor —solo a lo mejor—, había conseguido ese favor a base de traición.

Él le podría haber perdonado el abuso a su hermana de no haber sido por el hombre que la acompañaba.

Pontus.

Era alto y rubio, le recordaba a él mismo. Trabajaba en la empresa. Llamaba Gunnar a Padre, como si fueran viejos amigos. Un extraño que había logrado infiltrarse en la familia. Que le había robado el sitio en la mesa con absoluto descaro.

Aun así, no dijo nada. Se comportó, esperó pacientemente al instante en que Padre fuera a expresar su reconocimiento. El momento en que dijera que él volvía a ser el Príncipe Pólux, el especial, el que iba a cambiar el mundo.

El que a la larga acabaría cogiendo el relevo de la familia Irving.

Pero la cena comenzó y se terminó sin que Padre dijera ni una palabra al respecto.

Padre estaba simpático y encantador. Habló de trabajo con Maud y Pontus, miró con orgullo a Nova.

A él, en cambio, apenas le dedicó más que una mirada distante.

Después del postre, Padre lo llamó al salón de fumar. Le pidió que se sentara en una de las viejas butacas que el abuelo Bernhard había diseñado, mientras le prendía fuego a un puro.

A él le palpitaba el corazón. Debía de ser el momento.

El reconocimiento. El reencuentro. La revelación.

—Te vas a comportar, ¿verdad? —le preguntó Padre.

Él tragó saliva, asintió con la cabeza, esperó a que continuara.

Padre dio una calada al puro y se volvió hacia el fuego que crepitaba en el hogar.

—Bien —dijo—. Al fin y al cabo, no puedes remediar quién eres. Lo que está roto dentro de ti. No es culpa tuya, son tus genes.

Padre agitó ligeramente una mano en el aire, sin ni siquiera mirarlo.

—Ya puedes irte, Viggo.

Y en ese momento fue como si se rompiera el último dique. El último resquicio de humanidad que quedaba en él se vio arrollado. Su vida terminó varias horas antes de que se la arrebataran las aguas frías y negras del lago.

HILL

A las nueve en punto llaman a la puerta de Hill. Nova Irving lo está esperando con pantalones cargo y una chaqueta impermeable de color negro.

—Uy, ¿qué te ha pasado? —Señala el esparadrapo que Hill lleva en la frente.

—Ayer me tropecé de camino a casa —dice él—. Aún estoy algo torpe.

—Vaya. ¿Crees que tu pierna aguantará un poco de exploración urbana? —pregunta ella.

—Por supuesto —responde Hill lleno de entusiasmo.

Ha estado en vilo desde que han hablado esta mañana. No ha podido concentrarse en examinar bien el cuaderno de bocetos. Es más, apenas ha pensado en el dramático acontecimiento de ayer.

Nova lo lleva en el carrito hasta la mansión. Charlan un poco sobre el fructuoso tratamiento que le han brindado, ella vuelve a explicarle a Hill que Alfacent es la punta de lanza del campo de la criogenización.

Abre la verja de hierro fundido con una llave, igual que hizo Karin Irving el otro día, y continúan por el área restringida. Es obvio que Nova puede moverse por donde quiera.

Se mantiene a la derecha, siguen el camino hasta llegar a la caseta para barcos donde Hill atisbó al hombre del abrigo a través de la ventanita redonda.

Está bastante seguro de que se trataba de Gunnar Irving. Pero ¿qué estaba haciendo allí fuera, a oscuras y en la niebla?

En el muelle hay un barco. Samuel está esperando al lado. Él también va vestido con ropa impermeable negra, lo cual le brinda un aspecto de soldado.

Hill no ha terminado de digerir el comportamiento amenazante que mostró el jefe de seguridad la última vez que se vieron, pero hace lo mejor que puede para disimularlo.

Samuel recibe a Hill con un cortés saludo de cabeza y les entrega sendos salvavidas.

—¿Qué me dices, Martin? —pregunta Nova—. ¿Vamos para allá?

Hill intenta dominar su emoción, pero no le resulta fácil. Blockön lo está esperando ahí fuera, a unos pocos cientos de metros de distancia.

Suben a bordo mientras Samuel suelta los amarres. El barco no es demasiado grande, pero se ve muy moderno, con sus ángulos marcados. En el puente de mando acristalado hay sitio para cuatro personas.

En cuanto Samuel sube a bordo, Nova tira del acelerador.

El barco se desliza casi sin hacer ruido y abandona el muelle. El agua titila de color negro, el cielo está encapotado.

Hill se acomoda en uno de los asientos, pero Nova permanece de pie al timón.

—Dime, Martin, ¿qué tal tu primera semana aquí? —le pregunta ella cuando ya se han alejado un trozo de la costa.

—Interesante —responde él.

—¿Interesante? —Nova intercambia una mirada de regocijo con Samuel—. ¿En qué sentido? ¿Has descubierto algo emocionante?

La pregunta deja a Hill sin palabras.

¿Acaso Nova sabe que ha encontrado la puerta secreta, la

buhardilla y el cuaderno de bocetos, y quiere ver si Hill piensa contárselo? ¿Puede ser una especie de prueba?

Pero Nova parece cansarse de esperar a que responda.

—Si no me equivoco, has vuelto a quedar con Maud.

Una constatación, no una pregunta.

Hill vuelve a quedarse mudo. ¿Cómo puede saberlo Nova? Toquetea el móvil en su bolsillo con una sensación de inseguridad.

Nova acelera y la proa del barco se levanta un poco del agua.

—No me malinterpretes —dice sin girar la cabeza—. Maud es guapa y atractiva. Pero acaba de pasar por una época difícil. El divorcio, el trabajo... —Deja la frase sin terminar.

—Aparte de que no es fácil tener una hija invidente —añade Samuel.

Hill se fija en ellos con un poco más de atención. Hay sitio de sobra en el puente de mando, y tres asientos libres. Aun así, Nova y Samuel están de pie, mucho más juntos de lo que exige el espacio. Además, hay algo en su energía. Hill los nota alegres, casi fervorosos. Como unos adolescentes que se van de excursión.

—¡Pues ya está, ya hemos llegado!

Nova empuja la palanca y la proa baja rápidamente al agua otra vez. El barco se desliza hasta un embarcadero de cemento maltrecho en el que hay un cartel con el texto RIESGO DE DESPRENDIMIENTO. ¡ACCESO RESTRINGIDO!

Hill puede oír los emocionados chasquidos de su válvula cardiaca.

Lleva más de quince años soñando con este momento.

Y por fin está aquí.

En la isla de Blockön.

Cuando bajan a tierra, Hill se queda de pie en el muelle y trata de captar el ambiente.

El aire es frío y húmedo, huele a agua y a bosque de coníferas. El muelle de hormigón está agrietado y se pueden ver las barras de hierro oxidado del armazón.

—¡Bienvenido a Blockön, Martin! Tenemos que ir por allí.

Nova coge la avanzadilla y Hill la sigue. Samuel se mantiene unos metros más atrás.

Entre la base del muelle y la linde del bosque hay un cobertizo inclinado metido con cuña.

—Por aquí —dice Nova—. Allí delante empieza el viejo camino de la mina.

Señala un abeto que alguien ha marcado con una raya blanca alrededor del tronco. Al lado, dos roderas se adentran en el denso bosque.

Siguen el viejo camino. Las copas de los árboles se cierran sobre sus cabezas y tapan la mayor parte del cielo. El suelo está repleto de bloques de riolita que asoman en el musgo y la maleza.

—Blockön hace honor a su nombre, ¿no te parece? —comenta Nova.

Hill asiente con la cabeza.

—¿Has venido muchas veces?

—Mi padre me trajo un par de veces de pequeña. De mayor, cuando aprendí a pilotar barcos, en ocasiones venía yo sola cuando necesitaba pensar.

—¿Un lugar sagrado? —pregunta Hill.

—Bueno, puede ser —dice ella, riendo.

—¿Tus hermanos también lo ven así?

Nova alarga la zancada como para alejarse del tema.

A Hill se le ha desatado una bota, así que sube el pie a un gran bloque de riolita que hay al borde del camino y empieza a atarse el cordón.

Justo cuando va a reemprender la marcha descubre unas marcas en la superficie del bloque, medio ocultas tras un helecho: AUG 2009.

Sabe de qué es la abreviatura: «Asociación de Ufología de

Göinge». Tom y Krystal le dijeron que habían estado en la isla hace muchos años, y aquí está la prueba.

Pero debajo de la inscripción hay otra.

Marcas nuevas escritas con otra letra, más angulosas: URBX 2019.

Hill ha visto esa marca tallada o pintada varias veces en distintos edificios abandonados. En realidad no le gusta. Marcar o pintar cosas es romper las reglas de la exploración urbana.

Pero esta vez la marca tiene un significado real.

Debe de ser el rastro que dejaron Nick y Elis a su paso, lo cual significaría que llegaron a la isla, tal y como afirmaba el matrimonio de ufólogos.

La idea resulta emocionante y desagradable al mismo tiempo.

Se deduce que debieron de ahogarse durante el camino de vuelta.

Nova le ha sacado bastante ventaja, pero Samuel se ha quedado esperando al lado de Hill.

—¿Qué haces? —le pregunta.

—Solo me estoy atando la bota —miente Hill, y baja el pie. Nunca había visto riolita tan de cerca. Es fascinante.

—Tenemos que continuar —dice Samuel, mirando la hora.

Le hace un gesto impaciente con la mano para que Hill lo siga.

—Vale...

Hill espera una explicación de por qué corre tanta prisa, pero al ver que Samuel no tiene ninguna intención de dársela reemprende la marcha.

Nova los está esperando más adelante.

—Ya no falta mucho —dice—. ¿Cómo notas la pierna?

—Sorprendentemente bien —responde Hill.

—Excelente. —Nova señala el camino que continúa—. Pues seguimos.

—¿Puedo hacerte una pregunta atrevida? —dice Hill al cabo de un rato—. Solo si te parece bien.

—¡Dispara!

—¿Tú crees de verdad que Gunnar vio un ovni y que habló con extraterrestres?

Nova no contesta, así que Hill decide proseguir.

—La razón por la que lo pregunto es que me he fijado en que el relato va cambiando a medida que pasa el tiempo. Aparecen algunos detalles nuevos, mientras que otros desaparecen. Con los años, la criatura con la que se topó se vuelve cada vez más espeluznante. Y, aun así, el extraterrestre se muestra servicial, lo cual no acaba de encajar...

Hill se interrumpe. Nova aún no ha contestado, y le parece sentir la mirada de Samuel en la nuca.

—Yo creo... —empieza Nova— que Gunnar es uno de los mayores genios de nuestra época. Que tiene unas capacidades que el resto de la gente solo podría soñar. Pero me parece que en breve obtendrás las respuestas a tus preguntas.

—Es ahí —dice Samuel, cortando la conversación.

De pronto, en el bosque aparece una gran valla metálica con el texto STJÄRNGRUVAN en forma de arco. Las dos puertas de la verja están abiertas.

Hill traga saliva un par de veces. De repente tiene la boca seca y el pulso ha comenzado a latirle en los tímpanos.

Nova se adelanta, los guía a través de la maraña y los abedules hasta que llegan a un patio de asfalto agrietado. En el lado derecho hay una gran nave de una fábrica; en el izquierdo, un taller de una sola planta, pero Hill apenas ve ni lo uno ni lo otro.

Porque en el extremo opuesto del patio de asfalto se yergue la torre de extracción. Detrás de la barandilla del primer nivel hay alguien que los está mirando.

Un hombre alto, con abrigo oscuro y sombrero de ala ancha.

—Tenemos una sorpresa para ti —dice Nova, emocionada—. ¡Gunnar quiere conocerte!

HELLMAN

Cuando apenas le falta un kilómetro para llegar al hospital, le vuelve a sonar el teléfono. Es el funcionario que ha ido a Urgencias y con el que ha hablado hace unos minutos.

—Oye, acaba de saltar la alarma de incendios —informa—. Dicen que tenemos que evacuar.

Hellman se queda de piedra.

—¡No me jodas! —exclama—. ¿Dónde está Per Asker?

—En una consulta, con el médico.

—Encárgate de que se quede ahí dentro hasta que yo llegue. Y sal a recibirme.

Cuando Hellman detiene el coche delante de la recepción de Urgencias, hay una actividad frenética. Se oye una alarma escandalosa y hay dos vigilantes intentando dirigir la evacuación. Hellman se cuelga la placa al cuello con una cadenita y pone rumbo a la entrada. De camino se encuentra con un chico que lleva el uniforme de los servicios de penitenciaría.

—¡Llévame hasta él ahora mismo! —le ordena Hellman.

Se abren camino a empujones por el torrente de personas que están saliendo. Un vigilante trata de impedirles el paso, pero se rinde cuando Hellman le enseña la placa.

En la sala de espera la alarma sigue sonando a todo volumen.

—Nosotros también deberíamos evacuar —dice el funcionario de prisiones en tono nervioso.

Señala a unos sanitarios que están ocupados sacando camillas.

—Tú, llévame hasta Asker —le espeta Hellman. Se le ha hecho un nudo en el estómago.

El funcionario abre una puerta y le muestra un pasillo a Hellman. Las puertas están abiertas y el personal sanitario está sacando a los pacientes. Una de las puertas sigue cerrada. Delante hay dos hombres corpulentos vestidos también con el uniforme de penitenciaría.

—¿Está ahí dentro? —dice Hellman, señalando la puerta.

—Afirmativo, pero han entrado justo antes de que saltara la alarma —dice uno de los hombres—. No podemos estar presentes durante la visita. Es una violación del derecho a la intimidad. Nos caería una denuncia automáticamente.

Hellman respira hondo.

—¿Cuánto llevan ahí dentro?

Los vigilantes se miran.

—Unos cinco o seis minutos, quizá. Pero hemos comprobado la consulta dos veces. La ventana no se puede abrir sin herramientas y está demasiado arriba como para saltar. Aparte de que está con el médico.

—¿Qué pinta tenía el médico?

Los hombres se encogen de hombros casi a la vez.

—De hecho, es una mujer —dice uno—. Bastante alta. Bata blanca...

—¡Apartaos! —les ordena Hellman.

—Pero no podemos...

—¡Apartaos!

Los vigilantes se miran, después se hacen a un lado.

Hellman acciona la manilla. La puerta está cerrada con llave. El nudo en su estómago se convierte en una bola de hielo.

—¡Abrid la puerta como sea!

Uno de los vigilantes intercepta a un auxiliar que pasa por allí.

—Abre —le ordena Hellman, señalando la puerta.

El auxiliar trastea con un manojo de llaves y termina por abrir la puerta.

La consulta está vacía y la ventana, abierta de par en par. Hay una soga atada al radiador de debajo.

—¡Hostias!

Hellman se abalanza sobre la ventana.

En el otro extremo, la soga está atada a una escalera de cuerda que se balancea en la fachada. Termina en una cubierta interior, donde hay un montoncito con ropa de penitenciario y una bata blanca. Uno de los vigilantes también asoma la cabeza por la ventana.

—¡Joder! —grita—. ¡Asker se ha largado!

Sale corriendo con sus dos compañeros por el pasillo.

Justo en ese momento, la alarma de incendios deja de sonar.

Hellman se queda de pie junto a la ventana. Por un breve instante, unos destellos titilan en su campo de visión. Después se recompone y saca el móvil.

Eskil lo coge al segundo tono, casi como si estuviera esperando la llamada.

—Per Asker se ha fugado del hospital. Iba acompañado de una mujer. Entérate de dónde está Leo Asker. ¡Ya!

HILL

Sube sin prisa la escalera metálica de la torre de extracción, y en cada rellano hace un alto para recuperar el aliento. Su mala condición cardiovascular le hace pensar en cuando era adolescente y su corazón estropeado hacía que el menor esfuerzo supusiera todo un desafío.

La escalera tiene pinta de haber sido arreglada hace poco. Algunos tramos de la barandilla y la escalera parecen nuevos, y hay una gran soldadura entre dos secciones de escalones.

El corazón de Hill late con fuerza, tanto de esfuerzo como de emoción. Por fin está aquí. En el lugar en el que lleva pensando desde que era un crío.

Y por si no fuera suficiente con eso, también va a conocer al mítico Gunnar Irving, el hombre del ovni.

—¡Querido Martin! —dice Gunnar cuando por fin llega al último rellano—. Bienvenido a la isla de Blockön y a la mina Stjärngruvan.

Le estrecha la mano a Hill como si fueran viejos amigos.

—Gracias —consigue decir Hill.

—¿Y bien? ¿Qué te parece? ¡No me digas que desde aquí no se tienen unas vistas magníficas!

Gunnar Irving extiende la otra mano hacia el lago.

Hill no puede estar más de acuerdo. Desde aquí arriba se ve

claramente que se hallan en el fondo de un cráter. Alrededor, primero las aguas negras de Miresjön, y después, las cuestas cubiertas de bosque que rodean el lago en todas direcciones y que hacen que la mirada se dirija hacia arriba, hacia el cielo.

Aun así, no es allí adonde Hill mira más, sobre todo observa a Gunnar Irving.

Reconoce sus rasgos de las fotos que ha visto en los artículos de prensa que ha estado leyendo: la frente alta, la nariz puntiaguda y la mandíbula marcada. La experiencia de conocer a Gunnar en persona se le antoja familiar e irreal al mismo tiempo.

—Sobra decir que puedes tutearme —le dice el hombre.

Hill asiente mudo. No está acostumbrado a sentirse obnubilado.

Gunnar Irving no parece en absoluto estar a punto de cumplir ochenta años. Sus movimientos son ágiles y potentes; su mirada, intensa y penetrante.

—Mi hija me ha hablado muy bien de ti, Martin.

Por un breve instante, Hill piensa que se está refiriendo a Maud, pero enseguida se corrige al ver que el hombre hace un gesto en dirección al suelo, donde están esperando Nova y Samuel.

—Me ha contado que quieres cambiar el enfoque del libro y titularlo *El Hombre de Cristal*. Me gustaría mucho oír tus argumentos.

Gunnar asiente con la cabeza para animarlo.

—Eh... —Hill busca las palabras adecuadas—. Bueno, para empezar, lo que pienso es que, en realidad, la historia de Alfacent es tu historia. Todo comienza contigo, cuando usaste la prueba del fracaso de Bernhard, el vidrio volcánico, para crear algo nuevo. Transformaste algo que no tenía valor en algo sumamente valioso.

Gunnar sonríe satisfecho.

—Me gusta mucho esa descripción, Martin. Además, es cien por cien correcta. ¿Ves el campo de ahí abajo?

Señala al suelo de nuevo, pero esta vez en diagonal hacia el borde del patio de asfalto. Un gran campo de piedras afiladas y negras que asoman en la hierba marchita.

—Son los restos de un montón de obsidiana que Bernhard mandó descargar ahí porque consideraba que no tenía ningún valor.

Mira a Hill con una sonrisa. La presencia de Gunnar es tan intensa que su figura casi brilla por sí sola.

—Acompáñame, Martin. ¡Vamos a echar un vistazo al observatorio! Llevas años y años deseando verlo, ¿no es así?

Le hace un gesto a Hill para que lo siga hasta una puerta abierta.

Dentro huele a humedad y brea. Las paredes del observatorio son de hormigón, la cúpula es de madera pintada de negro. El suelo está vacío, igual que todas las baldas que corren a lo largo de las paredes.

—Lamentablemente, no hay mucho que ver —dice Gunnar—. El observatorio está ciego desde hace muchos años. El telescopio está desmontado y la trampilla de la cúpula ya no se puede abrir.

—Sí, he visto el telescopio en el primer piso de la Casa Arturo —dice Hill—. ¿Por qué lo llevaron allí?

Gunnar se encoge de hombros.

—Arturo es la vivienda de mi padre. El telescopio era suyo.

Corta la frase como si el tema no le interesara.

—¿Puedo hacer fotos? —pregunta Hill.

—Por supuesto.

Hill saca el móvil. Tal y como sospechaba, no tiene cobertura. Las manos le tiemblan ligeramente mientras toma una serie de fotos. Por si acaso, también graba un pequeño vídeo.

—Nova me ha comentado que no quieres que el libro se centre en el encuentro con el ovni —dice cuando termina—. Será difícil, porque ahí es donde arranca tu historia como dirigente de la empresa. O, mejor dicho, aquí.

Señala la cúpula que se curva por encima de su cabeza.

Gunnar se lo queda mirando unos segundos. Después, da media vuelta y vuelve a salir al tejado de la torre.

Hill lo sigue.

Gunnar se acerca a la barandilla y otea el lago.

—Gunnar el Abducido —dice—. Así es como me han llamado desde los años sesenta. Al principio no me dejaba importunar en absoluto. Pensaba que el nombre acabaría desapareciendo, a medida que la empresa ganaba éxito. —Niega ligeramente con la cabeza—. Pero, en lugar de eso, se fue consolidando cada vez más. Por muy fantásticos que fueran nuestros inventos y logros, la prensa seguía hablando siempre de Gunnar el Abducido. Siempre metían referencias al espacio, a los extraterrestres y a la ciencia ficción en todos los reportajes. —Vuelve a negar con la cabeza—. En los años noventa, fuimos de los primeros en hacer análisis de ADN. Un avance tremendo para la humanidad y un excelente trabajo en equipo formado por personas con mucho talento. Aun así, muchos periodistas me preguntaron si esa idea también la había obtenido de los extraterrestres. Ridiculizaron nuestro descubrimiento. —Gunnar suelta un suspiro—. Por mucho que lo haya intentado, el relato del ovni me ha perseguido toda la vida. Siempre ha aportado una dosis de mofa o broma. Y es todo culpa mía.

Hill asiente en silencio, aunque en realidad no acaba de entender adónde quiere llegar Gunnar.

—¿Sabes, Martin? —dice, bajando la voz—. Mi padre estuvo a punto de llevar la empresa a la bancarrota. Había perdido completamente la noción de la realidad. Lo único que le importaba era esta mina y sus teorías desquiciadas sobre el espacio y la caída de un meteorito. A pesar de sacar toneladas de obsidiana, él se negó a tirar la toalla.

Se queda callado, su mirada parece seguir un pájaro que sobrevuela el lago.

—Yo solo tenía veintidós años y estaba estudiando medicina —continúa—. Pero después de cortarme con un trozo de obsidiana aquí fuera, se me ocurrió una idea. El corte era tan increíblemente fino que apenas sentí dolor. Entonces comencé a preguntarme si ese mineral sin valor alguno no podría usarse de alguna manera en el campo de la medicina. Pero necesitaba dinero para desarrollar la idea. A Bernhard no le interesaba. No le hacía caso a nadie, y aún menos a mí. Y entonces tuvo lugar el accidente. Artur y otros dos hombres murieron. Yo comprendí que estábamos muy cerca de sucumbir. Así que hice lo que consideré necesario para salvar tanto la empresa como a la familia. —Gunnar hace un gesto hacia el cielo—. Creé una herramienta que nos salvó. Un relato, o mejor dicho, un cuento.

El cerebro de Hill se bloquea durante unos segundos.

—Te... —Intenta encajar las piezas—. Te inventaste un encuentro con un extraterrestre para conseguir que Bernhard te cediera toda la responsabilidad. Para que te brindara la oportunidad de desarrollar tus inventos.

Gunnar asiente en silencio.

—No tenía otra opción. Sin ese relato, la familia Irving habría sucumbido.

Hill hace un esfuerzo por digerir lo que Gunnar le acaba de contar.

Igual que con todas las historias similares de encuentros con extraterrestres que ha oído, Hill daba por hecho que por lo menos el propio Gunnar creía en lo que contaba. Que su vivencia había sido real por lo menos para él.

Pero le acaba de revelar sin pestañear que fue todo una invención.

—¿Y quieres que hable de esto en el libro? —pregunta, incrédulo.

—No, por supuesto que no. Al contrario, a ese capítulo de la historia de la empresa me gustaría prestarle la menor atención posible. Una nueva era nos está esperando a la vuelta de la esquina.

A Gunnar se le ilumina la cara.

—Verás, dentro de muy poco Alfacent hará un nuevo descubrimiento sin precedentes, esta vez en el campo de la criogenización. Un descubrimiento gigantesco...

Mide a Hill con la mirada durante unos segundos.

—A lo mejor ya sabes cómo funciona la criogenización. Cuando sometes un tejido a una temperatura de menos de doscientos grados Celsius, se detienen todos los procesos químicos. Cesan todas las señales de vida. El tiempo también. Todo se queda quieto.

El cerebro de Hill sigue encallado en el falso relato del ovni. Pero recuerda este tema de la última entrevista que le hicieron a Gunnar, y desde que llegó a Stjärneholm ya se ha topado varias veces con el interés de Alfacent en el campo de la criogenización.

—Hace mucho que se experimenta con la criogenización —continúa Gunnar—. Hoy en día, ya hay muchas personas que se han hecho congelar después de morir. El problema es que la congelación genera cristales de hielo en los fluidos corporales que destruyen los tejidos y las conexiones nerviosas. Solo existe una criatura en todo el mundo que ha sabido resolver ese problema. Una ranita insignificante que hiberna sumida en un estado de congelación. La rana transforma sus fluidos corporales en una especie de líquido anticongelante. Mapeamos su ADN ya a comienzos de la década de los dos mil, y tras años de experimentación por fin hemos conseguido fabricar un líquido parecido para tejido humano. Pero, a decir verdad, la congelación es la parte sencilla del proceso. Lo que hemos logrado hacer, gracias a la ranita, que nadie más ha podido... —Gunnar se inclina hacia Hill; sus ojos casi brillan por sí solos—, es descongelar los tejidos otra vez, manteniendo todas las facultades. Hemos conseguido restaurar la vida. Literalmente hablando, hemos despertado a los muertos. Es un éxito médico sin precedentes, una infinidad de posibilidades que se le abren a la humanidad. —Gunnar rodea a Hill con el brazo—. Y aquí es donde tú entras en escena. Lo que ocurre, Martin, es que cuando sustituyes la sangre y otros fluidos corporales con nuestro invento y luego enfrías radicalmente el tejido, se da un proceso muy interesante. ¿Estás familiarizado con el concepto de vitrificación?

Hill dice que no con la cabeza.

—Significa «cristalización». Es decir, el tejido se convierte en cristal. Por tanto, una persona que es vitrificada se convierte en un... —Gunnar enarca las cejas.

—Hombre de cristal —murmura Hill.

—Exacto, querido Martin. Por eso el título de tu libro es tan brillante. Describe tanto el origen de Alfacent como su futuro. Y, al mismo tiempo, el mío. Alfacent y yo seguiremos nuestro viaje juntos hasta un futuro muy lejano. —Su rostro adopta una expresión seria—. Tengo cáncer, ¿sabes? El pronóstico de la medicina actual me da un año de vida; como mucho, dos. Es demasiado poco para alcanzar los enormes hitos que tenemos por delante. Así que estoy valorando comprarme más tiempo. O detenerlo, si prefieres describirlo así, antes de que la enfermedad me gane la batalla.

Gunnar hace una pausa teatral, como si le diera margen al cerebro de Hill para procesar lo que acaba de decirle. Este tarda unos segundos en conseguirlo.

—¿Vas... vas a congelarte a ti mismo?

Gunnar esboza una sonrisa de oreja a oreja.

—Preferimos el término *vitrificar*. Y tú vas a contar mi historia, querido Martin. Vas a convertir a Gunnar el Abducido en el Hombre de Cristal.

ASKER

Vuelve a estar en casa. Ha puesto el coche a cargar y se come un plato congelado mientras procesa la conversación con Atila. Resulta que Tord Korpi, que era un experto en obras subterráneas, visitó Stjärneholm. Según Martin, corre la leyenda urbana de que la finca alberga una especie de instalación subterránea que él espera encontrar mientras escribe el libro que le han encargado. Si le añades que el viaje en coche entre La Granja y el lago Miresjön es de poco menos de una hora, la conclusión no es tan descabellada.

El empleador que pagó a Korpi con rollos de billetes es la finca de Stjärneholm.

A partir de ahí, las preguntas que surgen no dejan de ser un tanto vagas.

¿El móvil del asesinato y el autor de este también se hallarían entre los muros de la finca? ¿Qué pudo haber dicho o hecho Korpi ahí dentro que le costara la vida, y quién se la arrebató?

Asker necesita hablar con su agente infiltrado: Martin Hill.

Ha probado de llamarlo varias veces, pero le salta el buzón de voz de buenas a primeras, así que le envía un mensaje de texto y espera intranquila a que le devuelva la llamada.

Un aviso electrónico le hace alzar la cabeza. El sistema de alarma de la casa le chiva que un coche ha entrado en el recinto. Después, otro, y otro más.

Asker mira por la ventana y ve dos coches de policía de paisano seguidos de dos furgones de las fuerzas especiales que se detienen en las losas de granito que hay delante de la entrada de la casa. No pueden ser buenas noticias.

Cuando sale por la puerta, Hellman ya está a medio camino de la escalinata, con Eskil y otros dos compañeros de Delitos Violentos pisándole los talones. Abajo, el equipo de fuerzas especiales está descargando.

—¿Qué coño pasa? —pregunta ella.

—¿A ti qué te parece? —dice Hellman, distante—. Hemos venido para registrar la casa en busca de tu padre.

Asker frunce los labios.

—¿Per se ha fugado? ¿Cuándo?

Hellman y Eskil se miran. De pronto Asker entiende lo que está ocurriendo.

—No pensaréis que se esconde aquí, ¿no? —dice con un suspiro.

—¿Dónde estabas hoy a las nueve y media de la mañana? —le suelta Eskil.

—En casa de un compañero —responde ella—. De Kent Atterbom, concretamente. Te voy a dar su número.

Asker saca el teléfono y le enseña el número.

Eskil y Hellman intercambian una mirada. Es evidente que los dos saben quién es Atila. Eskil le hace un gesto a uno de los otros compañeros para que apunte el número y se vaya a hacer las comprobaciones pertinentes.

—¿Y qué estabas haciendo en casa de Atterbom? —pregunta luego.

—Eso no es asunto tuyo, Eskil —responde ella—. Y ahora decidme: ¿cómo os las habéis ingeniado unos genios como vosotros para perder a Per?

—Ha sufrido una fibrilación auricular, el doctor lo ha enviado a Urgencias —dice Eskil, que por lo visto encarna el papel de intermediario—. Allí ha conseguido bajar por una ventana con una cuerda y desaparecer. Aún estamos terminando de encajar los detalles.

—Pero habéis venido directamente aquí. ¿Por qué?

Eskil le clava los ojos.

—En Urgencias, Per no estaba solo. Tenía una ayudante. Ella ha activado la alarma de incendios para generar confusión y lo ha ayudado a fugarse mientras todo el mundo estaba ocupado.

Una mujer. Esa información resulta interesante.

—¿Me estáis diciendo en serio que os pensabais que era yo? —dice Asker.

Ninguno de los dos contesta, pero tampoco hace falta. Las fuerzas especiales en el patio hablan por sí solas. Vaya pedazo de memos.

A Asker no le cuesta demasiado imaginarse cómo ha ido la cosa.

—Lo ha preparado todo de antemano —dice—. La fibrilación debía de ser real, probablemente se la ha provocado con alguna pastilla que ha conseguido meter a escondidas. Puestos a especular, yo diría que la guardaba en la prótesis de la mano. Su ayudante ha estado esperando tranquilamente a que el personal de prisiones lo llevara a Urgencias, antes de activar la alarma. Bata blanca, estetoscopio y seguridad en sí misma, no creo que hiciera falta mucho más.

Hellman la mira con escepticismo.

—¿Y cómo se ha comunicado Per con su cómplice? ¿Cómo sabía ella que había llegado la hora de ejecutar el plan de fuga? Estaba encerrado bajo restricciones totales, y la única persona que lo ha visitado eres tú.

Asker se lo queda mirando.

—¿Insinúas que he hecho de mensajera? —Niega con la cabeza—. Tan lumbreras que sois, de lo que os estáis olvidando en vuestro frenesí por reventar puertas a patadas es que fui yo quien os entregó a Per hace tan solo unos días. La razón por la que lo hice es que quería evitar que os pusierais a jugar al salvaje oeste en La Granja y provocarais un baño de sangre. Con Per en el calabozo no había riesgo de que alguien saliera herido, así que ¿por qué cojones iba a ayudarlo a fugarse, de golpe y porrazo?

Hellman y Eskil vuelven a mirarse un momento, como si los dos esperaran que el otro respondiera a la pregunta. Ninguno lo hace.

Asker hace una mueca de desagrado.

—Per no es un delincuente al uso. Sacar información de una celda no es demasiado difícil para alguien que lo ha planeado de antemano. Pero si de verdad sospecháis que yo he podido filtrar algo, sugiero que me detengáis aquí mismo y me llevéis a comisaría.

Les tiende las manos voluntariamente.

Hellman la fulmina con la mirada, por un momento parece sopesar la idea de ponerle las esposas. Durante unos segundos, se quedan uno enfrente de la otra.

El compañero que ha llamado a Atila interrumpe la batalla de miradas.

—Acabo de hablar con Atterbom —dice—. Confirma que ha estado allí esta mañana.

Asker agita un poco las manos.

—Bueno, ¿qué? —dice—. ¿Qué queréis hacer?

Hellman no contesta, se limita a apretar los labios como para impedirse a sí mismo decir algo que no toca. Las fuerzas especiales en el patio han dejado de prepararse, a la espera de recibir órdenes.

—¿Qué hacemos? —le pregunta Eskil a su jefe.

—Nada —interrumpe Asker, y deja caer los brazos—. Porque tengo coartada, y en consecuencia, tampoco hay sospechas fundadas para llevar a cabo un registro domiciliario. ¿Verdad que no, Jonas?

Hellman no puede hacer más que atravesarla con la mirada. Tiene los ojos oscuros; el rostro, pálido.

—Vale, chicos —dice ella—. Gracias por pasaros por aquí. Seguro que encontráis la salida vosotros solos.

Vuelve a meterse en casa y cierra la puerta.

Su padre anda suelto, y si conoces la lógica de funcionamiento de Per, a posteriori no es tan difícil deshilachar los pasos que tenía pensados. Su padre nunca deja nada en manos de la casualidad. Ya cuando Korpi no se presentó para reclamar su dinero, Per debió de sospechar que el tipo estaba muerto y que, en el peor de los casos, él mismo sería sospechoso.

Por eso, aunque hayan pasado dieciséis años antes de que se diera dicho escenario, a Per no lo ha pillado por sorpresa ni falto de preparación.

Primero, Per consigue que ella lo ayude a base de amenazar con provocar una masacre de policías.

Cuenta con que, tarde o temprano, ella intentará convencerlo para entregarse, a lo cual él accede, porque sabe que eso presiona a los investigadores y los fuerza a enseñar las cartas antes de hora. Hasta ese momento, las pruebas para solicitar prisión provisional son débiles, y si se ven obligados a soltarlo la investigación pasaría a ir cuesta arriba.

Además, la detención temporal supone también una presión para Asker en su intento de encontrar un autor alternativo del crimen.

Al mismo tiempo, Per sabe que Isabel tiene información sobre la deuda, información que podría servir para aprobar la prisión provisional y, en el peor de los casos, una condena firme, por lo que ha elaborado un plan de seguridad por si su exmujer decide entregarle las pruebas a Hellman o si Asker no lograra demostrar su inocencia.

Y ella sabe perfectamente cuál es el pistoletazo de salida de este plan de seguridad, sabe cómo ha conseguido Per comunicarse con su cómplice. Debería haberlo entendido en cuanto descubrió el rastreador en su coche. Toda esa historia de que Per quería tenerla a ella como representante legal no era más que una cortina de humo. Lo que realmente quería conseguir era que ella fuera hasta el calabozo para hacerle una visita. Provocar un movimiento que la cómplice pudiera seguir mediante el rastreador. La visita de Asker era la señal que habían acordado previamente. En cuanto ella cruzara la puerta del calabozo, la cómplice sabría que era la hora de activar el plan de fuga.

Per el Paranoias se ha aprovechado de ella, la ha manipulado como ha hecho siempre.

Tal y como Martin le había advertido.

Hellman y su padre están a punto de chocar en una violenta colisión.

Al mismo tiempo, hay un asesino que lleva dieciséis años campando a sus anchas, un asesino del que Asker quizá acaba de encontrar una pista sustancial.

Tord Korpi trabajó en la finca de Stjärneholm, un lugar lleno de secretos. Es un comienzo prometedor.

Pero para explorar en esa línea tiene que cambiar el planteamiento.

Debe pensar menos como Per y más como Leo, tal y como le dijo Martin.

Y, además, tiene que conseguir más recursos.

Regresan al barco por el mismo camino. Gunnar Irving habla todo el rato. Va marcando las líneas generales del libro, capítulo a capítulo, con gran entusiasmo. «Un libro balance de mi obra vital», dice para referirse al proyecto.

Samuel se mantiene todo el rato un poco apartado, pero Nova escucha con atención, como absorbiendo cada frase. Al principio, Hill hace lo mismo. Gunnar Irving tiene una fuerza de atracción magnética a la que resulta casi imposible resistirse.

Pero entonces pasan por el bloque de riolita con las letras grabadas, apenas visibles, y es entonces cuando la magia parece apagarse un poco.

Dos hombres jóvenes vinieron hasta aquí empujados por la historia inventada de Gunnar.

Y volviendo a casa murieron en el agua helada.

Al pensarlo, de pronto Hill se siente mareado.

Y ahora Gunnar le ha revelado la mentira.

No por remordimientos, no porque quiera pedir disculpas por las mentiras que lleva más de cincuenta años contando, sino porque no quiere que se le recuerde como Gunnar el Abducido.

Para colmo, ahora Gunnar quiere sustituir su vieja historia por una narrativa nueva aún más excéntrica, por no decir narcisista: ser el padre de la criogenización. El que desafió a la naturaleza y consiguió la vida eterna para el ser humano.

¿Hill tiene ganas de escribir un libro con semejante intención oculta?

Al llegar al muelle y subir a bordo del barco, Nova saca una botella de champán de una nevera y sirve tres copas. Mientras tanto, Samuel desamarra y pilota sin prisa de vuelta a Stjärneholm.

—¡Salud! ¡Por nuestro proyecto de libro, querido Martin! —exclama Gunnar—. ¡Por el Hombre de Cristal!

Hill fuerza una sonrisa y se moja los labios con el champán. Gunnar parece estar en plena forma. En el trayecto de vuelta a tierra firme, este le cuenta una larga anécdota sobre el proceso de investigación de cuando Alfacent diseñó la válvula artificial que Hill lleva en el pecho.

—Durante muchos años, he descartado en rotundo cualquier tipo de proyecto literario —dice—. Pero cuando Nova me contó que tú llevas una de nuestras válvulas en el pecho, cambié de parecer. Tuve la intuición de que estábamos conectados. Y ahora, después de haberte conocido, no puedo sino constatar que la intuición era correcta. Eres parte de la familia de Alfacent, Martin. Eres uno de nosotros.

Gunnar le da una palmada en la espalda y Hill hace un esfuerzo para dejarse llevar por el alegre ambiente. Pero no le resulta fácil.

—¿Más champán? —pregunta Nova cuando Hill no dice nada del comentario de Gunnar. Ella rellena las copas—. Papá, ¿no tenías un regalo para Martin?

—¡Sí, es verdad! —A Gunnar se le ilumina la cara un poco más.

Nova deja la botella, abre un armarito y saca un paquete envuelto que le da a su padre.

—Esto, querido Martin, es para ti —dice Gunnar, y le entrega el paquete—. Un pequeño regalo de inspiración, se podría decir. Pero no puedes abrirlo hasta que llegues a casa.

Hill coge el paquete. Tiene forma cilíndrica y pesa bastante. Chapalea suavemente, como si contuviera líquido.

Una vez en el muelle de Stjärneholm, Gunnar se despide.

—¡Nos vemos pronto! Tómate unos días para digerirlo todo. Me encantará oír las ideas que se te ocurran, ahora que ya tienes clara toda la imagen.

Gunnar le estrecha la mano con entusiasmo y le añade un apretón en el codo a modo de complicidad.

Nova lleva a Hill hasta casa con el carrito.

—Bueno, Martin, ¿qué me dices? —le pregunta cuando ya llevan un trozo.

Hill no está seguro de por dónde empezar. Le gustaría preguntarle si ella sabía que Gunnar se había inventado todo lo del ovni, pero tras pensarlo unos segundos decide alejarse de ese tema.

—¿Cuánto tiempo tiene Gunnar previsto pasar criogenizado? —pregunta, finalmente.

—Preferimos el término *vitrificado* —responde Nova—. Hasta que hayamos encontrado un remedio para su enfermedad. Eso me toca hacerlo a mí, y ahora mismo no hay ningún horizonte temporal concreto. Pueden ser diez años, veinte. Quizá más.

Hill sigue intentando asimilar la situación.

—¿Y mientras tanto él estará esperando en un tanque de congelación?

—Es una descripción bastante drástica de un proceso extremadamente complejo, pero para responder a tu pregunta de la forma más simple posible: sí, su cuerpo estará guardado en una cámara criogénica en la que las condiciones estarán minuciosamente monitorizadas y controladas.

—¿Dónde?

Ella se ríe.

—En un lugar seguro y bien vigilado. Tendrás que conformarte con eso.

—Pero ¿y si nunca se encuentra un remedio para la enfermedad de Gunnar? ¿Por qué arriesgar el poco tiempo que le queda de vida, en vez de aprovecharlo al máximo?

—Es una buena pregunta, Martin —responde Nova—. Obviamente, lo ha valorado, es un precio que se paga. Pero lo cierto es que cualquier precio es bajo si la recompensa que espera en el otro cuenco de la balanza es la vida eterna, ¿no crees?

—Mmm.

Hill se queda un rato callado mientras pasan junto a la fuente del Hombre de Cristal.

«Gunnar es eterno. Inmortal.»

Eso fue lo que dijo Karin Irving hace apenas unos días.

En aquel momento él pensó que no era más que el hablar de una mujer desconcertada.

—Gunnar ve el mundo de otra manera —dice Nova, como si se hubiese percatado de que el cerebro de Hill sigue dándole vueltas—. Piensa más a lo grande, con más osadía. De muy joven ya se preguntó por qué el ser humano debía dejarse limitar por la muerte. Aceptar sin rechistar que nuestro tiempo es limitado. La criogenización le brinda la esperanza de que las cosas no se acaban y punto. De que podemos regresar, despertarnos de nuevo, seguir viviendo.

Aminora la marcha, se vuelve hacia Hill, como si quisiera asegurarse de que él entiende lo que le está diciendo.

—En realidad, es la misma idea que ha hecho que las personas se abracen a la religión durante miles de años. La esperanza de una vida después de esta. Una luz más allá de la oscuridad. La diferencia es que la esperanza que Gunnar brinda no está basada en la fe, sino en la ciencia.

—¿Y de verdad creéis que va a funcionar? ¿Que podréis despertarlo?

Nova esboza una sonrisa ladeada.

—Gunnar lleva más de dos décadas investigando la criogenización. ¡No lo creemos, lo sabemos!

Nova aparca el coche delante de la Casa Arturo y acompaña

a Hill adentro. Deja el regalo de Gunnar en la cómoda del recibidor.

—Entiendo cómo te sientes, Martin. Conocer a Gunnar puede ser chocante. La señora Schiller se ha encargado de la cena para que puedas asimilarlo todo sin preocuparte por otras cosas. La tienes en la nevera.

Hace un gesto hacia la cocina, parece preparada para irse.

—Ah, una última cosa. Puede sonar obvio, pero debo recordarte que firmaste un contrato de confidencialidad y que nada de lo que has oído hoy tiene autorización para ser publicado ni difundido fuera del marco del proyecto del libro. No puedes compartirlo con nadie.

—Por supuesto que no —murmura Hill.

—¡Bien! Que pases una buena tarde, Martin, y aprovecha para descansar. ¡Mañana empieza una nueva semana muy emocionante!

Apenas ha tenido tiempo de despedirse de Nova Irving y tomarse dos vasos de agua y una pastilla para el dolor de cabeza cuando le llega un mensaje de Leo.

Creo que Tord Korpi estuvo trabajando
en Stjärneholm. ¿Puedes hablar?

Hill da un brinco. Está a punto de llamarla, pero se detiene.

El dron de la otra noche, Samuel y la señora Schiller que aparecieron en la tumba de Bernhard, el comentario de Nova de que había vuelto a ver a Maud.

Una suma de factores que hace que cada vez sospeche más que lo están espiando. Contra su deseo real, escribe:

Ahora no. ¿Comemos mañana?
Te llamo una hora antes.

Ve que se encienden los puntos suspensivos. Parpadean un buen rato, como si Leo estuviera escribiendo una respuesta larga, y Hill piensa que tiene que impedírselo.

Mala cobertura.

Es críptico en su justa medida; para alguien de fuera puede significar varias cosas, pero espera que Leo lo pille.

Los puntitos se apagan al instante. No tardan en volver a aparecer.

OK.

Hill borra los mensajes.

Va a la cocina y abre la puerta de la nevera. Dentro hay algunas fiambreras de aluminio con su nombre escrito. Por lo visto, la señora Schiller ha entrado en su vivienda sin pedir permiso, lo cual no hace sino reforzar la sensación de que está siendo vigilado.

Sus cavilaciones se ven interrumpidas cuando alguien llama a la puerta.

Al otro lado está Maud Irving. Detrás, un coche negro que Hill no ha oído llegar.

—Hola, ¿cómo tienes la frente? —dice ella con una amplia sonrisa.

—Mejor, gracias. —Hill se palpa el esparadrapo—. Menos mal que había una médica cerca.

—¿Verdad?

Hill titubea unos segundos.

—¿Quieres entrar? —dice, aunque en realidad está demasiado cansado para tener compañía.

—Gracias, pero tengo que salir a hacer unos recados. Más que nada, quería preguntarte si te apetece venir a cenar a casa un poco más tarde. Ayer estuve muy a gusto...

Hill suelta un suspiro de disculpa.

—Estaría genial, pero estoy hecho polvo. La señora Schiller me ha preparado cena. Pensaba acostarme pronto.

—Ah. —Maud suena decepcionada.

—Pero mañana sí —se apresura a añadir—. ¡Me encantaría!

—Mañana bajo a Malmö para recoger a Elsa —dice ella—. No sé si habremos vuelto para cenar.

—Vale.

Hill siente una punzada de remordimientos y se pregunta si no debería aceptar la invitación, de todos modos. Pero ahora mismo está tan cansado que apenas puede pensar con claridad. Siente la cabeza como una secadora dando vueltas, llena de emociones e impresiones.

—Pues nos decimos cosas mañana —dice—. Me apetece mucho quedar, pero es que he tenido un día muy largo.

—Ya, he visto que Nova te ha traído a casa —contesta Maud—. ¿Te ha llevado de excursión?

—Hemos ido a Blockön. Gunnar también estaba.

—Vaya. —Hill nota que Maud intenta parecer indiferente. ¿Es como te lo habías imaginado?

Hill se encoge de hombros.

—Ha sido una excursión muy emocionante, eso está claro. He aprendido mucho. Gunnar es especial...

—¿Te ha dicho algo de mí? —pregunta ella rápidamente, como de pasada.

Hill se demora en responder. ¿Debería decirle la verdad? ¿Que Gunnar no ha hecho más que hablar de sí mismo? ¿Que lo único que parece importarle es su propia inmortalidad?

Mira a Maud. La expresión de su cara es casi de súplica.

—Eh, sí, lo ha hecho —dice, finalmente.

—¿Qué ha dicho? —La cara de Maud se pone tensa y expectante al mismo tiempo.

—Ha dicho que hiciste un buen trabajo como directora ejecutiva. Que le estaba dando vueltas a tu papel en el futuro.

—Anda.

A Maud se le ilumina la cara y Hill comprende que tiene que terminar la conversación antes de enmarañarse demasiado en mentiras piadosas.

—Oye, creo que voy a darme una ducha y a acostarme... —Hace un gesto por encima del hombro.

—Claro —dice ella—. La verdad es que se te ve muy cansado. ¡Hablamos mañana!

Maud da un paso al frente y le da un beso suave en la mejilla. Lo alarga unos segundos de más, Hill tiene tiempo de captar su aroma y casi arrepentirse de la decisión que ha tomado.

Se queda de pie mirando cómo se aleja el coche. No debe de ser fácil ser hija de Gunnar Irving. Igual que le ocurre a Nova, Maud está obsesionada con su padre. Acepta con sumo agradecimiento la menor señal de confirmación por su parte, aunque solo sea una mención a través de un tercero.

A pesar de que Gunnar la repudiara a ella y a su familia cuando Maud era una niña, y a pesar de haberla apartado del puesto de directora ejecutiva, ella sigue aquí. Vive en la finca de Gunnar, se ha mudado a la casa de su infancia y tiene la esperanza de que algún día la vuelvan a invitar al calor del seno de Gunnar.

Hill cierra la puerta y echa todos los cerrojos. Tira un par de veces de ellos para asegurarse de que no se puede abrir.

En la cómoda del recibidor está el paquete cilíndrico que le ha dado Gunnar.

Se lo lleva al salón y arranca el papel. Debajo hay un tarro de cristal con tapa sellada.

Dentro, flotando ingrávida en una piscina de formol, hay una ranita.

Tiene los ojos cerrados, las patas estiradas. La piel del abdomen es tan fina que se transparenta, permitiendo ver el diminuto corazón que la rana tiene en el pecho.

Parece que esté durmiendo.

En la parte inferior del tarro hay una pequeña etiqueta: RANA DE CRISTAL, *CENTROLENE GECKOIDEA*.

Hill no puede reprimir el escalofrío.

EL HOMBRE DE CRISTAL

Se mueve por la impenetrable oscuridad de las galerías. Cruza el arroyo subterráneo, oye los sonidos de las criaturas ciegas que se mueven en él.

Como de costumbre, son lo bastante inteligentes como para mantenerse alejadas de su camino.

El hambre lo desgarra por dentro, privándolo de toda calma.

Una parte de él se arrepiente de no haber hecho nada para saciarla anoche. Tuvo que hacer acopio de todo su autocontrol para verlos juntos en la cama y quedarse de brazos cruzados. Pero no puede hacer daño a nadie delante de ella. Es un error que no puede repetir.

Sin embargo, esta noche ella no está.

Camina por la galería que lo lleva en la dirección correcta. Resigue la pared de piedra con una mano. Nota cada protuberancia, cada piedra, cada grieta.

La gravilla cruje bajo sus botas. Todo huele a humedad y a tierra y a roca.

A oscuridad.

Aquí está en casa. A salvo.

Ahora sus ojos son tan sensibles a la luz que ni siquiera la oscuridad más cerrada es un impedimento para él.

El príncipe del inframundo.

Llega a la escalera, sube por el frío metal hasta plantarse delante de la puerta de acero.

Agarra la manilla y la abre.

Es plena noche, todo está en calma y en silencio en la Casa Arturo.

Sube las escaleras del sótano de puntillas y entorna con cuidado la puerta que da al pasillo.

Por el mero olor ya sabe que el Extraño está en casa. Que está solo. Que no hay ningún peligro acechando.

Por fin.

Cruza con sigilo el salón a oscuras.

Puede oír la respiración del Extraño en su dormitorio, incluso capta el leve sonido de su corazón.

Al mismo tiempo, nota que el suyo late cada vez más fuerte.

En breve volverá a atestiguar el viaje.

Seguirá la caída del Extraño al precipitarse en la oscuridad.

Saciará el hambre.

Pero, entonces, frena en seco.

Hay algo en la mesita de centro del salón. Un objeto de lo más familiar que no debería estar ahí, pero está.

La rana de cristal que una vez Padre le regaló, cuando él todavía era el Príncipe Pólux.

Se acerca al recipiente y se pone de rodillas delante de él.

Se sienta tan cerca que su aliento se pega al tarro.

La rana de dentro sigue dormida. Su diminuto corazón puede verse a través de la fina piel del abdomen.

Por un breve instante, vuelve a sentirse como un niño.

Fascinado. Inocente.

Feliz.

Y, de pronto, sin previo aviso, el corazoncito comienza a latir. La rana sufre un espasmo y abre los ojos. Se lo queda mirando fijamente con sus esferas negras al mismo tiempo que el corazón le late de forma mecánica.

Asustado, él se echa para atrás, golpea una silla, las patas rozan el suelo. En el dormitorio, el Extraño coge aire ruidosamente, como si fuera a despertarse.

Él se queda mirando absorto la rana de cristal. Vuelve a estar quieta. Inerte.

Deben de haber sido imaginaciones suyas.

O a lo mejor ha sido una señal.

Un aviso del ojo todopoderoso.

De quien todo lo ve.

Lunes

ASKER

«Atrévete a confiar.» Eso es lo que le dijo Madame Rind.

Y Martin intentó, a su manera un tanto evidente —pero también considerada—, animarla a hacer más caso de su intuición.

Menos Per el Paranoias y más Leo.

Per nunca confía en nadie, ni siquiera en su propia intuición. Solo en la lógica y las probabilidades, no en la humanidad. Y ella lleva demasiado tiempo yendo en la misma línea.

Se ha plantado en las oficinas de la planta menos uno a primerísima hora y ha vaciado el despacho del fondo del pasillo. El mismo que Sandgren usaba como cuarto secreto de investigación cuando buscaba al Reemplazador.

Solo hace unas semanas que lo descubrió, pero tiene la sensación de que hace mil años.

Ha conservado la pizarra blanca y ha colocado varias sillas plegables justo enfrente. Hace un momento, ha calentado unos bollitos de canela en el microondas del *office* y se ha paseado con ellos por el pasillo, esparciendo el aroma por todo el departamento.

El gancho funciona.

Atraídos por el olor, sus compañeros van cayendo uno tras otro con sendas tazas de café en la mano. Primero Virgilsson;

después, Zafer y, por último, Rosita. Las almas errantes se miran desconcertadas entre ellas y después a Asker, para luego proveerse de un bollo cada uno y, tras un breve instante de titubeo, tomar asiento.

Cuando dan las ocho en punto, Asker carraspea.

—Buenos días a todos. He pensado que ya va siendo hora de que empecemos a tener reuniones mañaneras como Dios manda en este departamento. De que compartamos el trabajo que tenemos entre manos y tratemos de destinar nuestros recursos allí donde más falta hagan.

Asker hace una pausa, busca gestos de confirmación, pero no encuentra ninguno. Se oye un ruido en el pasillo. Al instante siguiente, Atila aparece en la puerta. Se ha afeitado y arrastra consigo un olor a *aftershave* y caramelo de menta.

—Disculpad el retraso —murmura, y se sienta detrás del todo.

Asker vuelve a empezar.

—Estoy trabajando en dos casos grandes en los que necesito ayuda. —Pasea la mirada por el grupito de colegas—. En los que necesito vuestra ayuda.

Dibuja dos columnas en la pizarra.

Una para Tord Korpi, Stjärneholm y la familia Irving, y la otra para Per el Paranoias. Después, les explica cómo confluyen los dos casos y en qué punto se encuentra ella.

—O sea, quieres que ayudemos, por un lado, a dar con tu padre, y, por otro, con la persona que cometió el asesinato del que se le acusa —resume Virgilsson—. Y todo esto, al mismo tiempo que otros compañeros de la casa lo están buscando con todos los recursos disponibles del cuerpo.

Asker se abre de brazos.

—Respuesta corta: sí.

Virgilsson pone los ojos en blanco.

—¿Y eres consciente de que este tipo de... actividad... podría costarnos el trabajo a todos?

—La jefa de departamento soy yo —responde Asker con rotundidad—. Actuáis bajo mis órdenes, lo cual significa que la única que pone en riesgo su trabajo soy yo. Para vosotros no es más que una oportunidad de poder emplear vuestra competencia en algo que tenga sentido. Nada de tareas de broma, sino una búsqueda en toda regla, tanto de un fugitivo como de un asesino. ¿Cuándo fue la última vez que participasteis en algo así?

Los cuatro compañeros de planta intercambian unas miradas.

—Evidentemente, a cambio de vuestra ayuda estoy dispuesta a ser... —hace una pausa, esta parte de la presentación la ha ensayado especialmente— flexible en lo referido a vuestros deseos acerca de la situación laboral en el departamento. Aceptaré de buen grado vuestras propuestas de mejora.

Más silencio, más miraditas. El departamento no parece entusiasmado, que se diga, pero Asker decide continuar hasta el final. Que sea lo que tenga que ser.

—Para empezar, necesitaría ayuda para encontrar un coche que, con toda probabilidad, fue utilizado durante la fuga del hospital ayer por la mañana. Es un coche plateado, posiblemente un Kia. Las primeras letras de la matrícula son CL, y la primera cifra es un uno o un siete. Hay cámaras de vigilancia en algunos puntos del hospital, así que si podemos conseguir las grabaciones...

—¡No! —la interrumpe Zafer de sopetón y, para variar, unos decibelios por encima de lo necesario.

Todas las miradas se vuelven hacia él.

—No podemos... —cruza los brazos por encima de su bata blanca— perder el tiempo en cosas así.

Se sube las gafas hasta el tabique nasal con expresión huraña.

Asker nota que su corazón se hunde unos centímetros.

—Hay una manera más efectiva —continúa Zafer—. Los multeros de la zona del hospital están siempre al acecho, todo el mundo lo sabe. Esos cabroncetes tienen muy mala leche. Empezaremos por comprobar a qué coches les pusieron una multa el domingo. El parking se paga a través de una app, así que si no encontramos ninguna multa significa que el conductor ha usado la app para pagar la cuota. Hora, matrícula, etcétera, todo queda registrado en la app.

—Si conseguimos los datos del vehículo, puedo cruzarlos con otros registros —añade Rosita—. No debería ser muy difícil encontrar el coche.

—Pero ¿podemos conseguir los datos que necesitamos? —Asker se vuelve de nuevo hacia Zafer, quien se encoge de hombros.

—Si la empresa que gestiona los aparcamientos nos ayuda... También podemos ir por la vía oficial, pero supongo que eso dará pie a unas cuantas preguntas.

Se hace silencio durante unos segundos.

Entonces Virgilsson se aclara la garganta.

—Esto... A lo mejor yo puedo echar una mano en ese punto —dice con actitud pensativa—. Coincide que un hermano de mi orden trabaja para la gestora de aparcamiento, precisamente. Puedo hacerle la consulta, con total discreción.

—¡Excelente! —Asker intenta no sonreír.

—Mientras esperamos, yo puedo echar un vistazo a Stjärneholm en el registro, y a la familia Irving y el lago Miresjön —dice Rosita—. Y trataré de enterarme de qué ha pasado con el coche que tenía Tord Korpi en el momento de su desaparición. El de la matrícula que Kent tenía apuntada.

—Bien.

Asker mira de reojo a Atila. El hombre cuadrado es el único que no ha dicho nada todavía. Cuando este alza la vista y se cruza con los ojos de Asker, él también parece reparar en ello.

—Yo puedo hablar con mis excompañeros de la Säpo —murmura—. A ver si alguien se acuerda de algo más relacionado con Tord Korpi y Stjärneholm. Sería mucha casualidad, pero merece la pena probarlo.

—Muy bien —resume Asker—. Parece que todos tenemos trabajo que hacer. Al mediodía haremos una puesta en común mientras tomamos el café. Habrá pastelitos de crema. ¡Muchas gracias a todos!

Da la reunión por terminada y las almas errantes se retiran a sus despachos charlando por el pasillo.

Asker también tiene claro lo que piensa hacer.

Va a quedar con Martin para comer.

HILL

A pesar de haberse acostado completamente exhausto, ha dormido mal. Ha soñado con Blockön, la criatura y las marcas en el bloque de riolita, la última señal de vida de Nick y Elis.

Las dudas lo asaltan de nuevo: ¿debería desdecirse y retirarse del proyecto del libro? ¿Puede hacerlo? ¿Quiere hacerlo?

Porque aunque el cuento del ovni sea una invención, quedan muchos otros misterios por resolver.

El gigante de ojos rojos que lo persiguió el otro día, la buhardilla secreta, los túneles por debajo de Stjärneholm. Y el viejo cuaderno de bocetos de Bernhard.

Hojea este último mientras se toma el café de la mañana. Esta vez lo examina con atención. ¿Por qué su ayudante secreto quería que lo encontrara?

Las páginas están llenas de esbozos, pero también de pensamientos y pequeñas reflexiones en la misma proporción. Leer aquello es casi como mirar a escondidas el interior del cerebro de Bernhard Irving.

Hill busca el dibujo de Freddie, que en 1951 se postró en una cama de tal manera que Bernhard se sintió empujado a retratarla. El dibujo está hecho con una mano tan cuidadosa que se puede notar que se trataba de una persona que le importaba a Bernhard.

Hill todavía se pregunta quién pudo ser.

En la última cuarta parte del libro hay menos bocetos. Ahí

hay pequeñas tablas con cifras, la mayoría de las cuales llevan un símbolo negativo delante.

«¡Se ríen de mí! —pone en un sitio, en el margen—. Pero se equivocan. ¡El meteorito está ahí abajo!»

En las últimas páginas, la caligrafía es un poco diferente. Se ha vuelto más enmarañada, más forzada. Las anotaciones contienen más mayúsculas y subrayados, y los pocos dibujos que hay representan galerías oscuras con agua en el suelo y postes de madera que sostienen el techo.

«¡FUGA DE AGUA, ARTUR PREOCUPADO!», pone no muy lejos del final, seguido de: «¡RIESGO DE COLAPSO!».

En la última página, Bernhard ha escrito algunas frases desesperadas.

Está todo perdido. La mina ha colapsado, Artur está muerto. El dinero se ha acabado.

Mi último deber es cuidar de su Fredrika y la pequeña Karin.

Se lo debo a Artur.

Era un buen amigo y yo lo he traicionado de la peor manera posible.

Las frases se le quedan clavadas.

«Fredrika y la pequeña Karin.» La esposa y la hija de Artur Nilsson.

Karin, que más tarde se casaría con Gunnar y sería la madre de Maud y Viggo. Y su madre Fredrika.

Freddie.

Hill coge aire.

Por lo que parece, Bernhard Irving tenía un lío con la esposa de Artur Nilsson.

Hill piensa en lo que Karin Irving dijo acerca de la Casa Canopus.

«El arca que nos salvó del diluvio originado por nuestros pecados.»

HELLMAN

El escenario en la sala de *briefing* es casi el mismo que la última vez: su propio personal, los agentes vestidos de negro de las fuerzas especiales y el jefe de estas. El mapa de La Granja en la pantalla grande. Pero los rostros en la sala son más duros, más determinados.

Se acabaron las ñoñerías, se acabaron las objeciones, adiós a las consideraciones.

Per Asker va a enterarse de lo caro que sale tocarle los huevos a la policía.

No cabe duda de que el tío es un sociópata. Además, es más astuto que la mayoría de los criminales. Pero no es un enemigo invencible.

Per Asker también tiene sus debilidades. El tío debería haber huido del país, pero la intuición policial de Hellman le dice que el viejo zorro no ha optado por ello. Al contrario, habrá vuelto a su madriguera.

Así que enseguida puso a vigilar La Granja, con máxima discreción, y pronto se comprobó que había sido una decisión acertada. En este momento, Per Asker está apretujado en su búnker casero mientras espera a que amaine el vendaval.

O a lo mejor se espera que Leo vaya a rescatarlo una vez más.

Hellman aún no ha digerido del todo el encontronazo de ayer en su casa. Ella lo provocó, intentó empujarlo a cometer un error. La idea de esposarla y obligarla a someterse fue francamente tentadora. Rozaba algunas de sus fantasías nocturnas.

Pero Hellman se controló en el último momento. No dejó que Leo lo engañara.

Y ahora ha llegado la hora de devolvérsela.

—Damas y caballeros —dice—. El objetivo de esta operación se llama Per Asker, y debemos dar por hecho de que va armado y que es muy peligroso. Tenemos datos de que podría haber minado algunas zonas de La Granja, así que contamos con la ayuda de nuestros compañeros del ejército, que tienen más experiencia en cuestión de minas.

Hace un gesto hacia los dos hombres en uniforme verde que están sentados en primera fila. Después, se vuelve hacia la pantalla y abre un archivo de vídeo, grabado durante la pasada noche. Se ven unos barracones en el centro de La Granja.

—Como podéis ver, toda el área está a oscuras. Pero a las tres de la madrugada nuestros observadores descubrieron esto.

Le da al play. En una de las ventanas se ve una débil luz durante unos pocos segundos, como de una pantalla de móvil, y luego todo se vuelve oscuro otra vez.

—Aparte de la filtración de luz, también tenemos datos registrados en la cámara térmica a la misma hora. Lo más probable es que Per Asker esté escondido en un espacio subterráneo para evitar ser descubierto. Pero, como podéis ver en el vídeo, se ha visto obligado a subir a buscar algo en los barracones, y por un descuido ha activado el móvil.

Cambia de imagen, vuelve al mapa.

—Antes de cederle la palabra al jefe de las fuerzas especiales, quiero insistir una vez más en que Per Asker es un adversario peligroso y sospechoso de asesinato. Sabe que vamos a ir y ha tenido tiempo para prepararse. Dicho de otra manera, no vamos a correr ningún riesgo.

Hellman hace un alto. En realidad, lo que le gustaría es ordenarles a todos los presentes que disparen primero y pregunten después, pero sería poco profesional.

Además, no hace falta.

Ya están todos al caso de cuál es la situación.

ASKER

Han quedado en un restaurante de carretera, más o menos a medio camino entre Stjärneholm y Malmö. Asker le cuenta toda la historia, empezando por la fuga de Per el Paranoias y siguiendo por cómo ha conseguido vincular a Tord Korpi con Stjärneholm.

Martin escucha con atención sin interrumpirla.

—Vale —dice cuando ella termina de hablar—. ¿Tienes alguna idea de quién puede ser la ayudante de Per?

—No. Pero sea quien sea, ha conseguido montar una fuga de Urgencias y colocar un dispositivo de rastreo en mi coche. Tampoco se cortó en vigilarme de noche. Eso requiere tanto conocimiento como motivación.

—¿Un nuevo miembro de la minisecta de Per?

—Exacto. Y podrían ser más, no lo sé.

—¿Y, aun así, sigues hurgando en el caso de asesinato? ¿Por qué no dejas que detengan a Per y ya está?

—Porque pienso de veras que alguien ha intentado cargarlo literalmente con el muerto, lo cual significa que hay un asesino que anda libre. Y creo que todo podría estar relacionado de alguna manera con Stjärneholm.

Le cuenta las observaciones que hizo Atila en su momento, y después se queda esperando un poco tensa la reacción de

Martin. Este trabaja para la familia Irving y parece entenderse bien con Maud. A lo mejor no le gusta demasiado que Asker acuse a su empleadora o a alguien de su entorno de haber ejecutado a una persona.

Pero no parece que Martin se lo tome a mal.

—Vale. —Arruga la frente—. Dices que Korpi hizo un trabajo tanto para Per como para el gimnasio. ¿Qué clase de trabajo?

—No lo sé con exactitud, pero él era especialista en obras subterráneas. Según el dueño del gimnasio en Hörby, con quien hablé el otro día, contaba con un equipo de polacos que, seguramente, ya venían de colaborar en el proyecto anterior. Sospecho que ese fue el de Stjärneholm, así que, fuera lo que fuera lo que construyeron, debió de ser bastante grande.

Martin parece pensativo.

—Y eso fue en 2006, ¿verdad?

—Correcto. ¿Puede haberse tratado de la cámara funeraria que mencionas en el libro?

Él niega con la cabeza.

—Bernhard murió en 1996. Si existiera una cámara funeraria, deberían haberla construido mucho antes. Además, he visto la lápida de Bernhard. Pero he encontrado datos que sugieren de la existencia de una planta subterránea bajo el sótano de la mansión. Podría ser eso lo que construyeron.

—¿Crees que podrías echar un vistazo a esa sala, discretamente? ¿Y enterarte de si alguien se acuerda de Korpi?

—Claro —dice él—. Ahora mismo me tienen un poco el ojo puesto encima, pero he quedado con Maud Irving esta noche. Ella está un poco al margen del círculo interno de la familia, así que puedo tantearla, a ver si ella sabe algo.

—Genial. —A Asker le baja un poco el nivel de entusiasmo—. Pero ve con cuidado. No quiero que pongas en peligro tus proyectos literarios.

Las últimas tres palabras hacen que a Martin le aflore una mueca en el rostro. Hay algo que lo inquieta, salta a la vista.

—No me has contado cómo te fue en la isla de Blockön —dice ella—. ¿Cómo es Gunnar el Abducido en persona?

Martin se mira por encima del hombro antes de inclinarse hacia Asker.

—Ya no quiere que lo sigan llamando Gunnar el Abducido —contesta en voz baja—. Gunnar me ha contado que se inventó toda la historia del ovni para conseguir que su padre le entregara la empresa. Es todo un cuento chino.

Asker silba.

—Guau, menudo bombazo. ¿Vas a escribir sobre eso?

—No, Gunnar solo quiere que le quite hierro al asunto. Tiene otros planes para el libro.

—Vale, pero por lo menos has resuelto el misterio del ovni. ¿No estás contento?

Martin se encoge de hombros.

—Yo mismo he contribuido a que circule la historia del ovni. Dos chicos la leyeron en mi libro, y eso les costó la vida.

—¿Los hombres que se ahogaron en el lago?

—Sí. A Gunnar no parece afectarle que sus mentiras hayan tenido consecuencias. Para él, lo único que importa es su legado. Le da igual llevar cincuenta años mintiendo, porque era por una buena causa. Como si tampoco fuera para tanto, ¿sabes?

Asker se lo queda mirando un par de segundos.

—¿Estás seguro de que es eso lo que te molesta? ¿No es por tu obsesión de adolescente? ¿Porque todo eso a lo que llevabas años dándole vueltas no ha resultado ser más que una patraña, y que tu fe en la humanidad se ha llevado un revés?

Martin se abre de brazos.

—Está claro que hay algo de eso. Tengo una sensación extraña de decepción y culpabilidad. Pero a Gunnar Irving le parece que somos mejores amigos. Y considera que mi trabajo es hacer que él quede más o menos como un dios. Si te digo la verdad, se me han quitado un poco las ganas de escribir su libro. Y el mío también, dicho sea de paso.

Asker se retuerce. Si Martin se marcha de Stjärneholm, ella ya no tendrá a nadie dentro, lo cual supondría un auténtico contratiempo. Por otro lado, no le gusta verlo así de afectado.

—Si eso es lo que sientes, igual deberías recoger tus cosas y largarte —dice—. Cuanto antes, mejor.

—No, no. —Martin menea la cabeza—. Stjärneholm sigue teniendo toda una lista de misterios que me gustaría resolver. Y ahora vienes tú con uno nuevo, encima.

—Pero no quiero que te quedes allí por mí. Además, no es del todo seguro que vayas metiendo las narices. Sobre todo si te están vigilando.

Él se la queda mirando un buen rato. Después, levanta una de las comisuras.

—Podemos hacer lo siguiente. Yo intento conseguir algo de información sobre Korpi. Y luego me planteo seriamente si sigo con el proyecto o no. ¿Qué te parece?

Asker suspira.

—Estaría muy bien poder confirmar si Korpi trabajó en Stjärneholm o no.

—Haré todo lo que pueda —dice él, y la verdad es que parece un poco más contento.

Asker mira la hora.

—Lo siento, no tendría que alargarme mucho más. Mi departamento está trabajando en el caso y les he prometido que les llevaría bollos para el café.

—¿Tu departamento? Pensaba que eran un puñado de trabajadores desterrados que no servían para nada.

—Yo también —dice ella con media sonrisa—. Pero el ser humano tiene la capacidad de sorprender.

Martin se sujeta las orejas con gesto exagerado.

—¿Qué oyen mis oídos? ¿Leo Asker ha empezado a dudar de que estar sola siempre es sinónimo de ser fuerte? ¿Podría incluso haber empezado a confiar en otras personas?

El comentario consigue hacerla reír.

—Es posible —contesta ella.

Se levantan y, para variar, ninguno de los dos tiene muy claro cómo despedirse.

—Ve con cuidado, Martin —le advierte ella—. Si la muerte de Korpi está relacionada con Stjärneholm significa que hay un asesino allí dentro.

—Te lo prometo —dice él, sonriendo un poco—. Y por cierto...

Parece pensarlo un momento.

—Hay otros dos casos de muerte vagamente relacionados con Stjärneholm. A lo mejor también deberías echarles un vistazo.

HILL

En cuanto vuelve a estar en la Casa Arturo, Hill se sienta a la mesa y saca el cuaderno de bocetos de Bernhard Irving. No puede quitarse el dibujo de las páginas centrales de la cabeza. A lo mejor incluso es la razón real de que haya elegido quedarse en la finca.

Bernhard Irving tuvo un romance con la mujer de Artur Nilsson. El dibujo es de 1951. Al año siguiente nació Karin Irving, que más tarde se acabaría casando con Gunnar y sería la madre de Viggo y Maud. La familia que, años después, Gunnar destierra a la Casa Canopus a comienzos de la década de los noventa.

«El arca que nos salvó del diluvio originado por nuestros pecados.»

Y quizá sea por el hecho de haber salido un momento de Stjärneholm y haber respirado aire fresco, o quizá porque el halo de Gunnar Irving se ha apagado, pero el caso es que, de pronto, a Hill le parece comprender qué es lo que Karin trató de insinuarle.

Una verdad que teme y quiere revelar a partes iguales.

Hill comprueba su eje cronológico. Es tal y como sospechaba.

A comienzos de los noventa, Alfacent presenta nuevos descubrimientos en el campo del análisis de ADN, un área de investigación que en aquella época estaba en pañales.

Y al mismo tiempo el diluvio arrastra consigo la antigua familia de Gunnar.

Él los destierra a la Casa Canopus mientras empieza de cero. Se vuelve a casar, tiene otra hija a la que valora más que a sus hijos anteriores.

Nova, la nueva estrella. La que se encargará de velar el cuerpo congelado de Gunnar. La que lo devolverá a la vida.

A Hill lo invade una sensación de desánimo y malestar.

Tiene que hablar con Karin Irving. Tiene que confirmar si sus sospechas son acertadas o no.

El teléfono se ha conectado a la red de Stjärneholm y Hill lo deja en un estante antes de salir por la puerta de la cocina.

Da un rodeo hasta la Casa Canopus y durante el camino mira varias veces a su alrededor. En lugar de dirigirse a la puerta de la fachada principal, como la última vez que vino, rodea la casa. Tras buscar un poco, encuentra otra puerta, más pequeña. En la escalera hay un gato grande y peludo que a Hill le parece el mismo animal que vio el otro día y que se llama Perseo. El gato lo escudriña, después se levanta con actitud majestuosa y da un par de vueltas alrededor de las piernas de Hill.

Él llama a la puerta. El sonido activa movimientos dentro de la casa.

La puerta se entreabre. Karin Irving lo mira con suspicacia por la ranura.

—Hola, Karin —dice él, y le muestra el cuaderno de bocetos de Bernhard—. Me gustaría hablar contigo de esto.

Unos segundos de silencio. Y después la puerta se abre del todo.

—Entra, rápido —dice la mujer al mismo tiempo que mira a un lado y al otro—. ¿Te ha visto venir alguien?

—No, he dado un rodeo.

Deja entrar a Hill y al gato, cierra la puerta y echa el cerrojo.

—Bien. El doctor Schiller me ha prohibido hablar contigo. Dice que no es bueno para mi corazón. Pero es obvio que es

Gunnar quien está detrás de todo. Me han dado una medicación nueva que me hace...

Dibuja un círculo en el aire a la altura de la cabeza.

La vivienda de Karin es un pequeño piso con cocina, salita y un dormitorio sencillo que tiene la puerta abierta.

Perseo se ha acomodado en el diván de la cocina.

—Siéntate. —Karin señala el sitio al lado del gato y sirve dos tazas de café.

—Eres tú la que me advirtió —dice él—. La que me dejó una carta en mi piso y la que escribió «peligro» en la mesa de dibujo de Bernhard. ¿Por qué?

Karin se lo queda mirando unos segundos y suelta un suspiro.

—Para que supieras dónde te estabas metiendo. Para que estuvieras alerta y no dejaras que Gunnar te embrujara.

—Pero después también me llevaste hasta la buhardilla secreta de Bernhard para que pudiera encontrar esto.

Martin abre la página central del cuaderno de bocetos.

—Freddie —dice—. Es tu madre, ¿verdad? Bernhard y ella tuvieron un romance antes de que tú nacieras. Bernhard es tu padre biológico. Con lo cual, Gunnar y tú sois medio hermanos.

Karin Irving mira triste el café en su taza.

—Nadie lo sabía, ni siquiera Bernhard. Él pensaba que mi padre era Artur, lo juró hasta el día de su muerte.

—Pero Gunnar no se lo creyó, ¿me equivoco? Os apartó a todos cuando el test de ADN reveló la verdad. Dejó que el diluvio universal os arrastrara a ti, a tus hijos y a Bernhard por los pecados cometidos. Os expulsó de la mansión, y le quitó a Bernhard su observatorio y su telescopio.

Hill apenas ha tenido tiempo de pensar en todo esto, pero a medida que va hablando es como si más piezas fueran encajando en su sitio.

—Erais una vergüenza para él. Su familia defectuosa, y se sintió obligado a sustituirla.

Karin Irving solloza débilmente y saca un pañuelo de la manga de la rebeca.

Hill se inquieta. A lo mejor le han podido las prisas y la ha presionado demasiado. Se levanta, va a buscar un vaso de agua a la cocina. Ella da unos tragos, agradecida.

—No fue culpa nuestra. Nosotros no lo sabíamos —susurra.

—¿Se lo has contado a tus hijos?

Ella niega con la cabeza.

—Gunnar me obligó a callármelo. Me amenazó con expulsarnos del todo de Stjärneholm si se me ocurría decir algo. Yo había vivido aquí toda mi vida, no conocía nada más.

—O sea, que llevas guardando este secreto desde hace treinta años. Debe de haber sido terrible. Sobre todo viendo cómo Gunnar fundaba una nueva familia en vuestra casa.

Karin vuelve a sollozar.

Hill siente el impulso de pasarle un brazo por la espalda. Qué cosa tan horrible verse obligada a cargar con eso sola. Ni siquiera poder explicar a tus hijos por qué su padre los ha echado de casa sin previo aviso.

Al mismo tiempo, Hill comprende que no puede escribir el libro bajo ninguna circunstancia. Después de esta revelación, ya no se siente capaz de volver a mirar a Gunnar Irving a los ojos.

Espera a que Karin se haya recompuesto un poco.

—Sobre el año 2006 hubo un hombre aquí en la finca —dice en tono suave—. Tord Korpi. Era ingeniero de minas, igual que Artur.

Karin retuerce las manos. Luego, asiente débilmente con la cabeza.

—¿Recuerdas qué estuvo haciendo aquí?

Karin sigue retorciendo las manos, como si hubiera algo en ellas que la atormenta.

—Estuvo construyendo para Gunnar, pero prometió que nos ayudaría —dice en voz tan baja que a Hill le cuesta oírla.

—¿A quién? ¿A Maud y a ti?

—A Viggo —susurra—. Prometió ayudar a Viggo. Pero entonces pasó algo, Tord me dijo que fuera con cuidado, y desapareció. Ya no volví a saber nunca más de él.

Hill se endereza. No sabe qué respuesta se esperaba, pero está claro que esa no.

—¿Viggo está aquí? ¿En Stjärneholm? Pensaba que estaba en el extranjero.

Karin niega en silencio.

—Lo tiene Gunnar. Él...

De pronto se oye un ruido fuera, y después llaman a la puerta de forma tan frenética que el gato da un brinco en el sofá y sale corriendo.

—¿Señora Karin? ¿Martin?

—Están aquí —jadea Karin—. ¡Saben lo que he hecho!

Una llave se mete en la cerradura.

Antes de que Hill tenga tiempo de decir nada, Karin se levanta de un salto, se lleva las manos a las orejas y empieza a chillar.

La puerta se abre de un bandazo y el doctor Schiller y Samuel entran corriendo. Samuel agarra a Karin de las manos y la obliga a bajarlas, mientras el médico trastea con su maletín.

—Por favor, señora Karin, no pasa nada. Ya estamos aquí —dice Samuel al mismo tiempo que lanza una mirada oscura a Hill—. Siéntese y el doctor le dará algo para tranquilizarla.

Hace que Karin Irving se siente en la silla otra vez, claramente sin ningún esfuerzo. Ella lo mira con pánico en los ojos.

—No —gimotea Karin cuando el doctor Schiller saca una jeringuilla, pero deja de protestar cuando el médico le sube la manga de la rebeca y le introduce la aguja en el antebrazo.

—Ya está —dice—. Enseguida se sentirá usted mejor, doña Karin. Pero, para asegurarnos, nos gustaría que nos acompañara a la clínica, para que pueda descansar un poco.

La mirada de Karin ya se ha vuelto cristalina.

—Martin, ya te he dicho que Karin no se encuentra bien. —La voz de Samuel ha adoptado el mismo tono amenazante que el otro día—. Presentarte así en su casa, sin previo aviso, resulta extremadamente inapropiado, por no mencionar que también supone saltarse las normas.

Hill se abre de brazos.

—Perdón, de verdad que no pretendía...

Pero Samuel le da la espalda. El doctor Schiller ha conseguido poner a Karin Irving en pie y la guía con cuidado hacia la puerta.

Hill también se levanta y los sigue.

En el umbral, Karin se tambalea, el médico no se lo espera y no consigue sujetarla, y la señora casi cae en los brazos de Hill.

—Viggo —le susurra al oído cuando él la agarra, y Hill nota que le mete algo en el bolsillo de la americana.

Al instante siguiente, Samuel la levanta y la aparta de él.

—Será mejor que te marches a casa, Martin —dice el jefe de seguridad con dureza—. Me veo obligado a informar a Gunnar de todo esto. Mientras tanto, quiero que te limites a quedarte en la Casa Arturo, ¿entendido?

—En serio, siento muchísimo que haya ocurrido esto —dice Hill.

Los sigue hasta la calle y permanece un rato en la escalinata mientras Samuel y el doctor Schiller meten a Karin Irving en el coche y se marchan a la mansión.

Hasta que no desaparecen de su campo de visión, Hill no saca el objeto que Karin le ha metido en el bolsillo de la americana. Es un llavero con dos llaves y una pequeña etiqueta de plástico.

CALEFACCIÓN CENTRALIZADA, pone.

ASKER

Las almas errantes aparecen a las dos en punto. Seguramente se debe a los pastelitos de crema que Asker ha comprado de camino, pero una parte de ella tiene la esperanza de que también sea por el trabajo, al menos un poco. La posibilidad de poder llevar a cabo un poco de labor policial de verdad. Si es que han conseguido obtener algún resultado. Asker calcula que las probabilidades son del cincuenta por ciento.

—¿Y bien? —dice—. ¿Qué tenemos?

Sus cuatro compañeros se miran.

—Bueno —interviene Rosita—. ¿Empiezo yo?

—Adelante —la anima Asker, asintiendo con la cabeza.

Rosita rebusca en unas hojas de papel que tiene en el regazo.

—He encontrado cosas sobre la camioneta que tenía Tord Korpi cuando desapareció. Una Isuzu azul oscuro, modelo de los años noventa. En el momento de la desaparición, es decir, en otoño de 2006, el vehículo iba a nombre de una persona de Kiruna que era conocida por hacer de testaferro para el registro de vehículos. Eso coincidiría con los datos de que Korpi prefería pasar desapercibido.

Busca una nueva hoja.

—La camioneta vuelve a aparecer en 2007. La conduce un pequeño delincuente reincidente y la policía lo para en las afueras de Kristianstad. Cuando le preguntan qué está haciendo con un vehículo que está registrado a nombre de una persona que vive a mil ochocientos kilómetros más al norte, él los sorprende diciendo que se lo encontró con las llaves en octubre del año anterior. Los agentes no se lo creen, confiscan la camioneta y esta acaba en el desguace, así que, sintiéndolo mucho, ya no podemos contar con ella.

Rosita pone cara de pena.

—Pero lo interesante es el sitio en el que el delincuente dice que la encontró: en un área de descanso junto al lago Miresjön, al lado de Stjärneholm.

—Vale —dice Asker—. O sea que alguien podría haber abandonado la camioneta con las llaves puestas, justo para que alguien la robara.

—Suena más que probable —conviene Atila—. Pongamos que Korpi fue asesinado en Stjärneholm. En tal caso, el autor del crimen podría haber utilizado la camioneta para transportar el cuerpo hasta La Granja, haberlo tirado en el vertedero de poda y después haber vuelto atrás. Podría haber aparcado junto al lago Miresjön y hecho el último tramo hasta Stjärneholm a pie.

Los otros tres asienten con la cabeza.

—Pero, claro, eso implica que el autor del crimen sabía que Korpi tenía un vínculo con La Granja —añade Virgilsson.

Más gestos afirmativos.

—Vale —dice Asker. Coge un rotulador de pizarra y anota los datos sobre la camioneta en la columna de Stjärneholm—. Gracias, Rosita, es un buen comienzo. ¿Hemos encontrado algo más?

—Yo he hablado con un viejo compañero que participó en el operativo de vigilancia de La Granja —dice Atila—. Él recuerda que vieron a Korpi acompañado de una mujer mientras lo espiaban cerca de Stjärneholm. Es posible que incluso hubiera fotos de dicho encuentro. Mi compañero está intentando conseguirlas.

Asker se queda de piedra. Podría tratarse de la misma mujer misteriosa que Sundin y Danielsson vieron antes de intentar atracar a Korpi. Pensaban que era un lío de faldas, pero ¿y si esa mujer tiene un papel mucho más relevante?

Asker apunta «Mujer desconocida» en la columna de Stjärneholm y da un paso atrás.

En la pizarra ya hay más información de la que ella sola tenía esta mañana. Contra todo pronóstico, el Departamento de Recursos está haciendo honor a su nombre. Asker debería haber hecho esto mucho antes.

—¿Alguien más? —pregunta.

—Zafer y yo hemos mirado qué coches han sido multados en la zona del hospital, pero no hemos obtenido nada, mal que nos pese —dice Virgilsson—. Mi contacto en la empresa que gestiona el aparcamiento ha intentado ver si podía ayudarnos con los datos de la aplicación, pero al parecer es más complicado de lo previsto. Así que, ahora mismo, por nuestra parte no hay ninguna novedad que nos permita avanzar.

—Vale. —Asker escribe la palabra *App*, seguida de un interrogante, en la columna de su padre.

—Pero hemos encontrado una información más preocupante —añade Virgilsson—. Con toda probabilidad, se va a llevar a cabo un asalto a La Granja esta misma tarde. Es una operación muy grande, con helicópteros, drones, francotiradores y perros. Por lo visto, hay indicios de que Per está allí.

Asker vuelve a respirar hondo.

No se imaginaba que Per fuera a ser tan tonto como para volver a casa. Pero parece que estaba equivocada.

Al mismo tiempo, eso aumenta mucho la gravedad de la situación. Si Per ya se muestra tan irracional como para esconderse en La Granja, seguramente no habrá límite para lo que esté dispuesto a hacer cuando las fuerzas especiales intenten detenerlo.

Se hace silencio en la sala, se prolonga varios segundos de más.

—Puedo encargarme de conectar con el canal de radio —dice Zafer al final—. Si quieres escuchar la operación, vaya.

—Gracias. Me gustaría mucho, en cuanto terminemos aquí.

Se vuelve a hacer silencio. Sus compañeros se retuercen, como si comprendieran qué pensamientos están pasando por su cabeza.

Asker respira hondo.

—Vale —dice ella—. Tengo algunas informaciones nuevas que deberíamos comprobar. Hay más casos de muerte que podrían guardar alguna relación con Stjärneholm y la familia Irving. Björn Knudsen, un jardinero de la finca que apareció asesinado en 1992. Además, hubo un accidente de coche en el lago Miresjön el invierno de 2001 en el que murió una persona contratada por Alfacent. Buscamos el mínimo común denominador para todos los sucesos.

Reparte las tareas al mismo tiempo que piensa febrilmente en alguna manera de impedir la catástrofe que está por desatarse.

HILL

A pesar de las órdenes de Samuel, Hill coge el coche y sale de Stjärneholm para ir a la biblioteca del pueblo.

—¡Bienvenido otra vez! —dice la bibliotecaria—. ¿Te puedo ayudar en algo?

—Sí, me preguntaba si podría usar el teléfono. El mío ha dejado de funcionar.

La bibliotecaria lo mira extrañado, pero después señala un teléfono fijo que hay en su mesa.

—¡Adelante!

Hill espera a que se haya alejado un poco y marca el número de Leo, quien lo coge al primer tono.

—Soy Martin —dice él—. Acabo de hablar con Karin Irving. Ha confirmado que conoció a Korpi. Me ha contado que él le prometió que la ayudaría.

—¿Ayudarla, cómo?

—No lo tengo muy claro, pero ha dicho algo de su hijo Viggo. Pero de pronto se ha presentado gente en su casa y la mujer se ha muerto de miedo.

Hill resume brevemente la conversación con Karin, y después le cuenta lo de la aparición de Samuel y el doctor Schiller.

—¿Se la han llevado? —pregunta Leo.

—Más o menos. Salta bastante a la vista que Karin no está

del todo bien, así que supongo que necesita ayuda. Pero aun así se me ha hecho raro y desagradable.

—Suena como si supieran que estabas allí y que esa es la razón por la que han aparecido de golpe. Pero ¿cómo podían saberlo?

—Ni idea. Yo he dejado mi móvil en la Casa Arturo. A lo mejor están vigilando a Karin más de cerca, después de nuestra visita a la tumba de Bernhard el otro día. En cualquier caso, es evidente que no querían que ella hablara más conmigo.

Hill casi puede oír a Leo pensar.

—Nosotros hemos encontrado más datos de que Korpi fue visto, e incluso fotografiado, junto a una mujer en las cercanías de Stjärneholm —dice ella—. Estamos intentando conseguir las fotos.

—Tiene que ser Karin —dice él—. Parecían conocerse bien.

—¿Qué te ha dicho que estuvo haciendo Korpi en la finca, aparte de ayudarlos?

—Ha dicho que le estuvo construyendo algo a Gunnar.

¿El qué?

—No me ha dado tiempo de preguntárselo antes de que aparecieran el doctor y Samuel.

—Lástima, pero teniendo en cuenta la especialización de Korpi debía de tratarse de algo subterráneo, ¿no crees?

A Hill le viene a la memoria algo que le dijo Nova.

«En un lugar seguro y bien vigilado.»

—Creo que a lo mejor sé qué fue lo que construyó —dice él—. Un laboratorio subterráneo en el que van a guardar el cuerpo criogenizado de Gunnar.

—¿Cómo?

Hill le resume sus conclusiones.

—Vaya. ¿Y cómo se puede confirmar que tu teoría es cierta?

Hill piensa en la llave que Karin Irving le ha dado.

—Volveré ahora mismo a la finca para ver si descubro más cosas —dice.

Asker se queda callada.

—¿De verdad te parece buena idea? —dice después—. Samuel y el médico ya te han pillado una vez preguntándole cosas a Karin. Si entienden que estás husmeando en relación con Tord Korpi, podrías verte en peligro. ¿No es mejor que vuelvas a Lund y me dejes a mí ocuparme del resto?

—¿De verdad vas a poder registrar Stjärneholm sobre la base de unos indicios tan débiles?

—No —reconoce ella.

—Entonces aún necesitas que yo te ayude desde dentro. Y si es cierto que existe un laboratorio subterráneo de criogenización, quiero verlo con mis propios ojos.

Puede oír el titubeo de Asker a través del teléfono.

—Prometo no correr riesgos innecesarios —añade.

—Vale —dice ella—. Pero júrame que irás con cuidado, Martin. Y llámame en cuanto sepas algo más.

—Claro.

Media hora más tarde está en el sótano de la Casa Arturo.

Delante tiene una puerta metálica cerrada en la que hay un cartel de aviso.

CALEFACCIÓN CENTRALIZADA. SOLO PERSONAL AUTORIZADO.

Hill mete una de las llaves que Karin Irving le ha dado en la cerradura.

La puerta se abre sin hacer ruido.

Al otro lado está todo oscuro. El olor que ya ha percibido en el sótano se vuelve mucho más intenso. Humedad, tierra, metal.

El aliento de la montaña.

Nota que le sube la tensión. La última vez que percibió este olor se encontraba en la montaña del Reemplazador.

Enciende la linterna. Al otro lado de la puerta hay una gran tubería de calefacción y una pasarela de rejilla. Hill la sigue mientras va iluminando a un lado y al otro.

Diez metros más adelante llega a una cavidad a la derecha de la pasarela. Apunta hacia abajo con la linterna, encuentra una escalera de caracol bastante vieja que desciende en la oscuridad.

La escalera baja unos ocho o diez metros hasta llegar al fondo.

Hill hace de tripas corazón y después empieza a bajar al abismo. La escalera se balancea un poco, lo cual hace que el viejo metal suelte algún que otro chirrido de mal augurio.

Un minuto más tarde está pisando el rellano de la base de la escalera.

Allí abajo la oscuridad es más compacta. El aliento de la montaña, más fuerte.

Hace un barrido con el foco de luz. Las paredes del hueco de la escalera aún son lisas, pero al lado hay una abertura en la montaña. Debe de medir tres metros de alto y más o menos los mismos de ancho. Está apuntalada por unos robustos postes de madera.

Hill no tarda demasiados pasos en comprender que debe de tratarse de una de las antiguas galerías mineras. Puede oír su válvula cardiaca repicando de emoción.

Conque las galerías existen. La red de túneles por debajo de Stjärneholm es real.

Hill ilumina las paredes, que son más toscas y mucho más rugosas que hace un rato. El olor a montaña resulta casi molesto.

Hill respira hondo unas pocas veces para tranquilizarse. Al mismo tiempo, aprovecha para hacer una valoración de riesgos. ¿Debería abortar y volver a la Casa Arturo?

Nadie sabe que está aquí, el coche está delante de la casa y todo el mundo cree que está sentado arriba, trabajando, tal y como le han ordenado. El teléfono sigue en la cocina para reforzar la idea.

Hill vuelve a apuntar hacia abajo con la linterna. Ya ha visitado sitios parecidos con anterioridad. Sabe cómo avanzar de forma segura bajo tierra.

Debería llevar casco y botas de goma, y contar con alguna manera de dar la alarma si ocurriera algo. Y por si no bastara con eso, va solo, lo cual rompe con todas las normas de la exploración urbana.

No cabe la menor duda de que continuar en la oscuridad acarrea inevitablemente algunos riesgos. Pero su afán de explorador gana el pulso. Además, se dice a sí mismo que lo está haciendo por Leo.

Hill empieza a caminar por la galería que se adentra en la oscuridad.

Se abrocha la chaqueta para abrigarse del aire frío y se pone los guantes que llevaba en los bolsillos. Después, avanza con cuidado mientras deja que el haz de luz se deslice por las paredes.

En algunos puntos, el techo está reforzado con postes que semejan troncos de abeto normal y corriente barnizados con brea.

Hill toca uno con cuidado. La superficie parece casi petrificada.

Es imposible no pensar en el colapso que tuvo lugar en 1965 en la mina Stjärngruvan. Pero fue en un sitio mucho más profundo y donde había problemas de filtraciones de agua, se dice. Esta parte de la mina parece relativamente seca. Aun así, decide prestar especial atención a posibles fugas de agua y montículos de piedras en el suelo que puedan ser indicio de antiguos desprendimientos y hundimientos.

Unos cien metros más adelante ve una sección de pared que está bloqueada hasta la mitad por una pared de listones que se ha derrumbado. Detrás del agujero en la pared de listones vislumbra otra galería. Es más estrecha, se la ve en peor estado. Unos metros más adentro se han desprendido varios metros cúbicos de piedras que han formado una montañita en el suelo, pero el túnel aún parece transitable, al menos hasta donde alcanza la luz de la linterna. En una de las paredes hay algo escrito en letras blancas y descuidadas.

CASA C, seguido de una flecha que apunta a la oscuridad.

Hill tirita de frío y nerviosismo.

O sea, que incluso la Casa Canopus está conectada a las galerías mineras. Eso sugiere que todas las casas están interconectadas, tanto entre ellas como con la mansión. Y quizá incluso con la isla de Blockön, tal y como él deseaba.

La historia del ovni era un cuento chino; lo de la cámara funeraria, probablemente una leyenda. Pero una red de túneles secretos de estas dimensiones deja el listón, cuando menos, igual de alto, sobre todo si están conectados a un laboratorio subterráneo, como Hill espera descubrir.

Habría preferido explorar todos los túneles para saber qué tamaño tiene la red. Pero su tiempo es limitado y debe concentrarse en la tarea principal. Si el laboratorio está debajo de la mansión, como él cree, tiene que seguir por el túnel por el que ya iba.

En algunos sitios encuentra marcas dejadas por los mineros. Pintadas en la pared, piezas de metal retorcidas de antiguas herramientas que se han deteriorado por el óxido, incluso la tapa de plástico de un viejo termo que asoma como un punto de color entre todo lo demás, que es negro, gris y marrón.

Para su gran alivio, no ve ningún cúmulo de piedras desprendidas ni más postes en mal estado.

Pero a medida que avanza nota que la humedad del aire aumenta.

Un leve sonido llega a sus oídos desde la oscuridad. Un sonido que le preocupa.

El sonido de un curso de agua.

EL HOMBRE DE CRISTAL

La verja de Blockön ha estado mucho tiempo cerrada, pero de pronto está abierta de par en par y la isla vuelve a ser parte de su reino.

Una recompensa por sus sacrificios, por su moderación con Martin Hill.

O así es como lo ve él.

Corre hasta allí. Se apresura a adueñarse del lugar, solo para descubrir que ya no le pertenece.

Alguien ha estado aquí. Alguien ha talado árboles, ha retirado runa, ha limpiado la zona.

Su lugar sagrado está devastado, sus tesoros han desaparecido.

Eso le enfada.

Le pone furioso.

Sabe de quién es obra. Aún puede notar su presencia en el aire, flotando como una niebla gris.

El temido, el todopoderoso, el despiadado.

El que lo obliga a volver una y otra vez de la eterna oscuridad. El que lo obliga a vivir atormentado, a sufrir.

Y que, a pesar de todos los sacrificios que ha hecho, lo castiga de esta manera.

Padre.

HELLMAN

Hellman lidera el convoy en dirección norte. Como siempre, es él quien va sentado al volante. A estas alturas, Eskil ya ha aprendido que él lo prefiere así, y se ha retirado obedientemente al asiento del acompañante. Ahí está ahora, hablando ora por teléfono, ora por el dispositivo de radio.

Detrás de ellos van algunos coches más de paisano, seguidos de cuatro furgones policiales en los que van las fuerzas especiales, fuertemente armadas. Por último, el vehículo de mando diseñado ex profeso.

—Joder, casi dan ganas de poner la *Cabalgata de las valkirias* —dice Eskil con una sonrisita—. Ya sabes, a lo *Apocalypse Now*. Walter Kurtz, como el DNI falso de Korpi.

Hellman no contesta. Son policías de servicio, no unos críos de veinte años haciendo la mili.

Aun así, la mera propuesta hace que la melodía empiece a sonar en su cerebro. Se repite una y otra vez, reforzando su ansia de revancha, preparando el triunfo que le espera.

El dulce sabor de la venganza.

El objetivo es detener a Per Asker, preferiblemente sin que nadie salga herido.

Pero, en el fondo de su ser, Hellman quiere verlo humillado. Destrozado.

Y sabe por qué.

Leo Asker.

La jodida Leo Asker, que no lo deja tranquilo.

Que lo atormenta incluso en el cobijo de su propia cama. Hace que se despierte en mitad de la noche, excitado y sin conseguir descansar en paz. Le recuerda su debilidad, desafía a su autoridad. Tiene que librarse de ella, sacarla de su cabeza, expulsarla de su vida.

Con todos los medios que tiene a su disposición.

Suena el teléfono de Hellman. En la pantalla lee «Leo Asker», casi como si hubiese notado que Hellman estaba pensando en ella.

—Es Leo Asker —dice Eskil. Totalmente innecesario—. ¿Qué coño puede querer?

Hellman pulsa el botón para aceptar la llamada.

—¿Qué quieres, Asker? —dice sin molestarse en mirar a Eskil.

—Intentar evitar que cometas un grave error —responde ella—. Te diriges a La Granja con toda la caballería. Pero he encontrado la pista de otro autor del asesinato.

—¿Ah, sí? —Hellman trata de sonar neutral, pero es imposible.

—Tord Korpi hizo un trabajo para Gunnar Irving, en Stjärneholm, poco antes de morir. Un encargo secreto por el que cobró en dinero contante y sonante. Tengo datos fiables de que...

Hellman coge aire.

—¿Estás diciendo que Gunnar Irving mató a Korpi y después intentó endosárselo a tu padre? ¿Es eso lo que estás diciendo?

—No exactamente...

—No, no, tanto Eskil como yo te hemos oído. Estás diciendo que un empresario multimillonario e internacionalmente reconocido asesinó a un obrero que trabajaba en negro para él. Y no el chalado de tu padre, que vive preparándose para el día del Juicio Final, que tenía el dinero de la víctima y que vive en la casa vecina del lugar del hallazgo.

Intercambia una sonrisita burlona con Eskil.

—Solo digo que...

Para su gran satisfacción, Hellman nota en su voz que a Asker se le bajan un poco los humos.

—... deberíais esperar. No correr riesgos innecesarios. Per es peligroso si lo arrinconas. Dame un par de días más y tendré pruebas suficientes. Podrás hacer tú los honores, igual que...

Se queda callada, pero es demasiado tarde. Ya lo ha soltado.

La frase ha tocado en el punto más débil de Hellman. Ella lo sabe, él lo sabe. Joder, incluso Eskil lo sabe.

Hellman aprieta las mandíbulas con tanta fuerza que le crujen los dientes.

—Mira, Asker —dice lo más sereno que puede—. No estás en posición de exigir una puta mierda. Ya te he ordenado en varias ocasiones que te mantengas alejada de esta investigación. Y ahora me llamas intentando convencerme de que me abstenga de tomar las medidas pertinentes contra tu padre. Puedes contar con que el jefe de policía será informado al respecto y que tu implicación va a tener consecuencias. Y ahora, si me disculpas, tengo una operación que llevar a cabo.

Corta la llamada y se queda callado unos segundos mientras trata de recuperar la sensatez.

Eskil parece querer decir algo, sin tener muy claro el qué.

—¡Vaya zorra! —suelta al final, a modo de leve eufemismo.

—Pon la música —gruñe Hellman—. ¡Ponme a Wagner a todo volumen, hostias!

Eskil obedece.

En cuanto empiezan a sonar los primeros acordes por los altavoces, Hellman aprieta los puños alrededor del volante. Cuando entra la sección de vientos, pisa el acelerador. A su espalda, los demás vehículos también aumentan la velocidad.

—¡Igual que en *Apocalypse Now*! —grita Eskil por encima de la música.

Hellman no contesta.

«La caza ha comenzado —piensa—. Ya vienen los jinetes del destino.»

Se acerca la hora de la venganza. Se va a hacer justicia. Por fin se verá compensado.

ASKER

Hellman le cuelga el teléfono, más o menos como Asker se esperaba. Pero como mínimo tenía que intentar hacerlo entrar en razón. Ahora esa bala ya está gastada, por lo que solo queda una posibilidad de poner freno a la locura.

Su madre lo coge al primer tono.

—Isabel Lissander.

—Necesito que me ayudes —dice Asker sin rodeos.

—¿De qué manera?

—El número del teléfono satelital de Per. El que usó para llamarte cuando te pidió ayuda.

Se hace silencio unos segundos.

—¿Por qué, si se puede saber?

—Porque las fuerzas especiales van de camino a La Granja. Puede acabar en un baño de sangre. Voy a pedirle que se rinda.

Isabel se aclara un poco la garganta, pero sigue sin darle una respuesta.

—Mamá, necesito el número —dice Asker en el tono más amable que puede—. Hay prisa.

Los tonos se suceden. No suenan como los otros, los normales de cuando llama a un móvil, sino dobles y más metálicos. Al cuarto, se oye un leve chasquido en la línea.

—¿Isabel? —dice la voz de Per, casi un poco sorprendida.

—No, soy yo —responde ella.

—Ah, mi hija perdida. —El tono se vuelve sarcástico—. O sea, que te has compinchado con tu madre. ¿Me llamas para pedirme que me rinda?

—Te llamo para pedirte que no hagas ninguna estupidez.

Per suelta una carcajada. Asker oye un sonido de fondo. ¿Una voz de mujer?

—No estás en posición de pedirme nada —le espeta él.

—Hellman me ha dicho prácticamente lo mismo hace un momento antes de colgarme el teléfono. Yo estaba intentando convencerlo de que estoy... —se corrige—, estamos a punto de descubrir quién fue el que mató realmente a Korpi y ha intentado endosarte el asesinato. ¿Conoces la empresa Alfacent y la familia Irving? ¿Gunnar el Abducido?

Un breve silencio.

—Te escucho —dice luego Per.

—Korpi estaba haciendo algún tipo de obra subterránea en Stjärneholm, la finca de la familia. Su camioneta apareció en los alrededores de la finca, con las llaves puestas, como si alguien quisiera que la robaran. Probablemente, poco después de que la camioneta fuera utilizada para abandonar el cuerpo cerca de La Granja, para que te echaran las culpas a ti.

Más silencio.

—Mi equipo y yo estamos trabajando a destajo para atar el saco —continúa Asker—. Además, tengo a alguien dentro de Stjärneholm que me está ayudando y que ha confirmado que por lo menos un miembro de la familia Irving coincidió con Korpi. Lo único que necesito es un poco más de tiempo.

Silencio.

—Solo un par de días —insiste. Está a punto de añadir un «por favor», pero se muerde la lengua en el último instante.

La llamada se corta con un clic.

Cuando intenta volver a llamar, el teléfono satelital está apagado.

Agua y mina abandonada no es una buena combinación, eso lo sabe. El agua erosiona las paredes y hace que los postes se pudran o se oxiden. La montaña se vuelve porosa e imprevisible y los techos se desploman.

A pesar de ello, Hill se acerca con cuidado al sonido, que es cada vez más intenso.

Llega a una cueva de unos cincuenta o sesenta metros cuadrados. Hace un barrido con la linterna, encuentra más oberturas de nuevas galerías que, probablemente, conducen a las demás casas.

El suelo y las paredes de la cueva son irregulares, lo cual significa que es de origen natural, no ha sido excavada, como el túnel por el que ha llegado, lo cual es una buena señal. Las cuevas son estructuras mucho más resistentes que unas viejas galerías mineras abandonadas.

Más o menos en el centro de la cueva corre un arroyo de unos dos metros de ancho.

Empieza con una pequeña cascada borboteando en una pared y cruza toda la cueva hasta desaparecer en el suelo del lado contrario.

A la luz de la linterna, el agua negra parece cristal flotante. Hill no sabría decir qué profundidad tiene.

Hace un alto, intenta recordar el viejo mapa de Bernhard. Ya debería estar bastante cerca de la mansión.

Sigue inspeccionando la cueva con la linterna. Las paredes rezuman humedad, en el techo se han formado estalactitas. Por aquí y por allá se ven campos de líquenes subterráneos que viven toda su vida a oscuras.

La linterna de Hill encuentra una pasarela que cruza el arroyo. Parece frágil, la humedad ha hecho mella tanto en el metal como en la madera. Pero al otro lado ve otra galería y entiende que para llegar a la mansión tiene que atravesar el curso de agua.

Da un par de pasos para tantear la pasarela. Esta cruje levemente, pero no muestra señales de ir a ceder. Hill da unos pocos pasos más, con cuidado.

Cuando está a medio camino, algo chapalea en el agua bajo sus pies. La linterna capta una forma brillante y escamosa en la tangente del foco de luz, pero Hill no tiene tiempo de ver qué es. ¿Qué clase de criaturas pueden vivir aquí abajo, en la eterna oscuridad?

¿Acaso quiere saberlo?

Tirita, acelera el paso.

El túnel del otro lado es más ancho que el anterior. Tiene todo el aspecto de ser una galería principal que sale del pozo minero original y que se divide en la cueva del arroyo.

De pronto el sonido de sus pasos cambia, y al enfocar el suelo de la galería ve que está cubierto de una capa de piedra de voladura.

El aire se vuelve más seco otra vez, y el aliento de la montaña ha cambiado. Ha adoptado un matiz nuevo, más químico. Además, Hill percibe un leve sonido. Un tono grave que se va intensificando por cada paso que da.

Apaga la linterna. La oscuridad que tiene delante ha adquirido un tono crepuscular. Sigue avanzando con paso cauteloso.

El túnel gira a la derecha y se abre en una gran cueva artificial, débilmente iluminada por un resplandor rojizo.

La mayor parte de las paredes está revestida de hormigón. La roca solo asoma por debajo en algunos puntos.

En el centro de la cueva se ve una construcción, una caja cuadrada de hormigón que se yergue hasta el techo. Tiene el tamaño de una casa de dos plantas, pero carece de ventanas. En un lateral hay un tanque de acero puesto en vertical; en el otro, un cobertizo que parece contener algún tipo de equipamiento tecnológico.

Hill se queda sin respiración.

Acaba de encontrar el laboratorio secreto.

ASKER

Mediante la radio que Zafer le ha conseguido, oye que la pandilla de Hellman ha llegado al punto de encuentro, no muy lejos de La Granja. En breve, empezarán a agruparse y ponerse en movimiento.

Cuando hayan acabado, un negociador intentará ponerse en contacto con Per, probablemente a través del portero automático. El mismo al que Martin solía llamar para sacar a Asker de allí.

Se pregunta cómo le irá en Stjärneholm. ¿Habrá encontrado algún rastro de la construcción subterránea en la que Tord Korpi estuvo trabajando?

De ser así, debería haberla llamado.

Inquieta, Asker se pone en pie y decide ir a buscar una taza de café. Son casi las seis, fuera ya ha caído la oscuridad invernal y da por sentado que el resto de las almas errantes ya se han largado a casa.

Pero en el pasillo las puertas están abiertas, y para su gran sorpresa oye un leve murmullo de voces en la nueva salita de reuniones.

Virgilsson asoma la cabeza al pasillo.

—Bien —dice—. Justo iba a ir a buscarte.

Zafer, Rosita y Atila ya están esperando en la salita.

—Tenemos algunas actualizaciones sobre los fallecimientos relacionados con la familia Irving —dice Virgilsson—. ¡Toma asiento!

Asker se sienta en una de las sillas.

Rosita hojea rápidamente sus papeles y después se pone en pie, se acerca a la pizarra blanca y coge un rotulador. El nerviosismo que la caracteriza parece haberse esfumado.

—Empecemos por el jardinero...

Escribe «1992» en la pizarra, seguido del nombre de Björn Knudsen.

—Knudsen llevaba casi treinta años trabajando en Stjärneholm. Lo encontraron muerto en una arboleda a pocos kilómetros de la finca. Por lo visto, el dueño de las tierras lo había contratado para talar algunos árboles. La causa de la muerte fue un traumatismo craneoencefálico. No hallaron rastros de ningún otro tipo ni a nadie que tuviera motivos para desearle mal a Knudsen. La investigación fue bastante ambiciosa, interrogaron a los vecinos de la zona, se pidió la colaboración de la ciudadanía para posibles pistas y el caso incluso salió en la tele, en el programa de crímenes *Efterlyst*. Pero no dio nada de sí y el caso acabó en un cajón. Y con eso llegamos al siguiente fallecimiento: el accidente de coche en el lago Miresjön.

Virgilsson le entrega un papel a Rosita, ella escribe «2001» en la pizarra y, al lado, «Pontus Ursvik».

—Por razones desconocidas, un BMW negro se sale de la calzada la noche del seis al siete de enero. Es la misma noche de la caída de un meteorito en la zona, y la gente llama a emergencias como posesa para informar de que han visto un ovni.

Rosita echa un vistazo rápido al papel antes de continuar.

—El coche lo conduce Viggo Irving, de veinticinco años, quien acaba de volver al país tras estudiar en Estados Unidos. Ha cenado junto con el resto de la familia Irving en Stjärneholm y está regresando a Malmö, donde se hospeda. En el coche lo acompaña Pontus Ursvik, de veintiocho años, quien lleva dos años trabajando en el departamento de marketing de Alfacent. Ursvik es también el prometido de Maud Irving.

Se hace una breve pausa mientras Rosita apunta el nombre de Viggo Irving, en diagonal por debajo del de Ursvik.

—Hace frío y la calzada tiene placas de hielo. El coche se precipita por una cuesta, atraviesa la capa de hielo del lago Miresjön y cae hasta el fondo. El personal de salvamento encuentra a Viggo Irving en el agua. Sufre hipotermia y está clínicamente muerto. En el hospital consiguen reanimarlo, pero las heridas son tan graves que no llegan a interrogarlo. El coche lo remolcan al día siguiente y el cuerpo de Pontus Ursvik aparece en el asiento trasero. La causa de la muerte es ahogamiento. El cuerpo, además, presenta varias heridas y el médico forense llega a la conclusión de que Ursvik no llevaba cinturón en el momento del accidente y que las heridas son fruto de las sacudidas sufridas en el interior del habitáculo.

Rosita vuelve a ponerle el tapón al rotulador y le hace un gesto a Virgilsson para que continúe.

El hombrecillo sapo se gira hacia Asker.

—Todo apunta a que fue un trágico accidente —añade—. Pero hay un hecho que sugiere lo contrario. Ha sido Enok quien lo ha descubierto.

—Era plena noche —dice Zafer a todo volumen—. El lugar del accidente queda apartado y el coche atravesó el hielo. La zona es casi todo bosque y no hay viviendas en varios kilómetros a la redonda. En el informe tampoco se menciona la presencia de ningún testigo.

Ajusta el audífono, con lo que Asker tiene tiempo de ver adónde quiere llegar.

—¿Y quién dio la alarma? —dice—. ¿Quién llamó tan pronto como para que los servicios de emergencia llegaran a tiempo para salvarle la vida a Viggo?

—¡Buena pregunta! —señala Zafer, asintiendo con la cabeza. El gesto se contagia al resto de los presentes.

—Hemos intentado obtener el informe o la grabación de la centralita de alarmas —explica Virgilsson—. Lamentablemente, han sido eliminados hace tiempo. Pero alguien tuvo que llamar. Y si, además, tenemos en consideración que el cuerpo de Pontus Ursvik apareció en el asiento trasero, podríamos pensar que hubo un tercer pasajero. Alguien que, igual que Viggo, iba delante y consiguió salir antes de que el coche se hundiera. Y que después avisó a los servicios de emergencias, pero que no estaba en el sitio cuando llegaron.

—Obviamente, eso solo es una especulación, nada más —concluye Zafer—. Pero una bastante buena, creo que estamos todos de acuerdo.

Rosita escribe «Tercer pasajero» junto al nombre de Ursvik, seguido de un interrogante.

—Y hay otro caso de muerte que podría estar relacionado con todo lo demás.

Apunta «1991» en lo más alto de la pizarra.

—Rickard Bure, diecisiete años, lo hallaron muerto en un municipio vecino, a unos treinta kilómetros de Stjärneholm. He encontrado el caso mientras buscaba similitudes entre las muertes que ya hemos comentado y crímenes no resueltos en los alrededores de Stjärneholm. Bure apareció en el aparcamiento de detrás del club de fútbol. Igual que con el jardinero, la causa de la muerte fue una fuerte contusión en la cabeza e, igual que con Knudsen, no encontraron rastros ni móviles para el crimen. Se especuló que se trataba de un enfrentamiento entre adolescentes que se fue de las manos, pero no llegaron a resolver el caso. No hay ninguna conexión clara ni a la familia Irving ni a Stjärneholm.

Hace rodar el bolígrafo entre los dedos.

—Pero... —dice—. Dado que Bure apareció detrás del club de fútbol y con la bolsa de entrenamiento al lado, he conseguido encontrar en qué liga jugaba, y contra qué equipos había jugado en los últimos tiempos. Los clubes deportivos son geniales, lo guardan absolutamente todo. Incluso viejas actas de competiciones y alineaciones. Por ejemplo, tan solo dos semanas antes de su muerte, Bure jugó contra un equipo del mismo municipio al que pertenece Stjärneholm. Y el capitán del equipo era un quinceañero llamado...

Se vuelve hacia la pizarra y empieza a escribir.

—Viggo Irving —murmura Asker.

—Exacto —dice Rosita, y le pone el tapón al rotulador, esta vez de manera más definitiva.

Asker mira la pizarra.

—O sea, que tenemos tres muertes —resume Virgilsson—. Y Viggo Irving es el mínimo común denominador que hemos podido encontrar.

«En solo tres horas», añade Asker por dentro.

—Buen trabajo —dice con ímpetu—. Muy buen trabajo, todo el equipo.

Las almas errantes asienten en silencio, primero mirando a Asker y después entre sí, como si estuvieran de acuerdo con la conclusión de la jefa.

—En cambio, es más difícil vincular a Viggo Irving con Tord Korpi —dice Atila—. Cuando Korpi murió, en 2006, Viggo era prácticamente un vegetal. Lo mismo en 2019, cuando se ahogaron los dos descubridores urbanos, o como se llame eso. Sea como sea, parece que en Stjärneholm pasan cosas raras, y si Korpi se enteró de algo, no me sorprendería que le costara un tiro en la nuca.

Asker se reclina en la silla. La información que han encontrado es convincente, pero no es suficiente para pararle los pies a Hellman.

—¿Sabemos algo más de la fuga del hospital? ¿Del coche plateado que utiliza la cómplice de Per? —pregunta.

Virgilsson niega con la cabeza.

—Mucho me temo que pasarán un par de días hasta que mi contacto en la empresa de aparcamiento consiga el número de matrícula, mal que me pese. En ese frente no haremos ningún avance, al menos hoy.

Los rostros del equipo adoptan distintos grados de expresión de lamento.

—Vale —dice Asker—. Muchísimas gracias a todos. De verdad, muy buen trabajo. Ahora marchaos a casa y mañana alargad la mañana en la cama, si os apetece.

Su equipo se levanta y van saliendo uno tras otro por la puerta.

Atila se demora.

—Seguiré insistiéndole a mi compañero con lo de la vieja foto —dice—. De Korpi y la mujer desconocida.

—Bien. Estoy bastante segura de que es Karin Irving, pero estaría muy bien poderlo confirmar.

—Seguiré insistiendo —repite él—. Te llamo en cuanto tenga algo.

Atila hace una breve pausa.

—¿Qué tienes pensado hacer ahora? ¿Con tu padre y todo eso?

Asker se encoge de hombros.

—Lo único que puedo hacer. Ir a La Granja.

HILL

Se adentra con cuidado en la caverna. En las paredes hay bombillas rojas de luz tenue que hacen posible avanzar sin necesidad de utilizar la linterna. El zumbido que ha oído hace unos segundos se intensifica y Hill sospecha que proviene de un sistema de ventilación que hay a un lado del edificio de hormigón.

Hill pasa por delante de una boca de una antigua galería minera que ha sido tapiada con grandes bloques de piedra. Se pregunta si fue idea de Tord Korpi meter los bloques en los túneles en lugar de sacarlos a superficie mientras excavaban la cueva.

Continúa resiguiendo la pared y rodea una de las fachadas cortas del edificio. De momento no ha visto ninguna puerta. El tanque de acero se yergue por encima de su cabeza. Está conectado al edificio de hormigón mediante gruesas mangueras, y un cartel de aviso en un lateral advierte que contiene LN_2. Nitrógeno líquido, normalmente empleado para generar frío extremo.

En la parte de atrás del edificio hay otra galería, pero está cercada con una verja metálica.

En la parte interior, alguien ha dibujado una flecha y las letras SG. El corazón de Hill hace un pequeño redoble de latidos. Si SG hace referencia a la mina Stjärngruvan, la galería podría ser la conexión subterránea entre tierra firme y la isla de Blockön.

Hill toca la verja. No está cerrada.

Una parte de él solo quiere lanzarse a explorar el túnel, pero entiende que no es el momento adecuado para una empresa así.

Vuelve al edificio de hormigón, enciende la linterna y desliza el haz de luz por la fachada sin ventanas, que se prolonga hasta el techo de la caverna.

Al bajar la linterna otra vez descubre lo que parece ser una inscripción justo en la base del edificio.

Se acerca. Alguien ha escrito algo en el hormigón mientras aún no había fraguado. Alguien ha dejado su firma en la estructura: TK 2006.

Tienen que ser las iniciales de Tord Korpi.

Hill acaba de encontrar la prueba de que Korpi realmente fue contratado por la familia Irving, que es justo lo que Leo necesita, por lo que debería salir ya de los túneles. Pero aún le queda un lateral por explorar del gran bloque de hormigón.

La curiosidad lo vence y Hill dobla la tercera esquina del edificio.

El haz de luz ilumina una pequeña escalera y una puerta de acero.

Tantea la manilla con cuidado. La puerta está cerrada.

Pero en el llavero de Karin Irving había dos llaves, y él solo ha usado una. Por lo menos tiene que intentarlo.

ASKER

Vuelve a dirigirse al norte con el coche. Tiene la sensación de no haber hecho otra cosa estos últimos días. Va escuchando la radio policial todo el rato.

La gente de Hellman ya está llegando a los bosques de allí arriba. El vehículo de mando está aparcado, los observadores y francotiradores se han repartido. El siguiente paso será distribuir los comandos de las fuerzas de asalto y, después, el helicóptero.

¿Y qué hará ella cuando llegue? ¿Intentar convencer a Hellman otra vez con su teoría? Por mucho que ahora ella misma esté segura de que la familia Irving está involucrada de alguna manera en el asesinato de Tord Korpi, sigue sin tener ninguna prueba sin fisuras de que Tord Korpi estuvo en Stjärneholm. Solo un apunte en una libreta de Atila de que siguieron a Korpi hasta allí, así como el dato de Martin de que Karin Irving le ha confirmado que coincidió con Korpi.

Visto desde el ángulo de Hellman:

Un apunte de hace dieciséis años hecho por un tipo medio alcohólico y una afirmación de una señora con problemas mentales.

La foto de la que le ha hablado Atila, en la que aparecerían Korpi y Karin Irving, podría consolidar un poco su argumento;

de contar con ella, claro. O si Martin consigue encontrar algo que refuerce la idea de que Korpi trabajó en un laboratorio en el subsuelo de la finca, pero sigue sin tener noticias suyas.

En resumen, no tiene nada con lo que convencer a Hellman para que aborte la operación, y Per ha apagado el teléfono satelital.

Entonces, ¿qué se piensa que podrá aportar, presentándose en La Granja?

Lo máximo que se acerca a una respuesta a la pregunta es que, simplemente, no puede quedarse de brazos cruzados. Por lo menos tiene que estar allí.

Verlo con sus propios ojos.

Sea lo que sea lo que va a pasar.

HILL

Hill saca la otra llave en el llavero y la mete en el bombín. La gira con un chasquido que apenas se oye con el zumbido de los ventiladores.

Baja la manija y entreabre la puerta.

Lo recibe una bocanada de aire frío. La estancia del otro lado es grande y está débilmente iluminada. En el centro hay cuatro tanques grandes de color blanco con el logotipo de Alfacent que llegan hasta el techo.

Más adelante, una escalera que sube.

Un gran número de tuberías y cables están conectados a los tanques, y en la cara frontal de cada uno hay una pantalla.

Deben de ser las cámaras criogénicas de las que le ha hablado Nova.

¿En una de esas es donde piensan congelar a Gunnar?

Hill no puede resistir la tentación de echar un vistazo. Se acerca a la primera cámara y la toca. La nota sólida y en perfecta quietud. Probablemente no sea más que una cubierta que pretende aislar el recipiente de conservación de dentro. Los tubos que entran y salen de la cámara deben de contener nitrógeno líquido.

La idea de pasar la eternidad metido en una lata de esas, flotando ingrávido como la rana de cristal aquella, es fascinante y profundamente desagradable al mismo tiempo.

Hill roza la pantalla. Esta se activa al instante y muestra una imagen de una cámara. Hill tarda unos segundos en comprender que la imagen representa el interior del tanque.

Está vacío, pero en la parte inferior de la pantalla aparece un nombre.

«Gunnar Irving.»

Hill traga saliva. Ha acertado. Este es el futuro lugar de reposo de Gunnar.

En ese tanque, criogenizado a doscientos grados bajo cero, es donde su cuerpo de cristal esperará hasta la resurrección.

Ahora desearía haber cogido el móvil y poder fotografiarlo todo. En cualquier caso, ya es hora de que se marche de aquí. Tiene que volver a la superficie y ponerse en contacto con Leo.

Da unos pasos en dirección a la puerta, pero se detiene.

Hay tres cámaras criogénicas más.

¿Para quién son? ¿Hay más miembros de la familia a los que van a criogenizar en el futuro? ¿O solo son de reserva, por si una o varias fallaran?

Hill aguza el oído en un intento de comprobar si hay alguien más allí arriba. Pero está todo tranquilo.

Hill se acerca al siguiente tanque y toca la pantalla.

Esta se ilumina y aparece la imagen de la cámara en su interior.

Pero, en lugar de mostrar un espacio vacío, muestra el rostro de un hombre.

Hill da un respingo, su válvula cardiaca empieza a repicar.

La tez del hombre es blanca y granulada, como si estuviera hecha de hielo o cristales destrozados, y los rasgos de su cara están algo deformados.

Aun así, Hill no tiene ningún problema en reconocer al hombre del tanque, incluso sin necesidad de leer el nombre que pone debajo.

Es Bernhard Irving.

El padre de Gunnar.

HELLMAN

El vehículo de mando es una autocaravana remodelada que ha sido equipada con dispositivos de radiocomunicación y monitores. Hellman está sentado a la mesa del centro junto con Eskil, el jefe de las fuerzas especiales, un operador de radio y un técnico de imágenes.

—Ya tenemos imágenes del dron —dice el técnico, y escribe algo en un teclado.

Uno de los monitores grandes en la pared transversal muestra una imagen de La Granja a vista de pájaro. Unos barracones y caravanas mal iluminados, en el centro de un recinto vallado con doble alambrada de espino.

Hellman se vuelve hacia Eskil.

—¿Los observadores han visto algo?

—Ninguna novedad. Ni con las cámaras térmicas. Per Asker no sale de su madriguera.

—¿Y el helicóptero?

—Repostado y preparado —responde el operador de radio—. Permanece a la espera de recibir órdenes.

—¿La compañía eléctrica?

—Cortarán el suministro en cuanto llamemos.

—Bien. —Hellman se vuelve hacia el jefe de las fuerzas especiales—. ¿Los francotiradores están en su sitio?

—Sí, tenemos todo el recinto cubierto. Ningún ser vivo se moverá ahí dentro sin que lo veamos.

Hellman se recompone unos segundos, procura abstenerse de esbozar una sonrisita poco profesional. Están listos. Las fuerzas están reunidas. Pero antes de darles rienda suelta solo falta una cosa por hacer.

—Bueno, pues... —dice—. Solo me queda llamar al timbre de Per Asker y pedirle amablemente que se entregue. ¿Alguien se apunta?

ASKER

Ha metido el coche marcha atrás entre dos majestuosos abetos, donde ha quedado camuflado. Ha elegido un sitio desde donde puede vigilar el camino de acceso a La Granja mientras escucha la radio policial. La base de mando está a menos de un kilómetro de allí, menos aún en línea recta. Si baja la ventanilla, de vez en cuando Asker puede oír el zumbido del dron de vigilancia.

A estas alturas ya han comenzado a prepararse para el primer acto. En cualquier momento mandarán a un negociador para intentar establecer contacto y conseguir que Per se rinda por voluntad propia.

Él no lo hará, pero aun así tienen que seguir el manual para este tipo de operaciones.

Efectivamente, un coche aparece en el camino, y Asker alza los prismáticos.

Un vehículo negro de vigilancia con dos personas en el interior.

Cuando pasa, Asker consigue identificar a Hellman al volante. Por lo visto, él mismo va a encargarse de la negociación.

Per sabe que todo empezará con alguien llamando al timbre del portero automático para intentar comunicarse con él, y Per es experto en cargas explosivas.

Eso significa que la persona que ponga el dedo en ese botón estará poniendo en riesgo su vida.

Hellman es muy consciente de ello, y, aun así, acude personalmente a la negociación.

Muy valiente, debe reconocer Asker.

O quizá una simple estupidez.

Está por ver.

HILL

A Hill le cuesta respirar. Bernhard Irving no está incinerado y enterrado bajo la piedra en la orilla de la playa. Está aquí, criogenizado a casi doscientos grados bajo cero en un tanque de congelación. Vitrificado, convertido en cristal.

Hill se acerca al siguiente tanque con piernas temblorosas.

Respira hondo y toca la pantalla. Se tensa ante la incertidumbre de lo que le va a mostrar.

Una nueva cara de cristal aparece en la imagen. Un hombre joven al que al principio no reconoce. Hasta que lee el texto de debajo: «Elis Brorson, 2019».

A Hill se le eriza el vello de la nuca y se rasca el cuello de la camisa. El explorador urbano desaparecido al que se dio por muerto.

Traga saliva, se obliga a ir al cuarto y último tanque.

Le tiembla la mano al tocar la pantalla.

Pero el tanque está vacío, lo cual le brinda cierto alivio.

Aun así, el nombre que aparece en la parte inferior de la pantalla le hace dar un respingo.

«Viggo Irving, 2006.»

O sea que Viggo también está muerto, y fue criogenizado cinco años después de su accidente de coche.

Lleva metido en un tanque de congelación los últimos dieciséis años.

A Hill le viene a la mente algo que dijo Nova Irving.

«Gunnar lleva investigando la criogenización desde los años noventa.»

Bernhard murió en 1996. Por tanto, ¿es el primer sujeto de experimentación de Gunnar? Eso significaría que Viggo es el segundo y Elis el tercero.

Pero ¿dónde está el cuerpo de Viggo?

Un ruido lo saca de su ensimismamiento. Una puerta se ha abierto en algún sitio y las luces del techo se encienden.

Hill alza la mano por acto reflejo para protegerse los ojos del repentino resplandor.

—¿Hola? ¿Quién hay ahí? —oye que grita la voz del doctor Schiller desde lo alto de la escalera.

Hill se da la vuelta y sale corriendo en dirección a la salida.

HELLMAN

Eskil y él están delante del portero automático que hay junto a la verja de La Granja. En lo alto de un poste de madera que se yergue por dentro de la alambrada de espino hay una cámara de vigilancia que los está mirando fijamente.

Eskil toquetea nervioso la funda de la pistola en el cinturón.

—¿Cómo sabemos que Asker no ha puesto un explosivo en el portero automático? —pregunta.

—No lo ha hecho —dice Hellman.

—Pero ¿cómo lo sabemos con seguridad? ¿No sería mejor hacer venir a los dos tíos antiminas del ejército para que le echen un vistazo?

Hellman niega con la cabeza.

—Per Asker es un narcisista —explica—. No quiere perderse esta oportunidad de demostrarnos lo listo que es.

Eskil no parece del todo convencido.

—¿Crees que es una corazonada fiable?

—A prueba de bombas. —Hellman se arrepiente al instante de las palabras que ha elegido.

Da un paso al frente, hace una pausa de un segundo con el dedo apoyado en el botón mientras coge aire. Después, lo pulsa.

No ocurre nada.

Hellman exhala en silencio, mientras que el alivio de Eskil es bastante más perceptible.

Pasan unos segundos. Hellman vuelve a pulsar el botón.

—A lo mejor no quiere hablar —dice Eskil.

Hellman niega de nuevo con la cabeza.

—A Per Asker le encanta oírse a sí mismo. Espera y verás.

El altavoz crepita. Hellman levanta el dispositivo de radio policial y bloquea el botón de transmisión para que todos los del canal puedan oírlo.

—Comisario Hellman —dice la voz de Per Asker—. Qué agradable visita. ¿Qué puedo hacer por ti?

—Ya puedes salir de tu agujero y dirigirte a la verja con las manos en la cabeza —responde Hellman.

Per Asker se ríe por lo bajini.

—Eres muy gracioso, Jonas. La última vez que hablamos me prometiste que me tendrías encerrado durante meses. ¿Por qué iba a dejarte hacer eso?

—Porque si no sales ahora, entraremos nosotros a buscarte. Así de simple.

—¿Te gustan los fuegos artificiales, Jonas?

Hellman no contesta, solo mira de reojo a la cámara.

—Espero que te gusten los fuegos artificiales —insiste Per Asker—. Porque si te gustan, te prometo que esta noche vas a disfrutar.

—¿Es una amenaza? —pregunta Hellman.

—Lo único que digo es que si intentáis entrar en La Granja por la fuerza, habrá explosiones. De hecho, a lo mejor podría detonar algo ahora mismo, aprovechando que estáis en la verja.

Hellman nota que Eskil se retuerce, inquieto.

—¿Hay algo que pueda decir o hacer para que te entregues por propia voluntad? —dice Hellman.

—Me parece que ya sabes la respuesta a esa pregunta. Y me parece que también sabes que mi hija tiene razón cuando dice que le está siguiendo la pista al auténtico autor del asesinato. Pero a ti eso te da igual, ¿verdad, Jonas? No puedes soportar la idea de que ella vuelva a superarte otra vez.

Hellman coge aire. El viejo está tratando de sacarlo de sus casillas. Un último intento de joderlo. Hellman no puede dejarse provocar, sobre todo ahora que los compañeros lo están oyendo todo.

—Último aviso, Per —dice lo más tranquilo que puede—. Sal con las manos en la cabeza y nadie acabará herido.

Se hace el silencio unos segundos.

—Gracias por la oferta, pero creo que paso. Espero que te guste la pirotecnia.

Un chasquido confirma que Per Asker ha interrumpido la llamada.

Hellman lanza un último vistazo a la cámara, después da media vuelta y regresa al coche con Eskil pisándole los talones. Se acerca la radio policial a la boca.

—Listos, damas y caballeros. Ya habéis oído que Per Asker no tiene ninguna intención de rendirse. Cortad la corriente, mandad al helicóptero y preparaos para entrar.

HILL

Tras correr hasta la mitad de la caverna artificial empieza a sonar una alarma. Le revela lo que él ya sabe.

Que lo han pillado.

Hill intenta aumentar la velocidad, pero la grava del suelo se lo pone difícil. Echa un vistazo atrás. La iluminación roja se ha intensificado y ahora le permite ver todo lo que antes estaba sumido en la penumbra. En lo alto de la fachada hay algo que podría ser una media esfera de una cámara de vigilancia.

«¡Mierda!»

En su afán por explorar el laboratorio, ni siquiera ha pensado en la posibilidad de que podrían estar vigilándolo.

Entra corriendo en la galería y dobla la esquina. El sonido de la alarma amaina, y la luz desaparece.

Hill enciende la linterna y sigue corriendo.

Aún no oye a nadie persiguiéndolo. Quizá todavía no saben dónde se ha metido. A lo mejor no han tenido tiempo de mirar las cámaras. Eso le da un poco de ventaja.

Una oportunidad de ordenar las ideas.

Al llegar a la cueva del arroyo hace un alto para recuperar el aliento. Le falta oxígeno, el pulso le retumba en los tímpanos y tiene que apoyar las manos en las rodillas para siquiera mantenerse en pie. Es imposible que pueda correr todo el camino hasta la Casa Arturo, menos aún siendo cuesta arriba.

Tiene que ahorrar fuerzas. Usar la cabeza. Pero ahora mismo le va a mil.

A Bernhard lo criogenizaron ya en 1996. El tanque con su cuerpo debió de guardarse en otro sitio durante bastantes años. Quizá arriba, en la consulta médica, o tal vez en el sótano de la mansión.

En algún momento de 2006, contratan a Tord Korpi para construir el laboratorio secreto bajo tierra. Ese mismo año, Viggo acaba en el tanque de congelación y a Korpi le pegan un tiro en la nuca.

«Prometió ayudar a Viggo.»

Eso es lo que dijo Karin sobre Tord Korpi.

¿Ayudarlo a qué? ¿Por qué el cuerpo de Viggo está desaparecido, y qué le ha pasado al pobre Elis Brorson para terminar también en un tanque de esos?

La pausa se acaba. Hill se pone en movimiento otra vez, ahora a un ritmo más relajado. Cruza la pasarela con cuidado.

Sigue sin oír pasos de nadie que le vaya detrás, solo el borboteo del agua. Pero ya no lo tranquiliza, más bien al contrario.

El doctor Schiller debe de haber visto que es él quien se ha colado en el laboratorio. Él o, lo más probable, Samuel irá a la Casa Arturo a esperar a que Hill llegue al sótano. Procurará dilucidar si supone un riesgo para el proyecto y para Gunnar, y en función de ello actuará.

¿Le dará tiempo a Hill de llegar antes a la casa y abandonar la finca?

Intenta calcularlo, valorar su propia velocidad en comparación con la de desplazarse en la superficie. La ecuación no se resuelve en su favor.

Necesita un nuevo plan.

Una forma de salir de Stjärneholm sin ser descubierto.

Llega a la pared de listones junto a la galería medio tapiada y se detiene. Después, da un paso a su interior y enfoca las letras descuidadas en la pared: CASA C.

Hill asiente para sí.

No es mala idea. En absoluto.

EL HOMBRE DE CRISTAL

La alarma suena por todo el inframundo. Sabe lo que eso significa.

Hay un intruso en su reino.

Alguien que ha descubierto los secretos que en él se esconden, y no puede salirse con la suya.

Corre por las galerías, deteniéndose de vez en cuando para escuchar y olfatear.

No tarda demasiados minutos en comprender quién es el intruso. Puede reconocer su olor, oír sus movimientos. Su manera de avanzar a trompicones, con la esperanza de librarse. El sonido de su corazón mecánico resonando en la oscuridad.

La desfachatez del Extraño no tiene límites.

Pero esta vez nadie podrá salvarlo.

ASKER

Ha escuchado cada palabra que han intercambiado Per y Hellman en su pelea de gallos. El resto ha continuado según el escenario previsto.

La banda de Hellman ha cortado el suministro eléctrico de La Granja, lo cual es completamente inútil, porque Per tiene un contenedor enterrado con miles de litros de gasóleo y nada menos que dos generadores de emergencia. Pero la medida es más simbólica que efectiva. Para Hellman es una forma de demostrar poder.

Hace un momento, Asker ha oído el azote del rotor del helicóptero pasando de camino al punto de carga en el punto de encuentro.

En breve volverá a despegar.

Se dirigirá a La Granja para emplazar uno de los grupos de asalto por dentro de la valla perimetral. Y cuando lo haga, se desatará el caos.

Los fuegos artificiales, para citar a Per.

Hay algo en esa descripción que no encaja.

Per se pasó toda la infancia de Asker taladrándola con que usara los términos correctos. Que hiciera distinción entre *pistola* y *revólver*, entra *bandera* y *estandarte*, entre *detonación* y *deflagración*.

Nunca lo ha oído hablar de *fuegos artificiales* para referirse a explosiones. Pero a lo mejor solo quería tocarle las narices a Hellman. Hablarle en un idioma que él comprenda.

La cicatriz del brazo le pica horrores y tiene ganas de mear.

Abre la puerta del coche y sale a la oscuridad. Se baja los pantalones y se apoya en un tronco mientras se pone de cuclillas.

A lo lejos oye el ruido pulsante del helicóptero que se acerca. Suena como unos cascos de caballo.

El ruido se convierte en un estruendo cuando el helicóptero pasa justo por encima de las copas de los árboles.

HILL

Tal y como ya había constatado, la galería minera que conduce hasta la Casa Canopus está en mal estado. Tiene más postes, y aquí y allá hay montículos de tierra y roca que se ha desprendido del techo. En varios sitios Hill incluso ha de pasar por encima de pedruscos caídos del tamaño de un balón de fútbol.

Además, el techo se ha ido haciendo cada vez más bajo.

Normalmente no suele sentir claustrofobia, pero en este pasadizo cada vez más estrecho es imposible no imaginarse los cientos de toneladas de piedra y tierra que tiene por encima de la cabeza y que en cualquier momento podrían colapsar.

Pero si consigue llegar hasta la Casa Canopus tendrá bastantes probabilidades de salir de aquí, se dice. Si Maud ha vuelto de Malmö, puede pedirle que lo saque a escondidas en su coche. Maud no forma parte del círculo interno y es poco probable que esté al día de todo lo que está pasando, sobre todo de la parte relacionada con el cuerpo criogenizado de su hermano.

Vuelve a hacer un alto para recobrar el aliento. Apaga la linterna y aguza el oído. Lo único que oye es el goteo del agua y sus propias respiraciones pesadas.

Mientras recupera fuerzas, intenta encajar las últimas piezas del puzle.

En 2001, Viggo muere en las frías aguas del lago Miresjön, pero lo resucitan.

Sufre unas heridas tan graves que necesita asistencia especializada, quizá en el extranjero, tal y como han insinuado varias personas. O bien está siendo tratado en Stjärneholm hasta que fallece, lo cual parece mucho más probable. Según el año que aparecía en la pantalla, lo criogenizaron en 2006, el mismo año que Tord Korpi fue asesinado.

Obviamente, cabría pensar que Gunnar quería criogenizar a Viggo para poder curarlo en algún momento del futuro. Que sus actos estaban motivados por su amor de padre.

Pero, entonces, ¿por qué asesinar a Tord Korpi?

¿Intentó él ayudar a Karin a detener los planes de Gunnar y tuvo que pagar con su vida por ello?

A fin de cuentas, el proyecto de criogenización pretende brindarle a Gunnar la vida eterna, tanto él mismo como Nova fueron muy claros en ese punto.

Por ende, cualquier amenaza al proyecto es una amenaza directa contra el propio Gunnar.

La siguiente pieza del rompecabezas es Elis Brorson, el explorador urbano fallecido. ¿También se ahogó, como su amigo? ¿O acaso el matrimonio de ufólogos tenía parte de razón en su convencimiento de que los dos *urbex* toparon con algo en la isla de Blockön? Pero no encontraron extraterrestres, sino algo que también tenía que ver con el proyecto de criogenización. Algo que requería que ambos fueran apartados de forma definitiva.

Lo cual lleva a Hill a su situación particular. Se pregunta qué medida será la que Gunnar considerará más adecuada para él.

¿Un tiro en la nuca, un trágico ahogamiento o quizá algo peor: un lugar en uno de los cuatro tanques de criogenización en el laboratorio, para que Gunnar y su gente puedan usarlo en sus investigaciones?

El aire húmedo ha hecho que empiece a tiritar. Enciende la linterna y reemprende la marcha.

El túnel está cada vez peor y lo obliga a avanzar esquivando piedras caídas y escombros. La pequeña pausa no le ha brindado demasiadas fuerzas, y comienzan a pesarle las piernas.

Ilumina hacia delante, intenta calcular cuánto le queda.

Pero entonces tropieza con una roca y cae de bruces.

La linterna sale despedida unos metros, pero no se apaga.

Un dolor agudo le hace poner una mueca de dolor.

Se incorpora en el suelo y se inspecciona la pierna.

Una piedra le ha rasgado los pantalones y le ha abierto una herida en la rodilla derecha. La tela ya se ha empezado a teñir de sangre.

Maldice entre dientes, pero se recuerda a sí mismo que podría haber sido mucho peor, de no haber dejado de tomar la medicación anticoagulante.

Se pone en pie y se estira para coger la linterna, que ha aterrizado junto a un pequeño charco de barro. En el borde del charco ve una huella que hace que se quede de piedra.

Una pisada de una bota enorme, cuyo dibujo le recuerda al de un neumático de tractor.

La misma marca que dejó a su paso entre los rosales el gigante o la criatura o lo que fuera que lo persiguió el otro día en la niebla.

Es decir, su anónimo y terrorífico perseguidor ha estado aquí abajo, en estas galerías.

¿Podría seguir aquí?

Un sonido hace que a Hill se le detenga el corazón.

Pasos pesados que resuenan en la oscuridad a su espalda.

Y que se están acercando.

HELLMAN

El ambiente en la autocaravana de mando se ha vuelto electrizante.

—Adelante todas las unidades en La Granja —ordena el jefe de las fuerzas de asalto a través de su pinganillo—. Francotiradores, tenéis permiso para abrir fuego.

Dos de las pantallas en la pared transversal muestran una cuadrícula de imágenes que llegan de las cámaras corporales de los agentes, que ya se han puesto en marcha. En la pantalla más grande se sigue viendo la cámara del dron. Está grabando mientras el helicóptero policial sobrevuela los árboles con un rugido en dirección a La Granja. La imagen genera impresión y temor a partes iguales.

El rotor azota el aire, las puertas están abiertas, varios agentes de las fuerzas especiales se asoman con casco y gafas protectoras, colgándose de ambos lados del aparato.

—Los jinetes del destino —murmura Hellman entre dientes.

Por fin ha llegado la hora de la venganza y la compensación. Puede notar la adrenalina recorriendo todo su cuerpo. Le agudiza los sentidos, lo hace sentirse fuerte, poderoso, vivo.

Intenta disfrutar el momento todo lo que puede.

En cuestión de minutos, todo habrá terminado. Hellman ha ganado, la familia Asker ha perdido. Se ha restablecido el orden.

El dron reduce el zoom y abre el plano. En tres flancos de la valla perimetral hay agentes vestidos de negro acercándose a La Granja. Hacen un alto para abrir agujeros en la valla antes de continuar.

El helicóptero ha llegado a su destino, se mantiene ingrávido a pocos metros del suelo mientras el comando de agentes baja con los fusiles de asalto listos para disparar.

En cuanto sale el último, el helicóptero recupera altura y parte volando de nuevo por encima de los árboles con un rugido de motores.

—Aquí Delta uno, aterrizaje completado. Avanzamos hacia los edificios —informa uno de los jefes de grupo.

La radio continúa transmitiendo actualizaciones.

—Aquí Bravo uno, hemos cruzado la valla y avanzamos —informa el siguiente grupo.

—Aquí Alfa uno, lo mismo.

—Charlie uno, avanzamos.

Hellman nota que se le acelera el pulso mientras lo sigue todo mediante las imágenes del dron y las cámaras individuales de los agentes.

Este es el punto más delicado de la operación.

Tiene a más de veinte agentes de las fuerzas especiales dentro de La Granja, armados hasta los dientes, y en este preciso instante se están moviendo por terreno relativamente desprotegido.

—Francotiradores, ¿algún indicio de movimiento en los edificios? —pregunta el jefe de las fuerzas de asalto.

—No —responde una voz de radio, seguida de otras.

El primer grupo llega a los barracones; después, el segundo, el tercero y el cuarto.

Hellman exhala. Ahora, antes de entrar, solo tienen que comprobar si Asker ha colocado trampas explosivas en los edificios.

—Aquí Bravo uno, hemos llegado a una puerta que no está

cerrada con llave —informa uno de los grupos de la parte trasera. La voz suena un tanto sorprendida.

—Charlie uno, nosotros también.

Hellman frunce el ceño. Per Asker podría haber cometido un error. Podría haberse olvidado de echar el cerrojo. Sin embargo, que le haya pasado lo mismo con dos puertas es altamente improbable.

—Alfa uno, nosotros también tenemos una puerta sin cerrar —informa el tercer grupo—. Vemos movimientos en el interior. ¡Entramos!

—¡Esperad! —dice Hellman—. No entréis, puede ser una...

Una explosión sorda lo interrumpe. Hace que se le contraiga el diafragma y que todo su cuerpo se quede helado.

ASKER

Está de pie en una colina entre los árboles y lo sigue todo a través de los prismáticos. El helicóptero que emplaza un comando de agentes, los otros grupos que fuerzan la valla y se abren paso hasta los barracones. Los ve dirigirse a las puertas y prepararse.

Oye la llamada por radio, a Hellman intentando intervenir para frenar a los agentes de las fuerzas especiales, que tienen la adrenalina a mil.

El petardazo y el repentino resplandor que le sigue hacen que Asker se agache por acto reflejo. Por un breve instante, apenas un milisegundo que parece una eternidad, todo permanece en silencio.

Después, alguien grita «¡A CUBIERTO!» por radio y el hechizo se rompe.

El cielo estalla en una lluvia crepitante de estrellas, fogonazos silbantes y cascadas de colores incandescentes que iluminan tanto La Granja como el bosque de alrededor. La radio policial se colapsa con voces gritando cosas y salvas de disparos.

Todo se mezcla con chisporroteos de cohetes, silbidos infernales y estallidos tronantes, conformando todo ello un impetuoso torbellino de sonidos, una cacofonía que no termina hasta que Hellman se pone a gritar como loco por la radio policial.

—¡Alto el fuego! ¡Alto el fuego, cojones! ¡Solo es pirotecnia! ¡Solo son unos putos fuegos artificiales!

HILL

Ha renunciado definitivamente a la prudencia. Corre agazapado por la estrecha galería minera, con el brazo de la linterna estirado hacia delante. La válvula cardiaca repica en su pecho, la respiración le araña los pulmones, la sangre le corre por la rodilla. La herida en el muslo también parece haberse despertado, protesta ante los exigentes movimientos.

A su espalda, los pesados pasos siguen resonando en la oscuridad.

Hill intenta aumentar la marcha aún más. Tropieza, choca contra las paredes, está a punto de golpearse la cabeza en un travesaño que asoma, pero de alguna manera consigue mantenerse en pie.

El suelo ha pasado a tener una capa de grava y ha comenzado a inclinarse hacia arriba.

Ya debe de estar cerca, no le puede faltar mucho para llegar a la Casa Canopus.

O eso espera.

La luz de la linterna cae sobre algo grande y gris.

El techo de la galería se ha derrumbado y ha creado una pila de pedruscos, grava y polvo de roca.

Hill está atrapado. Acorralado como una rata bajo tierra.

Los pasos se oyen cada vez más cerca, el sonido se mezcla con el de su corazón desbocado.

Hill hace un barrido con la linterna por la montaña de escombros. Parece que hay un hueco justo por debajo del techo. Las piedras y la tierra salpican a su alrededor cuando empieza a trepar lo más rápido que puede.

Justo cuando alcanza el hueco, se gira y mira un momento atrás.

Ve un resplandor rojo en la oscuridad.

La visión hace que se le encoja el pecho. Una mano de hierro le aplasta los pulmones y hace que le resulte imposible moverse, igual que en su pesadilla. Y mientras tanto, la criatura de los ojos rojos se le acerca a toda prisa por la oscuridad.

Hill se obliga a coger una diminuta bocanada de aire, y después otra.

El marasmo cede, Hill se da la vuelta y se lanza al otro lado de la montaña de piedras.

De alguna manera, consigue activar las piernas y echa a correr otra vez.

Detrás, puede oír los sonidos de la criatura atacando los bloques de piedra.

El resplandor ya puede verse en el techo, como si la criatura supiera perfectamente dónde debe poner los pies y trepara a una velocidad inverosímil.

Hill intenta enfocar hacia delante mientras corre.

Vuelve a tropezar, cae de bruces y estira las manos para protegerse de la caída.

Una de sus manos topa con algo y, por acto reflejo, se aferra a ello para no perder el equilibrio.

Es la barandilla de una escalera de caracol, igual que la de la Casa Arturo.

Hill se agarra al pasamanos y empieza a subir a toda prisa.

Al llegar a la segunda vuelta de la espiral, nota que la escalera se tambalea de golpe. Hill echa un vistazo rápido hacia abajo.

La criatura de ojos rojos lo está mirando fijamente desde el pie de la escalera. La imagen hace que el corazón atormentado de Hill se salte un par de latidos.

Reactiva las piernas, las obliga a seguir subiendo los peldaños de uno en uno, a pesar de que todo su cuerpo esté lleno de dolor y de ácido láctico.

La escalera ha comenzado a crujir y a balancearse con fuertes sacudidas bajo el peso de Hill y de su enorme perseguidor. Por un breve instante, Hill teme que el metal vaya a ceder. Que la escalera se derrumbe hasta el fondo del pozo minero, arrastrándolos a ambos consigo.

Pero entonces la linterna ilumina un rellano.

Está arriba.

Hill avanza a trompicones por un pasillo que le recuerda al de la Casa Arturo. A su lado hay largas tuberías de calefacción, y al frente ve una puerta de acero con un cerrojo.

A su espalda, la escalera se queja bajo el peso del perseguidor.

Hill apaga la linterna, se abalanza sobre la puerta y gira el cerrojo al mismo tiempo que baja la manilla.

La puerta se abre de un bandazo y Hill sale disparado a un lavadero. La estancia está a oscuras, pero la pantallita de la lavadora le brinda una luz de guía.

Hill se da la vuelta, cierra la puerta con un golpe y busca algo para bloquearla. Su mirada se topa con una calandria. La agarra por una esquina, y, con unas fuerzas que no pensaba que tuviera, consigue arrastrar el viejo y pesado tendal de hierro por el suelo.

Justo cuando termina de colocar la calandria, el perseguidor se precipita contra la puerta con un golpe tan fuerte que el enorme tendedero se tambalea.

Hill se arroja sobre ella y aguanta.

El perseguidor vuelve a embestir la puerta, esta vez más fuerte.

La calandria se desplaza unos pocos centímetros, dejando una ranura entre la puerta y el marco. Hill intenta encontrar un agarre mejor con los pies, pero le resbalan en el suelo.

Una tercera embestida hace que la ranura se agrande hasta los diez centímetros.

A través de la abertura puede oír la respiración pesada del perseguidor.

—¡Socorro! —grita Hill—. ¡Maud!

Apoya todo su peso sobre la calandria y espera a la cuarta embestida.

Pero no llega.

Lo único que Hill puede oír es el sonido de pasos pesados, seguidos de la escalera de caracol, que empieza a chirriar otra vez.

Hill empuja la calandria para pegarla a la puerta y consigue bloquear la manilla, de manera que ya no se puede abrir.

Después, sube la escalera del sótano con piernas trémulas.

—¿Hola? —dice al abrir la puerta del pasillo—. ¿Maud? ¿Elsa?

Sin respuesta.

Hill se acerca a la ventana, agazapado. Al otro lado del camino asfaltado, junto a la Casa Arturo, se ven faros de coche. Puede distinguir movimientos en la luz y ve que las luces de la casa están encendidas. Samuel y quizá alguien más lo están esperando. Si la gigantesca criatura que lo estaba persiguiendo colabora con ellos, enseguida sabrán dónde se encuentra.

Hill debería salir de allí, escabullirse a través del bosque. Pero seguro que el dron de la otra noche lo está buscando.

Además, está completamente exhausto, y le duelen las heridas de la rodilla y el muslo. Duda mucho que pudiera siquiera llegar hasta el muro, y mucho menos saltarlo.

Necesita curarse la herida, recuperar fuerzas y pensar en un plan, y a ser posible ponerse en contacto con Leo.

Pero ¿cómo? Su móvil sigue en la Casa Arturo.

¿Podría haber un teléfono fijo en casa de Maud?

Cruza el pasillo, todo el rato agazapado, y se mete en la cocina, pero no ve ningún teléfono.

De pronto le da un vahído, la cocina gira sobre sí misma, las piernas le tiemblan tanto que apenas lo sostienen, así que Hill se deja caer al suelo con la espalda pegada a los armarios para no desmayarse.

Un resplandor que se desliza por el salón hace que se quede de piedra.

Acaba de llegar un coche. Ha parado delante de la puerta.

Su último recuerdo de cuando era una persona es que están yendo en su coche.

Maud, Pontus y él mismo.

Las palabras de su padre aún resuenan en su cabeza.

«Ya puedes irte, Viggo.»

No «Príncipe Pólux», sino su nombre de mortal.

La señal definitiva de que nada volverá a ser nunca como antes, de que está desterrado para siempre, apartado, sustituido.

Maud y Pontus están un poco embriagados y conversan alegremente. Está sonando música alta por la radio. Por el retrovisor puede ver cómo Pontus contempla a Maud. Hay algo en esa mirada que lo molesta. Se acerca al arcén y frena bruscamente.

—Tengo que mear —murmura, y abre la puerta de un bandazo.

Está de pie entre unos troncos y nota como se le descomprime la vejiga. Mucho más abajo titilan las aguas negras de Miresjön, y Blockön puede intuirse como una sombra negra. Justo cuando consigue controlar sus emociones, Pontus se le planta al lado sin previo aviso. Saca su miembro y se pone a mear él también. El chorro es potente, salpica en todas direcciones.

—Pienso pedirle la mano a Maud —dice por encima del hombro.

Sus ojos brillan en la oscuridad, y hay algo familiar en ellos. Familiar y espantoso.

—Acabo de hablarlo con Gunnar y me ha dado su consentimiento.

Hasta que no oye el nombre de Padre no cae en la cuenta de dónde ha visto antes esa mirada. La que lo ha estado persiguiendo toda la vida. Vigilándolo, juzgándolo.

Al lado de su pie hay una rama gruesa. La recoge.

Pontus sigue parloteando como si fueran viejos amigos, presume del futuro que Gunnar le tiene preparado dentro de la empresa.

Pero él ya no está escuchando. El hambre lo desgarra por dentro, hace que el pulso le retumbe en los tímpanos. Se mezcla con la voz de su padre.

«Ya puedes irte, Viggo.»

Blande la rama en el aire, apuntando a la nuca de Pontus.

Al instante siguiente está sentado a horcajadas sobre el torso de Pontus, le ha hundido los pulgares en las cuencas de los ojos. Esta vez no tiene suficiente con verlo morir. Porque los ojos de Pontus son también los de Padre. La mirada omnisciente y cruel de la que es imposible esconderse.

Cuyos frágiles cristalinos tiene que destruir con tal de liberarse.

Maud le tira de la ropa, le grita que pare, pero él no la oye.

Hasta que recoge la rama del suelo y le golpea en la cabeza.

Él cae de lado. El golpe no es lo bastante fuerte como para herirlo de verdad, pero cuando se incorpora ve que Maud se ha abalanzado sobre el cuerpo inerte de Pontus.

Está llorando y sollozando, grita que tienen que salvarlo.

Sus lágrimas titilan como estrellas en el firmamento.

Él alza las manos. Las tiene cubiertas de sangre.

Y de pronto es como si despertara de un sueño.

Entiende lo que le ha hecho a Maud, la que nunca ha abandonado sus pensamientos. Su hermana, su confidente.

La aparta con suavidad, levanta el cuerpo de Pontus y lo tumba en el asiento trasero. Arranca el coche y conduce lo más rápido que puede en dirección al hospital.

Maud solloza, le dice que se dé prisa. Pontus gimotea débilmente en el asiento de atrás, por lo que aún no es demasiado tarde.

Es posible salvarlo.

Pero de pronto la noche se hace día.

Un resplandor pasa por encima de las copas de los árboles, igual que en el relato de Padre. Penetra directamente en su cabeza, ilumina sus rincones más oscuros. Hace que el corazón se le pare de miedo.

Él levanta la mano para protegerse los ojos, para evitar la mirada omnisciente de Padre.

Oye gritar a Maud, nota que vuelan por el aire.

Un golpe cuando el coche da contra la superficie del agua y su cabeza choca con el volante.

Acto seguido, se ve engullido por el abismo negro.

Se hunde en la oscuridad eterna de la que nadie regresa jamás.

Le habría gustado quedarse allí.

Tendrían que haberlo dejado quedarse.

HILL

Oye pasos en el caminito de gravilla de fuera. Después, una llave en la puerta de la Casa Canopus. Hill pega la espalda al armario de la cocina. No tiene dónde esconderse, no hay escapatoria posible.

La puerta de la casa se abre y las luces se encienden. Acto seguido, un ladrido.

—¿Qué pasa, Orión? —dice la voz de Elsa.

El perro vuelve a ladrar y Hill respira aliviado.

—¡Solo soy yo, no os asustéis! —exclama mientras se levanta del suelo de la cocina.

Elsa y Maud están en el recibidor, todavía con las chaquetas puestas. Ambas parecen sorprendidas. El perro tiene la mirada clavada en Hill, gruñe y enseña un poco los dientes.

—Perdonad que os haya asustado —dice—. Pero necesito un poco de ayuda.

El perro vuelve a ladrar, pero Elsa le chista.

—Calla, Orión, solo es Martin. Es bueno, ya lo sabes.

El perro calla, pero sigue mirando a Hill con suspicacia.

Maud cruza el recibidor y observa a Hill de arriba abajo. Él comprende que debe de tener un aspecto bastante jodido. Está empapado de sudor, lleva la ropa sucia y llena de polvo de piedra, y una pernera desgarrada y ensangrentada.

—¿Dónde demonios te has metido ahora, Martin? —dice Maud—. Estás peor que el otro día.

—Es una larga historia. —Señala a Elsa y hace un gesto esquivo—. Me he caído sobre una roca y me he hecho un corte en la rodilla. Necesitaría limpiarla y vendarla.

—Entonces has venido al sitio adecuado —dice la niña—. A mamá se le da muy bien curar heridas.

—Eso mismo he pensado yo —responde Hill.

—Yo salgo a dar una vuelta con Orión —añade Elsa sin ningún disimulo—. Para que podáis hablar de vuestras cosas de adultos tranquilamente.

Hill espera a que se marche.

—He descubierto algo —dice entonces en voz baja—. Algo *top secret*. Gunnar y sus lacayos me están buscando.

Señala por la ventana en dirección a las luces encendidas en la Casa Arturo.

—¿Qué has descubierto? —La voz de Maud está llena de escepticismo, igual que su rostro.

Hill coge carrerilla.

—¿Qué grado de implicación tienes en los proyectos de investigación de Gunnar?

Ella se encoge de hombros.

—Ninguno. Los años que yo estuve de directora, Gunnar era el jefe de investigación y todo eso se lo guardaba para sí. Y ahora ya no tengo ni idea de en qué está trabajando.

—El proyecto de criogenización, ¿lo conoces?

—Es uno de los muchos campos de investigación que le interesan a Gunnar, pero no estoy al tanto de los detalles. Será mejor que me cuentes de una vez de qué va todo esto.

Hill respira hondo.

—Gunnar tiene un proyecto en el que está experimentando con la criogenización de personas. Entre otras cosas, ha criogenizado los cuerpos de tu abuelo Bernhard y de tu hermano Viggo. Pero también el de un hombre que desapareció hace unos pocos años en Blockön y de quien se cree que murió ahogado.

Maud se queda blanca.

—¿C-cómo sabes eso?

—Encontré una pista. De hecho, me la dio tu madre. El laboratorio está en las viejas galerías de la mina, debajo de Stjärneholm. He accedido a través del sistema de calefacción centralizada, pero el doctor Schiller me ha pillado, así que no me he atrevido a volver por el mismo camino. Además, alguien me ha estado persiguiendo en las galerías. Me he caído y me he hecho esto que ves...

—Vale, espera un segundo... —dice Maud, y alza las manos como para protegerse—. Mi hermano no está muerto. Viggo necesita tratamientos complejos y vive en una residencia especializada...

—... en el extranjero, donde recibe el mejor tratamiento posible —completa Hill—. Es lo que decís todos, pero ¿cómo de segura estás de que es cierto? ¿Cuándo fue la última vez que tú o tu madre fuisteis a verlo?

—No se le puede visitar —responde Maud—. Está demasiado grave.

—¿Quién lo dice?

—Gunnar. —Junta los labios en una raya.

—Todo esto es idea de Gunnar —dice Hill—. Sus planes de criogenizarse a sí mismo con la esperanza de poder curarse el cáncer en el futuro. Y, por lo que parece, en su búsqueda de la vida eterna, no se deja importunar ni por las leyes ni por ninguna norma. Elis, el explorador urbano que está metido en uno de los tanques de congelación ahí abajo, tiene una familia que aún no ha podido enterrarlo. Lo más probable es que Gunnar esté utilizando su cuerpo para llevar a cabo experimentos médicos. Lo mismo con Viggo y tu abuelo. Y yo tengo que salir de aquí lo antes posible, antes de que me impidan revelárselo a nadie más.

Maud sacude la cabeza, aún parece tener serias dificultades para asimilar lo que él le está contando.

—Todo esto suena a pura fantasía —dice ella—. No tengo ni idea de qué has visto, ni lo que te crees haber visto. Pero Stjärneholm no es un campo de prisioneros, y si lo que quieres es salir de aquí, obviamente voy a ayudarte. Pero primero tenemos que curarte la herida, antes de que pierdas más sangre.

Maud le señala la pernera.

—Espérame aquí, voy a buscar el botiquín.

Deja a Hill en la cocina y desaparece en la casa. Ahora que las luces están encendidas, Hill aprovecha para buscar un teléfono fijo.

Encuentra uno encima de una mesita metida al lado del diván de la cocina.

Hill levanta el auricular y oye el tono de la línea.

—¡Sí! —murmura, y marca el número de Leo.

ASKER

Ahora ya lleva un buen rato observando con los prismáticos el circo que se ha montado en La Granja. Ha visto a los agentes poner del revés los barracones y demás edificios, llenos de frustración, mientras el helicóptero ha estado sobrevolando el bosque y barriéndolo con el potente foco de luz.

Todas las medidas son en vano. Per no está ahí.

¿Ha sido la llamada de Asker lo que lo ha convencido para abandonar su territorio?

Puede haber esquivado a los vigilantes de Hellman gracias a alguno de sus túneles de escape. A Asker le gustaría pensar que es así.

Aunque la realidad debe de ser otra.

Las cámaras, el portero automático, la iluminación, los sonidos y los movimientos —todas las observaciones que ha hecho el equipo de Hellman—, todo eso se puede controlar por vía remota desde cualquier sitio en el que haya conexión a internet.

Per quería que ellos creyeran que estaba allí.

Quería que ella lo llamara para tratar de convencerlo una vez más de que se rindiera. Quería demostrar de una vez por todas que sigue teniendo poder sobre ella. Y Asker ha caído en la trampa, igual que los demás.

Esa es la razón por la que no se está desternillando ante el fracaso estrepitoso de Hellman.

De vez en cuando lo ve con los prismáticos. Eskil y él se están paseando por el patio central, ora hablando por teléfono, ora por la radio policial, mientras tratan de comprender qué ha pasado. Están intentando asimilar la magnitud de la trastada que les ha jugado Per.

Cientos de miles de coronas del contribuyente se han ido por el sumidero. Se han esfumado de forma igual de vistosa pero inútil que los fuegos artificiales que acaban de iluminar el bosque.

Por poco que le guste todo aquello, a Asker le resulta imposible no admirar a Per.

Ha ganado la partida y lo ha celebrado tal y como se lo había prometido a Hellman a través del portero automático. Le ha restregado la victoria en toda la jeta.

«Espero que te gusten los fuegos artificiales.»

Pero ¿dónde está realmente su padre?

En ninguna parte. Por lo menos, ningún sitio donde puedan encontrarlo. Aunque Asker tiene la intuición de que volverá a tener noticias suyas.

Pronto.

Su teléfono empieza a sonar, y por un breve instante piensa que será él. Que Per no ha podido resistir la tentación de presumir.

Pero el número del que la llama es de una línea fija.

—¿Hola? —dice al descolgar.

—Leo, soy Martin. —Habla en voz baja, su voz suena tensa y alterada—. He encontrado la construcción subterránea de Tord Korpi. Efectivamente, se trata de un laboratorio, uno en el que Gunnar Irving está haciendo experimentos ilegales con personas muertas; entre ellas, su propio hijo. Korpi debió de comprender para qué iban a usar la construcción, debió de tener cargo de conciencia y lo callaron para siempre. Y ahora me persiguen a mí. No me atrevo a usar el móvil, lo rastrean.

—¿Dónde estás ahora? —pregunta ella rápidamente.

—Sigo en la finca, en la Casa Canopus, donde vive Maud. Me está ayudando a salir de aquí.

—Yo estoy en La Granja —dice ella—. Voy ahora mismo a Stjärneholm. Llegaré en una hora. ¿Dónde quedamos?

—En la cafetería Ovni. Está... —Un intenso zumbido se oye desde el otro lado de la línea. Después, la llamada se corta.

—¿Hola? —dice Asker—. ¿Martin?

Vuelve a llamar al número, pero solo da señal de estar comunicando.

Asker arranca el coche, apenas ha avanzado cien metros cuando su móvil empieza a vibrar. Un mensaje de texto, pero no de Martin, como ella pensaba, sino de Atila.

> Al final, mi compañero ha encontrado
> la vieja foto de espionaje de Korpi
> y la mujer de Stjärneholm. Está tomada
> en septiembre de 2006, y, según el
> informe que la acompaña, el encuentro
> apenas duró media hora.

Asker para el coche y abre la foto. Está tomada de lejos con ayuda de un teleobjetivo muy potente, y en ella se ve a dos personas que están sentadas en una camioneta. El vehículo tiene una puerta de otro color. Es la camioneta de Korpi, la misma bajo la cual Asker estaba escondida cuando oyó la conversación telefónica.

«No te preocupes, en una hora estoy ahí.»

Hace un momento, Asker también ha formulado una frase parecida mientras hablaba con Martin.

De hecho, incluso el tono de voz era el mismo.

Siempre ha dado por sentado que aquella llamada de Korpi

era por algo de trabajo, pero ahora, cuando lo vuelve a pensar, empieza a tener sus dudas.

¿Acaso el tono no era más bien íntimo? Como si estuviera hablando con alguien que le importaba. Y Sundin y Danielsson pensaban que la mujer con la que se vio Korpi era su amante.

Amplía el habitáculo en la foto. Están los dos sentados en el vehículo, mirándose el uno al otro y sumidos en lo que parece una discusión seria.

En el asiento del conductor está Tord Korpi. Está prácticamente igual que como Asker lo recuerda. Barbudo, duro, malhumorado.

Cuando distingue el rostro de la mujer en el asiento del acompañante, Asker se queda de piedra. Ella también le resulta familiar. Coincidieron hace apenas unos días, en la puerta de la Casa Arturo. Tiene una expresión nerviosa en la cara; una mano en alto.

Esa no es Karin Irving.

Asker tira el teléfono al asiento, mete la primera marcha y pisa el acelerador a fondo.

—¿Hola? —dice al teléfono—. ¿Hola, Leo?

Toca el pulsador del teléfono un par de veces, pero la línea ya no da tono. Probablemente, han cortado todas las líneas que salen de la finca. ¿Es posible que ya sepan que ha llamado a Leo?

Maud regresa a la cocina con el maletín de médica en la mano.

—Samuel ha colgado un aviso de advertencia en la app —dice con cara de preocupación—. Por lo visto, vuelve a haber intrusos en la propiedad. La verja está cerrada hasta nuevo aviso y nos piden a todos que nos quedemos en casa, por seguridad. Los vigilantes están patrullando toda la zona.

—Es a mí a quien buscan —repone Hill—. Acaban de cortar las líneas fijas. Mira tu teléfono, seguro que tampoco te permite llamar desde Stjärneholm.

Maud saca el móvil y pulsa la pantalla unas cuantas veces.

—Mmm —murmura—. Pues tienes razón.

Maud se lo queda mirando unos segundos. Después, aparta la vista hacia la ventana.

—Hay un dron ahí arriba —indica—. Y un coche de vigilancia en el camino.

—¿Y en la Casa Arturo? —pregunta Hill.

—Las luces siguen encendidas y parece que hay gente.

Maud corre las cortinas, se nota que le cuesta tener claro qué creer.

—Mi amiga Leo me espera en la cafetería Ovni —dice Hill—. Es policía. Lo único que necesito es ayuda para llegar hasta allí.

Maud empieza a manipular el maletín.

—Tenemos que quedarnos hasta que vuelvan a abrir la verja, no van a dejarme pasar sin más. Pero no tienes por qué preocuparte. Quieras que no, soy la hija de Gunnar, dudo que Samuel se atreva siquiera a venir aquí. Y, aunque lo haga, no le permitiré entrar, ¿vale?

—Vale —contesta Hill, compungido.

—Bien. Siéntate en el sofá y sube la pierna para que pueda echarle un vistazo a la herida.

Hill hace lo que le dice. De momento, aquí está a salvo, se dice, y Leo va de camino a la cafetería Ovni. Puede permitirse relajarse un poco y recuperar fuerzas.

Maud aparta la mesa de la cocina para trabajar mejor y le corta los pantalones con unas tijeras.

—Uy, esto tiene mala pinta. Hay que dar puntos. Pero no tengo anestesia en casa. ¿Crees que aguantarás?

—Claro —dice Hill.

Ella se sienta a su lado y limpia la herida, prepara aguja e hilo de sutura.

—Espera un momento.

Maud se levanta y trastea en la encimera de la cocina. Al poco, vuelve con una copa de whisky.

—Anestesia a la antigua —dice—. ¡De un trago!

Hill vacía la copa. El whisky le quema la garganta y le hace toser un par de veces.

—¿Estás listo? —pregunta Maud.

—Sí —murmura él.

Ella clava la aguja en el borde de la herida. Hill se queja.

—Aguanta —dice ella. Sus dedos trabajan con soltura.

Hill cierra los ojos, se reclina e intenta respirar hondo.

Pasados un par de minutos, el alcohol ayuda a difuminar un poco el dolor.

—Has dicho que has hablado con mi madre —dice Maud sin alzar la cabeza.

—Mmm.

—¿Qué te ha dicho?

—Me ha hablado de Tord Korpi. Ha dicho que estuvo trabajando aquí en 2006. ¿Tú te acuerdas de él?

Maud hace un pequeño alto a mitad de un movimiento.

—Sí, pero solo vagamente. —Tira de la sutura de una manera que indica que ya ha terminado.

—Karin me ha dicho que Tord Korpi le prometió ayudarla a ella y a Viggo. ¿Eso te suena de algo?

Maud niega con la cabeza.

—No, para nada.

Coloca un apósito sobre los puntos.

—Ya está, ya he acabado. ¿Quieres tomar algo más? Yo voy a servirme una copa de vino.

—Gracias, estoy bien —dice él—. Pero, si vas a llevarme en coche, a lo mejor deberías esperar a...

Maud no lo escucha. Se va a la nevera, abre una botella y se llena una copa hasta arriba. Después, se sienta a su lado en el sofá.

Su cara es de preocupación y escepticismo a partes iguales.

—Entiendo que son muchas cosas de golpe —dice Hill—. Pero lo que te digo es verdad. Gunnar está llevando a cabo experimentos ilegales con personas muertas en su laboratorio subterráneo. Entre otras, con tu hermano.

Maud se bebe media copa de vino del tirón.

—Mi hermano no está muerto —dice luego.

—Lo lamento —dice Hill—. Pero parece que estaba muerto ya en 2006.

Maud niega con la cabeza.

—Viggo está vivo —murmura.

Hill elige callar. De pronto se siente muy mareado. Seguramente el whisky y el bajón de adrenalina no son una buena combinación.

—Estoy de acuerdo en que suena completamente *asurdo*... —Se aclara la garganta—. Absurdo —se corrige—. Tord Korpi era ingeniero de minas. Se encargó de que el laboratorio se construyera en secreto.

Traga saliva. El mareo se ha intensificado. La cabeza le da vueltas. Tiene la boca seca como un estropajo.

—Karin y él iban a ayudar a Viggo. Pero Korpi...

La frase queda colgada. Hill traga saliva, vuelve a intentarlo.

—Korpi desapareció... —Su boca no quiere obedecerlo del todo. El cuerpo se le hunde en el sofá.

Maud se levanta, suelta un profundo suspiro.

—Gunnar pagó a Tord por su silencio —dice—. Hará lo mismo contigo, Martin, no tienes por qué preocuparte. Tú solo haz lo que te diga.

Hill sacude la cabeza, intenta deshacerse de la niebla que le encapota los pensamientos y le desenfoca la vista.

—Korpi... Korpi... —Hace un esfuerzo monumental, obliga a sus labios a obedecer y pronunciar las palabras de una en una—. Korpi está muerto —susurra—. Le dispararon...

Su campo de visión se desenfoca aún más, se tiñe de negro.

Oye el ruido de la puerta de la calle. Después, la voz arisca de Samuel.

—Ah, ahí está. Gunnar se pondrá contento.

ASKER

Conduce en dirección a Stjärneholm lo más rápido que se atreve. Fuerza el coche en adelantamientos en tramos estrechos, pisa a fondo en las rectas. Le cuesta poner orden a las ideas, solo sabe que Martin le ha contado sus descubrimientos en el laboratorio de Gunnar Irving a Maud Irving, pensándose que ella es una aliada. Hace dieciséis años, Tord Korpi hizo algo similar. Confió en Maud y acabó bajo tierra.

Además, es Asker quien ha enviado a Martin directamente a la boca del lobo, la que ha puesto su vida en peligro.

Tiene que encontrarlo antes de que sea demasiado tarde.

Su teléfono empieza a sonar otra vez y Asker ve el número de Hellman en la pantalla.

No le faltan ganas de ignorarlo, pero aun así pulsa el botón de manos libres.

—¿Lo sabías? —Hellman ni siquiera intenta disimular su rabia.

—¿Si sabía el qué?

Se precipita con el coche por una nueva curva cerrada.

—Que tu padre no está escondido en La Granja. Que solo nos estaba tocando las pelotas. —La voz de Hellman hierve de cólera.

Asker adelanta tan pegada a un Volvo de jubilado que el camión que viene de frente le hace luces varias veces.

—No, me la ha colado igual que a ti —dice, lo cual no deja de ser casi del todo cierto—. Te avisé de que vigilaras con Per, intenté explicarte que es como un jugador de ajedrez. Siempre va varios pasos por delante. Pero tú no quisiste escuchar porque te ponía demasiado cachondo la idea de jodernos a los dos.

Casi puede oír el chirrido de los dientes de Hellman.

—Si te sirve para ponerte de mejor humor, te diré que Per no asesinó a Tord Korpi. Voy de camino a detener al auténtico asesino. Pero prometo llamarte si veo que necesito ayuda.

Oye a Hellman coger aire, pero Asker corta la llamada antes de que él tenga tiempo de decir nada. Después, pisa el acelerador un par de centímetros más, lo cual hace saltar un piloto de aviso en el salpicadero.

Tiene que encontrar a Martin Hill.

HILL

Está dormido, y, al mismo tiempo, despierto. Su cuerpo está sumido en el letargo, pero una parte de su cerebro sigue funcionando. Nota manos que lo agarran. Lo levantan, lo sacan de la Casa Canopus.

Fuera, el patio está lleno de focos potentes cuya luz le atraviesa los párpados y se le clava en el cerebro, iluminando hasta el último rincón de su cabeza, incluso las cosas que preferiría no ver.

La espantosa montaña del Reemplazador. Su olor cuando se inclina sobre Hill. Su voz al susurrarle que lo mantendrá cautivo en la oscuridad.

Después, la criatura de sus pesadillas de infancia que lo persigue con sus ojos rojos refulgentes por una oscura galería minera.

Y, por último, Leo con dieciséis años y su padre loco en el barco de remos el instante antes de que la bomba estalle. La bomba que tenía por objetivo matarla a ella y que quizá Hill podría haber evitado de no haberse mudado. De no haberla abandonado.

Este último recuerdo lo atormenta, a pesar de no ser auténticamente suyo. Pero la despiadada luz hace que le resulte imposible mantenerlo a raya.

Hill intenta protegerse los ojos, pero toda conexión entre el cerebro y el resto de su cuerpo parece haber sido cortada de cuajo.

Las voces que lo rodean suenan duras y preocupadas al mismo tiempo.

Una está llorando.

Entonces Hill nota que lo levantan y que lo tumban bocarriba. En el maletero de un coche, o al menos eso es lo que le parece.

Por un breve instante, recupera la visión y ve un cielo estrellado brillando por encima de él. Reconoce las constelaciones.

Ursa Major.

Cassiopea.

Leo.

«Vuelta de escota», le parece oírla susurrar.

Entonces la puerta del maletero se cierra y las estrellas se apagan.

ASKER

Pasa por delante de la cafetería Ovni, pero, tal y como se esperaba, el aparcamiento está vacío. Ha pasado una hora desde la llamada de Martin, y Maud debería haber llegado hace rato.

Así que Asker continúa hacia Stjärneholm, se acerca con el coche a la verja y pulsa el timbre.

—Soy el vigilante —dice una voz en el interfono.

—Asker, policía. ¡Abre!

—¿De qué se trata?

—Esa información está muy por encima de tu categoría salarial. Abre la verja ahora mismo y no serás considerado un cómplice.

En la breve pausa que sigue, Asker percibe el titubeo del vigilante.

—Debería llamar a mi jefe... —empieza a decir el hombre.

—¿Tienes familia? —lo corta ella—. ¿Crees que les gustará ir a verte a la cárcel? ¿Crees que tu mujer te esperará? ¿Que tus amigos mantendrán el contacto? Tú sigue retrasándome, y sabrás todas las respuestas mucho más rápido de lo que te puedes imaginar.

Todo se queda inmóvil unos segundos.

Las dos piezas de la verja comienzan a abrirse. En cuanto el hueco es lo bastante grande, Asker se mete con el coche. El vigilante ha salido de su garita y le hace un gesto para que se detenga. Ella responde pisando el acelerador y obligándolo a saltar a un lado.

Un par de minutos más tarde llega a la Casa Arturo. La casa está a oscuras, la puerta no está cerrada con llave.

—¿Hola? —dice tras entornarla—. ¡Martin!

Entra, deja la puerta abierta y enciende algunas luces. Sin duda, el vigilante ya habrá avisado a su jefe de que ella está aquí, por lo que no hay motivo para ser discreta.

Echa un vistazo. Todo está igual que la última vez que vino.

En un estante de la cocina encuentra el teléfono móvil de Martin. No tiene cobertura. Al mirar el suyo, Asker descubre que ella tampoco.

Vuelve al salón. En la mesita de centro hay un objeto nuevo que capta su atención.

Una rana conservada en formol. Asker siente un escalofrío y tirita.

Oye pasos en la gravilla de fuera y se gira hacia el recibidor.

—¿Hola?

Hay una niña en la puerta. Lleva gafas negras y un labrador negro con arnés de lazarillo.

—¡Hola! —dice Asker—. Tú debes de ser Elsa. Yo me llamo Leo, soy amiga de Martin, y los estoy buscando a él y a tu madre.

—Pues ya somos dos —responde la niña—. Martin ha aparecido en nuestra casa hace un rato, diciendo que se había hecho daño. Mi madre iba a curarle la herida, así que yo he salido a dar un paseo. Cuando he vuelto a casa, ya no estaban. He oído un coche que se iba y he pensado que a lo mejor habían venido aquí.

—¿Cuánto hace de eso?

—Tres cuartos de hora, quizá. He intentado llamarla, pero mi móvil no funciona.

—El mío tampoco, parece que pasa algo con la cobertura. —Asker trata de sonar tranquilizadora—. Pero seguro que pronto lo arreglan.

El perro emite un sonido extraño, una mezcla entre gruñido y ladrido.

—Orión está inquieto —dice Elsa—. Esta tarde todo es muy raro. Se nota en el ambiente. Como si algo malo estuviera pasando.

Asker tiene exactamente la misma sensación, pero no dice nada.

—¿Quieres que te acerque a tu casa? —le pregunta.

La niña niega con la cabeza.

—Iremos a pie. A Orión no le gusta ir en coches desconocidos. Pero gracias de todos modos.

Elsa se da la vuelta y desaparece en la oscuridad.

HILL

Se despierta poco a poco. Tarda varios segundos en forzar sus párpados para que se abran, pero cuando lo consigue apenas puede ver nada. El corazón le late a toda prisa, trata de incorporarse en la cama, pero sus brazos y piernas no quieren obedecer.

Entonces se le aclara la vista.

Se encuentra en una pequeña habitación sin ventanas y con una iluminación tenue. Ya ha estado antes aquí, pero no recuerda cuándo.

¿Cómo narices ha llegado aquí y qué ha pasado con Maud?

Intenta exprimirse el cerebro para que se lo aclare, pero sin éxito. Nota un sabor a metal y alcohol en la boca.

El whisky. Maud le ha echado algo en el whisky. Un somnífero, probablemente de alguno de los tarros que tiene en el armario del lavabo. Recuerda haberla oído decir algo sobre Tord Korpi. Pero ¿hasta qué punto está metida en el ajo?

¿Y cuánto tiempo lleva Martin aquí?

Con cierto engorro, consigue sentarse. Ya lo reconoce. Las paredes, los armarios, los dibujos a lápiz de Blockön en las paredes. Está en la consulta médica.

A su lado se encuentra un aparato para medir el pulso y la presión arterial. En la cara frontal hay varios cables con electrodos. Detrás de la máquina, un portasueros con gotero. Hill descubre que lleva un pequeño esparadrapo en el pliegue del codo. Probablemente, hace un rato estaba conectado a esas máquinas. ¿Qué le habrán inyectado?

Unos pasos se acercan por el pasillo. Después, un sonido de alguien bajando la manilla de la puerta.

En el umbral aparece Gunnar Irving, con una expresión de lamento en el rostro.

—Querido Martin —dice—. ¿Cómo te encuentras?

Hill se humedece los labios.

—Bien... —contesta, vigilante.

—Antes que nada, me gustaría pedirte disculpas por todo esto —dice Gunnar—. Maud ha entendido mal las instrucciones. Lo único que yo quería era tener la oportunidad de hablar un rato contigo. En ningún momento le he pedido que...

Señala la camilla y los aparatos médicos con la mano y ladea la cabeza con gesto preocupado.

—De verdad que lo lamento. Hemos hecho todo lo posible por ponerte en pie cuanto antes, pero dime qué podríamos hacer para recuperar tu confianza.

—¿Puedo irme de aquí? —pregunta Hill.

—Por supuesto. —Gunnar se abre de brazos—. Pero antes de que te vayas, me gustaría que termináramos de hablar. Has visto cosas que aún no estabas del todo preparado para ver, y puede que hayas sacado algunas conclusiones erróneas. ¡Así que hazme las preguntas que hagan falta, Martin!

Gunnar coge una silla y se sienta al lado de la camilla.

Hill intenta determinar cómo gestionar la situación.

Pese a las afirmaciones de Gunnar y sus afables modales, tiene que ir con sumo cuidado si no quiere acabar como Tord Korpi. Al mismo tiempo, no puede parecer asustado ni sumiso. Gunnar lo ha visto como un íntimo. Sigue viéndolo así. De lo contrario, no estarían teniendo esta conversación.

—Maud —dice Hill—. Te ha llamado antes de darme el somnífero.

—Correcto.

—¿Cuánto sabe ella de todo lo que está ocurriendo?

—Solo lo justo y necesario. Prefiero mantener el círculo interno lo más reducido posible.

—Y, aun así, ella te ayuda.

Gunnar pone cara de satisfacción.

—Maud siempre ha sido muy leal. Una buena chica.

—A pesar de expulsarla a ella, a Karin y a Viggo a la Casa Canopus.

—Un divorcio es un asunto complejo —responde Gunnar—. Pero yo siempre he cuidado de mi familia.

—¿Incluso a sus partes más defectuosas?

—Vaya —dice Gunnar con un tono impresionado—. Has ahondado en los secretos más oscuros de la familia. ¿Qué has descubierto, Martin? ¡Cuéntame!

Hill pone orden en su cabeza una última vez y coge carrerilla.

—Bernhard tuvo un lío con la madre de Karin. Él es su padre biológico. Por tanto, tú te casaste y tuviste hijos con tu medio hermana, sin saberlo. Cuando descubriste el vergonzoso secreto, rechazaste a tu familia y empezaste una nueva, mejor. Genéticamente más adecuada.

—Todo eso fue culpa de Bernhard —dice Gunnar—. Yo solo hice lo que había que hacer para corregir su error.

—De la misma manera que te inventaste la mentira del ovni para hacerte con el control de la empresa.

Gunnar guarda silencio unos segundos, como si estuviera recapacitando.

—No te falta razón, Martin. Es cierto, yo estaba acostumbrado a arreglar los descuidos de mi padre. A salir adelante usando cualquier medio disponible. Así es como sobrevivimos los Irving. Miramos hacia delante.

—¿Y por eso rechazaste a tu familia, dejaste de hablar con tu padre y lo criogenizaste después de su muerte?

Gunnar niega con la cabeza.

—Esa es la lamentable interpretación de Karin. Bernhard y yo teníamos nuestros conflictos, pero él donó su cuerpo voluntariamente a la investigación. Está todo bien documentado. Y en lo referido a mi primera familia, la verdad es que yo les proveí, les di trabajo, oportunidades.

—Al menos hasta que Nova estuvo lista para coger el relevo.

—A mis hijos les asigno las tareas en función de sus competencias, sus habilidades y sus posibles contribuciones —dice Gunnar con sequedad—. A veces, toca tomar decisiones difíciles, ver el proyecto en su conjunto y no solo los detalles.

Hill se lo queda mirando. El anciano casi parece disfrutar con la conversación.

—¿Como cuando decidiste congelar también el cuerpo de Viggo? —pregunta Hill—. ¿Esa fue su aportación? ¿Que tú pudieras experimentar con él después de su muerte?

—Querido Martin, eso lo has entendido mal —dice Gunnar con una pequeña risa gutural—. Viggo salió muy malherido del accidente de coche. Estuvo clínicamente muerto durante más de una hora, pero sobrevivió gracias a la severa hipotermia. El frío le salvó la vida. Viggo estuvo en coma varios meses. Cuando lo despertaron, estaba muy desubicado y era imposible comunicarse con él. Así que nos vimos obligados a dormirlo otra vez. Cuanto más tiempo pasaba dormido, mejor se encontraba durante los breves espacios de tiempo que pasaba despierto.

—Pero entonces murió en 2006, y en lugar de enterrarlo lo metisteis en un tanque de congelación, igual que a Bernhard —señala Hill—. Como la rana esa en formol que me diste.

La sonrisa de Gunnar se expande.

—Lo dicho: has malinterpretado el tratamiento de Viggo. Y lo de la rana también, dicho sea de paso. Resulta, Martin... —Gunnar baja la voz—, que Viggo no está muerto, está vivito y coleando. Viggo es mi gran obra. Él es el Hombre de Cristal original.

ASKER

En cuanto Elsa se marcha, Asker cierra la puerta de la casa y vuelve al salón. El tarro con la rana atrae su mirada. El animal tiene pinta de ir a moverse de un momento a otro y empezar a nadar en el líquido, buscando una salida de su prisión de cristal.

Elsa ha dicho que tanto Martin como Maud Irving han desaparecido, lo cual no augura nada bueno.

Un resplandor la hace mirar por la ventana.

Un gran Mercedes de color negro se ha detenido fuera y dos hombres se bajan de él. Uno es el jefe de seguridad con el que Asker se cruzó el otro día en la verja de la finca. El otro es un hombre bajito, rechoncho y calvo.

Los hombres entran en la casa sin llamar a la puerta.

—Buenas tardes —dice el calvo—. Tú debes de ser Leo Asker.

Tiene un timbre nasal, en la calva se le ve una película de sudor, pese a las bajas temperaturas de fuera. Una bata blanca asoma por debajo de su chaqueta.

—Yo soy el doctor Schiller. A Samuel ya lo conoces.

Hace un gesto por encima del hombro para señalar al jefe de seguridad.

—He venido a buscar a Martin Hill —dice ella—. ¿Dónde está?

El médico sonríe nervioso.

—Martin Hill ha ingerido un somnífero por error. Se encuentra en la clínica que hay en la mansión, donde está recibiendo tratamiento.

Asker mira de reojo a Samuel. Igual que el otro día, él la observa con un rostro casi de divertimento. Tiene las manos cruzadas sobre el cinturón; la chaqueta, abierta. Asker no duda ni un segundo de que esconde un arma ahí debajo.

—Perfecto, pues quiero que me acompañéis hasta donde esté —dice—. Me lo llevaré de aquí inmediatamente.

—Por desgracia, Martin está en demasiado mal estado como para ser trasladado —replica el médico—. Lo mejor es que pase la noche en nuestra clínica, donde podemos vigilarlo bien. Mañana seguro que se encuentra mejor. Le pediré que te llame en cuanto pueda.

Se pasa la lengua por los labios, esboza una mueca que pretende ser una sonrisa.

—No me iré a ninguna parte sin Martin Hill —dice ella—. Aunque tenga que echar abajo todas las puertas de una patada para encontrarlo.

Samuel da un paso al frente.

—No estás aquí de servicio —dice con voz grave—. Tus motivos son de carácter puramente privados, por lo que no tienes ninguna jurisdicción. Lo mejor que puedes hacer es subirte al coche e irte de aquí.

—¿Y si no lo hago?

Asker enarca las cejas.

—Entonces yo te ayudaré —dice él, y frunce el ceño, haciendo que su mirada se vuelva aún más dura.

—Vamos a tranquilizarnos un poco —se apresura a decir el médico—. Esto no es más que un gran malentendido. Martin no se encuentra en ningún peligro en absoluto, te lo puedo asegurar.

Asker y Samuel siguen fulminándose con la mirada.

A él se le da bien el desafío, no se deja importunar por los ojos heterocromos de Asker. Samuel es más grande que ella y, sin duda, sabe luchar.

Pero eso no significa que Asker vaya a doblegarse. Los tipos grandes y duros también tienen debilidades.

El médico vuelve a lamerse los labios con gesto nervioso. Está claro que él no tiene ningunas ganas de bronca, a diferencia del jefe de seguridad.

—¿Serviría de algo si pudieras hablar directamente con Martin? —dice.

—Antes has dicho que estaba dormido.

—No, no, está despierto, solo un poco grogui. Deja que haga una llamada.

Saca su teléfono y sale por la puerta abierta. Asker puede oírlo murmurar mientras habla con alguien. Por lo visto, él sí tiene cobertura.

Samuel sigue de pie enfrente de Asker.

—¿Cómo está tu padre? —pregunta él—. He oído que tiene problemas con la justicia.

Asker continúa clavándole la mirada. Parte de la base de que Samuel tiene un contacto dentro de la policía, como suele ocurrir con la gente que se dedica a la seguridad privada.

Al mismo tiempo, le da la sensación de que esa explicación no es del todo suficiente. Samuel lleva mirándola raro desde que se cruzaron la primera vez. Con una sonrisita en la boca, como si supiera quién es ella, como si supiera cosas de ella, y, aparentemente, también de su padre.

Cuanto más la observa, más convencida está de que Samuel no solo sería capaz de pegarle un tiro en la nuca a Korpi, sino que también podría habérsele ocurrido dejar el cadáver cerca de La Granja para que le cayeran las culpas a su padre. ¿Puede haberle hecho daño también a Martin?

La mera idea le hiela el cuerpo.

Asker está a punto de preguntárselo directamente, pero antes de que le dé tiempo de hacerlo el doctor Schiller vuelve a entrar en la casa con el teléfono en alto e interrumpe su batalla visual.

—¡Aquí lo tienes! —dice alzando la voz un poco de más y acercándole el móvil—. Martin, estás en altavoz.

—¿Hola? —lo oye preguntar—. ¿Leo?

A Asker le da un vuelco el corazón del alivio.

—Estoy aquí, en la Casa Arturo —dice ella—. ¿Cómo te encuentras?

—Bien. —Suena cansado—. He tomado algo que no tocaba. Quieren que me quede a pasar la noche en observación. Pero podemos hablar mañana.

—¿Estás seguro? Antes me ha parecido que estabas un poco nervioso.

—Sí, ya. Estoy bien. Me he tomado un medicamento sin querer, creo que he dicho cosas raras. Siento haberte hecho venir para nada.

Asker mira de reojo al médico, quien asiente con frenesí con la cabeza. Samuel sigue escrutándola.

—Puedo pasar a recogerte ahora mismo, si quieres irte —dice ella.

—Gracias, Leo, de verdad que te lo agradezco. Pero me quedaré a pasar la noche en la clínica. El cuerpo no me responde del todo. Me duele la cabeza y tengo el estómago como si me lo hubiesen anudado con una vuelta de escota.

—Bueno... —Asker se demora en responder, nota las miradas de los dos hombres—. Pues hablamos mañana. ¡Que te mejores!

El doctor Schiller corta la llamada y se guarda el teléfono.

—Ya está —dice, más tranquilo—. Pues con eso espero que ya haya quedado resuelto el pequeño malentendido.

El médico mira a Asker con ojos de súplica.

—Claro —dice ella.

—¡Qué bien! Samuel y yo te acompañaremos hasta la verja para que puedas salir sin problemas.

El doctor Schiller se hace a un lado para dejarla pasar.

Asker se mete las manos en los bolsillos y camina entre los dos hombres en dirección a la puerta.

Al pasar junto a Samuel, casi tiene la sensación de que el jefe de seguridad está un poco decepcionado.

HILL

—Muchas gracias, Martin —dice Gunnar, y se guarda el teléfono en el bolsillo—. El doctor Schiller y Samuel se encargarán de que tu amiga pueda salir de la finca sin problemas. Así tú y yo podemos aclararlo todo tranquilamente. ¿Por dónde íbamos?

Se sujeta el mentón en gesto pensativo.

—Me estabas contando lo de Viggo y su tratamiento criogénico.

Hill se esfuerza por sonar atento, pero lo único en lo que puede pensar es en la conversación telefónica que acaba de tener. ¿Leo se ha enterado de que ha utilizado la vieja palabra de emergencia de cuando eran adolescentes? ¿Se acordará siquiera de que la tenían?

Lo único que puede hacer es cruzar los dedos para que así sea y seguir fingiendo interés y mostrarse colaborativo.

—Ah, cierto. Pues la cosa fue así. —Los ojos de Gunnar recuperan el brillo que tenían antes de verse interrumpido por la llamada—. Viggo estaba en muy mal estado, había sufrido daños cerebrales severos. Pero nos dimos cuenta de que cuanto más tiempo y más profundo dormía, mejor se encontraba cuando se despertaba. La criogenización brinda el sueño más profundo que te puedas imaginar. Así que nos pareció natural seguir por esa vía.

Hill aún está tratando de comprender qué es lo que le está contando Gunnar.

—O sea, que congelasteis a Viggo a más de doscientos grados bajo cero. Por debajo del punto en el que cesa toda forma de vida. Lo matasteis.

—Así es —asiente Gunnar—. Pero más importante que eso: también lo resucitamos. O lo despertamos, como preferimos llamarlo. Lo devolvimos a un estado perfectamente funcional.

La cabeza de Hill se ha convertido en una centrifugadora descontrolada.

—¿Le pedisteis permiso? —dice sin pensar—. ¿Viggo tuvo voz y voto en la decisión de ser congelado vivo?

—¡Por supuesto! Viggo es muy consciente de su tratamiento, y durante los estados de vigilia participa voluntariamente en una serie de pruebas que hacemos. No está de ninguna manera obligado a participar. De hecho, está haciendo grandes avances.

Hill intenta poner freno a sus pensamientos.

—Por eso mentís cuando habláis de él —dice—. Decís que está en el extranjero. Porque los experimentos que hacéis con él no son ni éticos ni legales.

Gunnar hace un gesto de indiferencia con la cabeza.

—La ética y las leyes están sujetas a cambios. Más pronto que tarde, Viggo y su tratamiento se considerarán un hito para la humanidad. Pero todavía no. Viggo no está preparado para ese tipo de atención. Es muy reservado y se altera fácilmente. Preferimos que siga aquí en Stjärneholm, en un ambiente seguro. Pasa bastante tiempo en Blockön.

La imagen del rostro del pobre Elis vuelve a aparecer en la retina de Hill.

Gunnar parece percatarse de ello.

—Hay algo más que quieres preguntar, ¿verdad, Martin? ¡No te cortes!

Hill no sabe qué libertades se puede atrever a tomar. Pero, al mismo tiempo, tiene que decir algo.

—Los dos hombres que se ahogaron junto a la isla. Vi a uno de ellos en uno de los tanques de congelación en el laboratorio.

Gunnar hace un gesto de lamento.

—Un trágico accidente. Esos dos entraron sin permiso en Blockön y sorprendieron a Viggo, que puede causar cierta impresión a quien no lo conozca.

Al oír las palabras de Gunnar, Hill piensa en el gigante que lo persiguió en la niebla y, hoy mismo, en la galería minera.

—¿Y qué pasó?

—Los dos hombres huyeron, acabaron en el agua. A uno lo sacamos y lo llevamos a nuestra clínica, pero, desgraciadamente, no pudimos salvarle la vida.

—Pero no avisasteis a las autoridades. No llamasteis a la policía ni a la ambulancia.

Gunnar niega con la cabeza.

—No queríamos exponer a Viggo a esa experiencia. No era culpa suya. Solo eran dos intrusos que, por mala fortuna, cayeron al agua, se ahogaron y murieron.

—¿Y por qué congelasteis a Elis? ¿Por qué privar a su familia de un cuerpo que enterrar?

Gunnar coge aire entre los dientes.

—Eso fue decisión mía, y no fue nada fácil. El cuerpo de Bernhard fue criogenizado en los años noventa. En aquella época, nuestra investigación no había avanzado demasiado y el proceso de enfriamiento dañaba los tejidos. Es una lástima, pero a Bernhard no podremos despertarlo nunca. Sin embargo, con ese error aprendimos muchas cosas que después pudimos aplicar con Viggo. Sobre todo, nos empujó a estudiar el proceso de las ranas de las que ya te hablé. Y, para poder seguir desarrollando esos métodos, necesitamos más material de prueba.

Hill hace un gran esfuerzo para no mostrar lo que realmente piensa al respecto.

—Así que conservasteis el cuerpo de Elis por la causa científica —dice, y trata de sonar pensativo—. Un poco como la rana en el tarro de cristal que me diste.

—Exacto —responde Gunnar, asintiendo—. Como te decía, a veces toca tomar decisiones difíciles. El joven estaba muerto, su familia ya estaba llorando su pérdida y él ha hecho una grandísima aportación a la humanidad.

Hill hace una pausa de unos segundos. Le gustaría señalar que el relato de Gunnar contiene tantas muestras de delirios de grandeza, actividad criminal, narcisismo y pura crueldad que ha perdido la cuenta.

Pero no puede olvidar que está en manos de un sociópata. Que la última persona que se acercó a este secreto fue Tord Korpi, por lo que él mismo se encuentra en una situación de vida o muerte.

—Bueno —zanja Gunnar—. ¿Qué me dices, ahora que tienes una imagen global, Martin? ¿Crees que podemos seguir avanzando juntos?

Hill se levanta de la camilla y se acerca despacio a la máquina de criogenización que el doctor Schiller usó para tratar su herida.

Necesita ganar tiempo, sopesar sus palabras con extremo cuidado, aparentar que aún tiene algunas reservas pero que, pese a ellas, está de acuerdo.

Para una empresa tan arriesgada necesita echar mano de sus superpoderes sociales como no lo ha hecho nunca antes.

—El tratamiento de Viggo es controvertido —dice, pensativo—. No todo el mundo lo entenderá. Una persona que ha sido criogenizada y después resucitada. Que ha vuelto de entre los muertos, una y otra vez. Al público general le costará mucho comprenderlo.

Pone una mano sobre la máquina, con el rabillo del ojo ve que Gunnar también se pone en pie.

—Al mismo tiempo, es gracias a ese tipo de sacrificios que la investigación médica puede avanzar. Gracias a ello puede ofrecer tratamientos nuevos y más efectivos a millones de personas. Como para mi herida, sin ir más lejos.

La máquina está fría al tacto. Hill le da unas palmaditas como para coger fuerzas.

—La historia está llena de ejemplos similares. Personas valientes que se han atrevido a ir un paso más allá. Que han asumido riesgos, que se han sacrificado por lo mejor de la humanidad.

Se da la vuelta y se acerca a Gunnar.

—Igual que con la obsidiana, tú viste una oportunidad en la adversidad —continúa, serio—. Aquella vez elaboraste un bisturí de vidrio. Ahora has creado un hombre de vidrio. El libro sobre ti debería versar sobre esos dos puntos. Dejar claro que van de la mano, casi como si estuvieran predestinados. Y completas ese destino criogenizándote a ti mismo. Es un final que, al mismo tiempo, es un nuevo comienzo. Así me imagino la historia.

Hill se cruza con los ojos de Gunnar y pone una cara que espera que sea tan seria como convincente. Gunnar se lo queda mirando detenidamente. Permanecen los dos callados un par de segundos.

Después, Gunnar asiente satisfecho con la cabeza y le da una palmadita en el hombro.

—Sabía que lo entenderías, querido Martin. Tú y yo tenemos una conexión especial, lo he sabido todo el tiempo. Me alegro de que hayamos aclarado las cosas.

Se da la vuelta y abre la puerta.

—Debo pedirte que esperes aquí unos minutos. Nova y yo tenemos que hablar de cómo continuar en adelante. Tomar algunas decisiones.

Gunnar sale por la puerta y Hill oye el chasquido del cerrojo, lo cual significa que todo eso de que es libre de marcharse no eran más que habladurías, obviamente.

¿A qué se refería Gunnar con que tienen que tomar algunas decisiones?

¿Acerca de qué?

O, mejor dicho, quizá, ¿acerca de quién?

ASKER

Sale con el coche por la verja y continúa bordeando el muro por fuera. No aminora la marcha hasta que se ha alejado lo suficiente del acceso a la finca como para no ver ninguna luz.

«Tengo el estómago como si me lo hubiesen anudado con una vuelta de escota.»

Si Martin ha dicho eso tiene que significar que se halla en peligro. Necesita la ayuda de Asker, todo lo demás es paja.

Aparca lo más pegada al muro que puede, se baja del coche y hace inventario de lo que lleva en el maletero. Un triángulo de emergencia, unos pocos metros de cuerda para remolcar y una palanca para desmontar neumáticos.

Con eso le basta para improvisar un sencillo arpeo, otra habilidad que le tiene que agradecer a Per.

Se sube al techo del coche. Desde allí no le cuesta demasiado colocar bien el arpeo en el canto superior del muro. Tira un par de veces de la cuerda de remolcado para comprobar si aguanta, intenta calentar un poco el hombro magullado.

Esto le va a doler.

Se agarra a la cuerda lo más arriba que puede, la bloquea con los pies y empieza a trepar.

El hombro dolorido protesta al instante, pero Asker respira para soportarlo.

Al llegar arriba, pasa una pierna por el borde, descansa el hombro unos segundos mientras usa la otra mano para darle la vuelta al arpeo y deja caer la cuerda al otro lado del muro.

La luna y las estrellas asoman entre las nubes, brindándole justo la luz que necesita.

Por dentro del muro todo parece tranquilo. Solo hay árboles rectos y matorrales oscuros. Asker no ve ninguna cámara ni sistema de alarma.

Antes de bajar despacio al recinto de la finca, se ajusta el cinturón con la funda del arma. El sudor le corre por la espalda, tanto por el dolor como por el esfuerzo.

Martin ha dicho que estaba en la clínica y, según el nervioso doctor, esta se encuentra en la mansión.

Pero Asker no quiere bajar corriendo hasta allí a lo loco, sin ninguna información. Preferiría dar con una manera de sacar a Martin de allí sin tener que enfrentarse a Samuel, porque sospecha que un encontronazo así acabaría de forma violenta.

Por suerte, sabe quién puede ayudarla.

Se mueve con sigilo entre los árboles, haciendo movimientos cuidadosos y suaves.

Al llegar al camino de acceso a la finca hace un alto y aguza el oído.

Por un breve instante le parece oír el zumbido de un dron en el aire y se esconde debajo de un árbol. Pero el sonido desaparece en la distancia.

Asker cruza el camino asfaltado, continúa por el bosque hasta que accede a la parte trasera de la Casa Canopus.

Cuando está a punto de llegar, el zumbido del dron vuelve a surgir en el cielo. Asker está más o menos a la misma distancia de la linde del bosque que de las sombras que rodean la casa, así que toma una decisión, esprinta los últimos metros hasta la vivienda y se pega a la pared.

El dron aparece zumbando por encima de los árboles.

Asker resiste la tentación de mirar arriba y revelar su rostro pálido. Lo único que hace es mantenerse inmóvil y cruzar los dedos para que el dron no disponga de una cámara térmica.

El dron se detiene y zumba por encima de su cabeza como una avispa rabiosa. Se queda allí flotando unos segundos, hasta que el motor vuelve a subir de revoluciones, tras lo cual el dron desaparece en dirección a la centralita de seguridad.

Asker se relaja, mira a un lado y al otro un par de veces antes de reseguir la fachada hasta la puerta de la casa. En lugar de usar la pesada aldaba, llama con cuidado con los nudillos.

Oye al perro ladrar dentro.

—¿Quién es? —pregunta Elsa.

Asker se acerca a la puerta.

—Soy Leo, la amiga de Martin. Necesito preguntarte un par de cosas.

La cerradura se desbloquea con un chasquido y la niña abre la puerta.

—Pasa —dice—. Mi madre aún no ha vuelto. Empiezo a preocuparme de verdad.

Asker cierra la puerta tras de sí. Su teoría inicial era que Maud había entregado a Martin a Gunnar. Que lo había traicionado, igual que hizo con Tord Korpi. Pero, si es así, ¿dónde se ha metido? ¿De verdad dejaría a su hija sola, sin una explicación?

No suena del todo lógico, lo cual sugiere que la situación quizá sea más complicada de lo que le ha parecido en un primer momento.

El gran perro se coloca entre la niña y ella. La mira fijamente con atención, como si tratara de decidir si Asker supone una amenaza o no.

—Se ve que Martin se encuentra en la clínica de la mansión —dice—. ¿Cómo llego hasta allí?

—Hay una entrada en el ala este, pero está cerrada. Se necesita un pase para poder entrar.

—¿Tú tienes uno?

La niña niega con la cabeza.

—A lo mejor mi abuela tiene uno, pero ella también está desaparecida. Está pasando algo muy raro, ¿verdad?

Asker asiente con la cabeza, pero cae en la cuenta de que la niña no puede ver el gesto.

—Sí, me parece que sí. Necesito encontrar a Martin, creo que podría estar en peligro.

—Sonaba asustado cuando nos lo hemos encontrado —afirma Elsa—. Y también estaba herido.

—¿Qué ha pasado exactamente? ¿Lo recuerdas?

Elsa se queda pensando un momento.

—Cuando hemos llegado a casa, Martin estaba aquí en la cocina. Nos ha dicho que no nos asustáramos, que no era su intención. La verdad es que no sé cómo ha entrado.

—¿Qué quieres decir?

—Bueno, mi madre ha abierto la puerta con llave, lo recuerdo perfectamente. —Se toca una oreja—. Los sonidos son lo mío, y he oído como ella giraba la llave en la cerradura. Pero Martin ya estaba dentro de la casa cuando hemos llegado. Ha dicho que estaba herido, que se había caído y que necesitaba ayuda, lo cual no sonaba del todo cierto. He pensado que sería una cosa de adultos, así que me he ido para que pudieran hablar a solas.

—¿Y eso es todo lo que has escuchado?

Elsa frunce la frente, como si tratara de recordar.

—Justo antes de cerrar la puerta he oído que Martin comentaba algo de unas galerías mineras y la red de calefacción centralizada.

—¿La calefacción centralizada?

—Sí, exacto. En el lavadero hay una puerta que conduce hasta allí. Se me dan bien las puertas, me conozco todas las de la casa. ¿Quieres que te la enseñe?

HILL

En cuanto Gunnar lo deja a solas, Hill se levanta y examina la consulta. Comprueba los cajones en busca de algún objeto que le pueda servir de ayuda. No tiene muy claro para qué. ¿Para defenderse? ¿Quizá para huir?

Pero todos los cajones están cerrados y no encuentra nada que le sea útil.

Piensa en lo que Gunnar le ha contado de Viggo. Tiene que ser él quien lo ha estado persiguiendo en la niebla y en las galerías de la mina.

El mismo Viggo que es responsable de las muertes de los dos exploradores urbanos, y quizá de otras. Como la del jardinero, por ejemplo, o la de Pontus Ursvik, el prometido de Maud.

¿Qué habría pasado si Viggo lo hubiese alcanzado?

Hill ve interrumpidas sus cavilaciones porque la puerta se abre y Gunnar vuelve a entrar en la salita, esta vez acompañado de Nova. Ella va con la misma ropa y gorra negras que el otro día, cuando fueron a visitar Blockön. Lleva la chaqueta abierta, y Hill vuelve a ver el colgante de la ranita en el que se fijó ya en las oficinas centrales de Alfacent. Ahora entiende qué simboliza.

Pero también le da tiempo de atisbar algo más. Nova lleva una pistola en una sobaquera.

—Bueno, Martin. ¿Qué me dices de una pequeña aventura?

Nova le da un botellín de agua; tras vacilar un instante, Martin se traga la mitad del contenido al mismo tiempo que intenta dilucidar qué está ocurriendo.

—Nova y yo tenemos una propuesta —dice Gunnar—. Una manera de incluirte de una vez por todas en el círculo interno.

Le hace un gesto de confirmación con la cabeza a su hija.

—Hemos pensado que te presentaremos a Viggo —prosigue ella—. Para que puedas ver nuestro progreso con tus propios ojos. Pero implica caminar un trozo. ¿Crees que estás en condiciones, después de este día tan singular?

Hill está bastante seguro de que solo hay una respuesta posible a la pregunta.

—Por supuesto —dice, asintiendo con la cabeza y tratando de no dejar entrever el miedo que siente.

Nova le ofrece una chaqueta negra con el logo de Alfacent en el pecho.

Salen al pasillo de la clínica y echan a andar hacia el ascensor. La señora Schiller asoma la cabeza por una puerta, pero enseguida se retira en cuanto los ve, como si prefiriera no ser vista. ¿O quizá implicada?

Hill lanza una mirada furtiva a la salida. Nova camina pegada a su espalda, y, por mucho que intentara esquivarla, seguiría estando encerrado en la finca.

Lo mejor que puede hacer ahora mismo es seguirles el juego.

Se meten en el ascensor, Gunnar desliza una tarjeta por el lector y pulsa el botón de abajo del todo.

El ascensor comienza a descender con suavidad.

A tan corta distancia, se ve claramente que Gunnar está enfermo. La piel se le tensa sobre el hueso nasal y la frente; tiene los ojos hundidos; sus dientes se ven demasiado grandes en la mandíbula superior, lo cual significa que lleva una prótesis. Pero la mirada de Gunnar y la energía que irradia siguen siendo igual de intensas.

Hill vuelve a echar un vistazo de reojo a Nova. La ve ajustarse la sobaquera, como si quisiera poder acceder al arma con facilidad. A Hill le sirve de claro recordatorio de que ha conseguido salir de la consulta médica, pero que el peligro está lejos de haber quedado atrás.

El ascensor se detiene y las puertas se abren. La sala de fuera está oscura, solo hay unas pocas luces rojas y tenues en el techo.

—Es por Viggo —explica Gunnar—. Sus ojos no soportan la luz blanca. Se le hace muy pesado, solo puede salir al aire libre de noche, y, aun así, solo con gafas protectoras. Es un efecto secundario de su tratamiento, estamos trabajando en resolverlo.

Hill piensa en los ojos rojos que ha visto en la oscuridad.

Gunnar se acerca a una puerta de incendios de proporciones considerables y la abre con su pase.

Al otro lado hay una escalera de acero. El aire es fresco, casi frío. Hill reconoce tanto el sitio como el olor. Es la escalera que baja al laboratorio, donde ha visto al doctor Schiller no hace tanto rato.

Bajan la escalera y pasan por las cámaras de criogenización. Las pantallas táctiles vuelven a estar apagadas y Hill evita mirar el tanque que contiene el cuerpo de Elis. Intenta no imaginarse al joven flotando allí dentro como una rana en un tarro de cristal, reducido a material médico de prueba.

Intenta no pensar en que él mismo podría acabar dentro de un tanque de esos de un momento a otro, si no juega sus cartas extremadamente bien.

Continúan hasta la puerta trasera y salen a la caverna artificial. Gunnar y Nova encienden sendas linternas.

—Tenemos que ir por aquí —dice Gunnar, y se dirige a la boca de la galería que tiene la reja y las letras SG en la pared—. Volvemos a Blockön. Pero, esta vez, por debajo del agua.

En cualquier otra situación Hill se habría entusiasmado. La conexión subterránea que buscaba existe de verdad.

Pero lo único en lo que puede pensar ahora es en cuánto tardará Leo en encontrarlo aquí abajo.

Si es que lo está buscando, siquiera.

ASKER

—Cuando bajes la escalera del sótano, es la puerta de la derecha —dice Elsa—. Yo intentaré llamar otra vez a mi madre, mientras.

La niña vuelve al salón, seguida del perro lazarillo. Se mueve con soltura, como si se conociera hasta el menor ángulo de la casa.

Asker baja la escalera y llega a un gran sótano. Baldas en las paredes, una gran isla en el centro con una mesa de trabajo encima de dos lavadoras y dos secadoras.

Delante de la puerta que le ha dicho Elsa hay una calandria torcida. Está colocada de tal manera que la manilla ha quedado bloqueada.

Al examinar la calandria más de cerca descubre una huella de sangre dejada por una mano en uno de los extremos de la máquina. Supone que es de Martin, con lo cual se confirmaría que está herido, tal y como le ha oído decir Elsa.

Pero ¿por qué ha bloqueado la puerta del cuarto de la calefacción centralizada?

Asker apoya el hombro bueno en la calandria y la empuja.

La puerta va un poco dura, y al abrirla comprende por qué. Tiene una gran abolladura en la otra cara, como si alguien la hubiese embestido con una fuerza tremenda.

El cuarto de la calefacción centralizada resulta ser un pasillo con largas tuberías y cables. Unos metros más adelante, un punto de luz llama su atención.

Una linterna que sigue encendida.

Asker la recoge y la inspecciona.

«M. Hill», pone en permanente en un lado.

Asker avanza un poco más por el pasillo, descubre una vieja escalera de caracol que baja directa a la oscuridad.

Se detiene y hace acopio de las observaciones que ha hecho. Martin debe de haber llegado a la Casa Canopus por este camino. Herido y con alguien pisándole los talones.

Se le ha caído o ha tirado la linterna, se ha metido en el sótano y ha conseguido bloquear la puerta con la calandria. Después, ha subido a la casa, se ha encontrado con Elsa y Maud y la ha llamado a ella por teléfono.

Usa la linterna de Martin para iluminar la escalera de caracol.

Debe de llevar al laboratorio subterráneo del que le ha hablado, el que Tord Korpi construyó. Pero ahora mismo Asker no está aquí para encontrar las pruebas de quién lo asesinó, sino para encontrar a Martin.

Un sonido le hace dar un respingo. Ha sonado como un ladrido.

Asker apaga la linterna y regresa al lavadero.

—¿Elsa? —tantea.

Se dirige a la escalera del sótano, se lleva una mano a la funda de la pistola.

Justo cuando ha cruzado la mitad de la estancia, la puerta del sótano se abre al final de la escalera y Samuel baja el primer escalón.

Lleva un arma con silenciador en las manos. Mira la puerta abierta de la calefacción centralizada. Después, a Asker.

En cuanto sus miradas se cruzan, Samuel alza el arma.

Asker se lanza a un lado por acto reflejo.

La pistola de Samuel tose varias veces. Asker puede notar la corriente de aire generada por las balas al pasar a apenas medio palmo de su nuca.

Hunde la cabeza entre los hombros y saca el codo izquierdo para amortiguar la caída. Da una voltereta en el suelo, siente un fogonazo de dolor en el hombro resentido antes de aterrizar detrás de la isla con las lavadoras.

Recoge las piernas, se pega al suelo de hormigón. La pistola de Samuel sigue escupiendo balas. Asker nota que está disparando a distintos puntos para reducir el espacio que le queda a ella para esconderse.

Samuel tiene la iniciativa, aparte de la ventaja de saber exactamente dónde se encuentra ella, mientras que Asker no puede verlo a él desde su escondite.

Lo único que puede hacer es protegerse, hacerse lo más pequeña posible mientras desenfunda su propia arma.

Necesita determinar dónde está Samuel.

Una bala atraviesa la chapa a tan solo un palmo de distancia. Abre un orificio afilado que podría haber sido perfectamente en la cabeza de Asker.

Entonces oye el restallido de cuando la pistola de Samuel ha vaciado el cargador.

Contra un principiante, Asker habría aprovechado la oportunidad para levantarse y pegar un par de tiros, pero Samuel es demasiado profesional.

Deja caer el cargador y mete uno nuevo antes de que el anterior haya siquiera tocado el suelo. De haberse puesto en pie, Asker ya estaría muerta.

Pero por lo menos puede contar con un par de segundos de respiro de la lluvia de balas.

Asker mueve la cabeza para poder atisbar a Samuel entre las dos lavadoras. Le da tiempo de ver que ha bajado hasta la mitad de la escalera. Se está aproximando a ella para mantener la ventaja, tal y como le han enseñado a hacer.

Ya ha recargado el arma, vuelve a abrir fuego mientras continúa bajando escalones. El siguiente disparo es aún más cerca, como si él también hubiese podido ver dónde se encuentra Asker. Ella se pega al suelo de hormigón. Otro tiro, tan cerca que Asker jadea. Esta vez, la salva el bloque motor de la lavadora.

Desde su nueva posición, Asker se da cuenta de que las máquinas están montadas sobre unos gruesos bloques de goma. El hueco que queda debajo es de poco más de diez centímetros, lo suficiente como para que pueda ver el último peldaño de la escalera.

Otra bala atraviesa las máquinas y pasa silbando cerca de la oreja de Asker. Ahora Samuel está apuntando a un objetivo en concreto. En cualquier momento dará en el blanco.

Asker se pega al suelo, estira el brazo y lo mete en el estrecho hueco por debajo de la lavadora.

«Todos los tiradores apuntan al torso por puro instinto —oye decir a la voz de Per el Paranoias—. Pero a veces tienes que conformarte con la diana que se te ofrece.»

Samuel vuelve a disparar, la chapa restalla y algo afilado y caliente le hace un corte a Asker por encima del ojo.

Ella se obliga a mantenerlos abiertos, a pesar de notar la sangre corriéndole por la frente. Al mismo tiempo, aprieta suavemente el gatillo mientras espera.

Y de pronto ve un pie de Samuel en el último peldaño.

Asker efectúa tres disparos tan seguidos que el sonido de los tiros se funde en sus oídos. Puede ver como una de las balas revienta el cuero embetunado del zapato de Samuel.

El jefe de seguridad suelta un bramido de dolor mientras el pie cede bajo su peso.

Él aprieta el gatillo, dispara varias veces más contra Asker, pero ahora sin ninguna precisión, a la vez que intenta desesperadamente recuperar el equilibrio.

Pero la caída es inevitable.

Una de sus rodillas se clava en el suelo, y en ese mismo instante Asker vuelve a disparar. La bala acierta en la rótula, le barre la pierna y hace que Samuel caiga de bruces.

Su cabeza choca contra el hormigón a un par de metros de Asker, y ella puede ver el dolor y el shock en sus ojos justo después de que él la descubra.

Asker observa como la expresión de Samuel cambia cuando este cae en la cuenta de que ella le está apuntando a la cara con la pistola a través del hueco que hay debajo de las máquinas. Puede ver el momento en el que Samuel comprende que ha perdido el control, que solo hay dos opciones posibles.

Todo podría haber terminado ahí.

Pero los hombres como Samuel casi nunca se rinden, no están entrenados para eso.

Los hombres como él se niegan a aceptar que han sido vencidos. Por nadie, y mucho menos por una mujer.

Por eso, Samuel gira la mano en la que sostiene la pistola, convencido de que es más rápido que ella. De que todavía es la persona más peligrosa de la sala.

Se equivoca.

Asker le dispara en mitad de la frente.

Samuel da un espasmo y después se queda quieto con los ojos abiertos como platos, como si aún no terminara de comprender lo que acaba de ocurrir.

Casi parece sorprendido.

Asker se incorpora y se limpia la sangre de la cara con la manga de la chaqueta. El pulso le retumba en los tímpanos y la adrenalina le arde en la boca. El lavadero apesta a pólvora.

Llena los pulmones de aire y trata de recomponerse. Al pasar por encima del cuerpo inerte de Samuel, le da una patada a la pistola para apartarla.

Después, sube la escalera.

—¡Elsa! —grita—. ¿Estás ahí?

Oye un ladrido, sigue el sonido hasta una puerta cerrada.

—Soy Leo —dice—. ¿Estás bien?

Entreabre la puerta. La niña está sentada en el rincón detrás de la cama, abrazada a Orión. Parece asustada.

El perro tiene el lomo erizado y está enseñando los dientes.

—¿Estás bien? —vuelve a preguntar Asker.

La niña asiente en silencio.

—Samuel nos ha asustado. Ha amenazado con matar a Orión si no le hacía callar. ¿Sigue aquí?

Asker niega con la cabeza, se recuerda que la niña no puede ver nada.

—Ya no tienes que preocuparte por Samuel, ¿me oyes? Orión y tú estáis a salvo. No te muevas de aquí, yo iré a ver si descubro qué ha pasado con Martin y tu madre.

—Vale —dice Elsa—. A lo mejor el doctor Schiller lo sabe. Ha venido en el mismo coche que Samuel, he oído sus voces. El coche sigue ahí fuera.

Asker aparta un poco la persiana. Elsa tiene razón, el Mercedes negro está aparcado con las luces apagadas delante de la casa. En el habitáculo puede ver el resplandor de una pantalla de móvil.

—¿Hay alguna puerta trasera? —pregunta.

Se acerca de puntillas al coche, siempre dentro del ángulo muerto de los retrovisores.

El médico está sentado al volante, hablando por teléfono.

Cuando ve a Asker, el pánico se apodera de él y empieza a toquetear el tambor de arranque. Asker revienta la luna lateral con la culata de la pistola, arrojando una cascada de cristales sobre el doctor.

El hombre grita como un cerdo degollado, no se calla hasta que Asker le pega el cañón de la pistola a la calva sudorosa.

—Martin Hill —dice, conteniéndose—. Llévame hasta él. ¡Ahora!

HILL

La galería en la que se han adentrado tiene una inclinación descendente. Al principio, el suelo es de piedra de voladura, igual que en el resto de las galerías, pero al cabo de un rato pasa a ser de rejilla.

El aire se vuelve cada vez más húmedo, de vez en cuando ven un hilo de agua rezumando por las paredes. Hill mira abajo. El suelo de rejilla debe de estar apoyado en puntales, porque ahora ve agua negra titilando bajo sus pies.

Gunnar, que va en cabeza, mantiene un ritmo bastante elevado. Para estar a punto de cumplir ochenta años y padecer una enfermedad terminal, se mueve con agilidad y soltura.

Hill, en cambio, no está en plenas facultades, pero fuera lo que fuera lo que contuviera el líquido del gotero que le han administrado en la consulta, por lo menos lo mantiene en pie.

La galería sigue cuesta abajo y se va haciendo cada vez más ancha. El agua se expande hacia los lados, la rejilla pasa a estar provista de barandillas y, al cabo de un rato, es como si estuvieran caminando por un embarcadero.

Los haces de las linternas se ven reforzados por la humedad del aire. Cortan la oscuridad como espadas láser y hacen brillar el agua que corre por debajo.

Gunnar hace un alto e ilumina a su alrededor.

—¿Y bien? ¿Qué te parece?

Hill recupera el aliento.

—Es fantástico —dice, jadeando—. Un lago subterráneo.

Gunnar asiente con la cabeza.

—Fue creado con la misma filtración que provocó el trágico derrumbamiento de los años sesenta. Bombeamos el agua las veinticuatro horas del día. Si no, la galería habría quedado inundada. Pero su belleza hace que merezca la pena el esfuerzo, ¿no crees?

—Desde luego que sí —conviene Hill, y esta vez es totalmente sincero. Le habría gustado poder sacar algunas fotos, pero su móvil sigue en la Casa Arturo. Vuelve a pensar en Leo.

Para salir de este aprieto, necesita su ayuda. Pero ¿cómo va a encontrarlo aquí, en Blockön?

Con cuidado, echa un vistazo por encima del hombro, pero Nova está bloqueando su camino de huida. Tiene la chaqueta abierta, la culata de la pistola se ve claramente.

—¿Seguimos? —dice ella.

Hill asiente con la cabeza. Sigue la espalda de Gunnar y continúan adentrándose en la oscuridad.

ASKER

Frena en seco con el Mercedes delante de la puerta de la clínica. Salta del coche, abre el maletero y saca de un tirón al doctor Schiller. El hombre sigue muerto de miedo, gimotea como un ratón mientras ella lo empuja hasta la puerta.

—¡Abre! —le ordena, y agita la pistola para meterle prisa.

Él saca la tarjeta, la desliza con tanta fuerza por el lector que está a punto de caérsele al suelo. La puerta se abre y descubre un pasillo iluminado.

—¡Espabila! —grita Asker, y hace un gesto con la cabeza—. Enséñame dónde está Martin Hill.

La mirada del médico se mueve nerviosa, pero hace lo que le dice. Todo está en absoluto silencio, no se oye nada en el pasillo.

—Q-que sepas que yo he intentado disuadirlo —balbucea el doctor Schiller por encima del hombro—. A Samuel, quiero decir. Le he pedido que se abstuviera de recurrir a la violencia.

—¿Ah, sí? Y, aun así, estabas sentado en el coche esperando a traerlo de vuelta en cuanto hubiese terminado. En cuanto me hubiese pegado un tiro en la cabeza, igual que hizo con Tord Korpi.

La afirmación es una mera especulación, si bien con cierta base, pero la reacción del médico confirma que Asker ha dado en el blanco. El hombre se queda de piedra, después se lleva una mano a la calva, como si intentara excusarse.

—Y-yo no sé nada de eso —tartamudea, pero aun dándole la espalda a Asker es evidente que está mintiendo—. Mi mujer y yo nos hemos visto envueltos en todo esto en contra de nuestra propia voluntad. Nosotros no somos personas violentas.

Se acercan a una esquina donde el pasillo dobla a la derecha.

—¿Hola? —dice una voz más adelante—. ¿Hay alguien ahí?

Una mujer mayor aparece tras la vuelta de la esquina. Da un brinco al descubrir a Asker y al aterrado médico.

Asker alza el arma.

—¡Ay, Dios! —dice la señora, asustada.

El médico levanta las manos entre las dos mujeres.

—¡Por favor! Es mi esposa. Ella tampoco sabe nada de lo que Gunnar... —No logra terminar la frase.

Asker observa a la mujer. Es alta y elegante y tiene un semblante afable.

—¿Qué ha pasado? —le pregunta ella a su marido—. ¿Dónde está Samuel?

El médico niega con la cabeza y lanza una mirada nerviosa a Asker.

—Esta mujer quiere encontrar a Martin Hill. ¿Serías tan amable de ayudarla?

La mujer se queda mirando a su marido, luego a Asker, y después otra vez a su marido.

—Pero Gunnar ha dicho que... —musita ella, clava los ojos en el arma.

—Me la suda lo que haya dicho Gunnar —espeta Asker—. Llévame hasta Martin.

La señora Schiller traga saliva un par de veces y asiente con la cabeza.

—Por aquí —susurra, haciendo un pequeño gesto.

Los guía hasta una consulta y abre la puerta con una de las llaves que lleva en el cinturón.

Asker empuja al médico adentro antes de pasar ella también. El doctor Schiller toca los interruptores, y cuando los fluorescentes del techo se encienden, ven una pequeña consulta con una camilla vacía que parece haber sido usada hace poco.

El médico se vuelve hacia Asker con cara de confusión.

—No lo entiendo... —empieza, hasta que ve algo por encima del hombro de Asker. Sus ojos se abren aún más, la confusión se convierte en shock.

Asker se da la vuelta, levanta el brazo, pero a medio camino nota un golpe en el hombro derecho, seguido de un dolor gélido. Se tambalea hacia atrás, intenta alzar la pistola, pero el brazo no quiere responder.

La señora Schiller se le echa encima. Su apariencia dócil se ha esfumado, su rostro se ha vuelto blanco y tenso; la mirada, dura. En la mano lleva un bisturí.

La sangre empieza a correr por el hombro de Asker desde el punto en el que la mujer la acaba de apuñalar.

—¡Cógela! —le grita la señora Schiller a su marido.

El doctor parece indeciso, pero después levanta las manos y da un paso titubeante hacia Asker.

Ella le da una patada en la entrepierna con todas sus fuerzas. El médico gorgotea, se agarra las joyas de la corona y se desploma.

La señora Schiller suelta un grito estridente. Se abalanza sobre Asker y la ataca de nuevo con el bisturí, esta vez apuntándole a la cara. Asker salta a un lado, esquiva el afilado filo por apenas unos centímetros. La mujer vuelve al ataque empuñando el bisturí en alto, listo para apuñalar, pero tropieza con su marido en el suelo y pierde el equilibrio.

Asker ve la oportunidad y blande su reticente brazo derecho contra la señora. La golpea en el hueso nasal con la culata de la pistola. El impacto es contundente, las vibraciones le suben por todo el brazo.

Los ojos de la señora Schiller se ponen en blanco. Las rodillas se le doblan y toda ella cae como un saco casi encima de su marido.

Asker le da una patada al bisturí para sacarlo al pasillo y consigue apuntar al matrimonio con el arma. El doctor sigue abrazándose la entrepierna mientras jadea. Su mujer tiene un corte profundo en el entrecejo y parece estar inconsciente.

Asker se sienta de cuclillas al lado del hombre y le quita el móvil. Después, el llavero de su esposa.

—Oye, doctor —dice—. Tu parienta necesita una cura. Cuando hayas acabado, podéis ir preparando vuestros testimonios. Os va a hacer falta.

Sale de espaldas de la salita y encierra a los Schiller bajo llave.

Su corazón está bombeando tanta adrenalina que apenas nota el dolor de la puñalada. De momento. Pero la sangre brota profusamente por su brazo derecho, así que necesita tratar la herida lo antes posible.

Unos golpes la hacen detenerse. Suena como si alguien estuviera aporreando alguna de las otras puertas.

—¿Hola? —oye gritar a una voz de mujer—. ¿Hola? ¿Alguien puede oírme?

HILL

Después de más de diez minutos caminando sobre el lago subterráneo, el suelo de rejilla se acaba y vuelven a pisar tierra firme.

El frío y la humedad del aire han hecho que Hill empiece a tiritar, pero él apenas se da cuenta. La galería en la que se han metido ahora debe de pertenecer a la mina Stjärngruvan, por lo que es probable que se encuentren en algún punto debajo de la isla de Blockön.

Por tanto, aquí abajo es donde Artur Nilsson y su equipo de mineros estuvieron excavando en busca del meteorito de Bernhard Irving. Bajaron más y más hondo, con afán de demostrar la veracidad de una idea a la que Bernhard se había aferrado, hasta que el agua hizo que todo se derrumbara sobre ellos.

La galería asciende en un ángulo bastante pronunciado. Al poco rato, Hill deja de tiritar y empieza a sudar.

—¿Quieres que paremos un minuto para recuperar el aliento? —pregunta Gunnar.

Hill asiente con la cabeza. Apoya las manos en las rodillas y respira hondo unas cuantas veces.

—Hay una cosa que tengo que preguntar —dice.

—Claro.

—Karin.

—¿Sí?

Hill intenta bajar de pulsaciones para poder hablar sin sonar demasiado falto de aliento.

—¿Ella sabe lo de Viggo? O sea, que está vivo, que está participando en un... experimento controvertido.

—Karin no está en sus cabales —repone Gunnar, resoplando—. Tú mismo la has conocido. Ella siempre ha sido un poco delicada, y el shock al descubrir que Bernhard era su padre hizo que acabara por perder la noción de la realidad prácticamente del todo. Después, Viggo sufrió el accidente...

—Pero ¿ella sabe lo del experimento? ¿Está de acuerdo?

Hill ya conoce la respuesta, o por lo menos la intuye. Primero Karin le pidió a Tord Korpi que la ayudara con Viggo; luego, a Martin.

—No cargamos a Karin con ese tipo de información —interrumpe Nova—. Lo único que sabe es que Viggo recibe el mejor tratamiento posible, lo cual es completamente cierto. Ha hecho unos avances enormes. Estamos muy orgullosos de él.

—Entiendo... Y Maud, ¿qué ha pasado con ella, después de que fuerais a buscarme?

Hill no está del todo seguro de por qué lo pregunta. Por qué le importa, aunque haya sido ella quien lo ha entregado a Gunnar. Quizá porque piensa que es a ella a quien ha oído llorar cuando lo cargaban en el coche.

—Maud está descansando un poco en la clínica. Ha tenido un día movidito.

—¿Y Elsa? ¿Está sola en la casa?

Gunnar se lo queda mirando, extrañado.

—¿Qué problema puede tener? Está perfectamente a salvo en la Casa Canopus.

—Ya, pero está sola. Su madre no está con ella, ¿no se va a preocupar? Solo tiene trece años.

—Se las apañará —replica Gunnar con un bufido—. Los niños aguantan.

Una expresión de irritación ha aflorado en su rostro. Mira a

Hill de pies a cabeza, casi como si hubiese empezado a arrepentirse de la excursión.

—¿Seguimos? —dice, y se da la vuelta.

La galería sigue subiendo un rato antes de volverse llana. Avanzan a ritmo constante, y por cada paso que Hill da detrás de Gunnar Irving es como si el desprecio que siente por él fuera en aumento. Todos, incluso sus propios hijos y nietos, solo son aceptados por aquel hombre ególatra mientras le sean de algún provecho y no le molesten. Le quita la vida a su hijo, lo hace una y otra vez, solo para poder alargar la suya propia.

Y, por su parte, Hill también está haciendo equilibrios en la cuerda floja. Basta con que Gunnar cambie de repente de opinión.

Decide volver al tema preferido del anciano.

—Entonces, ¿la idea es criogenizarte vivo? —dice—. Basándote en lo que habéis aprendido con Viggo. Y no esperar a que hayas muerto.

Gunnar se detiene.

—Así es, Martin. Viggo me ha provisto de un gran regalo. Quizá el mayor de todos.

—La vida eterna —murmura Martin.

Gunnar lo mira un rato largo.

—Me alegro de que lo entiendas, querido Martin. Ya no queda mucho para llegar.

Tras otros cinco minutos caminando, llegan a una nueva caverna. Esta es más pequeña y notablemente más antigua que la que hay debajo de Stjärneholm. El hormigón ha comenzado a resquebrarse, y en un lado hay unas pocas vagonetas roídas por el óxido.

Gunnar se acerca a una verja que hay en una pared. Activa una palanca y, acto seguido, empieza a sonar un motor eléctrico.

Un gran montacargas baja despacio al otro lado de la verja y se detiene con una sacudida.

Gunnar abre la verja y hace un gesto hacia el montacargas.

—Adelante.

Hill y Nova entran primero. A él le da tiempo a pensar en los años que debe de tener aquel trasto y los posibles riesgos que implica utilizarlo. Pero concluye que, en comparación con la situación en la que se encuentra, el riesgo debe de ser insignificante.

Gunnar cierra la verja y pulsa un botón, tras lo cual el montacargas comienza a subir perezosamente.

—Salimos de la oscuridad —dice Nova.

Intercambia una mirada con Gunnar. Sus dedos vuelven a palpar la sobaquera. Hill traga saliva, se obliga a sonreír.

El montacargas se detiene con otra sacudida, y el corazón de Hill está a punto de hacer lo mismo.

—Ya hemos llegado, Martin —dice Gunnar.

Al mirarlo a la cara, Hill piensa que le recuerda a una calavera.

ASKER

Asker está delante de la puerta en la que se oyen los golpes.

—¿Hola? —dice la voz al otro lado—. ¿Hay alguien ahí? ¿Qué está pasando?

Asker titubea. Sea quien sea la persona que está aporreando la puerta, se encuentra encerrada, lo cual debería significar que están en el mismo bando.

Abre la puerta con una llave del llavero e ilumina el rostro de la mujer.

Tiene la cara enrojecida de llorar, se protege los ojos del haz de la linterna.

Es Maud Irving.

Asker alza la pistola lo que buenamente puede.

—¿Dónde está Martin? —pregunta.

Maud levanta las manos presa del pánico.

—No lo sé. Gunnar se lo ha llevado a alguna parte.

—Porque tú lo engañaste. Se lo has entregado a Gunnar.

Maud vacila un momento, pero después asiente con la cabeza.

—No tenía elección. Gunnar tiene a mi madre. Ella también está encerrada aquí. ¿Puedo ir con ella?

Asker no contesta.

—Entiendo que no confíes en mí, pero necesito ver a mi madre.

Maud parece desgarrada y sincera, y Asker recuerda lo que Martin le ha contado del ataque de nervios de Karin.

—¡No sé dónde está Martin! —insiste Maud, esta vez con más ímpetu—. Pero mi madre no está bien, tengo que ir a verla. Después puedes encerrarme otra vez, si quieres.

Asker se lo piensa. Debería seguir buscando a Martin.

Pero la casa es enorme, y comprobar cada puerta le llevará una eternidad. Karin le ha revelado cosas a Martin, quizá ella pueda decirle algo más acerca de dónde se encuentra.

Asker retrocede un par de pasos y gesticula con la pistola para que Maud la siga. En el pasillo, le tira el llavero, pero se mantiene a una distancia prudencial.

Maud usa el llavero para abrir la puerta de al lado. Dentro de la salita hay una mujer mayor postrada en una camilla y sujetada con correas.

—Mamá —exclama Maud—. ¡Mamá!

Enciende la lámpara de la habitación, se sienta en la camilla y desata las correas. Después empieza a examinar a su madre con soltura.

Los ojos de Karin Irving se agitan.

—¡Mamá! —repite Maud.

Esta vez, Karin abre los ojos. Durante unos segundos parece desubicada, pero enseguida se recompone.

—¿Dónde estoy? —pregunta—. ¿Qué ha pasado?

—Estás en la clínica. He tenido que llamar a papá. Me ha prometido que podría sacarte de aquí, pero me han dado tranquilizantes y me han encerrado a mí también.

Karin se incorpora.

—¿Y Viggo?

—No lo sé, mamá. Pero Elsa está sola en la casa.

Mira a Asker con ojos suplicantes.

—Elsa es mi hija. Es invidente.

—Lo sé, he estado con ella hace un rato. Se encuentra bien, pero estaba preocupada por dónde os habíais metido

Martin y tú —dice Asker en tono cortante—. ¿Qué han hecho con él?

Maud baja la vista.

—Gunnar ha dicho que solo necesitaba hablar un momento con Martin. Ha prometido que todo se arreglaría.

—¿Pasó lo mismo con Tord Korpi?

Karin da un respingo.

—¿Tord? —le dice a su hija—. ¿Hablaste de Tord con Gunnar?

Maud sigue mirando al suelo.

—He visto una foto en la que salís Tord y tú juntos —dice Asker—. ¿Sabes qué le pasó, después de que se lo chivaras a Gunnar?

Maud asiente en silencio con gesto triste.

—Martin me ha contado que Tord estaba muerto, justo antes de que vinieran a buscarlo —dice ella—. No tenía ni idea. Gunnar dijo que iba a pagarle a Tord por su silencio. Igual que con Martin. No podía imaginarme que Gunnar fuera a... —Traga saliva.

—Samuel lo asesinó y lo tiró a un hoyo —le espeta Asker—. Porque Tord intentó ayudaros. Y Martin corre el riesgo de acabar igual si no consigo encontrarlo. Así que necesito saber dónde está.

—No lo sé, te lo juro —dice Maud—. He visto que lo metían en el maletero y que se marchaban, pero no sé adónde.

Rompe a llorar desconsolada. Karin rodea a su hija con los brazos y le acaricia el pelo.

—La única carencia de Maud es querer complacer a su padre —dice la señora con voz inesperadamente clara—. Viggo es igual, y Nova también. Gunnar los tiene hechizados desde que eran pequeños.

—¿Y Viggo? —pregunta Asker—. Está aquí, ¿verdad? ¿Abajo, en el laboratorio?

—Sí, así es —dice Karin—. Llevo años intentando sacarlo de

ahí. Pero Gunnar siempre me lo impide. Me atiborra de medicamentos, hace que parezca una loca. Y quizá tiene razón. ¿Cómo no estarlo, teniendo en cuenta todo lo que ha pasado?

Niega lentamente con la cabeza. Después, mira a Asker a los ojos.

—Viggo no está bien —dice—. Creo que nunca lo ha estado. Pero, independientemente de lo que haya hecho, sigue siendo mi hijo.

—¿El jugador de fútbol? —pregunta Asker—. ¿El jardinero Knudsen y el prometido de Maud?

Karin asiente apenada.

—Gunnar dice que es culpa mía. Que nuestra mezcla genética es insalubre. Viggo tenía un hermano gemelo que salió deforme y que murió en el parto. A lo mejor deberíamos haber comprendido ya entonces que Viggo también tenía algo patológico dentro, algo oscuro y violento. Y fue Gunnar quien hizo que aflorara, estoy segura. Viggo debería haber recibido tratamiento, pero Gunnar lo silenció todo y lo envió al extranjero. Temía que fuera a salpicarles, a él y a la empresa, si la gente se enteraba de lo que Viggo era capaz.

—Y después tuvo lugar el accidente. Maud también iba en el coche, junto con su novio, ¿verdad?

Maud asiente en silencio, solloza.

—Viggo acababa de volver de Estados Unidos —dice Karin en voz baja—. Pensaba que Gunnar iba a recibirlo con los brazos abiertos. Que por fin lo dejaría entrar en el calor del seno familiar. Pero eso no entraba en los planes de Gunnar. La oscuridad en el corazón de Viggo volvió a apoderarse de él, y de camino a casa agredió gravemente a Pontus. Maud consiguió tranquilizarlo. Metieron a Pontus en el coche y se fueron al hospital, pero entonces cayó el meteorito. El resplandor hizo que Viggo perdiera el control del coche y que se estrellaran en el lago.

Maud se endereza, se enjuga las últimas lágrimas con el dorso de la mano.

—Salí del coche, conseguí correr hasta casa y avisar del accidente —explica con voz ronca—. Gunnar me dijo que no podía contarle a nadie que yo también iba en el coche. Hicimos ver que Viggo y Pontus solo habían sufrido un accidente normal y corriente.

—Quizá habría sido mejor que hubiésemos dejado morir a Viggo para que todo terminara —dice Karin—. Pero Gunnar quería resucitarlo a cualquier precio. En aquel momento yo pensé que era por amor, pero más tarde comprendí que quería jugar a ser Dios. Y cuando Gunnar consiguió devolverle la vida a Viggo la primera vez, ya nada pudo detenerlo.

Se lamenta negando con la cabeza.

—Gunnar está torturando a Viggo, lo trata como un conejillo de Indias. Le detiene el corazón y lo pone en marcha otra vez, lo llena de esteroides, experimenta con nuevos medicamentos que no están aprobados. Viggo ha hecho cosas terribles. Pero Gunnar... Gunnar es un monstruo.

HILL

Nova empuja la verja del montacargas. Salen a un gran sótano lleno de viejas piezas de maquinaria. En el extremo opuesto hay una puerta de acero. Gunnar la abre, los guía por una escalera de piedra hasta el piso superior.

La escalera desemboca en una gran nave industrial, justo al lado de una enorme máquina. Gunnar se detiene, hace un barrido con la linterna. Un par de palomas alzan el vuelo asustadas y trazan un par de círculos en el aire por debajo del techo antes de salir por una abertura.

—¿Sabes dónde nos encontramos, Martin? —pregunta Gunnar.

—En Stjärngruvan, la mina —dice él—. En el gran edificio con la trituradora.

—¡Exacto!

—¿Es aquí donde Viggo pasa las noches? —pregunta Hill.

—Cuando puede, sí. A Viggo le encanta el observatorio. Estoy bastante seguro de que ahora mismo está allí arriba. ¿Vamos a verlo?

Hill suelta aire sin hacer ruido. Después, asiente con la cabeza.

Nick y Elis también debieron de llegar hasta aquí. Debieron de toparse con Viggo en la oscuridad. Y ahora están muertos, igual que el jardinero, Pontus Ursvik y otras personas del entorno de Viggo y Gunnar. Muertos a consecuencia de gravísimas agresiones corporales.

Hill no debería estar aquí. No debería estar entre estas personas peligrosas en un sitio tan peligroso como este.

Pero aún tiene que seguirles el juego. Es la única posibilidad que tiene de salir adelante hasta que Leo lo encuentre. Si es que lo encuentra.

Gunnar se acerca a una puerta, la abre y los invita a salir al patio que hay entre los edificios. La torre de extracción se yergue por encima de sus cabezas en dirección al cielo.

—¡Viggo! —grita—. ¡Viggo! ¿Estás ahí?

Más cerca de la torre, el suelo cruje bajo sus pies. Hay trozos afilados y negros de obsidiana, igual que en el sueño de Hill. Un escalofrío le recorre la nuca.

Gunnar les hace una señal para que se queden quietos.

Todo está en silencio y en quietud absoluta. Hill puede oír el sonido de su válvula cardiaca acelerándose en su pecho.

De repente, un leve resplandor aparece en lo alto de la torre. Un sonido de pasos pesados resuena entre los edificios.

Y de pronto está allí de pie, en el borde. El monstruo de los ojos rojos de la infancia de Hill, como salido de sus pesadillas.

La criatura que ha intentado darle caza en la niebla y en las galerías de la mina, y que aún le infunde tanto terror que Hill se queda de piedra.

Viggo Irving.

El asesino.

El Hombre de Cristal.

ASKER

Por indicación de Karin, Maud cura la herida de arma blanca en el hombro de Asker aprovechando el equipo y el material que hay en la consulta. Las manos de Maud se mueven con seguridad mientras le lava el corte y le da unos pocos puntos, pero evita el contacto visual, trabaja concentrada y en silencio, como si solo quisiera pensar en la tarea y nada más. Bloquear el mundo exterior. Asker reconoce su comportamiento, ella misma ha recurrido a él en infinidad de ocasiones.

—Sé... —empieza a decir—. Sé lo que es tener un padre que está... —busca la palabra correcta— loco. —Es la mejor que encuentra—. El mío intentó hacernos saltar por los aires cuando yo tenía dieciséis años. A lo mejor te suena su nombre, Per Asker, era amigo de Tord Korpi. Samuel dejó el cadáver muy cerca de la finca de mi padre.

Maud alza la vista, sorprendida.

—Yo llevaba desde entonces sin hablar con mi padre —continúa Asker—. Pero el otro día, cuando me llamó y me dijo que iban a culparlo del asesinato de Tord Korpi, lo dejé todo para correr a ayudarlo. No sé explicar por qué. Es como si hubiese conseguido meterse en mi cerebro. Como si todavía me manipulara y fuera imposible deshacerme de él.

Maud asiente despacio con la cabeza.

—¿Qué pasó realmente con Tord Korpi? —pregunta Asker.

La otra mujer respira hondo.

—Mi madre me contó que, mientras trabajaba en el laboratorio, Tord se enteró de los planes que Gunnar tenía para Viggo. Le prometió que intentaría ayudarla a sacar a Viggo de allí. Así que yo me reuní algunas veces con él. Tord me caía bien, era amable. Considerado, incluso. Me habló de La Granja. Me dijo que, para empezar, podríamos llevar a Viggo allí. Que allí ni siquiera Gunnar podría entrar.

Desvía la mirada.

—Pero Gunnar sospechó que se estaba cociendo algo. Me citó en la mansión. Me habló de mi futuro en Alfacent, del peso de la lealtad. Dijo que estaba a punto de dar un paso al lado como director ejecutivo y que quería que yo cogiera las riendas...

—Así que le contaste los planes de Korpi.

—Estaba convencida de que solo lo echarían. De que Gunnar le pagaría dinero a cambio de que mantuviera la boca cerrada. Eso es lo que me dijo a mí.

Maud traga saliva.

—¿Adónde crees que se han llevado a Martin? —pregunta Asker al mismo tiempo que Maud deja la aguja a un lado.

—Yo lo sé. —Karin Irving ha aparecido en la puerta—. Venid conmigo.

La señora las guía por el pasillo hasta una ventana que da a la parte trasera. Apaga la luz del techo y señala hacia el lago.

En la compacta oscuridad que se cierne sobre Blockön, de vez en cuando se ven unos puntitos de luz que deben de ser linternas.

—Han ido a ver a Viggo —murmura Karin—. Eso no va a acabar bien.

—¿Cómo llego hasta allí? —dice Asker.

—Hay un barco en el embarcadero —dice Maud—. Pero no sé dónde está la llave. Y después hay que caminar un trozo por el bosque. Y, por si fuera poco, has perdido bastante sangre. No llegarás a tiempo.

Asker apenas ha pensado en ello, pero ahora que le ha bajado la adrenalina se da cuenta de lo cansada que está. Tiene los dos hombros heridos y le cuesta siquiera mantener el arma en ristre. No puede ir hasta allí ella sola en este estado, así que necesita un nuevo plan.

Nuevos recursos. Y sabe quién dispone de un montón de ellos. Alguien que está con la mierda al cuello y necesita una tabla de salvación.

Su teléfono sigue sin tener cobertura, pero el de Schiller sí, tal y como se esperaba. Marca el número, se lo coge al segundo tono.

—Soy Leo —dice—. Tengo una propuesta que puede ayudarnos a los dos. Pero tienes que actuar a toda leche.

HILL

Suben la escalera de acero de la parte exterior de la torre de extracción. Gunnar en cabeza, seguido de Hill y Nova. En cuestión de segundos, Hill se enfrentará a la peor de sus pesadillas.

Gunnar apaga la linterna y le hace un gesto a Hill para que se acerque. Hill hace de tripas corazón. Da unos últimos pasos y termina de subir al techo.

Viggo Irving está en el borde de la torre, a tan solo unos metros de distancia.

Es enorme, debe de medir más de dos metros de altura y es muy ancho de espaldas. Tiene el pelo largo y barba, y lleva un visor con un círculo de leds rojos alrededor de cada ojo, lo cual le brinda un aspecto que parece una combinación de trol y monstruo ciberpunk.

Hill se fuerza a tragar saliva. Es la criatura que lo persiguió en la niebla y que ha intentado atraparlo en las galerías mineras. Que ha estado a punto de darle caza.

—Impresionante, ¿verdad? —dice Gunnar, y le pone una mano en el hombro a Hill—. Viggo, este es Martin.

Viggo alza la cabeza.

—Martin Hill —dice con voz grave y gutural—. El Extraño.

—No, Viggo, no es ningún extraño. Martin va a escribir un

libro sobre mí, y sobre ti también, de hecho. Dile cómo va a llamarse, Martin.

Hill vuelve a tragar saliva.

—*El Hombre de Cristal* —dice.

Viggo levanta la cabeza un poco más.

—*¿El Hombre de Cristal?*

—Exacto. Martin nos hará famosos. Inmortales.

Viggo mira fijamente a Hill. Y empieza a caminar hacia ellos. Sus pasos son contundentes, hacen vibrar el suelo.

Con el rabillo del ojo, Hill ve que Nova desplaza con cuidado la mano más cerca de la sobaquera. Y de pronto cae en la cuenta de que quizá el arma no está pensada para él. Sino para Viggo.

Este se detiene delante de Hill. Se yergue por encima de su cabeza como un gigante. Está tan cerca que Hill puede percibir su olor.

Humedad, tierra, oscuridad.

Su rostro es grande y anguloso por efecto de los esteroides. La mirada de detrás del visor parece penetrar a Hill.

—Viggo y yo vamos a cambiar el mundo —dice Gunnar—. Con tu ayuda, Martin, obviamente. Solo necesitamos encontrar la estrategia adecuada para contar nuestra historia. Viggo ha sido criogenizado en tres ocasiones. Cada vez hacemos nuevos avances. Aprendemos nuevas cosas sobre el proceso. Afinamos nuestras herramientas.

Hill ya no puede seguir callando.

—Has sacrificado a tu propio hijo —dice—. Por... por...

Gunnar le da una palmada a Viggo en el hombro.

—Un precio muy bajo si la recompensa es la vida eterna, ¿verdad que sí, Viggo?

El gigantesco hombre asiente despacio con la cabeza.

—Nosotros no lo vemos como un sacrificio —continúa Gunnar. Cada palabra está tan cargada de autocomplacencia arrogante que Hill tiene que cerrar los puños—. Viggo es un buen chico. Él sabe que es especial. Que ha sido elegido para poder ayudar a su padre. Para ayudar a la ciencia.

Viggo sigue clavando la mirada en Hill. De pronto, alza las manos y se agarra el visor.

El movimiento parece sorprender tanto a Gunnar como a Nova.

Viggo levanta el visor y se lo sube a la frente.

—Dios mío —jadea Hill.

La piel se descama alrededor de los ojos de Viggo. Los ojos en sí son completamente negros. No tienen blanco, no tienen iris.

La pupila es una raya amarilla horizontal. Los párpados son pesados, cada parpadeo parece hecho a cámara lenta. En conjunto, le hace asemejarse a un anfibio.

Y, de pronto, Hill se siente abrumado por una sensación. Por un convencimiento.

—La rana —susurra sin poder controlarse—. Viggo es la rana de cristal.

Todavía no sabe muy bien qué ha pasado debajo de la Casa Canopus. Martin Hill se le ha vuelto a escapar. O quizá ha sido él mismo quien ha decidido interrumpir la caza.

La puerta de acero estaba casi abierta, lo único que necesitaba era darle un último empujón.

Pero entonces Martin ha gritado su nombre, lo cual ha hecho que él se parara en seco.

Le ha hecho recordar aquella noche en el bosque, sus últimos minutos como ser humano. Cuando mostró auténtica piedad. Cuando intentó arreglar las cosas, por ella.

El recuerdo lo ha descolocado. Lo ha conmocionado.

Así que ha regresado a la oscuridad. Ha buscado el arropo que suele brindarle, con la diferencia de que esta vez ha sido en vano.

Sus pasos lo han llevado hasta Blockön, a lo que en su día fue su lugar sagrado. El espacio que había llenado con las cosas que había ido coleccionando, que le habían infundido seguridad.

Pero aquí tampoco ha encontrado paz alguna.

Y ahora Padre aparece junto con ella. La que los sustituyó, la que es ahora su heredera. Nova, la nueva.

Y, entre ellos, Martin Hill.

Un gesto de reconciliación.

Padre ha traído a Martin Hill hasta aquí como gesto de reconciliación. Para ayudarlo a calmar su hambre. Solo de pensarlo se siente desbordado de felicidad.

Así que da un paso al frente, se yergue sobre Martin Hill.

El Extraño está herido, tiene miedo, puede verlo, olerlo.

Puede oír los latidos mecánicos de su corazón despavorido.

—Viggo y yo vamos a cambiar el mundo —dice Padre, y todo vuelve a estar bien. Él vuelve a ser el Príncipe Pólux. El elegido.

Su padre no lo ha abandonado, no lo ha desterrado.

Todo está como tiene que estar.

Padre le da una palmada en el hombro, y el leve contacto refuerza su convencimiento de que Martin Hill es realmente una ofrenda.

De que pronto podrá llevarlo a la oscuridad, como ha hecho con los demás.

Y entonces siente un tremendo impulso, un ansia desmedida de mirar a Martin Hill directamente a los ojos, sin filtros.

Quiere contemplar su viaje en primer plano.

Así que se levanta el visor.

Ve como el Extraño tiembla ante su mirada. Todo es tal y como se había imaginado.

Hasta que Martin Hill abre la boca. Dice esas palabras. No por malicia, no por desearle mal. No por envidia ni por despecho.

Sino por compasión.

«Viggo es la rana de cristal.»

Las palabras lo atraviesan como un puñal de obsidiana.

Ha entendido todo el rato que Martin Hill era especial, pero no de qué manera.

Hasta ahora.

El corazón de Martin Hill es diferente. Es capaz de sentir compasión incluso en un momento como este. Martin Hill le tiene miedo, pero también siente lástima por él.

Y de pronto es como si lo viera todo claro. Como si una luz extraterrestre se encendiera sobre la torre de extracción e iluminara la oscuridad.

Por fin puede verlo todo, por fin puede entender la magnitud de lo que está ocurriendo. De lo que lleva demasiado tiempo sospechando pero que no ha tenido el coraje de aceptar.

Que él no es el Príncipe Pólux, el gemelo inmortal.

Que nunca lo será.

Que no es más que una rana metida en un tarro.

Una criatura que solo existe para que otra persona pueda observarla. Llamar al cristal y hacer que su pequeño corazoncito vuelva a latir otra vez.

Enviarlo al abismo y después sacarlo de nuevo, una vez tras otra, independientemente del impacto que el viaje tenga para él.

Algo empieza a brotar en su interior. El hambre se transforma en otra cosa.

Una bola incandescente de rabia que no para de crecer.

Cierra los puños.

—Viggo —dice Padre en tono asertivo, y lo coge del brazo—. ¡Tranquilízate!

Su voz es dura, está desprovista de amor, de empatía. Quizá siempre ha sido así. Porque Padre solo se quiere a sí mismo.

La bola en su interior sigue creciendo, se desplaza por su pecho y sube hasta las cuerdas vocales.

Él coge aire, abre la boca.

Ahora Padre le aprieta el brazo aún más.

—¡Que te tranquilices, joder! —le espeta, igual que solía hacer cuando Maud y él eran pequeños. Cuando lo interrumpían en su trabajo tan IMPORTANTE.

Se vuelve hacia Padre, cuyos ojos son grises y gélidos.

La mirada de Martin Hill es más dulce. Está llena de empatía. Eso le duele casi por igual.

Tiene al Extraño y a Padre delante.

Lo atormentan con sus miradas, no le dan tregua alguna.

Viggo echa la cabeza hacia atrás. Finalmente, la rabia y la pena salen expulsadas de su pecho en forma de un rugido abisal.

Extiende los brazos y hace lo que ansiaba desde tanto tiempo atrás.

Le rodea el cuerpo, lo levanta y lo abraza con todas sus fuerzas. Hasta que sus huesos se rompen en mil pedazos con la fragilidad del cristal.

HILL

Está como petrificado en el hormigón. Viggo ha rodeado a Gunnar con los brazos y lo ha apresado en un violento abrazo de oso. Ha alzado la cabeza y está soltando un grito tan gutural y fuerte que Hill lo nota en todo el cuerpo.

Gunnar intenta liberarse, pero Viggo solo lo aprieta más y más a su cuerpo. Levanta a su padre en el aire y lo abraza con todas sus fuerzas, hasta que el cuerpo de Gunnar cruje y deja de agitarse.

Viggo se da la vuelta y se acerca al borde de la torre con su padre en volandas.

—¡Viggo! —brama Nova—. ¡Viggo, para!

Ha desenfundado la pistola.

Se oye un disparo, dos. Nova sujeta el arma con ambas manos. Ha separado los pies, el pánico titila en su mirada mientras abre fuego una y otra vez contra la gigantesca espalda de su medio hermano.

Hill ve las balas entrando en su espalda, el enorme hombre se tambalea y después se queda quieto.

Solo está a poco más de un metro del canto de la torre, y las piernas de Viggo parecen a punto de ceder.

Nova vuelve a disparar, otra vez, y otra. Le grita que suelte a Gunnar.

Hill sigue sin poder moverse.

Con un esfuerzo claramente sobrehumano, Viggo se endereza. Se pega a Gunnar todavía más al cuerpo y salta al vacío.

—¡Nooo! —grita Nova. Se ve interrumpida por el grave sonido de dos cuerpos golpeando el suelo.

Corre hasta el borde de la torre, se queda allí de pie mientras saca la linterna.

Por fin Hill sale de su parálisis.

Con piernas temblorosas, se acerca al canto él también.

El haz de luz de la linterna de Nova ilumina los dos cuerpos de abajo. Han caído en mitad del campo negro de obsidiana.

Gunnar está bocarriba con el enorme cuerpo de Viggo encima, aplastado entre la mole y el afilado mineral.

Incluso desde allí arriba, Hill puede ver sus ojos mirando al vacío sideral. A las estrellas.

Nova solloza, se lleva el dorso de una mano a la boca. Hill no puede apartar la vista de los dos muertos.

Al cabo de unos segundos, Nova se recompone.

—Es culpa tuya —le espeta a Hill—. ¡Tú has llevado a Viggo a hacer eso!

Hill levanta las manos.

—Viggo estaba enfermo —dice—. Había matado a varias personas. Gunnar lo sabía muy bien. Aun así, ha tenido a Viggo aquí todo el tiempo. Para él la investigación era más importante que la justicia y que la salud de Viggo.

—Mi padre era un gran hombre —lo interrumpe ella—. ¡Un genio!

—Gunnar era un monstruo —replica Hill—. Trataba a sus hijos como si fueran de su propiedad. A ti también, aunque a lo mejor no puedas verlo.

Hace un gesto hacia el suelo.

—En otras circunstancias, esa podrías haber sido tú.

—¡Cierra la boca! —grita Nova.

A pesar de la oscuridad, Hill puede ver que la cara le brilla de cólera.

—Lo que acaba de pasar ha sido un accidente —dice—. Nada más. Gunnar y Viggo se han caído. Una tragedia familiar, pero Alfacent sobrevive. Dando por hecho que tú y yo estamos de acuerdo en lo que acaba de pasar, ¿me oyes?

Hill no dice nada. Podría tratar de hacerle ver que Viggo debe de tener por lo menos diez balas en el cuerpo, pero se abstiene. Parece que con el shock Nova ha perdido la noción de la realidad.

Ella se lo queda mirando, sus ojos se estrechan.

—O tal vez... —dice con voz grave—. Tal vez os habéis caído los tres. Quizá sea mejor así. Viggo os ha arrastrado a los dos. Yo he intentado salvaros.

Asiente para sí, como si se estuviera convenciendo a sí misma.

—Sí, así lo haremos. Más fácil, más limpio. —Alza el arma y apunta a Hill—. ¡Salta!

—¡Espera! —dice él, y vuelve a levantar las manos—. No lo has pensado bien.

Nova se limita a negar con la cabeza.

—Salta —repite—. O saltas, o te disparo.

Tiene los ojos abiertos como platos; los labios rojos, retraídos. Parece un depredador.

—Salta. ¡No te lo diré una tercera vez!

Hill da un paso cauteloso hacia el borde de la torre mientras su cerebro intenta desesperadamente encontrar una salida a esta situación. Mira de reojo por el borde, primero a los cuerpos muertos, después al rellano del piso de abajo. Pero el ángulo es demasiado cerrado. Intentar saltar allí es casi imposible.

Con el rabillo del ojo ve que Nova alza el arma un poco más. Hill cierra los ojos, se prepara para el disparo.

Pero entonces empieza a oír un grave murmullo que resuena sobre el lago. Un ruido pulsante que se acerca cada vez más, hasta convertirse en un rugido.

Una luz blanca y oscilante apunta hacia la torre de extracción. Crece en intensidad, los ciega desde el cielo, igual que la nave extraterrestre del relato de Gunnar, igual que el resplandor que a él mismo le pareció ver de adolescente. Hill contiene el aliento.

Nova se tambalea, se lleva una mano a los ojos. Hill aprovecha la oportunidad.

Se abalanza sobre el arma e intenta arrebatársela de las manos. Pero Nova es fuerte, y la larga caminata ha agotado las fuerzas que le quedaban a Hill.

El haz de luz se inclina y los apunta directamente, se convierte en un foco que ilumina el combate que están librando. Un helicóptero surge de la oscuridad y se queda flotando en el aire por encima de la torre con un ruido infernal.

Los azotes del rotor levantan una nube de polvo del suelo de la torre.

Nova intenta darle un rodillazo a Hill entre las piernas, pero él consigue girarse a tiempo a un lado.

Pero la rodilla de Nova le da directamente en la herida y hace que se le escape un grito de dolor. Aun así, Hill no suelta el arma.

Nova tiene la cara pegada a la suya. Los ojos como platos. Está enseñando los dientes, como si tuviera intención de morderlo.

Hill nota que se le están agotando las fuerzas y que ya no podrá resistirse más. Tiene que hacer algo, lo que sea, para poner fin al forcejeo. ¿Qué habría hecho Leo en la misma situación?

Hill echa la cabeza para atrás, cierra los ojos y después la arroja hacia delante con la frente primero. Su cabeza golpea a Nova en toda la boca con tanta fuerza que a Hill se le nubla la vista.

Puede oír un crujido, nota que un diente le hace un corte en la frente.

Ambos se tambalean hacia atrás en sentidos opuestos. A Hill se le escurre la pistola, las piernas se le doblan y cae de bruces en el hormigón.

En cambio, Nova consigue mantenerse en pie.

—¡Policía! —oyen decir a una voz por megafonía—. ¡Suelta el arma y échate al suelo!

Hill levanta la cabeza con cuidado.

Nova sigue de pie bajo el foco de luz, con la pistola en la mano y la sangre brotándole de la boca.

Un puntito rojo de una mira láser tirita sobre su pecho.

Hill contiene el aliento.

La mira láser sigue agitándose sobre el cuerpo de Nova.

—¡Suelta el arma!

Nova continúa mirando al vacío.

Por un breve instante, el tiempo parece detenerse.

Entonces Nova sale de su ensimismamiento. Deja caer la pistola, se pone de rodillas y se tumba bocabajo.

El helicóptero se acerca un poco más. Se detiene a pocos metros por encima de la torre, los motores rugen y las aspas azotan el aire, mientras unas sombras oscuras saltan de su interior.

Varias se abalanzan directamente sobre Nova.

Unas manos agarran a Hill. Una linterna lo ciega.

—¿Estás bien? —le pregunta alguien.

—¡Sí! —consigue decir él.

—¡Está bien! —grita la misma voz.

El helicóptero alza el vuelo con un ruido ensordecedor y se aleja por encima de las aguas del lago.

La linterna que le han puesto en la cara se apaga y alguien lo levanta para ponerlo en pie. Más sombras lo rodean.

—Tenemos que dejar de vernos de esta manera, Martin —dice una voz que le es de lo más familiar.

Leo está delante de él. Lleva una tirita en la frente y se ha puesto una chaqueta de policía que le queda grande. Su sonrisa titila en la penumbra.

Hill está a punto de abrazarla, pero como están rodeados de policías serios se abstiene.

—Seguro que te acuerdas del comisario Jonas Hellman —dice Leo, y señala al hombre que tiene al lado—. Jonas dirige el caso del asesinato de Tord Korpi y se ha quedado un poco atrás. Estaría bien que lo pusieras al día lo antes posible.

Hellman fulmina a Leo con una mirada oscura que ella ignora por completo.

Hill se limita a asentir con la cabeza, enmudecido.

No puede apartar la vista de ella.

Ni siquiera lo intenta.

Dos días más tarde

ASKER

La diminuta sala de *briefing* del final del pasillo en el sótano está completamente en silencio. Frente a ella, en las sillas plegables, están sentadas las almas errantes.

—Bueno, para ampliar un poco lo que se ha comentado en la rueda de prensa: Maud y Karin Irving han contado su parte de la historia. Nova se ha buscado un porrón de abogados, pero lo va a tener difícil para librarse del intento de asesinato de Martin Hill. Por no hablar de la investigación ilegal e inmoral que su empresa ha estado llevando a cabo. Desde una perspectiva puramente jurídica, al pobre Viggo Irving lo han matado varias veces.

—Martin Hill parece simpático —señala Rosita—. Ha causado una buena impresión en la rueda de prensa.

—Sí, lo ha hecho muy bien.

Asker reprime una pequeña sonrisa.

—¿Y los demás? —pregunta Atila.

—El matrimonio Schiller ha confesado algunas cosas. Sobre todo, el doctor se muestra muy propenso a hablar. Es probable que puedan vincular a Samuel, el jefe de seguridad, con el asesinato de Tord Korpi. Quizá no lo suficiente como para condenarlo, pero tampoco va a hacer falta...

—... porque alguien le metió una bala más que merecida en el entrecejo —completa Atila con una sonrisa amarga.

—Más o menos, sí —afirma Asker—. En cualquier caso, todo es más que de sobra para que se retiren todas las sospechas contra Per. Y, como ya sabéis, en Suecia las cosas están tan bien hechas que fugarse del calabozo o del hospital no es punible. Por tanto, Per queda libre.

—¿Y nosotros? —pregunta Zafer—. ¿Qué sacamos nosotros de todo esto?

—Es una buena pregunta —responde Asker—. Sobre todo, la satisfacción de haber resuelto en menos de veinticuatro horas un caso que Delitos Violentos no ha podido resolver en una semana.

Sus cuatro colaboradores se retuercen en las sillas un poco decepcionados.

—Sin vuestra participación, el caso no se habría podido resolver, y por mucho que Hellman y Delitos Violentos vuelvan a quedarse con la mayor parte del reconocimiento, ya están corriendo rumores de quiénes son las personas que realmente están detrás del éxito.

Los cuatro parecen un poco menos descontentos.

—Además, invito a pastel de sándwich —concluye Asker—. A modo de agradecimiento personal por vuestra ayuda.

—¿De qué tipo? —pregunta Virgilsson.

—Salmón y gambas. Está en el *office*. Obviamente, podéis llevaros a casa lo que sobre.

Las almas errantes intercambian unas miradas, después asienten satisfechas con la cabeza y se levantan y desaparecen en busca del pastel de sándwich.

Asker apaga las luces de la salita de *briefing* y los sigue.

Le duele todo el cuerpo, pero aun así ha reducido la dosis de analgésicos.

«El dolor no es más que la debilidad abandonando el cuerpo», solía decir Per el Paranoias.

Chorradas, como tantas otras cosas.

Justo cuando sale al pasillo la llaman al móvil. El número de Martin aparece en la pantalla.

—¿Cómo está el héroe del momento? —pregunta ella.

—Bastante bien. He encontrado un buen psiquiatra.

Asker no tiene muy claro si está bromeando o no, así que cambia de tema.

—¿Y el libro? ¿O los libros?

Martin suelta una carcajada seca.

—Ahora mismo prefiero no pensar en la familia Irving, Stjärneholm y la isla de Blockön nunca más en la vida.

—¿Y el resplandor? ¿Has conseguido descubrir qué fue lo que realmente viste de adolescente?

Una nueva risa cansada.

—No, supongo que algunas preguntas nunca obtienen respuesta. Pero está bien así.

—La rueda de prensa ha salido muy bien —dice ella—. A Hellman y a ti se os dan muy bien las cámaras.

—Sí, es muy profesional.

La frase se queda colgando en el aire.

—¿Pero? —dice ella.

—Pero me parece que no le caigo bien.

—¿Tú? Con lo simpático que eres.

—Exacto, la gente suele adorarme —dice Martin, jocoso—. Pero Hellman, no. Me parece que tiene algo que ver contigo. En cuanto menciono tu nombre le aparece algo raro en la mirada y siempre cambia de tema.

Asker esboza media sonrisa, pero no hace ningún comentario.

—¿Y Samuel? —pregunta Martin, ahora en un tono más serio—. ¿Va a haber consecuencias porque tú..., porque esté...?

—Han abierto una investigación interna. Igual que con el Reemplazador. Es un protocolo estándar, así que no me preocupa.

—¿Y cómo te sientes?

—Bien —dice ella enseguida.

Asker entiende que la intención de Hill es buena. En una semana, Asker ha matado a dos personas y debería sentir algo. Pero no está segura de si lo hace. Quizá sea porque tanto el Reemplazador como Samuel eran ambos asesinos, malas personas. O bien porque Per ha conseguido limar toda su empatía. Sea lo que sea, prefiere no hablar de ello. Y, de alguna manera, Martin parece entenderlo.

—Gracias por todo, Leo —dice él—. Has vuelto a salvarme.

Su voz dulce hace que se le remueva algo en el pecho. Es una sensación que a Asker le gusta, aunque no esté acostumbrada. A lo mejor sí que hay esperanza para ella, a pesar de todo.

—Soy yo la que te tiene que dar las gracias —repone—. Sin ti, aún estarían persiguiendo a Per. Tú me has ayudado a salvarlo de una acusación de asesinato.

—Ya... —Martin se aclara la garganta—. Si te soy sincero, tengo sentimientos encontrados a ese respecto. ¿Sabes algo de él?

—No.

—Bien. Si tienes noticias, me gustaría que me lo contaras, ¿de acuerdo?

—Vale —dice Asker.

Le gustaría decir algo más. En tan solo tres semanas, ha recuperado a Martin y ha estado a punto de perderlo dos veces. Pero no encuentra las palabras.

Virgilsson se le acerca con una carpeta en la mano y parece querer comentarle algo.

—Oye, Martin, tengo que colgar. El deber me llama. Pero hablamos pronto, ¿te parece?

—Claro. Pensaba irme una semana. Tumbarme en alguna playa y recuperarme un poco. Pero nos vemos a la vuelta.

—Buena idea —conviene ella, un poco demasiado animada. Además, está a punto de preguntarle si Sofie también va a ir, pero logra morderse la lengua—. Buen viaje, ya hablamos —dice, finalmente.

—Adiós, Leo.

Asker cuelga de mala gana.

—Oye, jefa —dice Virgilsson—. Al final hemos conseguido identificar el coche ese. Un Toyota Camry plateado. Pertenece a una tal Helén Trolle, de cuarenta y dos años, empadronada en Tyringe. No tiene antecedentes, lo único interesante es que ha trabajado para el ejército y que ha estado activa en varios foros de fanáticos militares. Aquí dentro tienes la foto del carné de conducir.

Le entrega la carpeta a Asker.

La mujer de la foto tiene el pelo corto y mirada despierta.

Asker la reconoce al instante. Es la nueva recepcionista de Lissander & Partners. Per debe de haberla colocado allí para tener a Isabel vigilada. Porque quería estar preparado si ella elegía revelar sus movidas de impuestos. O quizá solo por el placer de tener un informante secreto cerca de su exmujer.

Pero ¿de qué se conocen Per y Helén Trolle? A Asker le encantaría conocer la respuesta a la pregunta.

Abre la puerta de su despacho.

Encima de su mesa hay un paquete que no estaba ahí hace media hora.

Papel de embalar de color marrón, un cordel con un lazo.

«Leonore Asker», pone escrito en la cara frontal, con una letra que la hace quedarse helada en mitad del movimiento.

Es la de Per el Paranolas.

Debería salir del despacho. Llamar a la unidad de explosivos, enterarse de cómo coño ha conseguido meter un paquete en el corazón del cuerpo policial. Dejar que su cerebro se vuelva loco tratando de adivinar el contenido del paquete.

Pero, en lugar de todo eso, se acerca al escritorio y se sienta.

Per quiere asustarla. Quiere que Asker sepa que puede llegar hasta ella esté donde esté. Que todavía tiene poder sobre su hija.

Vuelve a mirar la foto del carné de conducir de Helén Trolle. En la misma hoja aparece también la dirección postal de la mujer, además de la dirección de una cabaña que tiene en las afueras de Växjö. Asker enciende el ordenador y abre un programa de mapas. Introduce la dirección de la cabaña y busca una imagen satelital. Su teléfono empieza a vibrar. Número oculto, pero Asker ya sabe quién es.

—¿Te ha llegado mi paquete? —le pregunta su padre.

Solo de oír su voz empieza a picarle la cicatriz en el brazo.

—¿Qué paquete? —responde ella, cortante.

—O sea, que no te has atrevido a abrirlo —constata él, seguro de sí mismo—. ¿Te da miedo que contenga algo desagradable?

La cicatriz serpentea bajo su piel, intenta convencer a Asker para que se arremangue.

—¿Qué quieres, Per? —lo corta ella.

—Lo cierto es que solo quería darte una muestra de agradecimiento. Un detalle por tu ayuda. ¿Tan raro te parece?

—¿Algo más?

La voz de Per se torna más dura.

—Solo decirte que quiero que sepas que, de aquí en adelante, te tengo el ojo puesto, querida hija. Por si nuestros caminos vuelven a cruzarse alguna vez. Quieras que no, has demostrado ser un recurso valioso. Y, como bien sabes, esos hay que administrarlos bien.

La cicatriz le recalienta la piel.

Asker mueve la mano hasta el ratón y amplía la imagen satelital todo lo que puede. La cabaña de Helén Trolle es una casita roja con esquinas blancas, en medio de un bosque de abetos y lejos del vecino más cercano.

En el patio hay dos casetas más, y en la linde del bosque asoma algo que podría ser la entrada de una bodega.

O quizá un búnker. Un sitio perfecto, si quieres mantenerte apartado del mundo.

—Y yo te tengo el ojo puesto a ti, Per —dice Asker—. En más sentidos de los que te puedes imaginar.

Cuelga antes de que él tenga tiempo de contestar.

Al instante siguiente, llaman a la puerta. Es Virgilsson.

Se ha cambiado de ropa y se ha puesto el chaleco de lana con las teclas de piano y las claves de sol.

—El ensayo con el coro empieza en diez minutos —dice alegre—. Nos vemos allí. Será interesante ver en qué sección te ponemos. Aprovecha para calentar bien las cuerdas vocales.

Desaparece canturreando tras la vuelta de la esquina.

Asker suelta un suspiro.

Se levanta, coge el paquete de Per y se queda con él en las manos unos segundos, antes de tirarlo a la papelera.

Hasta ahora no se ha percatado de que la cicatriz ha dejado de picar.

«Resiliencia», piensa.

Después, se dirige a la puerta.

AGRADECIMIENTOS

Hay muchas personas implicadas en un libro que se merecen un agradecimiento. Mi querida Anette, siempre apoyándome; Federico, mi diplomático agente; Ebba, mi paciente editora; Caroline, mi incansable redactora; Eva, mi dinámica gestora de proyectos; Göran, mi avezado hermano de Excels; y el resto del equipo de la editorial Forum.

Además, me gustaría darles las gracias a Gunilla Leining por la preciosa lectura que a lo mejor acabas de escuchar, y, naturalmente, a todas las personas que habéis leído o escuchado el libro. Gracias a vosotros tengo el mejor trabajo del mundo.

Igual que con *El asesino de la montaña*, me gustaría darle las gracias a Calle Bergendorff, que lleva la página de exploración urbana *Tillträde förbjudet* («Acceso prohibido») y es autor del libro *Skånes glömda rum* («Los cuartos olvidados de Skåne»), ambos llenos de fotos maravillosas de lugares abandonados. De estas dos fuentes he sacado muchas ideas para los escenarios de este libro.

booket